Gegen die Uhr

John Nance

Gegen die Uhr

Roman

Aus dem Englischen
von Christel Rost und
Till R. Lohmeyer

Scherz

Für Captain James J. Nance – meinen Vetter Jim,
den Pilotenkollegen und
mehrfach preisgekrönten Bildhauer von Weltrang,
für Reverend Gerald A. Priest – meinen Schwager Jerry
... und für meine beiden Brüder

Die Übersetzer danken
Herrn Alfons Wieshuber (Palling/Oberbayern)
für flugtechnische Beratung.

Die Originalausgabe erschien unter dem
Titel «Pandora's Clock» bei Doubleday, New York.

Erste Auflage 1996

Prolog

Professor Ernest Helms verließ den verschneiten Waldweg und kehrte zum Ausgangspunkt seines Spaziergangs zurück. Er kam gerade rechtzeitig. Fünfzig Meter vor ihm brach jemand seinen Wagen auf.

Daran hatte er zuallerletzt gedacht, als er vor einer Stunde hier anhielt, um für seine Familie noch ein paar Videoaufnahmen von der bayerischen Schneelandschaft zu machen. Sein Wagen war der einzige auf dem Parkplatz.

Die Absichten des Mannes waren unverkennbar. Er war untersetzt, trug eine Art Overall, wie ihn Firmen an ihre Angestellten ausgaben, und feilte mit irgendeinem Werkzeug am Türschloß herum. Daß Helms ihn beobachtete, merkte er nicht.

Helms zögerte und wog die Risiken ab. Seine körperliche Verfassung war nicht die beste, und der Automarder war vermutlich zwanzig Jahre jünger als er. Doch die Unverfrorenheit des Kerls brachte ihn in Rage.

Er hatte sich noch nicht aus seiner Schreckensstarre gelöst, als von hinten das Geräusch eines Hubschraubers an seine Ohren drang und rasch lauter wurde. Sein Blick fixierte den Dieb. Dann ließ er, ohne weiter nachzudenken, die Kameratasche fallen und stürzte aus seiner Deckung hinter den Bäumen hervor. Bemüht, auf dem schneeglatten Boden nicht auszurutschen, rannte er auf den Mann zu und schrie: «He, Sie, was machen Sie da? Lassen Sie die Finger von meinem Wagen!»

Der Automarder fuhr herum und starrte ihn an. Helms blieb stehen, auf alles gefaßt. Aber der Mann wirkte unbeholfen und verwirrt. Nervös blickte er in den Himmel, dann wieder auf Helms, während seine rechte Hand ziellos an der Autotür herumfingerte.

Der Hubschrauber war inzwischen näher gekommen. Jetzt hörte ihn auch der Dieb. Mit einer Hand schirmte er seine Augen ab, blickte suchend in den Himmel, ging ein paar Schritte rückwärts, stolperte, fing sich, ging noch ein paar Schritte zurück. In diesem Augenblick schwebte der Helikopter ein. Er kam hinter Helms über den Wald, verlangsamte die Geschwindigkeit und verharrte über dem Parkplatz in der Luft. Es stand außer Zweifel, daß die Insassen den Dieb entdeckt hatten. Dieser machte unverzüglich kehrt und verschwand, so schnell er konnte, auf der gegenüberliegenden Straßenseite im Wald.

Der Pilot zögerte einen Moment, als wollten er oder seine Flugbegleiter noch den Wagen inspizieren, der inzwischen fast gänzlich von einer durch die Rotorblätter aufgewirbelten Schneewolke eingehüllt war. Helms sah, wie jemand auf dem Rücksitz angestrengt nach unten blickte. Dann beschleunigte der Helikopter wieder und verschwand in der gleichen Richtung, in die der Mann geflohen war, über dem Wald. Allmählich wurden die Geräusche von Rotorblättern und Triebwerk leiser.

Ernest Helms war beim Eintreffen des Hubschraubers instinktiv ein paar Schritte zurückgetreten und hatte unter den Bäumen am Waldrand Deckung gesucht. Dabei war er über seine Kameratasche gestolpert und hatte einen kleinen Gepäckanhänger mit seiner Adresse abgerissen. Als er jetzt wieder auf den Parkplatz ging, nahm er die Tasche an sich, doch der Gepäckanhänger fiel, ohne daß Helms es merkte, auf den Waldboden.

Der Türgriff war von dem Metallwerkzeug, dessen sich der Mann bedient hatte, übel zerkratzt. Wer immer es sein mochte – ein professioneller Autodieb war er nicht. Eigentlich...

Helms drehte sich um und blickte in die Richtung, aus der noch immer die Helikoptergeräusche zu hören waren. Das kleine Wappen auf der Seite des Hubschraubers fiel ihm ein – und der Overall des Mannes, der ihn an Firmen- oder Behördenkleidung erinnert hatte.

Auf einmal war ihm alles klar.

Ein entsprungener Häftling, jede Wette! Der Kerl wollte meinen Wagen stehlen...

Sein Herz klopfte vor Aufregung. Helms fühlte sich auf einmal schwach und schwindlig und spürte Schmerzen in der Brust. Er klaubte den Autoschlüssel hervor, riß die Tür auf und ließ sich auf den Fahrersitz fallen, um wieder zu Atem zu kommen.

Der Hubschrauber hielt sich noch immer irgendwo in der Nähe

auf, kaum weiter als vielleicht einen Kilometer entfernt. Er schien zu kreisen. Ob der Pilot den Mann zurücktreiben will, dachte Helms, zurück auf den Parkplatz? Er schwang die Beine unters Lenkrad und schlug die Tür zu. Kaum hatte er den Zündschlüssel berührt, schlug etwas gegen die linke Wagenseite.

Helms riß den Kopf herum und starrte in die Augen des wild dreinblickenden Mannes, der die Lichtung noch vor wenigen Minuten in heilloser Flucht verlassen hatte.

In Panik drehte Helms den Zündschlüssel um. Der Motor reagierte nicht.

Die Augen vor Angst weit aufgerissen, trommelte der Mann gegen die Fensterscheibe. Irgendwo im Hintergrund hörte Helms das Stakkato des Hubschraubers, das jedoch von den heftigen Fausthieben gegen das Fenster übertönt wurde.

Helms schüttelte den Kopf, versuchte das Zittern der Hände unter Kontrolle zu bekommen, um erneut den Zündschlüssel umzudrehen, aber irgend etwas stimmte nicht. Es war der klassische Alptraum: Man möchte vor einer Erscheinung davonlaufen, kann sich aber nicht rühren.

Das Gesicht des Angreifers verschwand und tauchte eine Sekunde später wieder auf. Helms hörte ein Klirren und wußte im selben Moment, daß der Mann mit einem Stein die Scheibe eingeschlagen hatte. Glassplitter streiften Helms' Hals. Noch einmal drehte er den Zündschlüssel bis zum Anschlag um – und realisierte erst dann, daß der Motor bereits lief.

Ein kalter Lufthauch traf seine linke Wange. Helms zwang seine Hand an die Schaltung, trat die Kupplung durch, rammte den ersten Gang ein. Ein Schauer von bröckelndem Sicherheitsglas explodierte vor seinem Gesicht, und eine Hand griff durch die entstandene Öffnung und packte Helms am Kragen.

Unwillkürlich riß Helms den Arm hoch und befreite sich mit einem heftigen Ruck. Der Wagen setzte sich in Bewegung.

Helms gab Gas, erreichte die Parkplatzausfahrt. Ein letzter Blick in den Rückspiegel zeigte ihm, daß der Angreifer in die Knie gesunken war. Sein Arm war blutverschmiert.

Helms raste über die schmale Landstraße in Richtung Autobahn. Nach ein paar Kilometern – sein Herzschlag hatte sich wieder beruhigt – hielt er am Straßenrand an und zog Bilanz. Seine Videokamera lag unversehrt auf dem Rücksitz. Sie enthielt das Band für seinen Sohn und seine Schwiegertochter daheim in Maryland. Er hatte einen sechsmonatigen Forschungsaufenthalt an der Universität Heidelberg hinter sich. Von Anfang an war es sein Wunsch gewesen, in Bayern ein paar Videofilme zu drehen, aber dann hatte er die Rundreise bis zur letzten Minute aufschieben müssen. Inzwischen bereute er es, aber es ließ sich nicht mehr ändern. In zwei Tagen würde er ohnehin wieder zu Hause in den Staaten sein.

Er drückte die Kupplung durch und wandte sich nach links, um zu sehen, ob die Straße frei war. Sein Blick fiel auf die unteren Zacken des Lochs in der Türscheibe.

Blut.

Das Glas war voller Blut. Es stammte zweifellos von dem Angreifer.

Aber da war auch ein anhaltendes Brennen an seiner linken Hand. Ernest Helms sah hin und entdeckte einen tiefen Schnitt.

Der in diesem Buch verwendete, in Fliegerkreisen übliche Ausdruck «Z»-(oder «Zulu»-)Zeit bezeichnet die Koordinierte Weltzeit (Universal Coordinated Time), früher bekannt als Greenwich Mean Time.

Die Ortszeit von Washington, D. C., liegt außerhalb der Sommerzeit fünf Stunden hinter Zulu (mit anderen Worten: 16 Uhr in Washington entspricht 2100Z und 3 Uhr in Washington 0800Z). In London sind die beiden Zeiten außerhalb der Sommerzeit identisch; in Deutschland ist es eine Stunde später (Zulu + 1 Stunde).

1

Mainz, Deutschland · Freitag, 22. Dezember · 13.50 Uhr (1250 Z)

Flugkapitän James Holland hielt den Telefonhörer nervös ans andere Ohr und sah auf die Uhr neben seinem Bett. Die Zeit wurde langsam knapp. Seine Verärgerung über die langsame Überseeverbindung wuchs – fast so sehr wie seine Sorgen wegen des Fax, das er erhalten hatte.

In zehn Minuten würden sich zehn Flugbegleiterinnen und Flugbegleiter in Ferienstimmung in der Lobby versammeln, um gemeinsam den kurzen Fußmarsch über die Straße zur Bahnstation anzutreten. Die Fahrt zum Frankfurter Flughafen war nur kurz. Die Crew hätte den Weg auch allein gefunden, doch das Protokoll verlangte, daß der Flugkapitän pünktlich zur Stelle sein und die Parade anführen müsse.

Es klickte mehrfach in der Leitung, aber niemand meldete sich. Wo steckte der Arzt bloß? Die Nachricht war eilig gewesen.

Holland entfaltete das Fax und las es noch einmal aufmerksam durch. Enthielt es vielleicht doch irgendwelche Hinweise?

> To: Cpt. J. Holland, c/o MAINZ HILTON. Dr. David Wilingham nahm heute morgen mit uns Kontakt auf und bat um Ihren Rückruf betr. jüngste medizin. Untersuchung. #214-361-1076/ Pers.ltg./DFW.

Endlich quäkte eine weit entfernte, unpersönliche Stimme durch die atmosphärischen Störungen: «Dr. Wilingham ist zur Zeit leider nicht erreichbar. Wollen Sie ihm eine Nachricht hinterlassen?»

Verdammt! Ein Ansagedienst! «Richten Sie ihm aus, daß Captain James Holland angerufen hat. Sagen Sie ihm, daß ich in Deutschland bin und in einer Stunde noch einmal anrufen werde. Ich bin... Ich muß mit ihm sprechen, es ist dringend.» Er wollte schon den Hörer auflegen, nahm ihn dann aber wieder ans Ohr. «Äh... können Sie ihn denn nicht über den Piepser erreichen?»

Doch die Verbindung war bereits unterbrochen.

Holland legte den Hörer auf. Seine Beklemmung wuchs. Vor drei Tagen hatte er sich einer Ultraschalluntersuchung der Prostata unterzogen, eine reine Routinesache, wie er geglaubt hatte. Er hatte keinerlei Symptome, nichts, was auf eine Krebserkrankung oder irgend etwas anderes hindeutete. Doch wenn der Arzt sich auf diese Weise meldete...

Er sah wieder auf die Uhr. 13.54 Uhr. Er hatte noch sechs Minuten Zeit.

Holland faltete das Fax wieder zusammen und steckte es in die Tasche. Dann zog er seine Krawatte zurecht, schloß die Reisetasche, zog seine Uniformjacke mit den vier goldenen Schulterstreifen, die ihn als Flugkapitän auswiesen, über sein weißes Uniformhemd und stellte seine beiden Taschen auf das aufklappbare Gepäckwägelchen. Neben der Tür befand sich ein mannshoher Spiegel. Holland zögerte einen Augenblick und warf noch einen kritischen Blick auf sein Äußeres. Er war sich der dunklen Ringe um seine Augen nur allzu bewußt, die von seinen sechsundvierzig Jahren kündeten.

Die erste, der aufgefallen war, daß sein Gesicht allmählich schlaff und faltig wurde, war seine Frau Sandra gewesen – seine ehemalige Frau, wie er sich korrigierte. Wäre es nach ihr gegangen, hätte er sich einer Gesichtsliftung unterziehen müssen. «Ich will nicht mit einem Mann verheiratet sein, der Lyndon Johnson täglich ähnlicher wird», hatte sie, nur halb im Scherz, gesagt.

Doch dann hatte sie ihn verlassen – und zwar aus Gründen, die mit seinem Äußeren nichts zu tun hatten.

James Holland öffnete die schwere Tür zum Flur. Er fühlte sich alt, müde und besiegt. Ein qualvolles, einsames Weihnachtsfest stand ihm bevor. Die Stewardessen hatten den ganzen Vormittag mit Weihnachtseinkäufen verbracht. Schon auf dem Herflug von New York waren sie ziemlich aufgeregt gewesen. Humbug, dämlicher, dachte er und hätte sie am liebsten zusammengestaucht, aber er hatte sich vorgenommen, ihnen nicht die Stimmung zu verderben.

Der sechsstündige Flug über den Atlantik versprach kein Vergnügen zu werden. Nicht allein, daß ihn die Nachricht des Arztes beunruhigte, auf dem Kopilotenstuhl würde ausgerechnet Dick Robb sitzen.

Holland spähte in den Gang. Zu seiner Erleichterung war Robb nirgends zu sehen. Arrogant wie er war, wartete er wahrscheinlich längst unten in der Lobby, flirtete mit den jüngeren Stewardessen und sah unentwegt auf die Uhr wie ein Fahrdienstleiter bei der Eisenbahn. Robb war ein junger Checkpilot von der Ausbildungsabteilung und hatte den Auftrag, Flugkapitän James Holland auf einem ersten Qualifikationsflug mit der Boeing 747-400 zu begleiten. Die vergangenen beiden Tage hatte er damit verbracht, alles, was Holland auch tat, vehement zu kritisieren, und diesen damit schier zur Verzweiflung gebracht.

Aber James Holland würde, wie üblich, den Mund halten.

Er erinnerte sich, wie er einmal versucht hatte, Sandra zu erklären, was ein Checkpilot war. «Das sind Piloten von der Ausbildungsabteilung. Einige von ihnen sind vorzeitig zu Flugkapitänen befördert worden, manchmal Jahre, bevor sie von den Dienstjahren her eigentlich dran wären. Sie fliegen als Prüfer mit und beurteilen die Kompetenz von uns anderen, die wir regelmäßig im Liniendienst fliegen.»

«Du magst sie nicht, oder?» hatte Sandra gefragt.

«Die meisten sind echte Gentlemen, aber einige von ihnen werden mit der Zeit arrogant. Sie werden rechthaberisch, und ihre Macht steigt ihnen zu Kopf. Der Richter in ihnen verdrängt den Ausbilder. Am schlimmsten sind arrogante *junge* Checkpiloten.»

Robb entsprach dieser Beschreibung aufs Haar.

Holland betrat den Fahrstuhl, sah auf die Uhr und stellte mit grimmiger Zufriedenheit fest, daß er zwei Minuten zu früh kommen würde.

Als der Captain den Aufzug verließ, kam Dick Robb auf ihn zu, sah demonstrativ auf die Uhr und fragte, ob die Maschine pünktlich starten würde.

«Soweit ich weiß, ja, Dick», erwiderte Holland und merkte sofort, daß er in eine Falle gelaufen war.

«Falsch, der Abflug wurde verschoben!» sagte Robb mit kaum verhohlener Schadenfreude. «Ich habe vor einer halben Stunde die Einsatzzentrale angerufen und mich informiert. Ich dachte, Sie hätten sich längst erkundigt, und war ganz schön überrascht, als man mir sagte, Sie hätten nicht von sich hören lassen.»

Ein hängengebliebenes Ventil in der Treibstoffversorgung müsse ersetzt werden, fuhr Robb fort. Flug 66 würde daher dreißig Minuten später mit einer mittleren Last von 245 Passagieren an Bord starten.

Vor den Fenstern rieselte der Schnee auf eine wunderschöne Winterlandschaft. Robbs Blick blieb jedoch nach innen gerichtet. Wichtigtuerisch erinnerte er Holland auf der Bahnfahrt zum Flughafen daran, daß es zu den Pflichten des Flugkapitäns gehöre, auf Interkontinentalflughäfen mit der Einsatzzentrale in Kontakt zu bleiben. Holland blieb höflich und nickte immer an den richtigen Stellen. Aber es fiel ihm schwer, die Ruhe zu bewahren. Er preßte die Lippen zusammen, bis alles Blut aus ihnen entwich, und Robb blieb das nicht verborgen. Kurz vor dem Flughafen gab Robb es auf. Er seufzte verhalten. Insgeheim hielt er Holland für ausgebrannt und faul.

Und Holland hielt Robb für einen selbstgerechten Idioten.

Vor der Quantum-Geschäftsstelle trennten sie sich. Holland überließ Robb die Überprüfung der Systeme – eine Tätigkeit, die normalerweise vom Kopiloten erledigt wurde – und begab sich zum Abfluggate. Das geschäftige Treiben im Terminal nahm er nicht wahr. Er zerbrach sich den Kopf über den Anruf des Arztes. Die Sorge nagte an ihm und verdrängte alle anderen Gedanken. Schon immer hatte er jene Piloten beneidet, die offenbar imstande waren, während des Fluges ihre privaten Probleme in einem geistigen Schließfach abzulegen. Ihm selber gelang das nie. Als Sandra auf und davon gegangen war, entstand in seinem Innern eine schmerzhafte Leere, die seither seine ständige Begleiterin war.

Vor den Fenstern von Gate 34 ragte die gewaltige 747-400 auf. Die Tragflächen waren mit Schnee überstäubt, doch daneben standen bereits die Enteisungsfahrzeuge. Holland dachte gerade an die Air-Florida-Maschine, die 1982 in Washington an den Folgen einer Tragflächenvereisung abgestürzt war, als ihm eine freie Telefonzelle auffiel. Er schlüpfte hinein und fingerte die Nummer von AT & T Direct heraus. Ich muß checken, ob Robb die nach der Enteisung vorgeschriebene Inspektion korrekt durchgeführt hat, erinnerte er sich.

In der Nähe von Gate 34 stand Rachael Sherwood, bürstete ihr schulterlanges kastanienbraunes Haar zurück – und merkte auf einmal, daß sie den Fremden genauso unverhohlen anstarrte wie er sie. So etwas gehört sich nicht für die Assistentin eines Botschafters, ermahnte sie sich. Verlegen rückte sie ihren Rock zurecht und blickte wieder den Gang hinunter. Es ärgerte sie ein wenig, daß US-Sonderbotschafter Lee Lancaster sich so verspätete. Sie hatte schon zehn Minuten in diesen engen Pumps vor dem Gate gestanden und die nicht enden wollende Flut der Weihnachtsreisenden inspiziert, als ihr plötzlich der hochgewachsene amerikanische Pilot aufgefallen war. Einen Arm über die Oberkante der Trennwand gelegt, lehnte er an einer offenen Telefonzelle; seine Finger trommelten nervös auf das Rauchglas. Der Mann hatte offenbar Sorgen. Daß er Flugkapitän war, erkannte sie an den vier Schulterstreifen seiner Uniform, doch was sie faszinierte, waren seine tiefblauen Augen. Daß er im Moment weder sie noch irgend etwas anderes bemerkte, stand außer Frage. Rachael schlüpfte unauffällig in eine andere Telefonkabine, um ihn besser beobachten zu können. Eine seltsame Erregung, gemischt mit einer gewissen Beschämung, überkam sie. So etwas hatte sie noch nie getan.

Er war mindestens 1,90 m groß, mit dicken Augenbrauen über schweren Lidern; die dunkelbraunen Haare über dem glattrasierten Gesicht mit der markanten Kieferpartie waren grau meliert. Rachael ließ ihren Blick auf seinen breiten Schultern verweilen und dann über seinen Oberkörper gleiten. Offensichtlich ein Mann, der sich fit hält, dachte sie. Und offensichtlich einer, der Sorgen hat. Doch in diesem Augenblick glättete sich die tiefgerunzelte Stirn, und der Pilot seufzte fast hörbar auf. Rachael verspürte das unerklärliche, aber um so nachdrücklichere Verlangen, zu ihm zu gehen und ihn zu trösten. Daß James Holland bei Frauen immer solche Reaktionen auslöste, konnte sie nicht ahnen.

Was immer ihn bedrückt hatte – der Anruf hatte seine Sorgen beseitigt, das war unverkennbar. Sie sah, wie er seine Schultern reckte, den Hörer einhängte und sich aufrichtete. Als er die Kapitänsmütze mit dem goldverbrämten Schirm aufsetzte, lag ein leises Lächeln auf seinen Lippen.

Rachael wandte den Blick ab, als er an ihr vorüberging. Hoffentlich hat er nicht gemerkt, wie ich ihn angestarrt habe, dachte sie und riskierte einen weiteren Blick. Ein Hauch von Eau de Cologne begleitete ihn; es war ein angenehmer, an frisches Holz erinnernder Duft, den sie bisher nicht kannte, der aber ihre Phantasie von neuem beflügelte. Welche Maschine wird er übernehmen? fragte sie sich – und hoffte dabei, daß es ihre sei.

Wo, um alles in der Welt, bleibt nur Lee? Sie nahm das Funktelefon aus ihrer übergroßen Handtasche, steckte es aber gleich wieder ein. Im Eilschritt kam Lancaster durch den langen Gang auf sie zu.

Eine Viertelstunde später befand sich Captain James Holland allein im Cockpit von Flug 66 und begann mit der vor jedem Flug durchzuführenden Überprüfung der Systeme und Geräte. Seine Gedanken waren noch bei dem Telefonat, das er soeben geführt hatte.

Endlich war es ihm gelungen, den New Yorker Arzt zu erreichen.

«Auf Ihrem Ultraschall war ein Schatten», hatte der Doktor gesagt. «Ich dachte, wir machen besser noch ein Bild, und wollte Sie bitten, noch mal vorbeizukommen. Ich wollte Sie nicht erschrecken.»

«Ich ... ich war etwas verunsichert, Doktor. Ich bin gerade unterwegs, in Deutschland. Die Einsatzleitung erwischte mich und sagte mir, daß Sie angerufen haben. Offen gesagt, ich war zu Tode erschrokken.»

«Tut mir echt leid, Captain.»

«Sie sagten was von einem Schatten. Ein Tumor?»

Er war aufs Schlimmste gefaßt: Prostatakrebs. Eine von der Angst diktierte Selbstdiagnose. Wahrscheinlich mußte er operiert werden. Und danach? Er hatte entsetzliche Geschichten über die Folgen von Prostataoperationen gehört. Er konnte sich ein Leben ohne Sex, ohne die Fähigkeit, eine Frau zu befriedigen, nicht vorstellen. Daß er seit der Trennung von Sandra so gut wie im Zölibat lebte, war nebensächlich.

Solche Phasen gingen vorüber.

Das andere bedeutete: lebenslänglich.

«Captain, es freut mich, Ihnen mitteilen zu können, daß meine Nachricht auf einem Fehler beruhte», sagte der Arzt. «Ich habe mir das Ultraschallbild noch einmal angesehen. Ich hatte es schlichtweg fehlinterpretiert.»

«Dann fehlt mir also nichts?» fragte Holland.

«Überhaupt nichts. Sie sind kerngesund.»

«Dann brauche ich also nicht noch mal zu kommen?»

«Frühestens in einem Jahr wieder. Machen Sie sich jetzt bloß keine Sorgen mehr. Und fröhliche Weihnachten!»

Holland hatte erleichtert aufgeseufzt und sich bedankt. Jetzt richtete er die Ruderpedale auf seine Beinlänge ein und überprüfte die Schalterstellungen auf der Mittelkonsole. Nun mußte er nur noch mit Robb zurechtkommen; davon abgesehen, fühlte er sich wie ein begnadigter Gefangener – wiederauferstanden von den Toten.

Als er das Radargerät auf Testbetrieb stellte, traf er eine Entscheidung, die er lange vor sich her geschoben hatte. Er wollte wieder ausgehen, wieder flirten. Er hatte das Alleinsein satt, genauer gesagt: Er wollte nicht mehr alleine schlafen.

Eine Etage tiefer löste sich vor Tür Nr. 2 auf der linken Seite ein kleiner Mann mit schütterem Haar und einer ramponierten Aktentasche aus der Schlange der einsteigenden Passagiere und lehnte sich schwer atmend gegen die Wand der ausziehbaren Passagierbrücke. Wie aus dem Nichts tauchte eine große, rothaarige Stewardeß neben ihm auf, ergriff seinen Arm und fragte ihn mit eindringlicher Stimme, ob ihm etwas fehle.

Ehe er antwortete, blickte Professor Ernest Helms eine Sekunde lang zu Brenda Hopkins auf.

«Es ... es geht schon wieder, danke. Ein kleiner Schwächeanfall, sonst nichts ...»

«Ihre Sitznummer, Sir? Ich helfe Ihnen.»

«... möchte Sie aber nicht anstecken ... bin erkältet ...»

Er spürte ihren festen Griff an seinem Arm. Seine Füße gehorchten. Er merkte, wie sie ihm die Aktentasche abnahm.

Brenda führte den Mann durch die Tür und geleitete ihn vorsichtig nach rechts auf seinen Sitz. Unterwegs zwinkerte sie der Chefstewardeß zu. Der Fluggast schwitzte heftig, obwohl es im Passagierraum kühl und draußen kalt war. Brenda spürte den rasenden Puls an seinem Arm. Wahrscheinlich eine Grippe, dachte sie. Wenn ich ihn angeschnallt habe, wasch ich mir besser die Hände ...

Im gleichen Augenblick steckte Dick Robb gut zwölf Meter unter ihnen auf dem verschneiten Beton die Hände in die Manteltaschen und betrachtete gedankenverloren die prächtige Boeing 747. Auf dem schimmernden Aluminium brach sich das gefilterte Licht der Sonne, die gerade versuchte, die schneereiche Wolkendecke über Frankfurt zu durchbrechen. Quantum hatte vier «Wale», wie die Maschinen bei den Piloten hießen, für insgesamt mehr als 700 Millionen Dollar eingekauft. Der Innenraum war für 365 Passagiere ausgelegt und in drei Klassen unterteilt. Wie eine Luftspiegelung steht er da, dieser große Vogel, dachte Robb – eine unglaublich riesige Maschine, die imstande war, bis zu vierhundert Tonnen an Menschen, Material und Treibstoff in die Luft zu befördern. Und damit sie das tat, bedurfte es im entscheidenden Moment lediglich einer einzigen, zugartigen Bewegung aus dem Handgelenk heraus.

Und er war verantwortlich! Obwohl er erst zweiunddreißig Jahre alt war und nicht auf eine militärische Fliegerlaufbahn zurückblicken konnte, hatte er als verantwortlicher Captain den Flugplan unterzeichnet.

Ein Gepäckzug dröhnte vorbei, eine Bugwelle von Schneematsch vor sich herschiebend. Robb trat rasch ein paar Schritte zurück.

Er dachte an Holland, der jetzt vierzehn Meter über ihm im Cockpit saß. Robb hatte sich widerwillig eingestanden, daß der Mann ein kompetenter Pilot war – doch er gehörte bereits einer anderen Generation an und paßte nicht mehr in diese Welt.

Er lächelte vor sich hin. Daß er in Pilotenkreisen gefürchtet war, gefiel ihm. Sein Job in der Ausbildungsabteilung ersparte ihm den Einsatz auf Linienmaschinen, wo er bei seiner geringen Flugerfahrung stets damit rechnen mußte, daß ihm ein ernster Fehler unterlief. Mit Vorliebe suchte er nach Gelegenheiten, den Linienpiloten auf die Finger zu klopfen, vor allem den älteren mit vielen tausend Flugstunden auf dem Buckel. Flugsaurier wie Holland waren ganz in Ordnung, nur ging es nicht an, daß sie sich immer nur auf ihre Erfahrung verließen. Ab und zu brauchten sie einen Dämpfer, und den verpaßte Robb ihnen nur allzu gerne. Er hatte immerhin auch einen Ruf als «scharfer Hund» zu verteidigen.

Rein formal gesehen, mußte er Holland natürlich die Kommandos und Entscheidungen überlassen. Es war unter dem Strich ein Überprüfungsflug – ein Passagierflug mit dem Ziel, die Qualifikation eines Linienpiloten für einen bestimmten Flugzeugtyp zu überprüfen. Doch bis er die letzte Zeile in James Hollands Prüfbogen abgezeichnet und den Flug mit der Erklärung beendet hatte, daß Holland allein zur Führung dieser Maschine imstande war, blieb er, Richard Robb, von Rechts wegen der verantwortliche Flugzeugführer und Captain der Maschine.

Robb sah auf seine Armbanduhr und erkannte, daß er sich in Tagträumereien verloren hatte. Bevor der Schlepper die Maschine vom Terminal wegzog, mußte er noch die Funkgeräte, die Instrumente und das Abflugverfahren überprüfen, was ungefähr zwanzig Minuten in Anspruch nehmen würde. Dann folgten fünf Stunden, in denen er Holland schwitzen und schmoren lassen konnte, bevor er ihm sein Placet gab. Die Machtfülle stimulierte ihn, genauso wie die Beherrschung eines Riesenvogels wie der 747.

Das rasch näher kommende Röhren von vier kraftvollen Triebwerken erregte seine Aufmerksamkeit. Am Fuß der Treppe blieb er stehen, verzaubert vom Anblick einer anderen 747, die gerade die Rollbahn entlangdonnerte und ihren riesigen Leib in die Lüfte erhob.

Besser als Sex! dachte er.

Die komplizierte Choreographie der Abflugvorbereitungen eines großen Linienflugzeugs trat kurz vor 16.30 in ihre entscheidende Phase. Die letzten schwerbepackten Passagiere wurden an Bord und an ihre Plätze geleitet; das Bodenpersonal am Gate trug Nikolaushüte und begrüßte die Fluggäste mit breitem Lächeln. Auch die Stewardessen waren in Ferienstimmung. Die meisten von ihnen waren schon so lange im Beruf, daß sie Anspruch auf freie Weihnachtsfeiertage hatten. Sie freuten sich an diesem winterlich kalten Nachmittag auf das Wiedersehen mit ihren Ehemännern, Freunden, Familienangehörigen, auf ein warmes Kaminfeuer und das bevorstehende Fest. Dazwischen lag nur noch der Flug über den Atlantik.

Die Türen wurden geschlossen, die Enteisung war beendet und von Robb überprüft worden. Kurze Zeit später donnerte Flug 66 über die Startbahn Süd und erhob sich majestätisch in den dunklen Himmel über dem Rhein-Main-Gebiet.

2

An Bord von Flug 66 · Freitag, 22. Dezember · 17.10 Uhr (1610 Z)

Als Quantum-Flug 66 die englische Küste überflog, ertönte im Cockpit die Klingel der Flugbegleitung – und zwar nicht nur einmal, sondern fünfmal hintereinander in schneller Folge.

Für ein solches Signal gab es keine Vorschriften.

James Holland nahm die Sprechmuschel des Intercoms, des internen Sprechfunkverkehrs, zur Hand und warf einen Blick auf Dick Robb, den das Signal offenbar ebenso aufgeschreckt hatte wie ihn.

«Flugdeck», sagte Holland.

Eine angespannte Frauenstimme drang an sein Ohr.

«Captain, hier spricht Linda an Tür 2B. Ich glaube, wir haben hier hinten einen Herzanfall!»

«Okay, wie ernst ist es?»

«Ein älterer Mann. Brenda gibt ihm Erste Hilfe. Ihm wurde gleich nach dem Start übel, und dann kippte er plötzlich in seinem Sitz vornüber. Wir haben ihm dann Sauerstoff gegeben, aber er hat kaum noch geatmet.»

«Haben Sie feststellen können, ob ein Arzt an Bord ist?» fragte Holland.

«Ja, haben wir. Ein Schweizer Arzt meldete sich. Er meint, der Mann muß ins Krankenhaus, sonst stirbt er.»

«Okay, Linda, halten Sie uns auf dem laufenden.»

Dick Robb hatte genickt. Hollands Entscheidung vorwegnehmend, nahm er bereits mit der Flugbereichskontrolle London Center Verbindung auf.

«*London Center – Quantum Sixty-six*. Wir haben einen medizinischen Notfall an Bord und brauchen sofort Kursvektoren für eine Dringlichkeitslandung in ...» Robb sah sich nach Holland um und hob die Brauen. Er wußte, daß er vorschnell gehandelt hatte, und rechnete mit Hollands Protest. Welche Wahl blieb ihnen?

«London Heathrow!» fuhr Holland ihn an. «Ersuchen Sie um Priorität. Außerdem muß ein Krankenwagen bereitstehen.»

Robb wiederholte seine Forderung und bestätigte die Änderung des Flugplans. Holland stellte unterdessen den Kompaßkurs nach London Heathrow ein und ging aus einer Höhe von 33 000 Fuß per Autopilot in den Sinkflug über. Gleichzeitig gab Holland «LON» in den Flugrechner ein und aktivierte den Ausführungsknopf. Die große Boeing reagierte sofort auf den neuen Kurs, indem sie in eine Linkskurve überging. Dick Robb hatte die Arme verschränkt und lehnte sich mit gewollt empörter Miene zurück.

«Sie wollen das also solo durchziehen?» fragte er.

Holland blickte ihn an; er begriff die Frage nicht. «Was?»

«In den Vorschriften heißt es, daß der nicht fliegende Pilot den Computer programmiert. Auf diesem Trip sitzen Sie am Steuer. Der nicht fliegende Pilot bin ich.»

Holland studierte Robbs Gesicht. Er meinte es ernst, doch dies war nicht der richtige Zeitpunkt für einen Streit, selbst wenn er einen gewollt hätte.

«Tut mir leid, Dick», sagte er. «Sie waren ja gerade mit dem Funk beschäftigt, und wir haben einen Notfall an Bord.» Er bemühte sich, seine Mißstimmung, so gut es ging, zu verbergen, und wies auf den Flugrechner. «Bitte geben Sie mir London direkt und lassen Sie uns den Instrumentenanflug vorbereiten.»

«Das klingt schon besser», erwiderte Robb.

Eine Etage weiter unten, in der neutralen Zone zwischen Touristenklasse und erster Klasse, drängte sich eine Gruppe von Stewardessen und besorgten Passagieren um einen kleinen Mann, der ausgestreckt auf dem Boden lag. Brenda Hopkins, die rothaarige Flugbegleiterin mit der Figur eines Top-Models, kniete vor Ernest Helms' Kopf. Sie blies ihm Luft in den Mund und unterbrach die Beatmung nur, um in regelmäßigen Abständen eine Herz-Druckmassage durchzuführen und die Blutzufuhr zum Gehirn zu gewährleisten. Ihr Haar war in Unordnung, ihre Uniform verschmutzt. Sie hatte die Schuhe ausgezogen, die Strümpfe hatten Laufmaschen. Doch Brenda achtete nicht darauf. Sie kämpfte um das Leben ihres Passagiers.

Seit zehn Minuten war sie jetzt im Einsatz, doch obwohl sie regelmäßig joggte und täglich trainierte, spürte sie, daß ihre Kräfte nachließen.

Der Schweizer Arzt stand daneben und überwachte den Rhythmus der Wiederbelebungsversuche. Solange Brenda weitermachte, traf er keine Anstalten, sie abzulösen. Er hatte keinerlei Medikamente oder Geräte dabei, um dem Erkrankten zu helfen, und überlegte fieberhaft, ob es nicht irgendwelche Alternativen gäbe.

Eine andere Stewardeß hatte die medizinische Notfallausrüstung der Maschine geholt, die jedoch unglaublich primitiv ausgestattet war und keinen Defibrillator enthielt, das einzige Gerät, das man jetzt dringend benötigt hätte.

Im gleichen Augenblick, in dem sie alle merkten, wie das Flugzeug drehte und in den Sinkflug überging, spürten sie eine schwache Reaktion bei Helms. Es war eine Art Aufseufzen. Der Patient krümmte seinen Rücken ein wenig, als wolle er wieder selber atmen. Der Arzt horchte an seiner Brust und nahm einen schwachen, instabilen Herzschlag wahr, der jedoch gleich wieder erlahmte.

«Wir hatten ihn fast», sagte er zu Brenda.

Sie atmete tief durch, wischte sich mit dem Handrücken über die Stirn und machte sich wieder an die Arbeit. Sie hielt den kahlen Kopf des Patienten, und ihr Mund bedeckte den seinen. Brenda versuchte den Gedanken zu verdrängen, daß der Mann möglicherweise an einer ansteckenden Krankheit litt. Sie fürchtete sich entsetzlich vor Aids, Grippeinfektionen und anderen Krankheiten, die durch direkten Körperkontakt übertragen wurden.

Andererseits wollte ich ja immer Ärztin werden, dachte sie, und dies hier ist sozusagen mein erster Fall ... Ihr Passagier befand sich in einer verzweifelten Lage. Sie durfte jetzt nicht über die Folgen ihres Tuns nachdenken.

Flugbereichskontrolle London

Zweihundert Meilen südwestlich, in der Londoner Flugbereichskontrolle, war Flug Quantum 66 auf den Bildschirmen soeben auf Kurs Heathrow eingeschwenkt, als der für diesen Sektor zuständige Fluglotse seinen Vorgesetzten von dem Notfall unterrichtete. Sein Anruf löste eine Folge genau vorbereiteter Verfahren aus, deren Ziel es war, die Flughafendienststellen über den bevorstehenden medizinischen

Notfall zu informieren: Sanitäter mußten alarmiert und der Zoll, die Einwanderungs- und Gesundheitsbehörden sowie die betroffene Fluggesellschaft benachrichtigt werden.

Der Routineanruf beim britischen Gesundheitsamt ging in einem weitläufigen Gebäudekomplex auf dem Flughafengelände von Heathrow ein. Dort überprüfte der stellvertretende Hilfsinspektor des britischen Gesundheitsdienstes die Ankunftszeit der Maschine und ihre augenblickliche Position und ließ sich von der Quantum-Dienststelle den Namen des erkrankten Passagiers durchgeben. Dann legte er den Telefonhörer wieder auf, schrieb den Namen auf ein gelbes Formular und überdachte das Verfahren. Eine amerikanische Linienmaschine, die in Deutschland gestartet war, hatte wegen eines erkrankten Passagiers zu einer ungeplanten Zwischenlandung auf britischem Boden angesetzt. Vermutlich nichts weiter als ein Herzinfarkt, doch Vorsicht war allemal geboten. Es war die Aufgabe des Beamten, zu verhindern, daß ansteckende Krankheiten nach England eingeschleppt wurden. Nach Inbetriebnahme des Kanaltunnels und angesichts des regen Fährverkehrs zwischen England und dem europäischen Festland kam es ihm zwar manchmal so vor, als bewache er das letzte Tor in einem weitgehend demontierten Zaun.

Er warf einen Blick auf den Computerbildschirm und erwog eine Rückfrage bei den deutschen Kollegen. Könnte nicht schaden. Per E-mail? Nein, lieber telefonisch, das war diskreter.

Er griff wieder zum Hörer, tippte die Nummer des Bundesgesundheitsministeriums in Bonn ein und war froh, als er hörte, daß der Mann am anderen Ende der Leitung englisch sprach. Nur eine Routineanfrage, ließ er den Deutschen wissen. Wahrscheinlich ein Infarkt, möglicherweise war der Patient bei der Landung schon tot. Nichts deute auf eine Infektion oder eine Viruserkrankung hin. Vorsichtshalber wolle er aber wissen, ob zufällig eine Krankengeschichte des Betroffenen oder Hinweise auf eine Infektion vorlägen.

«Stammt der Patient aus Deutschland oder ist er deutscher Staatsangehöriger?» fragte der Mann in Bonn.

«Äh ... ich glaube, er ging in Frankfurt an Bord. Er ist Amerikaner und heißt nach meinen Unterlagen Helms, Ernest Helms. Sein Alter ist mir nicht bekannt.»

Auf einmal herrschte Schweigen in der Leitung. Der Beamte in London glaubte schon, die Verbindung sei unterbrochen, als sich der Deutsche plötzlich wieder meldete. Seine Stimme klang jetzt angespannt.

«Sind Sie ganz sicher, daß der Name Helms lautet, Ernest Helms?»

«Ja, ich habe das gerade bei der Fluggesellschaft überprüft. Warum?»

Der Deutsche überhörte die Frage. «Bitte geben Sie mir Ihre Telefonnummer. Ich rufe Sie zurück.»

«Gibt es ein Problem?»

«Ich muß noch etwas überprüfen. Bitte geben Sie mir Ihre Nummer.»

Der britische Beamte gab seine Telefonnummer durch und legte den Hörer wieder auf. Er stand vor einem Rätsel.

Bonn

Keine zehn Minuten später legte im Bonner Regierungsviertel jemand den Telefonhörer auf die Gabel und sank betroffen in seinen Schreibtischstuhl zurück. Horst Zeitner, Beamter des gehobenen Dienstes, starrte mit leerem Blick an die Wand, an der ein paar gerahmte Zeugnisse und Diplome hingen. Er fühlte sich wie vor den Kopf geschlagen. All seine Bemühungen, die bayerischen Ereignisse unter Kontrolle zu halten, drohten zu scheitern.

Nein, korrigierte er sich selbst, sie sind bereits gescheitert! Die schlimmsten Befürchtungen bewahrheiteten sich. Auf seinem Schreibtisch stand eine frisch aufgebrühte Tasse Kaffee, und auf der Couch saß eine junge, brünette Assistentin und wartete auf seine Anweisungen, doch Zeitner ignorierte beide. Auf seine Initiative hin war in ganz Deutschland vor einigen Stunden eine ebenso riskante wie diskrete Suchaktion nach einer «besonders gefährlichen Person» eingeleitet worden. Indem er die Polizeibehörden der Länder ersucht hatte, alle Autobahnen und Fernstraßen, die zu den internationalen Flughäfen führten, zu überwachen, hatte er seine Kompetenzen weit überschritten und damit seine berufliche Laufbahn aufs Spiel gesetzt. Nachdem ermittelt worden war, daß der Mann für den Spätnachmittag einen Flug von Stuttgart nach New York gebucht hatte, konzentrierte sich die Suche auf die baden-württembergische Landeshauptstadt. Zeitner hatte die Polizeibehörden wissen lassen, daß es sich um einen äußerst dringenden, die nationale Sicherheit berührenden Fall handele. Seit in und um Stuttgart alle denkbaren Fluchtwege abgesperrt worden waren, saß er wie auf Kohlen an seinem Schreibtisch und wartete auf die erlösende Nachricht, daß dieser Professor namens Ernest Helms abgefangen worden war, ehe er das Land verlassen konnte.

Und nun war er ihnen doch entkommen! Ernest Helms hatte umdisponiert und war bereits mit einer früheren Maschine von Frankfurt aus geflogen. Sein Mietwagen war soeben dort aufgefunden worden, und die andere Fluggesellschaft hatte das Ticket anstandslos akzeptiert.

Zeitner war wütend auf sich selbst. Die Möglichkeit einer Umbuchung hatte er nicht ernsthaft einkalkuliert. Die Sicherheitsmaßnahmen auf den anderen Flughäfen waren daher nicht annähernd so streng gewesen wie in Stuttgart. Jetzt blieb ihm kaum noch etwas anderes übrig, als seinen Minister zu informieren, was eigentlich schon vor vielen Stunden fällig gewesen wäre. Es bestand nicht mehr die geringste Chance, die Angelegenheit geheimzuhalten. Vor allem durfte England nicht in die Sache hineingezogen werden. Wenn eine aggressive Grippe-Epidemie nach England eingeschleppt würde und dort ein paar hundert Todesfälle verursachte, nur weil die deutschen Behörden ihre britischen Kollegen nicht gewarnt hatten, stand ein diplomatischer Feuersturm bevor, der seine, Zeitners, Karriere aufs höchste in Gefahr brachte. Es handelte sich um ein deutsches Problem, und Deutschland würde es innerhalb der eigenen Grenzen durch strikte Quarantänemaßnahmen lösen müssen.

Mit anderen Worten: Helms durfte weder tot noch lebendig in Großbritannien landen.

Zeitner seufzte und griff hastig zum Telefon. Die Angst lag ihm im Magen wie ein Kloß. Die Zeit verrann, die Ereignisse entglitten seiner Kontrolle.

Zeitner wählte mit zitternder Hand. Der Minister mußte die Briten umgehend warnen.

In der ersten Klasse des Quantum-Flugs 66 waren in diesem Augenblick die erschöpfte Flugbegleiterin und der Schweizer Arzt zu dem Schluß gekommen, daß die Hoffnungen für Helms wieder stiegen. Das Herz schlug wieder – zwar nur schwach und unregelmäßig, aber es schlug! Vielleicht schaffte er es doch noch.

Allerdings nur dann, wenn man ihn innerhalb kürzester Zeit in eine vollausgerüstete Herzinfarkt-Intensivstation bringe, warnte der Doktor.

Der Arzt hatte Brenda Hopkins mehrere Male bei den Wiederbelebungsversuchen abgelöst, doch die Hauptlast hatte auf Brenda geruht. Jetzt saß sie völlig aufgelöst auf dem Boden, Helms' Kopf in ihrem Schoß, die Hand auf seiner nackten Brust. Eine Sekunde lang schloß sie die Augen, als wollte sie sein Herz mit reiner Willenskraft zum Weiterschlagen zwingen.

Der ganze Vorfall kam ihr unwirklich vor und hatte sie zutiefst erschreckt. Die Dramatik des medizinischen Ernstfalls überstieg alle ihre Vorstellungen. Vielleicht tauge ich doch nicht zur Ärztin, dachte sie bei sich und war heilfroh, daß sich ein echter Arzt gefunden hatte, an dessen Weisungen sie sich halten konnte.

Sie öffnete die Augen und betrachtete das Gesicht des Patienten. Helms hatte das Bewußtsein verloren.

«Bitte, lieber Gott, laß ihn nicht sterben!» murmelte sie.

Chefstewardeß Barb Rollins griff zum Mikrofon des Intercoms und informierte das Cockpit über den letzten Stand der Dinge. Zu ihrer Überraschung meldeten sich beide Piloten. Die Anspannung in ihren Stimmen war unüberhörbar. James Holland dankte ihr und unterbrach die Verbindung, um sich wieder Robb zuzuwenden. Die beiden lagen erneut im Clinch. Die Maschine befand sich inzwischen nur mehr fünfzig Kilometer nördlich von London, und Dick Robb wollte zunächst den Kanal ansteuern, um dort Treibstoff abzulassen.

«Dazu fehlt uns die Zeit», sagte Holland. «Wir haben einen todkranken Mann an Bord.»

Robb schüttelte ärgerlich den Kopf. «Sie wollen mit diesem hohen Gewicht eine Hundertsechzig-Millionen-Dollar-Maschine landen, nur weil Sie glauben, einem einzigen Passagier damit das Leben retten zu können? Wir müssen erst unser Landegewicht reduzieren. Die Vorschriften besagen, daß man in einem solchen Fall Treibstoff ablassen muß.»

Holland sah ihn skeptisch an und versuchte in Robbs gerötetem Gesicht zu ergründen, wie weit dessen Entschlossenheit ging. Landungen mit zu hohem Gewicht waren untersagt, Notfälle ausgenommen. Aber dies war ein Notfall, und wenn der Touchdown sanft genug war, bestand für die Struktur des Flugzeugs keinerlei Gefahr.

Doch Robb hatte das Sagen.

«Sie haben das letzte Wort, Dick, aber ich bin für eine sofortige Landung. Ich lande mit einer Sinkrate, die deutlich unter dreihundert Fuß pro Minute liegen wird, so daß von einer Überbeanspruchung der Maschine keine Rede sein kann.»

Robb widersprach mit schriller, angespannter Stimme: «Wir müssen danach die entsprechende Sonderinspektion durchziehen, und die dauert Stunden!»

Holland lehnte sich zurück und schüttelte den Kopf. «Gut, okay! Was schlagen Sie vor?» Die Vorstellung, mit einem sterbenden Passagier an Bord dreißig Minuten lang über dem Meer zu kreisen, um Kerosin im Wert von mehreren zehntausend Dollar abzulassen, kam ihm idiotisch vor.

Robb reagierte wie ein geprügelter Hund. Holland wollte ihm die Verantwortung zuschieben. Er drehte sich um und kehrte die Handflächen nach oben.

«Nicht mit mir, Captain, nicht mit mir! Ich bewerte Ihre Entscheidungen, nicht umgekehrt! Sie wollen also keinen Treibstoff ablassen, sondern lieber das Flugzeug verbiegen. Bitte sehr! Dann tun Sie's doch!»

«Sie sind derjenige, der für dieses Flugzeug unterschrieben hat», erwiderte Holland mit kalkuliert lakonischer Stimme.

«Aber Sie sind der diensthabende Captain», konterte Robb unverzüglich, «und ich nehme Ihnen diese Entscheidung nicht ab!»

Diesmal beugte sich Holland über die Mittelkonsole, sah dem jüngeren Piloten starr in die Augen und sagte: «Dann halten Sie jetzt bitte den Mund und hören Sie auf, mich herumzukommandieren!»

Der Direktor der Londoner Anflugskontrolle war unbemerkt hinter dem Fluglotsen aufgetaucht, der die Einweisung von Quantum 66 von der Londoner Flugbereichskontrolle übernommen hatte, und sah ihm über die linke Schulter. Der Controller gab gerade die Instruktion, auf fünftausend Fuß und einen Kurs von 180 Grad zu gehen. Die 747 sollte schon als nächste Maschine in Heathrow landen. Alle anderen Flüge waren so umgeleitet worden, daß sie den Quantum-Flug nicht mehr behindern konnten, und der Controller wußte, daß die Feuerwehr und ein Notarztwagen an der Piste bereitstanden. Vorsorgliche Landungen dieser Art waren zwar nicht ungewöhnlich, doch ein medizinischer Notfall schweißte alle Beteiligten immer wieder zusammen. Der Fluglotse konzentrierte sich voll und ganz darauf, eine möglichst schnelle Landung des amerikanischen Jumbos zu gewährleisten. Da ließ ihn ein unerwarteter Klaps auf die Schulter hochfahren.

Wütend drehte er sich um, um den Störenfried anzuschnauzen, sah sich aber zu seinem größten Erstaunen mit dem eigenen Chef konfrontiert.

«Wo ist Quantum?» fragte der Direktor.

«Ich habe ihn gerade auf dem Queranflug», antwortete der Fluglotse und wünschte sich, der Chef besäße die Höflichkeit, ihm schweigend bei der Arbeit zuzusehen.

«Lassen Sie ihn eine Warteschleife fliegen und sagen Sie dem Captain, er soll sich auf der Quantum-Company-Frequenz für Miami, Florida, mit uns in Verbindung setzen.» Er reichte dem Fluglotsen einen Zettel, auf dem die Zahl 124.35 stand. «Und erwähnen Sie diese Frequenz nicht über den Äther», fügte er hinzu.

Der Controller schüttelte leicht den Kopf, blickte mit gerunzelter Stirn auf den Bildschirm, sah kurz seinen Chef an und starrte dann wieder auf die Mattscheibe. Es mußte sich um ein Mißverständnis handeln.

«Es tut mir furchtbar leid, Sir... Was haben Sie gesagt?»

Der Direktor holte tief Luft und atmete wieder aus, ehe er antwortete. Seine Aufgabe war alles andere als leicht. Er beugte sich vor und raunte dem Fluglotsen die Wiederholung seiner Anweisungen direkt ins Ohr. Er war sich bewußt, daß ringsum andere Lotsen saßen und zuhörten.

«Bitte tun Sie, was ich Ihnen sage. Und zwar sofort.»

Der Kopf des Fluglotsen fuhr herum. Fragend sah er seinen Vorgesetzten an. Der starrte mit zusammengebissenen Zähnen zurück.

Die Stimme des Quantum-Piloten knisterte durch den Lautsprecher über der Konsole und war auch im Kopfhörer zu vernehmen.

«Approach – Quantum 66. Wir haben den Flughafen in Sicht. Erbitten Sichtlandeanflug.»

Einige Sekunden vergingen, bis der Fluglotse sein Mikrofon justiert hatte. «Quantum – London Approach. Fliegen Sie eine Standard-Warteschleife auf der Position zweihundert Grad, zehn Meilen von LON-Funkfeuer in fünftausend Fuß. Außerdem bitten wir Sie, sich auf der Company-Frequenz mit...»

Er vergewisserte sich mit einem fragenden Blick auf seinen Chef, der mit leiser Stimme antwortete: «Miami, Florida.»

«... Einsatzzentrale Miami, Florida, mit uns in Verbindung zu setzen. Wir müssen Sie vertraulich sprechen.»

Er ließ den Übertragungsknopf los. Nach kurzem Schweigen ertönte eine zutiefst bestürzte amerikanische Stimme.

«London... Sie wollen uns in die Warteschleife schicken? Wissen Sie nicht, daß wir das Opfer eines Herzinfarkts an Bord haben? Der Mann macht es nicht mehr lange...»

Der Fluglotse wirkte wie vom Schlag gerührt. Er wußte nicht mehr, was er sagen sollte. Der Flugkapitän hatte den Notfall erklärt!

In diesem Moment griff sich der Direktor einen Kopfhörer, stöpselte ihn ein und justierte das Mikro.

«Captain, hier London Approach. Haben Sie die Instruktionen verstanden?»

Die Stimme klang deutlich anders als die des Controllers, verriet Autorität und Entschlossenheit. James Holland im Cockpit von Quantum sah London Heathrow am linken Fenster vorbeiziehen. Fieberhaft suchte er nach einer Erklärung, konnte aber keine finden. Es gab keine andere Maschine, die ihnen ins Gehege hätte kommen können. Was, um alles in der Welt, war da faul?

Holland meldete sich. «Ja, London, wir haben Ihre Instruktionen erhalten, aber – verdammt noch mal – wir können nicht warten. Sie übernehmen die Verantwortung für den Tod eines Passagiers!»

«Captain, ich bitte Sie, die Instruktionen zu befolgen. Je schneller Sie sich auf der genannten Frequenz melden, desto schneller kann ich Ihnen alles erklären.»

James Holland warf einen Blick auf seinen Kopiloten. Robb war genauso perplex wie er selbst.

«Sie übernehmen das Steuer, Dick. Fliegen Sie in die genannte Position. Ich suche solange diese gottverdammte Frequenz heraus.»

Es entging ihm nicht, daß Robb erstmals widerspruchslos reagierte.

Die Frequenz war auf einem Merkblatt tief in Hollands Flugtasche verborgen. Es dauerte eine gute Minute, bis er es hervorgekramt und die Nummer eingegeben hatte. Sofort meldete sich wieder die entschlossene Stimme. Der Sprecher identifizierte sich mit Namen und Dienstrang und kam dann sofort zur Sache.

«Captain, es gibt noch ein anderes Problem als Ihren medizinischen Notfall. Das britische Gesundheitsministerium wurde von den Kollegen in Deutschland darüber informiert, daß einer Ihrer Passagiere einer besonders bösartigen und gefährlichen Grippe ausgesetzt war. Weitere Informationen liegen mir bisher nicht vor. Fest steht jedoch, daß Sie aus diesem Grund nach Frankfurt zurückkehren und sich den erforderlichen Quarantänemaßnahmen unterziehen müssen. Ihre Company wurde bereits darüber in Kenntnis gesetzt, daß Ihnen die britische Regierung die Landung im Vereinigten Königreich nicht gestatten kann.»

Holland schüttelte den Kopf. «Wegen einer Grippe? Ich fliege seit fünfundzwanzig Jahren, aber so etwas ist mir bisher noch nicht untergekommen. Einzelpersonen steckt man in Quarantäne, aber doch nicht ganze Flüge! Hören Sie, lassen Sie uns jetzt unser Infarktopfer ausladen, den Rest nehme ich wieder mit.»

Man hörte, wie ein Mikrofon eingestellt wurde. Danach ertönte ein Seufzer.

«Es tut mir leid, Captain, aber die Entscheidung wurde auf höchster Regierungsebene getroffen. Sie ist kein Thema für Verhandlungen.»

«Wieso bekommen wir nicht wenigstens Hilfe für unseren Herzinfarkt an Bord, verdammt noch mal?»

Der Direktor antwortete langsam; seine Stimme klang düster.

«Captain, haben Sie schon die Möglichkeit in Erwägung gezogen, daß es sich bei Ihrem Infarktopfer und dem infizierten Passagier um ein und dieselbe Person handeln könnte?»

«Sind Sie sich dessen sicher?» fragte Holland. «Ist Ihnen denn der Name des infizierten Passagiers bekannt?»

«Ich kann Ihnen nur so viel sagen, daß die beiden tatsächlich identisch sind, bin aber nicht befugt, den Namen über eine unverschlüsselte Frequenz zu nennen. Noch etwas anderes: Da Sie sich auf einem Transatlantikflug befanden, gehe ich davon aus, daß Sie mehr als genug Treibstoff an Bord haben, um nach Frankfurt zurückzukehren?»

«Ja, aber unser Passagier wird tot sein, wenn wir dort ankommen – ob er nun die Grippe hat oder nicht!»

«Das läßt sich dann wohl nicht vermeiden, fürchte ich. Wenn Sie jetzt wieder auf die alte Frequenz gehen, übergebe ich Sie wieder an London Center. Sie bekommen dann die Freigabe für den Rückflug.»

«Und was ist, wenn ich trotzdem in Heathrow lande?» fuhr Holland ihn an. «Wollen Sie uns vielleicht beim Endanflug abschießen?»

Sein Gesprächspartner zögerte. Holland überlegte, ob er vielleicht die Lösung gefunden hatte, die sich sein Gegenüber von ihm erhoffte. Doch dann war die Stimme wieder da und klang noch autoritärer als zuvor.

«Das wäre äußerst töricht, Captain. Sie würden einen internationalen Zwischenfall auslösen. Ihr Flugzeug, die Crew und die Passagiere würden stundenlang auf der Rollbahn festgehalten und dann doch zur Rückkehr nach Deutschland gezwungen. Ihre Regierung würde Sie schließlich wegen Verletzung der luftfahrtrechtlichen Bestimmungen einer ausländischen Regierung zur Rechenschaft ziehen. Ich denke, das dürfte Sie am Ende Ihre Pilotenlizenz kosten. Ihr erkrankter Passagier wird in Frankfurt versorgt. Hier hilft ihm niemand.»

«Ich hoffe, Ihre Tonbandgeräte zeichnen unser Gespräch auf!» erwiderte Holland aufgebracht.

«Das tun sie in der Tat, Sir. Und damit auch dies für die Nachwelt erhalten bleibt: Ich bedauere das, was ich hier zu tun gezwungen bin, genauso wie Sie.»

Nach einigen Sekunden, in denen sie beide schwiegen, meldete Holland sich wieder. Der Ärger in seiner Stimme war verflogen.

«Dann wird man uns also alle in Quarantäne stecken? Zweihundertfünfundvierzig Passagiere und zwölf Besatzungsmitglieder? Und das nur wegen einer dämlichen Grippe?»

«In Frankfurt, ja. Ich weiß nichts Genaueres, aber Sie müssen sich beeilen. Wie man mir sagte, müssen alle Menschen an Bord sofort behandelt werden, wenn eine Ansteckung verhindert werden soll.»

«Okay.» Das war alles, was Holland zu dieser Nachricht noch hervorbrachte. Die Sache war grotesk. Unwirklich. Aber welche Alternative blieb ihnen noch?

Er wählte wieder die Frequenz der Anflugkontrolle, gab Dick Robb mit einem Wink zu verstehen, er möge das Gespräch führen, und versuchte sich auf das, was der Direktor gesagt hatte, zu konzentrieren.

Das Infarktopfer war also einem Grippevirus ausgesetzt gewesen. Na und? Der Mann befand sich noch immer in den Fängen einer Herzattacke, die kaum etwas mit der Grippe zu tun haben konnte.

Oder etwa doch?

Holland pflückte das Mikro des Intercoms aus seiner Halterung und gab die Nummer für Tür zwei links ein. Sofort meldete sich Barb Rollins.

«Barb, es geht um unseren Infarktpatienten. War er schon krank, als er an Bord kam?»

Die Chefstewardeß zögerte, bevor sie antwortete. Ihr fiel ein, daß sie gesehen hatte, wie Brenda Hopkins den Mann durch die Tür geführt hatte.

«Ja, war er. Wie schwer, kann ich allerdings nicht sagen. Warum fragen Sie?»

«Nichts, nichts. Nur ein paar kleinliche Fragen von unten. Ich erklär's Ihnen in ein paar Minuten.» Holland hängte das Mikrofon wieder ein. Seine Beunruhigung wuchs. Die verschiedensten Gedanken schwirrten ihm durch den Kopf. Die Deutschen wollen uns in

Quarantäne stecken, um einen Ausbruch der Krankheit zu verhindern. Das hört sich ja gut an...

Robb wiederholte mechanisch die Flugfreigabe für die Rückkehr nach Frankfurt und begann, den Flugrechner neu zu programmieren.

Holland grübelte noch immer über die Worte des Direktors nach. *Grippe entsteht doch durch ein Virus, oder? Wie behandelt man denn eine Viruserkrankung?*

Irgend etwas war faul an der Geschichte.

3

In der Nähe von London Heathrow (1648Z)

Genau um 16.48 Uhr Ortszeit – Quantum 66 befand sich nach der Landeverweigerung durch die britischen Behörden auf dem Rückflug nach Frankfurt – saß der Bewohner einer kleinen Hochhauswohnung zehn Kilometer nördlich des Flughafens London Heathrow am Telefon und tippte die Nummer des dreißig Kilometer entfernten Londoner Büros des amerikanischen Fernsehsenders CNN ein.

Der junge Mann zitterte buchstäblich vor Erregung, als er auf den Anschluß wartete. Er besaß inzwischen die meisten Geheimnummern von BBC und CNN – das Ergebnis von mehreren Jahren verläßlicher Tips und dem gelegentlichen Verkauf von Tonbändern, auf denen er den Funkverkehr rund um den Flughafen aufgenommen hatte. Niemand kannte sich in und um Heathrow besser aus als er.

Der junge Querschnittgelähmte bediente die Bremse seines Rollstuhls und nahm den Telefonhörer von der einen in die andere Hand. Er war stolz darauf, daß es ihm schneller als dem Captain von Flug 66 gelungen war, die Frequenz der Quantum-Filiale in Miami herauszufinden. Ein kurzer Blick in den «World Aviation Guide» und ein Anruf bei der Zentrale der Fluggesellschaft in Dallas hatten genügt. Als der Flugkapitän den Tower anrief, hatte der junge Mann längst die richtige Frequenz eingestellt und seine Tonbänder liefen bereits.

Lächelnd betrachtete er die Kassette in seiner Hand. Er hatte das gesamte Gespräch aufgenommen. Jetzt kam es nur noch darauf an, das Höchstgebot einzuholen. Dieser Notfall war in seiner Art einzigartig: Sämtliche Passagiere und Crewmitglieder einer Linienmaschine seien einem bösartigen Grippevirus ausgesetzt, hatte der Controller behauptet. Eine absolut heiße Information, ganz nach dem Geschmack von CNN. Schon sah er in Gedanken den Moderator in Atlanta die sensationelle Nachricht – seine Nachricht – verkünden.

An Bord von Flug 66

Botschafter Lee Lancaster trommelte mit den Fingern auf die ledergepolsterte Armlehne von Sitz 2A und versuchte, aus den verschiedenen Informationsbrocken ein klares Bild zu gewinnen. Die erste Ankündigung des Captains, in London zwischenzulanden, um einen lebensgefährlich erkrankten Passagier versorgen zu lassen, war glaubwürdig. Die zweite jedoch ergab keinen Sinn: Die Maschine, so der Flugkapitän, müsse nach Frankfurt zurückfliegen, weil das Infarktopfer dort besser versorgt werden könne.

Zehn Meter hinter seinem Sitz bemühten sich der Arzt und die Crew um das Leben des Patienten. Lancaster hatte ihnen zugesehen und wußte, daß der arme Kerl nicht mehr lange durchhalten würde. Offenbar kam es auf jede Minute an – und nun blieb der Pilot, obwohl er schon fast in Heathrow gewesen war, noch eine Stunde länger in der Luft, um nach Deutschland zurückzukehren. Warum?

Nein, da stimmte etwas nicht. Dem Botschafter schoß der ebenso aberwitzige wie beunruhigende Gedanke durch den Kopf, die Sache könne mit ihm zu tun haben. Immerhin wünschte ihn die Hälfte der arabischen Welt zum Teufel. Kaschierte der Captain mit der Rückkehr nach Deutschland vielleicht eine Flugzeugentführung?

Er spürte, daß Rachael Sherwood ihn beobachtete. Sie konnte beinahe seine Gedanken lesen, und irgendwie gefiel ihm das. Rachael war hochintelligent, Rhodes-Stipendiatin und eine brillante Redenschreiberin, die eigentlich in den Stab des Präsidenten gehört hätte und nicht in seinen.

Doch im Umgang mit dem konzentrierten Furor der islamisch-schiitischen Welt und bei der Einschätzung der Entschlossenheit seiner Gegner hatte sie noch wenig Erfahrung. Diesmal errät sie meine Gedanken nicht, dachte er.

Flugzeugentführung – das ist doch lächerlich! versuchte er sich zu beruhigen. Aber ...

Und wie so oft spielte sich wieder die grauenhafte Szene vor seinem geistigen Auge ab. Der zerfetzte Wagen ... Es war jetzt ein knappes Jahr her. Er hatte sich an jenem Frühlingstag in Madrid entschlossen, zu Fuß zu gehen, und es einem Botschaftsangestellten überlassen, den Mietwagen zurückzubringen. Man hatte ihn gewarnt; gerade in Madrid müsse er besonders vorsichtig sein. Doch dann hatten ihn das schöne Wetter und schieres Draufgängertum zu einem Spaziergang bewogen – schließlich war ihm zehn Jahre lang trotz ständiger Drohungen nicht ein Haar gekrümmt worden, so daß er sich inzwischen einbildete, seine Willenskraft allein mache ihn unverwundbar.

Er befand sich knapp achthundert Meter vom Ort des Geschehens entfernt, als er die Detonation hörte. Eine Höllenmaschine hinter dem Armaturenbrett hatte Fahrer und Wagen zerfetzt. Der Öffentlichkeit gegenüber erklärte man das Attentat als Protestaktion gegen die spanische Regierung und ließ Lancasters Namen aus dem Spiel. Für Eingeweihte bestand jedoch kein Zweifel daran, wem der Anschlag gegolten hatte.

Lancaster schüttelte den Kopf und rieb sich die Schläfen, um die Erinnerungen zu vertreiben. Dann sah er Rachael an. Sie ist so schön, dachte er, selbst ihre konservative Art, sich zu kleiden, kann das nicht verhüllen. Er mochte die Gesellschaft schöner Frauen auf rein physischer Ebene. Selbst wenn er Augen und Ohren geschlossen hielt, nährte ihre nur wenige Zentimeter entfernte körperliche Präsenz ein stilles Feuer in ihm.

Die 747 änderte leicht den Kurs und sorgte dafür, daß Lancaster seine Aufmerksamkeit wieder dem aktuellen Problem zuwandte. Als amerikanischer Sonderbotschafter, dessen Hauptaufgabe in der Vermittlung von funktionierenden Waffenstillständen und dem Aufbau von Wirtschaftsbeziehungen zwischen Israel und den arabischen Ländern lag, brandmarkte man ihn in bestimmten Kreisen schon seit langem als Todfeind des Islam. Die Tatsache, daß er ein anerkannter Islamwissenschaftler war, interessierte die Schiiten nicht. Inzwischen hatte sogar er selbst den Überblick darüber verloren, welche und wie viele terroristische Organisationen, geächtete islamische Staaten, Splittergruppen und Einzelpersonen im Laufe der Jahre geschworen hatten, ihn zu töten. Lancaster hatte sich stets geweigert, zum Gefangenen der Sicherheitsvorkehrungen zu werden, doch der Preis dafür war hoch. Sein Leben war eine ständige Gratwanderung am Abgrund des Terrors – in dem vollen Bewußtsein, daß jeden Augenblick der Absturz drohte.

Lancaster seufzte und sah sich in der Erste-Klasse-Kabine um.

Dann haben sie mich also endlich erwischt – oder ist nur der Verfolgungswahn bei mir jetzt ausgebrochen?

Nein, sagte er sich. Terroristen verlassen sich nicht auf unvorhersehbare Gelegenheiten wie Herzinfarkte.

Doch was war es dann? Drohte ihm vielleicht in Frankfurt eine andere Gefahr?

Er wandte sich an Rachael und hob den Zeigefinger. «Rachael, ich brauche Ihre Hilfe.»

«Ja, Lee?»

Er beugte sich zu ihr und flüsterte, den Duft ihres Parfüms ignorierend: «Hier ist irgend etwas faul. Verdammt faul. Ich weiß nicht genau, was – nur ... Ich meine, falls es mich persönlich betrifft ...»

Alarmiert zog sie die Brauen hoch; der Blick aus ihren dunkelbraunen Augen bohrte sich in den seinen. Lancaster hob die Hand.

«Es ist eher unwahrscheinlich», wiegelte er ab. «Nur – dieser Rückflug nach Frankfurt ist doch sehr seltsam ...»

«Soll ich mit den Piloten reden?» fragte sie.

«Wenden Sie sich erst einmal an die Chefstewardeß. Machen Sie ihr klar, wer wir sind, und versuchen Sie herauszufinden, was hier gespielt wird.»

Rachael war plötzlich nervös, er spürte es. Doch sie lächelte ihn an, öffnete unverzüglich ihren Sitzgurt, streckte die langen Beine aus, erhob sich und strich ihren Rock glatt.

Vier Meter über der Kabine der ersten Klasse legte James Holland die Hand über die Sprechmuschel des Satellitentelefons und wandte sich an seinen Kopiloten.

«Wir stehen offenbar im Mittelpunkt eines diplomatischen Feuergefechts, Dick. Wollen Sie jetzt übernehmen und mit der Firma reden?»

Wie der Schatten einer ziehenden Wolke huschte ein panischer Ausdruck über Robbs Gesicht und verschwand so schnell, wie er gekommen war. Er schüttelte den Kopf.

«Mir reicht's, wenn Sie mir sagen, was die Firma von uns will», erwiderte er und war sich absolut im klaren darüber, wie dumm diese Antwort klingen mußte. Es war selbstverständlich, daß Holland alles wiedergeben würde, was Dallas ihm sagte.

Holland nahm das Gespräch wieder auf und beendete es nach kurzer Zeit. Als er den Hörer auflegte, schüttelte er den Kopf.

«Unsere Leute haben keine Ahnung, Dick. Das war der Einsatzleiter. Er bestätigt, daß die deutsche Regierung unsere Rückkehr verlangt hat. Allerdings behaupten die Deutschen, mit der verweigerten

Landeerlaubnis in Heathrow nichts zu tun zu haben. Unser Außenministerium ist informiert, hat aber angeblich auch keine Ahnung. Dort heißt es, es liege ein Mißverständnis vor.»

«Wer hat hier etwas mißverstanden?» fragte Robb. «Und was?»

«Die Briten hätten die Landeerlaubnis nicht verweigert, sondern uns den Rückflug lediglich empfohlen.»

«Schöne Empfehlung!»

Holland nickte und runzelte die Stirn. «Das habe ich ihnen auch gesagt. Das Problem ist, daß sie uns keinerlei verläßliche Information geben.» Er zählte die Optionen an seinen Fingern ab. «Kein Mensch weiß, was für Vorkehrungen in Frankfurt getroffen werden. Niemand da unten kann uns etwas über Mr. Helms sagen. Niemand weiß, welche Maßnahmen diejenigen erwarten, die sich vielleicht schon bei Helms angesteckt haben. Niemand sagt uns, wie ernst dieses Grippevirus zu nehmen ist – und der Mann, der sich eigentlich um die Angelegenheit kümmern müßte, der Vizepräsident unserer Zentrale, sitzt auf seiner Ranch in Texarkana und hat das Telefon abgestellt! Der Einsatzleiter sagt, er ruft uns an, sobald sie Genaueres wissen.»

Die Glocke der Crew ertönte. Nervös betätigte Robb den Knopf.

Eine Frauenstimme drang an sein Ohr. Sie klang besorgt. «Spreche ich mit dem Captain?»

«Im Prinzip ja», erwiderte Robb. «Hier spricht der Checkpilot.»

Er bemerkte ihre Verwirrung und warf einen Seitenblick auf Holland. Der sah in die andere Richtung und tat so, als höre er nicht zu. Diese Unterscheidung ist doch albern, dachte Robb und rückte sich den Kopfhörer zurecht.

«Der Kopilot», sagte er. «Was gibt's?»

«Hier ist Dee in der ersten Klasse. Wir ... wir haben einen amerikanischen Botschafter an Bord. Seine Assistentin ist gerade bei mir und stellt mir Fragen, die ich nicht beantworten kann. Sie möchte wissen, was ... äh ... was eigentlich los ist. Darf ich sie raufbringen?»

«Natürlich. Die Tür ist offen.» Mit dem linken Zeigefinger tastete er nach dem Knopf, der die elektronische Türsicherung entriegelte. Die Entscheidung, ob jemand das Cockpit betreten durfte, lag eigentlich beim Captain. Hollands Intercom war angestellt. Er hatte das Gespräch im Kopfhörer mitgehört. Robb forschte in seinem Gesicht nach einer Reaktion, die jedoch ausblieb.

Der Flugkapitän war mit seinen Gedanken ganz woanders gewesen, doch jetzt rührte er sich und blickte Robb mit unbewegter Miene an.

Sie hatten inzwischen wieder eine Flughöhe von dreiunddreißigtausend Fuß erreicht und näherten sich der holländischen Küste. Die niederländische Flugsicherung hatte ihnen soeben grünes Licht für den Rückflug nach Frankfurt gegeben. Mehr konnten sie im Moment nicht tun.

Die Stille wurde auf einmal peinlich, und Robb beschloß, sie zu unterbrechen. «Also, wohin?» fragte er.

Holland zögerte, dann deutete er, ohne ein Wort zu sagen, geradeaus. Ihm war klar, daß Robb nur aus Verlegenheit geredet hatte. Frankfurt war – und das wußten sie alle beide – die einzige Lösung, die einen Sinn ergab.

Bonn

Die Nachricht von einer Notfallsituation, in der es um eine ernstzunehmende Krankheit ging, war binnen einer Viertelstunde von der mittleren Behördenebene nach oben weitergeleitet worden. Ein Mann namens Zeitner, einer von vielen Beamten im Gesundheitsministerium, hatte seinen Minister gebeten, die Briten um die Verweigerung der Landeerlaubnis für Flug 66 zu ersuchen, nachdem er zuvor in Überschreitung seiner Kompetenzen eine ergebnislose polizeiliche Fahndung in die Wege geleitet hatte. Der Gesuchte war ein Mann, der ein gefährliches Grippevirus in sich trug. Die Tatsache, daß der Minister, ohne den Kanzler oder sonst irgend jemanden zu konsultieren, der Bitte des Beamten gefolgt war, hatte so etwas wie eine politische und diplomatische Krise ausgelöst. Inzwischen hatte die Furcht, die Presse könne Wind von der Sache bekommen und die Regierung bloßstellen, den Kanzler persönlich zur Einberufung einer Krisensitzung veranlaßt. Zeitner und sein Chef waren zum Rapport bestellt.

Zeitner rückte sich die gestreifte blaue Krawatte zurecht und erhob sich, als stünde er vor Gericht. Ringsum in dem üppig getäfelten Konferenzzimmer saßen die führenden Mitglieder des Kabinetts mit ihren engsten Mitarbeitern. Der Regierungschef thronte an der Schmalseite des langen Tisches. Sein finsterer Blick ruhte auf Zeitner, dem Mann, der seiner Regierung die vorläufig letzte einer nicht enden wollenden Reihe von Krisen beschert hatte.

«Berichten Sie, Herr Zeitner», sagte der Kanzler und preßte die Lippen zusammen. Seine Stimme troff vor Zynismus.

«Ein amerikanischer Professor... ein gewisser Professor

Helms... er lehrt in Heidelberg, war vor zwei Tagen in Bayern einem, wie man uns sagte, extrem starken Grippevirus ausgesetzt. Er ist mit einem an diesem Virus erkrankten Angestellten der Hauptmann-Laboratorien in Berührung gekommen. Der Direktor von Hauptmann hat uns darüber informiert.» Zeitner zögerte und studierte die strengen Mienen um ihn herum, ehe er fortfuhr. «Wir dachten, wir könnten diesen Professor noch erwischen und in Quarantäne stecken, bevor er einen Flughafen oder ein dichtbevölkertes Gebiet erreicht. Leider schlugen unsere Bemühungen fehl, was zur Folge hatte, daß inzwischen ein ganzes Passagierflugzeug der Ansteckungsgefahr ausgesetzt ist.»

«Weist dieser Professor schon irgendwelche Krankheitssymptome auf?» fragte der Kanzler.

«Ja, er ist an Bord des Flugzeugs schwer erkrankt. Die Symptome, die wir auf die Krankheit zurückführen, haben offensichtlich einen Herzinfarkt ausgelöst.»

«Diese Krankheit kann Herzinfarkte auslösen? Und Sie nennen das eine Grippe?» Der bohrende Blick des Kanzlers verstärkte Zeitners Nervosität. Dennoch fuhr er fort.

«So, wie ich es verstehe, kann dieser Grippetyp bei Personen mit schwachem Herzen einen Infarkt auslösen, da er den Körper enorm belastet.»

«Wie kam es zu der Ansteckung?»

«Er... er kam in Kontakt mit dem Blut eines infizierten Laborangestellten aus der Forschungsabteilung der Firma. Der Mann zerschlug bei dem Versuch, in einen von Helms gemieteten Wagen einzudringen, eine Scheibe und erlitt dabei eine Schnittwunde. Mir liegen nicht alle Einzelheiten vor, doch so, wie es aussieht, handelte er im Fieberwahn. Der Hubschrauberpilot der Firma Hauptmann notierte die Zulassungsnummer des Wagens, den Helms fuhr. Wir nehmen an, daß Helms unmittelbar mit dem virenverseuchten Blut in Berührung kam.»

Der Kanzler rückte unruhig auf seinem Stuhl herum und scheuchte mit einer Handbewegung einen Mitarbeiter fort, der ihm eine Tasse Kaffee anbot.

«Ist der Laborangestellte noch immer krank?»

Zeitner zögerte. Er dachte an das Gespräch mit dem Direktor der Firma Hauptmann in Bayern.

«Er... er ist gestorben, Herr Bundeskanzler. Es gab Komplikationen.»

Die Miene des Regierungschefs verdüsterte sich noch mehr, und die Runzeln über seinen Brauen verengten sich zu tiefen Klüften.

«Ich möchte das ganz genau wissen, Herr Zeitner. Hauptmann ist, wenn ich mich recht entsinne, ein pharmazeutischer Betrieb mit einer großen biologischen Forschungsabteilung?»

Zeitner nickte.

«Und dieser Betrieb meldet sich bei Ihnen und sagt, daß ein amerikanischer Staatsbürger unter Quarantäne gestellt werden muß, weil er Kontakt zu einem kranken – und inzwischen verstorbenen – Hauptmann-Angestellten hatte? Es gehe jedoch lediglich um ein Grippevirus?»

«So ist es, Herr Bundeskanzler.»

«Kommt Ihnen das nicht seltsam vor, Zeitner? Mir schon, muß ich Ihnen sagen. Wie groß ist denn die Panik bei Hauptmann?»

Horst Zeitner schüttelte heftig den Kopf. «Von Panik kann keine Rede sein, Herr Bundeskanzler. Man ist dort besorgt, ja. Aber ich bin mir absolut sicher, daß man uns nichts verschweigt.»

Die Finger des Kanzlers trommelten auf den Tisch. Schweigend starrte er Zeitner an. Nach einer beklemmenden Weile, die dem Beamten wie eine Ewigkeit vorkam, ergriff er wieder das Wort.

«Ist sonst noch jemand mit dem Kranken in Kontakt gekommen, Zeitner?»

«Nun ja ... einige, aber ich glaube, daß wir sie inzwischen alle haben. Wir haben die Leute, die sich zusammen mit Helms in einem nahe gelegenen Gasthaus aufhielten, in Verwahr genommen, ebenso seine Kontaktpersonen auf dem Frankfurter Flughafen. Ob er aber vor dem Abflug in Frankfurt noch mit irgend jemandem gesprochen oder jemanden berührt hat, wissen wir nicht. Wir nehmen es an, aber sicher ist es nicht.»

«Wo befinden sich die Kontaktpersonen jetzt?»

«In einer biologischen Quarantäne-Einrichtung in der Nähe von Bitburg. Sie sind von der Außenwelt abgeschottet, und bisher ist niemand von ihnen erkrankt.»

Zwei der Anwesenden diskutierten aufgeregt miteinander. Einer von ihnen – Zeitner hielt ihn für einen Mitarbeiter des Innenministers – wandte sich jetzt an ihn.

«Mein Gott, Herr Zeitner, wer stirbt schon an der Grippe? Wenn dieses Virus tödlich ist – haben Sie da nicht längst die Kontrolle darüber verloren? Was passiert, wenn Sie nicht alle Kontaktpersonen von Helms erwischt haben? Da tickt eine Zeitbombe!»

Horst Zeitner hob die Hand. «Ich glaube wirklich, daß wir alle Kontaktpersonen inzwischen unter Quarantäne gestellt haben. Garantieren kann ich es aber natürlich nicht. Professor Helms kann unterwegs noch Zwischenstops eingelegt haben, von denen wir bisher nichts wissen.»

«Haben Sie seine Reiseroute rekonstruiert?» fragte der Kanzler.

Zeitner nickte. «Und wir überprüfen sie – die Polizei, meine ich. Jeder Laden, jede Gaststätte entlang sämtlicher in Frage kommender Routen wird abgeklappert. Die Universität Heidelberg hat uns ein Bild von Helms zur Verfügung gestellt, das wir als Fahndungsfoto benützen.»

«Und wenn Ihnen doch wer durch die Lappen gegangen ist?» fragte der Kanzler. «Wenn ein paar Leute schon infiziert sind und es gar nicht wissen? Wenn sie noch ein paar Tage herumlaufen und die Krankheit verbreiten, ehe wir sie erwischen? Was dann?»

In seinem Gesicht stand die Frage, die Zeitner am allermeisten fürchtete. Wie konnte er diesen Leuten sagen, daß er eigentlich nichts Genaues wußte?

Er schluckte hart und zwang sich zu einer Antwort.

«Jedes Grippevirus kann sich verbreiten wie ein Flächenbrand. Das hängt von verschiedenen Variablen ab. Unglücklicherweise wissen wir nicht viel über diesen speziellen Stamm. Ich habe um weitere Informationen gebeten, doch bisher ...»

Der Innenminister beugte sich vor; seine Miene verriet Panik.

«Sie wissen offenbar überhaupt nicht, was für eine Krankheit das ist, wie?»

«Wie man's nimmt, Herr Minister. Man hat mir gesagt ...»

«Haben die Leute von Hauptmann Ihnen denn keine Details mitgeteilt?»

Zeitner schüttelte den Kopf. Er spürte, daß ihm die Felle davonschwammen.

«Dann kann es sich um weiß der Himmel was handeln, möglicherweise sogar um etwas viel Schlimmeres als eine Grippe, und Hauptmann will bloß nicht raus mit der Sprache.»

Horst Zeitner widersprach heftig. «Nein, Herr Minister, man hat mir versichert ...»

Der Innenminister ließ ihn nicht ausreden.

«Das genügt uns nicht! Mein Gott, Zeitner, was tun wir, wenn es sich um dieses grauenhafte afrikanische Virus handelt?»

Zeitner schüttelte neuerlich den Kopf. «Es ist eine Grippe, Herr

Minister. Bei dem afrikanischen Erreger handelt es sich um ein sogenanntes Filovirus, das ist etwas völlig anderes als eine Grippe. Die afrikanische Krankheit ist entweder ein Marburg- oder ein Ebola-Virus. Sie werden als hämorrhagische Viren bezeichnet und sind scheußlich gefährlich. Die Zellwände der Organe kollabieren, und das Opfer blutet nicht nur aus jeder Körperöffnung, sondern auch innerlich. Im vorliegenden Fall haben wir es lediglich mit einem Grippevirus zu tun, sonst nichts. Das hat man mir jedenfalls versichert. Das Problem liegt darin, daß es sich um einen mutierten Erregerstamm handelt, der deshalb besonders gefährlich sein kann, weil die meisten von uns dagegen noch keine Antikörper entwickelt haben.»

Seufzend beugte sich der Bundeskanzler vor. «Was der Herr Innenminister Ihnen klarmachen will, Zeitner, ist doch folgendes: Wenn dieses Virus schlimmer ist als eine üble Grippe, dann ist es doch schon außer Kontrolle geraten.»

«Jawohl, Herr Bundeskanzler.»

«Was, Herr Zeitner, steht uns bevor, wenn sich die schlimmsten Annahmen bewahrheiten und dieses Virus sich im ganzen Land verbreitet?»

Horst Zeitner blickte auf die Tischplatte, dann sah er wieder den Kanzler an. Ich muß jetzt wieder improvisieren, dachte er und hoffte, daß die Fragen nicht noch weiter ins Detail gingen. Daß er selbst den Direktor von Hauptmann nicht genauer befragt hatte, ärgerte ihn inzwischen. Er hatte ihm nur allzu bereitwillig geglaubt – aber Hauptmann war ja auch eine große, vertrauenswürdige Firma.

«Nach der Beschreibung, die ich erhielt, handelt es sich um einen Virusstamm, der besonders unter älteren und schwächeren Personen Tausende von Todesopfern fordern könnte, falls er sich in einem nicht isolierten Teil der Bevölkerung ausbreitet. Allein die Produktionsausfallkosten für die deutsche Industrie könnten enorme Ausmaße erreichen.»

Er beendete die Beschreibung und musterte die Gesichter in der Runde. Die versammelten Regierungsmitglieder trugen unterschiedliche Mienen zur Schau; schockiert waren sie alle.

«Deutschland», fuhr Zeitner fort, «kann sich das Risiko, daß diese Krankheit sich von hier aus über andere Länder und andere große Bevölkerungsgruppen verbreitet, nicht leisten, vor allem, weil die Ansteckung möglicherweise durch Tröpfcheninfektion über die Luft erfolgt. Deshalb, Herr Bundeskanzler, habe ich umgehend gehandelt und nicht erst auf die Genehmigung durch die zuständigen Instanzen gewartet. Ich durfte keine Zeit verlieren. Als ich dann rein zufällig erfuhr, daß Professor Helms ein früheres Flugzeug genommen hatte, war mir sofort klar, daß wir die britische Regierung vor der Landung warnen müßten. Die Entscheidung, der Maschine keine Landeerlaubnis zu erteilen, stammt aber von ihnen, also von den Engländern.»

«Aber Sie haben sie ihnen nahegelegt.»

Zeitner zögerte zu lange und schluckte heftig. «Jawohl, Herr Bundeskanzler.»

Der Kanzler zog die Brauen hoch und ließ den Blick über seine Ministerriege schweifen. Dann wandte er sich wieder Zeitner zu. «Allein auf den Verdacht hin, daß ein einziger Passagier diesem Grippevirus ausgesetzt war, schlagen Sie, Herr Zeitner, also vor, daß wir fast dreihundert Personen einsperren und isolieren?»

«Daß der Passagier infiziert ist, steht fest, Herr Bundeskanzler. In dem betreffenden Flugzeug, einer Boeing 747, zirkuliert die Atemluft, weshalb sich so ein Virus innerhalb von Minuten in der Kabine verbreiten kann. Wir müssen also davon ausgehen, daß ihm sämtliche Menschen an Bord ausgesetzt sind.»

«Wie lange muß die Quarantäne aufrechterhalten werden?»

Zeitner überlegte fieberhaft. «Das läßt sich jetzt noch nicht genau sagen. Vielleicht fünf Tage lang, vielleicht auch ein paar Tage länger. Wer in diesem Zeitraum nicht erkrankt, stellt keine Gefahr mehr dar.»

«Nun noch eine letzte Frage, Herr Zeitner», begann der Kanzler und machte eine lange Pause, ehe er weitersprach. «Da Sie so erpicht darauf waren, dieses Flugzeug mit den möglicherweise infizierten Menschen auf deutschen Boden zurückzubringen – und dabei, wie es scheint, ja auch erfolgreich gewesen sind –, haben Sie gewiß auch schon die erforderlichen Maßnahmen zur Isolierung von annähernd dreihundert Menschen getroffen. Sie kennen einen sicheren Ort, an dem die Leute untergebracht werden – einen Ort, der mindestens so sicher ist wie ein Bunker, der gegen ABC-Waffen schützt. Und gewiß haben Sie auch schon eine Mannschaft zusammengestellt, die Kommunikations- und Kontrollsysteme einrichtet, haben eine Kommandozentrale bestimmt und sich darum gekümmert, wer in dem bevorstehenden Medienspektakel für Presse, Funk und Fernsehen zuständig sein wird und wer für die Verbindungen zwischen den Isolierten und ihren Familienangehörigen. Außerdem haben Sie sicher längst alle Regierungsstellen und Behörden unterrichtet, die mit den diplomatischen, juristischen, finanziellen, logistischen, militärischen und innenpolitischen Konsequenzen dieser Angelegenheit zu tun haben werden. Das haben Sie doch sicherlich alles schon getan, nicht wahr, Herr Zeitner?» Der Bundeskanzler zwang sich zu einem falschen Lachen und wedelte geringschätzig mit der rechten Hand. «Warum sonst sollten Sie diese Leute zurückgeholt haben? Das wäre ja dann völlig unlogisch.»

Er hob den Kopf und starrte Zeitner, der am liebsten in den Boden versunken wäre, unverwandt an.

«Nun, Herr Zeitner? Sind alle Vorbereitungen getroffen?»

Zeitner versuchte, mit Würde zu antworten, aber seine Stimme war kaum mehr als ein verkrampftes, heiseres Krächzen.

«Nein, Herr Bundeskanzler, bisher noch nicht. Die Zeit war zu knapp.»

Der Kanzler nickte langsam, wie ein Professor, der zum tausendsten Male dieselbe Antwort von seinen unvorbereiteten Studenten hört. Tief und vernehmbar atmete er durch, erhob sich, blickte auf den Tisch, hob dann die Augen und richtete sie wieder auf Zeitner. Sein Blick war eine einzige, gewaltige Mißbilligung.

«Aha», sagte er. «Ich verstehe. Dann haben wir wohl noch einiges zu tun, bevor uns diese geflügelte Büchse der Pandora wieder in den Schoß fällt.» Er wandte sich an den Außenminister und deutete auf das Telefon. «Karl, komm doch bitte mit in mein Büro. Wir müssen den amerikanischen Botschafter anrufen. Ich denke...»

Der Kanzler senkte den Blick wieder, legte mit betonter Wichtigkeit einige Papiere zusammen, die vor ihm auf dem Tisch lagen, und ließ das Schweigen auf die anderen einwirken. Es war eine vielfach erprobte Szene von beklemmender Wirksamkeit. Dann fuhr sein Kopf unvermittelt hoch, und während er den an den Außenminister gerichteten Satz zu Ende sprach, traf Zeitner noch einmal sein vernichtender Blick.

«... wir werden uns bei den Amerikanern gehörig entschuldigen müssen.»

Der Außenminister nickte; der Kanzler drehte sich um und verließ den Raum.

Zeitner merkte jetzt, daß er die Luft angehalten hatte, und atmete endlich aus. Er fühlte sich schwindlig und völlig überfordert.

Im fensterlosen Kontrollraum des Hauptmann-Forschungslabors saß der Fabrikleiter vor einer Reihe von flackernden Monitoren, die allesamt Bilder von leeren Zimmern übertrugen. Er brauchte nicht nachzusehen. In den anschließenden Isolierräumen waren zwei seiner Angestellten eines furchtbaren Todes gestorben, und er hatte über die Angelegenheit gelogen.

Das qualvolle Telefongespräch, das er vor fast vierundzwanzig Stunden mit dem Generaldirektor der Firma in Berlin geführt hatte, ging ihm einfach nicht aus dem Kopf. Wir müssen jetzt die Behörden informieren, hatte er gesagt. Die müssen wissen, was auf sie zukommt.

Aber die Konzernleitung war zur Lüge entschlossen. Nach offizieller Lesart handelte es sich um eine «Grippe».

«Eine Grippe?» Er hatte fast gebrüllt. Dieses Virus beschleunigte den Herzschlag, rief hohes Fieber und ungeheure Schmerzen hervor und den Betroffenen wurde übel. Schon nach kurzer Zeit traten Orientierungsprobleme, Hysterie und Panik auf, vergleichbar mit paranoiden Wahnvorstellungen und möglicherweise verbunden mit Halluzinationen. Rolf Bronchmann, der zweite infizierte Laborant, hatte ihnen genaue Berichte geliefert. «Das wird psychoaktiv und geht ans Hirn. Die Persönlichkeit verändert sich. Eine Grippe macht so etwas nicht.»

Aber die Anordnung aus Berlin ließ an Deutlichkeit nichts zu wünschen übrig. Solange noch eine Chance bestand, die Sache einzudämmen, durfte niemand außerhalb der engsten Firmenleitung die Wahrheit erfahren.

Einmal mehr legte der Direktor seine Hand auf das Telefon. Er kannte die Nummer des zuständigen Regierungsbeamten in Bonn längst auswendig. Und er wußte, daß seine Karriere mit diesem Anruf beendet wäre.

Das Dilemma, in dem er steckte, machte ihn fast verrückt.

4

An Bord von Flug 66 · Freitag, 22. Dezember · 18.20 Uhr (1720Z)

Brenda Hopkins rückte die Sauerstoffmaske auf Ernest Helms' Gesicht zurecht und sah zu dem Schweizer Arzt auf, der ihr beruhigend den Arm tätschelte. Sie konnten im Augenblick nichts weiter tun; er hatte es ihr schon mehrmals gesagt. Der Herzschlag war den Umständen entsprechend stabil.

«Was meinen Sie – wann landen wir endlich?» fragte der Arzt.

«Ich... ich denke, innerhalb der nächsten dreißig Minuten.» Brenda deutete auf Helms. «Hält er durch?»

Der Mediziner blickte in den langen Mittelgang, um ihrem Blick zu entgehen.

«Vielleicht», sagte er dann. Er wollte sie nicht enttäuschen.

Zur gleichen Zeit folgte Rachael Sherwood der Stewardeß namens Dee eine Treppe hinauf durchs Oberdeck zu einer kleinen Tür, die ins Cockpit der 747-400 führte. Dee klopfte zweimal, zog die Tür auf und stellte Rachael vor. Holland deutete auf den erhöhten Sitz rechts hinter der Mittelkonsole.

Dick Robb stellte sich selbst als «Co-Captain» vor, schüttelte ihr die Hand und ließ seinen Blick sekundenlang ungeniert über ihren Busen gleiten, ehe er ihr wieder in die Augen sah. Aber da Rachael seine Anzüglichkeit nicht bemerkt, sondern sich inzwischen wieder Holland zugewandt hatte, zog er sich zurück und kümmerte sich wieder um die Instrumente. Holland ließ den elektrisch verstellbaren Sitz zurückgleiten, so daß er eine halbe Drehung machen und Rachael während ihres Gesprächs ansehen konnte.

«James Holland, Ms. Sherwood. Es freut mich, Sie kennenzulernen.»

Es war der gutaussehende Pilot, der ihr auf dem Flughafen aufgefallen war. Sie reichte ihm die Hand, die von seiner riesigen Pranke ganz umschlossen wurde. Die Wärme der Berührung und der Blick aus seinen tiefblauen Augen trafen Rachael bis ins Mark, und wieder überkam sie jener Schauer, der ihr schon in Frankfurt über den Rücken gelaufen war, nur diesmal noch intensiver. Obwohl ihn ein Hauch von Traurigkeit umgibt, hat dieser Mann eine sinnliche Ausstrahlung, die mir regelrecht den Kopf verdreht, gestand sie sich ein.

Sie räusperte sich und hatte Bedenken, daß sie, die hochqualifizierte Assistentin eines Botschafters, wie ein albernes kleines Mädchen klingen könnte.

Unfähig, den Blick von Holland abzuwenden, berichtete sie den Piloten von den Sorgen, die sich der Botschafter machte.

«Nein, entführen will uns niemand», versicherte ihr Holland, nachdem sie ihre Ausführungen beendet hatte. «Aber erlauben Sie mir, daß ich Ihnen in Ihrer Eigenschaft als Angestellte des Außenministeriums eine Gegenfrage stelle: Was bedeutet es aus diplomatischer Sicht, wenn eine amerikanische Linienmaschine mit überwiegend amerikanischen Staatsbürgern an Bord von einer ausländischen Regierung buchstäblich gezwungen wird, zum Ausgangspunkt des Fluges zurückzukehren, um sich dort in Quarantäne stecken zu lassen? Das ist doch eigentlich ein dicker Hund, oder?»

Rachael verschlug es einen Augenblick lang die Sprache. Was hatte das Wort «Quarantäne» in diesem Zusammenhang für eine Bedeutung? Holland hatte über den Bordlautsprecher lediglich bekanntgegeben, daß man nach Frankfurt zurückkehre, um den Herzinfarktpatienten in der ersten Klasse besser versorgen zu können.

«Da ist noch etwas anderes», setzte Holland hinzu, als er Rachaels fragende Miene sah. «Sie können es noch nicht wissen.» Er erklärte ihr, was vorgefallen war und daß die Gefahr bestand, daß der Infarktpatient an einer hochinfektiösen Virusgrippe erkrankt war und möglicherweise alle Menschen an Bord der Maschine angesteckt hatte.

«Alle?» Ihr stand der Schrecken ins Gesicht geschrieben.

Holland zuckte mit den Schultern. «Anscheinend.»

Rachael starrte wortlos ins Nichts. Holland deutete auf den Fußboden und sagte: «Ihr Chef, Botschafter ... äh ...»

«Lancaster, Lee Lancaster», ergänzte sie und fuhr aus ihrem Schockzustand auf, der sie fast gelähmt hatte.

«Richtig. Botschafter Lancaster. Meinen Sie, daß er bereit ist, uns bei der Behandlung dieser Angelegenheit auf Regierungsebene zu helfen? Wir sitzen schließlich alle in einem Boot.»

«Wie lange wird diese... Quarantäne denn dauern?» fragte Rachael. In ihrem Kopf überstürzten sich die Gedanken. Sie hatten Termine. Sie wurden in Washington gebraucht, und dann war da diese Rede vor dem National Press Club...

Holland schüttelte den Kopf und warf einen Seitenblick auf Robb, der so tat, als höre er gar nicht zu.

«Ich weiß es nicht, Ms. Sherwood», sagte er.

«Rachael», erwiderte sie viel zu schnell.

Holland nickte. «Rachael, natürlich.» Er hielt inne und lächelte beinahe, als sähe er seine Gesprächspartnerin plötzlich aus anderer Sicht. Er erkannte, daß die Aussicht auf eine längere Quarantäne sie noch betroffener gemacht hatte als die mögliche Ansteckung.

«Wir haben keine Ahnung, Rachael, wie lange die uns isolieren wollen oder welche Behandlung sie mit uns vorhaben. Ich meine – wie stoppt man ein Virus? Wie begründet man die Internierung von Ausländern juristisch? Ich habe keinerlei Erfahrung auf diesem Gebiet und könnte diplomatischen Rat gut gebrauchen.»

Unwillkürlich berührte Rachael mit der Linken seine Schulter – eine Geste, die stummen Zuspruch verriet.

«Und, bitte», fuhr Holland fort, «bitte sagen Sie außer dem Botschafter niemandem etwas. Ich habe bisher noch nicht einmal meine Crew informiert.»

Ihre Stimme klang leise und angespannt. «Kein Problem. Wenn es Ihnen recht ist, bitte ich den Botschafter einfach hierher.»

Rachael kehrte in die Erste-Klasse-Kabine zurück, ohne von dem hochgewachsenen, silberhaarigen Passagier auf Sitz 3B Notiz zu nehmen, der vornübergebeugt mit irgendeinem weit entfernten Gesprächspartner dringende Terminangelegenheiten besprach. Jetzt ließ er den Hörer des Satellitentelefons krachend in die Halterung fallen und drückte wutentbrannt den Knopf, mit dem die Stewardeß herbeigerufen wurde. Pfarrer Garson W. Wilson, ein in Amerika weitbekannter Erweckungsprediger, wandte sich an seinen verschreckten Sekretär, einen jungen Mann namens Roger, und deutete mit unverhohlenem Unwillen auf die Kabinendecke.

«Wir kriegen keinen neuen Termin für das NBC-Interview! Das war der Produzent, irgendein Casey, und dieser... dieser... Hurensohn ...» Die Stirn gerunzelt und die Augen rollend, brachte er das Wort in einem verschwörerischen Flüsterton hervor, doch Roger lehnte sich vor, legte den Zeigefinger auf die Lippen und sah seinen Boß mit weit aufgerissenen Augen an.

«... dieser irregeleitete junge Taugenichts, meinetwegen», verbesserte sich Wilson, noch immer mit gedämpfter Stimme.

«Klingt schon besser», erwiderte Roger. «Überall sind Ohren.»

«Gut, gut ...» Der Prediger tat so, als lenke er ein. «Dieser irregeleitete junge Idiot ...» Er sprach die Worte mit übertriebener Mimik aus. Der berühmte Tennessee-Akzent war langsam und präzise und verlieh den Worten einen sarkastischen Unterton. Es war, als probiere Wilson jedes einzelne von ihnen aus, nur um festzustellen, daß alle sauer waren. «Er sagt, er hätte für die Show am Donnerstag einen Filmstar engagiert. Entweder wir sind pünktlich da, oder wir können die Sache abschreiben.»

«Das geht schon in Ordnung, Sir. Wir buchen dann später einen neuen Termin. Ich ruf die Leute an.»

Angewidert schüttelte Wilson den Kopf. «Wir können es uns einfach nicht leisten, in Frankfurt herumzusitzen! Sobald wir am Boden sind, möchte ich, daß Sie sich an die zuständige Stelle wenden und Druck machen. Man muß uns unter allen Umständen unbedingt rauslassen. Buchen Sie um für London und besorgen Sie uns Tickets für die Concorde. Ich bin nicht bereit, auf diese Show zu verzichten. Ein Riesenpublikum – genau das, was wir brauchen, um das neue Buch zu lancieren.»

Roger rieb hektisch die Finger aneinander und starrte auf den Sitz vor ihm. Er haßte diese Konfrontationen, aber ihm blieb keine andere Wahl. Er atmete tief durch und wandte sich wieder an Wilson.

«Mir macht dieses Interview Kopfzerbrechen, wissen Sie. Man könnte Sie doch wegen dieser Einkommenssteuergeschichte im Zusammenhang mit dem Krankenhaus in Kansas City in eine Falle locken, stimmt's?»

«Ja, ja, ja! Aber damit werde ich fertig. Ich weiß gottlob seit vierzig Jahren, wie man mit solchen Fragen umgeht, oder?»

Roger veränderte seine Haltung. «Sir, ist Ihnen noch nicht der Gedanke gekommen, daß der Herr uns vielleicht nur deshalb in dieses Flugzeug hier gesetzt hat, damit Ihnen die Show erspart bleibt?»

Das war ein zündendes Argument, er wußte es. Es hatte schon in der Vergangenheit mehrfach gute Dienste geleistet.

Wilson schnaubte verächtlich und schüttelte den Kopf. Er konnte es nicht ausstehen, von seinem Sekretär belehrt zu werden. Er, der wortgewaltige Prediger, war der Allmächtige, nicht dieser eingebildete College-Lümmel. Aber vielleicht war er wirklich zu publicitysüchtig, vielleicht hatte dieses Fernsehmagazin tatsächlich Lunte gerochen? Eine landesweite Debatte über die steuerliche Absetzbarkeit der Wilson-Krankenhäuser war beim gegenwärtigen Stand der Geschäfte alles andere als wünschenswert. Mein Geschäft ist die Rettung von Menschenleben und Menschenseelen, erinnerte er sich. *Ich darf mein Image nicht vergessen!*

Der Prediger in seinem weich gepolsterten Erste-Klasse-Sitz nahm Haltung an und setzte eine strenge Miene auf. Unbemerkt von allen anderen, hatte er ein sehr genaues Bild von sich selbst: Ein Blick von unerreichter Redlichkeit, die Bibel fest im Griff, vor sich eine Phalanx von Mikrofonen, die ihm entgegengestreckt wurden. *Es ist meine Aufgabe, Sir, das Wort des Herrn auf verschiedenen Wegen zu verbreiten.* Der unausgesprochene Satz klang so gut wie eh und je. Er war Geistlicher, kein Buchhalter. Es war sein Bestreben, Gott zu dienen, nicht den Steuerbehörden.

Nein, andere Meinungen interessierten ihn jetzt nicht. Er wollte auf dem schnellsten Wege nach New York, sonst nichts.

Ungefähr dreißig Reihen hinter ihm gab Keith Erickson das Handtelefon an seine Frau Lisa weiter und biß sich auf die Lippen. Den Kindern ging es offenbar gut, und auch seine Schwägerin schien die Nachricht von der verspäteten Ankunft problemlos verkraftet zu haben. Den Anschlußflug von New York nach Hause konnten sie nicht mehr erreichen, soviel stand inzwischen fest.

Er sah Lisa an. Sie telefonierte erst mit dem zweijährigen Jason und danach mit dem drei Jahre älteren Tommy. Der Kleine war noch zu jung für ein richtiges Telefongespräch, doch Lisa bestand darauf, daß man ihm den Hörer ans Ohr hielt, so daß sie ein paar aufmunternde Worte zu ihm sagen konnte. Keith konnte sich sogar seine Schwägerin vorstellen: Sie tat, was Lisa von ihr wünschte, und drehte dabei die Augen himmelwärts.

Er sah den Mittelgang entlang und fragte sich, wie es dem Infarktpatienten gehen mochte. Wie lange würde es dauern, bis man ihn ins Krankenhaus bringen und den Flug fortsetzen konnte? Fast ein ganzes Jahr lang hatte er auf Lisa einreden müssen, bis sie sich endlich dazu bereit erklärte, ohne die Kinder mit ihm in Urlaub zu fliegen.

«Natürlich brauchen sie eine Mutter, aber auch ich brauche jemanden, nämlich eine Frau, die mich liebt.»

«Und warum ausgerechnet nach Europa?» hatte Lisa gefragt.

An seine Antwort konnte er sich nur allzugut erinnern: «Weil du da nicht jeden Tag die Kinder anrufen kannst.»

Und ob sie das konnte! Mit geradezu manischer Besessenheit hatte seine Frau ständig mit Zuhause Kontakt gehalten. Die Reise war eine Katastrophe gewesen, ständig Spannung, ständig Streß. Schon die Abschiedsszene auf dem Flughafen in Des Moines war an Peinlichkeit kaum noch zu überbieten: Lisa hatte die beiden Jungen gar nicht mehr loslassen wollen, hatte sie immer wieder von neuem umarmt und gar nicht mehr zu weinen aufgehört, so daß schließlich auch die Kinder in Tränen ausbrachen und sich sogar der Abflug der Maschine verzögerte. Auf dem Flug nach Frankfurt hatte sich Lisa unentwegt den Kopf über die Kinder zerbrochen. Nach der Landung weigerte sie sich zwei Stunden lang, eine Telefonzelle zu verlassen, nur weil ihre Mutter mit Jonas und Tommy gerade einen Abendspaziergang machte. Und jetzt die Heulerei, weil sich die Rückkehr verzögerte! Keith Erickson erkannte im Verhalten seiner Frau inzwischen eine Gesetzmäßigkeit, die ihn erschreckte – genauso wie der dunkle, wilde Haß, mit dem Lisa ihn verfolgte, weil er sie angeblich den Kindern weggenommen hatte.

In den vergangenen zwei Wochen hatte Lisas Tun und Lassen sich im wesentlichen darauf beschränkt, nach Telefonzellen Ausschau zu halten. Sie interessierte sich nicht für Geschichte, nicht für Sex, nicht für ihren Mann. Die hysterische Reaktion auf die Trennung von ihren Kindern beherrschte alles. «Ich hasse dich!» hatte sie ihn in ihrem Pariser Hotelzimmer mit flackernden Augen angebrüllt und war wie eine Tigerin um das Bett herumgeschlichen. «Du willst mir die Kinder wegnehmen! Gib's zu! Das ist doch alles ein heimtückisches Komplott!»

Bereits in Des Moines war ihm im Grunde klar gewesen, daß an dem Verhalten seiner Frau etwas nicht stimmte. Und eigentlich spürte er schon seit geraumer Zeit, daß sie ärztlicher Hilfe bedurfte. Nur – zu Hause ließ sich ihr exzentrisches Benehmen noch ertragen.

In Frankfurt hatte er sich einmal heimlich aus dem Hotel geschlichen und mit einem Psychiater in Des Moines für die Woche nach ihrer Rückkehr einen Termin vereinbart. Der Arzt hatte ihm aufmerksam zugehört und ihn gewarnt: Es sei nicht auszuschließen, daß man Lisa in eine Anstalt würde einweisen müssen.

Lisa hörte auf, wie eine Taube mit dem Baby zu gurren, wischte sich die Tränen aus dem Gesicht und ließ sich wieder Tommy geben. Keith Erickson stützte das Kinn in die Hand und wartete. In rascher Folge entschwand Dollar um Dollar. Er wußte, wie teuer Gespräche über das Satellitentelefon waren.

Aber er hütete sich, Lisa noch einmal zu unterbrechen.

Niederländische Flugbereichskontrolle, Amsterdam Center

Die Nachricht erreichte Amsterdam Center in Form einer einfachen Botschaft über den Fernschreiber, gefolgt von einem Anruf aus Frankfurt. Als die Nachricht dem für Flug 66 zuständigen holländischen Controller ausgehändigt wurde, schüttelte dieser verblüfft den Kopf, reagierte aber sofort und stellte das Mikrofon ein.

«*Quantum Sixty-six. Dutch Control.* Ich muß Ihnen mitteilen, Sir, daß Frankfurt Center soeben Ihre Freigabe für den deutschen Luftraum zurückgezogen hat. Wir müssen Sie in eine andere Richtung umleiten. Was haben Sie vor?»

Im Cockpit von Flug 66 schlugen die Worte ein wie eine Bombe. «Wie können sie die Freigabe zurücknehmen?» fragte Robb. «Erst die Briten und nun die Deutschen! Die Deutschen haben doch mit dem Zirkus angefangen!»

Dick Robb drückte unverzüglich auf den Übertragungsknopf.

«Dutch Control. Quantum Sixty-six kehrt auf ausdrückliche Anweisung der deutschen Regierung nach Frankfurt zurück. Außerdem haben wir einen medizinischen Notfall an Bord.»

Die Antwort kam beunruhigend schnell.

«Sixty-six Quantum, nach einer Nachricht, die uns soeben erreicht hat, ist der deutsche Luftraum für Sie gesperrt. Wenn Sie keine andere Freigabe suchen, muß ich Sie vor der Grenze in eine Warteschleife schicken.»

Mit erhobener Hand gab James Holland Robb zu verstehen, er möge einen Augenblick warten. Was war passiert? Hatte die Quantum-Zentrale den Spielplan geändert und vergessen, ihn zu informieren? Vielleicht hatte das Flugbetriebspersonal bereits einen anderen Kurs für sie bestimmt, Frankfurt Center informiert und lediglich ein winziges Detail vergessen – nämlich die Benachrichtigung der Crew?

Möglich. Doch die Worte «für Sie gesperrt» klangen in seinen

Ohren nach. Bei einer einfachen Richtungsänderung hätte der Controller sich anders ausgedrückt.

Holland spürte, wie sich ihm die Nackenhaare sträubten. Plötzlich wollte er unbedingt landen, und zwar so schnell wie möglich – um seiner selbst genauso wie um des erkrankten Passagiers willen. Siedend heiß überkam ihn die Erkenntnis, daß ihnen die Zeit ausging. Rasches Handeln war erforderlich.

Er stellte das Mikrofon an.

«Dutch Control. Erbitten Kursvektoren für eine sofortige Landung in Amsterdam-Schiphol.»

Der Controller klang erleichtert. «Verstehe, Sir. Fliegen Sie jetzt eine Linkskurve bis auf zwei-neun-null Grad. Gehen Sie dann auf sechstausend Fuß runter und bleiben Sie dort. Amsterdams Höhenmesser ist zwei-neun-acht-acht. Stellen Sie den Transpondercode auf drei-vier-fünf-sieben.»

Robb wiederholte die Freigabe, während Holland die Automatik abschaltete und die riesige 747 in eine sanfte Linkskurve führte. Der Sinkflug begann mit gedrosselten Triebwerken. Auf die Holländer und ihre Hilfsbereitschaft war Verlaß.

Ich hätte von Anfang an Amsterdam ansteuern sollen, dachte Holland. Die Holländer würden einem Zivilflugzeug in Not nie ihre Hilfe versagen.

5

Amsterdam · Freitag, 22. Dezember · 18.40 Uhr (1740Z)

Der Dezernent für Zivilluftfahrt im niederländischen Verkehrsministerium lehnte sich entspannt in seinem Drehstuhl zurück. Die Tür zu seinem Büro war geschlossen. Vor ihm auf dem Schreibtisch stand eine Tasse mit frisch aufgebrühtem Kaffee. Mit der Fernbedienung stellte er den Ton des Fernsehgeräts lauter. Jeden Tag freute er sich auf diesen Augenblick – vor allem aber auf den Kaffee. Er schätzte die kleine Kaffeemühle und die französische Espressomaschine im Schrank über alles und sorgte stets dafür, daß der Vorrat an aus den Vereinigten Staaten importierten Starbuck's-Kaffeebohnen nicht zur Neige ging. Es war ein europäischer Genuß amerikanischen Stils, dem er sich am Spätnachmittag hinzugeben pflegte, während seine Fixierung auf die Weltnachrichten rein amerikanisch war. Sein Lieblingssender war CNN.

Der Farbempfänger mit Kabelanschluß an der Bürowand war schon ein gewisser Luxus, eine Vergünstigung, die er seinem hohen Amt verdankte. Dem Dezernenten vermittelte er das Gefühl, unmittelbar am Weltgeschehen teilzuhaben. Er hatte telefoniert, als das Geschehen auf der Mattscheibe seine Aufmerksamkeit erregte; das Bild zeigte mit Unterbrechungen eine große Linienmaschine.

Seine Neugier war geweckt, aber bisher fehlte jede Erklärung. Jetzt räusperte sich der Moderator in Atlanta, während das kleine Bild einer Boeing 747 in der oberen rechten Ecke des Bildschirms erschien. Der Dezernent beugte sich vor und spitzte die Ohren.

«Berichten zufolge, die uns am Nachmittag aus England erreichten, wurden heute einer amerikanischen Linienmaschine auf dem

Weg nach London die Landerechte verweigert. Das Flugzeug wurde überdies gezwungen, den britischen Luftraum zu verlassen. Obwohl der Quantum-Pilot, wie aus einem in London mitgeschnittenen Funkgespräch zwischen ihm und einem britischen Fluglotsen hervorgeht, ein Herzinfarktopfer an Bord hat, welches dringend medizinischer Hilfe bedarf, wurde ihm mehrfach bedeutet, daß die britische Regierung die Landeerlaubnis nicht erteilen würde. Aus dem gleichen Gespräch geht hervor, daß die Maschine offenbar einen an einem besonders gefährlichen Grippevirus erkrankten Patienten an Bord hat und daß die Behörden befürchten ...»

Das Telefon klingelte, und der Dezernent runzelte die Stirn. Seine Sekretärin sollte eigentlich Bescheid wissen ... nein, Augenblick, sie hatte ja heute freigenommen. Als es erneut klingelte, nahm er ärgerlich den Hörer ab. Die CNN-Reportage lief unterdessen weiter.

«Ja?»

«... nun angeblich auf dem Weg nach Deutschland, wo Passagiere und Besatzung in Quarantäne gesteckt werden sollen. Es handelt sich offenbar um einen in der internationalen Zivilluftfahrt bisher beispiellosen Zwischenfall mit biologischen ...»

«Wiederholen Sie das bitte noch einmal.» Der Fernsehbericht lenkte den Dezernenten ab. Doch die Stimme seines Mitarbeiters klang beunruhigt. Es handele sich um eine Notfallsituation in Schiphol, sagte er.

«... sich den Meldungen nach um den Quantum-Flug 66 mit ursprünglichem Bestimmungsort New York. Wir betonen, daß das Flugzeug in Ordnung und die Passagiere unverletzt sind. Es ist jedoch zur Zeit nicht festzustellen, welchen Zielflughafen die Maschine gegenwärtig ansteuert. CNN wird Sie über den weiteren Verlauf der Affäre auf dem laufenden halten.»

«Was für ein Notfall?» Der Dezernent starrte, noch immer erbost über die Störung, auf den Bildschirm. Dann griff er nach einem Kugelschreiber und notierte sich die Informationen, die sein Mitarbeiter ihm durchgab, einschließlich der Kennung der anfliegenden Maschine.

«In einer Viertelstunde ist sie unten und braucht sofort ärztliche Versorgung», fuhr der Mitarbeiter fort. Der Dezernent quittierte die Nachricht mit einem stillen Nicken und legte den Kugelschreiber auf den Tisch, nur um ihn sogleich wiederaufzunehmen und den Namen des Quantum-Flugs 66 zu notieren.

Er dankte seinem Mitarbeiter, legte den Hörer auf und versuchte sich wieder auf den Bildschirm zu konzentrieren. Doch der Bericht über das betroffene Flugzeug war bereits zu Ende.

Was habe ich nicht mitbekommen? dachte er. Da war doch etwas mit einem verseuchten Flugzeug in London ... Ach ja, sie haben ihm die Landeerlaubnis entzogen und es weitergeschickt. In Quarantäne. Wahrscheinlich wurde inzwischen ein Notruf ausgelöst. Komisch, zwei Notrufe gleichzeitig im gleichen Gebiet ...

Er starrte auf den vor ihm liegenden Notizblock. Und auf einmal war die Nummer 66 auf dem Block deckungsgleich mit den Worten des CNN-Moderators. Es ging um ein und denselben Flug, um die Maschine, die die Briten abgewiesen hatten. Ja, der Mitarbeiter hatte von einer Boeing 747 gesprochen, allerdings nichts von einem potentiell ansteckenden Passagier an Bord erwähnt.

Und nun steuerte der Pilot Amsterdam an. Und in Schiphol war kein Mensch auf ein solches Problem vorbereitet!

Der Dezernent hechtete buchstäblich nach dem Telefon.

An Bord von Flug 66

Captain James Holland führte eine kleine Kurskorrektur nach rechts aus und wartete auf die Anfluggenehmigung. Vor ihnen lag Amsterdam, ein flackernder Lichterteppich. Die Stimme des Controllers meldete sich erwartungsgemäß.

«Quantum Sixty-six, Sie haben die Freigabe für Instrumentenanflug auf Landebahn drei-fünf. Fliegen Sie nun eine Rechtskurve, gehen Sie auf einen Kurs von dreihundertzwanzig Grad und melden Sie sich auf der Localizer-Mittellinie. Rufen Sie Schiphol Tower am äußeren Markierungsfunkfeuer.»

«Quantum Sixty-six, Anflugfreigabe erhalten. Gehen auf Towerfrequenz am Marker.»

Dick Robb griff zum Schalter, um auf die Frequenz von Schiphol Tower zu gehen. Wie üblich zögerte er ein paar Sekunden für den Fall, daß der Fluglotse auf der alten Frequenz noch etwas sagen wollte. Und tatsächlich meldete sich dieser sofort; seine Stimme klang ungewöhnlich aufgeregt.

«Quantum, sind Sie noch da?»

«Roger», antwortete Robb.

«Wir haben eine Änderung Ihrer Freigabe, Sir.»

Die Stimme des Fluglotsen verlor sich für ein paar Sekunden im Äther, doch durch die offene Leitung war die Stimme eines anderen Mannes zu vernehmen. Der Controller hatte den Finger auf dem Übertragungsknopf gelassen. Das Gespräch im Hintergrund wurde allerdings auf holländisch geführt und endete mit einem «Ja». Schließlich rauschte und knisterte es in der Leitung, als der Controller sein Mikrofon adjustierte.

«Äh... Sixty-six? Wieviel Treibstoff haben Sie an Bord, Sir?»

Komische Frage, dachte Holland. Er warf einen Blick auf die Treibstoffanzeige und machte eine Routinekalkulation. 37 228 Kilo bei einem Durchschnittsverbrauch von 5448 Kilo pro Stunde bedeutete Reserven für knapp sieben Stunden. Holland gab das Ergebnis weiter und Robb sendete es.

Die Stimme des Controllers meldete sich innerhalb einer Minute.

«Tut mir leid, Sir, aber Sie drehen jetzt bitte nach links ab, nehmen einen Kurs von zweihundertsiebzig Grad ein und steigen auf Flugfläche zweihundertvierzig. Die Landefreigabe für Schiphol ist vorübergehend aufgehoben. Wir müssen Sie in eine Warteschleife über dem Meer schicken.»

Holland und Robb sahen einander bestürzt an.

Holland war der erste am Mikrofon.

«Dutch Control. Sixty-six. Wir haben einen lebensgefährlich erkrankten Herzinfarktpatienten an Bord. Wir können keine Zeit mehr vertun. Wir brauchen umgehend medizinische Hilfe.»

Die Antwort kam langsam, um Verständnis bemüht und sehr zögernd.

«Ich verstehe Sie, Sixty-six. Aber ich bin beauftragt, Ihnen mitzuteilen, daß Ihnen die Erlaubnis, sich im holländischen Luftraum aufzuhalten, bis auf weiteres entzogen ist. Sie dürfen nicht in Schiphol landen. Es tut mir sehr leid. Wir bemühen uns um eine Lösung, das versichere ich Ihnen.»

Dick Robb beugte sich in seinem Sitz vor. Seine Augen flackerten erregt. Er drückte auf den Sendeknopf und brüllte in sein Kopfhörermikrofon.

«Dutch Control! Was soll das? Warum werden wir so behandelt?»

Er stotterte fast. «Wissen Sie nicht, was ein Notruf bedeutet? Wir erk... erklären einen N... Notfall. Jetzt und hier. Sie müssen uns landen lassen!»

Holland schüttelte energisch den Kopf, doch Robb ließ sich davon nicht beirren.

«Dutch Control. Quantum Sixty-six landet in Schiphol, ob es Ihnen paßt oder nicht!»

«Um Gottes willen, Dick!» sagte Holland. «Das geht nicht gut. Ich hab es doch schon in London versucht.» Erfolglos versuchte er, mit Robb Blickkontakt aufzunehmen. Dick wollte sich nichts sagen lassen. Er hatte Angst. James Holland kannte dieses Gefühl nur allzu gut.

Erst nach ungefähr einer halben Minute meldete sich die niederländische Anflugkontrolle wieder. Eine andere Stimme ließ sich vernehmen, ohne jede Spur von Mitgefühl diesmal. Es handelte sich offenbar um einen höhergestellten Beamten oder einen Manager. Er sprach fehlerfreies Englisch, wenngleich mit starkem holländischem Akzent.

«Quantum Sixty-six, jeder Versuch, auf niederländischem Boden zu landen oder ohne Genehmigung im niederländischen Luftraum zu verbleiben, zieht unweigerlich eine strenge Bestrafung nach sich. Selbst eine bewaffnete Intervention ist nicht ausgeschlossen. Wir haben wegen Ihrer Drohung die niederländischen Streitkräfte um Hilfe gebeten. Solange Ihre Maschine technisch fliegen kann, sind Sie verpflichtet, sich an unsere Instruktionen zu halten. Wir werden so schnell wie möglich die notwendigen Vorkehrungen treffen.»

Robb sank resigniert in seinen Sitz zurück. Holland übernahm das Funkgerät.

«Dutch Control. Quantum Sixty-six folgt Ihren Anweisungen. Wir fliegen eine Linkskurve, gehen auf Kurs zweihundertsiebzig Grad, steigen dann auf vierundzwanzigtausend Fuß und erwarten weitere Instruktionen. Auf das Militär können Sie verzichten. Wären Sie so gut, herauszufinden, ob wir vielleicht in Brüssel oder Kopenhagen Landeerlaubnis bekommen – und wenn nicht dort, dann vielleicht in Oslo oder Stockholm?»

«Machen wir, Sixty-six. Bitte, glauben Sie uns, wir verstehen Ihre Notsituation, aber wir erfuhren, daß Sie eine... daß Sie möglicherweise eine Krankheit an Bord haben, auf die unsere Behörden nicht vorbereitet sind.»

«Wir brauchen Ihre Hilfe, Dutch Control. Das ist alles, was ich dazu sagen kann.»

Holland schob die Gashebel vor und schaltete den Autopiloten wieder ein, ehe er sich neuerlich an Robb wandte. Der starrte unverwandt geradeaus.

«Nehmen Sie über Satellitentelefon mit der Company Kontakt auf, Dick. Finden Sie heraus, was man dort vorhat. Es muß doch irgendeinen Plan geben. Irgendwo müssen wir diesen Vogel doch wieder auf die Erde bringen! Und selbst, wenn unser Patient sich erholen sollte, haben wir für den Flug nach New York nicht mehr die vorgeschriebene Mindestreserve an Treibstoff.»

Das Intercom klingelte, und Robb meldete sich. Er murmelte ein paar Worte ins Mikrofon, schaltete ab und starrte wieder geradeaus durch die Frontscheibe. Als er endlich das Wort ergriff, weilte sein Blick am fernen Horizont.

«Das war die Cheftante da unten», sagte er in nüchternem Ton. «Ich soll Ihnen sagen, daß sich der Notfall erledigt hat. Ihr Passagier ist tot.»

6

An Bord von Flug 66 · Freitag, 22. Dezember · 19.10 Uhr (1810Z)

Als James Holland per Satellitentelefon die Fluggesellschaft in Dallas erreichte, hatte Quantum 66 eine Höhe von einunddreißigtausend Fuß erreicht und flog über der dunklen Nordsee Warteschleifen. In der Zentrale herrschte totale Verwirrung. Und während Flug 66 Löcher in den Himmel bohrte – fünfundzwanzig Kilometer nach Norden, Einhundertachtzig-Grad-Kehre, fünfundzwanzig Kilometer nach Süden, die nächste Kehre und auf der gleichen Strecke wieder zurück nach Norden –, bat Holland einen ganzen Schwarm von Managern und Einsatzleitern um Hilfe und Anweisungen. Der Kurs der Warteschleife war dem Computer einprogrammiert. Dieser würde die große Boeing nun so lange auf gleichbleibendem Kurs halten, bis ihr der Sprit ausging. Wenigstens ist das hier ein sicherer Fleck, dachte Holland. Hier können wir warten, bis die Holländer sich entschieden haben und uns endlich in Amsterdam landen lassen.

Dick Robb war furchtbar wütend über die Verzögerung, genauso, wie ihn Hollands Zurückhaltung in dem Gespräch mit der Company aufregte. Dennoch weigerte er sich, selbst das Kommando zu übernehmen. Seine Blicke schossen zwischen der Instrumentenanzeige, dem Captain und dem rasch dunkler werdenden Abendhimmel hin und her. Die Sonne war längst hinter aufgeblähten Kumuluswolken am westlichen Horizont verschwunden. Er sagte kein Wort.

In Texas hatte man inzwischen den Stellvertretenden Einsatzleiter der Gesellschaft per Helikopter von seiner Ranch geholt, doch was er von sich gab, klang genauso konfus wie die Kommentare des Flugbetriebspersonals am Flughafen von Dallas-Fort Worth, das keine Entscheidung ohne ihn hatte treffen wollen.

«Sie sagen, die niederländischen Fluglotsen haben Sie in die Warteschleife geschickt, Captain?» fragte der Vize.

Zum drittenmal wiederholte Holland, was geschehen war. Ja, sie waren in der Warteschleife. Ja, der Infarktpatient war inzwischen gestorben und angeblich von einem schlimmen Grippevirus befallen. Und jawohl, sie brauchten einen Flughafen, auf dem sie landen konnten. Noch ein paar Stunden Kreisen in niedriger Höhe, meinte Holland, dann würde es kritisch.

«Nun denn ...» begann der hochbezahlte Entscheidungsträger auf dem linken Sitz des Jet Ranger, der ihn auf schnellstem Wege in die Company-Zentrale Dallas-Fort Worth brachte. «Haben wir eigentlich schon Kontakt mit unserem Außenministerium aufgenommen?»

Wieder ertönte aufgeregtes Stimmengemurmel am anderen Ende der Leitung in Dallas. Der leitende Flugkoordinator bekannte, daß er nicht gewußt habe, wen man dort anrufen solle.

«Wir haben die FAA, Federal Aviation Authority, die Luftfahrtbehörde also, angerufen und sie über den Stand der Dinge informiert», sagte er.

«Und was haben die gesagt?» wollte der Vize wissen.

«Sie sagten uns, wir sollten abwarten. Ich hatte den Eindruck, sie waren gerade dabei, in ihrer Kommandozentrale in Washington einen Krisenstab einzurichten.»

«Haben sie das gesagt? Werden sie sich mit den holländischen Behörden in Verbindung setzen?» fragte der Vize.

Ein beredtes Zögern war die Antwort. Holland hörte das Gespräch über das Satellitentelefon mit. Die Stimmen klangen schrill.

Der Flugkoordinator seufzte. «Sir, ich glaube, die wissen genausowenig wie wir, wen sie anrufen sollen. Es gibt dafür keine Vorschriften. Wir haben die Telefonnummern für unsere Niederlassung am Flughafen Schiphol. Außerdem haben wir die niederländische Luftverkehrsbehörde angerufen, aber dort hat man uns auch nur vertröstet. Der Befehl, Sixty-six nicht landen zu lassen, soll von irgendeiner holländischen Regierungsstelle kommen.»

Der Stellvertretende Einsatzleiter wußte, daß alle auf ein klärendes Wort von ihm warteten. Er hatte eine Organisation aufgebaut, die sich davor hütete, ohne ihn und seine Zustimmung Entscheidungen zu treffen. Dafür erwartete man von ihm jetzt eine brillante Vorstellung. Er räusperte sich und bemühte sich um einen zuversichtlichen Ton. «Okay, verbinden Sie mich jetzt mit der Kommandozentrale der FAA, halten Sie die Leitung offen und sorgen Sie dafür, daß die

FFA mit dem diensthabenden Beamten im Außenministerium Kontakt aufnimmt...»

«Und was», unterbrach ihn Holland, «was sollen wir unterdessen tun?»

«Wer ist denn das?» fragte der Vize.

«Das ist Flug Sixty-Six.»

«Oh, tut mir leid, Captain. Bleiben Sie da, wo Sie sind, und halten Sie die Leitung frei für einen Rückruf. Wir werden in Kürze eine Antwort haben. Reicht der Sprit noch?»

«Noch für ungefähr fünf Stunden weiter oben und vielleicht für drei in niedriger Höhe. Nach New York schaffen wir es aber auf gar keinen Fall mehr, weil uns schon jetzt die vorgeschriebenen Reserven fehlen.»

«Okay, okay. Warten Sie ab. Wir melden uns wieder.»

«Sir», hakte Holland nach, «wir haben keinerlei Informationen darüber, was das für eine Grippe ist, der unser Passagier – und wir – ausgesetzt sind. Es ist doch wirklich ein seltsamer Zufall, um es mal vorsichtig auszudrücken. Ich meine, ausgerechnet der Passagier, der dieses böse Virus an Bord bringt, erleidet plötzlich eine Herzattacke und stirbt. Das ist doch kaum zu glauben. Was immer das für eine Grippe ist, die wir angeblich an Bord haben – die Deutschen haben offensichtlich verdammt Angst davor. Warum? Ich muß das wissen. Was kommt da noch auf uns zu?»

Er hörte den Vize seufzen. «Wie ich schon sagte, Captain: Warten Sie ab. Wir bemühen uns ja, Ihre Fragen zu beantworten. Wir melden uns.»

Holland unterbrach die Verbindung und informierte Robb kopfschüttelnd über den Inhalt des Gespräches. «Sie weisen uns an abzuwarten. Wir sollen nicht mehr anrufen. Sie melden sich selber.»

Er öffnete den Sicherheitsgurt und erhob sich. Robb preßte die Zähne noch fester aufeinander als zuvor. «Übernehmen Sie mal», sagte Holland. «Ich bin in ein paar Minuten wieder da.»

Robb hat nicht einmal gefragt, wohin ich gehe, dachte er bei sich. Interessant. Ich glaube, er platzt schier vor Wut...

Der Captain betrat den kleinen Waschraum vor dem Cockpit und schloß die Tür hinter sich ab. Der Spiegel umrahmte das Bild eines unglücklichen Mannes. Resigniert betrachtete Holland sein Konterfei. Ich sehe müde aus, dachte er. Die Linien und Falten dort, wo man eigentlich ein Gesicht erwartet hätte, waren erschreckend. Die sechs Monate Junggesellendasein hatten ihm alles andere als gutgetan.

Die Gegenwart holte ihn ein. Ein paar Sekunden ohne Robb waren ihm wichtiger erschienen als die Bewältigung dieser merkwürdigen Krise, die ihm erst jetzt größere Sorgen zu machen begann. Barb war natürlich schon in heller Aufregung, genauso wie Brenda, die sich bei ihrem heldenhaften Einsatz für Helms sämtlichen Erregern, von denen dieser befallen gewesen sein mochte, unmittelbar ausgesetzt hatte. War dieses Virus wirklich so schlimm und gefährlich, daß es gerechtfertigt war, Besatzung und Passagiere wie Aussätzige zu behandeln? Oder geriet da unten bloß eine Herde von kopflosen Bürokraten außer Rand und Band und reagierte mit maßloser Übertreibung auf eine Angelegenheit, von der sie einfach keine Ahnung hatte?

Der eine Gedanke war genauso schauderhaft wie der andere. Welche Grippe konnte so gefährlich sein, daß England nicht einmal einen hilfsbedürftigen Infarktpatienten von Bord ließ?

Die Vorstellung, die gesamte Crew und sämtliche Passagiere einer Boeing 747 ausnahmslos in Quarantäne zu stecken, überstieg alles bisher Dagewesene. Langsam wurde ihm angst und bange vor der Infektion, die Helms befallen hatte – davor und vor der simplen Tatsache, daß sie immer noch nicht wußten, wo sie landen konnten oder wer eine entsprechende Entscheidung treffen würde.

Er machte sich ein wenig frisch, verließ den Waschraum, durchschritt das fast zwanzig Meter lange Oberdeck und stieg die Treppe hinunter, die zur Passagierkabine führte. Die Sache widerte ihn an. Das Gespräch über das Satellitentelefon hatte die nagende Befürchtung nicht vertreiben können, daß die Crew von Flug 66 mit der Lösung des Problems alleingelassen wurde.

Auf der letzten Stufe hielt er inne und rief sich selbst zur Ordnung. Diese Einstellung war inakzeptabel. Das Flugzeug gehörte Quantum, die Crew bestand aus Quantum-Leuten, und die Verantwortung lag ebenfalls bei Quantum. Der Vize, mit dem er vorhin gesprochen hatte, war derselbe Mann, der schon mehreren Piloten, die ohne Anweisung der Fluggesellschaft neue Ideen entwickelt hatten, die Karriere ruiniert hatte. Es gibt nur eine Möglichkeit, mit dieser Situation fertig zu werden, dachte Holland und ließ nun auch die letzte Treppenstufe hinter sich. Wir müssen auf Instruktionen warten.

Die Treppe endete neben der Erster-Klasse-Kabine. Verfolgt von mehreren Dutzend aufmerksamen Augen begab sich Captain Holland in deren rückwärtigen Teil, wo man Helms' Leichnam inzwischen abgelegt und zugedeckt hatte. Neben dem Toten stand Brenda

Hopkins. Sie war vollkommen erschöpft. Man hatte Holland von ihrem selbstlosen Einsatz berichtet. Jetzt kam sie auf ihn zu. Der Captain geleitete sie hinter den Treppenvorhang, um eine gewisse Intimität zu wahren, und hielt sie ein paar Minuten lang in den Armen. Der emotionale Damm brach; Brenda schluchzte leise an seiner Schulter. Er wußte um ihre mögliche Ansteckung, aber Brenda brauchte ihn jetzt.

«Ich habe getan, was ich konnte», begann sie.

Holland beruhigte sie. «Ich weiß es. Ich bin stolz auf Sie, Brenda. Wenn London uns hätte landen lassen, wäre er vielleicht durchgekommen.»

Unvermittelt tauchte Barb Rollins, die Chefstewardeß, neben ihnen auf. Sie wartete, bis Brenda den Kopf hob, und bat Holland um die neuesten Informationen.

Er deutete nach vorn in Richtung auf die Küche der ersten Klasse. Als sie dort angekommen waren, zog er die Vorhänge zu und berichtete ihnen über den letzten Stand der Dinge. Er erwähnte, daß sie sich zur Zeit in einer Warteschleife befänden und daß ihnen drei Länder die Landeerlaubnis verweigert hätten.

Barb riß die Augen weit auf. «Was sagen Sie da? Jemand soll eine Supergrippe haben? So eine Art Schweinepest, wie?» Ihr New Yorker Akzent hatte sich verstärkt und klang jetzt scharf und schneidend. Holland hob die Hand, um sie zu beruhigen.

«Es handelt sich wahrscheinlich nur um eine Vorsichtsmaßnahme und um eine allgemeine Überreaktion. Wir kriegen das schon hin. In der Zwischenzeit kann ich ... Ich kann den Passagieren bis auf weiteres noch nichts Genaues sagen.»

«Aber sie verlangen nach Erklärungen!» erwiderte Barb drängend. «Alles, was Sie bisher über den Bordlautsprecher gesagt haben, ist, daß Sie auf die Landefreigabe für Frankfurt warten. Daß das nicht so lange dauern kann, weiß praktisch jeder an Bord. Die Passagiere wissen auch, daß Frankfurt nicht vom Meer umgeben ist. Sie ahnen, daß irgend etwas nicht stimmt, und sie wissen, daß der Herzpatient tot ist. Und viele von ihnen wissen auch, James, daß Helms schon krank war, als er das Flugzeug betrat.»

Holland rieb sich die Stirn und schloß die Augen, ehe er antwortete. «Barb, angenommen, ich erkläre, was wirklich los ist – da werden doch mindestens ein Dutzend Leute schon aus purer Angst krank!»

«Sie wollen sie also belügen, wie?» fragte Barb mit viel zu lauter

Stimme. Holland bedeutete ihr unmißverständlich, leiser zu sein, und blickte sich um, ob nicht etwa Füße unter den Vorhängen zu beiden Seiten der Bordküche hervorlugten.

«Nein. Ich will sie nicht belügen. Aber ich kann ihnen kaum mitteilen, daß es zur Zeit keinen Ort gibt, an dem wir landen können, daß unsere Company offenbar keine Ahnung hat, was sie mit uns machen will, und daß ... daß sie womöglich mit einem gräßlichen Grippevirus infiziert sind, gegen das kein Mensch geimpft ist. Einem Virus, das mittlerweile drei Regierungen dazu veranlaßt hat, einer zivilen Verkehrsmaschine mit einem Notfall an Bord die Landung zu verweigern.»

«Sie müssen den Passagieren aber irgendwas sagen, Captain. Und zwar bald.»

Der Vorhang zu ihrer Rechten teilte sich, und ein hochgewachsener Schwarzer mit silberweißem Haar steckte den Kopf herein. Sein Blick war auf Holland gerichtet.

«Entschuldigen Sie die Störung, Captain. Ich bin Lee Lancaster. Meine Assistentin sagte mir, Sie wollten mich sprechen.»

Wortlos verließ Barb die Küche und zog Brenda mit sich fort. Holland bat Lancaster herein und reichte ihm die Hand.

«Ja, Botschafter, das ist richtig.»

«Rachael hat mir erklärt, worum es geht. Gibt's was Neues?»

Sie lehnten sich beide gegen die Anrichte. Holland berichtete von der verworrenen Lage in Texas.

«Unterm Strich, Botschafter: Sie wissen nicht, an wen sie sich wenden sollen.»

«Nun ...» Lancaster sah Holland in die Augen. «Wie es der Zufall will – ich weiß es.»

«Auf diese Antwort habe ich gehofft.»

«Sie haben ein Satellitentelefon im Cockpit, das ich gegebenenfalls benutzen kann?»

Holland nickte.

«Dann gehen wir rauf. Es gibt ganz zivile Methoden, um solche Situationen in Griff zu bekommen.»

Der Flughafendezernent im niederländischen Verkehrsministerium legte behutsam den Hörer auf, starrte ein paar Sekunden an die Bürowand und hoffte, daß niemand ihn fragen würde, warum sein Gesicht auf einmal aschgrau geworden war. Er konnte sich den Querschnitt durch die menschliche Gesellschaft an Bord von Flug 66 gut vorstellen: Geschäftsleute, Kinder, Ehemänner, Ehefrauen, Liebhaber und Geliebte, Heilige und Sünder. Alle zusammen in einer Aluminiumröhre.

In einer Aluminiumröhre, die niemand haben wollte.

Sein Blick richtete sich wieder auf das Telefon, als könne auf dem Display eine bessere Antwort erscheinen. Es war eine Schande! Die Niederländer waren ein hilfsbereites Volk und er ein hilfsbereiter Mann. Wie konnten wir zweihundertvierzig oder mehr Menschen, die lediglich vorübergehender medizinischer Beobachtung bedurften, die Zuflucht verweigern?

«Wie lautet das Urteil?» Der Chef der Amsterdamer Anflugkontrolle war lautlos neben ihn getreten. Die Warteschleife von Flug 66 achtzig Kilometer weiter westlich über der Nordsee wurde inzwischen schon zu einer Art ständiger Einrichtung. Jeder Fluglotse im Gebäude hätte die Maschine nur allzugern nach Schiphol geleitet.

Der Dezernent schüttelte traurig den Kopf und sah nicht einmal auf.

«Unsere Regierung sagt nein. Solange wir nicht wissen, wie gefährlich dieses Grippevirus wirklich ist, können wir sie nicht hereinlassen.»

«Was dann?»

Der Dezernent sah ihm in die Augen. «Wir haben es in Belgien versucht, in Dänemark, in Schweden ...» Er machte seiner Frustration mit einer abschätzigen Geste Luft. «Bei allen unseren lieben Freunden in der EU, ausnahmslos. Sie alle bombardieren die Deutschen mit Fragen und erhalten nur finstere Warnungen. Niemand will eine Grippeepidemie in seinem Land.»

«Aber diese Menschen müssen doch irgendwohin!»

Er nickte. «Das weiß ich auch, Hans. Mein Gott, ja! Aber so wie es aussieht, gibt es auf diesem Kontinent hier niemanden, der sie haben will.» Er blickte zum Fenster auf der gegenüberliegenden Seite, das annähernd nach Westen hinaussah. Die Sonne war längst verschwunden, und man sah nur eine Milchstraße voller flackernder

Lichter, gelegentlich unterbrochen von einem Flugzeug im Landeanflug.

«Die amerikanische Regierung wird ihnen einen Bestimmungsort suchen müssen.»

«Können wir die Maschine nicht wenigstens auftanken?»

Der Dezernent schüttelte erneut den Kopf. «Politische Entscheidung. Die Anweisungen sind klar und deutlich. Dieses Flugzeug darf nicht mehr in den niederländischen Luftraum einfliegen. Die Angst vor diesem Grippevirus ist so groß, daß man sogar befürchtet, das Gelände könne über die Druckausgleichsventile verseucht werden. Das ist doch total verrückt. Man hat mir gesagt...» Er schüttelte voller Verachtung den Kopf. «Man hat mir gesagt, daß wir sogar zwei Kampfflugzeuge hochgeschickt haben, um eine mögliche Rückkehr zu verhindern. Soviel zur humanitären Seite der Medaille...»

Der Chef der Anflugkontrolle nickte langsam und kratzte sich wie wild am Kopf. Der Dezernent sah darin einen Ausdruck der Nervosität und hatte dafür Verständnis.

«Machen Sie sich keine Sorgen, Hans. Ich bringe es ihnen schon bei. Das ist mein Job.»

«Darum ging es mir nicht. Ich habe gerade die Reichweite der Maschine durchkalkuliert. Ich denke, sie würden's mit dem Treibstoff, den sie an Bord haben, noch nach Kanada schaffen. Auf jeden Fall aber nach Island oder Grönland. Das sind die einzigen Flughäfen in westlicher Richtung, die sie noch erreichen können.»

«Dann wären sie gut beraten, es klammheimlich zu tun», sagte der Dezernent.

Der Chef der Anflugkontrolle erschrak, als er den Blick seines Gesprächspartners erkannte und verstand, daß die Bemerkung todernst gemeint war.

«Warum?»

«Weil Kanada, Grönland und Island auch schon nein gesagt haben.»

7

CIA-Hauptquartier · Langley, Virginia · Freitag, 22. Dezember · 14.30 Uhr (1930Z)

Der Stellvertretende CIA-Direktor Jonathan Roth betrat einen kleinen, abhörsicheren Konferenzraum in der ihm eigenen Art und Weise: Unter dem Arm einen prallen, mit Geheimhaltungsvermerken bedeckten Aktenstapel, spähte er mißtrauisch über den oberen Rand seiner Halbbrille. Mit seiner Fliege und seiner hageren, fast einsneunzig hohen Gestalt sah er aus – so hatte es ein längst verabschiedeter Untergebener einmal ausgedrückt – «wie ein Oxford-Professor im Exil, den man in den Kolonien dazu degradiert hat, Abc-Schützen einzuschüchtern.»

Roth legte die Akten auf die Stirnseite des Mahagonitisches und warf einen Blick in die Runde. Nicht der Anflug eines Lächelns lag auf seinem Gesicht. Er haßte es, von einer Krise, in der die Firma allenfalls eine Nebenrolle spielte, aus einem produktiven Nachmittag gerissen zu werden. Aber er hatte keine andere Wahl. Der Befehl, die CIA einzubeziehen, war aus dem Lageraum des Weißen Hauses gekommen – als unmittelbare Folge der Entscheidung des Außenministeriums, auf den Panikknopf zu drücken.

Wortlos deutete Roth auf die Stühle, worauf die drei Männer und eine Frau – darunter zwei Experten, die erst eine Stunde zuvor dienstverpflichtet worden waren – Platz nahmen. Die Tür wurde geschlossen und die Signallampe, die darauf hinwies, daß in dem Raum eine Konferenz abgehalten wurde, leuchtete auf. Eigentlich waren Terrorismus und der Nahe Osten Roths Spezialgebiete, doch seitdem der Chef der CIA im Koma lag und kein Mensch mehr mit seiner Genesung rechnete, hatte er das Sagen in der Firma.

«Wie ich höre», begann Roth und nahm die Brille ab, «sind Sie alle bereits über dieses Verkehrsflugzeug informiert. Quantum Sixty-six. Ist das korrekt?»

Alle nickten, und einige tauschten untereinander vielsagende Blicke aus. Es war bekannt, daß Roth nicht leicht zufriedenzustellen war. In Langley hatte jeder seine eigene Lieblingsgeschichte über unglückliche Angestellte, die kleiner Fehler wegen den gebieterischen Furor seiner Verachtung zu spüren bekommen hatten.

«Sehr gut», fuhr Roth fort. «In den nächsten sechzig Minuten müssen wir folgendes herausfinden. Erstens: Um welchen Grippetyp oder welchen Erreger handelt es sich genau? Zweitens: Wie heiß – das heißt: wie gefährlich – ist er? Drittens: Wie lauten die technischen Parameter dieser Grippe – so es denn eine Grippe ist? Ich meine damit: Wie lange dauert die Inkubationszeit, wie verläuft die Krankheit, welche Symptome treten auf, wie hoch ist das Ansteckungspotential und so weiter?»

Die anderen Konferenzteilnehmer machten sich Notizen. Roth hob einen Finger.

«Außerdem will ich den Namen des auf diesem Gebiet führenden Wissenschaftlers in diesem Lande wissen und ob es hier in Langley irgend jemanden gibt, der mir sagen kann, inwieweit ein Grippevirus wie jenes, um das es hier geht, über die Klimaanlage eines Verkehrsflugzeugs verbreitet werden kann.»

Ein dunkelhaariger Mann mit den kantigen Gesichtszügen eines Football-Profis hob den Zeigefinger, und Roth nickte ihm zu.

«Sie sprechen für die Gruppe, Mark, nehme ich an?» sagte Roth.

«Yes, Sir», erwiderte Mark Hastings.

Ein Analytiker links neben ihm, sichtlich jünger als Hastings, bewahrte nach außen hin sein Pokerface, konnte sich aber nur mit Mühe ein Lächeln verkneifen. Jedermann wußte, daß Hastings bei internen Projekten ein vertrauter Geheimagent Roths war – was sollte da noch diese Farce?

«Bisher wissen wir folgendes», sagte Hastings. «Die Person, von der angenommen wird, daß sie infiziert war, ist definitiv identisch mit dem Passagier, der vor knapp zwei Stunden an Bord der Maschine angeblich einem Herzinfarkt erlag, ein amerikanischer Professor namens Ernest Helms. Das deutsche Gesundheitsministerium wurde heute früh darüber in Kenntnis gesetzt, daß dieser Helms unwissentlich Kontakt hatte mit einem deutschen Staatsbürger, der an einer gefährlichen, hochinfektiösen Form eines, wie die Deutschen es nennen, ‹menschlichen Grippevirus› erkrankt ist. Bei dem Erkrankten handelte es sich nach Auskunft der Deutschen um einen Laborangestellten des Pharmaherstellers Hauptmann, den man wegen einer schweren Grippe isoliert hatte. Er floh im Fieberwahn aus dem Gebäude und versuchte, den auf einem nahe gelegenen Parkplatz abgestellten Mietwagen Helms' aufzubrechen. Als der Professor ihn dabei überraschte, setzte er sich einer möglichen Infektion aus. Helms unterrichtet – oder besser: unterrichtete – an einem amerikanischen College. Nachdem er den Schauplatz des Geschehens verlassen hatte, schlug die Firma Hauptmann Alarm und ließ landesweit nach ihm suchen. Helms ging den Fahndern jedoch durch die Lappen und tauchte erst wieder auf, als er in Frankfurt die Quantum-Maschine bestieg. Zu diesem Zeitpunkt war er bereits krank. Und kurz darauf erlitt er einen Herzinfarkt.»

Roth beugte sich vor. «Das ist doch unglaublich! Die drehen durch wegen einer *Grippe*? Die isolieren einen Laboranten wegen einer Grippe – und lassen ihn dann *davonlaufen*?»

Hastings schüttelte den Kopf und lächelte. «Wir kaufen ihnen das auch nicht ab, Sir. Kein Wort. Aber es ist immer noch die offizielle Darstellung.»

«Was war mit diesem Infarkt? Starb Helms tatsächlich daran – oder an dieser sogenannten Grippe?»

Erneut schüttelte Hastings den Kopf. «Das können wir noch nicht sagen. Die Leiche des Professors befindet sich ja noch an Bord. Die Deutschen behaupten allerdings steif und fest, daß diese Grippe einen Infarkt auslösen kann. Ohne Autopsie läßt sich die Frage nicht beantworten.»

Jon Roth lehnte sich zurück und kratzte sich das Kinn, bevor er den Blick in die Runde schweifen ließ und nacheinander alle Konferenzteilnehmer ansah.

«Was ist, wenn aus diesem Labor irgend etwas Tödliches entwichen ist? Was forschen die denn da? Weiß das jemand?»

Einer der Experten erklärte, daß sich die Firma erst seit kurzem mit der Erforschung von Antibiotika und Impfstoffen beschäftige.

«Das heißt also, daß sie mit Lebendkulturen und belebten Viren herumpfuschen», sagte Roth.

«Yes, Sir», nickte Mark. «Aber sie sind erst in den Anfangsstadien. Die Fabrik ist offiziell noch gar nicht eröffnet. Wenn sie fertig ist, soll sie allerdings voll ausgerüstet sein, um sogar mit BL-4-Erregern experimentieren zu können.»

Roth nickte wortlos und deutete reihum auf die Anwesenden. «Sie wissen alle, was ein BL-4-Erreger ist?»

Bis auf einen nickten alle.

«Eine hochansteckende Humaninfektion», erklärte Roth. «*Biosafety Level 4* heißt: höchste Sicherheitsstufe erforderlich. Normalerweise sind das Viren. Ein BL-4-Erreger hat eine sehr hohe Mortalitätsrate, und es gibt praktisch keine Gegenmittel, weder einen Impfstoff noch eine sinnvolle Therapie.»

«Wie zum Beispiel das Ebola-Zaire- oder das Marburg-Virus», ergänzte Mark.

Jon Roth nickte. «Wenn sie mit solchen Dingen forschen wollen, kann es durchaus sein, daß ihnen irgendeine Scheußlichkeit entkommen ist.» Er wandte sich an Hastings. «Könnte es sich auch um einen militärischen Bazillus handeln, Mark? Aus einem Geheimlabor, von dem wir nichts erfahren sollen?»

Hastings zögerte, wich aber Roths bohrendem Blick nicht aus.

«Das läßt sich zur Zeit noch nicht sagen. Wir gehen allen denkbaren Ursprüngen nach. Möglich, daß sie uns was verheimlichen. Möglich ist aber auch, daß Hauptmann die deutschen Behörden genauso anschwindelt wie uns.»

«Was ist das Naheliegendste?»

Hastings sah die anderen an. Sie hatten sich vor Roths Eintreffen kurz beraten und ihn de facto zu ihrem Sprecher gemacht. Er wandte sich wieder an den Stellvertretenden Direktor.

«Wir glauben tatsächlich, daß ihnen irgend etwas entwischt ist. Persönlich denke ich, daß die deutsche Regierung das auch vermutet, aber noch nichts Genaues weiß. Und ob die Militärs in Deutschland unerlaubte biologische Forschungen betreiben? Ich weiß es nicht.» Mark hob die Unterarme und kehrte die Handflächen nach oben. «Ich kann Ihnen nur sagen, daß die deutschen Gesundheitsbehörden eine Heidenangst haben. Aus ihren Reaktionen muß man den Schluß ziehen, daß sie wirklich befürchten, es mit etwas sehr viel Gefährlicherem als einem einfachen Grippevirus zu tun zu haben.» Er schob einen kleinen Stoß mit Dokumenten über den Tisch, die allesamt einen GEHEIM-Stempel trugen. «Ich habe hier etwas, was Spezialisten unserer Armee zusammengestellt haben. Es geht um größere Epidemien und weltweite Pandemien. Die Studie entstand im vergangenen Jahr auf der Basis der Ebola-Reston-Panik und behandelt den möglichen Ausbruch von BL-4-Krankheiten in der Zukunft. Da kriegt man das kalte Grausen.»

«Haben wir schon einen Namen für dieses sogenannte Grippevirus?» fragte Roth leise, während er in dem Armeebericht blätterte.

«Nein, keine Ahnung, Sir. Wir müssen ihnen Daumenschrauben anlegen, damit sie endlich Roß und Reiter nennen und uns sagen, um was genau es sich handelt und woher es kommt. Bisher versuchen sie bloß, die Krankheit unter Kontrolle zu halten. Kein Mensch da drüben weiß, was geschieht, wenn ihnen das nicht gelingt. Höchste Zeit, daß wir ihnen das mal ganz klar vor Augen halten.»

Roth nickte. «Statt dessen machen sie eine Kehrtwendung und weigern sich, das Flugzeug in Deutschland landen zu lassen. Warum?»

Hastings blickte in die Runde, als wolle er eine Meinungsbefragung vornehmen. «Wir sehen darin einen Beleg für die Angst, die sie befallen hat. Es war zweifellos eine politische Entscheidung, die auf hoher Ebene in Bonn getroffen wurde. Und durch den Entzug der Landeerlaubnis haben sie allen anderen EU-Mitgliedern ebenfalls Angst eingejagt...»

Roth führte den Satz zu Ende: «... weshalb dieses Flugzeug noch immer über der Nordsee kreist und nicht weiß, wo es landen soll.»

«Lassen Sie es mich noch einmal betonen, Sir», fuhr Hastings fort, «das deutsche Gesundheitsministerium – ein Mann namens Zeitner, um es genau zu sagen – vertritt die Meinung, die Inkubationszeit des sogenannten Grippevirus betrage zwischen achtundvierzig und sechzig Stunden. Und das ist äußerst seltsam, denn bisher gibt es kaum Viren, die sich mit solcher Schnelligkeit verbreiten. Wenn Professor Helms tatsächlich an dem Virus und nicht an seinem Infarkt starb, dann wären zwischen der Ansteckung und seinem Tod an Bord von Flug 66 lediglich einundfünfzig Stunden vergangen.»

Roth legte den Armeebericht beiseite, nahm neuerlich seine Brille ab und rieb sich die Augen. «All right. Was ist nun mit der Klimaanlage? Angenommen, dieser Professor war wirklich kontaminiert und ansteckend – heißt das, daß zwangsläufig auch alle anderen Fluggäste infiziert werden, selbst wenn sie ihn gar nicht berührt haben?» Roth ließ die Hand auf den Tisch fallen und sah wieder Hastings an.

«Diese Frage können wir gegenwärtig noch nicht beantworten, Sir. Aber wir haben einen Experten in der Belegschaft und suchen ihn bereits. Ein ehemaliger FAA-Arzt namens Sanders – äh...» Er warf einen Blick in seine Unterlagen. «Rusty Sanders, ja. Hat sich vor einigen Jahren selbst aus der FAA verabschiedet, weil er mit einer Untersuchung an die Öffentlichkeit ging, der zufolge bei den Klimaanlagen und Belüftungssystemen von Verkehrsflugzeugen die Gefahr besteht, daß sie in der Luft befindliche Krankheitserreger aufnehmen und weiterverbreiten.»

«Die FAA hat ihn wegen Aufsässigkeit gefeuert, worauf wir ihn natürlich gleich engagieren müssen.» Roth lächelte süffisant und schüttelte in gespielter Verwunderung den Kopf.

«Er beherrscht sein Fach, Mr. Roth», sagte Hastings.

«Das hoffe ich», erwiderte Roth. «Das hoffe ich wirklich.»

An Bord von Flug 66 · 20.45 Uhr (1945Z)

James Holland nahm das Intercom zur Hand und zögerte über dem Knopf, der ihn mit der Passagieransage verbinden würde. Fieberhaft grübelte er darüber nach, was er seinen Fluggästen sagen sollte. Vor einer Stunde hatte sich Botschafter Lancaster über das Satellitentelefon gekauert und mit dem rückwärtigen Flügel des Washingtoner Außenministeriums ein heißes Pokerspiel begonnen. Holland hatte sich bemüht, den Passagieren soweit wie irgend möglich reinen Wein einzuschenken. Ja, hatte er gesagt, der Herr mit dem Herzinfarkt sei bedauerlicherweise verstorben. Nein, sie flögen nicht nach Frankfurt zurück, sondern befänden sich in einer Warteschleife über der Nordsee. Der Grund dafür sei ein internationales diplomatisches Hickhack wegen eines ungeklärten Todesfalls über internationalen Gewässern. Durch die geschlossene Cockpittür hindurch hatte Holland die Unmutsäußerungen der Passagiere auf dem Oberdeck hören können. Sie hingen wegen irgendwelcher bürokratischer Querelen in der Luft, während sich unten die Diplomaten um einen Ausweg bemühten. Bis zum Kennedy Airport in New York reichte ihr Treibstoff nicht mehr, hatte Holland den Fluggästen noch erzählt.

Was er ihnen verschwiegen hatte, war die Geschichte mit dem Grippevirus und einer möglichen Quarantäne.

Doch jetzt ließ sich auch das nicht mehr umgehen. Zweihundertfünfundvierzig Passagiere wollten langsam Taten sehen.

Holland drückte den entsprechenden Knopf und hielt sich das Mikrofon vor den Mund: «Liebe Fluggäste, hier spricht Captain Holland.»

Er warf einen Seitenblick auf Dick Robb. Er hatte ihm von seinem Vorhaben erzählt, und Robb hatte nichts dagegen eingewendet. Er hatte praktisch überhaupt nicht reagiert.

«Entschuldigen Sie bitte, daß ich Sie so lange auf die Folter gespannt habe. Desgleichen möchte ich mich auch noch einmal sehr für die beispiellose Verzögerung entschuldigen. Ich ... Unsere gegenwärtige Lage erfordert eine ungeschminkte Erklärung. Bitte hören Sie mir aufmerksam zu und haben Sie ein wenig Geduld. Ich habe Ihnen beim letztenmal nicht die ganze Geschichte erzählt, weil ich mir, offen gesagt, nicht sicher war, ob ich selbst daran glaubte. Da unten findet, wie ich Ihnen sagte, tatsächlich ein diplomatisches Hickhack statt, aber nicht wegen eines Todesfalls über internationalen Gewässern. Kurz nach unserem Abflug in Frankfurt teilte die deutsche Regierung sowohl uns als auch sämtlichen europäischen Staaten mit, daß einer unserer Fluggäste, ohne es selbst zu wissen, mit einem bisher unbekannten Grippevirus infiziert sei. Dies bedeutet leider, daß wir alle damit rechnen müssen, in Quarantäne gesteckt zu werden. Wie lange diese Quarantäne dauert – wie viele Stunden oder Tage –, weiß ich nicht. Sie müssen verstehen, daß nicht ich darüber entscheide. Ihre beiden Piloten bemühen sich seit einer Stunde vergeblich, eine Landeerlaubnis zu bekommen. Wir haben es zuerst in London, dann in Frankfurt und zuletzt in Amsterdam versucht. Inzwischen ist unser Außenministerium eingeschaltet und kümmert sich um einen sicheren Landeplatz. Da unsere Treibstoffreserven nicht mehr bis nach New York reichen, werden wir in absehbarer Zeit auf jeden Fall landen. Persönlich halte ich die ganze Angelegenheit für eine maßlose Übertreibung. Unbestrittene Tatsache ist jedoch, daß fast alle Regierungen da unten glauben, wir seien von diesem mysteriösen Virus befallen, und solange sie ihre Meinung nicht ändern, bleiben wir weitgehend ihren Entscheidungen ausgeliefert.»

Holland machte eine Pause und dachte nach, ohne den Bordlautsprecher abzuschalten. Im Passagierraum einen Stock tiefer herrschte Schweigen. Alle lauschten angestrengt, um ja nicht die nächsten Worte des Flugkapitäns zu verpassen. Weitaufgerissene Augen und besorgte Blicke zeichneten jedes Gesicht. An ihrer Bereitschaftsposition in der Nische hinter Tür L2 tastete Brenda Hopkins nach dem aufklappbaren Flugbegleitersitz und ließ sich darauf nieder. Ihr Herz klopfte heftig. Die Erinnerung an die Mund-zu-Mund-Beatmung, mit der sie Ernest Helms hatte retten wollen, erschien ihr jetzt wie reiner Hohn. War er etwa der infizierte Passagier? Was immer er gehabt haben mochte – sie würde es auch bekommen, das stand fest.

Wieder ertönte Hollands Stimme über den Bordlautsprecher.

«Und genau dies ist der springende Punkt, meine Damen und

Herren: Es kommt darauf an, wie die Gesundheitsbehörden da unten mit der Sache umgehen wollen. Ob uns eine drei- oder viertägige Quarantäne bevorsteht oder dergleichen. Ich weiß es nicht. Ich bin mir absolut im klaren darüber, daß viele von Ihnen dringende Termine haben. Kein Mensch will über Weihnachten durch so etwas irgendwo festgehalten werden. Vorerst bleibt uns aber, fürchte ich, nichts anderes übrig, als uns zu gedulden. Mir ist natürlich klar, daß wir alle ein vitales Interesse daran haben, gesund zu bleiben, und daß Sie – genauso wie ich – noch eine Menge Fragen zu dieser mysteriösen Krankheit haben und wissen wollen, ob sie tatsächlich eine Gefahr darstellt. Im Augenblick kann ich all diese Fragen nicht beantworten, doch ich verspreche Ihnen, daß ich Sie auf dem laufenden halten werde. Im Gegenzug für meine absolute Offenheit hoffe, ja erwarte ich von Ihnen, daß Sie nicht in Panik geraten oder sonstwie überreagieren und sich auch nicht mit unbegründeten Spekulationen das Leben schwermachen.»

Kaum hatte er die Durchsage beendet, klingelte auch schon das Intercom. Die gespannte Stille im Passagierraum war schlagartig einem aufgeregten Stimmengewirr gewichen. Schock und Empörung in unterschiedlichen Abstufungen brachen sich Bahn und veranlaßten einige Passagiere, sich von ihren Sitzen zu erheben. Von überall her riefen die Stewardessen an, um besorgte Anfragen weiterzugeben. Die Fluggäste gierten nach weiteren Informationen. Der Aufruhr war oben im Cockpit deutlich zu hören.

Holland schaltete den Bordlautsprecher wieder ein:

«Hier spricht noch einmal Captain Holland. Liebe Fluggäste, bitte verschonen Sie unsere Flugbegleiterinnen mit Fragen, die diese nicht beantworten können. Da ich nicht die Zeit hatte, sie eigens zu unterrichten, wissen die Stewardessen auch nicht mehr als Sie. Die Flugbegleiterinnen darf ich kurz zum Intercom bitten.»

Er hielt den Hörer ans Ohr und wartete, bis sich alle zehn Türpositionen, das Oberdeck und der Crew-Erholungsraum oberhalb der hinteren Bordküche zugeschaltet hatten.

«Alle da? Okay. Ich habe den Passagieren alles gesagt – bis auf eines: Der Infizierte war Helms, aber kein Mensch weiß, ob sein Infarkt damit zu tun hatte. Kann sein, daß während des Fluges noch jemand anders krank wird. Wenn Sie bei irgend jemandem Symptome einer Erkrankung sehen, lassen Sie es mich unauffällig wissen. Ich möchte, daß der oder die Betroffene dann so schnell wie möglich von den übrigen Passagieren getrennt wird.»

«Wohin mit ihm?» Die Frage kam von drei Flugbegleiterinnen gleichzeitig.

«In den Crew-Erholungsraum. Dort wäre er völlig isoliert. Bitten Sie den Schweizer Arzt um Hilfe. Wir müssen sicher sein, daß die Person, die wir isolieren, wirklich krank ist und echte Symptome aufweist.»

«Captain, hier... hier spricht Brenda auf Zwo-links. Ich habe mich bestimmt angesteckt, genauso wie Dr. Turnherr. Wir beide haben Helms von Mund zu Mund beatmet...»

Ihre Stimme wurde leiser, bis sie kaum noch zu hören war.

«Brenda», sagte Holland, «wir wissen ja gar nicht, ob überhaupt eine Gefahr besteht... Aber es wäre vielleicht doch besser, wenn wir den toten Professor und die, die... äh..., die sich um ihn gekümmert haben, im Crew-Erholungsraum unterbringen würden.»

«Mit ihm zusammen? Auf dem Dachboden?» fragte Brenda.

Barb Rollins mischte sich ein. «Der Dachboden ist okay für den Toten. Aber Brenda und der Arzt können doch auch auf dem Oberdeck isoliert werden.»

Holland nickte, obwohl ihn die anderen nicht sehen konnten. «Absolut richtig, Barb. Gute Idee. Brenda, ich melde mich bei Ihnen, sobald ich Genaueres über dieses Virus weiß. Und denken Sie daran: Gut möglich, daß das alles nur falscher Alarm ist.»

Das Satellitentelefon klingelte im gleichen Augenblick, als Dick Robb von Westen her die Lichter eines sich nähernden Flugzeugs aufblitzen sah.

Holland nahm den Hörer auf.

«Sixty-six? Hier Dallas, Zentrale.»

«Hier ist Sixty-six», bestätigte Holland.

«Okay, wir haben, glaube ich, eine Lösung gefunden, Captain. Die Diplomaten haben die Air Force eingeschaltet. Zwei Kampfflugzeuge werden Sie zum Luftwaffenstützpunkt Mildenhall eskortieren.»

Holland zögerte. Hinter seiner linken Tragfläche waren tatsächlich die Lichter von zwei Kampfflugzeugen aufgetaucht. Er schaltete die Tragflächenbeleuchtung ein. Es waren F-15-Jets. Anders als die beiden niederländischen Militärflugzeuge, die sie eine Zeitlang begleitet hatten, trugen die Maschinen die Hoheitsabzeichen der US-Air Force.

«Mildenhall ist in England, stimmt's?» fragte Holland, obwohl er genau wußte, daß sich der Stützpunkt nur knapp einhundertfünfzig Kilometer nördlich von London befand.

«Glaube, ja», ließ sich Dallas vernehmen. «Auf jeden Fall sollen Sie auf 124.55 Kontakt mit ihnen aufnehmen. Mit den Jets, meine ich.»

«Die sind schon hier. Haben die Engländer denn inzwischen nachgegeben? Dürfen wir jetzt auf britischem Boden landen?»

Dallas meldete sich erst nach einer Pause wieder.

«Ja, anscheinend, Captain. Folgen Sie einfach ihren Instruktionen. Die Air Force wird sich in Mildenhall um Sie und die Passagiere kümmern.»

«Steht uns eine Quarantäne bevor oder was?»

Bevor der Mann am anderen Ende der Leitung das Mikrofon wieder an den Mund führte, konnte Holland im Hintergrund Stimmengewirr hören.

«Wir... äh, wir wissen nicht, was sie vorhaben. Uns geht es zunächst einmal nur darum, Sie wieder auf festen Boden zu bekommen. Melden Sie sich, sobald Sie unten sind.»

Holland dankte ihm und legte den Hörer auf. Er war froh, daß Robb über das Intercom mitgehört hatte.

Robb nickte und wählte die angegebene Frequenz. «Sixty-six up one-twenty-four point five-five.»

«Roger, Sixty-six. Hier ist Fox One, an Ihrer linken Tragfläche. Stellen Sie jetzt bitte Ihre Transponderkennung ab und folgen Sie uns. Sie antworten jetzt nur noch auf den Ruf ‹Fox Three›. Haben Sie das verstanden, Sir?»

«Roger», bestätigte Robb. «Unsere Gastgeber sind wohl nicht ganz einverstanden mit unserem Besuch?»

Die Kampfflugzeuge antworteten nicht. Holland hielt Robbs Bemerkung für unklug. Die Jetpiloten hatten ihre Befehle, genauso wie er selbst.

«Hallo? Unser Kommandant möchte mit Ihnen sprechen, Sir. Bitte bleiben Sie jetzt auf dieser Frequenz und reden Sie mit keiner Flugkontrollbehörde mehr. Wir fliegen jetzt eine Linkskurve und gehen allmählich runter. Wir fliegen langsam. Bleiben Sie einfach an meiner Tragfläche.»

Die beiden Jets begannen eine leichte Linkskurve, und Holland stellte den Autopiloten ab, um ihnen zu folgen. Wie angekündigt, gingen sie in den Sinkflug über und hielten die Geschwindigkeit mit Rücksicht auf die riesige 747 gedrosselt.

«Sie wissen, was die vorhaben?» fragte Holland Robb, der urplötzlich ganz aufgeregt wirkte.

«Selbstverständlich. Die schleusen uns heimlich ein.»

Holland nickte. «Ohne Genehmigung der Briten wird das ein verdammt teurer Spaß.»

Botschafter Lee Lancaster in der ersten Klasse waren die Lichter auf der linken Seite aufgefallen, doch konnte er die Maschinen zunächst nicht identifizieren. Schließlich flackerten Scheinwerfer auf, die die Jets beleuchteten. Er erkannte das Air-Force-Symbol auf dem Rumpf, und Erinnerungen an glorreiche Zeiten stellten sich ein.

Wieso Eagles? fragte er sich. In den Niederlanden gab es keine US-Stützpunkte mehr, und die paar in Großbritannien wurden von Briten und Amerikanern gemeinsam genutzt. Ohne Auftankmöglichkeit in der Luft konnten die Eagles weder Island noch Kanada erreichen. Und wieso brauchte die 747 überhaupt eine militärische Eskorte? Es schoß doch niemand auf sie.

Es sei denn, ein paar Leute im Pentagon hatten den Verstand verloren und beschlossen, die Briten hinters Licht zu führen.

Er knabberte an einem Fingernagel und sah, wie die Formation nach links abdrehte. Als Flug 66 ihr folgte, wußte er Bescheid.

Eine Minute später hatte Lancaster die Treppe erklommen und klopfte mit erzwungener Zurückhaltung an die Cockpittür.

Die Tür wurde geöffnet. Lancaster steckte seinen Kopf hinein.

«Captain? Lee Lancaster hier. Bringen uns diese Jets nach England?»

Holland machte eine leichte Linksdrehung in seinem Sitz und nickte, bevor er sich wieder der Aufgabe zuwandte, die Boeing in Formation zu halten.

Lancaster schloß die Tür hinter sich und setzte sich auf den erhöhten Notsitz hinter der Mittelkonsole.

«Sind die Briten damit einverstanden?»

Holland begann, die Frage mit einem Kopfschütteln zu beantworten, doch ehe er etwas sagen konnte, kam Robb ihm zuvor.

«Und wennschon, Herr Botschafter! Wir schleichen uns in der raffinierten Verkleidung eines übergewichtigen Mitglieds ihrer Formation in Mildenhall ein.»

Lancaster ging auf den Versuch, der Sache einen humorvollen Anstrich zu geben, nicht ein und schüttelte den Kopf. Seine Worte waren nur an Holland gerichtet.

«Ist Ihnen bewußt, daß eine ungenehmigte Landung eine diplomatische Krise von beträchtlicher Tragweite bedeuten würde?»

Wieder drehte Holland sich kurz nach dem Botschafter um. «Habe ich eine andere Wahl? Meine Company hat mich angewiesen, den Eagles zu folgen. Worin liegt das Problem, wenn die Air Force die Landung selbst inszeniert hat?»

«Im Status von Mildenhall. Es ist ein Stützpunkt der britischen Luftwaffe. Unsere Air Force ist hier nur Gast. Die Immobilie gehört uns nicht. Ich habe den Eindruck, daß drüben im Pentagon einer den Helden spielen will. Wenn man diplomatische Probleme auf diese Weise löst, schafft man sich im Handumdrehen fünf neue. Darf ich noch einmal Ihr Satellitentelefon benutzen?»

«Jederzeit, Sir.»

Lancaster nahm den Hörer ab und drückte eine Zahlenkombination.

«Lee, bitte.»

Holland war abgelenkt gewesen. Er blickte sich wieder um. «Wie bitte, Sir?»

«Nennen Sie mich Lee. Ich nenne Sie James. Okay?»

«Natürlich, Sir... äh, Lee. Danke.»

«Klingt weniger förmlich. Wir werden noch eine ganze Weile miteinander zu tun haben – vor allem, wenn wir irgendwo ohne Genehmigung landen.»

Mildenhall Air Base, England

Der befehlshabende Brigadegeneral des amerikanischen Geschwaders auf dem Luftwaffenstützpunkt Mildenhall hatte in den vergangenen zwanzig Minuten mit wachsender Sorge einen Befehl nach dem anderen erteilt. Vor zwei Stunden hatte er über CNN von der Krise gehört, wäre jedoch nicht im Traum auf die Idee gekommen, daß in Kürze auch sein eigener Verantwortungsbereich von ihr betroffen sein könnte. Doch dann hatte plötzlich der Notruf geschrillt. Ein aufgeregter Dreisternegeneral in einer hohen Befehlsposition im Pentagon hatte ihm eine einzige Frage gestellt: «Haben Sie genügend Personal mit ABC-Schutzanzügen und Entseuchungsgerät, um mit einer 747 samt Crew und Passagieren fertig zu werden?»

Nach einer raschen Überschlagsrechnung hatte er ja gesagt. Zehn Minuten später kam von dem für diese Dinge zuständigen Stabsfeldwebel ein gequältes Nein – aber für einen Rückzieher war es jetzt zu spät. Zwei Eagles mit besonderen Instruktionen wurden losgeschickt und ein riesiger Hangar geräumt. Nicht weniger als hundert Offiziere und Soldaten der U.S. Air Force erhielten den Befehl, die Schutzanzüge anzulegen, die seit der Operation Wüstensturm im Irak kaum jemand mehr angerührt hatte. Der General hatte ihnen folgenden Plan dargelegt: Die 747 sollte mit ihrem Bug so weit wie möglich in den Hangar eingefahren werden. Dann sollte eine mit Plastikfolie versiegelte Gangway an die Fronttür angeschlossen und das Flugzeug selbst als Quarantäneraum genutzt werden, bis die Seuchenexperten ihnen genauere Instruktionen geben konnten. Der Fliegerarzt des Stützpunkt-Krankenhauses, ein Mann im Range eines Obersten, war herbeibeordert worden und hatte bestätigt, daß man bis auf eine bestimmte Gruppe alle viralen Pathogene unter Kontrolle halten könne.

«Unter keinen Umständen», hatte der General schließlich noch gewarnt, «darf die Royal Air Force auf der anderen Seite des Flugfelds von der Sache erfahren. Das ist eine rein amerikanische Angelegenheit.»

Flugbereichskontrolle London

Der für den Nordseesektor zwischen Amsterdam und England zuständige Fluglotse beugte sich über seinen Radarschirm und verfolgte eine Formation von amerikanischen F-15-Jägern, die auf die Ostküste zuflogen.

«Sind Sie sicher?» fragte sein Vorgesetzter, der gleich neben seinem Ellenbogen stand.

«Ja, ganz sicher. Normalerweise wären sie jetzt am Rand meines Gebiets, aber mein Datenfenster wurde plötzlich gelöscht. Ich hatte die 747 auf ihrer Warteschleife beobachtet. Und dann haben die beiden Eagles, die bereits an die niederländische Bereichskontrolle übergeben waren, ihre Freigabe geändert und wieder Kurs auf Mildenhall genommen. Und ich bekomme plötzlich die eigentliche Radarreflexion der Sixty-six in einer gemeinsamen Linkskurve mit den Eagles.»

«Haben Sie ihnen die Freigabe gegeben?»

«Ja, aber sie sind nicht allein. Die Burschen versuchen, die 747 einzuschmuggeln.»

Der Vorgesetzte starrte ihn mit offenem Mund an. «Unglaublich!»
«Was soll ich tun?» fragte der Controller.
«Also ... machen Sie weiter, spielen Sie mit, unbedingt! Ich hänge mich unterdessen ans Telefon ...»
Der Vorgesetzte verschwand im Hintergrund und murmelte immer wieder das gleiche Wort vor sich hin: «Unglaublich!»

8

CIA-Hauptquartier · Langley, Virginia · Freitag, 22. Dezember · 15.00 Uhr (2000Z)

Jonathan Roth saß nachdenklich hinter seinem überladenen Mahagonischreibtisch. Mit der einen Hand rieb er sich die Stirn, mit der anderen hielt er sich einen Telefonhörer ans Ohr. Er hatte vor ein paar Minuten Mark Hastings hereingewinkt, doch dieser hatte sich geweigert, Platz zu nehmen. Wie ein pflichtbewußter Soldat stand er auf der anderen Seite des Schreibtischs, während Roth darauf wartete, daß der Mitarbeiter des Weißen Hauses wieder ans Telefon zurückkehrte.

«Ja, ich bin noch da. Wem sind wir eigentlich zur Zeit auskunftspflichtig, verdammt noch mal? Ihnen? Dem Präsidenten? Dem Pentagon? Dem Außenministerium? *Wem*, um Himmels willen?»

Roth nickte ein paarmal, schnappte sich einen Bogen Papier und schob ihn Hastings zu. Dieser konnte die Stimme hören, die aus dem Telefonhörer schallte.

«Also das Außenministerium kümmert sich um die Geschichte, stimmt's?» Roth bedeckte die Sprechmuschel mit der Hand und sah Hastings an. «So setzen Sie sich doch endlich hin, Mark. Sie machen mich ganz nervös!»

Er wandte sich wieder seinem Gesprächspartner zu.

«Was für ein Streit?» fragte er, nickte mehrere Male, machte sich ein paar Notizen und beendete das Gespräch.

An Hastings gerichtet, fuhr er fort: «Der vorläufig letzte Stand der Dinge ist der, daß das Pentagon offenbar versucht, die 747 ohne britische Genehmigung auf einem Luftwaffenstützpunkt nördlich von London landen zu lassen. Das Außenministerium behauptet, von diesem Plan nichts gewußt zu haben. Wie es heißt, wurde es von einem US-Botschafter, der sich zufällig an Bord der Maschine befindet, informiert. Momentan setzt der Stellvertretende Außenminister Himmel und Hölle in Bewegung, um den Präsidenten zu erreichen und ihn zu beschwören, diesen Infiltrationsversuch zu stoppen, ehe darüber ein kleiner Krieg ausbricht. In der Zwischenzeit wenden sich alle an uns und verlangen, auf der Stelle darüber aufgeklärt zu werden, wie groß die von diesem Virus ausgehende Gefahr tatsächlich ist.»

«Du meine Güte», erwiderte Hastings.

«Das kann man wohl sagen!» gab Roth zurück. «Fakt ist nur, daß sie auf uns warten. Sie wollen wissen, wieviel Angst sie haben müssen. Also, wie sieht's aus, Mark? Wieviel Angst haben wir?» Roth beugte sich in seinem Schreibtischstuhl vor und gab sich sehr neugierig.

«Ich...» begann Hastings.

«Höllische Angst, fürchte ich, wenn es sich wirklich um ein BL-4-Virus handelt!»

Mark drehte sich um und sah an der Tür einen mittelgroßen Mann in einem zerknitterten Anzug. Ein roter Schlips baumelte lose um den offenen Hemdkragen. Die Stimme klang sehr freundlich.

«Tut mir leid, Direktor Roth, wenn ich hier einfach so hereinplatze. Aber man hat mir gesagt, daß Sie mich sofort oder noch schneller sehen wollten. Und da bin ich fast den ganzen Weg gerannt...»

Jonathan Roth musterte die Garderobe des Mannes mit sichtlichem Mißvergnügen. «So sehen Sie auch aus. Und Sie sind...?»

Der Mann betrat das Büro mit ausgestrecktem Arm. «Oh, Verzeihung, Sir. Ich bin Dr. Rusty Sanders, von unten.»

Zögernd gab Roth ihm die Hand und stellte ihm Mark Hastings vor.

«Sie wissen also schon Bescheid?» fragte Hastings zuvorkommend und begrüßte Sanders mit Handschlag.

Sanders neigte den Kopf in Richtung Tür. «Ich glaube, die Dame hieß Mary Ellen, aus Ihrer Abteilung. Sie hat mich über eine abhörsichere Leitung informiert.» Er sah sich in Roths Büro um. Die Wände waren getäfelt und mit Urkunden und Medaillen geschmückt.

«Eindrucksvolles Büro, Sir. Ich war hier ja noch nie.»

Roth beugte sich gereizt vor. «Wir haben Sie nicht hergebeten, damit Sie die Innendekoration dieses Zimmers begutachten, Doktor.

Wir brauchen sofort klare Antworten, und zwar Antworten, die wissenschaftlich absolut einwandfrei sind.»

Sanders antwortete, setzte dabei aber die Inspektion des Büros fort. «Verstanden, Sir. Die Deutschen wollen uns offenbar weismachen, daß es sich um eine Grippe handelt, während wir glauben, ihre panikartige Reaktion könne auf etwas viel Schlimmeres hindeuten, vielleicht sogar auf einen BL-4-Fall. Besteht auch nur der geringste Grund zur Annahme, daß an dieser Vermutung was dran ist, sind die allerstrengsten Vorsichtsmaßnahmen gerechtfertigt, und ich glaube, wir wären gut beraten, wenn wir diese Maschine gar nicht wieder in die Vereinigten Staaten zurückließen.»

Roth warf den Oberkörper zurück. «Ist das Ihr Ernst?»

Sanders, der noch immer stand, legte die beiden Hände auf die Tischkante und beugte sich leicht vor. «Und ob. Nur gibt es da noch ein ziemlich großes Problemchen.»

«Und das wäre?» fragte Roth.

«Wir wissen nicht genau, was das für ein Virus ist. Ob es im entferntesten Sinne zu den Grippeviren gehört oder aber in irgendeine andere bekannte Klasse. Ich muß genau wissen, welche Symptome der erkrankte Laborant hatte und ob er sich inzwischen wieder erholt hat. Wir müssen wissen, wie aggressiv der Stamm ist, damit wir vorhersagen können, wie er sich auf Leute mit weniger gutem Allgemeinzustand auswirkt. Angenommen, es ist wirklich ein bösartiges Virus – wie hoch ist dann die Sterblichkeitsrate? Wie wird es übertragen? Welche Eigenschaften hat der Stamm? Die Deutschen wissen das wahrscheinlich selber nicht und gehen deshalb, gewitzt, wie sie sind, auf Nummer Sicher. Doch wenn ich richtig informiert bin, wissen wir bisher nur, daß die Krankheit erstmals in einem neuen biologischen Forschungslabor in Bayern auftauchte, daß die Deutschen darauf beharren, es sei ein Grippevirus, und daß man aus ihrem Verhalten schließen muß, daß es sich um etwas viel Schlimmeres handelt.»

Mark Hastings reichte Rusty Sanders den Bogen Papier und versuchte an der Miene des Doktors dessen Reaktion zu erkennen.

Sanders pfiff leise durch die Zähne. «Dann ist dieser Laborant also gestorben. Und der amerikanische Professor, der mit ihm Kontakt hatte, ist schon der zweite...»

Roth nickte. «Das kam soeben aus Bonn. Sie behaupten, es gerade erst erfahren zu haben.»

Sanders gab das Papier zurück.

«Okay, dann haben wir also zwei tote Patienten und eine kleine

Ahnung von der Geschwindigkeit, mit der sich das Virus offenbar ausbreiten kann. Was wir nicht haben, ist eine elektronenmikroskopische Untersuchung oder Proben des Virus selber. Wir können es also nirgendwo einordnen und tappen daher in totaler Dunkelheit umher. Dann haben wir noch einen Fluggast, der dem Erreger ausgesetzt war und während des Fluges gestorben ist, doch die äußeren Symptome passen ebensogut zu einem simplen Herzinfarkt. Die Deutschen sprechen von einer zweitägigen Inkubationszeit, was für ein Virus beispiellos schnell wäre. Normalerweise brauchen Viren ihre Zeit, um in die Zellen des befallenen Organismus einzudringen und sich zu vermehren, und dazu reichen zwei Tage meistens nicht. Doch wenn die Angaben der Deutschen stimmen, könnte das Virus, mit dem wir es hier zu tun haben, dazu führen, daß die Lehrbücher umgeschrieben werden müssen. Fazit? Wir wissen nicht, auf was die Deutschen da gestoßen sind. Wir können nicht mit Sicherheit sagen, daß der Passagier der 747 daran gestorben ist, ja wir wissen nicht einmal, ob überhaupt eine Infektion vorlag. Solange wir nicht wissen, was es ist, können wir auch nicht sagen, was es tut, das heißt, wir kennen die Symptomatologie nicht.» Sanders richtete sich auf, verschränkte die Arme vor der Brust und setzte seine Inspektion des Chefbüros fort. Sein Hauptaugenmerk galt diesmal einem großen Gemälde mit einer Szene aus dem alten Westen.

Roth seufzte. «Mark, Sie haben empfohlen, daß wir die Angelegenheit als BL-4-Fall behandeln, solange wir keine anderslautenden Informationen haben. Ist das richtig?»

Ehe Hastings antworten konnte, meldete sich Sanders wieder zu Wort: «Ihre Empfehlung war richtig, Mark.» Er wandte sich an Roth. «Wie man mir sagte, ist es sogar möglich, daß es sich um die Folgen geheimer militärischer Forschungen in Deutschland handelt. Was mir jedoch die allergrößten Sorgen macht, ist die Kombination aus kurzer Inkubationszeit und hoher Sterblichkeitsrate. Wenn beides zutrifft – wenn also der Tod zum Beispiel nach drei Tagen eintritt und die Sterblichkeitsrate bei, sagen wir, siebzig bis achtzig Prozent liegt –, dann besteht im Falle eines Übergreifens des Virus auf die Bevölkerung tatsächlich eine furchtbare Gefahr – und zwar für alle Menschen auf der Welt.»

«Und? Wie sieht das im einzelnen aus, Dr. Sanders?» fragte Roth. «Wie hoch ist das Gefahrenpotential und was sollen wir tun?» Die unverhohlene Neugier, mit der der Arzt sein Büro musterte, regte ihn auf.

«Im schlimmsten Fall haben wir es mit einer Art mutiertem viralem Erreger zu tun, der über die Luft übertragen wird, einige Stunden dort überleben kann und eine Krankheit hervorruft, die innerhalb von achtundvierzig Stunden zum Tod führt. Die Übertragung durch die Luft ist der unheimlichste Faktor, und ich nehme an, daß Sie mich hauptsächlich deswegen haben kommen lassen. Ich kenne die Belüftungssysteme von Boeing- und Douglas-Maschinen sowie beim Airbus.»

«Könnten die Viren im schlimmsten angenommenen Fall durch die Systeme verbreitet werden?»

Sanders nickte. «Ja. Wenn die Übertragung durch die Luft möglich ist, dann wäre das theoretisch durchaus möglich, vorausgesetzt, die Viren schaffen es, an den Filtern vorbeizukommen.» Er ließ sich in einen Stuhl fallen und verschränkte die Arme. «Nächste Frage: Werden alle Passagiere erkranken? Meine Antwort: Wahrscheinlich nicht. Und: Können die Luftfilter oder die Filter des Luftrecyclingsystems virale Krankheitserreger aufhalten? Einige ja, unter bestimmten Umständen, aber wahrscheinlich keinen besonders virulenten Stamm.» Sanders machte Anstalten, sich zu erheben, überlegte es sich aber noch einmal und sank wieder in den Stuhl zurück. «Fazit, Sir? Wenn tatsächlich ein Killervirus an Bord ist, das über die Luft verbreitet werden kann, dann müssen wir davon ausgehen, daß praktisch jeder ihm ausgesetzt ist. Ist es hochübertragbar, werden diejenigen, die zur Zeit noch nicht exponiert sind, in Kürze exponiert sein. Bei hoher Sterblichkeitsrate müssen wir überdies mit dem Tod aller Insassen der Maschine rechnen.»

Roth lehnte sich zurück und drehte seinen Stuhl zum Fenster. «Genau das befürchte ich.»

Sanders zählte einen Maßnahmenkatalog an den Fingern ab.

«Wir brauchen eine Autopsie des Herzinfarktopfers. Wir brauchen Kulturen und sofortige Tierversuche im Labor. Wir brauchen eine biologisch sichere, abgeschottete Unterkunft, bakteriologische Schutzkleidung und ein mobiles Labor. Die Armee in Fort Detrick kennt sich damit aus. Und noch eins: Falls es sich wirklich um etwas extrem Ansteckendes, extrem Gefährliches handelt, sich also tatsächlich auf BL-4-Niveau bewegt – für diesen Fall würde ich empfehlen, die Autopsie an einem möglichst abgelegenen Ort und nicht auf dem Festland durchzuführen.»

Roth und Hastings sahen einander an.

«Zum Beispiel?» fragte Roth.

Sanders entdeckte eine Weltkarte neben dem Fenster an der Bürowand, sprang auf und ging darauf zu. Sein Zeigefinger fuhr über den Atlantischen Ozean und verharrte auf Island.

«Wir haben dort doch den Stützpunkt Keflavik. Bringt die Maschine entweder dorthin oder irgendwo nach Grönland. Irgendwohin, wo's kalt ist und isoliert.» Der Arzt wandte sich an Roth. «Können wir das?»

Roth seufzte und schüttelte den Kopf. Mark Hastings erklärte Sanders die Einzelheiten der geplanten Landung auf der Air Base Mildenhall und registrierte aufmerksam die erschrockene Reaktion in der Miene seines Gegenübers.

«Soll das ein Witz sein? Nach England? Können Sie das nicht verhindern?»

«Wieso denn?» fragte Roth.

Rusty Sanders deutete auf die Karte. «Wenn sich ein letaler, über die Luft übertragbarer Krankheitserreger an Bord dieses Flugzeugs befindet, dann hat er in der feuchten Luft Englands nichts zu suchen. Epidemien beginnen damit, daß viele Menschen einem Erreger ausgesetzt sind. Das betreffende Gebiet in England ist dicht bevölkert, und alle Menschen, die dort leben, atmen Luft.»

Mildenhall Air Base, England · 20.15 Uhr (2015 Z)

Mit quietschenden Reifen bremste ein Fahrzeug des britischen Stabes vor dem Kommandoposten der U.S. Air Force, daß es im ganzen Gebäude zu hören war. Ein neugieriger Sergeant ging zum Fenster und spähte hinaus – und sah im wirklichen Licht der Natriumdampflampen zu seinem großen Erstaunen, wie der britische Stützpunktkommandant wie ein Schachtelteufel vom Rücksitz schnellte und unverzüglich in Richtung Haupteingang verschwand.

Der Sergeant huschte an die Seite des Generals und flüsterte ihm zu, was er beobachtet hatte. Sekunden später betrat der sichtlich empörte britische Kommandant auch schon den Raum und pflanzte sich vor dem Brigadegeneral der U.S. Air Force auf.

«Was, verdammt noch mal, bilden Sie sich eigentlich ein, General?» waren seine Grußworte. «Und versuchen Sie ja nicht, mir irgendwelchen Blödsinn aufzutischen!»

«Geschwaderkommodore Crandall! Freut mich, Sie zu sehen. Gibt es ein Problem?»

«Tun Sie nicht so scheinheilig! Die halbe Stützpunktbesatzung trägt schon Schutzanzüge, Sie haben ein halbes Dutzend Flugzeuge aus dem Hangar und von der Stellfläche ziehen lassen, und im Krankenhaus herrscht Hochbetrieb. Sie geben heute abend wohl einen Empfang, General, he?»

«Sehen Sie...»

«Wir befinden uns hier noch immer auf britischem Grund und Boden. Ich habe den Befehl, dafür zu sorgen, daß die 747, der Sie helfen wollen, hier nicht landen wird. Ist das klar, General?»

«Also, David, ich habe den Befehl, dafür zu sorgen, daß die Maschine sicher landen kann. Wir schotten sie keimfrei ab und warten auf weitere Instruktionen. Wir haben es hier mit einem humanitären Notfall zu tun. Ich kann mir nicht vorstellen, daß Sie den Leuten die Hilfe verweigern werden.»

«Die Entscheidungen hier treffe nicht ich, sondern die ordnungsgemäß gewählte Regierung Ihrer Majestät. Ich bin lediglich ausführendes Organ der militärischen Abteilung, so einfach ist das. Es tut mir leid, wenn die Entscheidung hart klingt, aber es gibt auf dieser Insel auch ein paar Dutzend britischer Bürger, um die wir uns kümmern müssen.»

«Mein Gott, David, die Leute sind schlimmstenfalls einem neuen Grippevirus ausgesetzt gewesen. Wenn überhaupt.»

«Dafür legen Sie Ihre Hand ins Feuer?»

«Nein, das kann ich natürlich nicht, aber...»

«Ich auch nicht. Ich weiß von der Sache auch nicht mehr als Sie – und gewiß nicht genug, um meine Befehle in Frage zu stellen. Allerdings hätte ich mir gedacht, daß Sie mit Ihren Kenntnissen in biologischer Kriegsführung vorsichtiger gewesen wären. Wenn Sie trotzdem bisher keine Bedenken hatten, dann wird es höchste Zeit. Ich gebe Ihnen jetzt die dringende Empfehlung, Ihre Eagles anzuweisen, den Spuk sofort abzublasen.»

Der General schüttelte den Kopf. «Das kann ich nicht, David.»

«Und ob Sie das können! Es sei denn, Sie wären bereit, eine tiefe Krise zwischen unseren beiden Ländern auszulösen. Die Unverfrorenheit Ihrer Leute, zwei Eagles hochzuschicken, damit eine 747 als Teil der Formation verkleidet hier landen kann, ist unglaublich. Die Flugbereichskontrolle hat die Farce natürlich sofort durchschaut!»

«Dieser Stützpunkt gehört uns beiden zusammen, David. Unsere Anwesenheit ist vertraglich abgesichert. Solange es sich um Amerikaner handelt, können wir landen lassen, wen wir wollen.»

Ein britischer Adjutant, der wortlos schräg hinter dem britischen Kommodore Aufstellung genommen hatte, wurde mit einem Wink herbeibeordert. Er drückte dem Geschwaderkommodore ein Funkgerät in die Hand. Ohne den amerikanischen General aus dem Auge zu lassen, brachte der Kommandant der Royal Air Force das Gerät an seine Lippen und schaltete es ein.

«Hier Crandall. Blockieren, jawohl. Und zwar umgehend.»

«Was soll das heißen?» fragte der General argwöhnisch.

Vorsichtig gab Crandall das Funkgerät an den Adjutanten zurück. Erst danach wandte er sich wieder an den General und beantwortete dessen Frage: «Das hat etwas mit Souveränität zu tun, Sir», sagte er, machte auf dem Absatz kehrt und fügte im Gehen hinzu: «Und zwar mit der britischen.»

Der General sah ihm nach. In diesem Augenblick trat der Sergeant vor und reichte ihm ein rotes Funkgerät.

«Sir! Es ist wieder die Kommandostelle im Pentagon. Man wünscht Sie sofort zu sprechen.»

Auf dem flachen Land fünfzehn Kilometer vor dem Stützpunkt erregte das Spektakel eines in niedriger Höhe fliegenden Riesenvogels in Begleitung zweier kleinerer Maschinen unter den Dorfbewohnern einiges Aufsehen. Holland und Robb konnten bereits die Landebahnbefeuerung erkennen und waren gerade dabei, die Lande-Checklist durchzugehen, als sich der vorausfliegende F-15-Pilot über Funk meldete.

«Hallo, Fox three... Oder Sixty-six. Mein Kommandant teilt mir gerade mit, daß die Pläne geändert wurden.»

Holland sah ungläubig zu dem F-15-Piloten hinüber. Dick Robb drückte den Sendeknopf.

«Können Sie das wiederholen?»

«Ich habe jetzt den Befehl, Sie aus dem britischen Luftraum hinauszueskortieren. Ich soll Ihnen sagen, daß der Befehl direkt aus Washington kommt und daß Ihre Company Ihnen in ein paar Minuten per Satellitentelefon genaue Anweisungen über Ihren neuen Zielflughafen geben wird.»

«Jesus Christ! Nicht schon wieder!» entfuhr es Robb.

Holland blickte voraus. Ihre Flughöhe betrug inzwischen unter fünfzehnhundert Fuß, und die Landebahnbefeuerung wurde zusehends deutlicher. Normalerweise wäre von der Piste selbst in der Nacht nichts zu sehen gewesen, doch in diesem Fall schimmerten auch dort irgendwelche Lichter und sorgten für zusätzliche Verwirrung. Allmählich nahmen auch sie konkrete Formen an. Und dann erkannte Holland, um was es sich handelte: Zwischen der rechten und der linken Landebahnbefeuerung blinkten in ununterbrochener Reihe rotweiße und blaue Warnlampen – offenbar auf den Dächern von Fahrzeugen!

«Herr im Himmel», sagte er leise. «Sie haben die Landebahn blockiert.»

Robb war inzwischen auf die Frequenz des Towers gegangen. Sofort meldete sich eine Stimme mit amerikanischem Akzent.

«Sixty-six. Mildenhall Tower hier. Starten Sie durch, Sir! Starten Sie durch! Sie haben keine Landefreigabe. Die Piste ist gesperrt. Bitte bestätigen Sie!»

Holland nickte. «Sagen Sie ihm, daß wir das sehen. Wir starten durch.»

«Ich fasse es nicht», murmelte Robb.

Holland schüttelte den Kopf, und seine Hände schoben die Gashebel vor.

«Max Schub, Klappen auf fünfzehn Grad hochfahren.»

Die Adern an Robbs Hals traten hervor. Ein neues, fiebriges Timbre lag in seiner Stimme. «Verdammter Mist! Wir können doch nicht die ganze Nacht in der Luft bleiben!»

Wieder ließ sich der Mann im Tower vernehmen. «Sixty-six, ich wiederhole: Starten Sie durch. Starten Sie durch. Die Rollbahn ist geschlossen und blockiert!»

Holland sah Robb an. «Klappen auf fünfzehn Grad, bitte.»

Dick Robb zögerte. Er hatte die Lippen fest zusammengepreßt und war sichtlich darum bemüht, die Ruhe zu bewahren. Mildenhall wäre eine Lösung gewesen. Daß es nun auch hier nicht klappte, war wie ein Schlag vor den Kopf.

Holland ließ die Gashebel los, packte den dahinterliegenden Klappenhebel, ließ ihn bei fünfzehn Grad einrasten und nahm die Hand zurück zum Gas. Robb sah ihn irritiert an, sichtlich uneins mit sich selbst, weil er nicht reagiert hatte.

«Tut mir leid», sagte er. «Klappen fünfzehn Grad ...»

«Schon passiert. Steigrate angezeigt, Fahrwerk hoch.» Robb griff nach dem Fahrwerkhebel und zog ihn hoch. Die Landschaft unter ihnen entfernte sich. Holland folgte der führenden F-15 in den Steigflug und fragte sich nüchtern und distanziert, wo und wann dieser Alptraum wohl zu Ende gehen würde.

Unter normalen Umständen ist die Treibstoffsituation noch nicht kritisch, dachte er. Der Sprit reicht noch für mindestens vier Flugstunden, und es gibt Hunderte von Landebahnen innerhalb unserer Reichweite. Wenn alles schiefgeht, kann ich immer noch auf einem vorher nicht informierten Flugfeld runtergehen, sofern nur die Piste lang genug ist... Dennoch machte Holland die Tatsache, daß sie inzwischen international zu Aussätzigen erklärt worden waren und nirgendwo eine ordentliche Landegenehmigung bekamen, große Sorgen. Natürlich konnte man das alles als bürokratische Überreaktion betrachten – Tatsache war jedoch, daß die Welt inzwischen vor Flug 66 Angst hatte und daß diese Angst ständig zu wachsen schien.

Was ist, dachte Holland bei sich, wenn wir alle krank werden? Wenn an dieser Sache mit dem tödlichen Virus tatsächlich etwas dran ist? Wieviel Zeit bleibt uns noch? Wieviel Zeit bleibt mir noch, um diese Maschine sicher auf den Boden zu bringen? Wie lange dauert es, bis ich nicht mehr fliegen kann?

Holland vergewisserte sich mit einem Blick, daß das Fahrwerk eingefahren und verriegelt war. Er registrierte, daß Robb noch immer dasaß wie vor den Kopf gestoßen und kein Wort sprach.

Ich muß mich jetzt auf die Entscheidungen anderer verlassen, dachte er. Die Company, das Außenministerium, die Regierung oder wer auch immer – irgendwer da unten muß sich eine Lösung einfallen lassen. Das Flugzeug gehört nicht mir – meine Aufgabe besteht lediglich darin, es sicher in der Luft zu halten, bis die da unten wissen, was sie wollen.

Er dachte an seine Anfangsjahre in der Zivilluftfahrt. Nach seiner Entlassung aus der Air Force hatte er eine Stellung als Flugingenieur bekommen. Die Rolle der Flugkapitäne war zu jener Zeit noch eine andere gewesen. Damals erwartete man von ihnen eigenständige Entscheidungen.

Doch diese Zeiten waren inzwischen längst vorbei.

James Holland stellte die Gashebel auf Automatik, korrigierte die Steigrate ein wenig und ließ sich in seinen Sitz zurücksinken. Er konnte nichts weiter tun. Die Company hatte versprochen, ihm über das Satellitentelefon neue Instruktionen zu übermitteln.

Er warf einen Blick auf das Telefon, und im gleichen Augenblick klingelte es auch schon.

9

Bonn · Freitag, 22. Dezember · 21.30 Uhr (2030Z)

Horst Zeitner vom Bundesgesundheitsministerium hatte sich in eine Ecke des Konferenzzimmers zurückgezogen, um ein Telefongespräch zu führen. Als er aufblickte, bemerkte er einen Referenten, der mit hektischen Gebärden seine Aufmerksamkeit zu erregen suchte. Rasch beendete Zeitner sein Telefonat und durchquerte den Raum. Er war zu erschöpft und benommen, um sich über seinen Mitarbeiter zu ärgern.

«Was gibt's?»

«Herr Zeitner, da ist ein Herr, mit dem Sie, glaube ich, sofort sprechen müssen.»

«Wer? Und warum?»

Der Referent nahm seinen Chef am Ellbogen und führte ihn mit sanfter Gewalt in den hohen Flur des Regierungsgebäudes. Das ging nun doch etwas zu weit. Zeitner riß sich unwillig los und schimpfte: «Lassen Sie das und beantworten Sie meine Fragen!»

Nervös blinzelte der Referent ihn an und raunte ihm zu: «Herr Hauptmann von der Pharmafirma Hauptmann ist soeben eingetroffen. Er hat hochbrisante Informationen für Sie.»

Zeitner nahm Haltung an. Zahllose Bedenken schossen ihm durch den Kopf. Das war kein Routinebesuch, soviel stand fest. Es gab Neuigkeiten, wahrscheinlich keine guten. Zeitner deutete in Richtung Foyer; der Referent ging voran.

Andreas Hauptmann, ein Mann von gepflegter Erscheinung im eleganten, teuren Anzug, war vermögender Besitzer mehrerer Großfirmen. Dem hageren, gebrechlich wirkenden Berliner in den Siebzigern ging der Ruf der Arroganz voraus, doch als er Horst Zeitner begrüßte, verriet sein Blick eine Mischung aus Betroffenheit und Panik.

«Wo können wir unter vier Augen sprechen?» fragte er. Zeitner war sicher, ein Zittern in Hauptmanns Stimme wahrgenommen zu haben, und erschrak. Er führte den Gast in sein Büro. Hauptmann rückte sich einen Stuhl gegenüber dem Schreibtisch zurecht und schüttelte den Kopf.

«Meine Leute in Bayern haben Sie falsch informiert, Herr Zeitner. Alles, was Sie hier tun – die Fahndung nach betroffenen Personen, die Weigerung der Regierung, das Flugzeug landen zu lassen –, beruht auf falschen Angaben.»

Zeitner lehnte sich in seinem Schreibtischstuhl zurück. Sein Herzschlag beschleunigte sich. Er erwartete das Schlimmste. Handelte es sich wirklich um einen falschen Alarm, so war seine Karriere beendet.

«Was genau meinen Sie damit, Herr Hauptmann?»

«Meine Mitarbeiter in Bayern haben Ihnen gesagt, daß es sich um ein Virus handelt, nicht wahr? Um eine Art Grippe? Stimmt das?»

Zeitner nickte.

«Meine Leute hatten Angst, Herr Zeitner. Was sie Ihnen mitteilten, war nichts weiter als eine Vermutung. Höchstwahrscheinlich ist es gar keine Grippe.»

Zeitner hielt die Luft an. «Was dann?» fragte er.

Hauptmanns kleine Augen durchbohrten Zeitner mit ihren Blikken. Sekunden verstrichen, ohne daß er ein Wort sagte – Sekunden, die wie Minuten erschienen.

«Erlauben Sie mir, daß ich Ihnen kurz schildere, was wir bisher wissen – und zwar alles. Da sind zunächst einmal die beiden Toten, ein hochqualifizierter Labortechniker und ein in der Forschung tätiger Mediziner, zwei hervorragende Männer. Vor fünf Tagen unterlief dem Techniker ein Fehler. Unsere Forschungsabteilung hatte eine neue Lieferung potentiell gefährlicher Viren- und Bakterienstämme erhalten, deren Behandlung größte Vorsicht erfordert. Der Mann wollte sie gerade einordnen und verschließen, als er stolperte. Er stürzte und stieß sich dabei so unglücklich am Kopf, daß er das Bewußtsein verlor. Auch einer der Behälter fiel zu Boden. Die biologisch gefährlichen Proben befanden sich in versiegelten Fläschchen aus schwerem Glas. Einige von ihnen lösten sich aus der Halterung und zerbrachen. Wir glauben, daß unser Mann einige Stunden bewußtlos im Hochsicherheitslabor lag, bis man ihn entdeckte. Der

Mann, der ihn fand, war der Mediziner. Glücklicherweise besitzt das Labor eine Luftschleuse mit allen BL-3-Sicherheitsvorkehrungen, die ein Entweichen von durch die Luft übertragbaren Krankheitserregern verhüten, darunter auch ein Unterdrucksystem. Der Arzt verhielt sich absolut korrekt: Er löste Alarm aus, säuberte und sterilisierte das Labor und ließ dann sich und den Techniker zur Beobachtung isolieren.»

«Keiner der beiden trug Schutzanzüge?»

«Nein, nur weiße Firmenoveralls. Zwei Tage später erkrankte der Labortechniker schwer. Er bekam hohes Fieber, Hitzewallungen und Schüttelfrost sowie Hautekzeme. Ein paar Stunden später erkrankte auch der Arzt. Zunächst kümmerte er sich um den Sterbenden, doch dann begann er plötzlich ohne jede Vorwarnung zu delirieren und hysterisch zu werden, als litte er an Klaustrophobie. Er brach die Versiegelung auf, öffnete den Notausgang und rannte davon.»

Andreas Hauptmann griff nach dem Krug, der auf dem Tisch stand, und schenkte sich ein Glas Wasser ein. Zeitner sah, daß seine Hände zitterten, war aber so erschüttert, daß er gar nicht auf die Idee kam, dem Pharmazeuten zu helfen. Hauptmann trank behutsam, stellte das Glas wieder auf den Tisch und richtete seinen stechenden Blick auf Zeitner.

«Meine Leute sprangen in den Firmenhubschrauber und verfolgten ihn. Als sie ihn entdeckten, hatte er jedoch offenbar schon das Seitenfenster jenes Wagens eingeschlagen, mit dem der amerikanische Professor unterwegs war – also der Mann, nach dem Sie dann gefahndet haben. Es geschah auf einem Parkplatz. Unsere Leute sahen noch, wie der Arzt im angrenzenden Wald verschwand. Als er ein paar Minuten später zum Parkplatz zurückkehrte, war er allein. Der Wagen war nicht mehr da.»

Hauptmann lehnte sich leicht zurück und atmete tief durch, einmal, zweimal. Das schnelle Reden hatte ihn angestrengt; sein Gesicht war gerötet. Nach kurzer Zeit beugte er sich wieder vor und setzte seinen Bericht fort. Seine knochigen Hände waren ständig in Bewegung.

«Der Direktor meiner Firma wußte, daß der Inhalt des zerbrochenen Fläschchens sehr gefährlich und sehr ansteckend war und daß der Arzt sich infiziert hatte. Als unser Team am Parkplatz Scherben fand, versuchte er, den Fahrer des betroffenen Wagens ausfindig zu machen. Unsere Leute suchten die Umgebung ab und fanden dabei einen Gepäckanhänger dieses Amerikaners. Sie hatten eine Heidenangst, weil sie glaubten, der Mann habe sich unwissentlich infiziert. Sie riefen daher im Gesundheitsministerium an und baten Ihre Abteilung um Hilfe. Ich war zu jenem Zeitpunkt nicht in Deutschland. Erst gegen Mittag erfuhr ich vom Werksdirektor, daß man Ihnen immer noch erzählte, es sei ein Grippevirus.»

«Was es aber nicht ist – oder?» fragte Zeitner ruhig.

Hauptmann schüttelte den Kopf. «Nein, keineswegs. Es handelt sich um etwas sehr viel Schlimmeres... etwas Grauenerregendes, Tödliches...»

Auch Zeitner hatte sich inzwischen vorgebeugt. Jetzt richtete er sich auf, kehrte die Handflächen nach oben und fragte mit dem Mut der Verzweiflung: «Was, um Himmels willen, war denn nun in diesem Fläschchen?»

Hauptmann hatte den Blick niedergeschlagen. Nun hob er ihn wieder und sah Zeitner an. «Wir wissen es nicht genau.»

«Was? Wie ist denn das...»

Hauptmann nickte bestätigend und seufzte.

«In der ehemaligen Sowjetunion gab es, wie Sie wissen, viele biologische Forschungszentren. Voriges Jahr erhielten wir eine diskrete Anfrage vom Management zweier dieser Einrichtungen. Sie wollten die Ergebnisse langjähriger Forschungsarbeit gegen harte Devisen verkaufen. In der Hoffnung, einen Teil ihrer Arbeit zu marktfähigen Arzneimitteln und Impfstoffen weiterentwickeln zu können, erklärten wir uns in einem vertraulichen Abkommen zum Kauf der angebotenen Proben bereit. Es gab jedoch von Beginn an erhebliche Probleme. Viele der gelieferten Proben waren durchaus ordnungsgemäß verpackt und mit der dazugehörigen wissenschaftlichen Dokumentation versehen. Daneben gab es aber auch Lieferungen, die sich in einem geradezu chaotischen Zustand befanden – lebende Viruskulturen in Glasröhrchen neben Bazillenkulturen in gemischten Sequenzen. Manche Glasbehälter waren ohne jede Beschriftung. Nie wußten wir, was eine Sendung enthielt. Wir mußten sie erst öffnen und nachsehen – und wenn die richtige Dokumentation fehlte, blieb uns nichts anderes übrig, als die Proben zu vernichten. Die Lieferungen gingen zunächst an unser Hamburger Werk, wurden dort untersucht und dann an unser neues Zweigwerk in Bayern weitergeleitet. Diese eine Sendung war allerdings ein Irrläufer, der durch einen Fehler beim russischen Absender direkt nach Bayern gelangte. Die Firmenleitung dort dachte, sie wäre bereits überprüft worden, was jedoch nicht den Tatsachen entsprach.»

«Wollen Sie damit sagen, daß Sie keine Ahnung haben, was die betreffende Sendung enthielt?»

Hauptmann schüttelte langsam den Kopf. «Nicht die geringste. Der Tod unserer beiden Mitarbeiter kann durch Viren, Bakterien oder sogar durch Chemikalien hervorgerufen worden sein, obwohl wir letzteres sehr bezweifeln. Vieles deutet tatsächlich auf Viren hin.»

«Mein Gott, dann haben wir also keinerlei Hintergrunddaten!»

Hauptmann nickte und fuhr fort. Er sprach nun sehr langsam und wog seine Worte genau ab.

«Wir haben heute mit einem der Forscher aus dem Herkunftslabor Kontakt aufgenommen, einem Mann, mit dem wir bislang noch nie gesprochen hatten. Er gehörte zu den wissenschaftlichen Leitern jenes Forschungsprojekts und lebt heute in der Ukraine. Glücklicherweise besitzt er hervorragend geführte Laborprotokolle aus seiner aktiven Zeit in diesem Institut. Er konnte uns einige wichtige Einzelheiten nennen, die uns bis dato unbekannt waren. Möglicherweise wissen westliche Geheimdienste schon länger darüber Bescheid – oder hatten zumindest ihre Vermutungen. Wir in der Privatwirtschaft waren nicht darüber informiert.»

«Ich verstehe Sie nicht», sagte Zeitner.

«Das Labor, um das es hier geht, Herr Zeitner, war ein Forschungsinstitut der Russischen Armee, in dem seit Jahrzehnten biologische Kriegsführung geprobt wurde. Man versuchte, virale und bakterielle Krankheitserreger mit höchster Sterblichkeitsrate zu entwickeln, gegen die man russische Soldaten und die russische Bevölkerung vorbeugend impfen konnte, denen aber alle anderen Menschen schutzlos ausgeliefert sein würden. Die Forschungen waren schon weit gediehen. Man stieß immer weiter vor in bislang völlig unbekannte Bereiche dieser tödlichen Wissenschaft. Unter den Erregern, die man im Laufe der Jahre fand, gab es einen bestimmten Typ, der selbst den russischen Generälen Angst einjagte. Dieser Typ war imstande, eine Primatenpopulation innerhalb weniger Tage zu infizieren, und wirkte fast hundertprozentig tödlich. Schutzimpfungen gegen diese Erreger waren nicht in Sicht. Die sowjetischen Behörden fürchteten diesen Virentyp, weil er im Falle eines Einsatzes gegen andere Menschen ohne weiteres zurückschlagen und die eigene Bevölkerung vernichten konnte. Die Krankheiten, um die es sich hier handelte, waren absolut grauenhaft und wurden unter anderem durch eine frühe Form von Filoviren hervorgerufen, wie sie kürzlich in Afrika identifiziert worden sind. Sie sind samt und sonders unheilbar und lassen sich nicht eindämmen. Einige von ihnen zerstören das innere Gewebe des menschlichen Körpers, andere nur bestimmte Organe. Ein Virus soll, wie man mir sagte, den Körper unglaublich aufheizen, ihn praktisch von innen her verkochen lassen. Andere Erreger lassen, beginnend beim Gehirn, den Kreislauf zusammenbrechen. Voraussetzung dafür, daß ein Erreger dieser Extremkategorie zugerechnet wurde, war, daß die Inkubationszeit nur wenige Tage beträgt und ebenso schnell zum Tod führt. Er mußte unheilbar und durch Tröpfcheninfektion oder Berührung leicht übertragbar sein. Alle Pathogene dieser Kategorie wurden in einem eigens dafür errichteten Spezialbunker unterhalb des Werks verstaut und hermetisch abgeriegelt. Der russische Ausdruck für diese Vorräte bedeutet frei übersetzt soviel wie ‹Himmelfahrts-› oder ‹Omega-Reserve›.»

Horst Zeitner hielt es kaum noch in seinem Stuhl. «Mein Gott», rief er aus, «soll das etwa heißen, daß diese Glasfläschchen da in Bayern ...»

Hauptmann nickte. «Genau das, Herr Zeitner. Was mein Labortechniker auspackte und fallen ließ, stammte aus der Omega-Reserve.»

An Bord von Flug 66

Das Klopfen an der Cockpittür wurde langsam lästig und störte die detaillierte Flugfreigabe der Bereichskontrolle Shannon, während die Maschine allmählich von dreiunddreißigtausend auf fünfunddreißigtausend Fuß Flughöhe stieg.

Was soll das bloß? dachte James Holland verärgert, drückte den Knopf, mit der die elektronische Türverriegelung gelöst wurde, und drehte sich um. Dick Robb wiederholte unterdessen die Flugroute über den Atlantik. Er rechnete mit einer der Stewardessen und war überrascht, als sich im Eingang ein Gesicht zeigte, das ihm von irgendwoher bekannt vorkam. Der Mann, zu dem es gehörte, polterte herein und verharrte einen Augenblick, um zu ergründen, welcher der beiden Männer in den Pilotensitzen der Chef war, und entschied sich schließlich für Holland.

«Captain? Pastor Garson Wilson.» Eine große, fleischige Hand streckte sich Holland über die Mittelkonsole hinweg entgegen. Holland schlug mit der Linken ein. Er war von dem Besuch alles andere als begeistert.

Wilson merkte, daß man ihn nicht sofort erkannte, und fügte erläuternd hinzu: «Wilson, der Prediger.»

Holland nickte. «Ja, richtig. Mr. Wilson, ich... ich fürchte, wir haben soeben gegen die FAA-Vorschriften verstoßen. Wir hätten Sie nämlich nicht reinlassen dürfen. Mein Fehler. Ich dachte, es wäre ein Crewmitglied mit einem Notfall. Ich muß Sie leider bitten, sich wieder in die Passagierkabine zu begeben.»

Wilson legte die Hand auf die Lehne des Kopilotensitzes und rüttelte sachte daran.

«Sie sind Captain...?» Er drehte die Hand aufwärts, als suche er damit einen Namen.

«Holland, James Holland.»

«Gut, sehr gut! Also, James, ich glaube nicht, daß Ihnen die FAA einen Strick draus dreht, wenn Sie den alten Pastor Wilson ein paar Minuten hier behalten. Bin selber Privatpilot und kannte den FAA-Chef schon, als er noch in den Windeln lag.»

Er ging zurück zur Tür und schloß sie. Dann drehte er sich wieder um und ließ sich auf dem Notsitz in der Mitte nieder.

«Pastor Wilson, bitte! Respektieren Sie meine Wünsche hier. Ich muß Sie in die Kabine zurückschicken.»

«Eine Minute, James. Ich muß Sie persönlich sprechen, weil wir ja hier in einer Art Krise stecken. Wir – das heißt mein Assistent und ich – müssen in ein paar Stunden in New York sein. Ich habe einen wichtigen – äh – Auftritt. Ja, ja, ich weiß, daß Sie zur Zeit andere Sorgen haben, aber ich bin nicht derjenige, der dieses Virus aufgeschnappt hat. Ich muß hier raus und auf dem schnellsten Wege nach New York – es sei denn, wir sind ohnehin schon auf dem Weg dorthin. Ich dachte mir eigentlich, daß Sie mir dabei behilflich sein könnten. Wenn sich diese Quarantäne für die anderen nicht vermeiden läßt, meinetwegen – aber ich habe definitiv keine Zeit dafür.»

Holland drehte sich um, so daß er dem Prediger in die Augen sehen konnte. Er erinnerte sich jetzt genau an das Gesicht. Es war ihm von zahllosen bezahlten Fernsehauftritten bekannt, und er wußte auch, daß es immer wieder große öffentliche Veranstaltungen unter der Bezeichnung «Garson für Gott» gab. Er selbst hatte allerdings noch nie an einer solchen teilgenommen und hatte es auch nicht vor. Religion war für ihn Privatsache. Der Gottesdienst als Zirkusveranstaltung war für ihn ein exzentrisches Südstaatler-Hobby, dem er nichts abgewinnen konnte.

«Pastor Wilson, es steht nicht in meiner Befugnis, mit Ihnen Verhandlungen über irgendwelche Quarantänepläne zu führen. Und außerdem, Sir, muß ich Sie noch einmal bitten, das Cockpit zu verlassen. Jedes weitere Wort, das Sie hier verlieren, bringt uns in größere Schwierigkeiten, weil es nämlich automatisch aufgezeichnet wird.» Holland deutete auf ein kleines Mikrofon in der Deckenverkleidung.

Wilson nickte, lächelte und hob die Hände. «Okay, okay. Ich geh schon. Aber können Sie dem alten Prediger vielleicht noch sagen, wohin man ihn gegen seinen Willen verfrachtet?»

Holland holte tief Luft und sah Robb an, der den Blick mit hochgezogener Braue erwiderte. Dann wandte er sich wieder an Wilson: «Ich kann Ihnen nur sagen, Pastor, daß wir nicht nach New York fliegen. In ein paar Minuten werde ich die Passagiere über den Bordlautsprecher informieren. Und nun verlassen Sie bitte das Cockpit, Sir.»

Wilson erhob sich, blieb ein paar Sekunden lang nachdenklich stehen und entschloß sich dann, nicht mehr zu widersprechen. Als er endlich den Kopf vorstreckte und die Tür ansteuerte, erinnerte Holland sein Lächeln an das eines Krokodils. «Ich lasse Sie jetzt in Ruhe, James», sagte der Prediger im Gehen. «Nehmen Sie's mir nicht übel, aber ich sag's Ihnen, wie es ist: Ich gehe von Bord, wo immer wir auch landen werden. Darauf können Sie sich verlassen.»

Der Gottesmann winkte ihnen einen Abschiedsgruß zu, schloß sorgfältig die Cockpittür und marschierte wütend durchs Oberdeck zur Treppe. Dabei murmelte er unentwegt unflätige Verwünschungen vor sich hin, achtete aber sorgfältig darauf, daß ihn außer seinem Sekretär, der im Oberdeck auf ihn gewartet hatte, niemand verstehen konnte.

Holland stabilisierte die 747 auf Flugfläche dreihundertfünfzig und überprüfte den Bordcomputer. Der Kurs führte über eine Kette von geographischen Punkten, die alle durch Längen- und Breitengrade definiert waren, und endete in Gander, Neufundland. Beide Piloten wußten jedoch, daß dies nicht ihr wahrer Bestimmungsort war. Vor zehn Minuten war ihnen per Satellitentelefon aus Dallas die lange erwartete Lösung übermittelt worden und hatte sowohl Holland als auch Robb, die beide unter zunehmender innerer Anspannung litten, ein wenig beruhigt.

«Okay, Sixty-six», hatte der Stellvertretende Einsatzleiter gesagt, «wir schicken Sie also zum Luftwaffenstützpunkt Keflavik auf Island. Nur darf das vorher nicht bekanntwerden. Geben Sie einen Flugplan nach Gander, Neufundland, durch. Irgendwo südlich von Island werden Sie dann von Air-Force-Jets aufgeschnappt und nach Keflavik eskortiert.»

«Das haben wir schon in Mildenhall probiert», erinnerte Holland ihn. «Und wir sind noch immer in der Luft.»

«Ich weiß, ich weiß. Die Sache flog auf. Ich weiß auch nicht genau warum, aber man hat mir versichert, daß das auf Island nicht passieren wird.»

«Wer ist ‹man›, wenn ich fragen darf, Sir?»

«Wir stehen jetzt in direktem Kontakt mit dem Lageraum im Weißen Haus», hatte der Stellvertretende Einsatzleiter geantwortet. «Von dort aus werden die anderen beteiligten Dienststellen koordiniert – Air Force, Außenministerium, FAA, CIA und so weiter...»

CIA, dachte Holland. Wieso denn der Geheimdienst? Ob die Isländer der Landung überhaupt zustimmten? Er gab nicht mehr viel auf wohlformulierte verbale Zusicherungen.

«Island ist ein unabhängiger Staat, Sir. Ist die dortige Regierung mit unserer Landung einverstanden?»

«Um aufrichtig zu sein, Captain: Ich weiß es nicht. Aber darüber sollten wir uns, glaube ich, momentan nicht den Kopf zerbrechen. Ich kann Ihnen noch folgendes sagen: Island besitzt keine militärischen Einsatzkräfte, mit denen es die Rollbahn blockieren könnte. Außerdem stellt sich unsere Air Force dort bereits auf Ihr Kommen ein. Sie werden dort aufgetankt und gewartet. Danach können Sie jeden amerikanischen Flughafen ansteuern, den wir hier für Sie aussuchen. Mit anderen Worten: Ich denke, daß wir die Sache jetzt im Griff haben.»

«Aber müssen wir dann noch in Quarantäne? Und wenn, für wie lange? Was soll ich den Leuten hier an Bord sagen? In zwei Tagen ist Heiligabend.»

Das leise Lachen am anderen Ende der Leitung klang verdächtig gezwungen. «Wir bringen Sie vielleicht zum Luftwaffenstützpunkt Edwards in Kalifornien oder nach Holloman, New Mexico. Die Air Force, das Rote Kreuz und die Seuchenzentrale in Atlanta tüfteln momentan aus, wie man Sie alle sicher unterbringt. Wer nach zwei Tagen Beobachtung nicht erkrankt, darf nach Hause. Sagen Sie den Leuten, daß wir sie auf unsere Kosten an den Ort ihrer Wahl bringen lassen, und zwar natürlich erster Klasse. Sicher, viele werden Weihnachten in diesem Jahr nur mit Verspätung feiern können, aber wir tun, was wir können.»

«Wer nicht krank wird, darf also gehen? Wenn aber doch jemand erkrankt, was dann? Oder gar mehrere? Dann entläßt man uns erst, wenn die Krankheit vorüber ist. Auf diese Weise können aus den angeblich zwei Tagen Quarantäne leicht zwei Wochen werden. Unter Umständen kann sie sogar noch länger dauern. Und da soll ich meinen Passagieren sagen, daß der Spuk in zwei Tagen vorbei ist?»

«Wir haben keine andere Wahl, Captain, oder? Es kann in zwei Tagen vorüber sein...»

Ein paar Sekunden lang herrschte Schweigen. Holland versuchte, sich die Tragweite des Gesagten zu vergegenwärtigen.

«Also glaubt man wirklich, daß wir verseucht sind.»

«Es kann sich immer noch um einen Fehlalarm handeln, Captain. Selbst wenn Ihr Passagier tatsächlich an diesem Virus gestorben ist, so heißt das noch lange nicht, daß jetzt alle befallen sind.»

«Was?» knurrte Holland. «Was meinen Sie damit, daß unser Passagier an diesem Virus gestorben sein soll?»

«Eine ganz entfernte Möglichkeit, Captain! Sie sagten ja, er sei schon krank gewesen, als er an Bord kam. Nach unseren Informationen könnte der Herzinfarkt ein Symptom gewesen sein. Aber das wäre wirklich der schlimmste Fall.»

Holland schüttelte den Kopf und versuchte, den in ihm aufkeimenden Zorn unter Kontrolle zu halten. Seine Stewardessen hatten sich um das Opfer gekümmert, hatten versucht, ihm mit Mund-zu-Mund-Beatmung das Leben zu retten, und den Verstorbenen schließlich in den Crewraum am rückwärtigen Ende der Maschine getragen. Wenn Helms so ansteckend gewesen war, mußte über kurz oder lang die ganze Crew erkranken.

«James, wir bringen Sie heim und kümmern uns um jeden, der krank werden sollte, die Mitglieder Ihrer Crew natürlich eingeschlossen.»

«Sir? Ich brauche ein paar handfeste Informationen, okay? Wie gefährlich ist dieses Zeug denn nun wirklich?»

«Das wollen wir von Washington auch dauernd wissen. Ich teile Ihnen jetzt mit, was ich aus dem Lageraum gehört habe, und zwar wörtlich. Sie sagen, daß es sich – Zitat – ‹bei den verweigerten Landegenehmigungen in Europa um reine Vorsorgemaßnahmen der betreffenden Regierungen handelte, die darauf zurückzuführen waren, daß das deutsche Gesundheitsministerium keine genauen Angaben über die Art der Infektionskrankheit an Bord der Maschine machen konnte›. Offiziell, so heißt es, hätten die Deutschen von einer neuen Mutation des Grippevirus gesprochen. Mehr wissen wir auch nicht.»

«Das reicht mir nicht», erwiderte Holland. «Ich muß die Symptome kennen und wissen, was mich erwartet. Vor allem: Welche Zeit bleibt mir, dieses Flugzeug sicher zu landen, falls ich erkranken sollte?»

«Ich kann Ihnen momentan nicht mehr sagen, James. Aber wir bemühen uns, so schnell wie möglich Weiteres in Erfahrung zu bringen.»

Holland beendete das Gespräch und legte den Hörer auf. Dann sah er sich nach Robb um, der nicht mehr ganz so finster dreinblickte wie zuvor.

«Wir schaffen es, Dick», sagte er. Robb rollte die Augen und nickte.

Laut Wetterbericht war es auf Island grau und stürmisch. Es herrschte Westwind mit fünfzehn Knoten in der Stunde und Schneetreiben, die Temperatur betrug minus 7 °Celsius. Ausschlaggebend für die Landung war jedoch die Sichtweite, und die lag kontinuierlich bei über fünf Kilometern. Holland berechnete die Treibstoffreserven. Sie reichten bis Keflavik und eine Stunde darüber hinaus. Damit stand fest, daß sie dort auf jeden Fall landen mußten.

«Wollen Sie ihnen Bescheid sagen?» fragte Robb unvermittelt.

«Wie bitte?»

«Den Passagieren. Über den Plan, meine ich. Über alles. Machen Sie eine neue Ansage?»

Holland seufzte und nickte. «Es sei denn, Sie wollen diese Aufgabe übernehmen, Dick.»

Dick sah ihn verwirrt an. «Wer wird denn hier gecheckt – Sie oder ich? Ich bin nichts weiter als ein dummer Kopilot.»

Holland war überrascht, wie leicht es ihm fiel zu lachen. «Genau! Mit Rotstift, scharfem Blick und scharfer Zunge.»

Er rechnete eigentlich damit, daß Robb grinsen würde. Doch der wandte sich statt dessen ab und starrte aus dem Fenster. Holland schaltete unterdessen den Bordlautsprecher ein und versuchte sich zu konzentrieren.

10

CIA-Hauptquartier, Langley, Virginia · Freitag, 22. Dezember · 18 Uhr (2300Z)

Gegen 16 Uhr Washingtoner Zeit hatte sich ein Konferenzraum in unmittelbarer Nähe von Jonathan Roths Büro in eine Art Kommandozentrale verwandelt. Überall lagen Papiere und Dokumente herum, und die Mitglieder des Anlayseteams sorgten für ein ständiges Kommen und Gehen. Da der Lageraum des Weißen Hauses das Krisenmanagement inzwischen weitgehend an sich gezogen hatte, rückte die CIA zunehmend ins Zentrum des Geschehens, denn man verließ sich mehr und mehr auf ihren Rat und ihre Führung. Es war die große Stunde des Stellvertretenden Direktors Jonathan Roth. Mit der geschliffenen Gewandtheit des Meisterbürokraten kommandierte er in Langley seine Untergebenen herum, während er gleichzeitig gegenüber der Regierung in der Pennsylvania Avenue 1600 stets ein ruhiges und besonnenes Gesicht zeigte und sie mit einer steten Flut von Analysen und Interpretationen versorgte. Die entscheidende Frage, die man sich gegen 18 Uhr im Lageraum stellte, war die gleiche, die Rusty Sanders hatte beantworten müssen: Wie gefährlich war dieses Virus an Bord von Quantum 66 wirklich?

«Hören Sie, wir wissen ja noch nicht einmal, ob sich überhaupt ein Virus an Bord der Maschine befindet!» hatte Sanders Roth zuvor gewarnt. «Zuallererst müssen wir diesen Helms obduzieren, das steht fest.»

Roth hatte sich wütend seine Halbbrille von der Nase gerissen, war aufgestanden und hatte Sanders auf den Korridor hinausgewinkt. Dort redete er mit zusammengepreßten Zähnen auf den Arzt ein.

«Die Frage, Doktor, lautet nicht, ob ein Virus in der Maschine sitzt, sondern wie wir uns zu verhalten haben, wenn dies der Fall ist. Und ich treffe die Entscheidung, ob wir davon ausgehen, haben Sie das verstanden? Es ist meine Entscheidung, basierend auf meiner Situationsanalyse.»

«Sir», hatte Sanders eingewandt, «es tut mir leid, wenn ich Ihnen auf die Nerven gehe, aber ich wollte nur noch einmal ausdrücklich darauf hinweisen, daß wir bisher nichts haben, was eine solche Entscheidung rechtfertigen würde.»

«Wir haben einen toten Mann an Bord eines Flugzeugs, das kein Mensch haben will. Wir wissen, daß der Tote diesem Virus ausgesetzt war. Wir haben die Bestätigung der deutschen Regierung, daß dieses Virus, auch wenn es bisher niemand genau kennt, zwei Menschen getötet hat, den Professor nicht eingerechnet. Genügt Ihnen das denn nicht?»

Sanders entging nicht, daß Roth immer wütender wurde.

«Ich möchte nur auf Nummer Sicher gehen, Direktor. Es kann sich immer noch um einen ganz normalen Herzinfarkt gehandelt haben. Wir wissen noch nicht, was ihn umgebracht hat.»

«Wie dem auch sei, Sanders, die Entscheidung treffe ich. Wir können in diesem Fall kein Risiko eingehen. Und jetzt, verdammt noch mal, finden Sie mir endlich heraus, wie schlimm dieses Virus ist und wie wir – angenommen, an Bord der Maschine läuft tatsächlich ein Virus Amok – reagieren sollen! Und beeilen Sie sich gefälligst!»

Zwanzig Minuten später war Sanders zurück und hatte eine Antwort. Sein Gesicht war aschgrau. Roth schloß die Tür, und die anderen nahmen Platz.

«Okay», begann Sanders, «ich habe neue Informationen. Wie wir schon vermuteten, haben uns die Deutschen nicht alle Fakten gegeben – oder hatten sie selbst nicht, was weiß ich.» Der Arzt ging vor einer Wand des Konferenzzimmers auf und ab, und seine Krawatte hing noch tiefer herunter als vorher. Er berichtete von dem Besuch Andreas Hauptmanns im Bonner Gesundheitsministerium und gab den Inhalt zweier Gespräche wieder, die er soeben geführt hatte – das eine mit Horst Zeitner in Bonn, das andere mit dem russischen Wissenschaftler in der Ukraine.

«Glücklicherweise spreche und verstehe ich ganz passabel Russisch und brauchte daher keinen Dolmetscher. Die russische Sprache, müssen Sie wissen, verführt manche Dolmetscher dazu ...»

«Zur Sache, Sanders!» knurrte Roth.

«Entschuldigen Sie, Sir.» Er blieb gegenüber von Roth an der

Schmalseite des langen Tisches stehen. «Hier das Wesentliche: Wenn ich davon ausgehe – was ich laut Direktor Roth auch muß –, daß Helms dem Virus nicht nur ausgesetzt war, sondern bei Abflug der Maschine in Frankfurt bereits akut an der dadurch hervorgerufenen Krankheit litt, und unter Berücksichtigung der Auskünfte des russischen Wissenschaftlers, müssen wir mit neunzigprozentiger Sicherheit annehmen, daß alle Passagiere in diesem Flugzeug inzwischen einem aktiven ... – mir fehlt das geeignete Wort –... einem aktiven Partikel des besagten Virus ausgesetzt gewesen sind. Und es handelt sich nicht um eine Grippe.»

«Alle?» hakte Roth nach.

Sanders nickte. «Jawohl, Sir. Innerhalb von zwei Stunden nach dem Abflug muß es zu einem solchen Kontakt gekommen sein. Da wir über dieses Virus außer dem, was es bei jenen beiden Männern in Bayern angerichtet hat, nach wie vor nicht viel wissen, gehe ich in meinen folgenden Ausführungen von den Informationen aus, die mir der russische Wissenschaftler über Pathogene der Omega-Klasse gegeben hat. Eine der Grundvoraussetzungen, die ein Krankheitserreger erfüllen muß, um als Omega geführt zu werden, ist extreme Übertragbarkeit. Mit anderen Worten: Sobald Sie damit in Kontakt geraten, werden Sie krank. Die Übertragungswege können unterschiedlich sein, doch besteht bei Omega-Viren die absolut reale Gefahr, daß sie in einer zivilen Bevölkerungsgruppe nicht mehr aufzuhalten sind. Dies setzt im allgemeinen eine Übertragung durch Tröpfcheninfektion über die Atemluft sowie die Fähigkeit des Virus voraus, auf der unverletzten menschlichen Haut zu leben und dieselbe zu durchdringen. Das heißt, sobald Sie auch nur einen Tropfen Körperflüssigkeit einer befallenen Person berühren, stecken Sie sich an. Eine weitere Bedingung ist eine Mortalitätsrate von über fünfundachtzig Prozent. Hinzu kommt, daß dieser bayerische Erreger eine Inkubationszeit von nur achtundvierzig Stunden zu haben scheint – und das ist schier unfaßbar.»

Roth beugte sich vor. «Woher weiß man das, Sanders?»

«Der Russe sagte mir, daß sie im Tierversuch mit Primaten zu solchen Ergebnissen kamen, aber er weiß auch nicht genau, welches Virus wir haben. Außerdem gab es – vor allem in den fünfziger Jahren – auch ... Menschenversuche. Politische Gefangene, meinte er. Unser bayerisches Virus muß also mindestens diese Merkmale haben. Zu den Befürchtungen der Russen gehörte auch die Tatsache, daß spätestens seit Beginn der achtziger Jahre selbst Erreger, die nicht so gefährlich sind wie die Omega-Kategorie, durch den modernen Passagierflugverkehr innerhalb von achtundvierzig Stunden über die ganze Welt verbreitet werden könnten. So etwas fängt heute in Frankfurt an, und ehe wir überhaupt wissen, daß es da ist, werden die ersten Infizierten schon krank und verbreiten das Virus in Los Angeles, New York, Chicago und Tokio. Und jede infizierte Person überträgt es in den nächsten zwei Tagen in Dutzende von anderen Orten. Eine Hydra, die Armageddon heraufbeschwört. Der russische Experte sagte mir – und diese Ansicht vertrete ich schon seit Jahren –, daß der internationale Luftverkehr zum potentiellen Instrument eines viralen Holocaust geworden ist. Deshalb habe ich ja jahrelang versucht, der FAA klarzumachen, daß diese Umwälzung der Kabinenluft...»

Roth unterbrach ihn mit erhobener Hand. «Bleiben Sie bei der Sache, Doktor! Ihr Kreuzzug damals bei der FAA ist mir bekannt.»

Rusty Sanders schwieg ein paar Sekunden lang, musterte Jon Roths Miene und beschloß, es nicht zum Äußersten zu treiben. Dann räusperte er sich und deutete auf die Papiere, die er in der Hand hielt.

«Wie dem auch sei, Sir – wenn dieser Omega-Erreger tatsächlich an Bord der 747 ist, dann haben wir es mit einem geflügelten Todesbringer zu tun.»

Eine Mitglieder des Expertenteams atmeten hörbar aus. Mark Hastings beugte sich vor. «Von was für einem... Tod reden wir hier? Geht das schnell – oder ist es eher... äh...»

«Sie meinen ein Horrorszenario?» fragte Sanders.

«Yeah. Horror. Ich meine, an Bord dieses Jets befinden sich zweihundertfünfundvierzig Passagiere und eine zwölfköpfige Crew!»

Sanders warf einen Blick quer über den Tisch auf Roth. Der hatte sein Kinn in die Hand gestützt und zeigte keinerlei Reaktion. Seine Augen waren auf Sanders gerichtet.

«Der Tod», antwortete der Arzt nach kurzem Zögern, «kann in zahlreichen verschiedenen Formen eintreten, je nachdem, um welchen Erreger es sich handelt. Wie man mir sagte, werden die beiden bayerischen Opfer zur Stunde von einem hochqualifizierten deutschen Expertenteam obduziert. Man hat mir versprochen, daß mir die Untersuchungsergebnisse sofort übermittelt werden. Sie sollten uns auf jeden Fall ein Stück weiterhelfen, vor allem auch als Vergleichsdaten bei der Autopsie des Professors. Im übrigen sind Atemkollaps, innere Blutungen, eine Schädigung der Herzkranzgefäße, die einen Infarkt vortäuschen könnte, und Überhitzung als Todesursachen möglich. Die beiden einzigen Todesopfer, die wir kennen, hatten dagegen andere Symptome, darunter geistige Verwirrung und abstruse psychische Begleiterscheinungen. Da zwischen dem Ausbruch der Krankheit und dem Tod mehrere Stunden vergehen können, ist es nicht auszuschließen, daß die Betroffenen erheblich leiden müssen – vor allem, wenn tatsächlich alle Menschen an Bord dieses Flugzeugs einschließlich der Crewmitglieder auf einmal den Verstand verlieren.»

Jon Roth rührte sich nicht, doch Mark Hastings neigte sich vor und sagte mit vor Entsetzen geweiteten Augen: «Jesus! Die Besatzung! An die hatte ich gar nicht gedacht!»

Sanders bat mit einer Handbewegung um Ruhe. «Die Leute sind diesem Virus erst seit ein paar Stunden ausgesetzt, Mark. Wenn wir sie innerhalb von, sagen wir mal, vierzig Stunden irgendwo landen lassen, ist die Wahrscheinlichkeit, daß die Crew in der Zwischenzeit bereits erkrankt ist, gleich Null.»

«Ja, aber wir müssen ihnen danach – gewissermaßen – die Zündschlüssel wegnehmen und die Maschine flugunfähig machen.»

Sanders schüttelte den Kopf und holte tief Luft. Erst schien er seine eigenen Füße zu betrachten, dann hob er jedoch den Blick und sah Roth ins Gesicht. «Die Vorstellung, die Menschen, eingeschlossen in diesem Flugzeug, sterben zu sehen, ist entsetzlich. Das mindeste ist menschlicher Beistand durch Personal in Schutzanzügen, auch wenn ihnen medizinisch nicht geholfen werden kann.»

Sanders war gar nicht aufgefallen, daß er während des Redens wieder damit begonnen hatte, im Zimmer auf und ab zu laufen. Jetzt merkte er plötzlich, daß er neben dem Direktor stand, der ihn nicht aus den Augen gelassen und mit seinem Drehstuhl jedem seiner Positionswechsel gefolgt war. Sanders schwieg und musterte seine Zuhörer. Alle waren sichtlich schockiert.

Als er weitersprach, wunderte er sich über seine eigene innere Distanz. Da referierte er in geschäftsmäßigem Ton über eine furchtbare Seuche, der in einer qualvollen, grotesken Todesspirale menschlichen Leids die nahezu dreihundert Insassen eines Jumbo Jets zum Opfer zu fallen drohten.

Doch dann begriff er plötzlich, woher diese merkwürdige Abgehobenheit rührte: Er glaubte einfach noch nicht daran, daß sich die Menschen an Bord von Flug 66 tatsächlich angesteckt hatten – und dies, obwohl er inzwischen bereit war zu akzeptieren, daß der amerikanische Professor dem Virus ausgesetzt gewesen war.

«Nun also zu den externen Gefahren», sagte er, ging zu einer Schautafel, auf der ein leerer Bogen Papier eingespannt war, und ergriff einen bereitliegenden Filzschreiber. Seine nun folgenden Ausführungen illustrierte er mit einfachen Skizzen.

«Ich extrapoliere hier wiederum auf der Basis der mir von dem russischen Wissenschaftler übermittelten allgemeinen Informationen über Omega-Viren. Aber schätzen wir – oder verschätzen wir uns – zunächst einmal auf konservative Weise und überlegen, was passiert, wenn dieser bayerische Stamm bei Temperaturen über dem Gefrierpunkt etwa eine Stunde lang aktiv bleiben kann – die genaue Dauer richtet sich nach der Luftfeuchtigkeit. Die Zeit reicht aus, um über die Klimaanlage einer Boeing 747 sämtliche Menschen an Bord zu infizieren – vorausgesetzt, die Partikel sind klein genug, um die ziemlich ineffektiven Biofilter der Anlage problemlos passieren zu können. Je wärmer und feuchter die atmosphärischen Bedingungen sind, desto länger lebt ein über die Atemluft übertragbares Virus und behält seine tödliche Wirkung bei. Viren dieser Art schließen sich an winzige Aerosole an – an in der Luft schwebende Feuchtigkeitströpfchen. In gemäßigten Klimabereichen können sie sogar einige Stunden überdauern. Denken Sie daran, wie leicht eine normale Erkältung durch Niesen oder durch Körperkontakt übertragen wird. Wir haben hier von einem vergleichbaren Ansteckungsrisiko auszugehen – nur, daß sich in diesem Fall das Virus eben nicht auf eine laufende Nase und ein bißchen Fieber beschränkt, sondern innerhalb von drei, vier Tagen zum Tod führt.» Sanders legte den Filzstift wieder ab und verschränkte die Arme.

«Wie hoch also, Doktor», begann Roth, «schätzen Sie nun die Gefährdung einer beliebigen Bevölkerungsgruppe ein, die diesem Virus ausgesetzt ist?»

«Sie sprechen die Gefährdung von Bevölkerungszentren an. Gut. Angesichts der Tatsache, daß das Virus einer Kategorie angehört, bei der die Mortalitätsrate über fünfundachtzig Prozent beträgt, muß ich sagen, daß eine größere biologische Gefahr für das menschliche Leben schwerlich zu finden sein dürfte, abgesehen vielleicht von anderen BL-4-Scheußlichkeiten wie beispielsweise dem Ebola-Zaire-Filovirus. Das Grauenhafte an der Ebola-Krankheit besteht darin, daß sich der menschliche Körper praktisch von innen her auflöst, abstirbt und verfault. Vom Krankheitsverlauf her mag der bayerische Virenstamm nicht ganz so grausam sein – in seiner lebensbedrohenden Konsequenz ist er möglicherweise aber noch schlimmer. Mit anderen Worten: Wir dürfen nicht das geringste Risiko eingehen. Eine absolut sichere Quarantäne ist lebenswichtig!»

Roth räusperte sich. «Sie kennen ja unseren bisherigen Plan, Doktor. Das Flugzeug sollte in Island auftanken und dann hierher in die Staaten kommen. Ist das nach wie vor vernünftig? Sollen wir weiterhin nach einer Quarantänemöglichkeit im Südwesten des Landes suchen?»

Rusty Sanders schlug den Blick nieder und versuchte, eine schlüssige Antwort zu formulieren. Er wußte, daß Roth in seinen Verhandlungen mit dem Weißen Haus die gleichen Worte benutzen würde. Was er jetzt sagte, mußte Hand und Fuß haben.

«Okay.» Er blickte Roth in die Augen. «Die Risiken, die eine Landung dieses Flugzeugs auf dem nordamerikanischen Kontinent – und ganz besonders in dessen warmen Klimabereichen – mit sich bringen würde, sind enorm und meiner Meinung nach nicht zu verantworten. Das schlimmste – wenngleich rein theoretische – Szenario besteht darin, daß ein so hochinfektiöser Krankheitserreger wie der, mit dem wir es hier eventuell zu tun haben, eine nicht mehr kontrollierbare Epidemie auslöst. Selbst eine weltweite Pandemie ist nicht völlig auszuschließen. Ich möchte den Teufel nicht an die Wand malen, Sir – Tatsache ist jedoch, Sir, daß eine solche Seuche theoretisch die gesamte Erdbevölkerung ausrotten könnte. Zumindest würden ihr einige zig Millionen Menschen zum Opfer fallen. Sciencefiction-Autoren jonglieren bekanntlich schon seit Jahren mit solchen Themen – nur in diesem Fall ist nichts fiktiv! Eine Pandemie dieses Typs ist eine absolut reale Bedrohung – auch und gerade wegen der modernen Zivilluftfahrt.»

Eine Weile herrschte betroffenes Schweigen, und wieder war es Mark Hastings, der es als erster brach.

«Für die Menschen an Bord von Quantum 66 besteht also keinerlei Hoffnung mehr? Sie sind verloren, egal, was noch geschieht?»

Sanders sah ihn an und hob den Zeigefinger.

«Das kann man uneingeschränkt so nicht sagen. Sie sind wahrscheinlich verloren – oder zumindest fünfundachtzig Prozent von ihnen –, wenn ...» In dem Bewußtsein, daß seine Antwort Roth nicht gefallen würde, wartete er, bis er sich der vollen Aufmerksamkeit aller Anwesenden sicher sein konnte. «... wenn dieser verstorbene Fluggast tatsächlich an genau der gleichen Krankheit litt wie die beiden Laborangestellten in Bayern. Vergessen Sie nicht, daß ein akuter Ansteckungsfall an Bord sein muß, um die anderen Passagiere zu infizieren. Wenn der Professor nicht infiziert war, kann er auch nicht mit Viren um sich geworfen haben.»

Roth beugte sich abrupt vor. «Danke, Dr. Sanders. Noch irgendwelche Kommentare?»

Niemand meldete sich.

«Gut. Man kann natürlich darüber diskutieren und anderer Meinung sein – was mich betrifft, so bin ich jedenfalls bereit, dem Weißen Haus zu empfehlen, daß man diesem Flugzeug die Genehmigung zur Rückkehr in die Vereinigten Staaten verweigert. Es sollte statt dessen nach der Landung auf Island beschlagnahmt beziehungsweise dort unter Quarantäne gestellt werden.»

Rusty Sanders, der sich Roths Worte, an der Wand lehnend, angehört hatte, schnellte unvermittelt vor und hob die rechte Hand.

«Sir? Es gibt noch eine wichtige Priorität, auf die ich hinweisen muß.»

«Schießen Sie los!» Roth faltete die Hände und sah ihn erwartungsvoll an.

«An Helms muß so schnell wie möglich eine Leichenöffnung vollzogen werden. Ich empfehle, ein mit chemischer und biologischer Kriegsführung vertrautes Pathologenteam aus Fort Detrick mit dieser Aufgabe zu betrauen. Dort verfügt man auch über die entsprechende BL-4-Schutzkleidung. Das Team sollte zunächst von mir auf den Fall vorbereitet und dann auf dem schnellsten Wege nach Island geflogen werden. Man kann ein solches Virus nicht auf Anhieb entdecken, aber es läßt sich schon durch eine normale Autopsie feststellen, ob der Mann an etwas anderem als an einem einfachen Herzinfarkt gestorben ist.» Sanders konnte in Roths Miene den Widerstreit zwischen Interesse und der Wut darüber, daß ihm noch einmal dasselbe Thema aufgetischt wurde, erkennen.

Das Interesse obsiegte.

«Kümmern Sie sich darum, Dr. Sanders», sagte der Direktor.

Es klopfte leise an der Tür, und Sherry Ellis betrat das Konferenzzimmer.

«Entschuldigen Sie die Störung, aber ich habe eine wichtige neue Information für Sie.»

«Was gibt's?» fragte Roth und schüttelte leicht den Kopf.

«Unser russischer Wissenschaftler hat sich vor einer Viertelstunde wieder bei Zeitner gemeldet. Er wollte ihm noch einmal deutlich machen, daß die fünfundachtzigprozentige Mortalitätsrate bei Erregern der Omega-Klasse lediglich eine Art Einstiegswert darstellt.»

«Das war uns bereits bekannt», bemerkte Rusty Sanders.

Sherry nickte und hob den Zeigefinger. Ihr Gesicht war aschfahl. «Ja, aber der Mann hat Zeitner mitgeteilt, daß damals nur Pathogene mit einer Mortalitätsrate von einhundert Prozent der Omega-Kategorie zugeordnet wurden.»

Im Raum herrschte betroffenes Schweigen.

An Bord von Flug 66

Seit dreiundzwanzig Jahren arbeitete Barb Rollins inzwischen für Quantum, und noch nie hatte sie einen echten Notfall erlebt. Zu Freunden, die vom Fliegen keine Ahnung hatten, sagte sie manchmal: «Angst habe ich natürlich schon – vor allem, wenn auf einem Vormittagsflug mit lauter Geschäftsleuten plötzlich der Kaffee ausgeht.»

Sie schloß die Cockpittür hinter sich und blieb eine Sekunde lang in der dunklen Nische stehen. Die Gedanken in ihrem Kopf überschlugen sich. Die Chefstewardeß war eine Glucke für das übrige Flugbegleitpersonal, doch Barb fühlte sich nicht zum Leittier berufen. Eher kam sie sich vor wie ein verängstigtes kleines Mädchen. Ein unsichtbares Raubtier lauerte ihnen auf – ein Raubtier, das zu klein und zu raffiniert war, um im offenen Kampf besiegt zu werden. Die Vorstellung, daß es vielleicht schon in ihren Blutkreislauf eingedrungen war, machte sie schier verrückt vor Angst.

Sie spürte die Blicke der Oberdeck-Passagiere auf sich ruhen, lächelte und begab sich zur Treppe, die zum Hauptdeck hinabführte. Auf der untersten Stufe hielt sie erneut inne.

Du übertreibst, Barb! sagte sie zu sich selbst. Das ist schlimmstenfalls eine Grippe! Aber der kleine, kalte Kloß in ihrer Kehle ließ sich nicht vertreiben. Woher kam diese überzogene Reaktion der Regierungen, wenn es bloß ein einfaches Grippevirus war? An welcher Krankheit hatte der Passagier tatsächlich gelitten? Wie sahen deren Symptome aus? Wie schnell war sie übertragbar?

James Hollands Durchsage war hervorragend gewesen. Ohne zu stocken und in beruhigendem Ton hatte er den Passagieren erklärt, daß die Maschine auf Island aufgetankt und danach zu einem bislang noch unbekannten Quarantäneort in den Vereinigten Staaten weiterfliegen würde. Auch daß er die Reaktion der verschiedenen ausländischen Regierungen für völlig übertrieben halte, hatte er ihnen gesagt. Dennoch war es ihm nicht gelungen, jenes Gefühl tiefer Beunruhigung zu vertreiben, das inzwischen sämtliche Passagiere ergriffen hatte. Betrug die Quarantänezeit mehr als vier Tage, so fiel für alle Betroffenen das Weihnachtsfest zu Hause aus – egal, wo sich das jeweilige Zuhause befand. Doch die Fragen, die auf Barb Rollins einprasselten, galten fast ausnahmslos der Natur jener Krankheit, die seit Frankfurt mit ihnen mitflog.

Barb dachte an den Abflug zurück. Eine Flut von Mitbringseln und Spielzeug aller Art war in Frankfurt über sie hereingebrochen, als wäre das Flugzeug ein großer Rentierschlitten. Barb hatte Holland angeflachst: Ob er nicht lieber als Santa Claus verkleidet fliegen wolle? Unter den Passagieren befanden sich die Mitglieder einer großen Reisegesellschaft, Studenten, GIs und ihre Familien. Sie alle flogen nach Hause, weil sie das Fest im Kreis ihrer Lieben verbringen wollten. Auch einige seriöse Geschäftsleute und ein paar Einzelpersonen, die unabhängig von den bevorstehenden Feiertagen unterwegs zu sein schienen, waren an Bord, doch stellten sie nur eine Minderheit dar.

Barb begab sich in den hinteren Teil der Maschine. Vorsichtig schritt sie durch den Gang und bemühte sich dabei routinemäßig um Blickkontakt zu möglichst vielen Passagieren. Sie mochte Menschen, auch wenn ihre New Yorker Umgangsformen dies manchmal bezweifeln ließen. Mehr als alles andere benötigte sie jetzt Normalität. Ich muß so tun, als wäre dies ein Routineflug, dachte sie.

Sie beglückte alle und jeden mit ihrem patentierten Stewardessenlächeln, während ein anderer Teil ihres Bewußtseins sich selbständig machte und jeden einzelnen Passagier begutachtete, als kommentiere sie die Betroffenen auf einem Tonbandgerät.

Der junge Mann dort auf dem Sitz vor der Trennwand – ja, der mit dem Gipsbein. Ich habe ihm beim Einsteigen geholfen. Sehr höflich. Seine Krücken sind im Schrank der ersten Klasse. Er hatte einen Skiunfall – wo war das nur? Ach ja, in der Schweiz. Gutaussehender Junge, der sich trotz seiner Schmerzen nicht gehenläßt. Wahrscheinlich schüchtern. Hat ein Auge auf dieses bildhübsche junge Mädchen aus Deutschland auf dem Gangsitz geworfen, will aber nicht, daß seine Eltern es merken. Seine Hormone laufen Amok. Schätzungsweise neunzehn und gefährlich. Da! Schon wieder so ein verstohlener Blick auf seine Angebetete. Merkt gar nicht, daß ich ihn beobachte – oh, doch, jetzt merkt er's, und es ist ihm furchtbar peinlich. Und jetzt sieht sich das Mädchen nach ihm um. Interessant...

Hormone, ja... Das Pärchen da hinten muß sich dauernd befingern. Sie kuschelt sich dicht an ihn, und sie haben eine Wolldecke über sich gebreitet. Der alte Trick mit der Decke! Jetzt lächelt sie mich an. Bildet sich ein, ich wüßte nicht, wo ihre Pfoten sind ... Barb unterdrückte ein Kichern. Sie kannte solche Kuschelflüge aus eigener Erfahrung.

Neben einer schon recht betagten Dame saß ein übergewichtiger Herr. Barb hielt die beiden für Mutter und Sohn, wußte aber, daß Vermutungen oft danebenlagen. Der Mann blickte nach links auf ein Paar auf der anderen Seite des Gangs. Barb folgte seinem Blick und gewahrte eine Frau, die in stille Hysterie verfallen zu sein schien. Der Ehemann im Sitz neben ihr versuchte sie zu beruhigen. Die Frau preßte ein Telefon gegen ihre Brust und die Faust auf ihren Mund. Sie schluchzte, die Augen vor Angst und Bestürzung weit aufgerissen.

Barb beugte sich zu dem Ehemann hinab, wies mit einer Kopfbewegung auf dessen Frau und sagte: «Entschuldigen Sie – stimmt etwas nicht mit ihr? Kann ich etwas für Sie tun?»

Sorgenvoll blickte Keith Erickson auf. Als er antwortete, begleitete er seine Worte mit Gesten seiner rechten Hand.

«Ich ... ich kann nicht mehr vernünftig mit ihr reden. Als der Captain bekanntgab, daß es noch ein paar Tage dauern kann, bis wir nach Hause kommen ... Sie ist außer sich vor Sorge um die Kinder ... Als er sagte, daß wir Weihnachten vielleicht noch nicht zu Hause sind ...»

Lisa Erickson blickte zu Barb auf, nahm die Faust vom Mund und sagte mit leiser, gequälter Stimme: «Das ist doch nicht sein Ernst gewesen, was? Wir dürfen Weihnachten nicht versäumen! Meine Babys brauchen mich. Ich darf nicht fortbleiben!»

Barb beugte sich weiter zum Fensterplatz hin.

«Mrs.... äh ...»

«Erickson», sagte der Ehemann. «Lisa Erickson.»

«Hören Sie zu, Lisa. Es wird alles wieder gut. Und wahrscheinlich sind Sie Weihnachten längst zu Hause. Der Flugkapitän hat lediglich den schlimmsten denkbaren Fall erwähnt. Es wird alles gut, verlassen Sie sich darauf. Wollen Sie noch telefonieren?»

Lisa Erickson nickte wie ein ängstliches Kind, mit kurzen, heftigen Kopfbewegungen. Dann starrte sie wieder zum Fenster hinaus und preßte wieder die Faust auf den Mund.

Keith Erickson winkte Barb näher zu sich und flüsterte ihr ins Ohr: «Es tut mir leid. Wir schaffen das schon. Meine Frau hat bereits telefoniert. Sie ist nur furchtbar ... mitgenommen.»

Brenda saß allein neben Tür 5L in der hinteren Bordküche. Die anderen Flugbegleiterinnen waren mit den Vorbereitungen zum Abendessen beschäftigt. Barb legte ihr die Hand auf die Schulter, was Brenda mit einem müden Lächeln quittierte.

«Wie geht's dir, Mädchen?»

«Gut», log Brenda, doch Barb spürte, wie es in ihr aussah. Sie wollte die Kollegin nicht noch zusätzlich beunruhigen, doch der Captain hatte ihr eine bestimmte Aufgabe übertragen, vor der sie sich nicht drücken konnte.

«Du hast die Ansage des Captains gehört, oder?» fragte sie, ohne die Stimme zu heben.

«Yeah. Das ist der schlimmste Flug meines Lebens.»

Brenda blickte auf, und Barb sah die Tränen in ihren Augen. Als sie schließlich weitersprach, klang ihre Stimme leise und zittrig.

«Ich habe Angst, Barb. Ich... ich werde krank. Ich hatte doch direkten Kontakt mit ihm! Was er hatte, kriege ich auch, das steht fest. Ich weiß ja nicht, was das war, aber er ist daran gestorben, und ich...»

Barb setzte sich neben Brenda und nahm sie in den Arm. Die jüngere Frau bebte am ganzen Leib.

«Das wird schon wieder, Brenda, ganz bestimmt! Es ist überhaupt nicht ausgemacht, daß du dich angesteckt hast. Außerdem war Mr. Helms ein paar Jahrzehnte älter als du und wahrscheinlich ohnehin schon gesundheitlich angeschlagen. Das wissen wir doch alles nicht.»

Brenda barg ihr Gesicht in den Händen und wiegte den Kopf hin und her.

«Bloß wegen einer Grippe an Bord verweigert kein Land der Welt einer großen Linienmaschine die Landeerlaubnis, schon gar nicht an Weihnachten. Wenn die Engländer und die anderen Europäer Angst vor uns haben, stecken wir...» – sie verbesserte sich – «... stecke ich tief in der Tinte.» Sie blickte auf und sah Barb an. «Deshalb helfe ich jetzt auch nicht in der Küche. Ich bin wahrscheinlich... gefährlich!»

Barb schüttelte verneinend den Kopf – obwohl sie wußte, daß Brenda recht hatte. «Brenda, denkst du noch daran? Der Captain möchte, daß ihr – also du, Dee und alle anderen, die Helms angefaßt haben – ins Oberdeck geht. Wir haben dort ein paar leere Sitzreihen.»

Brendas Hand fuhr an den Mund. «Ach...»

«Ist schon gut», beschwichtigte Barb sie.

Brenda nickte. «Ja, ich weiß. Mir fehlt nichts. Aber das, das ist doch... das...» Ihre rechte Hand wedelte unruhig durch die Luft.

«...nur die Bestätigung?» ergänzte Barb und bedauerte es sogleich.

Brenda schluchzte auf und versuchte gar nicht mehr, es zu unterdrücken. Sie nickte.

«Genau das.»

«Jetzt geh schon!» sagte Barb aufmunternd. «Und reiß dich zusammen! Such dir Dee und verschwinde mit ihr nach oben. Das ist nichts weiter als bezahlter Sonderurlaub.»

Das Bild des verstorbenen Passagiers verfolgte Brenda. Sie erinnerte sich genau, wie sie ihm in Frankfurt an Bord geholfen hatte. Schweißüberströmt und fieberheiß hatte er über Unwohlsein geklagt. Auch an die Berührung mit seinem Mund während der vergeblichen Wiederbelebungsversuche erinnerte sie sich, an die Todesangst in seinen Augen, ehe er das Bewußtsein verlor. Wieviel Zeit bleibt mir noch? fragte sie sich.

Luftwaffenstützpunkt Keflavik, Island

Vom Tower aus sah man wenig von der Rollbahn, weil ein stetiger Ostwind mit zwanzig Knoten in der Stunde kontinuierlich Schneeflocken über das Flugfeld blies. Doch das Hin und Her von Air-Force-Fahrzeugen in der arktischen Nacht dauerte nun schon eine Stunde an und wurde immer hektischer. Der diensthabende Tower-Chef, ein Hauptfeldwebel, hatte sich bereits eine Abfuhr geholt, weil er im Flugbetriebsbüro angerufen und Fragen gestellt hatte. Inzwischen brachte ihn die Neugier schier um. Irgend etwas war im Gange, doch niemand wollte ihm sagen, was.

«Sehen Sie sich das an, Eddie! Eine Jumbo-Gangway wird ans Westende gebracht!» Er reichte seinen Feldstecher dem Stabsfeldwebel, der für den Rollverkehr auf dem Flugfeld zuständig war. «Vorhin wurden ein paar Gepäckwagen rausgeschickt, dann der schwere Schlepper und jetzt die große Gangway!»

«Alles für Jumbos wie die 747, oder?» fragte der Stabsfeldwebel.

«Genau. Und das bedeutet...» Er gestikulierte aufgeregt und wartete darauf, daß sein Gesprächspartner den Gedanken vollendete. Der Stabsfeldwebel sah ihn ratlos an.

«Wie bitte? Ach ja – nun, das heißt, daß entweder ein Verkehrsflugzeug, von dem wir bisher nichts gehört haben, hierher umgelenkt wird, oder Sie denken sogar an Air Force One...»

Der Chef nickte. «Air Force One ist eine 747, nicht wahr? Was käme denn sonst noch in Frage?»

Der Stabsfeldwebel legte den Feldstecher beiseite.

«Tut mir leid, wenn ich Sie berichtigen muß. Aber der Präsident ist in Washington. Er hat heute abend dort eine Rede gehalten. Wurde in CNN übertragen.»

Der Chef griff wieder nach dem Fernglas. Eine ununterbrochene Kette von Fahrzeugen war auf dem Weg zum Westrand des Flugfelds oder kam von dort zurück. Ganz in der Nähe flogen zwei auf der Air Base stationierte F-15-Jets. Das Zusammentreffen dieser beiden Ereignisse war höchst ungewöhnlich.

«Sie glauben doch nicht...» begann der Stabsfeldwebel.

«Was?»

«Na, Sie haben doch die Geschichte von dieser amerikanischen Linienmaschine gehört, die zur Zeit über alle Kanäle flimmert. CNN bringt kaum noch was anderes. Das Flugzeug, das in Europa nicht mehr landen darf, weil angeblich ein schwerkranker Mann an Bord ist.»

Der Chef senkte das Fernglas und sah den Feldwebel an.

«Ja, bitte?»

«Kann das sein, daß sie diese Maschine hierher holen?»

Der Chef drehte sich um und warf einen Blick auf den Radarschirm, auf dem in diesem Augenblick von Westen her ein Objekt auftauchte.

An Bord von Flug 66

Im Cockpit von Quantum 66 überprüfte James Holland die Frequenz des Instrumentenanflugsystems und bat um das Ausfahren des Fahrwerks sowie um die letzte Checkliste. Die beiden Eagles zur Linken wie zur Rechten drehten leicht ab und baten Keflavik Tower um Landefreigabe. Vier Meilen vor der Piste knipste Holland die Landescheinwerfer ein. Da man die Lichter einer 747 schwerlich mit denen einer Eagles-Formation verwechseln konnte, rechnete er mit einer überraschten Reaktion von seiten des Towers, doch es gab keinerlei Reaktion. Während Robb die letzten fünfzig Höhenfuß jeweils in Zehn-Fuß-Abständen meldete, nahm Holland gefühlvoll kurz das Gas weg. Kurz darauf setzte die riesige Boeing sanft auf der Piste auf und rollte unweit des Towers von der Landebahn. Sofort tauchten rechts von der Landebahn zwei kleine Lastwagen mit dem beleuchteten FOLLOW-ME-Schild auf, und über die Towerfrequenz ertönte eine Stimme.

«Sixty-six, folgen Sie den FOLLOW-MEs. Öffnen Sie keinerlei Türen oder Luken und stellen Sie die Triebwerke erst ab, wenn Sie die entsprechenden Instruktionen erhalten. Öffnen Sie auch die Cockpitfenster nicht.»

«Sixty-six. Roger», sagte Robb.

Mit Hilfe der Bugradsteuerung und der Gashebel lenkte Holland die 747 über den Taxiway und ließ sie langsam wieder zurück nach Westen rollen. Weiter vorn erkannte er eine Reihe von Fahrzeugen. Keine Tankwagen, aber eine mobile Gangway für eine 747 sowie eine kleine Gruppe anderer Fahrzeuge – darunter einen großen Gliederzug der Feuerwehr. Holland rechnete damit, irgendwo Feuerwehrleute in unförmigen Schutzanzügen herumlaufen zu sehen, doch weder er noch Robb waren auf einen Feuerwehrmann in einem großen silbernen Raumanzug, komplett mit Helm und Gesichtsmaske, gefaßt, der ihnen mit zwei Leuchtstäben den Weg zum vorgesehenen Stellplatz zeigte.

Seinen Signalen folgend, drehte Holland die Maschine um, so daß die Nase wieder nach Westen zeigte, der steifen Brise entgegen. Dann schaltete er die Rollscheinwerfer ab und brachte die Boeing zum Stehen. Vor dem Flugzeug bewegten sich einige Gestalten hin und her. Holland blinzelte, um sie besser erkennen zu können. Auch bei ihnen schien es sich um Feuerwehrleute zu handeln, und alle trugen sie die gleichen Schutzanzüge. Das war schon sehr merkwürdig. James Holland sah nach links hinüber zur Gangway, doch niemand machte Anstalten, sie in Position zu bringen. Statt dessen tauchten von überall her weitere Feuerwehrleute auf, und jeder von ihnen hielt etwas in den Händen.

«Was geht denn da draußen vor?» fragte Robb.

Holland drehte den Kopf nach links. Er wollte Gewißheit haben. Der Schnee und das gedämpfte Licht mehrerer tragbarer Flutlichter erschwerten die Erkennung.

«Auf meiner Seite sind überall Feuerwehrleute», sagte Robb. «Und es kommen laufend neue dazu. Was zum Teufel soll das? Sind unsere Bremsen heißgelaufen oder was?»

«Drehen Sie die Landelichter an!» befahl Holland, der noch immer aus dem linken Fenster sah. In seiner Stimme lag Nachdruck. Robb folgte seiner Anweisung und tauchte die Szene vor ihnen in gleißendes Licht. Die Männer draußen auf dem Flugfeld hoben, von der plötzlichen Helligkeit geblendet, schützend die Arme vor die Augen.

Dick Robb beugte sich in seinem Sitz vor und betrachtete die wandelnden Schutzanzüge vor dem Flugzeug genauer. Nein, das waren nicht die normalen silbernen Schutzanzüge der Feuerwehr – sie gehörten nicht einmal zur Ausrüstung der Feuerwehr.

«Wer, verdammt noch mal, ist das?» fragte Robb. «Was, um alles in der Welt, haben die denn an? Und was haben die in der Hand? Das sind doch nicht etwa – Waffen?»

Holland vergewisserte sich, daß ausnahmslos alle Figuren draußen vor dem Flugzeug die gleiche Kluft trugen, und wandte sich Robb zu. Ein kaltes Gefühl der Angst breitete sich in seinem Magen aus.

«Oh, Scheiße!» sagte er.

«Was?» fragte Robb.

«Das sind Schutzanzüge», erwiderte Holland. «ABC-Anzüge zur chemischen Kriegsführung. Kenne ich nur zu gut aus meiner Air-Force-Zeit.»

«Schutzanzüge?! Gegen wen oder was sollen die denn schützen?»

Holland sah ihm in die Augen.

«Gegen uns.»

11

Luftwaffenstützpunkt Keflavik, Island · Freitag, 22. Dezember · 22.15 Uhr (2315Z)

Ein leises Summen ertönte im Cockpit, als James Holland die vier Triebwerke der 747 abschaltete. Vierzig Fuß unter ihnen hatte irgend jemand die Bodensprechanlage geöffnet und die Ruftaste gedrückt.

Robb und Holland stellten gleichzeitig ihre Intercoms an, und sofort dröhnte eine Stimme durch ihre Kopfhörer.

«Hört mich da oben wer?»

Holland drückte die Sprechtaste. «Hier ist der Captain. Mit wem spreche ich? Und was geht da unten vor?»

«Ich gehöre zum Bodenpersonal, Sir. Warten Sie. Wir ziehen gerade eine Leitung zum mobilen Befehlsstand. Der Oberst ... der Stützpunktkommandant möchte mit Ihnen reden.»

Wieder dieses Gefühl in der Magengrube. Allmählich kannte er es nur zu gut. Warum meldeten die sich nicht einfach über die normale Bodenfunkfrequenz?

Holland warf einen Blick auf Dick Robb, der gerade die Kraftstoffanzeige überprüfte und den Kopf schüttelte. «Sie tanken uns noch nicht auf», bemerkte er irritiert.

Holland nickte. «Ich habe keinen Tankwagen gesehen, und ich bin ganz sicher, daß dieser Stellplatz gar keinen Tankanschluß hat. Sie haben uns auf einen Rollweg am äußersten Rand des Flugfelds dirigiert.»

Ein Signal ertönte und brachte sie vorübergehend aus dem Konzept. Holland drückte den Intercom-Knopf und erkannte Barb Rollins' Stimme.

«James?»

«Schießen Sie los, Barb.»

«Also was nun? Sollen die Leute auf den Plätzen bleiben? Sollen wir ihnen was zu trinken servieren oder was?»

Eine neue Stimme von draußen mischte sich ein.

«Captain? Hier Oberst Nasher.»

Holland sah nach, ob er immer noch mit der Kabine verbunden war. «Serviert erst mal Drinks, Barb. Ich ruf Sie zurück.»

Er drückte den Knopf der Bodensprechanlage.

«Ja, Oberst, wir können Sie hören. Hier ist Captain James Holland. Sind Sie bereit, unsere Maschine aufzutanken?»

Er sah, daß sich das Kabel der Sprechanlage auf eine Art Schwerlaster zuschlängelte. Das war anscheinend der erwähnte mobile Befehlsstand. Holland konnte beinahe die Gesichtszüge eines Mannes am Fenster erkennen. Wahrscheinlich ist das der Oberst, mit dem ich gerade rede, dachte er.

Eine beunruhigende Pause trat ein. «Äh, Captain... Wissen Sie, ich bin hier zwar Stützpunktkommandant, aber ich handle auf Befehl meiner Vorgesetzten im Pentagon, die offenbar in Absprache mit anderen amerikanischen Regierungsbehörden handeln.»

Im Hintergrund konnte Holland nicht nur Stimmen hören, sondern auch das Geheul des eisigen Windes, der von Nordosten her über das Flugfeld fegte.

«Verstehe, Oberst. Aber wir brauchen Treibstoff, und eine Überprüfung des Ölstands in den Triebwerken könnte auch nicht schaden.»

«Okay...» Der Mann seufzte hörbar. «Passen Sie jetzt gut auf, Captain. Mein Befehl lautet, Sie hier an dieser Stelle festzuhalten und dafür zu sorgen, daß niemand eine Luke oder Tür öffnet, daß niemand – absolut niemand – die Maschine verläßt und daß sich an dieser Situation nichts ändert. Der Stützpunkt ist vorläufig für den gesamten Flugverkehr geschlossen.»

Holland neigte verwundert den Kopf. «Gut, uns soll's recht sein. Wir werden die Türen nicht öffnen. Es war auch gar nicht unsere Absicht, irgendwo anders hinzurollen als zum Beginn der Startbahn, sobald wir wieder abflugbereit sind.»

Wieder dauerte es eine Zeitlang, bis die Antwort kam.

«Ich glaube, hm... Ich glaube, Sie haben mich nicht ganz verstanden, Captain Holland. Ich kann Ihnen keine Starterlaubnis erteilen, bevor ich selbst nicht die entsprechenden Befehle dazu bekomme.»

Holland fuhr zurück, als hätte ihn etwas gestochen, holte tief Luft und wandte sich an Robb: «Schnell, rufen Sie Dallas über Satellit an. Sagen Sie denen, was hier los ist. Versuchen Sie zu erfahren, was hier vorgeht, verdammt noch mal.»

Er drückte wieder den Übertragungsknopf.

«Wir hatten vor, hier aufzutanken und zum Luftwaffenstützpunkt Edwards oder vielleicht auch nach Holloman in Neu-Mexiko weiterzufliegen, Oberst. Ich will ja nicht unhöflich sein, aber Ihre Befehle kümmern mich einen Dreck. Ich habe nicht die Absicht, zwei Tage vor Weihnachten zweihundertfünfundvierzig Passagiere hier gefangenzuhalten. Also bitte, sorgen Sie dafür, daß wir jetzt endlich aufgetankt werden.»

Diesmal kam die Antwort unverzüglich.

«Tut mir leid, Captain, tut mir wirklich leid. Doch solange ich keine anderslautenden Befehle erhalte, werden wir Ihre Maschine nicht auftanken und Sie, wenn nötig, mit allen Mitteln am Abflug hindern. Sie haben eine biologische Zeitbombe an Bord, und Ihre Maschine wird unter strengstem militärischem Notstandsrecht hier festgehalten.»

Wachsender Ärger ließ Holland den Kopf schütteln. Wieder drückte er die Sprechtaste. «Das kann ich einfach nicht glauben! Weil Sie nicht wissen, wo Sie über zweihundertfünfzig Menschen unter Quarantänebedingungen einquartieren können, wollen Sie uns weismachen, wir müßten für wer weiß wie viele Tage in diesem Flugzeug bleiben? Innerhalb der nächsten sechs Stunden werden die Toiletten überfließen, Colonel. Und da wir grade dabei sind: Hätten Sie wenigstens die Güte, unsere Wassertanks aufzufüllen, uns Proviant zu liefern und unsere Toiletten reinigen zu lassen?»

Wiederum herrschte Stille, und diesmal dauerte sie sehr lange. Sie haben das nicht richtig durchdacht, schloß Holland. Sie entscheiden das ad hoc und beziehen uns in ihre Entscheidungen nicht ein.

Der Stützpunktkommandant meldete sich. Seine Stimme klang jetzt ganz und gar geschäftsmäßig, ohne den verbindlichen Ton, der den Beginn des Gesprächs gekennzeichnet hatte. «Schön, Captain, reden wir Tacheles. Ich darf aus Ihrer Maschine nur ein einziges Objekt annehmen, und das ist eine Leiche ... die Leiche Ihres unterwegs verstorbenen Passagiers. Sobald ich Order erhalte – und das kann zwölf Stunden dauern oder länger –, rollen wir die Gangway an eine Ihrer Türen. Sobald unsere Leute dann aus dem Gefahrenbereich sind, können Sie die Leiche auf der Gangway deponieren. Man hat mir gesagt, daß wir unbedingt eine Autopsie benötigen. Gerichtsmediziner aus den Staaten sind bereits unterwegs. Was Ihre Toiletten betrifft: Es ist völlig ausgeschlossen, daß wir potentiell kontaminiertes Material aus Ihrem Flugzeug entgegennehmen, so leid es mir tut. Wir haben Ihr Heck so positioniert, daß das Ablaßventil für die Kabinenluft dem Meer zugewandt ist. Ich habe meine Leute ausnahmslos in diese gottverfluchten ABC-Anzüge gesteckt. Wenn auch nur ein einziges Virusmolekül aus Ihrer Maschine entweicht und irgendwen oder irgendwas ansteckt, kostet mich das Kopf und Kragen. Machen Sie das jetzt Ihren Passagieren klar. Und machen Sie ihnen außerdem klar, daß absolut niemand von Bord gehen darf, egal, aus welchem Grund.»

«Ich bin kein Gefängniswärter, Oberst. Ich kann niemanden daran hindern, von Bord zu springen.»

«Hören Sie mir gut zu, Captain. Die Sache ist todernst. Ihr Flugzeug ist von Sicherheitspolizei umstellt, verstanden? Meine Order lautet, mit allen Mitteln zu verhindern, daß irgendein menschliches Wesen die Maschine verläßt. Das ist ein strikter Befehl unter ausdrücklicher Androhung von Gewalt. Habe ich mich deutlich genug ausgedrückt?»

Holland ließ sich in seinen Sitz zurückfallen. «Jesus!» murmelte er.

Unterdessen hatte es erneut geklingelt. Dick Robb hatte über Kopfhörer geantwortet und öffnete jetzt die Tür. Wie in Trance registrierte Holland, daß Lee Lancaster und Rachael Sherwood hereinkamen und die Tür hinter sich schlossen.

Er drückte die Sprechtaste. «Wollen Sie damit sagen, Oberst, daß Sie jeden, der versucht, von Bord zu gehen, erschießen lassen?»

«Exakt. Ob Mann, Frau oder Kind. Mir bleibt keine andere Wahl.»

Robb drehte sich mit verstörtem Blick um und sagte zu dem Botschafter: «Man hat uns eine Falle gestellt! Sie haben uns hierhergelockt und wollen uns nicht wieder fortlassen!»

Lancaster bedeutete Rachael wortlos, auf dem Sitz hinter dem Pilotensessel Platz zu nehmen, während er sich selber auf dem Notsitz in der Mitte niederließ. Robb hielt noch immer das Satellitentelefon ans Ohr und wartete darauf, daß in Dallas jemand abnahm.

Holland drückte die Sprechtaste. «Wie steht's mit der Verpflegung, Colonel? Habt ihr wenigstens daran gedacht?»

«Ja, haben wir.» Die Stimme klang etwas weniger barsch. «Dafür lassen mir meine Befehle einen gewissen Ermessensspielraum. In Ihre Maschine etwas hineinzubringen, ist mir nicht ausdrücklich untersagt. Wenn wir die Leiche holen, werde ich die Gangway mit Mahlzeiten beladen lassen. Wir können etwa dreihundert Tabletts liefern. Wieviel Verpflegung haben Sie derzeit noch an Bord?»

Holland zuckte die Achseln. «Keine Ahnung, verdammt noch mal. Ursprünglich waren ein Abendessen und ein Frühstück für den Flug vorgesehen. Das Frühstück ist bestimmt noch an Bord und servierbereit.»

«Gut. Wir werden Sie schon nicht verhungern lassen. Aber Sie täten gut daran, die... den Toilettenbesuch zu rationieren. Ihre Wassertanks können wir auffüllen – nur rauswerfen dürfen Sie eben nichts.»

Holland sah, daß Robb endlich mit Dallas verbunden war und die Company eilig über die aktuelle Lage in Kenntnis setzte. Plötzlich starrte er Holland an, und jede Farbe entwich aus seinem Gesicht.

«Der Einsatzleiter will mit Ihnen sprechen. Hören Sie sich das an.» Mit ernster Miene reichte Robb den Hörer weiter. Holland hielt ihn sich ans Ohr und ließ ihn nach einem kurzen Wortwechsel kraftlos in seinen Schoß fallen. Dann drehte er sich um, schluckte heftig und wandte sich an den Botschafter.

«Was gibt's, James?» fragte Lancaster.

Holland atmete tief durch. «Ich habe keine Ahnung, warum, aber eine halbe Stunde vor unserer Landung erhielt Dallas einen Anruf aus dem Lageraum im Weißen Haus.»

«Und?» hakte Lancaster nach.

Holland schüttelte den Kopf und mußte erneut schlucken. «Jetzt hat sogar unser eigenes Land Angst vor uns», sagte er und deutete auf die Windschutzscheibe. Er schien bereits zu überlegen, welche Möglichkeiten ihnen jetzt noch blieben.

«Was hat man Ihnen gesagt, James?» fragte Lancaster etwas nachdrücklicher. Holland wandte ihm wieder den Blick zu. Der Captain war müde, das war dem Botschafter schon vorher aufgefallen. Doch die tiefe Erschöpfung, die jetzt in seinen Augen lag, gab Anlaß zur Sorge.

«Folgendes», antwortete Holland tonlos: «Die Regierung ist überzeugt, daß wir etwas viel Schlimmeres als eine simple Grippe an Bord haben. Sie sieht in uns eine gefährliche Bedrohung für alle Bevölkerungszentren.»

«Was soll das heißen?» fragte Robb.

«Daß uns die Rückkehr in die Vereinigten Staaten untersagt ist.»

Washington, D. C. · Im Weißen Haus

Der Präsident der Vereinigten Staaten hatte seit seinem Amtsantritt schon mehrfach deutlich gemacht, daß er den Lageraum auch in Krisenzeiten nicht betreten würde – es sei denn, seine Anwesenheit ließ sich absolut nicht vermeiden.

«Das setzt einen Teufelskreis in Gang», hatte er eines späten Abends, als es so aussah, als stünde Panama City unmittelbar vor dem Bürgerkrieg, seinem verzweifelten Nationalen Sicherheitsberater erklärt. «Nixon hat sich geweigert, ihn zu benutzen, und Reagan dachte genauso – wenn auch vielleicht aus anderen Gründen. Sie sind lieber ins Pentagon gegangen und haben im Einsatzzimmer rumgehangen.»

«Es ist wesentlich unauffälliger, mit dem Fahrstuhl zwei Stockwerke tiefer zu fahren, Sir.»

«Sehen Sie, es ist so: Wenn ich da unten reinspaziere, denkt doch jeder gleich, meine Güte, der Präsident kommt! Die Lage muß ja viel schlimmer sein, als wir dachten! Und dann herrscht da unten im Handumdrehen eine solche Hochspannung, daß mir kein Mensch mehr garantieren kann, ob meine Ratgeber kühlen Kopf bewahren. Also bleibe ich lieber im Oval Office oder in meinem verdammten Bett. Wer mit mir reden will, kann mich anrufen oder die zwei Treppen raufkommen.» Er machte eine kleine Pause und fügte dann hinzu: «Außerdem liegt der Lageraum viel zu nahe am Pressezentrum, und die Journaille schläft bekanntlich nie.»

Um 18.30 Uhr Ortszeit am 22. Dezember warf der Präsident, nachdem ihn in seiner Privatwohnung eine endlose Folge von Anrufen im Zusammenhang mit Flug 66 erreicht hatte, die selbst aufgestellte Regel kurzerhand über Bord und fuhr mit dem Fahrstuhl hinunter.

Ein Dutzend Männer und Frauen sah überrascht auf, als der Präsident in den Lageraum stürmte. Er wirkte besorgt und sah wesentlich älter aus als seine neunundvierzig Jahre.

«Okay, was gibt's denn jetzt schon wieder?» Er blieb stehen und stützte sich mit beiden Händen auf eine der Fernmeldekonsolen. Der Assistent des Nationalen Sicherheitsberaters deutete auf einen Bildschirm, auf dem eine Karte des Nordatlantiks zu sehen war. Keflavik war mit einem orangerot glühenden Kreis markiert.

«Der isländische Botschafter läßt sämtliche Apparate im Außenministerium heißlaufen, weil er mit Ihnen sprechen will, Sir. Irgend jemand in Island hatte die CNN-Berichterstattung im Fernsehen verfolgt, als plötzlich bekannt wurde, daß eine 747 mit dem Quantum-Logo am Heck in Keflavik gelandet ist. Island hat nicht viele Einwohner. Besagter Mensch ging zum Telefon und rief seine Regierung an. Die weiß also nun Bescheid über unsern Taschenspielertrick und schäumt vor Wut. Sie haben sogar den Generalsekretär der Vereinten Nationen aus dem Bett geholt und wollen, daß dieses Flugzeug so schnell wie möglich verschwindet.»

Der Präsident nickte nur.

«Als nächstes werden sie eine Pressekonferenz einberufen und den Vertrag für unsere Air Base dort in Frage stellen.»

«Na, wunderbar! Nach dem Versteckspiel unserer Air Force in Mildenhall habe ich fast zwei Stunden am Telefon verbracht, um den britischen Premierminister wieder zu beruhigen. Dafür sollte ich eigentlich einen Drei-Sterne-General zum Leutnant degradieren!»

«Ich ... ich dachte, Sir, Sie hätten die Landung in Island genehmigt?»

Der Präsident senkte den Blick zu Boden und schüttelte den Kopf. «Ja, ja, ja, das habe ich! Wie der letzte Idiot. Ich habe wirklich geglaubt, sie könnten sich dort unbemerkt einschleichen.»

«Außerdem ist Jonathan Roth hier, Sir, der Stellvertretende CIA-Direktor, wenn Sie von ihm den neuesten Stand der Dinge hören wollen.»

Der Präsident entdeckte Roth im Durchgang zu dem kleinen Konferenzzimmer nebenan. Er richtete sich auf und winkte Roth zu sich.

«Irgendwelche Neuigkeiten, Jon?»

Roth schüttelte den Kopf. «In Deutschland durchkämmt jetzt ein Spezialistenteam dieses bayerische Labor, um so schnell wie möglich die Eigenschaften dieser Bazille herauszufinden. Mit konkreten Ergebnissen ist frühestens in einigen Tagen zu rechnen.» Roth kam näher und senkte die Stimme. Der Präsident setzte sich seitlich auf die Konsole und verschränkte die Arme über der Brust.

«Wie schätzen Sie die gegenwärtige Lage ein, Jon? Angenommen, alle Passagiere haben sich mit diesem Zeug angesteckt – wie lange dauert's, bis sie sich wieder erholt haben, und wie hoch ist die Mortalitätsrate?»

Jonathan Roth räusperte sich und wandte den Blick ab, bevor er die Frage beantwortete. Daß der Präsident noch nicht Bescheid wußte, war ihm neu. Daraus ergaben sich zusätzliche Komplikationen. Der Assistent des Nationalen Sicherheitsberaters war gebeten worden, die Information weiterzuleiten – und hatte es unterlassen.

«Entschuldigen Sie, Mr. President», begann er. «Ich ging davon aus, Sie wären längst informiert.»

Der Präsident sah ihn fragend an.

«Raus mit der Sprache, Jon.»

«Man rechnet mit einer hundertprozentigen Ansteckungsrate in diesem Flugzeug, Sir. Die Sterblichkeitsrate lag nach den ersten Informationen, die man uns gab, bei über fünfundachtzig Prozent. Kurz bevor ich herüberkam, sprachen wir dann noch einmal mit einem dieser russischen Wissenschaftler – und der sagte uns, wir müßten mit hundert Prozent Todesfällen rechnen.»

Der Präsident betrachtete Roth mit ungläubiger Miene. Sein Mund stand halb offen, und seine Züge trugen jenen nachdenklichen Ausdruck, der dem amerikanischen Fernsehpublikum durchaus vertraut war.

«Soll das heißen, daß ... daß alle Menschen an Bord dieses Flugzeugs sterben müssen?»

«Ja, Sir. Höchstwahrscheinlich alle.»

«Ach, du lieber Himmel! Ich ... ich war der Meinung, es ginge um eine beherrschbare Panik. Ich dachte, wir müßten sie ein paar Tage lang beobachten, und am Ende würde keiner krank. Und selbst wenn, dachte ich, dann wäre es halb so schlimm.»

Roth schüttelte traurig den Kopf, während der Präsident seinen Blick auf die Wand heftete und hörbar den Atem ausstieß.

«Mr. President, wenn wir über die Mindestinkubationszeit von zwei Tagen hinaussehen, müssen wir darauf vorbereitet sein, daß zweihundertsiebenundfünfzig Passagiere und Besatzungsmitglieder in diesem Flugzeug sterben werden. Wir können, zumindest, solange sie sich noch auf Island aufhalten, freiwilliges Hilfspersonal in ABC-Anzügen an Bord schicken. Ich meine, wir können den Leuten keine direkte Sterbehilfe geben, aber man kann ihnen Morphium oder dergleichen verabreichen, um ihnen das Ende zu erleichtern. Aus dieser Maschine herausholen können wir sie unter keinen Umständen.»

«Was wollen Sie damit sagen, Jon? Da steckt doch noch mehr dahinter.»

Roth holte tief Luft, biß sich auf die Unterlippe und starrte sekundenlang auf den Fußboden. Dann hob er abrupt den Kopf und sah dem Präsidenten in die Augen.

«Damit will ich sagen, Mr. President, daß wir vor einer entsetzlichen menschlichen Tragödie stehen. Ich ... wollte Ihnen nur die

Tragweite des Geschehens vor Augen halten. Gleichgültig, wie wir im einzelnen vorgehen werden: Unser Tun und Lassen wird noch jahrzehntelang Thema genauester Analysen sein.»

«Und Sie sind ganz sicher, daß es keinerlei Hoffnung gibt?» Der Präsident stand jetzt hochaufgerichtet da, die Hände auf die Hüften gestützt. «Haben wir schon einen Bericht über die Autopsie dieses toten Professors?»

Jonathan Roth schüttelte den Kopf. Der Präsident begann langsam im Zimmer auf und ab zu gehen und zupfte sich mit einer Hand am Kinn. Jon Roth folgte ihm und hakte die einzelnen Punkte seiner Argumentation an den Fingern seiner linken Hand ab.

«Das Untersuchungsteam ist unterwegs. Aber die Ansteckungskette ist bereits klar, Mr. President. Erstens wissen wir, daß dieser biologische Erreger alles bislang Bekannte an Gefährlichkeit übertrifft, denn er stammt aus einer kleinen, absolut tödlichen Virengruppe, die weiterzuentwickeln oder gar anzuwenden sich sogar die Sowjets scheuten. Zweitens wissen wir, daß dieses Virus irrtümlich nach Bayern gelangte und in einem dortigen Labor zwei Forscher infizierte, die innerhalb von zwei Tagen erkrankten und starben, einer von ihnen in geistiger Umnachtung. Wir wissen, daß einer der Forscher auf dem Höhepunkt seiner Erkrankung in Panik geriet, aus der Isolierstation ausbrach und zufällig auf Professor Helms traf. Die Deutschen glauben, daß Helms durch ein zerschlagenes Autofenster attackiert wurde und mit dem Blut des Infizierten in Berührung kam. Und schließlich wissen wir, Sir, daß auch Professor Helms nach zwei Tagen erkrankte und an Bord der Boeing 747 starb. Daß er an dieser Erkrankung litt, heißt, daß er Überträger war. Meine Experten versichern mir, daß die Ansteckungsgefahr über die Klimaanlage der Maschine für alle Betroffenen bei einhundert Prozent liegt.»

Nur Zentimeter von Roth entfernt, drehte sich der Präsident um. Auch er sprach mit gesenkter Stimme.

«Augenblick! Sie sagten, er sei an einem Herzinfarkt gestorben. So lautete jedenfalls Ihre Information vor vier Stunden, Jon.»

«Richtig, Sir. Doch inzwischen haben wir erfahren, daß dies ohne weiteres ein weiterer Nebeneffekt ein und desselben Virus sein kann. Wir wissen noch nicht, auf welche Weise dieses Virus tötet. Wir wissen nur, daß es tödlich ist. Die Symptome können bei manchen Menschen erträglicher sein als bei anderen ... Ich meine, egal, ob der Krankheitsverlauf besonders grausam ist oder ob er zu Herz-

und Lungenversagen führt – das Ergebnis bleibt ein und dasselbe: hundertprozentig tödlich.»

«Sie sagten, der Mann starb in geistiger Umnachtung. Ist denn dieser Professor auch Amok gelaufen?»

Roth schüttelte den Kopf. «Nicht daß ich wüßte. Doch eine psychoaktive Reaktion ist nicht unbedingt erforderlich. Manche reagieren so, andere anders. Der Forscher kann seiner Erkrankung wegen in Panik oder Hysterie verfallen sein.»

Der Präsident schüttelte heftig den Kopf. «Jon, das klingt mir noch nicht hieb- und stichfest. Vielleicht gibt es noch ein Fünkchen Hoffnung. Möglicherweise hat Helms überreagiert. Vielleicht werden einige Passagiere die Krankheit überleben – vielleicht sogar die meisten!»

Roth ließ einige Sekunden verstreichen, bevor er antwortete: «Selbst wenn das der Fall sein sollte, besteht die Möglichkeit, daß die Überlebenden weiterhin ansteckend bleiben und niemals nach Hause kommen dürfen. Das Aids-Virus zum Beispiel wird man auch nicht wieder los.»

Erneut wandte sich der Präsident ab und starrte wortlos vor sich hin. Roth entschloß sich fortzufahren.

«Sir, auch ich klammere mich an einen Rest von Hoffnung, aber alle meine Instinkte sagen mir, daß es dafür keinerlei Rechtfertigung gibt. Und wenn mich mein Gefühl nicht trügt, müssen wir schnellstens Entscheidungen treffen.»

«Aus PR-Gründen, meinen Sie?» Die Frage des Präsidenten klang wie Hohn. Vor seinem geistigen Auge sah er bereits die Schlagzeilen vor sich: Hunderte liegen im Sterben – Präsident spekuliert auf politische Vorteile ...

Roth hatte bereits abwehrend die Hände gehoben. «Nein, nein, nein! Ich spreche von einer Ansteckungsgefahr für die Bevölkerung. Das Flugzeug und die Toten werden verbrannt werden müssen. Es kann sogar notwendig sein, die Maschine in einen abgelegenen Wüstenort zu fliegen und dort mit einem kleinen Atomsprengkopf zu vernichten, damit garantiert kein biologischer Bestandteil entkommt. Wenn wir dieses Virus nicht ernst nehmen, kann es die halbe Menschheit ausrotten! Ich scherze nicht, Sir. Hier droht das biologische Äquivalent für einen Atomkrieg! Es gibt kein Mittel gegen diese Krankheit, und sie endet nach drei Tagen mit dem Tod. Die Folgen sind gar nicht auszudenken!»

Der Präsident starrte den Stellvertretenden CIA-Direktor so lange schweigend an, daß Roth schon befürchtete, er sei in eine Art Trance gefallen.

«Atom ...?»

Schließlich wandte sich der Präsident wieder ab und betrachtete einige Augenblicke lang die Landkarte. Dann ergriff er das Wort, und nun klang seine Stimme ruhig und bestimmt. Es war die Stimme eines Befehlshabers.

«Okay, Jon. Sie sprachen von einer Wüste. Das ist keine schlechte Idee. Suchen Sie mir eine ausreichend lange Landebahn irgendwo in einer Wüste auf einem anderen Kontinent. Suchen Sie mir einen Ort, an den wir medizinische Versorgungseinrichtungen, Zelte und andere Hilfsgüter schicken können, damit diese Leute das Flugzeug verlassen und wenigstens mit einem Minimum an Würde ... Wenn sie tatsächlich sterben müssen.» Unvermittelt drehte er sich um und sah Roth in die Augen. «Suchen Sie mir einen Ort, wo wir alles Menschenmögliche für sie tun können, ohne daß irgendein Bevölkerungszentrum in Ansteckungsgefahr gerät. Setzen Sie sich mit dem Außen- und dem Verteidigungsministerium in Verbindung und operieren Sie von hier aus – mit Ihren Leuten in Langley können Sie telefonieren. Wenn irgend möglich, erwarte ich in einer Stunde eine klare Antwort. Ich selber werde inzwischen mit dem isländischen Botschafter sprechen und dafür sorgen, daß uns noch ein bißchen Zeit bleibt.»

Der Präsident stürmte hinaus, strebte dem Aufzug zu, blieb dann unvermittelt stehen, drehte sich um, hielt sich an der Tür fest und beugte sich ins Zimmer.

«Jon? Finden Sie mir die menschlichste Methode heraus, mit der diesen Leuten geholfen werden kann und die uns gleichzeitig alle Optionen offenhält.»

CIA-Hauptquartier, Langley, Virginia · 18.45 Uhr (2345Z)

Mark Hastings stand in der Tür des Konferenzraums, den Jonathan Roth in einen Befehlsstand umfunktioniert hatte, und stellte überrascht fest, daß Rusty Sanders noch immer an einem der hastig angeschlossenen Computer-Terminals saß und arbeitete. Lautlos trat Hastings hinter den Arzt und blickte über dessen Schulter auf den Bildschirm. Eine lange Liste medizinischer Fachausdrücke rollte über den Monitor – die Listen ansteckender Viruserkrankungen mit detaillierten Beschreibungen der jeweiligen Symptome.

«Ich dachte, Sie wären schon gegangen», sagte Hastings.

Sanders fuhr hoch und drehte sich um.

«Was? Ach, Sie sind's, Mark.» Er wandte sich wieder dem Bildschirm zu und wies auf die Daten. «Das ist einfach zu interessant – und außerdem wird es langsam frustrierend.» Er deutete mit dem Zeigefinger auf den Bildschirm. «Ich versuche, ein virales Pathogen zu finden, das dem von unserem russischen Freund beschriebenen ähnelt... Also jenes, das sich nach Direktor Roths Überzeugung an Bord von Flug 66 befindet. Für so etwas gibt es keinerlei Präzedenzfall.»

Hastings zog sich einen Stuhl heran, ließ sich nieder und folgte mit seinem Blick Sanders' Finger, der über den Bildschirm glitt.

«Sehen Sie, dieses hier zum Beispiel: hohes Fieber, Delirium, Atemprobleme und zahlreiche chemische Störungen als Reaktion des Körpers – aber das Herz wird nicht angegriffen.»

Hastings ließ den Blick vom Bildschirm zu Sanders schweifen. Die schief hängende Krawatte war verschwunden, der Gesamteindruck blieb bestehen: totaler Chaot, aber ein netter Kerl... und blitzgescheit.

Ein vollgekritzelter gelber Notizblock lag in Sanders' Schoß, und neben dem Computer stand eine Kaffeetasse. Der Kaffee darin war längst kalt.

Sanders nahm das Schweigen wahr und sah zu Hastings auf, der nun seinerseits auf den Bildschirm deutete. «Wieso graben Sie so tief? Wir wissen doch noch nicht mal genau, mit welchem dieser russischen Apokalypseviren wir es zu tun haben.»

«Stimmt schon», sagte Sanders, nickte hastig und schob seinen Stuhl ein Stückchen zurück. «Aber, Mark, ich – ich bekomme einfach die verkehrten Signale. Ich meine, ich kann keinerlei Beweis finden, der die Theorie stützen würde, daß jemand urplötzlich mit Herzstillstand oder Herzflattern aus den Socken kippt und die Ursache dafür ein Virus wäre. Es sei denn, das Virus hätte zunächst den Herzmuskel angegriffen.»

«Sie meinen jetzt den Professor, oder?»

«Genau.» Sanders sprang so unvermittelt auf, daß Hastings zusammenzuckte. Wiederum wies er mit der linken Hand auf den Bildschirm. «Hören Sie! Die einzige Verbindung zwischen diesem Virus und Flug 66 ist Professor Helms. Ohne sie hätten wir kein infiziertes Flugzeug. Wenn der Mann einen echten Herzinfarkt hatte, ist es äußerst unwahrscheinlich, daß er sich in der ansteckenden Phase einer tödlichen Viruserkrankung befand.»

Hastings nickte. «Klar. Aber mich beunruhigt etwas anderes. Ich bin zwar kein Mediziner wie Sie, aber wäre es nicht möglich, daß dieser Professor sowohl an einer ansteckenden Viruserkrankung litt als auch – rein zufällig – einen Herzinfarkt bekam? Einen Infarkt, der also gar nichts mit dem Virus zu tun hat?»

Sanders entfernte sich ein paar Schritte weit, dann machte er kehrt, ließ sich wieder in seinen Stuhl fallen und beugte sich mit einem fragenden Ausdruck vor.

«Sind Sie Anwalt, Mark? Ich komme mir vor wie ein Sachverständiger im Kreuzverhör. Ihre Frage ist berechtigt.»

Hastings lachte. «Merkt man das so deutlich?»

Sanders machte eine abwehrende Geste. «Deutlich würde ich nicht unbedingt sagen . . .»

«Doch, würden Sie, Doktor. Ja, es stimmt. Ich bin einer von diesen Anwälten, habe aber keine Lust, den Beruf auszuüben. Aber zurück zum springenden Punkt. Wenn der Professor einen Infarkt hatte, läßt sich daraus der logische Schluß ziehen, daß er gar nicht mit diesem – wie haben Sie das genannt? Pathogen? – angesteckt sein konnte?»

«Pathogen, ja, also eine spezifische Krankheitsursache. Nein, es läßt sich nicht logisch vom einen aufs andere schließen. Immerhin könnte allein schon der körperliche Streß bei einer beginnenden Viruserkrankung zum Infarkt führen – vorausgesetzt, der Mann hatte vorher bereits Herzprobleme. Aus diesem Grunde versuche ich, an seine persönlichen medizinischen Daten zu kommen.» Sanders legte den Kopf schief und zog eine Braue in die Höhe. «Wissen Sie, daß ich erst vor ein paar Minuten mit einer der Stewardessen telefoniert habe?»

Hastings schüttelte den Kopf. Es beeindruckte ihn, daß Sanders eine Verbindung in die Maschine hergestellt hatte.

«Die Piloten ließen die Chefstewardeß ins Cockpit rufen, wo sie ungestört mit mir sprechen konnte. Sie sagte, dem Professor sei übel gewesen, als er an Bord kam. Eine Kollegin mußte ihn zu seinem Sitz führen. Dennoch gilt, daß auch ein beginnender Infarkt die beschriebenen Symptome auslösen kann: hohes Fieber, extreme Schwäche, Atemnot und Übelkeit – ja sogar ein Delirium, wenn die Kreislaufschwäche vor der eigentlichen Herzattacke schwerwiegend genug ist.»

Sanders zuckte mit den Achseln, während er seinen Blick auf Hastings richtete. «Für den Direktor ist der Fall dagegen ziemlich klar, wie?»

Hastings lächelte und wandte rasch den Blick ab. Er überlegte, wieviel er Sanders verraten konnte. Der Arzt war ein Ausbund an Energie und Neugier. Die Firma vertraute ihm offenkundig: Sie zahlte sein Gehalt, und er hatte alle Sicherheitsüberprüfungen überstanden. Nur das für das Überleben in Langley so unerläßliche Fingerspitzengefühl schien ihm gänzlich zu fehlen.

«Darf ich Sie Rusty nennen?»

«Klar doch. Ich hab Sie schon die ganze Zeit mit Mark angeredet.»

Mark Hastings nickte und reckte den Zeigefinger.

«Ein kleiner Rat, Rusty. Seien Sie sehr, sehr vorsichtig im Umgang mit Jonathan Roth. Er hat Macht und beste Verbindungen und verfügt über hervorragende Fähigkeiten. Er räumt jeden aus dem Weg, der ihm auch nur den kleinsten Stein in den Weg legt. Der Mann ist gefährlich, denken Sie dran. Ich will mich darüber nicht näher auslassen. Nur soviel zur Information: Er hat fast sein ganzes Leben im Geheimdienst verbracht, war jahrelang aktiver Agent in verdeckten Operationen, hat soundso viele Auslandmissionen geleitet und ist unser führender Experte für die Aufklärung und Verhinderung terroristischer Aktionen im Nahen Osten. Er genießt hier einen geradezu legendären Ruf, weil es ihm immer wieder gelingt, Terrororganisationen, die Anschläge gegen amerikanische Interessen planen, rechtzeitig auffliegen zu lassen.»

Sanders nickte. «Ich weiß. Ich habe seinen Lebenslauf gelesen und war ganz schön baff, als ihr mich holtet, um ihm Bericht zu erstatten. Normalerweise sitze ich unten im Keller und schreibe esoterische Analysen – wissenschaftlich ganz interessant, aber nichts Aufsehenerregendes.»

«Sie sind ja auch nicht gerade von vorgestern, Rusty. Ihre Empfehlungen sind ausgezeichnet. Seien Sie diplomatisch im Umgang mit ihm, jedenfalls soweit es geht.»

«Danke für die Warnung, Mark. Aber in diesem Fall kann ich nicht klein beigeben. Ich halte sein Urteil für voreilig, und es besteht die Gefahr, daß andere aufgrund einer möglicherweise falschen Annahme weitreichende Entscheidungen treffen. Ich meine... Mein Gott, er ist jetzt draußen im Weißen Haus und informiert den Präsidenten!»

Hastings hob den Kopf. «Ich sage nicht, daß Sie klein beigeben müssen, aber wenn Sie diesen Mann überzeugen wollen, müssen Sie Beweise vorlegen, Rusty.»

Sanders nickte und biß sich auf die Lippen. «Das ist mir schon klar.

Aber ich habe außerdem gelernt, mich auf meine Intuition zu verlassen, und die schreit mir ins Gesicht, daß wir völlig übereilt eine unbewiesene Schlußfolgerung ziehen, die, was die zu ergreifenden Maßnahmen betrifft, noch zu weit schlimmeren Konsequenzen führen könnte.»

Zu den anderen Fachleuten im Raum gehörte eine Frau namens Sherry Ellis. Sie hatte soeben ein minutenlanges Telefongespräch beendet. Jetzt trat sie an Hastings' Seite und lächelte Rusty Sanders zu.

«Mr. Roth rief gerade aus dem Weißen Haus an», sagte sie in der typisch gedehnten Sprechweise der Südstaatler. «Wir sollen alles andere sofort stoppen und statt dessen drei mögliche Landeplätze in der Wüste überprüfen.»

«Kann ich dabei helfen?» fragte Sanders und erhob sich aus seinem Stuhl.

«So, wie Sie Ihre Finger über die Computertastatur tanzen lassen, Doktor? Ich sperr Sie hier ein, wenn Sie rausgehen wollen. Mark, wir haben ganze dreißig Minuten Zeit.»

Auch Hastings stand auf, einen mißtrauischen Ausdruck im Gesicht.

«Was hat er vor?»

Sherry schüttelte den Kopf und seufzte.

«Das wird dir nicht gefallen, Mark. Er sucht einen Ort in der Wüste, wo der Präsident die Leute zum Sterben hinschicken kann. Einen Ort am Ende der Welt, weitab aller menschlichen Siedlungen, so daß sich dieses Virus nicht ausbreiten kann.»

Hastings wandte sich an Sanders. «Hatten Sie nicht gesagt, wir sollten sie auf keinen Fall in warmes Klima schicken?»

Rusty Sanders nickte langsam, hob aber einen Finger. «Ein feuchtwarmes Klima wäre das schlimmste. Ein trockenes, heißes Wüstenklima wäre nicht unbedingt problematisch. Aber Sie sehen jetzt, was ich meine, Mark, nicht wahr? Eine Schlußfolgerung führt automatisch zur nächsten ...»

«... und dieser Ort, Freunde», fuhr Sherry fort, «soll nicht nur in zehn Stunden Flugzeit von der Ostküste aus zu erreichen sein, sondern auch so abgeschieden liegen, daß er eine kleinere atomare Explosion verkraftet.»

Ihre Worte trafen Hastings und Sanders wie ein Boxhieb.

«Was??!» schrieen die beiden Männer gleichzeitig.

Sherry nickte grimmig. «Seine Worte. Wenn alle tot sind, werden die 747 und die Leichen verbrannt werden müssen. Eine nukleare Sprengung wäre narrensicher.»

Sanders drehte sich um und ging zum Fenster. «Das ist doch nicht zu fassen! Niemand in dieser Maschine hat auch nur einen lächerlichen Schnupfen, und unser Direktor läßt bereits die Leichen einäschern!» Mit einem Seitenblick auf Hastings, der noch immer mit offenem Mund dastand, drehte er sich wieder zu Sherry um.

«Mein Gott», brachte Hastings heraus, noch immer darum bemüht, seinen professionellen Gleichmut wiederzuerlangen. «Wie ... wie heißen denn die drei Landeplätze, Sherry?»

«Der erste ist eine abgelegene Landebahn in der Sahara, von den Sowjets gebaut. Zwanzig Grad nördlicher Länge, acht Grad westlicher Länge. Gehört eigentlich zu Mauretanien, aber ich bezweifle, daß die Regierung des Landes dort in irgendeiner Form im Umkreis von fünfhundert Meilen präsent ist. Der zweite Platz liegt in Südägypten und der dritte in Südalgerien. In beiden Fällen handelt es sich um aufgegebene Flugplätze inmitten unendlicher Einöden. Das Außenministerium checkt grade die Kooperationsbereitschaft der betreffenden Staaten, die Vereinten Nationen sind eingeschaltet, das Pentagon befaßt sich mit der Eignung dieser Einrichtungen zur Landung von Großraumflugzeugen sowie zur Errichtung einer Versorgungsluftbrücke von den Staaten aus. Den Rest sollen wir überprüfen. Und während wir hier noch reden, werden in Fort Detrick schon eine Galaxy und eine C-17 beladen. Sie starten so bald wie möglich. Ihr Ziel wird ihnen erst mitgeteilt, wenn sie in der Luft sind.»

Mark Hastings nickte. «Wir brauchen die jüngsten CIA-Berichte über die politische Lage, die Stabilität der Regierungen vor Ort, über mögliche Aufständische, Bedrohungen durch Nomaden oder das Militär und so weiter, dazu die jüngsten Satellitenbilder von der Nationalen Sicherheitsbehörde. Wir müssen die Umlaufbahnen der in Frage kommenden Satelliten feststellen und wissen, welche wir uns schnappen können und wie schnell.»

«Das ist schon alles?» fragte Sherry in sarkastischem Ton.

«Ich glaube ja», erwiderte Mark.

«Falsch!» sagte Sherry und hob den Zeigefinger auf Augenhöhe. «Eine weitere Order noch. Direktor Roth war knallhart und Sie wissen ja, was das heißt. Die Kerle im Militärischen Geheimdienst, sagt er, wollen uns ausstechen und dem Präsidenten ihren Bericht noch vor dem unseren liefern. Entweder unsere Analyse kommt schneller als die der Defense Intelligence Agency, oder Sie und ich, Mark, werden künftig gemeinsam Missionschefs in Feuerland!»

Mit ungläubigem Gesichtsausdruck ließ Rusty Sanders seinen Blick zwischen Sherry und Mark hin und her wandern. «Die DIA ... Sagt mal – läuft das immer so bei euch hier? Das Leben von ein paar hundert Menschen steht auf dem Spiel, und der Direktor zerbricht sich den Kopf darüber, daß eine andere Behörde schneller sein könnte als seine eigene?»

Mark lächelte dünn und klopfte Rusty gönnerisch auf die Schulter. Dann wandte er sich zum Gehen.

«Wir könnten Ihnen diese Frage schon beantworten, Doktor – aber danach müßten wir Sie umbringen», sagte er verschmitzt.

An der Tür drehte er sich noch einmal um und lächelte erneut.

«Bevor die DIA es tut, natürlich.»

12

An Bord von Flug 66 · Freitag, 22. Dezember · 23.45 Uhr (0045Z)

Ein kalter Ostwind fegte mit Geschwindigkeiten bis zu dreißig Knoten in eisigen Böen über das Rollfeld und versetzte die riesige Boeing alle paar Minuten in leichte Schwingungen. Das eingebaute Notstromaggregat lief unermüdlich. In der Kabine war es warm und gemütlich, doch Holland ging unentwegt das Telefongespräch mit Dallas im Kopf herum, das er soeben beendet hatte.

Zuvor waren die achtunddreißig Passagiere, die Plätze auf dem Oberdeck gebucht hatten, leise gebeten worden, in die Hauptkabine nach unten umzusiedeln. Alle hatten der Bitte ohne Widerrede Folge geleistet. Danach hatten Brenda Hopkins und die vier weiteren Personen, die direkten Körperkontakt mit Ernest Helms gehabt hatten, in den vorderen Reihen Platz genommen, und James Holland hatte den Rest seiner Crew zur persönlichen Information hinaufgebeten. Da auch Dick Robb dazugehörte, war das Cockpit zum erstenmal seit neun Stunden unbesetzt.

Holland lehnte sich an ein Geländer gleich hinter dem Eingang zur Kabine und musterte die verängstigten Mienen seiner Crewmitglieder. Außer Dick Robb, der sich schweigend und mit verschränkten Armen neben ihn gestellt hatte, saßen alle in den ersten beiden Reihen.

Auch Botschafter Lancaster und Rachael Sherwood waren hinaufgebeten worden und hatten in der dritten Reihe Platz genommen. Der sich zunehmend schwieriger aufführende Prediger Garson Wilson war aufgesprungen und hatte die Treppe zum Oberdeck angesteuert, wo sich ihm jedoch eine verzweifelte Barb Rollins in den Weg gestellt und ihm befohlen hatte, zu seinem Sitz zurückzukehren und sich nicht mehr davon wegzurühren. Er gehorchte sofort, allerdings weniger aus gutem Willen denn aus Entsetzen über das entschiedene Auftreten der Chefstewardeß. Danach saß er schwerfällig in seinem Sitz, bedachte sie mit finsteren Blicken und murmelte böse Verwünschungen vor sich hin. Sein Sekretär fuhr jedesmal zusammen und vergewisserte sich mit raschen Blicken, daß niemand Wilson gehört hatte.

Holland räusperte sich, starrte erst den Teppichboden an und suchte dann Blickkontakt zu seinen Crewmitgliedern. Er wollte sie nicht belügen, quälte sich aber mit der Frage, wieviel er ihnen erzählen sollte. Gefühlsmäßig hätte er ihnen am liebsten die ungeschminkte Wahrheit erzählt, doch sein gesunder Menschenverstand hielt ihn zurück.

«Okay, Leute», begann er. «Wir befinden uns hier in einer sehr seltsamen, ja beispiellosen Situation, aber wir können und werden sie bewältigen. Dazu brauchen wir allerdings all unsere Charakterstärke und allen uns zu Gebote stehenden Professionalismus, denn wir müssen dafür sorgen, daß unsere Passagiere Ruhe bewahren und nicht den Mut verlieren. Das setze ich voraus. Und jetzt lassen Sie mich erzählen, was ich gerade von unserem Einsatzleiter in Dallas erfahren habe.»

Holland machte eine Pause und rang sich ein Lächeln ab.

«Also: Man hat unsere Company von höchster Stelle aus darüber in Kenntnis gesetzt, daß unser Passagier einem besonders ernst zu nehmenden Virus ausgesetzt war. Bekannt ist, daß dieses Virus eine Zeitlang ziemlich krank macht, doch wie ihr alle wißt, verschwinden die meisten Viren nach einer Woche oder so von alleine, vorausgesetzt, man verfügt über ausreichend Flüssigkeit und Ruhe.»

Holland sah jeder seiner Stewardessen der Reihe nach in die Augen, dann glitt sein Blick weiter zu Rachael Sherwood, die ihn aufmerksam beobachtete. Sie lächelte. Es war nur ein kurz aufflackerndes Lächeln, das aber von einem kleinen, aufmunternden Nicken begleitet war.

Holland glaubte wieder, den Einsatzleiter zu hören: «Es kann falscher Alarm sein. Selbst wenn Ihr Passagier tatsächlich an diesem Zeug gestorben sein sollte, muß es sich nicht unbedingt ausbreiten.»

Holland faßte Barb Rollins ins Auge und fuhr fort.

«Was unsere Company angeht, so ist sie felsenfest überzeugt, daß es sich nur um einen falschen Alarm und um bürokratischen Übereifer handelt. Sie glaubt, daß die Reaktion der an dieser Affäre bisher beteiligten Länder meilenweit an jeder Realität vorbeigeht. Es ist immer noch gut möglich, daß unser Passagier an einem simplen Herzinfarkt und sonst gar nichts gestorben ist. Vielleicht hatte er auch, statt dieses Virus, das alle so beunruhigt, eine einfache Grippe. Der Arzt, der Brenda bei ihren Wiederbelebungsversuchen geholfen hat, bestätigt, daß es aussah wie eine Herzattacke mit ein paar typischen Anfangssymptomen wie Übelkeit und Schwindelgefühl.»

Bevor er weitersprach, ließ Holland seinen Blick erneut über die kleine Versammlung schweifen. Er versuchte zu lächeln und hoffte, überzeugend zu wirken.

«Demnach waren also der ganze Unfug da in London, unser vergeblicher Versuch, nach Frankfurt zurückzukehren, und schließlich die Tatsache, daß wir weder für Amsterdam noch für die Air Base Mildenhall in England eine Landeerlaubnis erhielten, nur ein Nebenprodukt jener Hysterie, in die sich diese Regierungen mit Halbwahrheiten und Fehlinformationen hineingesteigert haben. Es sind ein paar abenteuerliche Gerüchte im Umlauf, die zum Teil sogar über die Medien verbreitet werden. Deshalb sperrten uns sogar Behörden aus, die es eigentlich besser wissen müßten. Ich bedaure, daß ich euch nicht besser auf dem laufenden halten konnte, aber die Ereignisse haben sich einfach überstürzt, und mit nur zwei Mann im Cockpit hatten wir alle Hände voll zu tun.» Was hatte noch der Einsatzleiter vor sich hingestammelt? «James, seit unserem letzten Gespräch, also... Sie müssen wissen, die Europäer sind überzeugt, ihr alle seid von einem tödlichen Virus befallen, und haben daher eine Heidenangst vor euch. Meiner Meinung nach spinnen die einfach total, aber wir können das nicht ignorieren. Unsere Regierung weiß, daß das alles halb so wild ist, aber sie muß sich diplomatisch verhalten, und das heißt unter dem Strich, das Weiße Haus will euch nicht in Nordamerika haben, solange wir nicht klarer sehen. Politische Rücksichtnahmen, Sie verstehen schon. Wenn Europa in Panik gerät, wird Nordamerika ebenfalls in Panik geraten. Wir lassen Sie einfach da oben im Norden, bis alle wieder okay sind oder bis feststeht, daß keiner erkrankt ist. Danach löst sich alles wieder in Wohlgefallen auf.»

Holland blickte durch ein Seitenfenster. Die Schneeflocken trieben horizontal vorbei. Es sah fast so aus, als befände sich das Flugzeug in der Luft.

«Ich weiß, es ist kurz vor Weihnachten», setzte er wieder an. «Und ich weiß, welche Auswirkungen das auf uns alle hat – und haben wird –, selbst dann, wenn kein einziger an Bord auch nur einen Schnupfen bekommt und wir alle am Weihnachtstag nach Hause kommen. Einige Passagiere werden sich furchtbar aufregen, und auch wir selbst werden unsere Emotionen in Schach halten müssen. Die Company läßt euch ausrichten, daß jedermann – Passagiere und Crew – kostenlos über Satellitentelefon zu Hause anrufen darf. Laßt also eure Lieben daheim wissen, daß es euch gutgeht, denn die Berichterstattung in den Medien könnte ihnen Angst einjagen.

Unsere Fluggesellschaft kümmert sich um uns und arbeitet Hand in Hand mit der Regierung der Vereinigten Staaten, die die ganze Angelegenheit an sich gezogen hat. Da gibt es Leute, die Schlupflöcher in den Gesundheitsgesetzen suchen, die wir brächen, wenn wir jetzt direkt nach New York flögen. Das Beste für uns wäre wohl, vorerst einfach hierzubleiben.»

Holland sagte seinen Crewmitgliedern, daß das Auftanken bis zur Bekanntgabe eines neuen Flugziels verschoben sei und daß absolut niemand die Maschine verlassen dürfe. Den Hinweis auf die bewaffneten Wachposten mit Tötungsbefehl schenkte er sich.

«Ich werde mich gleich über den Bordlautsprecher an die Passagiere wenden und den Leuten im wesentlichen das gleiche erzählen wie euch. Allerdings werde ich mich bemühen, noch etwas optimistischer und zuversichtlicher zu klingen. Bitte lächelt freundlich, unterstützt mich und sagt mir Bescheid, falls es irgendwelche bösen Reaktionen gibt. Ich komme später selber runter.»

Holland beantwortete noch einige Fragen und schickte die Crew wieder an ihre Bereitschaftsplätze. Er schärfte ihnen ein, die Passagiere genau im Auge zu behalten.

Als die meisten Stewardessen das Oberdeck bereits verlassen hatten, wandte sich Holland an Dick Robb und deutete auf die Treppe.

«Dick, wenn Ihnen irgend etwas einfällt, ein Vorschlag, eine Beobachtung, irgend etwas, dann halten Sie um Gottes willen nicht hinterm Berg damit, ja? Ich ... tut mir leid, daß ich Sie kurz vor London so angefaucht habe. Ich lege großen Wert auf Ihren Rat und Ihre Hilfe.»

Robb machte eine flatternde Bewegung mit seiner rechten Hand, als messe er dem Zwischenfall keine Bedeutung zu, und starrte konzentriert auf seine Schuhe.

«Schon gut», sagte er.

«Einverstanden mit meiner Ansprache?»

Robb drehte sich um und stellte sich Hollands Blick. «Yeah. Bestimmt.»

«Ich meine, Sie sind immer noch der verantwortliche Flugkapitän.»

«Sie sind der Captain vom Dienst.»

Ruckartig hob der Jüngere den Kopf und sah zu Holland auf.

«James, haben Sie jemals schon etwas Vergleichbares erlebt?»

Holland verneinte kopfschüttelnd. «Ich glaube, es gibt niemanden, der so etwas schon einmal durchgemacht hat.»

Robb seufzte und blickte erneut auf seine Schuhe. «Ich habe ein ganz böses Gefühl bei der Sache. Irgendwie bin ich heilfroh, daß wir hierbleiben...» Wieder hob er den Blick. «Zumindest befinden wir uns hier auf einem amerikanischen Stützpunkt und sind einigermaßen sicher – selbst wenn sie uns zu Weihnachten nicht nach Hause lassen.»

Die Stille dehnte sich sekundenlang und füllte den Raum zwischen ihnen aus, bis Holland mit einer Geste aufs Cockpit wies. «Ich glaube – äh –, ich halte jetzt mal meine Ansprache.»

Robb nickte ohne aufzusehen und wandte sich ab.

Auf ihrem Platz im hinteren Teil des Passagierraums lauschte Lisa Erickson hochkonzentriert jedem einzelnen Wort, das James Holland sprach. Ein kleines Kissen der Fluggesellschaft fest gegen die Brust gepreßt und die Augen strikt auf den Lautsprecher über ihrem Kopf gerichtet, schürzte sie die Lippen und wartete auf den befreienden Satz, es sei nun alles vorüber und sie wären in ein paar Stunden wieder zu Hause.

«Am liebsten würden wir natürlich Sie – und uns – noch rechtzeitig vor Weihnachten nach Hause bringen», sagte der Kapitän, und Lisa lächelte still. Er sprach ihr aus dem Herzen. Es konnte nichts Schöneres geben, nein: es durfte nichts anderes geben. Sie mußte unbedingt nach Hause!

«... doch ich fürchte, meine Damen und Herren, wir müssen uns der Realität stellen. Vor Heiligabend wird man uns höchstwahrscheinlich nicht aus dieser Miniaturquarantäne entlassen, denke ich. Es wird also kaum klappen.»

Im ersten Moment dachte Keith Erickson, eine Sirene sei losgegangen. Das durchdringende, schrille Kreischen hielt viel zu lange an, um von einem menschlichen Wesen zu stammen. Doch als sich alle Köpfe in der Kabine in seine Richtung wandten, erkannte er sehr schnell, daß das unmenschliche Geräusch von seiner Frau kam.

Es war ein grauenerregendes Geheul aus tiefster Pein, ohne Abstufung oder Ende. Aufsteigend aus den Tiefen einer gequälten Seele, setzte es sich fort, bis die Lungen nach neuer Luft verlangten, und begann danach von neuem. Aus verschiedenen Richtungen eilten zwei alarmierte Stewardessen zum Schauplatz des Geschehens. Ihre Nerven flatterten, und ihre Trommelfelle waren wie betäubt.

Keith packte Lisa und drückte sie an sich. Er wiegte sie hin und her, sprach auf sie ein, schüttelte sie – und drang endlich zu ihr durch. Das schrille Heulen wurde leiser, verwandelte sich in ein Jammern, erstarb schließlich ganz und hinterließ einen seltsamen Ausdruck auf ihrem Gesicht. Ihre Lippen waren schlaff, und sie starrte mit leerem Blick auf die Rückenlehne des Sitzes vor ihr. Dann zog sie die Knie hoch, schlang die Arme darum, schaukelte langsam vor und zurück.

«Fehlt dir was? Liebling, kannst du mich hören?» fragte Keith immer und immer wieder direkt an ihrem Ohr.

Anfangs reagierte sie überhaupt nicht, und als sie es schließlich tat, lächelte sie ihren Mann nichtssagend an und sah geradewegs durch ihn hindurch.

«Mir fehlt gar nichts, Keith», sagte sie, als wäre nichts geschehen. Sie sprach sehr, sehr langsam und dehnte jedes einzelne Wort in die Länge. «Überhaupt nichts», bekräftigte sie.

Doch als Barb Rollins sich wieder von dem Ehepaar zurückzog, verfiel Lisa erneut in jene schaukelnde Bewegung, heftete den Blick unverwandt auf die Lehne vor ihr, und auch der merkwürdige Ausdruck in ihrem Gesicht war wieder da.

Nach der Ansprache des Flugkapitäns an die Crew hatte Lee Lancaster sich verabschiedet und war in sein Erster-Klasse-Abteil zurückgekehrt. Zuvor hatte er Rachael noch gebeten, dem Flugkapitän auszurichten, er möge ihn rufen lassen, wenn er helfen könne. Rachael war auf ihrem Platz in der dritten Reihe der oberen Kabine sitzen geblieben. Sie sah, wie Dick Robb nach hinten schlenderte, und beobachtete durch die offene Cockpittür James Holland, der sich schwerfällig auf dem mittleren Notsitz niederließ und sich überlegte, was er den Passagieren sagen sollte.

Als er seine Ansprache beendet hatte, stand Rachael wartend an der Tür.

Holland sah auf und lächelte überrascht.

«Rachael! Kommen Sie doch herein.»

«Danke. Soll ich die Tür schließen – oder?»

James Holland sah an ihr vorbei auf die Tür und in die Kabine.

Dick Robb war nirgends zu sehen, und der Gang lag verlassen da. Trotzdem nickte er, worauf Rachael die Tür leise zuzog.

«Ein bißchen eng hier, aber es geht gerade», sagte Holland, als müsse er sich entschuldigen. Er beugte sich vor, drehte den Kopilotensitz nach rechts und bedeutete Rachael, seitwärts darauf Platz zu nehmen, so daß sie ihm gegenübersaß. Rachael schlängelte sich vorsichtig um die Mittelkonsole herum und strich sorgfältig ihren Rock glatt. Dann sah sie auf und verlor sich sogleich wieder in seinem Blick.

Holland erwiderte ihren Blick. Sekunden verstrichen, dann fühlte er sich plötzlich verlegen, ohne zu wissen, warum, und sah fort. Draußen schneite es jetzt stärker, während der Wind ein wenig abgeflaut war, doch als Holland mit den Augen den Rollbahnlichtern gen Osten folgte, traf wieder eine heftige Bö die Maschine und wiegte sie sanft.

«Ich ... äh, weiß Ihre und des Botschafters Hilfe sehr zu schätzen», sagte er schließlich.

«Kein Problem», erwiderte sie lächelnd. «Ich bin froh, daß wir dabeisein konnten.»

Wieder sah er sie mit einem verwirrten Ausdruck an. Rachael errötete.

«Ich ... äh ... bin natürlich alles andere als froh, daß wir ausgerechnet in ... in diese Situation geraten sind, aber ...»

«Ich versteh schon.» Er lachte leise.

«Ich meine ..., wenn irgendwer anwesend sein mußte, dann denke ich doch, ich bin ...»

«Froh, daß Sie's sind?»

Sie lachte gern und oft, fiel ihm auf. Ihr Lächeln war hinreißend. Die Unterhaltung mit ihr tat ihm gut.

«Blöde Bemerkung, was?» sagte sie. «Ich bin nur froh, daß wir helfen konnten. Wir sitzen doch alle in einem Boot.»

Sekundenlang schwiegen sie und lauschten dem Wind und dem leisen Summen der Elektronik, das durch das Cockpit pulsierte.

Holland deutete auf den Fußboden. Darunter befand sich die erste Klasse.

«Ich muß Sie was fragen. Kennen Sie diesen Wilson, Garson Wilson, näher?»

«Gottes offiziellen Lobbyisten?» Sie lachte. «Yeah, ich hab ihn beobachtet. Er will nichts wie raus aus diesem Flugzeug, und sein armer kleiner Sekretär versucht unermüdlich, ihn zum Schweigen zu bringen. Es ist schon beinahe komisch, aber es gibt andere Passagiere, die ich viel interessanter finde.»

«Ach ja?»

«Sie haben da unten das süßeste Pärchen der Welt sitzen. Flitterwöchner, bestimmt schon über achtzig und ganz niedlich angezogen. Die Palmers, Betty und Bill. Sie sind drei Wochen lang allein durch Europa gereist. Sie nehmen das alles ganz leicht. Es hat mir richtig Spaß gemacht, mich mit ihnen zu unterhalten. Die zwei gehen so nett miteinander um! Halten Händchen seit dem Start!»

Sie spürte, daß seine Aufmerksamkeit nachließ, und hörte auf zu reden.

Holland sah zur Tür. Dann kehrte sein Blick wieder zu ihr zurück, und er lächelte.

«Ich bin ein Egoist. Ich muß runter, durch die Reihen gehen und mit den Leuten reden. Sie müssen den Menschen hinter der Stimme sehen und mit ihm sprechen können.»

Rachael legte den Kopf schief. «Egoist?»

James Holland erhob sich und reichte ihr die Hand, um ihr aufzuhelfen. Rachael ließ sich sachte auf die Füße ziehen.

«Ja, genau. Ich würde viel lieber mit Ihnen hier oben bleiben, anstatt mich da unten mit der harten Realität auseinanderzusetzen.»

«Oh, vielen Dank, Sir!» Rachael bemühte sich um ein neutrales Lächeln, um die heiße Röte zu verbergen, die ihr unvermittelt ins Gesicht schoß, eine kleine Woge des Entzückens, heraufgespült aus ihrem Inneren und nach einem Ausweg suchend – ganz ungehörig angesichts des Ortes, an dem sie sich befanden, und doch auf merkwürdige Weise auch eine Art Kompensation.

Holland wollte sich schon umdrehen, doch sie hielt seine Hand fest, so daß er sie wieder ansah.

«James, Sie verschweigen mir ... ich meine, Sie verschweigen uns doch nichts, oder? Oder glauben Sie in Wirklichkeit, daß wir alle krank werden?»

Einen Moment lang wandte er den Blick ab, so daß sich ihr Magen unwillkürlich verkrampfte, doch ebenso rasch kehrten seine Augen zu ihr zurück. Er nickte.

«Ich denke, daß diese in Panik geratenen Bürokraten eine viel größere Gefahr für uns darstellen als jedes Virus. Nein, Rachael, ich glaube nicht, daß wir alle krank werden.»

Langsam – widerwillig, dachte sie – ließ er ihre Hand los und machte sich daran, die Tür zu öffnen. Doch dann blieb er noch einmal stehen und drehte sich zu ihr um, denselben hohlen, gehetzten Ausdruck im Gesicht, den sie in Frankfurt gesehen hatte.

«Ich hoffe bloß, daß man mir nichts verschweigt.»

13

Im Weißen Haus, Washington, D.C. · Freitag, 22. Dezember · 21.00 Uhr (0200Z)

Jonathan Roth schoß aus dem Hauptportal des Weißen Hauses und stieg in seinen schwarzen Mercedes, den er auf der Zufahrt vor dem Gebäude abgestellt hatte. Es war 21 Uhr. Die Straßen der Hauptstadt waren fast menschenleer. Eine kalte, wolkenverhangene Nacht war angebrochen. Er hatte ungefähr anderthalb Kilometer auf der Pennsylvania Avenue in Richtung Georgetown zurückgelegt, als seine Gedanken sich wieder dem Landeplatz in der Sahara zuwandten, auf dem Flug 66 zu Ende gehen sollte.

Was für eine Tragödie, dachte er. Zweihundertfünfundvierzig Passagiere – Männer, Frauen und Kinder – sowie zwölf Crewmitglieder, und alle höchstwahrscheinlich zu einem qualvollen Tod verurteilt!

Der Präsident hatte nur wenige Minuten gebraucht, bis er sich auf seine, Roths, Empfehlung für die mauretanische Lösung entschied. Kein anderes der geeigneten Flugfelder lag dem Atlantik so nahe, und der nächste Außenposten der Zivilisation war an die achthundert Kilometer entfernt. Dieser isolierten Lage wegen hatten die Sowjets vor dem Zusammenbruch der UdSSR Geld in den Bau der einst streng geheimen Landepiste investiert.

Die Vorstellung, wie all diese Menschen einer nach dem anderen erkrankten, ließ ihn nicht los und drohte ihn zu überwältigen. Roth war überrascht. Er hatte geglaubt, gegen solche Gefühlsanwandlungen gefeit zu sein. Tod und Blutvergießen waren ihm durchaus vertraut. In den Jahren, in denen er mit verdeckten Operationen betraut war, war er für den Tod mehrerer Menschen verantwortlich gewesen und hatte als führender CIA-Mann vor Ort die Untersuchung des Massenselbstmords einer Sekte im guayanischen Jonestown geleitet. Der Anblick der aufgedunsenen Leichen war noch entsetzlicher gewesen als der Gestank – obgleich ihm bei der Erinnerung daran schon fast wieder übel wurde.

Seine Gedanken kehrten in die Gegenwart zurück. Alle diese Menschen verloren und eine brandneue Boeing 747-400 dazu! Welch ein Verlust!

Die Angestellten der Fluggesellschaft in Dallas fielen ihm wieder ein. Die Leute hatten am Telefon so hoffnungsvoll geklungen. Auf ausdrücklichen Befehl des Präsidenten hatte Roth ihnen die Wahrheit über die vermutliche Natur des Virus und die zu erwartende Mortalitätsrate vorenthalten. Es bestand die Gefahr, daß politische Proteste und persönliche Appelle die kühlen Köpfe beeinflußten und Zweifel an ihrem Entschluß, das Unerläßliche zu tun, erweckten. Daher ahnte bei Quantum niemand, daß eine historische Tragödie bevorstand, der sowohl das Flugzeug als auch die meisten, wenn nicht gar alle Menschen an Bord zum Opfer fallen würden.

Es ist ein Jammer, dachte Roth, daß die Maschine nicht einfach abgestürzt und im Atlantik versunken ist. Ein Coup de grâce: in Sekundenschnelle alles vorbei. Keine Schmerzen, kein langes Leiden – vor allem nicht das Spektakel, Hunderte von kontaminierten Leichen verbrennen zu müssen – und keine Medien, die die Aktion live im Fernsehen übertragen ...

Westlich von Georgetown bog Roth in die Conrail Road ab und steuerte auf die Chain Bridge zu. Die Strecke nach Langley war seinem Gehirn sozusagen einprogrammiert und ließ ihn nahezu automatisch reagieren. Der Kopf blieb frei für andere Gedanken.

Der Präsident hatte sich sehr bestürzt über den bevorstehenden Tod von Botschafter Lee Lancaster gezeigt und zerbrach sich nun den Kopf darüber, wann er ihn anrufen und ob er ihm sagen sollte, was sonst keiner wußte: daß alle Menschen an Bord der Maschine im Verlauf der nächsten zweiundsiebzig Stunden sterben mußten.

Roth seufzte. Was für eine bittere Ironie! Er kannte Botschafter Lancaster gut. Ein brillanter Diplomat, gewiß, aber auch ein ständiger Stachel im Fleisch der Geheimdienste. Lancasters viele Reisen bedeuteten regelmäßig Überstunden für die CIA, galt es doch jedesmal, den jeweils neuesten terroristischen Attentatsplan gegen ihn zu vereiteln. Roth hatte längst aufgehört zu zählen, wie oft von Lancaster benutzte Passagiermaschinen schon im Visier potentieller Bombenleger gestanden hatten.

Er schüttelte den Kopf. Ausgerechnet jetzt, wo zum erstenmal seit undenklichen Zeiten keine akute Drohung gegen Lancaster vorliegt, könnten wir sie gebrauchen...

Er dachte an die Akbah, das jüngste und mörderischste der vom Iran unterstützten terroristischen Killerkommandos. Die Gruppe war doppelt gefährlich, da sie über technische Kenntnisse verfügte, die in jenen Kreisen bisher unbekannt gewesen waren. Roth erinnerte sich an den in Amerika ausgebildeten iranischen Piloten, der ihnen erst vor wenigen Monaten ins Netz gegangen war. Er hätte eine MIG 29 im Tiefflug nach Rom fliegen sollen. Ziel des geplanten Kamikazeangriffs waren der Vatikan und der Papst. Die Terroristen waren offenbar nicht mehr auf Flugzeug- und Schiffsentführungen angewiesen, um ihren Opfern nahe zu kommen. Sie verfügten über Kampfflugzeuge, Raketen – und wahrscheinlich sogar schon über mehrere nukleare Sprengköpfe, die sie geldgierigen Einheiten der einstigen Sowjetarmee abgekauft hatten. Roth wußte nur zu gut, wie leicht es war, in den ehemaligen Ostblockländern technologisch hochentwickelte Waffensysteme einzukaufen. Es war sogar vorstellbar, daß die Akbah etwas mit dieser Geschichte zu tun und diesen Virus an Bord geschmuggelt hatte. Zuzutrauen war es diesen Kerlen. Über die nötige Grausamkeit verfügten sie.

Roth hatte sich geschworen, Akbah auszurotten – genauso wie einst die Terrororganisation Schwarzer September, an deren Zerschlagung er maßgeblich beteiligt gewesen war. Und daß der Al Fatah die Zähne gezogen waren, war auch zum großen Teil sein Werk gewesen. Sein Ruf als «Meisterspion» beruhte auf diesen «brillanten» Leistungen. Er galt in allen Diensten als Genie, weil er die Denkweise solcher Gruppen so gut kannte, daß er meist schon vor ihnen selbst wußte, was sie als nächstes im Schilde führten.

Inzwischen erwartete man von ihm schon seit einiger Zeit den entscheidenden Schlag gegen die Akbah, deren Aktivitäten er bisher nicht hatte unterbinden können. Elektronische Methoden waren seine Stärke nicht. Er wußte, was in den Köpfen der Leute vorging, doch der Satellitenbeweis für die Richtigkeit seiner Vermutungen ließ auf sich warten.

Ein Cadillac neuesten Typs erregte seine Aufmerksamkeit. Der Wagen stand mit aufgeklappter Kühlerhaube am Straßenrand, und irgend jemand leuchtete mit einer Taschenlampe in den Motorraum. Roth war sofort auf der Hut. Zu viele Jahre im Außendienst hatten ihn mißtrauisch gemacht. Er merkte, daß er in Wagen und Fahrer automatisch einen möglichen Aggressor gesehen und sich sofort einen Fluchtplan zurechtgelegt hatte.

Jon Roth lachte still vor sich hin und konzentrierte sich wieder auf Akbah. Der Cadillac verschwand hinter ihm in der Dunkelheit.

Die ersten nachrichtendienstlichen Informationen über die neue Gruppe waren 1994 aus Beirut gekommen. Darin hieß es, daß die Akbah im Anschluß an den Golfkrieg gegründet worden war und mit finanzieller Unterstützung Saddam Husseins ein ausgefeiltes Waffenarsenal aufgebaut hatte. Danach hatte sie sich jedoch von Saddam abgewandt und war zu den Iranern übergelaufen. Inzwischen ging eine Reihe von Bombenanschlägen und anderen Attentaten auf ihr Konto und sorgte dafür, daß die Welt die Drohungen der Akbah ernst nahm. Und sehr zum Verdruß der CIA und anderer Geheimdienste machte sich behördenintern mittlerweile eine Art verquere Bewunderung für die Akbah und ihre raffinierten Methoden breit. Unter Leitung eines Führungszirkels aus fanatischen Schiiten, der wie Pech und Schwefel zusammenhielt, verschafften Experten der digitalen Satelliten- und Waffentechnologie der Akbah einen fast legendären Ruf – und dieser gereichte vor allem Jonathan Roth, aber auch dem Rest der freien Welt zum Schaden.

Roth schüttelte den Kopf und lächelte. Er allein wußte, daß er seine vielgepriesene Reputation weitgehend dem Zufall verdankte. Immer wieder war er völlig unerwartet auf die richtige Lösung gestoßen. Er hatte schlichtweg Glück gehabt.

Roth fragte sich, ob die Führung der Akbah wußte, daß sich Botschafter Lee Lancaster an Bord von Flug 66 befand.

Lee Lancaster war ein besonders wichtiges Ziel für die Akbah. Die Gruppe hatte dem iranischen Klerus versprochen, den Botschafter wegen seiner angeblichen «Verbrechen gegen den Islam» zu exekutieren. Die Liste der Vorwürfe gegen ihn war so abstrus, daß Roth sie sich nie im einzelnen merken konnte.

Die Chain Bridge ragte vor ihm auf. Roth steuerte seinen Mercedes die Brückenauffahrt hinauf, überquerte den Potomac und erreichte Arlington County. Sein Gehirn suchte unermüdlich nach einer Lösung für das Problem.

Urplötzlich war ihm alles klar.

Vehement trat er auf die Bremse und riß das Steuerrad scharf nach rechts. Mit quietschenden Reifen kam der Mercedes auf dem Randstreifen zum Stehen. Roth blieb sekundenlang reglos sitzen, dann drehte er sich um, holte seine Aktentasche vom Rücksitz, legte sie auf den Beifahrersitz und klappte sie auf. Er entnahm ihr seinen kleinen Notebook-Computer, schaltete ihn ein und hörte, wie die Festplatte anlief. Ungeduldig wartete er auf die Menüanzeige, wählte eine persönliche Datenbank an und rief ein Suchmenü auf. Endlich beherrschten nur noch eine Leerzeile und ein blinkender Cursor den Bildschirm. Roth tippte ein paar Schlüsselwörter ein und drückte die ENTER-Taste. Wenige Augenblicke später erschien die gesuchte Information, die offensichtlich seinen Erwartungen entsprach.

Nachdem er die Angaben aufmerksam studiert hatte, stellte er den Computer wieder ab, schloß den Deckel und blieb eine Weile lang, tief in Gedanken versunken, am Steuer seines im Leerlauf vor sich hin brummenden Wagens sitzen. Ihm standen nur noch wenige Stunden zur Verfügung, wenn er den Feind endgültig schachmatt setzen wollte. Reagierte die Akbah schnell, so mußte er noch schneller sein, und das gelang ihm, wenn er seine persönlichen Beziehungen nutzte. Das Wissen um den nächsten Zug des Feindes verlieh ihm immense Macht – und daran, was die Akbah tun würde, wenn sie über die entsprechenden Informationen und eine Gelegenheit verfügte, konnte kein Zweifel bestehen: Sie würde Flug 66 vom Himmel holen.

Roth bot sich eine Chance, auf die er schon seit 1992 wartete.

Er legte den Gang ein und fuhr los. Der Mercedes rollte wieder auf die Straße, die nach Langley führte, und beschleunigte sofort.

An Bord von Flug 66 · Luftwaffenstützpunkt Keflavik, Island

Dick Robb war, während Holland sich noch unten in der Passagierkabine aufhielt, ins Cockpit zurückgekehrt und hatte sich den Kopfhörer übergestülpt. Plötzlich hörte er das schnell lauter werdende Dröhnen der Turbinen einer Lockheed C-141B der Air Force, die kurz darauf am Westrand der Landebahn unweit des Stellplatzes der Boeing aufsetzte und an ihr vorbeidonnerte. Die Lichtkegel ihrer Scheinwerfer durchschnitten das dichte Schneetreiben wie Signale aus einer anderen Welt.

Robb stellte das Intercom ein und fragte sich, ob der mobile Befehlsstand überhaupt noch bemannt war.

«Ist da draußen noch jemand?»

Die Antwort kam postwendend: «Yes, Sir.»

«Ich dachte, der Flughafen wäre geschlossen. Wer ist da gelandet?»

«Das Expertenteam aus Fort Detrick, Sir. Die Leute, die die Obduktion durchführen werden.»

Auf dem Flugfeld bewegten sich verschiedene Lichter hin und her. Ein Stabsfahrzeug der Air Force fuhr mit hoher Geschwindigkeit auf den mobilen Befehlsstand zu. In der Ferne waren die Lichter der ausrollenden C-141 zu sehen. Ein weiterer Schemen kam von rechts her auf die Boeing zu, war Robb jedoch erst im letzten Augenblick aufgefallen und dann gleich hinter der rechten Tragfläche verschwunden.

«Wann wollen Sie die Leiche haben?» fragte Robb.

«Vielleicht in einer Stunde, Sir. Sie müssen erst die entsprechenden Vorkehrungen treffen. Wir geben Ihnen rechtzeitig Bescheid.»

Der Auftritt des gut einsneunzig großen Flugkapitäns im Passagierraum sorgte für hektische Aufregung. Einige Fluggäste standen sofort auf und gingen nach vorn, um Fragen zu stellen. Andere sprangen ebenfalls auf, hielten sich jedoch zurück und bildeten kleine Gruppen, die wie Ebbe und Flut an James Holland vorbeiströmten, der unterdessen durch den Gang zwischen der mittleren und der rechten Sitzreihe auf das Heck der 747 zuging.

«Warum können wir nicht in einem anderen Staat landen, wenn uns New York nicht reinläßt, Captain?»

«Wir bemühen uns darum.»

«Wir haben uns vor der Reise gegen Grippe impfen lassen, Captain. Müssen wir trotzdem hierbleiben?»

«Vielleicht nicht. Aber das Problem liegt darin, daß uns bisher kein Mensch gesagt hat, ob dieses Virus tatsächlich etwas mit einer Grippe zu tun hat. Und Sie wissen ja selbst, wie oft sich neue Grippeviren bilden.»

«Captain, meine Tochter ist erst acht. Sie hat furchtbare Angst. Können Sie ein paar Worte mit ihr sprechen?»

«Natürlich. Wo ist sie denn?»

«Sie haben uns nicht die Wahrheit gesagt, Captain – oder?»

Holland blieb stehen und sah eine Frau in den Siebzigern an, die seine Reaktion mit unbeirrter Entschlossenheit verfolgte. Mit ihrer an einem Kettchen hängenden Halbbrille und dem leichten Sweater, den sie sich um den Hals geschlungen hatte, erinnerte sie ihn an eine zornige Lehrerin oder an das Klischeebild einer beleidigten Bibliothekarin.

Er sah ihr in die Augen und schüttelte den Kopf. «Ich habe Ihnen gesagt, was ich weiß, Madam.»

«Das ist eine Weltuntergangsseuche!» erwiderte sie in scharfem Ton. «Und wenn wir sie wirklich an Bord haben und der Herzinfarktpatient daran gestorben ist, dann sind wir alle so gut wie tot, nicht wahr? Sie versuchen lediglich, uns ruhig zu halten, stimmt's?»

«Nein, das stimmt nicht, Madam, ich ...»

«Ich höre es an Ihrer Stimme und sehe es an Ihren Augen, junger Mann. Und Sie sind jung, verglichen mit mir.»

«Danke.» Holland lächelte.

«Das war eine Tatsachenfeststellung, Captain, kein Kompliment. Wir alle, die wir hier zusammen sind, befinden uns in höchster Lebensgefahr, oder?»

Holland blickte sich um. Einige Passagiere drängten sich näher heran, um dem Wortwechsel zu folgen. Die alte Dame durchbohrte ihn gnadenlos mit ihrem Blick und wartete auf eine klare Antwort.

«Sehe ich vielleicht so aus, als litte ich an Todesangst, gnädige Frau?» fragte Holland zurück. «Wenn Ihre Vermutungen korrekt wären, wäre ja auch ich verloren – und ich kann Ihnen versichern, daß ich nicht gerade versessen darauf bin zu ... äh ... zu ...»

«Zu sterben! Das war das Wort, das Ihnen im Hals steckengeblieben ist, Captain. Ich kann Ihnen meinerseits versichern, daß ich auch nicht sterben will. Nein, in Panik sind Sie nicht verfallen. Aber ich traue Ihnen nicht – und wissen Sie, warum?»

Holland seufzte und schüttelte den Kopf. «Nein, Madam. Warum denn?»

«Weil Sie sich hinter den sogenannten ‹Behörden› verstecken.»

«Dieses Flugzeug, Madam, ist nicht mein persönliches Eigentum. Ich bin Angestellter einer großen Fluggesellschaft, und wir sind Bürger eines großen Landes mit den entsprechenden Gesetzen und Vorschriften ...»

«... und eiskalten Bürokraten, die uns im Ernstfall hopsgehen lassen, ohne mit der Wimper zu zucken. Wir sind ein Problem, Captain, ein Problem, sonst nichts. Ich traue Ihnen nicht, weil Sie offenbar nicht zu selbständigem Denken fähig sind.»

Ehe Holland noch ein Wort erwidern konnte, drehte sie sich um und marschierte davon.

Es waren mehr Kinder an Bord, als er erwartet hatte. Rechts von ihm saß eine Familie mit drei Jungen, von denen der älteste vielleicht acht Jahre alt war. In der Reihe dahinter stillte eine junge Mutter ihren

Säugling; der Ehemann saß neben ihr und schaute zu. Er sah aus wie sechzehn, war aber wahrscheinlich schon über Zwanzig. Im Mittelabschnitt hatte eine Gruppe von jungen Leuten Platz genommen, die nach dem Logo auf ihren T-Shirts und Pullovern offensichtlich zusammengehörten. Es handelte sich anscheinend um Oberschüler oder junge College-Studenten. Einige von ihnen trugen Baseballmützen. Holland wußte, daß viele Eltern in diesem Augenblick wie gebannt vor den Fernsehapparaten saßen und sich furchtbare Sorgen um ihre Söhne und Töchter machten.

Der Gedanke ließ ihn erschrecken. Er sah sich um und versuchte, den ängstlichen Gesichtern vor ihm ein gelassenes Lächeln zu zeigen. Fliegen war sein Metier, nicht Public Relations. Er kam sich albern und amateurhaft vor, als hätte man ihm die Rolle des weisen Flugkapitäns aufgezwungen, obwohl er doch nur ein einfacher Pilot war. Die Worte der alten Dame klangen ihm noch im Ohr.

«... weil Sie offenbar nicht zu selbständigem Denken fähig sind ...»

Die Fragen begannen von neuem.

«Captain, wir kommen in Teufels Küche, wenn wir bis Weihnachten nicht zu Hause sind.»

«Captain, ich protestiere gegen das Benehmen Ihrer Stewardeß! Sie hat mich ganz rüde abgefertigt, als ich sie fragte, um was für ein Virus es sich handelt. Ich bin Mikrobiologe und kann vielleicht das eine oder andere zur Klärung dieser Angelegenheit beitragen.»

«Captain, wir verhungern hier, und Ihr Personal weigert sich hartnäckig, uns etwas zu essen zu servieren.»

«Captain, wissen Sie eigentlich, wie grausam die Toiletten stinken?»

«Captain, die Medikamente meines Mannes befinden sich im Koffer, der durch die Gepäckkontrolle ging. In ein paar Stunden gehen ihm die Tabletten aus. Was sollen wir tun?»

Holland vertraute die Frau mit den im Gepäckraum verstauten Medikamenten einer Stewardeß an. Dann ging er weiter und stieß im Heck der Maschine auf Barb. Er fragte sie nach der Versorgungslage.

«Das Frühstück ist abrufbereit», sagte sie. «Aber ich wollte damit eigentlich mindestens bis sechs Uhr morgens warten. Wenn Sie wollen, können wir es schon jetzt servieren. Oder wir bieten unsere Restbestände an Gebäck und Erdnüssen sowie einen Drink an und dimmen danach das Licht. Vielleicht findet ja der eine oder andere ein wenig Schlaf.»

Holland nickte. «Warten Sie mit dem Frühstück und bieten Sie erst einmal die Kleinigkeiten an. Kann ich Ihnen irgendwie behilflich sein?»

«Drehen Sie nach dem Service die Kabinenheizung ein bißchen höher, dann schlafen sie leichter ein.» Sie deutete auf den Crewraum. «Wann wird der Professor abgeholt?»

Holland schüttelte den Kopf und zuckte mit den Schultern. «Man sagt uns Bescheid. Warum?»

Nach einem prüfenden Blick in den Passagierraum sagte Barb: «Vor der Trennwand in der zweiten Klasse sitzt ein junger Mann, der sich das Bein gebrochen hat. Es ist eingegipst und schwillt an. Dr. Turnherr sagt, er müsse es hochlegen. Wir wollten ihn ursprünglich in eines der Betten dort oben legen, als ... ach, Sie wissen schon. Ich möchte ihn nicht in direkten Kontakt mit ... mit Mr. Helms bringen.»

«Sorgen Sie dafür, daß Helms' Leiche mit einem Vorhang verhängt wird. Es ist mir sehr unangenehm, dies zu sagen – aber vielleicht könnten Brenda und der Arzt, da sie ja ohnehin schon Körperkontakt mit Helms hatten, ein paar große Plastiksäcke aus der Küche holen und den Leichnam möglichst luftdicht darin verpacken. Solange niemand die Leiche berührt, halte ich die Betten da oben eigentlich nicht für gefährdet.»

«Okay. Und James ...» Barb faßte Holland am Kinn, drehte seinen Kopf erst nach links und dann nach rechts und musterte dabei kritisch sein Gesicht.

«Ja?»

«Wenn das noch lange dauert, müssen wir einen Schichtdienst für die Crew einrichten. Wir alle brauchen Schlaf, und das gilt auch für Sie. Sie sind erschöpft. Kann ich Ihnen irgend etwas bringen?»

Barb ließ die Hand wieder sinken, und Holland klopfte ihr auf die Schultern.

«Ja, bitte. Einen Viertelliter Adrenalin und hundertfünfzigtausend Pfund Kraftstoff.»

«Reichen auch zwei Excedrin und eine Cola light?»

Er lachte und nickte. «Ich werd's brauchen, ja. Mir steht ja noch der Spießrutenlauf zurück ins Cockpit bevor.»

Barb versorgte ihn ihm Handumdrehen. Holland warf sich die Tabletten in den Mund und spülte sie mit der Cola hinunter. Mit ein paar raschen Schlucken war die Dose geleert.

Die Glocke klingelte. Barb nahm den Hörer auf, reichte ihn jedoch sofort an Holland weiter.

«Ihr Co-Star von der Brücke», sagte sie.

«Ach ja?» Er nahm den Hörer entgegen. «Dick?»

Barb beobachtete, wie sich seine Züge veränderten; die anfängliche Verwunderung wich einem breiten Lächeln. Dann legte Holland den Hörer wieder auf und wandte sich neuerlich der Stewardeß zu.

«Was ist denn los?» fragte Barb ungeduldig in ihrem näselnden New Yorker Tonfall, als er zunächst nichts sagte. «Was?»

«Sie tanken uns auf», erwiderte er. «Warum, haben sie nicht gesagt. Wahrscheinlich heißt das, daß sie dabei sind, ihre Meinung zu ändern, und uns über kurz oder lang freigeben wollen.»

Er wandte sich zum Gehen.

Barbs Hand schoß vor, erwischte ihn an der Schulter und drehte ihn zu sich herum. Ihre Augen suchten die seinen. Ihr Gesichtsausdruck war todernst.

«Was soll das heißen, James – ‹freigeben›? Ich dachte, es wäre am besten, die Sache hier auszusitzen. Wollen Sie etwa sagen, daß man uns gezwungen hat, hierzubleiben?»

«Ich ...»

«James, bitte! Flunkern Sie doch Ihrer eigenen Crew nichts vor!»

«Das tue ich auch nicht, Barb. Tatsache ist, daß man uns erst auftanken wollte, wenn neue Order vorliegen. Bis dahin wollte die Company klären, wo in den Staaten wir landen sollten. Anscheinend ist die Entscheidung jetzt gefallen.»

«Okay», sagte sie, doch es klang nicht sehr überzeugt. Mit einer Körperdrehung befreite sich Holland aus ihrem Griff und machte sich mit energischen Schritten auf den Rückweg zum Bug.

Robb wirkte etwas verstört, als Holland das Cockpit betrat.

«Ich sah auf die Treibstoffanzeige, als die Zeiger plötzlich ohne jede Vorwarnung stiegen. Der Sergeant sagte bloß, sie hätten Order erhalten, die Maschine aufzutanken. Keine weitere Erklärung.»

Holland glitt auf den linken Pilotensitz.

«Haben Sie versucht, über Satellit mit Dallas zu reden?»

«Nein, noch nicht.»

Holland nahm Kontakt mit dem Stellvertretenden Einsatzleiter auf, der sich keineswegs überrascht zeigte.

«Man hat beschlossen, euch an einen sichereren Ort zu bringen, James.»

«Sichereren? Das verstehe ich nicht. Sicherer für wen? Wir sind hier absolut sicher.»

Es folgte eine vielsagende Pause. «Äh ... James, ich sagte Ihnen doch, daß hier alle total überreagieren, nicht wahr? Wie dem auch sei, die isländische Regierung hat spitzgekriegt, daß ihr in Keflavik seid, und will euch unbedingt wieder loswerden. Am besten schon vorgestern.»

«Haben wohl Angst, von uns verseucht zu werden, wie?»

«Ja, Sie wissen ja – die Weltuntergangsprognose.»

Schon wieder der Weltuntergang! schoß es Holland durch den Kopf. Wo habe ich dieses Wort in der letzten halben Stunde gehört? Ach ja, die zornige alte Dame. «Weltuntergangsseuche» sagte sie ...

«Was besagt diese ‹Weltuntergangsprognose› genau?» fragte er.

Wieder eine Pause. Viel zu lang diesmal.

«Okay, äh ... War wahrscheinlich nicht das richtige Wort», begann der Einsatzleiter schließlich stockend. «Aber die deutsche Regierung macht inzwischen alle Welt verrückt, weil sie den Medien erklärt, das Virus, das ihr angeblich an Bord habt, könne die halbe Menschheit ausrotten. Ist natürlich reiner Blödsinn. Die versuchen damit lediglich die verweigerte Landegenehmigung in Frankfurt zu rechtfertigen. Und ich sagte Ihnen ja: Wenn Europa in Panik gerät, zieht Nordamerika nach. Und Island natürlich auch.»

«Wer ist denn in den Staaten in Panik geraten? Und wo sollen wir jetzt hinfliegen?»

«Wir ... äh ... Es ist uns leider momentan noch nicht möglich, euch dorthin zu bringen, wo wir euch gerne haben würden. Das Weiße Haus und das Pentagon haben aber ein Flugfeld ausgesucht, wo ihr problemlos landen könnt, weit weg von irgendwelchen Demonstranten und Politikern, die sich querstellen könnten. Vor einer guten Stunde hat die Air Force eine ganze Frachtflotte auf die Reise geschickt – mit Ärzten, Zelten, Lebensmitteln und so weiter –, alles, was ihr im Ernstfall braucht. Aber dazu wird es ja gar nicht kommen ...»

«Und das Personal trägt Mondanzüge, wie?»

«Nun ... ja, ich denke schon, James. Bis sich eben herausstellt, daß alles nur ein Fehlalarm war.»

«Also, wo dürfen wir denn jetzt Weihnachten feiern? In Arizona? In Nevada? Oder vielleicht in New Mexico?» Holland wußte, daß seine Stimme nicht mehr sonderlich freundlich klang, doch das war ihm inzwischen egal.

«In Afrika», antwortete der Mann in Dallas. «Es gibt da ein Flugfeld mit einer perfekten Landebahn. Von den Sowjets gebaut.»

«Was?» Holland merkte erst mit Verspätung, daß er in den Hörer gebrüllt hatte. Dick Robb langte nach unten und drückte mit besorgter Miene den entsprechenden Knopf des Satellitentelefons.

«Was soll das heißen – Afrika?» fragte Holland. «Das liegt doch genau entgegengesetzt!»

«Ich weiß, es klingt verrückt, James, aber es ist die beste Lösung. Sie bekommen den Flugplan in ein paar Minuten über Satellit auf Ihren ACRAS-Drucker überspielt. Ich kann Ihnen aber schon jetzt sagen, daß Ihr Flugziel auf zwanzig Grad nördlicher Breite und acht Grad westlicher Länge in der westlichen Sahara liegt. Sie wollen das vielleicht notieren.»

Robbs Augen weiteten sich. Holland senkte die Stimme und bemühte sich um eine besonnene Antwort.

«Das halte ich nicht für klug, Sir. Die Passagiere regen sich schon genug auf. Wenn wir in die falsche Richtung fliegen, werden sie denken, daß man uns abschreibt. Sie werden mir in Zukunft kein Wort mehr glauben. Warum sagen Sie demjenigen, der diese grandiose Idee hatte, nicht einfach, daß der Captain sich weigert? Es ist doch immerhin möglich, daß wir unterwegs krank werden.»

Robb nickte heftig und signalisierte Holland mit gehobenem Daumen seine Zustimmung.

Wieder meldete sich der Stellvertretende Einsatzleiter.

«Hören Sie mir jetzt mal gut zu, James. Ob Sie wollen oder nicht, spielt jetzt leider keine Rolle mehr. Wir haben es inzwischen mit einer hochkarätigen internationalen Krise zu tun. Die isländische Regierung droht mit der Kündigung unseres Stationierungsvertrages und der Schließung des Stützpunktes, falls Sie nicht verschwinden. Ich bin auf Ihre Kooperation angewiesen, James. Wenn Sie kein gravierendes Sicherheitsproblem haben, das die Isländer unabhängig von uns überprüfen können, müssen Sie weg. Abgesehen davon ist mir versichert worden, daß niemand an Bord vor Ablauf der nächsten vierzig Stunden erkranken kann, okay? Aber wir haben jetzt gar nicht die Zeit, uns herumzustreiten ...»

Holland fuhr sich mit der rechten Hand über die Schläfe.

«Ich muß ehrlich sagen, daß ich Ihnen das nicht abnehme.»

«Hören Sie, James, es tut mir wirklich furchtbar leid, aber Washington setzt uns gewaltig unter Druck. Der Präsident ist persönlich an diesen Entscheidungen beteiligt.»

James Holland seufzte tief und lehnte sich mit geschlossenen Augen in seinem Sitz zurück. Er preßte den Telefonhörer an sein Ohr und hörte seine eigene Stimme etwas sagen, was weder sein eigenes Gewissen noch sein Kopilot hören wollte.

«Okay, Sir, okay. Wenn Sie unbedingt wollen, dann fliegen wir diesen Vogel eben nach Afrika.»

Vom rechten Pilotensitz war ein rasch lauter werdendes Grummeln zu vernehmen.

«Den Teufel werden Sie!» brüllte Dick Robb.

Hollands Kopf fuhr herum. Robbs Unterkiefer war vorgeschoben; die Augen funkelten drohend.

«Sagen Sie ihm, daß wir dieses beschissene Flugzeug keinen Meter von hier fortbewegen!» knurrte er.

Holland schüttelte den Kopf und hob die freie Hand.

«Dick, das ist doch ...»

«Nun los, sagen Sie's ihm, verdammt noch mal!»

Holland hörte den Vize am anderen Ende der Leitung.

«Was geht da vor bei Ihnen, James? Wer ist das?»

«Nur ein vorübergehender Kompetenzkonflikt. Vergessen Sie's. Schicken Sie den Flugplan rüber, wie ausgemacht. Ich schließe jetzt.»

Holland legte den Hörer auf. Er wußte, daß Robb in Panik geraten war und daß die Panik einen furchtbaren Wutanfall ausgelöst hatte.

«Sie haben nachgegeben, einfach so! Wer zum Teufel hat denn hier das Sagen? Herrgott noch mal, James, es gibt nicht den geringsten Anlaß, hier abzufliegen, bevor diese Geschichte ausgestanden ist!»

Holland hatte die Augen wieder geschlossen und massierte sich jetzt mit seinen beiden großen Händen die Schläfen. Seine Antwort war kaum mehr als ein Gemurmel.

«Und warum nicht?»

«Was?» Robb wirkte wie vor den Kopf geschlagen. «Haben Sie tatsächlich ‹Warum nicht?› gefragt?»

Holland ließ die Hände sinken und wandte sich direkt an Robb. Er sprach jetzt betont leise und ruhig.

«Warum sollten wir nicht wieder starten? Man verweigert uns hier jegliche Hilfe, und draußen ist es eiskalt. Vielleicht ist das Wüstenklima angenehmer, und wir können die Maschine verlassen.»

«Auf Befehl würden Sie wohl auch Ihre eigene Großmutter verkaufen, wie?»

Was Robb in seinem Zorn über die Lippen kam, grenzte inzwischen an persönliche Beleidigung.

Holland seufzte. «Diese Frage verdient keine Antwort, Dick.»

«Mensch, Holland, ich habe Ihnen alle Freiheit gelassen, mit voller Kapitänsautorität zu sprechen. Doch kaum wird's kritisch, da sind Sie nichts weiter als ein braver Befehlsempfänger! Wir erwarten Befehlsautorität von unseren Flugkapitänen und keinen Hanswurst in einem billigen Slapstick! Fehlt bloß noch, daß Sie sich in die Hosen machen!»

«Ich habe um Ihren Rat gebeten, Dick, nicht um Beleidigungen. Ich bitte Sie jetzt noch einmal darum. Da Sie so offensichtlich der Meinung sind, daß ich gegen Vorschrift XYZ verstoße, sagen Sie mir doch bitte, was Sie an meiner Stelle täten?!»

Die kurze Stille kündigte den folgenden Sturm an.

«Zunächst einmal etwas Rückgrat zeigen, verdammt noch mal!»

Holland nickte langsam.

«Wollen Sie also das Kommando übernehmen?»

Robb schüttelte heftig mit dem Kopf. «Nein, verflucht, Sie sollen das endlich tun!»

«Sie wollen also, in anderen Worten, daß ich mich weigere zu starten?»

«Ja, zum Teufel, genau das! Wir fliegen diese Kiste nirgendwohin, es sei denn nach Hause! Sie brauchen das diesem Dummkopf von der Company bloß zu sagen, dann ruft der in Washington an und sagt, tut mir leid, der Captain macht von seinen Hoheitsrechten Gebrauch. Ein Notfall, da hat er das letzte Wort. Nichts zu machen, Leute.»

Holland richtete den Blick auf den Boden zwischen seinen Füßen und schüttelte den Kopf.

«Dick, ich bin ein ganzes Stück älter als Sie...»

Robb schnaubte. «Yeah! Aber Ihrem beschissenen Verhalten merkt man das nicht an!»

Holland zog es vor, die Bemerkung zu überhören. «...und ich denke, ich habe auch ein gut Teil mehr Erfahrung im Umgang mit dem System als Sie. Seit wir in Frankfurt gestartet sind, haben wir schon mindestens zweimal versucht, uns auf einen Notfall zu berufen. Hat aber kein einziges Mal geklappt, oder?»

«Sie... Sie reden von Regierungen. Ich rede von unserer verdammten Fluggesellschaft.»

«Und von unserer eigenen Regierung», gab Holland zurück. «Doch da Sie unsere Company schon erwähnen – ist Ihnen schon mal in den Sinn gekommen, daß der Mann, mit dem ich eben gesprochen habe, uns beide im Handumdrehen entlassen könnte?»

«Das ist Ihre ganze Sorge, was? Daß Sie Ihren beschissenen Job verlieren könnten!»

Ruckartig richtete sich Holland in seinem Sitz auf, sah Robb böse an und hielt ihm den ausgestreckten Zeigefinger vors Gesicht.

«Unterlassen Sie diese unflätige Ausdrucksweise, Check Captain Robb, verstanden? Ich erwarte ein gewisses Mindestmaß an Professionalismus von Ihnen und dulde es nicht, daß Sie in meinem Cockpit solche Ausdrücke benutzen.»

Das saß. Mehrmals klappte Robbs Mund auf und zu, bevor er seine Stimme wiederfand. «Ich ... äh – Ach, schon gut. Aber mit der Sache hat das gar nichts zu tun. Es geht immer noch darum, daß Sie das Kommando haben und zulassen, daß man Sie an der Nase herumführt!»

«Und Sie würden den Start verweigern?»

«Darauf können Sie Gift nehmen!»

«Und das muß ich mir ausgerechnet von dem Mann anhören, der mir seit dem Start mit seiner Prinzipienreiterei und seinem sturen Festhalten an der buchstabengetreuen Einhaltung aller Vorschriften auf die Nerven geht?»

Robb hob die Rechte und ließ sie wieder fallen; es war eine Geste purer Abscheu. «Ein guter Flugkapitän weiß, wann der Zeitpunkt gekommen ist, die Zügel selber in die Hand zu nehmen und seiner Company zu sagen, sie soll ihm mal den Buckel runterrutschen!»

«Dann wäre es also ein Zeichen von Führungskompetenz, wenn ich meine eigenen Entscheidungen träfe?»

«Genau!»

«Na schön, Mister! In Ausübung meiner Autorität als verantwortlicher Flugzeugführer treffe ich meine eigene Entscheidung und beschließe, daß es das beste ist, der Order der Firmenleitung zu folgen und nach Afrika zu fliegen! Genau das werden wir tun. Ist Ihnen das entschieden genug?»

«Sie kapieren's immer noch nicht, James, oder?»

«Vermutlich nicht.»

«Führungsqualität bedeutet, im richtigen Moment NEIN zu sagen!»

Holland schüttelte den Kopf.

«Mir reicht's jetzt. Hören Sie endlich mit Ihrer Meckerei auf, Dick, und lassen Sie mich in Ruhe!»

Er beugte sich unvermittelt nach links und begann, in seiner Flugtasche herumzuwühlen, dann richtete er sich wieder auf und knallte

Robb die Prüfungsmappe mit erstaunlicher Vehemenz auf den Schoß.

«Was soll das?» fragte Robb überrascht.

In einer kaum verhüllten Drohgebärde beugte sich Holland über die Mittelkonsole, bis Robb den Eindruck hatte, das Gesicht sei nur noch Zentimeter von seinem eigenen entfernt. Die körperliche Größe des Captains wirkte mit einemmal einschüchternd. Seine Stimme blieb zwar leise, klang aber wie ein kehliges Röhren. Der Zorn, der mit jeder Bemerkung Robbs in ihm gewachsen war, schien kaum noch beherrschbar.

«Hören Sie gut zu, mein Freund! Entweder Sie unterschreiben das hier ohne jede weitere Verzögerung – oder Sie reißen sich am Riemen und übernehmen selber das Kommando!»

Robb sah ihm lange in die Augen, bis er schließlich den Blick auf die Prüfungsmappe senkte.

Das Kommando zu übernehmen und alle Entscheidungen selbst treffen zu müssen – nein, das war das letzte, was er wollte.

Langsam tastete sich Robbs Hand zur Brusttasche seines Hemdes und fingerte den Kugelschreiber heraus. Es fiel kein Wort.

14

Kiew, Ukraine · Freitag, 22. Dezember · 4.28 Uhr (0228Z)

Wie lange das Telefon in der frostigen Kühle vor Beginn der Morgendämmerung schon klingelte, hätte Juri Steblinko nicht sagen können, doch irgendwann hatte sich das Geräusch in seinen Traum eingeschlichen. Er befand sich im Weltraum, war endlich, endlich Kosmonaut und unterwegs nach ... Irgendwo. Egal. Die Traumbilder schwanden rasch.

Er öffnete die Augen. Totale Dunkelheit umgab ihn. Er lag auf dem Rücken und spürte den weichen, entspannten Körper der Frau, die auf ihm lag. Ihr Haar fiel über seine Wange, ihr Duft stieg ihm in die Nase. Ihr leises Schnarchen wirkte fast wie ein Kontrapunkt zum hartnäckigen Schrillen des Telefons. Er versuchte sich unter ihr hervorzuwinden, mußte jedoch feststellen, daß sie unter den warmen Decken noch vereint waren. Es blieb ihm nichts anderes übrig, als sie umzudrehen, und er tat es sanft und vorsichtig, zog sich von ihr zurück und glitt aus dem Bett in die eisige Kälte des Zimmers, nicht ohne sich vorher noch zu vergewissern, daß Anja gut zugedeckt war.

Er blieb stehen, lauschte und rechnete damit, daß das Klingeln aufhören würde, doch es schrillte mit arroganter Beharrlichkeit immer weiter. Das russische Fernmeldesystem ließ Telefone mitunter ohne ersichtlichen Grund klingeln, doch kam es auch vor, daß tatsächlich jemand anrief und sich am richtigen Anschluß meldete.

Aber wer sollte ihn um diese Nachtzeit anrufen?

Anja schlief glücklicherweise noch immer. Juri erwog, das Telefon zu ignorieren und in die behagliche Wärme ihrer Umarmung zurückzukehren, doch schließlich erwies sich seine Neugier als stärker.

Er kannte die Altbauwohnung gut. Vorsichtig tastete er sich durch das Schlaf- und das angrenzende kleine Wohnzimmer zum Telefon und hob den Hörer ab.

«Da?» sagte er bewußt leise auf russisch.

Der Anrufer meldete sich in der gleichen Sprache, doch hatte sein Russisch einen deutlichen Akzent, der Juri nicht unbekannt war.

«Ja, hier ist Juri. Mit wem spreche ich?»

«Mit einem Freund und einem potentiellen Auftraggeber», erwiderte die Stimme.

«Na prima. Soll ich raten?»

«Ja, aber nennen Sie keine Namen.»

Juri schüttelte den Kopf, um richtig wach zu werden. Er war nackt und fror bitterlich. «Warten Sie einen Augenblick», sagte er.

Auf dem Telefontischchen stand eine kleine Lampe. Juri knipste das Licht an. Sein Blick fiel auf Anjas Kleid, das über einem Stuhl hing, ein formloses Etwas, aber immerhin warm und weich. Er wickelte es um sich und nahm den Hörer wieder auf.

«Also gut, ein Ratespielchen! Welche Anhaltspunkte können Sie mir geben?»

«Erinnern Sie sich an Wladiwostok, mein Freund?» fragte der Mann am anderen Ende der Leitung. «An die Person, die Sie damals im Hotel Metropol kennengelernt haben? Sie erwähnte damals, daß sie möglicherweise ein paar Aufträge für Sie hätte und Ihnen bei Ihrer Karriereplanung behilflich sein könnte.»

Juri merkte auf. Zwanzig Jahre KGB-Arbeit hatten seine Sinne für solche Situationen geschärft. Der Mann wollte nicht, daß man seinen Namen nannte. Nein, das war kein Spiel... Er überlegte fieberhaft, doch sein Gehirn war noch immer schlaftrunken. Wann war ich zum letztenmal im Osten...? Wann war das nur? Ach ja, vor zwei oder drei Jahren... Einer meiner letzten Aufträge als Oberst der russischen Luftwaffe... Moment mal... Der Mann erwähnte Wladiwostok...

Und dort war Juri nur ein einziges Mal gewesen, und zwar in einer höchst privaten Angelegenheit.

«Sind Sie diese Person?» fragte er.

«Genau. Sie haben mich vor zwei Jahren in Wladiwostok aufgesucht.»

In Juris Hirn formte sich das Bild des Mannes, mit dem er damals gesprochen hatte. Die Sowjetunion war zerfallen, all seine Hoffnungen auf eine Karriere in der Luftwaffe hatten sich zerschlagen. Er hatte einen Ausweg gesucht und sogar an Flucht gedacht. Damals war es reine Neugier gewesen. Doch seither waren die Aufträge immer rarer geworden. Er stand kurz davor, endgültig zu verzweifeln.

«Ich hatte die Hoffnung schon fast aufgegeben! Natürlich erinnere ich mich an Wladiwostok und an Sie. Ich dachte, Sie hätten mich vergessen.»

«Nein, Juri. Sagen Sie, fliegen Sie noch? Haben Sie noch immer zu dem Material Zugang, über das wir damals sprachen?»

«Ich arbeite jetzt als Testpilot, zum Beispiel für den neu entwickelten Überschall-Busineßjet von Suchoi.»

«Gut. Ich habe da vielleicht einen Auftrag für Sie, aber wir können das nicht hier am Telefon besprechen.»

«Wo dann? Soll ich zu Ihnen kommen?»

«Nein, dazu fehlt uns die Zeit.»

Juri setzte sich auf den Stuhl. Das Kleid hatte sich gelöst, doch er ignorierte die Kälte.

«Wenn Sie noch immer an der Vereinbarung interessiert sind, über die wir damals gesprochen haben, dann könnte es jetzt soweit sein. Meine Organisation wäre dazu bereit – vorausgesetzt, Sie sind sofort einsatzfähig und können einen hochbrisanten und für uns sehr wichtigen Auftrag übernehmen. Wahrscheinlich müssen Sie das richtige Material innerhalb weniger Stunden auftreiben.»

«Sagen Sie mir, wohin ich kommen soll.»

«Ich werde Ihnen jetzt eine Adresse in Kiew geben. Seien Sie Punkt neun Uhr da. Ein Russe, der sich Alexander nennen wird, erklärt Ihnen dort, was wir von Ihnen wollen. Wenn Sie einverstanden sind, sagen Sie ihm, welche finanziellen Mittel Sie benötigen. Er wird dafür sorgen, daß sie Ihnen innerhalb von, sagen wir, drei Stunden zur Verfügung gestellt werden. Sind Sie sofort einsatzbereit?»

«Ja! Selbstverständlich!»

«Gut. Es bleiben uns nur ein paar Stunden Zeit. Dann müssen Sie bereit sein und abfliegen können.»

In der alten Zeit, dachte Juri, wäre ein solches Gespräch unmöglich gewesen. Kein Agent hätte über das normale Telefonnetz unverschlüsselt solche Themen besprochen.

Eilig notierte er sich die Adresse. Dann legte sein Gesprächspartner auf, ohne daß danach das vertraute zweite Klicken eines stillen Mithörers zu vernehmen gewesen wäre. In Sekundenschnelle war Juri wieder im Schlafzimmer und fuhr mit der kalten Hand unter die Decken.

Anja erwachte mit einem kleinen, spitzen Schrei. Ihr Kopf hob sich aus einer blonden Lockenflut, ihre Augen waren weit aufgerissen.

«Was machst du da, Juri?» Sie sah ihn an, als habe er den Verstand verloren.

Er legte beschwichtigend den Zeigefinger auf die Lippen, beugte sich zu Anja nieder und küßte sie.

«Ich bekam eben einen phantastischen Anruf und muß sofort weg», sagte er. «Vielleicht bin ich heute abend schon wieder da, vielleicht aber auch erst in ein paar Wochen. Doch wenn ich zurückkomme, Anja, und alles so läuft, wie ich mir das vorstelle, dann können wir endlich weg von hier.»

«Und wohin?»

Er küßte sie erneut, zog die Decke zurück und küßte ihre Brüste, erst die eine, dann die andere. Dann sah er ihr in die Augen und strich ihr über das Haar.

«An einen Ort, den wir jetzt nicht erwähnen dürfen. Aber wir haben schon einmal darüber gesprochen. Einen Ort, an dem wir endlich leben können, Anja, richtig leben. Wo wir heiraten und Kinder haben können.»

Ihre Augen strahlten, ein Lächeln erhellte ihre Miene.

Auch Juri lächelte. Dann legte er wieder den Zeigefinger auf seine Lippen.

«Es ist genau wie in den alten Zeiten, Liebling. Du weißt von nichts und hast auch keine Ahnung, wo ich bin.»

An Bord von Flug 66

Brenda Hopkins war in ihrem Sitz im Oberdeck eingenickt. Als sie erwachte, beugte sich jemand über sie.

«Brenda? Tut mir leid, daß ich Sie aufwecken muß. Aber wir brauchen Ihre Hilfe.»

«Oh, Entschuldigung, ich ... Was haben Sie gesagt?» Brenda rieb sich die Augen, blinzelte und erkannte Flugkapitän Holland.

«Wir müssen die Leiche von Professor Helms aus dem Crewraum entfernen. Dazu brauchen wir die Leute, die schon früher Körperkontakt mit ihm hatten.»

Brenda nickte. Es bestand keine Veranlassung, auch noch andere Personen dem Ansteckungsrisiko auszusetzen.

Als die fahrbare Gangway an der hinteren linken Tür des Flugzeugs angekoppelt wurde, hatte Brenda ihren kritischen Auftrag bereits erledigt und die Leiche in mehrere Plastiksäcke eingewickelt. Im gleichen Augenblick leuchtete das Lämpchen auf, mit dem die Passagiere zum Anlegen der Sicherheitsgurte aufgefordert wurden, und die Stimme James Hollands dröhnte durch die Kabine.

«Meine Damen und Herren, hier spricht Captain Holland im Cockpit. Ich darf Sie jetzt bitten, Ihre Sitzplätze einzunehmen. Wir sind zwar noch nicht abflugbereit, aber wir müssen jetzt eine Tür öffnen, um Proviant an Bord zu nehmen und den Toten an die Behörden zu übergeben.»

Hie und da erklangen verhaltene Unmutsbezeugungen. Beunruhigt spähte Brenda, die in der hinteren Bordküche stand, um die Ecke. Ungefähr auf halber Höhe der Touristenklasse standen mehrere Männer im Gang und weigerten sich, zu ihren Plätzen zurückzukehren. Einer von ihnen fuhr wütend einen bereits sitzenden Passagier an, der ihn aufgefordert hatte, der Bitte des Captains Folge zu leisten. Einige der Männer waren Brenda schon früher aufgefallen, weil sie zusätzliche Drinks verlangt hatten.

«Lecken Sie mich doch am Arsch, Sie Idiot!» brüllte der Stehende den Sitzenden an und machte eine obszöne Geste. «Wenn Sie das brave Schaf spielen wollen, bitte! Ich habe jetzt die Schnauze voll. Ich lasse mich nicht länger von so einem überbezahlten Cockpitjockey herumkommandieren!»

Zwei andere Passagiere erhoben die Stimme gegen den Unruhestifter, der sofort zurückschrie. Nun sprangen zwei bislang Unbeteiligte auf und verteidigten die Angegriffenen. Ein dritter Mann erhob sich und griff auf der Seite des Randalierers in den Streit ein.

Wieder meldete sich James Holland über den Bordlautsprecher.

«Ich möchte Sie kurz über den neuesten Stand der Entwicklungen in diesem seltsamen Drama informieren. Wir werden, wie es scheint, in ein paar Stunden Island verlassen können ...»

Viele Passagiere applaudierten, einige johlten sogar. Die Jubelrufe übertönten fast Hollands Stimme.

«Allerdings können wir noch nicht nach Hause fliegen. In Zusammenarbeit mit unserer Fluggesellschaft hat die amerikanische Regierung beschlossen, mehrere Transportmaschinen der Air Force mit medizinischem Personal und einem Feldlazarett loszuschicken, falls wider Erwarten tatsächlich jemand von uns an dieser ... an diesem speziellen Virus erkranken sollte. Ich kann Ihnen momentan noch nicht genau sagen, wo wir diese Leute treffen werden. Nur soviel: Das Klima ist dort erheblich wärmer und angenehmer als auf Island.

Außerdem dürfen wir dort, wo die Quarantänestation errichtet wird, endlich das Flugzeug verlassen.»

Diesmal war der Applaus verhaltener. Die Männer, die sich nicht hingesetzt hatten, schüttelten die Köpfe.

«Ich bin wiederholt gefragt worden, ob wir rechtzeitig zu Weihnachten daheim sein werden», fuhr Holland fort. «Die Antwort auf diese Frage lautet bedauerlicherweise nein.»

Einige Passagiere stöhnten enttäuscht auf. Die Protestierer schimpften vernehmlich.

«Wir werden also mindestens zwei Tage zusammenbleiben, und es ist nicht ganz auszuschließen, daß es sogar noch ein paar mehr werden. Ich kann Ihnen jedoch versichern, daß wir Sie, sobald wir die Genehmigung dazu haben, auf dem schnellstmöglichen Weg nach Hause bringen werden.»

Die vier Rebellen hielt es nicht länger auf ihren Stehplätzen. Sie drängten in den Gang und zettelten dort einen lauten Streit mit Barb Rollins und zwei anderen Stewardessen an. Die Flugbegleiterinnen verloren zusehends die Kontrolle über die Situation.

Brenda griff zum Intercom, um das Cockpit zu alarmieren. Vierzig Sekunden später erschien James Holland im Passagierdeck. Die Unruhestifter hatten Barb und ihre beiden Kolleginnen nach vorne gedrängt. Brenda hörte Barbs Stimme, wütend und laut. Die Männer brüllten noch lauter zurück. Im Hintergrund griff Holland in ein Gepäckfach und holte einen großen Gegenstand heraus.

Das Megaphon! Mit ein paar schnellen Schritten ging er auf die Streitenden zu und schaltete das Gerät ein.

«Achtung, hier spricht der Flugkapitän! Keine Bewegung mehr! Meine Herren, halten Sie jetzt sofort den Mund und begeben Sie sich unverzüglich wieder auf Ihre Plätze!»

Zwei der Aufrührer beruhigten sich und folgten der Anweisung, doch der Rädelsführer und sein Kumpan nahmen nun den Captain ins Visier, krakeelten weiter und beklagten sich bitter über die Art und Weise, wie sie behandelt wurden. Holland ließ sie kommen und war gerade dabei, das Megaphon an den Mund zu nehmen, um ihnen zu antworten, als unvermittelt Barb aus der vorderen Bordküche kam und zwischen die beiden und den Captain trat. Der Rädelsführer holte aus und stieß sie mit Gewalt in die Küche zurück. Barb stolperte und schlug im Fallen mit dem Kopf gegen den Metallrahmen eines Servierwagens.

Erschrocken über die Folgen seines Tuns, zögerte der Mann. Holland handelte dagegen prompt. Er ließ die rechte Hand vorschnellen, packte den Mann am Hemdkragen, schob ihn in den Küchenraum und drückte ihn dort gegen die Wand. Er sah zu, wie Barb sich wieder aufrappelte. Sie war außer sich vor Wut.

«Wollen Sie Anzeige gegen diesen Mann erstatten, Barb?» fragte Holland.

Die Chefstewardeß rieb sich den Hinterkopf und rückte bedrohlich nahe an den Passagier heran, der es inzwischen mit der Angst zu tun bekommen hatte.

«Das kommt darauf an», sagte sie.

Hollands Gesicht war nur mehr Zentimeter von dem seines Gegenübers entfernt.

«Wie heißen Sie? Ich will auf der Stelle Ihren Namen wissen!»

«Ich... äh... ich bin Chet Walters. Es... äh... es tut mir leid. Ich...»

Holland roch die Alkoholfahne des Mannes. «Okay, hören Sie mir gut zu, Mr. Walters. Ab sofort halten Sie bis zum Ende dieser Odyssee Ihren Mund, verstanden? Sie haben soeben ein Verbrechen begangen. Sie haben ein Crewmitglied der Quantum Airlines tätlich angegriffen und andere Crewmitglieder an der Ausübung ihrer Pflichten gehindert. Wenn Sie auf dem Rest dieses Fluges auch nur einmal zu laut Luft holen, werde ich Sie, sobald wir zu Hause gelandet sind, unverzüglich dem FBI übergeben. Und das bedeutet Untersuchungshaft, Anklageerhebung und Strafverfolgung für Sie. Wenn Ms. Rollins, unsere Chefstewardeß, Sie noch persönlich verklagt, hat sie in mir einen Zeugen, der jederzeit aussagebereit ist. Habe ich mich deutlich genug ausgedrückt?»

«Yes, Sir!» erwiderte der Mann mit vor Furcht weit aufgerissenen Augen.

Holland bemerkte jetzt, daß sich der Kumpan hastig davongestohlen und unsichtbar gemacht hatte.

«Die letzte Entscheidung darüber, ob Sie bei unserer Ankunft den Behörden übergeben werden, wird Ms. Rollins treffen, sobald wir wieder in den Staaten sind. Vorerst kehren Sie auf Ihren Platz zurück und äußern kein einziges Wort mehr, verstanden?»

«Yes, Sir.»

Holland ließ ihn los, und der Mann stolperte wie ein begossener Pudel durch den Gang zu seinem Sitz zurück.

«Danke, James. Ursprünglich waren's vier Kerle, die auf uns einschrieen, aber der da war der Rädelsführer.»

«Alles okay mit Ihnen?» fragte Holland Barb.

Sie nickte, rieb sich aber noch den Hinterkopf. «Es könnte noch schlimmer kommen, wissen Sie. Auf Ihre Rede vorhin hat es Gebuhe und Gejohle gegeben. Die Leute sind aufgebracht, James, die Welt scheint kein Ort für übertriebene Höflichkeiten mehr zu sein.»

Er tätschelte ihr die Schulter und griff wieder nach dem Megaphon.

«Das war sie noch nie, Barb.»

Holland ging zu Tür 3 vorne links, nahm dort ein Mikrofon der Bordsprechanlage zur Hand und wandte sich an die Passagiere.

«Wir sitzen alle in einem Boot, Leute. Aber der Chef an Bord bin ich, und ich dulde keinerlei Aufruhr. Wer das nicht versteht, möge unverzüglich vortreten. Ich werde es ihm noch einmal unmißverständlich erklären. Tut mir leid, daß ich mich so unhöflich ausdrükken muß, denn die meisten hier an Bord verhalten sich geradezu vorbildhaft und tun ihr Möglichstes, diese unglückselige Folge von Ereignissen mit Anstand zu überstehen. Aber ich wiederhole noch einmal: Wer immer glaubt, sich mit mir oder einem anderen Mitglied der Crew anlegen zu müssen, kann hundertprozentig sicher sein, daß er vor dem Bundesgericht endet. Der großen Mehrheit allerdings, die uns unterstützt und hilft, wo sie kann, gilt mein aufrichtiger Dank. Bitte bleiben Sie weiterhin auf Ihren Plätzen.»

Holland legte gerade wieder den Hörer zurück, als sich eine Frau von ungefähr dreißig Jahren von einem der Fensterplätze erhob und in den Gang drängte.

Mein Gott, was gibt's denn nun schon wieder? dachte er.

Der Mann neben ihr wollte die Frau offensichtlich zurückhalten, doch sie riß sich von ihm los und lief den Gang hinunter. Ihre Augen verrieten Panik und Verwirrung.

Holland trat ihr in den Weg. «Madam, ich ersuche Sie noch einmal...»

Sie fegte vorbei, ohne ihn überhaupt wahrzunehmen, und stürzte auf die erste Klasse zu.

Holland drehte sich um und wollte ihr folgen. Im gleichen Moment hörte er Schritte hinter sich, und als er zurückblickte, sah er einen besorgten Mann, der ihm auf den Fersen folgte und offenbar ebenfalls der Frau nachsetzen wollte.

«Das ist meine Frau, Captain. Sie fühlt sich nicht gut.»

Holland nickte. Gemeinsam nahmen sie die Verfolgung auf.

Als Lisa Erickson die Erster-Klasse-Kabine betrat, bemerkte

Garson Wilson den Captain und stand unverzüglich auf. Die fassungslose Frau übersah er.

«Bleiben Sie stehen, Madam!» rief Holland.

Schon war Lisa an Wilson vorbei. Unmittelbar darauf trat der Prediger in den Gang und versperrte somit Holland den Weg.

«James? Ich muß mit Ihnen reden – und zwar sofort», dröhnte Wilson.

Lisa hatte eine Tür gefunden. Sie riß sie auf, fand aber zu ihrer Überraschung nur einen Schrank vor. Sofort machte sie kehrt und ging wieder auf Wilson zu, der sie kommen hörte. Er drehte sich um, erfaßte die Lage mit einem Blick und legte der Frau den Arm um die Schultern.

«Was ist los, meine kleine Dame?» fragte er.

«Meine Kinder! Ich muß hier raus. Ich muß unbedingt...» Sie wies mit einer hilflosen Geste nach draußen. Dann sah sie, daß Keith Erickson Holland überholte und auf sie zukam.

«Nein!» kreischte sie und drückte sich an Wilson.

Garson Wilson wandte sich Keith Erickson zu und hob seine freie Hand.

«Ich bitte Sie, lassen Sie sie in Frieden. Sie hat Angst vor Ihnen.»

«Das ist... das ist meine Frau. Sie ist ganz verwirrt...» Keith Erickson rang um Worte. «Sie will hier raus.»

«Fein», schnaubte Wilson, «das will ich zufällig auch.»

«Nei-ei-ein!» heulte Lisa. «Er will mir meine Kinder wegnehmen!»

Eine plötzliche Änderung des Kabinenluftdrucks zeigte an, daß in etwa hundert Meter Entfernung am Ende der Hauptkabine die linke Hecktüre geöffnet wurde. Auch Lisa Erickson spürte es. Sie sah sich suchend um und entdeckte, daß der gegenüberliegende Gang von der ersten Klasse ins Heck der Maschine führte. Mit einem heftigen Ruck riß sie sich von Wilson los und stürmte in der anvisierten Richtung davon.

Keith Erickson setzte ihr unverzüglich nach, doch schon im nächsten Moment vertrat ihm Wilson den Weg und hastete mit einer Geschwindigkeit, die man ihm bei seiner Statur kaum zugetraut hätte, selbst aufs Heck zu, während Holland und Erickson sich durch eine Sitzreihe schlängeln mußten.

Lisa hatte zwar einen Vorsprung, doch sie kam nur stolpernd voran, so daß Wilson sie im Nebengang einholte. Gemeinsam rannten sie an vierzig Passagierreihen vorbei, deren Insassen bei ihrem

Näherkommen zurückwichen. Holland und Erickson wurden dagegen von den Leuten behindert, die sich in den Gang beugten, um Lisa nachzusehen.

Die hintere Tür war entriegelt und aufgestoßen worden. Direkt vor der Öffnung stand eine Gestalt im weißen Schutzanzug, die kleine Lunchpakete hereinreichte, welche von Brenda und zwei weiteren Flugbegleiterinnen jeweils in Zweierpacks entgegengenommen wurden. Lisa tauchte im hinteren Durchgang auf und entdeckte die offene Tür sofort. Niemand hatte damit gerechnet, daß plötzlich eine schmale Gestalt auf sie zuschießen würde, unmittelbar gefolgt von der massigen Figur Garson Wilsons, der aus dem Nebengang auftauchte. Lisa zögerte, und Wilson schrie: «Na, los, kleine Dame! Das ist Ihre einzige Chance, und ich bin direkt hinter Ihnen!» Lisa drängelte sich an den Stewardessen und der Gestalt im Schutzanzug vorbei, fegte die Gangway hinunter und hinaus in die Nacht.

Wilson folgte ihr hinaus auf die Stufen und begann hinabzusteigen, als er sah, daß Sicherheitspolizisten, ebenfalls in Schutzanzügen, mit erhobenen Maschinenpistolen auf sie zugerannt kamen. Ihr Anblick sorgte dafür, daß er abrupt innehielt.

Zutiefst erschüttert, stolperte er rückwärts wieder auf die Tür zu, als ihn auch schon der Mann, der die Lebensmittel übergeben hatte, an den Schultern packte und ins Flugzeug zurückschob.

Holland und Erickson waren gerade noch rechtzeitig gekommen, um Lisa durch die Tür verschwinden zu sehen, Garson Wilson auf den Fersen, der allerdings innerhalb weniger Sekunden zurückgedrängt wurde. Nun schob sich Holland an Wilson vorbei und zwängte sich durch die Tür, während er Erickson, der ihm folgen wollte, zurief: «Bleiben Sie drin! Niemand darf hinaus!»

Währenddessen war der verblüffte Mann im Schutzanzug schon halb die Gangway hinuntergehastet und schrie Lisa mit durch den Helm gedämpfter Stimme zu, sie solle zurückkommen. Eine Bewegung hinter ihm ließ ihn sich umdrehen, und er sah, wie Holland an ihm vorbeihastete.

Rufe aus der Ferne erschollen, als James Holland den Fuß der Gangway erreichte. Der Wind war beißend kalt, und Holland fing sofort an zu zittern.

Lisa Erickson lief jetzt nicht mehr zielstrebig davon, sondern strauchelte mit zögernden Schritten und über der Brust gekreuzten Armen auf ein rotes Absperrseil zu, das ungefähr zwölf Meter vor ihr über den Beton gespannt war. Sie zitterte am ganzen Leib.

Am rechten und linken Rand der abgesperrten Sicherheitszone tauchten mehrere Gestalten auf. Holland sah sich nach beiden Seiten um und stellte fest, daß das rote Seil in einer Distanz von knapp hundert Metern die gesamte Boeing umschloß. Lisas Vorsprung betrug mindestens dreißig Meter.

Die Mentalität von Sicherheitspolizisten war Holland nicht unbekannt. Die Männer würden jeden bedrohen, der Anstalten traf, die Sperrzone zu überschreiten. Doch wenn jemand ernsthaft versuchte, sie zu durchbrechen...

Holland ließ die Gangway hinter sich. Fast im gleichen Augenblick explodierten Gewehrsalven, mehrere Leuchtspurgeschosse zogen unmittelbar vor ihm vorbei, und die Gesten der anrückenden Sicherheitskräfte machten ihm unmißverständlich klar, daß man seinen sofortigen Rückzug in die Maschine erwartete. Andere konzentrierten sich auf Lisa, die sie jedoch gar nicht wahrzunehmen schien.

Alle Männer trugen Schutzanzüge, alle hatten sie die Gewehre im Anschlag. Von beiden Seiten näherten sie sich der auf sie zukommenden Mrs. Erickson in einer klassischen Formation. Sie waren darauf gedrillt, eine Position einzunehmen, die ihnen einen sauberen Schuß erlaubte und gleichzeitig die Gefahr ausschloß, daß das Flugzeug von einer verirrten Kugel getroffen wurde.

Der Schutzanzüge und des heulenden Windes wegen blieben ihre Stimmen unverständlich, doch Holland erkannte die Gesten, die ihm bedeuteten, in die Maschine zurückzukehren.

Er formte seine Hände zu einem Trichter und brüllte: «Sie ist geistesgestört! Laßt sie in Ruhe!»

Der Wind trug seine Schreie davon.

Er trat einen Schritt nach vorn, und wieder peitschten unmittelbar vor ihm Kugeln auf den Beton, so daß er einen Satz rückwärts machte.

Zwei der Männer zur Linken hatten sich in Schußposition auf ein Knie fallen lassen und zielten nun auf ihn. Ein weiterer Mann zur Rechten zielte auf Lisa. Und ein vierter Wachmann, der ein gutes Stück gegen den Wind vor ihm stand, hatte sich die Schutzmaske vom Gesicht gerissen und hielt nun ein Megaphon vor den Mund.

«Zurück oder wir schießen! Sie dort an der Gangway, kein weiterer Schritt vorwärts! Beim ersten Schritt, den Sie tun, werden Sie abgeknallt! Sie da, Madam, dort am Seil! Sofort stehenbleiben oder wir müssen schießen!»

Immer und immer wieder stießen sie dieselben Warnrufe aus.

Lisa jedoch strebte wie eine Schlafwandlerin auf das Absperrseil zu.

Holland hob die Arme und winkte. «Die Frau ist geistesgestört!» rief er ihnen zu. Es half nichts. Von der rechten Seite tauchten zwei weitere Männer auf, die mit ihren Gewehren auf Lisa zielten. Holland versuchte es seitwärts, bemerkte jedoch, daß sich die erhobenen Waffen mit ihm bewegten.

So laut er konnte, schrie er der Frau zu: «Lisa, kommen Sie zurück! Wir haben Ihre Kinder im Flugzeug!»

Sie blieb nicht stehen, sondern hielt noch immer langsam, aber stetig auf das Seil zu, nunmehr kaum noch fünf Meter davon entfernt. Jeder einzelne Wachposten hätte sie zurückhalten können, doch Holland war klar, daß keiner von ihnen bereit war, dieses Risiko einzugehen. Er wußte jetzt auch, was man ihnen erzählt hatte: Jeder Mensch an Bord dieser 747 ist ein Virusträger. Kommst du ungeschützt mit einem in Berührung, bist du ein toter Mann...

Panik mischte sich in die Megaphonstimme. Eine neuerliche Salve fegte knapp über Lisas Kopf.

Nichts schien sie zur Besinnung zu bringen.

Holland vernahm die Stimme ihres Ehemanns, der hinter ihm auf der Gangway stand und seine Frau anflehte.

Wiederum Schüsse, wiederum knapp über Kopfhöhe, neue Warnrufe.

Holland sah, wie der Befehlshaber das Megaphon zögernd sinken ließ und eine Order aussprach, die für ihn unhörbar blieb. Doch dann hob der nächststehende Sicherheitsposten seine M 16 und zielte auf Lisas Beine. Noch einmal versuchte es Holland mit Schreien, so laut er konnte: «Nicht schießen! Haltet sie einfach auf! Sie ist nicht ganz bei sich!»

Urplötzlich blieb Lisa stehen, keine drei Meter mehr von dem Seil entfernt, und drehte sich um. Holland sah, wie ihr Körper in dem dünnen Kleid, das ihr der Wind um die Beine peitschte, schlotterte. Die Haare standen waagerecht von ihrem Kopf ab.

Den Rücken den Wachleuten zugekehrt, starrte sie mit leerem Blick auf das Flugzeug. Holland winkte sie sachte zu sich, rief sie beim Namen, ermutigte sie, obwohl er keine Ahnung hatte, ob sie ihn überhaupt wahrnahm. Hinter ihm erklang die flehentliche Stimme Keith Ericksons, der die Gangway herunterkam.

«Bitte Honey! Ich liebe dich, Lisa. Komm zu mir und den Kindern zurück, Liebling!»

Er schrie sich schier die Lunge aus dem Leibe, doch Lisa blieb stocksteif stehen und starrte ihn bloß an. Keith ließ die letzte Stufe der Gangway hinter sich und wollte auf seine Frau zulaufen, doch Holland riß ihn noch rechtzeitig an den Schultern zurück, als neuerliche Schüsse knallten und die Kugeln unmittelbar vor ihnen aufschlugen.

«Das ist meine Frau! Nicht schießen!» schrie Erickson entsetzt, verzweifelt und zitternd vor Kälte.

Mit einer merkwürdigen Bewegung warf Lisa Erickson den Kopf zurück. Sie hob die Arme, legte sie um den Kopf, senkte sie langsam wieder, streckte sie beidseits ihres Körpers waagerecht aus und verharrte in dieser merkwürdigen Stellung. Die Sekunden schleppten sich dahin. Holland sah mehrere Sicherheitspolizisten, die kaum drei Meter von ihr auf der anderen Seite des Seils standen und die Waffen auf sie richteten. Just in dem Augenblick, da sie sich ihrem Befehlshaber zuwandten und ihn um Anweisungen baten, drehte sich Lisa blitzschnell um und stürzte, die Arme noch immer gereckt, auf sie zu. Dabei stieß sie unartikulierte, schrille Schreie aus.

Erneut versuchte Keith Erickson, zu seiner Frau zu eilen, doch Holland zerrte ihn zu Boden. Plötzlich hörte er das Rattern automatischer Waffen.

Lisa Ericksons Körper stürzte auf den gefrorenen Betonboden, schlitterte in das Seil und blieb bewegungslos liegen, während sich rasch eine rote Pfütze um sie bildete. Im ersten Moment fuhren die beiden Schützen, entsetzt über ihr Tun, erschrocken zurück. Dann trat einer von ihnen wieder näher, kniete nieder und stieß die leblose Gestalt mit seinem Gewehrlauf an, während alle anderen Posten ihre Waffen auf Holland und Erickson richteten. Der Mann mit dem Megaphon befahl ihnen, in die Maschine zurückzukehren. Weitere Salven wurden abgefeuert und trafen direkt vor ihren Füßen auf den Boden.

Erickson wirkte wie festgefroren. «Oh, mein Gott!» Aufschluchzend versuchte er, zu seiner Frau zu laufen. Der Flugkapitän mußte seine ganze Kraft aufbieten, um ihn zurückzuhalten.

«Bleiben Sie hier! Die erschießen Sie auch! Ihre Kinder brauchen Sie! Hören Sie mich? Ihre Kinder brauchen ihren Vater!»

Die Gewehrmündungen folgten jeder einzelnen Bewegung, als Holland den Mann die Gangway hinaufzerrte, hinein in die Maschine. Dort wartete Barb und kümmerte sich um Erickson.

Holland setzte zu einer Erklärung an, doch Barb unterbrach ihn.

«Ich weiß», sagte sie. «Alle an Bord wissen Bescheid.»
«Bringen Sie ihn aufs Oberdeck», sagte Holland ruhig.
«Wo steckt der gottverdammte Captain?»
Einer der Wachmänner war die Gangway hinaufgestiegen. Seine Stimme war laut genug, um auf kurze Distanz verstanden zu werden.
Holland stieß die Tür ein Stückchen weiter auf und streckte den Kopf hinaus. Nur wenige Zentimeter trennten sein Gesicht vom Visier des Schutzanzugs.
«Verdammte Schweine, ihr!» brüllte er dem Vermummten zu. «Wie dämlich seid ihr eigentlich? Sah die Frau vielleicht wie eine Terroristin aus? Knallt blindlings eine junge Mutter über den Haufen! Das nenne ich Mord. Wozu bloß?»
«Verflucht noch mal, Captain, wir haben Ihnen gesagt, daß niemand die Maschine verlassen darf!» Holland konnte deutlich hören, daß der Mann genauso wütend wie er selbst war. «Unser Befehl lautet, niemanden über diese Absperrung da draußen zu lassen. Wir haben ihr – und Ihnen! – mehr Spielraum gelassen, als wir eigentlich durften. Hätte ich mich strikt an meine Befehle gehalten, wären Sie jetzt genauso tot wie sie!»
Voller Abscheu und Verzweiflung schüttelte Holland den Kopf. «Ich habe versucht, Ihnen zu erklären, daß sie psychisch gestört war, konnten Sie das nicht verstehen?»
Der Mann im Schutzanzug war offenkundig der Befehlshaber der anderen. Vermutlich ein Sergeant. Er schüttelte den Kopf. «Wir konnten sie nicht laufenlassen, Sir. Unsere Befehle sind absolut eindeutig. Die Frau war gewarnt – und Sie waren es auch!»
Holland schüttelte bekümmert den Kopf. Dieser Streit führte zu nichts. «Was geschieht mit der Leiche?» fragte er schließlich.
Der Sergeant drehte sich um und warf einen Blick auf die kleine, zusammengesunkene Gestalt, die hundert Meter weiter auf dem Betonboden lag. Ein paar seiner Männer waren gerade dabei, ein Tuch über sie zu decken.
Er zuckte die Achseln und wandte sich wieder an Holland. «Nicht meine Entscheidung, Sir. Man wird Sie unterrichten. Wir müssen jetzt diese Lunchpakete einladen, den Toten übernehmen, den Sie an Bord haben, und danach dafür sorgen, daß diese Tür hier so schnell wie möglich wieder geschlossen wird. Und sagen Sie's Ihren Leuten da drinnen noch einmal ganz klipp und klar: Der nächste, der rauskommt, wird von uns, sobald er die unterste Stufe der Treppe erreicht hat, auf der Stelle weggepustet! Verstanden?»

Holland spürte, wie sämtliche Dämme in ihm brachen. Mit beiden Händen packte er den Mann dort, wo bei einem normalen Anzug ein Revers zu erwarten gewesen wäre, und zog ihn zu sich heran. Erstaunlicherweise leistete der Sergeant keinen Widerstand.

«Sie jämmerlicher Befehlsautomat! Was tun Sie denn, wenn wir alle auf einmal hier herausmarschieren? Knallen Sie uns dann alle ab, einen nach dem anderen?»

Nach kurzem Zögern nickte der Mann langsam und überlegt. Holland konnte durch das dicke Glasvisier des Schutzhelms vage die Augen seines Gegenübers ausmachen. Er gab den Mann wieder frei.

«In diesem Fall, Captain, gäbe es ein Massaker, und meine Männer und ich würden den Rest unseres Lebens damit zubringen, mit dieser Erinnerung fertig zu werden. Unsere Befehle sind eindeutig, Captain. Sie waren gewarnt.»

Barb Rollins zwang sich, auch nach Lisa Ericksons Tod weiterzufunktionieren, doch kostete es sie ihre gesamte Kraft. Sie überwachte die Übergabe der Leiche von Professor Helms und vergewisserte sich, daß alle Lunchpakete an Bord gelangt waren, bevor sie die Tür wieder verriegelte. Dann zog sie das Bett im Ruheraum der Crew ab, auf dem der tote Helms gelegen hatte, zog den Vorhang vor und brachte den jungen Mann mit dem gebrochenen Bein in einem unbenutzten Bett unter. Als sie in die Passagierkabine zurückkam, begegnete ihr eine verzweifelte Brenda Hopkins, die sich unbedingt ihre Sorgen von der Seele reden mußte.

«Die sind bereit, uns alle zu erschießen, Barb. Mein Gott, was müssen sie eine Angst vor uns haben! Wir müssen ja grauenhaft verseucht sein, wenn das stimmt!»

«Nun beruhige dich mal, Schätzchen, das wird schon wieder! Ist doch alles nur blinder Alarm.»

«Eben das glaube ich nicht mehr!»

Barb nahm sie bei den Schultern.

«Schau her, die da draußen können ja meinetwegen in Panik geraten sein. Aber wir wissen, daß Helms einen Herzinfarkt hatte, ob er nun krank war oder nicht.»

Brenda schloß die Augen und schüttelte langsam den Kopf.

«Hör zu, Brenda. Da draußen glaubt jeder, wir hätten so 'ne Art apokalyptisches Virus an Bord, das die gesamte Menschheit ausrotten könnte, aber James sagt, das kann einfach nicht stimmen.»

«Aber woher will er das so genau wissen? Er versucht bloß, uns abzuschirmen. Er tut, was er kann, aber hundertprozentig sicher ist er auch nicht.»

«Aber du schon, was?» Barbs Antwort klang schärfer als beabsichtigt.

Brenda sah auf und nickte wortlos.

Barb nahm die Arme von ihren Schultern und versuchte den kalten Schauder zu ignorieren, der ihr über den Rücken kroch. Sie hatte sich bereits damit abgefunden, daß sie Weihnachten nicht zu Hause verbringen würde. Ihr Mann hatte sich auch schon damit abgefunden. Sie wollten das Fest ein oder zwei Tage später nachfeiern.

Jetzt jedoch stellte sie sich die Frage, ob sie ihn überhaupt jemals wiedersehen würde.

Brenda hatte ihren Blick wieder zu Boden gerichtet und flüsterte so leise, daß es gerade noch verständlich war: «Ich glaube, Mrs. Erickson hatte mehr Glück als wir alle.»

15

CIA-Hauptquartier, Langley, Virginia · Freitag,
22. Dezember · 23.00 Uhr (0400Z)

Sherry Ellis war Jonathan Roth seit vier Jahren direkt unterstellt, wie sie Dr. Rusty Sanders in einem ruhigen Moment kurz nach ein Uhr nachts erzählte, als sie allein in dem zum Krisenzentrum umfunktionierten Konferenzzimmer saßen.

«Beruflich trägt er einen Panzer aus rostfreiem Stahl», ergänzte sie, «entstanden in der jahrelangen Praxis in verdeckten Operationen sowie einer fast genauso langen Lehrzeit in allen Winkelzügen der Bürokratie. Ein kurzes Briefing genügt ihm, und er weiß genau, was er will. Er ist verdammt schwer zu durchschauen.»

Rusty beobachtete, wie sich Sherrys strahlend grüne Augen ein klein wenig verengten und ein leichtes Lächeln ihre Miene aufhellte. In den vergangenen Stunden war er sich ihrer Gegenwart stets bewußt gewesen und hatte alles, was er von ihr sah, als ausgesprochen reizvoll empfunden: Sherry war eine zierliche, attraktive, hochintelligente und selbstbewußte junge Frau. Ihr trockener Humor und ihre ruhige Energie – von ihrem Aussehen ganz zu schweigen – gefielen ihm sehr. Es war nicht die richtige Zeit für derlei Gedanken, soviel war ihm klar, doch nachdem sich die dramatische Affäre um Flug 66 inzwischen immer mehr in die Länge zog, war sein überdrehter Geist für jede Ablenkung dankbar.

«Mögen Sie ihn?» fragte er.

«Warum?» konterte sie, ohne die Frage als verletzend anzusehen.

«Reine Neugier. Sie wissen ja, eigentlich arbeite ich unten im Keller. Die Meisterspione, die Macher und Drahtzieher kriege ich für gewöhnlich gar nicht zu Gesicht.»

Sie nickte und lächelte mit schiefgelegtem Kopf. «Ach, kommen Sie mir bloß nicht auf die bescheidene Tour, Doktor. Das ist doch ein uralter Trick.»

Er mußte lachen und hob beschwichtigend die Hände. «Nein, wirklich, ich bin einfach nur neugierig.»

Sie lächelte, glitt elegant von ihrem Stuhl und ging zur Tür, wobei ihr Rustys Augen nur allzu gerne folgten. Er war nun doppelt froh, daß er noch geblieben war, und fragte sich gleichzeitig, wohin Sherry wohl in dieser Nacht noch gehen mochte.

Nachdem sie den Gang überprüft und die schwere, schalldichte Tür mehrmals geöffnet und geschlossen hatte, kehrte Sherry zurück, setzte sich wieder hin und sah Rusty unverwandt in die Augen. Viele Sekunden verstrichen, ohne daß sie etwas sagte.

Es war offensichtlich, daß sie überlegte, wieviel sie ihm anvertrauen konnte.

Sherry machte eine Kopfbewegung zum Gang hin.

«Sie haben gefragt, ob ich ihn mag, Rusty. Ich arbeite für Jon Roth. Er ist unglaublich begabt. Ihn zu mögen – oder das Gegenteil davon –, gehört nicht zu meinem Aufgabenbereich.»

Rusty nickte. Als Sherry sich zurücklehnte und ihn beobachtete, war er verunsichert. «Ich entschuldige mich. Ich wollte nicht herumschnüffeln.»

«Klar wollten Sie das!» Sie lächelte. «Sie tragen schließlich einen CIA-Ausweis in der Tasche. Sie sollen herumschnüffeln! Dafür werden Sie bezahlt.»

Als die Nachricht von der Erschießung Lisa Ericksons in die Labyrinthe von Langley einsickerte, verschwand Sherry, um Roth in seinem Büro zu informieren. Kurze Zeit später kehrte sie mit einem grimmig dreinblickenden Mark Hastings zurück, der eine Schachtel Doughnuts über den Tisch schlittern ließ.

«Kaffee kommt», sagte er. «Sieht nach 'ner Dauersitzung aus.»

«Irgendwas Neues?» Sanders hatte wieder Datenbanken durchgekämmt.

Mark nickte. «Wir halten sie so lange auf Island fest, bis der afrikanische Landeplatz vorbereitet und bemannt ist. Kann einen halben Tag lang dauern. Zur Zeit wird noch versucht, die Schießerei unter der Decke zu halten, aber die Medien fallen bereits auf Island ein. Wir müssen davon ausgehen, daß sie den Funkverkehr abhören. Diese Story wird Schlagzeilen machen wie die Invasion von Kuwait.»

Mark deutete auf eine Reihe von Fernsehschirmen, die eilig vor einer Wand aufgestellt worden waren. CNN berichtete nahezu ununterbrochen. Die drei größten Fernsehsender wollten vom Morgengrauen an live über Satellit aus Keflavik übertragen, vorausgesetzt, sie schafften es, ihre mobilen Sender rechtzeitig vor Ort zu installieren.

«Roth sagte mir übrigens, ich solle Sie ausdrücklich loben, Rusty. Ihnen haben wir es zu verdanken, daß wir den Termin nicht überschritten und die Stinker vom DIA um zwanzig Minuten unterboten haben.»

Rusty Sanders nahm die Bemerkung mit einem lässigen Wink zur Kenntnis. Mark begann unterdessen, die nächsten Aufträge zu erläutern. Da die politische Lagebeurteilung in Nordwestafrika bereits erledigt und an Roth und das Weiße Haus weitergereicht worden war, da außerdem die Satellitenüberwachung des Landeplatzes in der Wüste stand, wollte der Stellvertretende Direktor jetzt die Reaktionen der internationalen Geheimdienste überprüft haben. Insbesondere war ihm daran gelegen, herauszufinden, ob es Hinweise darauf gab, daß die Anwesenheit des Botschafters Lee Lancaster an Bord von Flug 66 die Iraner oder eine vom Iran unterstützte Terrororganisation auf den Plan gerufen hatte.

«Glaubt er im Ernst, daß die Flug 66 aufs Korn nehmen?» fragte Rusty. «Die Deutschen haben doch schon ganze Arbeit geleistet. So etwas schafft doch weder die Hisbollah noch die Akbah.»

Mark und Sherry stimmten ihm zu, ebenso drei weitere Analytiker, die inzwischen eingetroffen waren.

Doch dann schüttelte Mark den Kopf. «Es mag übertrieben erscheinen, aber Roth will absolut sicher sein, daß niemand den Plan des Präsidenten durchkreuzt. Also machen wir uns an die Arbeit.»

Sie schwärmten bereits wieder aus, als Mark einfiel, daß er vergessen hatte, Roth einen Stapel Informationsmaterial auf den Schreibtisch zu legen.

«Ich bring ihm die Unterlagen», erklärte Rusty. «Ich muß ohnehin mit ihm reden.»

Mark Hastings drehte sich um und sah Rusty Sanders verwundert an. Daß ein untergeordneter Mitarbeiter ohne ausdrückliche Einladung bei einem Direktor vorsprach, war in der Central Intelligence Agency keineswegs üblich. Hinzu kam, daß Sanders wegen seines losen Mundwerks dem Chef ohnehin schon unangenehm aufgefallen war. Allerdings hatte Roth den Arzt auch schon einmal von sich aus in sein Büro gebeten.

Mark reichte Sanders die Papiere. Rusty nahm sie entgegen und verließ das Zimmer.

Jon Roth telefonierte gerade, als Rusty Sanders' Kopf im Türrahmen erschien. Roth winkte den Doktor herein und setzte sein Gespräch fort. Rusty nahm Platz und zwang sich zur Ruhe, bis Roth schließlich von seinem Notebook-Computer aufsah.

«Ja, Doktor?»

«Das Obduktionsteam beginnt in Kürze mit der Untersuchung der Leiche von Professor Helms, Direktor. Ich habe um sofortige Benachrichtigung gebeten, sobald Symptome einer Viruserkrankung – oder deren Fehlen – festgestellt werden. Tatsache ist jedoch, daß man das Vorhanden- oder Nichtvorhandensein eines bestimmten Virus in seinem Körper gar nicht so schnell feststellen kann. Bei den meisten hochinfektiösen Viruserkrankungen dauert die Kultur der Viren länger als die Übertragung auf andere Menschen. Auch wenn wir genau wüßten, nach welchem Virus wir suchen, und selbst wenn wir bereit wären, das Wachstum der Kulturen abzuwarten, kann es Tage oder gar Wochen dauern, bis ein Ergebnis vorliegt. In diesem Fall handelt es sich schließlich nicht um eine Bakterienkultur, die nach ein paar Stunden in der Petrischale zu sprießen beginnt.»

Das Telefon läutete. Roth nahm ab, bat Rusty mit einer Handbewegung um Geduld, genehmigte irgend etwas, legte den Hörer wieder auf und erhob sich. Auch Rusty wollte aufstehen, doch Roth bedeutete ihm, sitzen zu bleiben.

«Bleiben Sie hier, Doktor. Ich bin gleich wieder da.»

Rusty hielt es nur mit Mühe auf seinem Platz. Er war ein unruhiger Typ, immer in Bewegung, immer auf dem Sprung und ständig mit neuen Gedanken beschäftigt.

Er lehnte sich in seinem Sessel zurück und sah sich um. Das aufgeklappte Notebook auf Roths Schreibtisch fiel ihm auf, die Aktenstapel in vertrautem Format, die er zuvor gar nicht bemerkt hatte. Er beugte sich vor und warf einen Blick auf die Papiere. Obenauf lag ein internationaler Flugplan mit Startort Keflavik, Island.

Er drehte den Flugplan um. Die Route führte fast ausschließlich über Wasser, fast fünftausend Kilometer südwärts über den Atlantik. Mit dem geübten Auge des erfahrenen Piloten überprüfte er den letzten Teil der vorgesehenen Strecke. Sie führte ungefähr zweihundertfünfzig Kilometer östlich der Kanarischen Inseln über der kleinen marokkanischen Siedlung Tan-Tan an die afrikanische Küste und kurz dahinter über die Grenze nach Mauretanien. Der Landeplatz lag mindestens zweihundertfünfzig Kilometer von allen menschlichen Siedlungen entfernt. Sah man einmal von den Marokkanern ab, die über eine kleine Armee verfügten, so war der Anflugweg für alle potentiellen Widersacher von Flug 66 aus den arabischen Ländern äußerst weit, und bislang war, wie Rusty wußte, der Zielflughafen in der Öffentlichkeit noch nicht bekannt.

Schritte im Gang veranlaßten Rusty, den Flugplan wieder in seine ursprüngliche Position zurückzudrehen. Dann war Roth auch schon wieder im Zimmer und ließ sich schwer in seinen Chefsessel fallen.

«Tut mir leid, Doktor. Eine Meldung jagt die andere.» Sein Blick überflog den Computer-Display und konzentrierte sich dann auf die Tastatur. Mit zwei Anschlägen sicherte er die eingegangene Meldung. Der Bildschirm wurde schwarz.

«Gut, Doktor. Fahren Sie bitte fort.» Roths Finger trommelten auf die Armstützen des Sessels.

Rusty nickte. «Okay. Angenommen, das Obduktionsteam findet in Lunge, Herz und Blut des Verstorbenen keinerlei Hinweis auf eine Infektion – was dann? Damit wäre der Beweis erbracht, daß Professor Helms nicht an den erkennbaren Auswirkungen einer Virusinfektion litt. Daß er überhaupt kein Virus in sich trug, wäre damit aber noch nicht erwiesen.»

«Und es bestünde nach wie vor die Möglichkeit, daß er Überträger eines Virus ist», ergänzte Roth.

Rusty seufzte. «Jawohl, Sir. Eindeutig ausschließen kann ich diese Möglichkeit nicht.»

«Was wollen Sie mir also sagen, Doktor?»

«Was passiert, wenn ich zu Ihnen komme und Ihnen sage, daß sich im Eilverfahren keine Viruserkrankung nachweisen läßt? Ich meine, mir ist bekannt, daß wir nicht vorhaben, die Passagiere von Flug 66 zu erschießen. Entweder sie erkranken – oder sie erkranken nicht.»

Roth nickte. «Ich denke, Doktor, Sie haben soeben Ihre eigene Frage gestellt und beantwortet.»

Rusty starrte ihn an und überlegte, was er mit diesem Satz gemeint haben mochte.

«Wenn ich Sie richtig verstehe, Direktor, ist unsere Planung von dem Obduktionsergebnis zunächst einmal gar nicht betroffen, weil sich die Existenz eines Virus auf die Schnelle nicht definitiv ausschließen läßt?»

«Sie sagen es, Doktor. Selbstverständlich möchte ich umgehend erfahren, was die Experten herausgefunden haben. Unsere Planung bleibt davon aber unberührt. Wenn niemand an Bord von Flug 66 krank wird, können alle Insassen der Maschine rasch wieder nach Hause. Wird aber auch nur eine Person krank, werden alle sterben, so wie Sie es uns erklärt haben. Und für diesen Fall sind sie dann an einem sicheren Ort und werden professionell versorgt.»

Rusty hatte das Büro verlassen, als Roth ihn zurückrief. Er nahm seine Halbbrille ab und suchte nach den richtigen Worten.

«Eine Frage noch, Doktor, bitte! Und beantworten Sie sie mir aufrichtig. Wenn Sie die bisherigen Fakten berücksichtigen – die nachgewiesene Infektion der beiden Laborangestellten in Bayern, Helms' tätliche Auseinandersetzung mit dem Wissenschaftler, der kurz darauf starb ...» – Roth zählte die Argumente an den Fingern ab – «die erforderliche achtundvierzigstündige Inkubationszeit und die entsprechende tödliche Erkrankung von Professor Helms an Bord des Flugzeugs ... Sind da eigentlich noch Zweifel möglich? Lassen Sie sich bei Ihrer Arbeit vielleicht vom Prinzip Hoffnung leiten? Oder verdrängen Sie die Tatsachen einfach, weil sie so schrecklich sind?»

Überrascht kehrte Rusty ins Chefbüro zurück. Roth machte ihm nichts vor; die Frage war ernst gemeint und verlangte nach einer ebenso ernsten Antwort. Rusty nahm wieder auf dem gleichen Polstersessel Platz wie zuvor, faltete die Hände und beugte sich nachdenklich vor. Schließlich sah er dem Direktor in die Augen und sagte: «Wenn ich wirklich absolut ehrlich und emotionslos antworten soll, Sir, dann muß ich gestehen, daß ich noch einen Vorbehalt habe, der mir zu schaffen macht.»

«Und der wäre?»

«Hatte Professor Helms, als er das Flugzeug betrat, irgendwelche Symptome, die nicht mit einem beginnenden Herzinfarkt vereinbar gewesen wären? Wenn ja, dann muß ich Ihnen zustimmen und davon ausgehen, daß die Sache wahrscheinlich hoffnungslos ist. Wenn nein, wenn also alle Symptome ohne weiteres auch bei einem Infarkt vorkommen können, dann besteht meiner Meinung nach durchaus noch die Möglichkeit, daß Helms gar nicht infiziert war und daher auch keine Krankheit übertragen konnte. Ich kann nirgendwo in der Fachliteratur Hinweise auf eine Viruserkrankung finden, die genau die gleichen Symptome wie ein Herzinfarkt hervorruft. Mag ja sein, daß es eine gibt, und wir kennen sie bisher bloß noch nicht. Dennoch befürchte ich, daß wir eventuell voreilige Schlüsse ziehen.»

Roth nickte langsam und beobachtete Sanders ganz genau.

«Setzen Sie sich noch einmal mit der Maschine in Verbindung, Doktor. Interviewen Sie noch einmal diese Stewardeß und alle anderen, die mit dem Professor zu tun hatten. Und tun Sie's möglichst schnell, wenn es Ihnen möglich ist.»

«Wird gemacht!» erwiderte Rusty und sprang auf.

Er brauchte über zwanzig Minuten, bis er über Satellitentelefon wieder mit dem Cockpit von Flug 66 verbunden war. Die Passagierleitungen waren alle durch Privatgespräche belegt. Es gab eine Leitung, die für die Crew reserviert war, aber auch auf dieser wurde fast dauernd gesprochen.

Endlich ertönte das Freizeichen.

Rusty trug seine Wünsche vor und wartete, bis sich Brenda Hopkins meldete, um seine Fragen zu beantworten. Brenda hatte den Schock über das Schicksal Lisa Ericksons noch nicht überwunden, bemühte sich aber um präzise Auskünfte. Nein, weitere Krankheitsfälle seien bislang nicht zu vermelden, abgesehen davon, daß das gebrochene Bein des jungen Mannes in der Touristenklasse beunruhigend stark angeschwollen sei.

Rusty befragte sie nach dem Gesundheitszustand von Professor Helms zu Beginn des Flugs.

«Können Sie sich noch an irgendwelche Details erinnern, die Sie bisher nicht erwähnt haben?»

Am anderen Ende der Leitung herrschte Schweigen.

«Hallo, Brenda, sind Sie noch da?»

«Ja.»

«Erzählen Sie mir noch einmal so präzise und ausführlich wie möglich, welche Symptome Sie an dem Professor feststellen konnten, als er an Bord kam. Und was Sie beobachteten, als er den Infarkt erlitt.»

Brenda sprach mehrere Minuten lang. Ihre Sätze kamen langsam, aber gleichmäßig und ohne Unterbrechungen für mögliche Reaktionen. Als sie fertig war, herrschte zunächst einmal Schweigen am Washingtoner Ende der Verbindung.

Rusty Sanders holte tief Luft. Brendas Bericht ließ seine Hoffnungen fast auf den Nullpunkt sinken.

«Sie sagten, Helms habe stark gehustet?»

«Ja, das hat er.»

«Und er entschuldigte sich deswegen?»

«Ja. Er sagte, er müsse schon seit ein paar Stunden so stark husten und könne einfach nicht mehr aufhören. Es war ein ganz tiefer, kehliger Husten.»

«Ich verstehe. Haben Sie vielen Dank.»

«Was hat das zu bedeuten, Doktor?»

«Ach, wahrscheinlich gar nichts. Mir ging es nur um eine Bestätigung der uns vorliegenden Fakten.»

Nach der Beendigung des Gesprächs fühlte sich Rusty Sanders selber krank. Ein kehliger Husten allein war nichts Besonderes – nur ließ er sich auch nicht mit einem Herzinfarkt in Verbindung bringen. Die logische Folge daraus war, daß dem Professor schon in Frankfurt nicht nur das Herzleiden, sondern auch noch etwas anderes zu schaffen gemacht hatte.

Es sah so aus, als hätte Roth von Anfang an recht gehabt. Wahrscheinlich waren alle Menschen an Bord der Maschine längst infiziert und Flug 66 eine tickende Zeitbombe, die die gesamte Menschheit bedrohte.

Kiew, Ukraine · Samstag, 23. Dezember

Juri Steblinko verließ das Informationstreffen, das ihm der frühmorgendliche Anrufer angekündigt hatte, und machte sich auf den Weg in die Kiewer Innenstadt. Er ging schnell und konzentrierte sich auf die vor ihm liegenden Aufgaben. Der russische Agent, der sich ihm bei dem genannten Termin als «Alexander» vorgestellt hatte, war ihm nicht unbekannt gewesen: ein fähiger Mann und einst einer der besten KGB-Leute im Nahen Osten. Es war im Grunde keine Überraschung, daß er seine Hand im Spiel hatte.

Im Prinzip war der Wunsch seines Auftraggebers erfüllbar. Doch zunächst mußte er so schnell wie möglich eine Reihe von Telefongesprächen führen, und außerdem benötigte er eine Menge Bargeld.

«Alexander» hatte ihm eine Aktentasche mit dem Gegenwert von einhunderttausend US-Dollar in Rubeln übergeben und versprochen, falls nötig bis Mittag weiteres Geld zu organisieren; er müsse lediglich abwarten, bis eine andere Bank aufmache, hatte er gesagt. Ohne Bestechung lief nichts. Man würde ihm alle erforderlichen Mittel bereitstellen.

Was Juri jetzt brauchte, war ein Ort, von dem aus er streng geheime Telefonate führen konnte. Seine eigene Wohnung kam dafür nicht in Frage. Er hatte es sich zur Regel gemacht, Anja nie in seine verdeckten Aktivitäten einzuweihen und niemals sein eigenes Telefon zu benutzen. Es war sicherer für sie – und für ihn selbst –, wenn sie nicht Bescheid wußte. Anja verstand dies und stellte niemals Fragen.

Sein Ziel war das Büro eines Freundes, der eine Import-/Export-Firma leitete und sich nur mühsam über Wasser hielt. Der Freund war nicht sonderlich überrascht, als Juri ihm zweihunderttausend Rubel übergab und sagte, er und seine Angestellten sollten für ein paar Stunden verschwinden. Es gehe um ein großes Luftfahrtgeschäft, hatte Juri erläutert. Der Freund war über Juris KGB-Vergangenheit informiert. Er zwinkerte ihm zu und verließ mit seinen vier Angestellten im Schlepptau das Büro. Zweihunderttausend Rubel waren sehr überzeugend.

Nachdem er noch einmal genau überprüft hatte, ob er tatsächlich allein war, begann Juri mit seinem Telefonmarathon.

Als erstes versicherte er sich der Mithilfe zweier vertrauter Freunde, die für ihn feststellen wollten, ob es irgendwo in der Nähe eine einsatzbereite MIG-25 oder MIG-29 oder irgendeinen anderen Luftwaffenjet gab, der gegen Geld umgehend verfügbar gemacht werden konnte. Er wollte sich als Mittelsmann eines reichen Geschäftsmanns aus dem Westen ausgeben. Der Mann, an den man sich zu wenden hatte, wenn man an hochkarätige militärische Hardware herankommen wollte, war ein gewisser Iwtschenko. Juri verabscheute ihn. Doch selbst Iwtschenko war nicht in der Lage, so kurzfristig ein so schnelles Flugzeug aufzutreiben. Hinzu kam auch noch das Problem der Reichweite.

Juri brauchte eine Maschine mit einer Reichweite von gut siebentausend Kilometern. Ein Kampfflugzeug mit diesen Eigenschaften gehörte nicht zum Inventar der ehemaligen Sowjetunion. Lediglich große, schwerfällige Langstreckenbomber erfüllten diese Voraussetzung, doch konnten sie nicht von einem einzigen Piloten geflogen werden.

Es muß eine Lösung geben ... Juri machte sich selber Mut. Es gab immer eine Lösung, das sagte ihm seine Lebenserfahrung. Dennoch war das Problem, rechtzeitig die gewünschte Ausrüstung aufzutreiben, eine kaum zu bewältigende Herausforderung.

Er legte den Hörer auf und lehnte sich in einen quietschenden alten Sessel zurück. In dem kleinen Büro im ersten Stock war es zugig und kalt. Er versuchte sich zu konzentrieren. Im Normalfall erforderten Missionen wie diese monatelange Vorbereitungen, und dies selbst dann, wenn man auf die volle Unterstützung der Luftwaffe zählen konnte. Als freier Agent ohne Hilfe von offizieller Seite war ein solcher Auftrag mit Zeit und Geld ebenfalls durchführbar. Aber Juri hatte nur das Geld.

Kampfflugzeuge gab es überall «zu kaufen», wenn man über die entsprechenden Schmiergelder verfügte. Doch es war unmöglich, mit einer voll bewaffneten MIG-29 loszudüsen und, ohne Aufsehen zu erregen, auf diversen internationalen Flughäfen zwischenzulanden und aufzutanken. Es fehlte sogar die Zeit, die militärischen Abzeichen zu übermalen.

Das äußere Bild der Maschine war sehr wichtig.

Da es sich um eine amerikanische Linienmaschine mit einem wegen seiner israelfreundlichen Haltung verhaßten US-Botschafter an Bord handelte, würde die Weltöffentlichkeit sehr schnell zu dem Schluß kommen, daß die Akbah ihre Hand im Spiel haben mußte. In kürzester Zeit würde eine fieberhafte Suche nach Informationen über diese schattenhafte, aber technisch so hervorragend ausgestattete Organisaton beginnen. Juri wußte, daß er nichts tun durfte, was den Eindruck, es handele sich um einen Plan der Akbah, zerstören könnte. «Sie sind eine Art Ghostwriter», hatte sein Kontaktmann ihm erklärt. Er, Juri, erledigte den Job, und alle Welt hielt jemand anderen für den Täter. Durch den Einsatz freier Agenten, die auf eigene Rechnung arbeiteten, bekamen seine Auftraggeber die Chance, sich bei minimalem Risiko weltweit in Szene zu setzen.

Juri dachte an ein vertrauliches Informationsgespräch, das er vor zwei Jahren mit einem iranischen Kontaktmann in Teheran geführt hatte.

«Die Akbah ist auf Diskretion bedacht», hatte der Iraner gesagt. Im Gegensatz zu anderen, eher zur Hysterie neigenden Terrororganisationen, die selbst bei verpfuschten Aktionen stolz die Verantwortung übernahmen, kultivierte die Akbah die Kunst der vermutlichen Täterschaft, was den Angstfaktor um ein Vielfaches erhöhte.

«Der teuflische Westen soll sich ruhig selbst den Kopf darüber zerbrechen, ob die Akbah an einem Anschlag beteiligt war oder nicht. Ein bißchen Nachhilfe durch anonyme Anrufe bei den Medien kann nicht schaden. Offiziell die Verantwortung übernehmen wird sie jedoch nie.»

Gut, dachte Juri, was für Maschinen sind außer den MIGs sonst noch sofort verfügbar?

Einer der alten Freunde hatte laut gelacht, als Juri ihm erklärte, er müsse noch am selben Nachmittag ein geeignetes Flugzeug finden.

«Juri, Juri! Es gibt nur eine Möglichkeit, so schnell ein Flugzeug aufzutreiben: Du mußt es stehlen. Vergiß nicht, daß du in Rußland bist.»

«Ich bin in der Ukraine, Pavel.»

«Und wenn schon. Schnell funktioniert hier gar nichts.»

Juri hatte über Pavels Vorschlag nachgedacht. Jetzt richtete er sich in seinem alten Sessel auf und zog die Möglichkeit ernsthaft in Erwägung.

Es paßte zum Stil der Akbah, die keine eigenen Kampfflugzeuge besaß. Natürlich würde man im Bedarfsfall stehlen, was man brauchte. Dem Auftraggeber war egal, wie und wo Juri das Material organisierte; eine Rücksprache war nicht vereinbart. Es war tatsächlich eine Lösung – die einzige sogar!

Die Erregung, die ihn ergriffen hatte, legte sich wieder. Die Entscheidung, ein Flugzeug zu stehlen, war schön und gut – nur mußte man wissen, welches. Bisher hatte er keine Ahnung.

Bei der Vorstellung, er könne sich auf einem russischen Luftwaffenstützpunkt einschleichen, mir nichts, dir nichts einen strategischen Bomber vom Typ Tupolew Tu-20 oder Myasischtschew M-4 besteigen und sich mit ihm auf und davon machen, mußte Juri fast lachen. Er war Kampfpilot. Er beherrschte die MIG-25 und 29, aber eine Tupolew konnte er ohne Hilfe kaum starten, geschweige denn fliegen.

Vor seinem geistigen Auge formte sich das Bild der wunderschönen, blauweißen Gulfstream IV, die er vor einem Monat getestet hatte.

Was für ein herrliches Flugzeug das war! Zwei starke Zweistromtriebwerke, eine nach den individuellen Wünschen des Käufers angefertigte Kabine, ein Glascockpit mit flachen elektronischen Monitoranzeigen, mit Satellitenkommunikation und -navigation, Satellitenfernsehen, Funkverbindungen und einem eigenen Abwehrsystem.

Juris Aufgabe war es gewesen, das versteckte Abwehrsystem zu testen. Der saudiarabische Prinz, dem das Flugzeug gehörte, war von Verfolgungswahn befallen. Er fürchtete, von irakischen oder gar israelischen Kampfflugzeugen beschossen zu werden, und wollte sich seinen Feinden nicht wie auf dem Servierteller darbieten. Er wollte geschützt werden, doch der einzige Schutz, den er sich vorstellen konnte, bestand in einer ständigen Eskorte aus Kampfflugzeugen – und diesen Sonderwunsch weigerte sich König Chalid zu erfüllen.

«Warum bewaffnen Sie nicht einfach Ihre Gulfstream?» hatte ein

Bekannter ihn gefragt. «In der Ukraine gibt es eine Stelle, wo man Ihrem Flugzeug Luft-Luft-Lenkraketen auf ausfahrbaren Halterungen einbauen lassen kann.»

Da der Preis für ihn keine Rolle spielte, hatte der Prinz den Vorschlag aufgegriffen. Für drei Millionen Dollar in bar hatte er zusätzlich taktisches Radar und ein Radar-Warngerät mitsamt den erforderlichen Modifikationen einbauen lassen. Die Maschine, mit der er nach Saudi-Arabien zurückfliegen wollte, würde mit vier Luft-Luft-Raketen, Stannioldüppel-Ausstoßgerät und elektronischen Antiraketensystemen zur Irreführung des gegnerischen Radars ausgestattet sein.

Geheimhaltung sei oberstes Gebot, hatte man Juri berichtet. Der Prinz hatte große Sorge, daß man im Iran oder Irak von dem Umbau seines Privatflugzeugs erfuhr.

Juri merkte auf einmal, daß er stand und daß sein Herz aufgeregt klopfte. Wo befand sich die Maschine gegenwärtig? Und wann sollte sie ausgeliefert werden? Mit einem Satz stand Juri vor dem Nachbarschreibtisch, auf dem ein Kalender lag, doch als er ihn vor Augen hatte, war ihm das richtige Datum schon von allein eingefallen.

Es war Samstag, der 23. Dezember.

Demnach stand die Gulfstream IV noch immer auf dem Flughafen von Charkow, mehrere hundert Kilometer weiter östlich. Die Maschine besaß eine Reichweite von über siebentausend Kilometern. Es war ein Geschäftsflugzeug ohne besondere Kennzeichen, das über die ungewöhnliche Fähigkeit verfügte, vier Luft-Luft-Raketen abfeuern zu können. Außerdem besaß es ein ausgefeiltes Kommunikationssystem, das sich nicht nur auf die Frequenzen aller anderen Flugzeuge einstellen, sondern sogar andere Satellitenübertragungen anzapfen konnte.

Außerdem wußte Juri mit diesem Flugzeug umzugehen – und wie man an es herankam und es stehlen konnte.

Er schüttelte den Kopf.

Welch eine Ironie! Die Akbah stiehlt das geliebte Privatflugzeug eines Mannes, den man in Teheran als Feind des Islams bezeichnen würde, ein verhaßter Sunnit und Mitglied der saudischen Königsfamilie, und benutzt es zu einem empfindlichen Schlag gegen den feindlichen Westen.

Juri setzte sich an den ramponierten Schreibtisch und starrte das Telefon an.

Bisher war alles nur Planung gewesen. Doch wenn er jetzt das telefonische Täuschungsmanöver in Szene setzte, das notwendig war, um die Maschine in aufgetanktem und bewaffnetem Zustand übernehmen zu können, zündete er eine Lunte und legte sich auf einen Auftrag fest, bei dem es ihm, wenn er nur daran dachte, den Magen umdrehte.

Er hatte federführend an der Untersuchung jener auf der Halbinsel Sachalin stationierten Luftwaffeneinheit mitgewirkt, die 1985 für den Abschuß des Jumbo-Jets der Korean Airlines verantwortlich gewesen war. Die Unfallursachenforschung fiel während seiner Zeit als Major der sowjetischen Luftstreitkräfte in sein Ressort. Der KGB hatte damals dem Generalsekretär der KPdSU geholfen, eine Entscheidung zu treffen, welche Luftwaffenkommandanten wegen dieses Zwischenfalls, der die UdSSR weltweit diskreditiert hatte, hingerichtet werden sollten. Auch an dieser heiklen Aufgabe war Juri beteiligt gewesen.

Und er konnte sich noch gut an den Piloten erinnern, der damals auf den Knopf gedrückt hatte. Der Mann war vollkommen fertig gewesen.

Wie schon während seiner Begegnung mit Alexander überkam ihn ein Anflug von schlechtem Gewissen. Der Preis, den er für ein neues Leben für sich und Anja zu entrichten hatte, war die Ermordung von zweihundertsiebenundfünfzig Passagieren und Besatzungsmitgliedern sowie die Zerstörung einer prächtigen 747-400 im Flug.

Welche Folgen bakteriologische Kriegsführung nach sich ziehen konnte, hatte er im Jahre 1972 miterlebt, als die Sowjetarmee ihre infamen Tests durchführte, bei denen politische Gefangene als Versuchskaninchen gedient hatten. Die Erinnerung an deren Leid suchte Juri noch heute in seinen Alpträumen heim.

Der Mann, der sich Alexander nannte, hatte ihm gesagt, die Krankheit an Bord der Boeing 747 stamme aus einem russischen Laboratorium. Wenn sie auch nur annähernd solche Leiden nach sich zog, wie sie damals jene Testpersonen hatten erdulden müssen, war das, was er vorhatte, tatsächlich ein Akt der Barmherzigkeit.

Mit heftigem Kopfschütteln vertrieb Juri seine Bedenken, nahm den Hörer ans Ohr und wählte die erste Nummer.

16

An Bord von Flug 66 · Keflavik, Island · Samstag, 23. Dezember · 4.30 Uhr (0530Z)

Nach der Erschießung Lisa Ericksons war die Stimmung an Bord drastisch umgeschlagen. Hatten zuvor Gereiztheit und Beklemmung dominiert, herrschte nun tiefste Verängstigung.

«Mein Gott, wenn die da draußen solche Angst vor uns haben ...», flüsterte man sich zu. Viele Passagiere schwiegen vor Entsetzen.

James Hollands traurige Ansage kam von Herzen – und genau zum richtigen Zeitpunkt. Der Stimme des Flugkapitäns war, als er die Geschehnisse vor der Hecktür und die ebenso gedankenlose wie brutale Vorgehensweise der Bewacher erläuterte, die persönliche Betroffenheit deutlich anzumerken gewesen:

«Diesen jungen Leuten von den Sicherheitstruppen da draußen ist von ihrem Befehlshaber gesagt worden, wir alle seien von einem extrem gefährlichen Virus befallen. Ich bin felsenfest davon überzeugt, daß sich diese ganze Geschichte als blinder Alarm erweisen wird, doch bis das feststeht – das heißt, bis genügend Zeit vergangen ist, ohne daß einer von uns krank wird –, wird sich diese Einstellung uns gegenüber nicht ändern. Ich weiß, daß Sie sich große Sorgen machen, meine Damen und Herren, aber ich bitte Sie dennoch, auch weiterhin Ruhe zu bewahren und sich kooperativ zu verhalten. Und, bitte, verstehen Sie, daß wir bis auf weiteres von äußeren Einflüssen und Kräften kontrolliert werden, die uns vom Rest der Menschheit fernhalten wollen.»

Holland hatte versucht, einen zuversichtlichen und optimistischen Eindruck zu erwecken, hatte sich selbst einzureden versucht, es bestünde Grund für Optimismus.

Doch die solide Front weltweiter Zurückweisung ließ diese Selbstbeschwichtigung lächerlich erscheinen. Wer war er schon, daß ausgerechnet er recht und der gesamte Rest der Menschheit unrecht haben sollte?

Um 3.20 Uhr morgens schlug Dick Robb vor, die Crew in eine «A»- und eine «B»-Mannschaft einzuteilen, die, bis die Maschine Keflavik verlassen konnte, einander alle vier Stunden ablösen sollten. Erschöpft hatte James Holland zugestimmt.

Der Plan wurde erläutert, die Kabinenlichter wurden gelöscht, die Kabinenfenster verdunkelt, die Vorhänge zugezogen. Nur noch in der Kabine im Oberdeck brannte Licht. Holland wies die Flugbegleiter der B-Mannschaft an, sich freie Sitze zu suchen und ein wenig zu schlafen. Und da er sich selbst der B-Mannschaft zugeteilt hatte, versprach er, das gleiche zu tun.

Nun lag er auf einem der beiden Pilotenbetten in dem winzigen Raum hinter dem Cockpit, zog die Decke über seine Beine und schloß die Augen. Er fühlte sich emotional ausgelaugt und war furchtbar erschöpft, doch der erlösende Schlaf wollte sich nicht einstellen. Statt dessen gingen ihm in wirrer Folge die Bilder der jüngsten Ereignisse durch den Kopf. Immer wieder sah er vor sich, was sich da draußen vor dem Flugzeug abgespielt hatte, spürte die Hilflosigkeit, die er empfunden hatte, als Lisa Erickson direkt ins Feuer dieses Erschießungskommandos gelaufen war.

Keith Erickson hatten sie sanft zu einer unbesetzten Reihe auf dem Oberdeck geführt. Die Flugbegleiterinnen wechselten sich in der Betreuung des verzweifelten Mannes ab. Auch er, James Holland, war eine Weile bei ihm geblieben, bevor er sich wieder ins Cockpit begeben hatte.

Und jetzt, da er allein im Dunkeln lag, war der Abgrund aus Schmerz und Entsetzen, in den Erickson gestürzt sein mußte, das einzige, woran Holland denken konnte.

Er wußte, wie es war, die geliebte Ehefrau zu verlieren – in seinem Fall zwar nicht durch den Tod, sondern infolge einer Scheidung. Die Leere, die Sandra hinterlassen hatte, als sie die Geduld mit seiner Einzelgängermentalität endgültig verlor, stand ihm nur allzu deutlich vor Augen. Ein erbärmlicher Vergleich, schalt er sich selbst. Sandra lebte schließlich noch.

James Holland rief sich die erste Zeit nach seiner Heirat mit Sandra in Erinnerung und die stürmische Liebe, die sie damals verbunden hatte. Was hätte ich empfunden, wenn sie mir in einer arktischen

Nacht geraubt worden wäre, wenn ein Kugelhagel ihren herrlichen Körper zerfetzt hätte?

Allein schon der Gedanke daran ließ ihn erschaudern. Erickson mußte sich entsetzlich fühlen!

Er war nun hellwach, und es schien ihm nutzlos, weiter im Dunkeln liegenzubleiben. Leise stand Holland auf und öffnete die Tür. Der diskrete Vorhang, der Cockpit und Pilotenruheraum vom vorderen Teil der Kabine im Oberdeck trennte, ließ ihn kurz zögern. Dann zog er ihn auf. Im Hintergrund der Kabine hatte sich eine kleine Menschengruppe um Keith Erickson versammelt – eine düstere Szene im schwachen Licht der Leselampen über den Köpfen. Holland verspürte einen überwältigenden Drang, hinzugehen und mit dem armen Mann zu sprechen, doch gleichzeitig schreckte er davor zurück.

In seiner Rolle als Flugkapitän konnte er mit dem Verlust, den Erickson erlitten hatte, durchaus umgehen. Auf persönlicher Ebene dagegen empfand er ihn als zu nahe, zu real. Sein ganzes Leben lang hatte er sich vor Schmerz und Kummer abzuschirmen versucht – und vor jener Art Leere, die er so oft in sich aufsteigen fühlte.

James Holland drehte sich um und sah zu den Fenstern auf der rechten Seite der Kabine. Am liebsten hätte er irgendein Abteil oder irgendeinen anderen Ort aufgesucht, an dem er allein sein konnte.

Ganz und gar ungestört und allein!

Das Bedürfnis, die Augen zu schließen, sich von Angst und Elend und Schuld überwältigen zu lassen und tausend anderen Gefühlen, die er nicht zeigen durfte, war verführerisch. Wahrscheinlich hätte es ihm sogar gutgetan, einfach nur zu weinen.

Aber für einen Flugkapitän war das undenkbar.

Holland holte tief Luft und richtete sich mühsam zu seiner vollen Größe auf. Dann drehte er sich um und ging auf Keith Ericksons Sitz zu.

Etwa achtzig Meter weiter, in dem Ruheraum der Crew, in dem man ihn mittlerweile untergebracht hatte, versuchte der zwanzigjährige Gary Strauss ein Lächeln zu unterdrücken. Aufregend genug, daß sich Stefanie Stiegel, die bildhübsche junge Deutsche, die er in der Schweiz kennengelernt hatte, ausgerechnet auf demselben Flur befand wie er, doch daß man sie auch noch auf den Sitz neben ihm plaziert hatte, nur durch den Gang von ihm getrennt, das war fast zu schön, um wahr zu sein!

Soeben kam sie die Treppe herauf, um nach ihm zu sehen. Ihr blondes Haar fiel wirr um ihre breiten Schultern und schuf jenen perfekten Rahmen für ihren Busen, der ihn schon vor einer Woche, als sie sich auf den Skihängen kennenlernten, vor Verlangen schier hatte verrückt werden lassen.

«Hallo, Herr Strauss!» sagte sie lächelnd mit ihrer melodischen, ein wenig atemlosen Stimme, die von einem deutlichen deutschen Akzent gefärbt war. «Wie geht es Ihnen?»

Er legte den Kopf schief und stellte sich verwirrt. «Hm?»

«How are you, habe ich gefragt.»

«Ich weiß», grinste er, «und jetzt, wo du hier bist, geht's mir schon riesig viel besser.»

Stefanie, die genau wußte, wo sein Blick gelandet war, kniete sich neben ihm auf den Boden und hob sein Kinn an, bis ihre Augen sich trafen.

«Hör bitte auf, ständig meinen Busen anzustarren, ja?! Schau mir lieber in die Augen!»

Er grinste dämlich. «Ich ... äh, dein Busen gefällt mir aber unheimlich ...»

Sie überging die Bemerkung. «Im Ernst, Gary, wie geht's dir jetzt? Bringt es was, daß sie dich hierher verfrachtet haben?»

Er nickte. «Doch, ja. Obwohl Dr. Turnherr meint, er müsse wahrscheinlich den Gips runterschneiden. Er sitzt zu eng, und mein Bein ist stark angeschwollen. Der Doktor macht sich Sorgen um meinen Kreislauf.»

«Tut mir ehrlich leid. Kann ich dir irgendwas bringen?»

«Gönn mir bloß weiter deinen Anblick, und ich fühle mich pudelwohl.»

«Kannst du denn nicht mal eine Minute ernst sein? Du bist einfach schrecklich!»

«Jawohl, Ma'am.»

Stefanie wandte den Blick ab, starrte die Leiter an und seufzte. Ihre Miene verdüsterte sich.

«Gary, was hältst du denn von der ganzen Geschichte?»

Während er über ihre Frage nachdachte, betrachtete er sie ausgiebig. Sie hatte eine sportliche Figur, war braungebrannt und mit ihren zweiundzwanzig Jahren ein wenig älter als er, doch beide hatten sie von der ersten Begegnung an diese gegenseitige Anziehungskraft gespürt. Kaum war Stefanie an Bord gekommen und hatte ihn mit seinem gebrochenen Bein erblickt, da stand ihre Entscheidung fest:

Sie wollte sich um ihn kümmern, ihn unter ihre Fittiche nehmen. Im Augenblick allerdings war sie zu sehr mit ihren eigenen Sorgen beschäftigt.

Ihr Blick kehrte zu ihm zurück. «Ich habe Angst, Gary. Diese Kerle da draußen schießen einfach eine junge Frau über den Haufen, nur weil sie über diese Absperrung hinaus wollte...»

«Der Captain hat's uns ja gesagt, Stefanie: Die haben eine Heidenangst vor uns.»

«Und du?» fragte sie.

«Was ist mit mir?»

«Hast du auch Angst, daß wir alle krank werden könnten? Es gab mal so'n Science-fiction-Film, *Andromeda* hieß er. Da ging es auch um so ein Horrorvirus. Ist schon Jahre her, daß ich ihn gesehen habe. Jetzt denke ich manchmal, es könnte uns genauso ergehen.»

Gary zuckte die Achseln. «Ich weiß nicht so recht, was ich von alldem halten soll. Die Crew behauptet immer noch, es sei alles bloß falscher Alarm.»

«Ich hoffe und bete, daß sie recht hat. Aber ich glaube, auch die Crew hat Angst.»

Sanft nahm Gary ihre Hand und war beglückt, daß sie keinen Widerstand leistete. Sie war Yale-Studentin – ein höheres Semester –, und er war im zweiten Jahr in Princeton. Und wennschon. Wozu gab es Eisenbahnen? Schon in der Schweiz hatte er Pläne geschmiedet.

Und daß sie nun im selben Flugzeug saß wie er! Er war beinahe froh darüber, daß er und seine Eltern wegen seines Unfalls den Urlaub hatten abbrechen müssen.

Er zuckte zusammen. Der Schmerz durchfuhr das lädierte Bein von oben bis unten.

Nun ja, er war beinahe froh darüber.

«Willst du Weihnachten nicht bei deiner Familie verbringen?» fragte er.

Sie nickte. «Doch. Mein Vater arbeitet in den Staaten. Meine Mutter ist schon vor ein paar Jahren gestorben. Weihnachten bin ich bei ihm... zumindest hoffe ich das.» Sie deutete Richtung Bug. «Wenn wir das hier hinter uns bringen.»

«Es freut mich, daß du zu mir heraufgekommen bist, Stefanie. Die beste Medizin ist, einfach nicht dran zu denken. Ich bin überzeugt, daß der Captain recht hat. Regierungen, Militärs, Diplomaten – die schaukeln sich in ihrer Hysterie gegenseitig auf und meinen nun, sie müßten uns vom Rest der Welt abschotten. Glaub mir, Stefanie, es wird alles wieder gut. Ganz bestimmt.»

Es kostete sie sichtlich Mühe, ihr Lächeln wieder aufzusetzen.

Ein Tausend-Megawatt-Lächeln, dachte er.

«Du brauchst Schlaf, Gary», sagte sie. «Und ich auch.»

Er hob eine Augenbraue bei dem Versuch herauszufinden, wieviel Neckerei sie hinnehmen würde. «Du könntest – hm – hier oben schlafen. Ich meine, das Bett hier ist groß genug, und mit dem Ding hier ...» – er deutete auf sein eingegipstes Bein – «... bin ich absolut harmlos. Außerdem gibt's da ja diesen diskreten Vorhang.»

Sie hatte ihm gar nicht zugehört. Ihr Lächeln war verschwunden, und sie neigte ein wenig den Kopf. «Gary, warum war dein Vater so grob zu mir, als ich fragte, ob ich dir helfen könne? Habe ich etwas Falsches gesagt?»

Vor Garys geistigem Auge wiederholte sich die Familiengeschichte: endlose Vorträge der Eltern. Der Zweite Weltkrieg neigte sich seinem Ende zu, als die Nazis seine Großeltern nach Auschwitz verschleppt hatten. Sein Vater, damals noch ein kleiner Junge, hatte voller Todesangst auf der anderen Seite des Zaunes gestanden und hilflos mit ansehen müssen, wie seine Eltern zusammen mit einer langen Reihe von nackten Männern, Frauen und Kindern auf einen Vergasungsofen zugetrieben wurden. Den kleinen Abe Strauss, damals ganze sechs Jahre alt, hatte man sich für unaussprechliche Experimente aufbewahrt – doch dann waren zum Glück die Alliierten gekommen.

Kein Wunder, daß Strauss senior alle Deutschen und alles Deutsche haßte. Als er erfahren hatte, daß seine Familie nach der unerwarteten Vorverlegung des Rückflugs in Frankfurt statt in Paris umsteigen mußte, war er wie vor den Kopf geschlagen gewesen.

Und daß sein Sohn sich für ein deutsches Mädchen interessierte, fand er alles andere als erfreulich.

«Stefanie, wir sind Juden. Mein Vater war als Kind in Auschwitz.»

Er hörte, wie sie die Luft anhielt, und sah, wie ihre Augen für Momente seinem Blick auswichen. Dann sah sie ihn wieder an und brachte ein schwaches Lächeln zustande. «Ich verstehe schon. Es tut mir leid.»

Sie wendete sich ab, doch er griff nach ihrer Hand und zog sie zurück – sanft, aber nachdrücklich.

«Stefanie, das war zu ihrer Zeit. Wir leben in einer anderen.»

Sie nickte. «Ich möchte niemandem Kummer machen.»

Er lächelte breit. «Tust du nicht. Es sei denn, du läßt mich hier oben allein. Dann fang ich an zu jaulen, und alle werden wach.»

Sie schüttelte den Kopf mit gespielter Strenge. «Ich hab's dir schon mal gesagt: Du bist einfach schrecklich. Ein Kindskopf – und schon ein alter Lustmolch. Du bist eindeutig zu jung für mich!» Sie entzog sich ihm und stand auf, wobei sie unbewußt den Rücken durchbog und ihrem beachtlichen Busen zusätzliche Geltung verschaffte. Gary ballte seine Hand zur Faust und biß sich mit einem leisen Stöhnen auf den Knöchel seines Zeigefingers.

Stefanie gab ihm einen Klaps. «Wenn du lüstern wirst, bin ich sofort weg», neckte sie ihn.

«Ich bin nicht lüstern, ich bin verliebt.»

«Schafskopf! Ich komm später wieder vorbei und seh nach, ob du noch lebst.»

Er sah ihr nach, wie sie die Leiter hinunterkletterte und verschwand. Lächelnd lehnte er sich zurück und rechnete aus, wie lange die Zugfahrt zwischen Yale und Princeton dauern und welche Vorteile es wohl haben mochte, den Studienort zu wechseln.

Alle sorgenvollen Gedanken an tödliche Viren und gebrochene Beine waren vorübergehend vergessen.

Als Stefanie auf das Hauptdeck zurückkehrte, erhob sich ein Mann mit schütterem Haar und leichtem Übergewicht von seinem Fensterplatz und entschuldigte sich bei seinen Nachbarn. Er nahm seine Aktenmappe aus der Gepäckablage und machte sich auf den Weg zum Oberdeck. Dort fand er auf der rechten Seite eine unbelegte Sitzreihe, wo er sich niederließ und einen kleinen Notebook-Computer hervorzog.

Mehrere Passagiere warfen ihm neugierige Blicke zu, und er lächelte sie an, fest davon überzeugt, daß niemand ihn erkennen würde. Es hat doch seine Vorteile, dachte er, berühmt und unbekannt zugleich zu sein. Sein Name als Journalist und Pulitzer-Preisträger, der seit zwanzig Jahren für die *Washington Post* schrieb, war weithin bekannt und geachtet. Als Mensch jedoch verstand er es, sich wie ein Chamäleon überall anzupassen. Er war ein stiller Beobachter, der hinter die Kulissen einer Story zu blicken wußte und die Menschen durchschaute, ohne daß seine Objekte von ihm Notiz genommen hätten.

Don Moses klappte sein Notebook auf und schaltete es ein. Seit Stunden hatte er ausschließlich beobachtet und im Geiste Notizen gemacht, vorwiegend aus purer Langeweile. Bisher war ihm die ganze Odyssee ziemlich uninteressant erschienen – ein paar Behörden drehten durch, ein paar Regierungen hatten Angst vor einer Bedrohung, deren Kern sie nicht richtig begriffen. Der Captain hatte es ja angedeutet.

Doch seit dem Tod von Lisa Erickson war alles anders.

Die allgemeine Gereiztheit war ernster Besorgnis gewichen.

Er entschied sich für einen dreiseitigen Artikel, den er dann mit dem Computermodem über das in der Rückenlehne angebrachte Satellitentelefon an die Washingtoner Redaktion überspielen wollte.

Er dachte an Jaimie, seine Frau, die ihn in dem gemieteten Chalet in Aspen erwartete. Die Kinder durften inzwischen schon eingetroffen sein – Jill und Jake mit ihren Partnern sowie den Enkelkindern in ihren Campingmobilen.

Gott sei Dank haben sie mir die zweite Heirat nach dem Tod ihrer Mutter nicht übelgenommen, dachte er, sonst wären gemeinsame Weihnachtsfeste die reinste Katastrophe...

Jaimie war mit ihren vierunddreißig Jahren jünger als seine Tochter Jill, doch alle hatten sie bereitwillig in die Familie aufgenommen.

Moses hielt Zeit und Ort fest und schrieb einige Zeilen. Dann dachte er an das Telefongespräch zurück, das er mit seinen Angehörigen geführt hatte.

Er hatte den starken Mann gespielt.

Die Familie hatte die ständige Krisenberichterstattung von CNN verfolgt und wußte nicht mehr aus noch ein vor Angst.

Und er hatte nur gelacht, hatte jedes Erkrankungsrisiko heruntergespielt und strikt abgestritten, daß ein tödliches Virus an Bord sein könne. Sicher, hatte er gesagt, die Maschine ist tatsächlich von Wachposten umstellt, aber das ist doch nichts weiter als eine typische Überreaktion der Air Force.

«Von uns hier im Flugzeug glaubt kein Mensch, daß diese Quarantäne was anderes sein könnte als eine reine Vorsichtsmaßnahme.»

Doch dann hatte die Sicherheitspolizei der Air Force den tödlichen Beweis dafür geliefert, daß man in Flug 66 eine biologische Zeitbombe sah.

Die Maschine und ihre Insassen waren zur heißen Story geworden, der der Journalist in ihm nicht länger widerstehen konnte. Vor allem aber schlüpfte er in die Rolle des Berichterstatters, weil sie ihm Distanz zu dem tiefen Entsetzen verschaffte, das ihn von innen her zu überwältigen drohte. Er konnte beobachten, schreiben, kommentieren – und sich der beruhigenden Illusion hingeben, nach getaner Arbeit sei alles vorbei und er könne unbehelligt nach Hause gehen.

17

CIA-Hauptquartier · Langley, Virginia · Samstag, 23. Dezember · 6.00 Uhr (1100Z)

Auf eine Alarmmeldung der CIA-Niederlassung in Kairo war Rusty Sanders ganz und gar nicht vorbereitet. Nachdem er sich in den vergangenen zwei Jahren still und leise zum Experten für die Computersysteme der Firma entwickelt hatte, war es ihm nicht schwergefallen, ein spezielles Suchprogramm zu laden, das alle Meldungen, die Flug 66 betrafen, sofort herausfilterte.

Die Nachricht aus Kairo war ihm um 5.34 Uhr ins Netz gegangen.

Rusty erreichte Mark Hastings in dessen Büro am Telefon.

«Ich druck's Ihnen gleich noch aus», sagte er. «Aber im wesentlichen geht's um Folgendes: Kairo hat Hinweise erhalten, wonach sich eine schiitische Terrororganisation für Flug 66 interessiert. In Ägypten und Libyen laufen Gerüchte um, denen zufolge Terroristen versuchen, sich eines Kampfflugzeugs zu bemächtigen, dessen Reichweite bis Ostmauretanien langt.»

«Herr im Himmel!» rief Mark aus. «Dann kennen die also schon den Zielflughafen? Roth kriegt einen Herzinfarkt, wenn er das hört!»

«Können sie überhaupt so schnell reagieren – die Iraner, meine ich?»

«Und ob die das können! Sie haben genug Geld, um alles, was sie sich in den Kopf gesetzt haben, schnell in die Tat umzusetzen, und über das technische Know-how verfügen sie ebenfalls. Drucken Sie mir die Meldung aus, ich komme gleich runter und hole sie mir ab. Ich muß sofort Roth informieren.»

Als Mark mit dem Computerauszug verschwunden war, holte sich Rusty die Meldung noch einmal auf den Bildschirm und las sie aufmerksam durch. Sherry Ellis war inzwischen hereingekommen und machte sich hinter seiner linken Schulter zu schaffen.

«Können Sie mir auch einen Ausdruck geben, Rusty?» fragte sie.

Sanders nickte, tippte die entsprechenden Befehle ein und genoß den Hauch ihres Parfüms, der sie umwehte. Sherry überflog den Bericht, während Rusty die diversen Zahlen und Codes studierte.

«Fertig?» fragte er.

Sherry nickte und stand auf.

«Was halten Sie davon?» fragte Rusty.

«Klingt ziemlich glaubwürdig», antwortete Sherry sichtlich erschüttert. «Mit der richtigen Hardware kann wahrscheinlich jede Terroristentruppe die Wüste überqueren und einen Angriff auf diese Piste fliegen.»

«Und was hätten sie davon?» fragte Rusty. «CNN und Reuter kann inzwischen jeder Terrorverein im Nahen Osten empfangen, und sei er noch so winzig. Wenn sie die Piste kennen, kennen sie auch den Grund dafür, warum Flug Sixty-six dort landet. Sicher, Botschafter Lancaster ist an Bord, aber er ist ja nach allem, was diese Gruppen wissen, ohnehin zum Tode verurteilt, wie die anderen Passagiere auch. Warum also Menschen und Material riskieren, um vor Hunderten von Zeugen einen toten Mann umzubringen? Das ist doch unsinnig.»

Sherry setzte sich wieder hin, stemmte die Ellbogen auf den Tisch und stützte das Kinn in beide Hände. Ihr Blick war auf die gegenüberliegende Wand gerichtet.

«Ja, scheint so.»

Ohne ihre Haltung zu ändern, bedachte sie Rusty mit einem Seitenblick. «Aber Sie wissen ja, wie das auf unseren Außenposten so ist. Da langweilen sich unsere Leute schier zu Tode, und es gibt einige unter ihnen, die sich jedesmal, wenn sie schlecht geträumt haben, verpflichtet fühlen, eine Alarmmeldung loszuschicken.»

«Ich kenne mich da nicht so aus.»

«Ich schon, und ich weiß, daß die Langeweile manchmal einfach niederschmetternd ist.» Sherry erhob sich. «Was mich an der Geschichte am meisten stört, ist die Schnelligkeit, mit der sie den Zielort herausgefunden haben. Eines ist klar: Die Fluggesellschaft hat ihre Leute im Cockpit per Satellitentelefon informiert. Die einzige Organisation, die die technischen Mittel zum Abhören dieser Kanäle besitzt, ist gleichzeitig die einzige, der man auch einen Angriff auf die Maschine zutrauen kann.»

«Und zwar welche?»

«Ich weiß, daß Sie mindestens ein Infopapier über sie gelesen haben, Rusty. Ich meine die Akbah, also jene Gruppe, die nach dem Golfkrieg entstand, erinnern Sie sich? Jon Roth hat sich auf die Akbah spezialisiert, und ich weiß genau, daß er eine Heidenangst vor ihr hat.» Sie faßte die Entstehungsgeschichte der Akbah und ihrer Mittel und Möglichkeiten kurz zusammen.

«Da gibt es noch ein Problem, Sherry», sagte Rusty, als sie fertig war.

«Und das wäre?»

«Wenn diese Gruppe tatsächlich so raffiniert ist, dann würde sie nicht überall hausieren gehen und versuchen, eine Kampffliegerstaffel zu mieten. Wir hätten dann noch keinen Ton von ihr gehört.»

Sherry warf den Kopf auf und lächelte. «Gut gedacht. Sie haben recht.»

«Logik ist mein Leben», erwiderte er lachend.

«Also, was wird hier wirklich gespielt, Doktor? Hockt da ein bis auf die Knochen gelangweilter Möchtegern-Schriftsteller in unserer Kairoer Vertretung und macht uns was vor oder was? Sie analysieren doch auch dauernd solche Fälle, oder?»

«Ja, aber meistens nur, wenn sie etwas mit Medizin oder Luftfahrt zu tun haben.»

Ein paar Sekunden lang sahen sie einander schweigend an. Dann wandte sich Rusty wieder seinem Computer zu. Nach einer Weile ließ er sich etwas ausdrucken und riß das Papier ab, als es gerade den Fußboden erreichte.

«Meinen Sie, die Vermittlung kann mir eine abhörsichere Leitung nach Kairo verschaffen?» fragte er Sherry.

«Wäre einen Versuch wert», erwiderte sie. «Sie wissen ja, wo sie ist.»

Sanders stand auf und ging zur Tür. Ehe er das Zimmer verließ, drehte er sich noch einmal um und sagte: «Bin gleich wieder da.»

Es dauerte fast zwanzig Minuten, bis nach hektischer Kommunikation mit der amerikanischen Botschaft in Kairo und anderen sicheren Quellen in der ägyptischen Hauptstadt feststand, daß in der dortigen CIA-Vertretung zum gegenwärtigen Zeitpunkt niemand formell im Dienst war. Wer immer die Nachricht übermittelt hatte, hatte dies ohne Absprache mit dem Leiter der Außenstelle getan, der von den angeblichen Gerüchten nichts wußte.

Aber von irgendwem mußte die Alarmmeldung ja geschrieben worden sein, und je mehr Rusty über den Absender nachdachte, desto größer wurde sein Wunsch, ihn zu befragen.

Er wandte seine Aufmerksamkeit der Tracking-Nummer zu, mit der jede einlaufende Nachricht nach ihrer Herkunft klassifiziert wurde, und folgte ihrer Spur bis tief in die Computerzentrale, wo ein freundlicher Techniker für ihn das Band ausfindig machte, über das die Nachricht in Langley eingetroffen war. Der Mann verschwand im elektronischen Labyrinth, und Rusty wartete voller Unruhe. Ein paar Minuten später kehrte der Techniker mit verdutzter Miene zurück.

«Kein Beleg, Doktor. Die Zahlen stimmen nicht überein.»

«Das verstehe ich nicht.»

«Kann sein, daß eine Funktionsstörung vorliegt oder daß ich an der verkehrten Stelle gesucht habe. Aber der Computer hat unter dem vorliegenden Wortlaut keine Meldung aus Kairo registriert.»

«Trotzdem ist sie aber irgendwie bei uns eingetroffen. Sie haben sie ja auch gesehen, als Sie sich die Datei ansahen.»

Der Mann nickte und sah sich besorgt um, bevor er sich wieder an Sanders wandte und ihm den Ausdruck zurückgab. «Sorry, Doc. Absolute Sackgasse.»

«Aber wie konnte...»

Der Techniker legte Sanders die Hand auf die Schulter und führte ihn zum Ausgang der Computerzentrale.

«Es gibt zwei Möglichkeiten...» Seine Stimme war kaum mehr als ein Flüstern. «Entweder liegt tatsächlich eine Funktionsstörung vor – oder die Nachricht kam gar nicht von außerhalb.» Er ließ die brisante Information einsinken und beobachtete Rustys Reaktion. «Aber das haben Sie nicht von mir, okay?»

Rusty blieb stehen und drehte sich zu ihm um. «Wollen Sie damit sagen, daß Sie es nicht belegen könnten, wenn irgend jemand hier diese Meldung mit getürkten Tracking-Nummern ins System eingeschleust hat?»

Wieder blickte der Techniker nervös um sich, und Rusty folgte seinem Blick bis zu einer in einer Zimmerecke angebrachten Überwachungskamera.

Der Mann wich der Frage aus. «Wir haben kein Wort miteinander gewechselt, verstanden? Ziehen Sie Ihre eigenen Schlußfolgerungen!»

Rusty nickte perplex. Was hatte das zu bedeuten?

Tief in Gedanken versunken, kehrte er in sein Büro zurück. Wenn die Andeutungen des Technikers stimmten, dann kam die besagte Meldung gar nicht aus Kairo, sondern war irgendwo innerhalb des CIA-Komplexes in Langley einem Computer eingegeben worden.

Doch warum? Was steckte dahinter? Hatte etwa irgend jemand hier in Langley die Alarmmeldung von A bis Z getürkt? Oder wollte der Absender einem Gerücht aus Kairo oder sonstwo im Nahen Osten, das er bisher nur vom Hörensagen kannte, mit der Meldung zusätzliche Glaubwürdigkeit verleihen?

Rusty kramte einen gelben Notizblock hervor und kritzelte hastig die diversen Möglichkeiten und Motive auf. Die Alarmmeldung kann natürlich telefonisch übermittelt worden sein, dachte er, doch warum hatte sich dann die Person, die sie in den Computer eingab, die Mühe gemacht, ihr getürkte Tracking-Nummern und Eingangszeiten zu verpassen?

Noch einmal nahm er sich die Nachricht vor und studierte sie, wobei er diesmal besonders auf Sprache und Wortwahl achtete. Die Sätze waren, wie in solchen Fällen üblich, kühl, konservativ und geheimniskrämerisch, aber es gab auch eine ganz eigene Note, die zu identifizieren Rusty jedoch nicht gelang.

Okay, dann gibt es also irgendwo im CIA-Hauptquartier einen, der seine Spielchen mit uns treibt. Vielleicht ist das eine Art Wochenendvergnügen der oberen Chargen, und es macht ihnen einen Heidenspaß, uns Bekloppten hier unten dabei zuzusehen, wie wir uns darüber den Kopf zerbrechen.

Rusty erhob sich und begann, unruhig in seinem kleinen Büro auf und ab zu laufen. Er beneidete Roth um den großen Freiraum im Chefbüro. Da konnte man buchstäblich große Kreise ziehen!

Wer hat ein Interesse daran, solche Alarmmeldungen in Umlauf zu bringen? Vielleicht jemand, der Roth eins auswischen will?

Mark hatte ihm erzählt, daß der Direktor fuchsteufelswild werden würde, wenn er erführe, daß die Gegenseite den für Flug 66 vorgesehenen westafrikanischen Landeplatz herausgefunden hätte.

Vor seinem Schreibtisch blieb Rusty abrupt stehen. Auf einmal gab es einen Anhaltspunkt. Angenommen, irgend jemand würde einer dieser Terrorbanden wie der Akbah gerne etwas in die Schuhe schieben, selbst wenn bis dato keine Anhaltspunkte dafür vorlägen, daß sie etwas im Schilde führt? Angenommen, sie sollte international an den Pranger gestellt werden? Wäre solch eine Meldung nicht der erste Schritt in diese Richtung?

Er nahm seine unruhige Wanderung wieder auf: Um die internationale Meinung gegen eine Gruppe wie die Akbah aufzubringen, müßten auch die Regierungen anderer Länder und möglicherweise auch die Medien eingespannt werden. Und um dies zu erreichen, mußte der Person, die die Meldung in Umlauf gebracht hatte, an größtmöglicher Publicity gelegen sein.

Rusty beschloß, seine Theorie bis auf weiteres für sich zu behalten, und begab sich wieder ins Konferenzzimmer, in dem sich zur Zeit kein anderer Mensch aufhielt. Er setzte sich vor den Computer und blätterte alle nicht klassifizierten Meldungen durch, die die CIA aussandte. Er suchte nach einem Hinweis, aus dem sich hätte schließen lassen, daß die Warnung an Verbündete Amerikas weitergeleitet worden war.

Es war absolut nichts zu finden.

Sherry kehrte im gleichen Augenblick zurück wie Mark, der kurz bei Roth gewesen war. Der Direktor, betonte Mark, sei sehr erbost über das Leck und wolle unbedingt wissen, wie es der Akbah gelungen sei, die Information über die für Flug 66 vorgesehene Landepiste abzufangen.

«Er möchte, daß keiner von uns mehr über ungesicherte Leitungen darüber spricht. Das gilt auch für Sie, Rusty.»

Sanders sah von Mark zu Sherry und wieder zurück zu Mark.

«Wir – also Sherry und ich – unterhielten uns schon vorhin darüber, Mark. Wir gehen davon aus, daß die Fluggesellschaft über Satellitentelefon mit ihrer Crew spricht. Der Quantum liegt ja bereits der Flugplan vor.»

Mark warf Sherry einen fragenden Blick zu. «Ein Flugplan?» Er wußte nichts davon.

«Ja», bestätigte Rusty, «ich sah ihn vor ein paar Stunden auf Roths Schreibtisch. Es war ein Computer-Flugplan der Quantum Airlines. Wurde wahrscheinlich über ihre Datalink-Satellitenkanäle an die Maschine übertragen. Diese Kanäle sind natürlich nicht verschlüsselt. Sie sind digitalisiert, aber mit den entsprechenden Geräten können sie ohne weiteres angezapft werden.»

Mark nickte gedankenverloren, und tief in Rustys Bewußtsein schrillte eine Alarmglocke.

«Augenblick, Mark! Geht Roth davon aus, daß sich die Passage in der Meldung, in der schiitische Terrorgruppen erwähnt werden, auf die Akbah bezieht?»

«Ja, das tut er. Wieso?»

Rusty sah Sherry an. Ihr Gesicht war völlig ausdruckslos. Waren sie nicht gerade erst vor einer Stunde zu dem Schluß gekommen, daß die Akbah von einem Angriff auf Flug 66 nichts hätte? Hatte Sherry ihm da nicht zugestimmt? Und warum hatte sie diese Folgerung Mark gegenüber nicht erwähnt?

«Wieso fragen Sie das, Rusty?» wiederholte Mark mit Nachdruck.

Rusty schüttelte den Kopf. «Ach, nichts. Ich bringe mich selbst ganz durcheinander. Habe vermutlich zu viele Drohbriefe und dergleichen gelesen.»

Mark Hastings lehnte, halb sitzend, halb stehend an einer Tischkante und musterte seine Schuhe. Sherry beobachtete ihn schweigend, und Rusty wartete. Plötzlich hob Mark den Kopf und sah ihn an.

«Rusty, Sie haben doch in der Nacht mehrmals mit der Crew gesprochen, oder?»

«Ja. Ich könnte die Zeiten für Sie herausfinden, wenn Sie ...»

Mark hob die rechte Hand. «Nicht nötig. Nur eine Frage noch: Haben Sie dabei irgendwann einmal diese Landepiste in der Sahara erwähnt?»

«Gegenüber den Piloten, meinen Sie? Zum Flugbegleitpersonal habe ich garantiert nichts gesagt.»

«Piloten, Stewardessen, Botschafter Lancaster – zu irgendwem?»

Rusty holte tief Luft und dachte angestrengt nach. Bei seinem zweiten Anruf hatte er mit dem Captain gesprochen. Der neue Flugplan war gerade eingetroffen. Was hatte James Holland gefragt? Ach ja. ‹Warum Afrika?› Und er, Rusty, hatte die Frage beantwortet.

Er sah Mark in die Augen. «Ja, kann sein. Im Zusammenhang mit einer Frage, die der Captain mir stellte, kam auch der Zielort zur Sprache. Er war den Piloten bereits bekannt. Ich weiß nicht mehr, wer von uns ihn erwähnte, aber die Worte waren ‹westliches Mauretanien›.»

Marks Blick schweifte ab. «Verflucht! Wahrscheinlich haben Akbahs Lauscher das Gespräch abgehört.»

«Die genauen Koordinaten können sie aber nicht haben. Details haben wir nicht erwähnt.»

Jetzt ließ sich Sherry Ellis vernehmen, die die ganze Zeit über geschwiegen hatte.

«Über die gleichen Kanäle ging doch der gesamte Flugplan raus, Mark! Und damit hatte Rusty nichts zu tun.»

Mark wandte sich ihr zu. «Ja, aber Roth sucht nach einfachen

Sündenböcken – und Rusty entspricht offenbar seinen Vorstellungen.»

«Moment mal!» fuhr Sanders dazwischen und erhob sich. «Wollen Sie damit sagen, daß Roth seine Zeit darauf verschwendet, nach jemandem zu suchen, der in einem Gewitter ein Glas Wasser verschüttet hat? Der Zielort war in dem Moment freigegeben, als die Quantum informiert wurde.»

Mark Hastings richtete sich ebenfalls auf und atmete tief durch. «Rusty, ich habe jetzt etwas für den Direktor zu erledigen. Es wird ungefähr eine Stunde dauern. Roth ist unterwegs zum Lageraum des Weißen Hauses. Wenn er zurückkommt, will er wissen, wer was zu wem gesagt hat. Doch wenn ich nicht mit Ihnen reden konnte – wie soll ich da etwas über Ihr Gespräch mit dem Piloten wissen? Andernfalls bestünde ein beträchtliches Risiko.»

«Mit anderen Worten: Geh nach Hause, stell das Telefon ab, leg dich aufs Ohr und sprich mit niemandem – das ist die Devise, oder?»

Mark klopfte ihm auf die Schulter und sah Sherry an, die darauf nicht reagierte. «Morgen früh ist längst Gras über die Sache gewachsen. Schlafen Sie sich erst mal aus. Und vielen Dank für Ihre tolle Hilfe.»

Mark eilte aus dem Zimmer. Rusty war konsterniert. Woher kam dieses plötzliche Herumreiten auf möglichen Lauschern? Wieso diese Geheimniskrämerei um den Landeplatz in der Sahara? Und wieso sollte er auf einmal der Buhmann sein? Die ganze Sache kam ihm unglaubwürdig vor.

Sein Blick wanderte über die vielen Computer im Konferenzraum. An jedem von ihnen hätte die mysteriöse Alarmmeldung eingegeben werden können.

Er drehte sich zu Sherry um, die mit irgendwelchen Papieren beschäftigt war, dem Blickkontakt aber nicht auswich.

«Stimmen Sie ihm zu, Sherry? Soll ich mich erst einmal eine Weile in Luft auflösen?»

Sie neigte ihren Kopf zur Tür hin. Die Andeutung eines Lächelns lag auf ihrem Gesicht.

«Bis morgen», sagte sie nur.

Rusty sammelte seine Notizen ein und ging. Er kam sich irgendwie verraten vor.

Keine fünfzig Meter vom Konferenzraum entfernt, blieb Rusty Sanders unvermittelt stehen. Er war auf eine Querverbindung gestoßen, die er bislang noch nicht berücksichtigt hatte. Er blätterte in seinen Aufzeichnungen herum, um sicherzustellen, daß er sich nicht geirrt hatte.

Nein, es stimmte. In der Alarmmeldung kam die gleiche Formulierung vor – ‹beträchtliches Risiko›.

Mark hatte sich eben genau derselben Worte bedient. Und er hatte sie auch noch woanders gesehen oder gehört. Wo war das nur?

Rusty setzte seinen Weg fort, bis der lange Flur nach rechts abbog. Kurz dahinter lehnte er sich an die Wand und verfiel in tiefes Grübeln. Wenn die Nachricht auf einem normalen PC abgefaßt wurde, dann ist sie zunächst auf einer speziellen Datei gespeichert und dann erst unter dem Dateinamen an das hausinterne Datennetz weitergegeben worden. Wenn man den richtigen Computer finden könnte, würde man wahrscheinlich auch die Datei finden.

Links von ihm waren auf dem Korridor rasch näher kommende Schritte zu hören. Rusty blickte nach rechts und merkte, daß er sich in unmittelbarer Nähe von Jonathan Roths Büro befand. Er ging zur Vorzimmertür, die zu seiner Überraschung nach wie vor offenstand.

Das Vorzimmer war leer. Rusty zögerte einen Moment; dann trat er ein und zog die Tür leise hinter sich zu.

Die Schritte waren jetzt ganz nahe. Wer immer es war, würde arglos an der Bürotür vorbeigehen – es sei denn, er war selber auf dem Weg zum Direktor.

Rusty sah sich im Vorzimmer um. Sich für den Fall, daß Roth oder Mark plötzlich eintraten, irgendwo im Chefbüro zu verstekken, war zu riskant.

Er ließ sich auf die Vorzimmercouch fallen – ein rotes Ledermöbel gegenüber dem verwaisten Schreibtisch der Sekretärin – und machte es sich in der äußersten Ecke bequem, der Eingangstür so nahe wie möglich. Die Schritte im Flur wurden langsamer, gingen vorüber, verhallten irgendwo.

Rusty spürte, daß er den Atem angehalten hatte.

Er stand auf und wollte gerade das Büro verlassen, als plötzlich das Bild von Roth und dem Notebook auf dem Schreibtisch vor seinem geistigen Auge auftauchte. Es war ein IBM-kompatibles Gerät. Wenn Roth es nicht abgestellt hatte, ließ sich per Tastendruck das Verzeichnis der Festplatte finden. Sollte sich tatsächlich beweisen lassen, daß die Alarmmeldung nicht aus Kairo, sondern aus Langley stammte, so wäre der Vorwurf, er, Sanders, habe mit der

Erwähnung Mauretaniens die ganze Operation gefährdet, ein für allemal vom Tisch.

Die Tür zum Chefbüro war nicht abgeschlossen. Rusty trat zögernd ein. Wenn man ihn hier ertappte, gab es keine Ausrede mehr, das wußte er. Durchs Fenster drang Licht von einem angrenzenden Parkplatz.

Er musterte den Schreibtisch. Der kleine Computer stand noch immer an Ort und Stelle. Der Deckel war hochgeklappt, die Stromversorgung über ein an eine Steckdose angeschlossenes Kabel nicht unterbrochen.

Kurz entschlossen setzte er sich auf den Chefsessel und hieb in die Tasten. Das Hauptverzeichnis der Festplatte war problemlos zu finden.

Rusty studierte die Unterverzeichnisse und überlegte, in welchem er es probieren und wie er seine Suche durchführen sollte. Dann entdeckte er ein Kommunikationsprogramm und befahl dem Computer, dessen Unterverzeichnis anzuzeigen.

Sofort erschien eine Meldung auf der Bildfläche:

BITTE PASSWORT EINGEBEN.

Er versuchte es mit ein paar naheliegenden Kombinationen: der Durchwahlnummer des Büros, Langleys Postleitzahl und Roths Alter. Die richtige war natürlich nicht darunter. Er vermutete, daß es sich um einen vierstelligen Code handelte, aber es war auch gut möglich, daß Roth sich für einen längeren und komplizierteren entschieden hatte.

Rusty war voll und ganz in das Problem vertieft, als er auf einmal ein leises Geräusch wahrnahm. Erschrocken drehte er sich auf dem Stuhl herum und starrte auf die Bürotür.

Im Türrahmen stand Sherry Ellis.

Sie sagte kein Wort und blieb sekundenlang reglos stehen. Nur ihre Blicke wanderten zwischen Rusty und dem Computer hin und her. Ihr Gesichtsausdruck war streng und unnachgiebig.

Rusty Sanders rang nach Worten. «Sherry, Sie haben mich erschreckt... Ich, äh...»

Ohne jede Antwort kam Sherry langsam auf ihn zu und ging um den Schreibtisch herum. Rusty drehte sich mit ihr mit und wußte nicht, ob er sich erheben oder sitzen bleiben sollte.

«Sherry?»

Ein paar Zentimeter vor ihm blieb Sherry stehen. Ihre rechte Hand schnellte vor und kam auf das Computer-Keyboard zu liegen. Sie warf einen Blick auf das Display, drückte schnell eine bestimmte Tastenfolge und danach die ENTER-Taste. Dann richtete sie sich auf und sah Rusty an.

«Ich denke, das war der Code, den Sie gesucht haben.»

Rusty starrte sie schockiert an. Sie erwiderte seinen Blick und wies mit einer Kopfbewegung auf den Computer.

«Los, los! Der Direktor kann jederzeit zurückkommen. An die Tasten mit Ihnen!»

«Sie interessieren sich für ... dieselbe Sache?»

Es dauerte Sherry zu lange. Sie beugte sich über ihn und öffnete mit einer verwirrenden Folge von Tastendrucken das jetzt zugängliche Verzeichnis. «Wonach genau haben Sie gesucht?» fragte sie.

Sanders hielt die Alarmmeldung hoch. Sherry nickte wissend.

«Ich wollte herausfinden, ob sie von Roth kam.»

Sie schüttelte den Kopf. «Keinesfalls. Aber Sie wissen ja bereits, daß die Meldung nicht aus Kairo kam.»

«Sie auch?» fragte er.

«Timing.»

«Timing? Was soll das heißen?»

«Die Meldung wurde angeblich am Freitagabend beziehungsweise Samstagmorgen übermittelt, gegen vier Uhr früh Kairoer Zeit. Und das ist unmöglich. Freitagnacht arbeiten selbst die eifrigsten Gnome auf der Gehaltsliste der CIA nicht mehr. Ich kenne diese Machos in unserer Kairoer Außenstelle. Wenn es was zu trinken gibt und ein paar Damen verfügbar sind, plagen die sich nachts um vier nicht mit einer Eilmeldung ab.» Sie nahm die Nachricht vom Schreibtisch auf, wo Rusty sie abgelegt hatte. «Ja, sie stammt hier aus dem Gebäude, das stimmt, aber ...» Sie deutete auf den Computer. «Jon Roth ist nicht der Mann, den Sie suchen.»

«Sind Sie sicher?»

«Jetzt führen Sie endlich Ihr Suchprogramm durch, Mann, bevor man uns erwischt und einbuchtet! Sehen Sie doch selbst nach, wenn Sie's genau wissen wollen.»

Er gab eine Formulierung aus der Alarmmeldung ein und ließ den Computer danach suchen. Der Computer begann unregelmäßig zu schnurren.

Rusty sah zu Sherry Ellis auf.

«Ich war anfangs nur neugierig. Doch als Mark mich indirekt beschuldigte, die Lage des vorgesehenen Landeplatzes ausgeplaudert zu haben, mußte ich Genaueres wissen. Wenn die Meldung hier aus dem Gebäude stammt – wenn sie also, wie wir beide annehmen, getürkt ist, dann kann ich kein Geheimnis verraten haben.»

«Irgend etwas mit Mark stimmt nicht. Ich konnte Sie nicht warnen, weil ich es nicht rechtzeitig erkannte.»

Rusty machte aus seiner Verblüffung kein Hehl. «Aber Sie kennen Mark doch. Sie haben doch gesagt, daß Sie schon seit fünf Jahren mit ihm zusammenarbeiten.»

Sherry runzelte die Brauen und schüttelte den Kopf. «In diesem Geschäft hier lernen Sie keinen Menschen richtig kennen. Die Art und Weise, wie er Sie aus dem Haus gejagt hat, war ziemlich übel. Vielleicht hat er seine eigenen Motive, daß er Sie eine Weile lang nicht hierhaben will. Kann aber auch sein, daß es andere Leute in Langley gibt, denen Ihre Anwesenheit hier nicht paßt, und Mark dient ihnen nur als ausführendes Organ.»

«Wem soll ich denn schon nicht passen?»

«Sie sind zu neugierig. Sie gehören nicht zu den Old Boys hier in Langley, zur alten Garde, wenn Sie verstehen, was ich meine. Ich übrigens auch nicht.»

Rusty grinste und starrte anzüglich auf ihren Busen. «Nein, zu den Old Boys gehören Sie definitiv nicht.»

«Bleiben Sie bei der Sache, Rusty. Das alles ist zu ernst.»

«'tschuldigung.»

«Ich bin vielleicht keine hundertprozentige Insiderin, aber ich gelte als kontrollierbar und loyal. Sie aber sind ein Renegat, und deshalb möchte irgend jemand hier in Langley, daß Sie verschwinden. Wir sollten uns daran halten – um Ihretwillen.» Sie sah ihn an. «Mark glaubt, daß sie längst fort sind. Kann aber jederzeit sein, daß er beim Sicherheitsdienst nachfragt, ob Sie das Tor auch tatsächlich passiert haben.»

«Sherry, wie ... wie ernst ist die Lage wirklich? Ich meine ... was wird hier eigentlich gespielt?»

Sie schüttelte den Kopf. «Sie befinden sich in einem Labyrinth, und es herrscht Krisenstimmung. Vielleicht versucht jemand, die Situation auszunutzen. Das könnte dann verdammt ernst werden, vor allem, wenn dieser Jemand versucht, den Direktor zu umgehen, und von außen seine eigene Operation inszeniert.»

«Ist das möglich? Bei all den Sicherheitsvorkehrungen hier?»

Sherry seufzte und schüttelte den Kopf, als habe seine Frage sie enttäuscht.

«Ist der Papst Katholik?»

Der Computer piepste. Beide blickten sie auf den Display.

SUCHBEGRIFF NICHT GEFUNDEN.

«Lassen Sie mich noch eine andere Möglichkeit testen», sagte Rusty. Er gab eine längere Kette von Befehlen ein.

«Was war das jetzt?»

«Nur so eine Idee. Ich will wissen, ob er noch andere gesicherte Verzeichnisse hat.»

Der Computer surrte und tickte ungefähr eine halbe Minute lang. Dann piepste er wieder, doch die Meldung flackerte nur so kurz über die Bildfläche, daß Sherry sie nicht erkennen konnte.

«Sackgasse», sagte Rusty und biß sich auf die Lippen. «Verdammt.»

«Sehen Sie!»

Rusty nickte. «Von Roths Computer stammt die Alarmmeldung jedenfalls nicht.»

Sherry beugte sich über ihn und holte das Hauptmenü auf den Bildschirm; es war die Einstellung, in der Rusty den Computer vorgefunden hatte. Dann packte sie Sanders an der Hand und zog ihn aus dem Chefsessel.

«Und nun raus hier, auf dem schnellsten Wege! Ich sagte Ihnen ja, daß mein Boß nicht der Bösewicht ist.»

«Aber wer dann?»

«Sie machen jetzt, daß Sie fortkommen. Ich halte die Augen offen. Wir sind nie in diesem Büro gewesen, kapiert?»

«Sie machen mir angst», sagte Rusty.

«Ein guter Fluchtweg ist die beste Verteidigung. Gehen Sie nach Hause!»

Rusty kehrte in sein winziges Büro zurück und setzte sich sofort an seinen Dienstcomputer. Er durchsuchte mehrere Bildschirmoberflächen, bevor er eine Reihe von Befehlen eingab, eine kleine Diskette einschob und die gewünschten Daten überspielte. Nach zwei langen Minuten gab er eine weitere Serie von Befehlen ein, stellte danach den Computer ab und steckte die Diskette in seine Manteltasche. Schließlich nahm er noch ein paar Papiere vom Schreibtisch und holte aus einer Schublade seinen «Personal Digital Assistant», einen kleinen, an das Funktelefonnetz angeschlossenen Taschencomputer von der Größe eines Stenoblocks.

Sherry hatte die Anschlußnummer. Sie konnte somit sowohl per Telefon als auch per Computer Daten unmittelbar auf den kleinen

Display übertragen, und da sie über ein identisches Gerät verfügte, konnte Rusty sie auf die gleiche Weise erreichen, ohne Umweg über die Telefonzentrale oder das Computernetz von Langley.

Das CIA-Hauptquartier in Langley lag zehn Minuten hinter ihm, als der kleine elektronische Assistent ihn anpiepte. Auf dem Display erschien eine kurze Meldung:

«Das Personal unten in der Nachrichtenzentrale hat offenbar zu viele Fragen gestellt. Der interne Sicherheitsdienst war vor ein paar Minuten hier und hat nach einem ehemaligen FAA-Arzt gefragt. Irgendwer ist sauer. Meiden Sie dieses Gemäuer. Sie haben in ein Wespennest gestochen.»

18

Charkow, Ukraine · Samstag, 23. Dezember · 19 Uhr (1600Z)

Juri Steblinko bog mit dem kleinen zweistrahligen Jet von der Hauptlandebahn ab und rollte langsam auf den Stellplatz zu, auf dem die Gulfstream des saudischen Prinzen bewaffnet, beladen und aufgetankt bereitstand. Beim Landeanflug hatte noch ein schwacher rötlicher Schimmer den westlichen Horizont erhellt, doch der Stellplatz lag inzwischen im Dunkeln und wurde auch von den in einiger Entfernung strahlenden Quecksilberdampflampen nicht mehr erreicht.

Glücklicherweise kannte er den Flughafen in- und auswendig.

Juri streifte den ehemaligen Luftwaffenmajor im Sitz neben ihm mit einem Blick. Sein alter Freund war mit einem Schlag um fünfzigtausend Dollar reicher geworden, weil er es geschafft hatte, den schon recht betagten Hawker-Siddeley-Geschäftsreisejet aufzutreiben, mit dem sie jetzt nach Charkow geflogen waren. Außerdem hatte er beim Ausfüllen des Flugplans geholfen, den Juri benötigte.

Der Privatpilot des Prinzen höchstpersönlich hatte der kleinen Firma, die die Maschine mit Raketen bestückte, eine neue Order erteilt: Die Maschine sei auf der Stelle flugbereit zu machen. Der königliche Pilot hatte angekündigt, in der Nacht oder in den frühen Morgenstunden in Charkow einzutreffen; er wolle dann sofort einen Abnahme-Testflug unternehmen. Der Prinz selber beabsichtige, am Tag darauf nachzukommen, und dann werde auch die Geldübergabe stattfinden.

Bis dahin war alles noch ganz einfach gewesen.

Sicherzustellen, daß der leibhaftige Pilot des Prinzen nicht vorzeitig in Charkow auftauchte, hatte Juri einige Stunden gekostet.

Die Scheinwerferkegel der Hawker erfaßten mehrere vor dem Flughafengebäude parkende Maschinen. Die aufgebogenen Tragflächenenden der Gulfstream IV schimmerten auf der gegenüberliegenden Seite. Soweit Juri erkennen konnte, befand sich kein Mensch in der Nähe des Flugzeugs.

Er ließ die Hawker auf einen Stellplatz rollen und schaltete die Triebwerke aus. Sie waren den Plan mehrfach durchgegangen. Juri hatte vor, mit der Gulfstream unter dem Hawker-Flugplan zu starten. Für den Fall, daß etwas schiefging und er beobachtet wurde, war ein separater Flugplan für die Gulfstream unter ihrem richtigen Kennungszeichen aufgestellt worden. Der Major würde dann ein paar Minuten später mit der Hawker starten.

Juri klopfte seinem Freund auf die Schulter und schlüpfte in die Passagierkabine, wo er sich die Kopfbedeckung eines königlich-saudischen Piloten aufsetzte und einen falschen Bart anklebte. Nachdem er sein Äußeres in einem kleinen Spiegel überprüft hatte, lief er die Treppe hinunter und stieg aus. Mit einem kleinen Koffer in der Hand ging er raschen Schrittes auf die Gulfstream zu.

Das Flugzeug war nicht beleuchtet, aber am Bug mit einem mobilen Stromgenerator verbunden. Juri zog den Stecker heraus und rollte das mit Rädern versehene Aggregat vorsichtig aus dem Weg, bevor er die Vordertreppe herunterzog und seinen Koffer einlud. Er war aufgeregt. Sein Gehirn arbeitete fieberhaft und rief ihm alle Probleme zu Bewußtsein, die jetzt möglicherweise noch auftauchen konnten.

Er betrat das Cockpit und knipste den Batterieschalter an. Die Treibstoffanzeige verriet, daß die Tanks voll waren.

Er suchte die neu eingebaute Anzeigentafel für die Bewaffnung und stellte sie an.

Alles war in Ordnung. Es befanden sich vier abschußbereite Raketen an Bord.

Juri ging zurück in die Kabine. Er wollte gerade die Leiter hochziehen und die Tür verschließen, als ihm die Scheinwerfer eines Fahrzeugs auffielen, das in ungefähr vierhundert Meter Entfernung auf die Abstellfläche einbog. Einen Augenblick starrte er wie gebannt hinaus. Da änderte der Wagen neuerlich seine Fahrtrichtung und hielt direkt auf die Gulfstream zu.

Juri stand vor einer kritischen Entscheidung. Noch konnte er ungesehen die Leiter hochziehen und die Tür zuschlagen, sich auf den Boden werfen und hoffen, daß niemand auf die Idee kam, die Maschine zu betreten.

Oder er konnte die Rolle spielen, für die er bereits maskiert war.

Der Wagen beschleunigte. In weniger als zehn Sekunden würden die Scheinwerfer die offene Tür erfassen.

Juri mußte sich entscheiden. Er ergriff seinen Koffer und eine Taschenlampe und kletterte die Leiter hinunter. Sekunden später kam der Wagen neben der Gulfstream zum Stehen. Ein Mann, der auf dem Rücksitz gesessen hatte, stieg aus. Juri erwartete ihn.

«Scheich Faruk Akim?» fragte der Mann.

«Achmed Amani, sein Assistent und zweiter Pilot», erwiderte Juri auf russisch mit arabischem Akzent.

«Der Tower hat uns alarmiert, weil sich jemand am Flugzeug zu schaffen machte.»

Der Mann kam näher. Er war mißtrauisch. Sein Blick schweifte zwischen Juri und der offenstehenden Flugzeugtür hin und her. «Für heute abend haben wir noch nicht mit Ihnen gerechnet.»

«Würden Sie bitte das Stromaggregat anschließen und anstellen?»

Der Mann wirkte einen Moment lang unschlüssig. Dann gab er seinem Fahrer einen Wink. Dieser stieg aus und ging auf den Generator zu; er war offenbar mit der Handhabung des Geräts vertraut.

«Wenn wir Bescheid gewußt hätten, wäre Ihnen ein würdiger Empfang bereitet worden.»

Juris Miene war nicht anzumerken, daß sich in seinem Kopf die Gedanken überschlugen. Er musterte den Mann aufmerksam. Es war der Firmeneigner, ein ehemaliges Mitglied des sowjetischen Flugzeugkonstruktionsbüros namens Nikolai Sacharow.

Und Sacharow war mit Juri Steblinko bestens bekannt!

Juri unterdrückte den Drang, seinem Gegenüber automatisch die Hand zu reichen. Statt dessen neigte er den Kopf nach traditioneller arabischer Art und streckte dann zögernd die Hand aus, als koste ihn die westliche Sitte Überwindung.

Sacharow erwiderte den Händedruck ohne Begeisterung. Auch er betrachtete kritisch das Gesicht des anderen, der nicht im vollen Scheinwerferlicht stand. Irgend etwas an dessen Zügen und Stimme schien ihm bekannt vorzukommen.

«Sind wir uns schon einmal begegnet, Captain Amani?» fragte er.

«Ich glaube, wir haben einmal miteinander telefoniert», erwiderte Juri. «Aber sonst ...»

Sacharow hob den Kopf ein wenig. Die Gesichtszüge erschienen ihm offensichtlich arabisch genug. Nur die Stimme kam ihm nach wie vor irgendwie merkwürdig vor.

«Ich bin Scheich Faruk vorausgeflogen», sagte Juri, sorgsam auf seinen Tonfall und den künstlichen Akzent achtend. «Ich bin unter anderem auch für Saudi Airlines tätig und hatte im Zusammenhang mit unserer Airbus-Bestellung in Europa zu tun. Ich entscheide, mit wem wir Wartungsverträge abschließen und wo wir Umbauten durchführen lassen.»

Sacharows Blick hellte sich auf. Sein Mißtrauen war wie weggeblasen. Wenn der Araber vor ihm autorisiert war, Verträge für Saudi Airlines abzuschließen, dann hielt man ihn besser bei Laune. Sacharow sah die Möglichkeit von Anschlußaufträgen für seine junge Firma.

«Es macht gar nichts, daß Sie ein wenig früher gekommen sind», sagte er und lächelte breit.

«Ist die Maschine wunschgemäß fertig?»

Sacharow nickte energisch. «Selbstverständlich. Alle Umbauten sind durchgeführt, einschließlich der Bewaffnung. Das Flugzeug ist startklar.»

«Ich weiß Ihre Pünktlichkeit zu schätzen. Der Scheich wird morgen vormittag gegen zehn Uhr eintreffen. Ich werde noch heute abend einen ungefähr einstündigen Testflug vornehmen. Ein Hotelzimmer für mich ist reserviert, nehme ich an?»

Sacharow wirkte beunruhigt. «Sie ... Sie wollen heute abend noch fliegen?»

Juri sah ihn streng an. «Ist das ein Problem?»

«Nein, nein ... Wir ... hm ... wir rechneten nur damit, daß Sie erst morgen vormittag fliegen wollten.»

«Mein Kopilot wird sich mir gleich anschließen. Wir erledigen ein paar Bodenkontrollen und starten dann zu einem kurzen Testflug.»

«Wie Sie wünschen.» Sacharow betrachtete nervös das Flugzeug.

Juri folgte seinem Blick und konnte gut verstehen, daß der Firmenchef nur widerstrebend seine Zustimmung gab.

«Es macht uns nichts aus, Herr Sacharow, wenn Sie morgen früh aus Gründen der Qualitätskontrolle oder wegen der einen oder anderen kosmetischen Veränderung noch Verschiedenes überprüfen wollen. Hauptsache, die Systeme funktionieren heute abend schon einwandfrei.»

Sacharow nickte sichtlich erleichtert. «Eine letzte Qualitätskontrolle, Sie sagen es. Ansonsten ist alles fertig. Sie wissen ja, der Scheich hatte sehr genaue Vorstellungen.»

Juri nickte feierlich. «Der Scheich hat immer sehr genaue Vorstellungen, was die Flugzeuge des Prinzen betrifft. Sobald wir gelandet sind, steht Ihnen die Maschine wieder zur Verfügung – bis zum Eintreffen des Scheichs. Kosmetische Gutachten gebe ich heute nacht keine mehr ab.»

«Ich danke Ihnen», sagte Sacharow.

«Haben Sie jemanden, der uns nach unserer Rückkehr ins Hotel bringen kann?»

«Selbstverständlich», gab Sacharow zurück. «In ungefähr einer Stunde also?»

«Nicht früher.»

Es entging Juri nicht, daß Sacharow nach wie vor nicht ganz wohl bei der Sache war. Der Mann war überrumpelt worden und hatte sich noch nicht mit der merkwürdigen Wendung der Dinge abgefunden. Doch der Gedanke, innerhalb der nächsten vierundzwanzig Stunden nach der offiziellen Abnahme des Flugzeugs durch den Scheich um zweieinhalb Millionen Dollar reicher zu sein, ließ ihn sein breites, aufrichtiges Lächeln beibehalten. Nach Abzug aller Kosten würden immerhin eine halbe Million US-Dollar in seine eigene Tasche fließen.

Während Juri die Bodenkontrollen durchführte, hielt Sacharow sich dezent zurück; den Hinweis, daß der Kopilot mit der Towerbesatzung sprach, hatte er ohne Gegenfrage akzeptiert.

«Der Kopilot wird vorn beim Tower zusteigen», hatte Juri gesagt.

Sacharow verabschiedete sich theatralisch und bestieg das Fahrzeug, mit dem er gekommen war, doch Juri sah, wie der Wagen am gegenüberliegenden Rand der Stellfläche stehenblieb und die Scheinwerfer ausgeschaltet wurden.

Nach den entsprechenden Vorbereitungen ließ Juri die Triebwerke an und ließ die Maschine, wie angekündigt, zum Tower rollen, wo er sie in einer Position parkte, in der Sacharow den auf der linken Seite befindlichen Kabineneingang nicht sehen konnte. Dann sah er sich nach der Hawker um. Der Major, der Sacharows Erscheinen sicher beobachtet hatte, würde nun zu Plan B übergehen. Juri ließ die Triebwerke laufen, ließ die Leiter herunter, blieb ein paar Sekunden lang auf der Betonbahn stehen, stieg dann wieder ein und zog auch die Treppe wieder an Bord. Sacharow, soviel war ihm klar, würde durch sein Fernglas lediglich Beine und Füße sehen. Er würde denken, der Kopilot habe in der Dunkelheit auf das Flugzeug gewartet und sei soeben an Bord gegangen.

Kaum hatte die Gulfstream IV das Ende der Rollbahn erreicht, erteilte ihr auch schon ein verschlafener Fluglotse im Tower die Startfreigabe. Dreißig Sekunden später hatte Juri abgehoben und ging auf Westkurs. Er überlegte, wann und wie Sacharow reagieren würde. Der Zeitpunkt war ziemlich genau vorauszusehen. Juri hatte für die Firma gearbeitet und kannte die leicht erregbare Natur des Chefs nur zu gut. Sacharow war alles andere als ein Diplomat.

Wenn die Gulfstream des Prinzen nach fünfundsiebzig Minuten noch nicht zurück war, würde er unruhig werden, ungefähr dreißig Minuten später mit den Luftkontrollbehörden Kontakt aufnehmen, zu seinem Entsetzen erfahren, daß die Maschine inzwischen das Land verlassen hatte, und den Prinzen des Diebstahls verdächtigen. Als erstes würde er sich um die Unterstützung der russischen Luftwaffe und der Zivilluftfahrtbehörde bemühen, wenn dies jedoch nichts half, in der saudiarabischen Hauptstadt Riad anrufen und Scheich Faruk Akim einige höchst undiplomatische Bezichtigungen an den Kopf werfen. Die Saudis würden ihm mitteilen, daß eine Person namens Achmed Amani nicht in ihren Diensten stünde, und ihrerseits mit drohenden Worten von Sacharow verlangen, die verschwundene Gulfstream IV des Prinzen so schnell wie möglich wieder aufzutreiben. Bei Sacharow würde sich der Eindruck verfestigen, die Saudis hätten ihr eigenes Flugzeug gestohlen, um nicht zahlen zu müssen.

Er, Juri, wäre unterdessen schon über alle Berge und flöge mit anderer Kennung in fast zweitausend Kilometer Entfernung über das Mittelmeer.

Sobald er die geplante Flughöhe erreicht hatte, verließ er das Cockpit und öffnete die mit allen Raffinessen ausgestattete, in prachtvolles Walnußholz eingelassene Kommunikationskonsole vor der Passagierkabine. Er wählte die passende Satellitenverbindung, stellte den Computer an, gab die vereinbarten Codenummern ein und aktivierte den Sender.

Juri wußte, daß die Meldung binnen einer Minute den Empfänger erreichen würde – einen eiskalten Profi, der den betreffenden Satellitentransponder überwachte. Die Gulfstream würde, sobald ihr Zielobjekt wieder in der Luft war, eine Rückmeldung sowie die erwartete Ankunftszeit über die vorgesehenen Koordinaten erhalten. Im Cockpit würde beim Eingang der Meldung ein Signal ertönen. Juri hatte sich auf seinen Testflügen mit dem Kommunikationssystem der Gulfstream vertraut gemacht.

In der kleinen Bordküche entdeckte er eine Tüte Kekse und etwas

Gebäck und steckte beides in einen Plastikbeutel. Dann kehrte er zur Funkkonsole zurück und schloß den Deckel aus poliertem Walnußholz wieder.

Irgend etwas klickte.

Das ist merkwürdig, dachte er.

Er hob den Deckel wieder hoch und entdeckte die Geräuschquelle. Der Hauptschalter für die Satellitenverbindung war beim Schließen des Deckels auf AUS gesprungen. Juri stellte den Computer wieder an, überprüfte seine Funktionsfähigkeit und arretierte den Deckel in der geöffneten Stellung, um kein weiteres Risiko einzugehen.

Dann machte er es sich auf dem linken Pilotensitz bequem, legte seinen Gurt an und ging in Gedanken noch einmal das kritische Manöver durch, das ihm in ungefähr einer halben Stunde bevorstand. Er hatte es präzise vorgeplant. Ungefähr einhundertfünfzig Kilometer vor der türkischen Grenze wollte er in einen simulierten Landeanflug auf eine unkontrollierte Piste übergehen, dann jedoch im Tiefflug und für Radaranlagen nicht mehr erfaßbar mit größtmöglicher Geschwindigkeit ungefähr hundertachtzig Kilometer nach Norden ausweichen. Dort wollte er dann wieder in radarkontrollierte Höhen aufsteigen und dabei den Eindruck einer von einem nahe gelegenen Flugfeld aus abhebenden Maschine erwecken. Mit neuem Flugplan unter getürkter Kennung würde er sich in einen amerikanischen Charterflieger verwandeln, der über die Kanarischen Inseln nach Hause in die Staaten fliegt.

In den alten Tagen, das wußte er, wäre das sowjetische Radar auf diesen Trick nicht hereingefallen. Seit dem Auseinanderfallen der Sowjetunion hatte sich die Radarüberwachung jedoch verschlechtert. Das «Loch» in der türkischen Luftraumüberwachung war ihm schon seit acht Monaten bekannt.

Sobald die türkische Grenze überflogen war, standen ihm sechs Stunden Langeweile bevor. Wenn der Flugplan sorgfältig dem Flight Management Computer eingegeben war, konnte er sich entspannen und den Komfort der schönen Maschine des Prinzen genießen, die sich unterdessen selber ihren Weg suchen würde. Er würde vielleicht sogar ein Weilchen auf seinem Sitz schlafen können. Hellwach mußte er erst wieder am Ende seiner Mission sein.

Wer eine Gulfstream in einen Luftkampf führen wollte, kann sich keinen Irrtum leisten.

Um 14.50 Uhr ging aus Dallas die Anweisung ein, Island zu verlassen und Kurs auf den Landeplatz in Westafrika zu nehmen. Dick Robb ließ James Holland holen und unterrichtete die Flugbegleiterinnen. Der mobile Befehlsstand der Air Force vor der Maschine bestätigte den Empfang der Meldung und versprach, die Leinen zu kappen und aus dem Weg zu fahren, sobald die Piloten abflugbereit waren. Danach gehörte die Startbahn ihnen.

Holland tauchte mit Barb im Schlepptau im Cockpit auf.

«Konnten Sie ein wenig schlafen?» fragte Robb.

Holland lehnte sich an die Rückenlehne seines Sitzes und rieb sich die Augen. «Ein wenig. Zwei Stunden.»

Robb nickte. «Na gut. Hier die neuesten Nachrichten. Man ist bereit, uns, wie verlangt, mindestens dreihundert neue Lunchpakete zu liefern, der Flugplan ist auf neuestem Stand, und eine Metallschere für das Gipsbein da hinten sollte auch ...»

«Metallschere?» fragte Holland.

«Es geht um den jungen Mann im Ruheraum der Crew», klärte Barb ihn auf. «Dr. Turnherr will den Gips runterschneiden. Das Bein ist stark angeschwollen, und der Doktor macht sich Sorgen um den Kreislauf des jungen Mannes.»

Holland nickte. «Okay.»

«Und die Mahlzeiten werden gerade angeliefert», fügte Barb hinzu und deutete auf ein Anzeigelämpchen, das darauf hinwies, daß Tür 5L geöffnet worden war.

Robb sah auf seine Liste und fuhr fort: «Außerdem habe ich Ersatzmedikamente für die drei Passagiere angefordert, die nicht an ihr Gepäck herankommen. Die müßten jetzt ebenfalls geliefert werden.»

Barb stimmte zu.

«Dazu haben sie uns voll aufgetankt, so daß wir jetzt maximales Startgewicht haben, die Wassertanks wurden aufgefüllt, das Öl in allen vier Triebwerken geprüft und nachgefüllt. Ich habe den Computer bereits programmiert, und die drei Trägheitsnavigationssysteme sind abgestimmt worden.»

Holland ließ sich auf den linken Pilotensitz gleiten und drehte sich zu Barb um.

«Wie sieht's bei Ihnen aus, Barb? Sind wir abflugbereit?»

Sie nickte. «Ja. Erfreulicherweise ist bisher noch keiner da unten krank geworden. Keinerlei Symptome, bei niemandem. Allerdings müssen wohl, soweit ich es verstanden habe, noch weitere vierundzwanzig Stunden symptomfrei bleiben, oder?»

Holland nickte, ohne den Blick vom Seitenfenster zu wenden. «Wie steht's mit der Moral?»

Barb schüttelte den Kopf und seufzte. «So wie ich das sehe, sind einige Passagiere tief verängstigt, James, und das zeigen sie deutlich. Die Kinder fürchten sich sowieso, und die Crew-Mitglieder natürlich auch. Botschafter Lancaster ist einfach wunderbar. Er hat ein paar freiwillige Helfer um sich gesammelt, die die Leute im Auge behalten und beruhigen. Der Kerl, dem Sie das Maul stopfen mußten, schweigt nach wie vor wie eine Sphinx, und sogar unser bordeigener Heiliger, dieser Wilson, hat sich als ganz nützlich erwiesen. Lancaster achtet darauf, daß er bei der Stange bleibt. Im großen und ganzen verhalten sich die Leute ganz prächtig.»

«Und was ist mit Mr. Erickson?»

«Ich hab ihn dazu gebracht, daß er zu Hause anruft. Er hat mit seiner Schwägerin gesprochen und mit seinen Kindern. Es hat ihn einiges an Überwindung gekostet, aber sie waren ihm eine Hilfe. Ich glaube, seiner Verwandtschaft war schon seit einigen Jahren klar, daß seine Frau psychisch aus dem Ruder läuft. Er steht natürlich immer noch unter Schock, aber ich bin sicher, daß er sich wieder fängt.»

Holland tätschelte ihren Arm. «Machen Sie alle startklar, Barb. Wir rollen los, sobald Sie mir grünes Licht geben. Ich ... ich habe keine Ahnung, ob es so etwas wie eine Lösung ist, sozusagen ins Blaue zu fliegen, aber ...»

«Das Beste, was wir überhaupt tun können, glaube ich jedenfalls», sagte Barb. «Wir müssen einfach wieder in Bewegung kommen und irgendein Ziel haben. Die Leute müssen den Eindruck bekommen, daß was geschieht. Das tatenlose Herumsitzen bringt auf die Dauer jeden zur Verzweiflung. Was konnten sie denn bisher anderes tun, als sich den Kopf darüber zu zerbrechen, wer wohl als erster vom Sitz kippt und mit hohem Fieber zu Bett gebracht werden muß?»

Barb entfernte sich, und Robb sah zu Holland hinüber.

«James?»

«Ja?»

«Ich hab ein bißchen nachgedacht, Sie wissen schon, ich hab da gestern abend ein paar ziemlich blöde Sachen gesagt ...»

Holland schüttelte heftig den Kopf und brachte Robb damit zum Schweigen.

«Schon gut, Dick. Sehen wir erst mal zu, daß wir das alles heil überstehen.»

Robb biß sich auf die Lippen und wandte den Blick ab. «Nun ja, also ... Ich wollte Sie bloß wissen lassen, daß ich hinter Ihnen stehe. Voll und ganz, okay?»

«Okay, Dick. Danke.»

Der vor dem Abflug übliche Check war um 15.45 Uhr durchgeführt und alle vier Turbinen liefen bereits, als das Satellitentelefon klingelte und Dallas darum bat, noch etwas abzuwarten.

«Wie lange noch?» fragte Holland. «Wir sind startklar, und die Triebwerke laufen schon.»

«Eine gute halbe Stunde etwa, Captain», lautete die Antwort. «Wir warten auf die endgültige Freigabe vom Lageraum, und ich glaube, dort warten sie noch auf die Bestätigung des Außenministeriums, daß auf dem Landeplatz alles für Sie vorbereitet ist.»

Die Schneeschauer hatten um die Mitte des Vormittags herum aufgehört. In der Ferne konnte Holland blaue Fetzen Himmel durch die rasch ziehenden Wolken erkennen, doch der Wind wehte noch immer aus dem Osten. Die Wetterlage war instabil und konnte sich jederzeit ändern. Im hellen Licht des Tages hatten die Sicherheitskräfte in ihren Schutzanzügen, die sich da draußen den Hintern abfroren und die Quantum-Maschine sonstwohin wünschten, noch befremdlicher und erschreckender als im Dunkel der Nacht gewirkt. Jetzt hatten sie sich alle in verschiedene Fahrzeuge zurückgezogen und entfernten die Blockade. Die Betonpiste war an der Stelle, wo Lisa Erickson gelegen hatte, gereinigt worden, so daß keine Spur mehr an ihren Tod erinnerte.

Um 16.08 Uhr kam endlich das Startzeichen aus Dallas, und drei Minuten später hatte James Holland bereits bei einer Geschwindigkeit von hundertsechzig Meilen pro Stunde das Steuerhorn zurückgezogen und die Maschine mit ihren dreihundertvierzig Tonnen Gesamtgewicht in den Himmel über Island gesteuert.

In fünfhundert Fuß Höhe begann er, das Flugzeug nach rechts über das Meer zu ziehen und auf Kurs zu gehen. Zwischen ihnen und ihrem Ziel, das im Bordcomputer als simple Buchstaben- und Zahlenkette unter «N2000W00800» gespeichert war, lagen über dreitausend Meilen offenes Meer.

Robb meldete den Abflug über die offene Satellitenleitung an die Quantum-Einsatzleitung in Dallas, die ihn über eine ebenfalls ungesicherte Telefonleitung an ihre Ansprechpartner im Lageraum des Weißen Hauses weitermeldete. Und von ihrem Standpunkt auf einer Anhöhe von zwei Meilen Entfernung von Keflavik aus nahmen mindestens ein Dutzend Fernsehkameras den Abflug auf. Durch ebenso viele mobile Satellitenfunkstationen wurden die Bilder umgehend an stationäre Nachrichtensatelliten in der Erdumlaufbahn gesendet. Von dort aus gingen die Bildsignale an die großen Fernsehsender, die sie ihrerseits dem Publikum ins Haus lieferten. Inzwischen verfolgten weltweit über zweihundertachtzig Millionen Menschen die dramatischen Ereignisse um Quantum Flug 66.

Ein weiteres Kamerateam filmte dieselbe Szene durch das rechte Seitenfenster eines Learjets 25, der die Boeing 747 unter Wahrung eines respektablen Abstands verfolgte und seine Videosignale ebenfalls mittels Parabolantenne, die vom Kopilotensitz aus schwankend gen Himmel gehalten wurde, an den Satelliten weiterfunkte.

Hundert Meilen südlich von Keflavik drehte der Learjet – der über eine weitaus geringere Reichweite verfügte als die 747 – ab und nahm wieder Kurs auf die Vereinigten Staaten.

Flug 66 war wieder allein.

Punkt 16.18 Uhr isländischer Zeit – in Moskau und Kiew war es 20.18 Uhr – ertönte ein leises elektronisches Signal in der vorderen Kabine einer einsamen Gulfstream IV, die sich kontinuierlich der Grenze zwischen der Ukrainischen Republik und der Türkei näherte.

Nur ein einziger Mensch hielt sich an Bord auf. Juri Steblinko verließ seinen Pilotensitz gerade lang genug, um die eingegangene Meldung auf dem Computerbildschirm zu lesen. Sie war auf arabisch abgefaßt, eine Sprache, die er fließend beherrschte.

Er nickte und ließ sich die Meldung ausdrucken. Das Zielobjekt befand sich in der Luft, und er verfügte nun über eine voraussichtliche Ankunftszeit sowie über die Flugkoordinaten.

Juri kehrte auf seinen linken Pilotensitz zurück und fütterte die Daten in den Bordcomputer. Falls der geplante Tiefflug gen Norden entlang der Grenze nicht länger dauerte als einkalkuliert, würde er eine Viertelstunde vor seinem Zielobjekt am entsprechenden Koordinatenschnittpunkt eintreffen.

Er lehnte sich zurück und schürzte die Lippen. Zeitlich blieb ihm nicht viel Spielraum. Obendrein gaben die Windverhältnisse über dem Mittelmeer zusätzlichen Anlaß zur Besorgnis.

Dennoch müßte Phase drei wie vorgesehen ablaufen.

Er beugte sich vor und breitete erneut seine Karte aus. Das eigentliche Problem war Phase vier. Waren die Raketen erst einmal abgefeuert, blieb ihm nur noch ein Minimum an Zeit, Luftraum und Treibstoff zum Entkommen.

Der geringste Fehler, ein kleines bißchen Pech nur – und Anja würde vergeblich auf seine Rückkehr warten.

19

Washington, D. C. · Samstag, 23. Dezember · 12.45 Uhr (1745Z)

Ein bis ins Mark erschütterter Rusty Sanders saß im Fahrersitz seines Chevy Blazer und fragte sich, was tun.

Vor drei Stunden hatte er todmüde und ausgehungert seine Eigentumswohnung in der Nähe von Herndon, Virginia, betreten. Er erinnerte sich, wie er langsam ins Eßzimmer gegangen war und seine Aktentasche auf den Tisch gestellt hatte. Just in dem Augenblick, als er seinen kleinen Computer ebenfalls absetzte, hatte das Gerät wieder gepiept und ihn auf eine neue Meldung von Sherry Ellis aufmerksam gemacht.

Wo sind Sie?
Antworten Sie nur auf meinen PDA.

Rusty hatte den Stift herausgenommen, die Antwort auf die kleine Schreibfläche gekritzelt und mit der üblichen Faszination zugesehen, wie das winzige Silikongehirn die Striche und Schleifen entzifferte und seine Handschrift in Druckbuchstaben verwandelte. Mit ein paar Tastendrucken hatte er die Nachricht abgesandt.

Ich bin zu Hause.
In Herndon.
Warum?

Er hatte den PDA auf den Tisch gestellt und war in die Küche gegangen, um sich etwas zu essen zu holen, als ihn der Piepton erneut alarmierte. Rusty stellte den Eierkarton ab, den er aus dem Kühlschrank geholt hatte, und ging wieder zum Tisch.

Die Meldung war schon aus anderthalb Metern Entfernung gut zu lesen:

VERSCHWINDEN SIE!
VERSCHWINDEN SIE SOFORT!
RUFEN SIE MICH SPÄTER ÜBER DEN PDA, ABER OHNE ORTSANGABE.

Fast drei Stunden lang war er ziellos durch die Gegend gefahren, achtete auf jede Geschwindigkeitsbegrenzung und versuchte vergeblich, wieder mit Sherry Kontakt aufzunehmen.

Alle Übertragungen blieben unbeantwortet – ebenso wie jene brennende Frage, was zum Teufel da gespielt wurde.

Schließlich hatte er Kurs auf die Stadtmitte genommen und seinen Chevy im hintersten Winkel einer riesigen Tiefgarage abgestellt und sich niedergekauert. Er fragte sich, ob Sherrys PDA inzwischen beschlagnahmt worden und ob es möglich war, über die Funksignale der Übertragungen seinen Standort ausfindig zu machen.

Wahrscheinlich bin ich zu Fuß sicherer, dachte er.

Rusty steckte den Computer in seine Aktentasche, schloß den Chevy ab und ging zu Fuß zur U-Bahn-Station Dupont Circle, wo er die vielbenutzte Rolltreppe betrat, die zu den Zügen hinunterführte. Er suchte einen Münzfernsprecher, doch ließ es dann bleiben, weil sie bei einem Anruf herausfinden könnten, daß er mit der U-Bahn unterwegs war.

Er fuhr wieder zur Straße hinauf, fand nach einigem Suchen ein Münztelefon in der Lobby eines Geschäftshauses und tippte seine eigene Nummer ein. Nach dreimaligem Klingeln schaltete sich der Anrufbeantworter ein. Rusty drückte auf die Taste mit dem Sternchen, um seine eigene Nachricht zu beenden, und gab dann die Zahlen 7, 2 und 8 ein, durch die das interne Mikrofon aktiviert wurde. Mit dieser Vorrichtung überprüfte er manchmal, ob er vergessen hatte, den Fernseher abzustellen, oder ob die Putzfrau staubsaugte.

Diesmal jedoch hörte er es in der Wohnung krachen und scheppern. Er hörte, daß Möbel verrückt und Schubladen herausgezogen wurden. Ein paar Sekunden lang waren im Hintergrund auch Männerstimmen zu vernehmen, die jedoch plötzlich verstummten.

Dann hörte er Schritte, die sich dem Anrufbeantworter näherten. Eine Stimme aus dem Hintergrund fragte: «Was machen Sie da?»

«Pssst!» erwiderte eine andere, die dem Mikrofon offenbar näher war.

Der Hörer wurde abgehoben. Da die Leitung schon belegt war, ertönte natürlich kein Freizeichen. Wenn das Profis sind, dachte Rusty, dann wissen sie auch, daß der Wohnungseigner am ehesten den Abhörcode kennt.

Plötzlich ertönte eine fremde Stimme am anderen Ende der Leitung und ließ Rusty zusammenfahren.

«Ich weiß, daß Sie es sind, Dr. Sanders. Sprechen Sie.» Die Stimme klang leise und fast freundlich, doch die stille Drohung hinter den Worten war unverkennbar.

Ein kalter Schauer durchfuhr Rusty, und seine Nackenhaare sträubten sich. Er wollte den Hörer wortlos auflegen – doch seine Empörung über die Fremden, die in seine Wohnung eingedrungen waren, erwies sich als stärker.

«Wer sind Sie? Was tun Sie in meiner Wohnung?» fragte er und bemühte sich um einen möglichst forschen, unerschrockenen Ton.

«Sie haben etwas mitgenommen, das nicht Ihnen, sondern der Firma gehört. Sagen Sie uns, wo es ist, dann bleibt Ihre Wohnung bewohnbar. Einverstanden?»

Uns?

Rustys Magen revoltierte. Er versuchte, seine Stimme unter Kontrolle zu halten. Es war unglaublich!

«Was für ein Etwas? Wer zum Teufel sind Sie?»

«Ihr Arbeitgeber, Doktor. Die Firma.»

«Unsinn! Mein Arbeitgeber bricht nicht in meine Wohnung ein!»

«Was bilden Sie sich eigentlich ein, für wen Sie arbeiten, Doktor? Für die Landpolizei? Wird Zeit, daß Sie endlich aufwachen!» Der Mann sprach in einem ruhigen, gleichmäßigen Ton und wirkte fast ein wenig belustigt. Rusty wußte, daß ihm die Kontrolle über das Gespräch gleich zu Beginn entglitten war.

«Wir wissen, daß Sie bestimmte Informationen aus den Computern im Konferenzraum auf Ihr privates Gerät überspielt haben, Doktor. Das war ein großer Fehler, den Sie besser unterlassen hätten. Wir wissen, daß Sie die Daten auf eine Diskette übertrugen, bevor Sie die betreffende Datei auf Ihrem Gerät wieder löschten. Das war der zweite große Fehler, denn für uns stellt sich das nun so dar, als wollten Sie Informationen stehlen und irgendwem verkaufen.»

«Das ist doch lächerlich!»

«Meinen Sie? Die Dateien, die Sie kopiert haben, sind streng geheim. Es handelt sich um einen schweren Verstoß gegen die Geheimhaltungsvorschriften. Aber vielleicht kommen Sie noch einmal glimpflich davon – vorausgesetzt, Sie verraten uns jetzt sofort, wo sich die Diskette befindet.»

An beiden Enden der Leitung herrschte Schweigen.

«Doktor? Sind Sie noch da?»

«Ja, ich bin noch da. Aber Sie irren sich. Ich habe keinerlei Geheiminformationen kopiert, jedenfalls nichts, was ich nicht hätte kopieren dürfen. Und Infos verkaufen tue ich schon gar nicht.»

«Genau das gleiche haben ein paar Leute behauptet, die ihr Leben längst hinter schwedischen Gardinen fristen, Doktor.»

Rusty schwirrte der Kopf. Das kleine, unauffällige Sicherungsprogramm, das er den Konferenzraum-Computern überspielt hatte, war entdeckt worden! Das Programm – es sicherte alle neu angelegten Dateien, sobald der Versuch unternommen wurde, sie zu löschen – war lediglich eine Vorsorgemaßnahme gewesen. Wenn die Nachricht aus Kairo tatsächlich im Konferenzraum eingegeben worden war, so hätte das Programm sie in dem Augenblick gesichert, in dem die Person, die sie geschrieben hatte, das Beweismaterial löschen wollte.

Rusty überlegte fieberhaft. Wie konnten sie das Programm so schnell finden? Und warum ist das gespeicherte Material so verflucht wichtig?

«Entweder Sie sagen uns jetzt, wo die Diskette ist, Doktor, oder wir müssen diese schöne Wohnung hier mit der Brechstange durchstöbern.»

Moment! dachte Rusty. Er kann ja gar nicht wissen, daß ich die Daten auf eine Diskette überspielt habe. So etwas wird auf keinem PC festgehalten. Es handelt sich also um eine reine Vermutung...

Sherry Ellis fiel ihm ein, und er überlegte, ob sie etwas damit zu tun hatte. Er durfte ihren Namen natürlich nicht erwähnen – obwohl vielleicht längst bekannt war, daß sie ihm geholfen hatte.

«Ihre letzte Chance, Doktor! Wo ist die Diskette? Raus mit der Sprache – vielleicht rettet das sogar Ihren Job!»

Rusty fingerte in seiner Manteltasche nach dem Corpus delicti. Wieder einmal war er mit dem System in Konflikt geraten – und diesmal saß er wirklich in der Tinte.

Aber diese Mistkerle sind in meiner Wohnung...

Gleich neben dem Telefon, das er benützte, war ein zweites angebracht. Rusty nahm den Hörer ans rechte Ohr und tippte auf die Zahlen 9, 1 und 1.

Es meldete sich die Polizeizentrale.

«Bitte verbinden Sie mich mit der Polizeiwache in Herndon», sagte Rusty. «Es handelt sich um einen Notfall.»

«Bleiben Sie am Apparat», sagte die Dame an der Vermittlung.

Der Mann in Rustys Wohnung kicherte in Rustys linkes Ohr.

«Das hilft Ihnen gar nichts, Doktor. Ihr Job und Ihre persönliche Freiheit stehen auf dem Spiel – und die Entscheidung darüber fällt jetzt und hier.»

Die Polizeiwache in Herndon meldete sich. Rusty berichtete von dem Wohnungseinbruch. «Fahren Sie mit Blaulicht und Sirene zum Tatort! Ich kann hören, wie die Kerle in meiner Wohnung herumstöbern!»

Der Polizist wandte sich an einen Kollegen und sagte etwas, was Rusty genausowenig verstand wie die Antwort des Angesprochenen.

Warum?

«Sir?» Der Beamte wandte sich wieder an Rusty. «Sie hören also eine Art Einbruchsalarm, ist das richtig?»

«Nein. Ich rede mit den Kerlen über mein eigenes Telefon.»

«Ach so. Was sagen sie?»

«Nicht viel», log Rusty. «Sie haben den Hörer abgelegt und schlagen meine Wohnung kurz und klein. Ich kann's hören. Bitte, beeilen Sie sich!»

«Nicht schlecht für jemanden ohne Felderfahrung», sagte die Stimme im Hörer an Rustys linkem Ohr.

Der Polizeibeamte bat ihn, einen Augenblick zu warten. Wieder hörte Rusty im Hintergrund die Stimmen der Eindringlinge. Einer, so stellte er sich vor, beugt sich gerade über sein Handy und telefoniert...

Warum nur? Er brauchte nur Sekunden, um die Antwort zu finden. Sie reden über eine andere Leitung mit der Polizeiwache in Herndon und wollen über eine Fangschaltung feststellen lassen, von wo aus ich anrufe...

«Die Diskette befindet sich nicht in meiner Wohnung!» sagte Rusty scharf. «Und jetzt verschwinden Sie endlich. Ich fahre jetzt zurück nach Langley und bringe alles mit, was ich dabei hatte, als ich ging.»

Wütend hängte er beide Hörer ein, verließ das Gebäude und eilte im Laufschritt zurück zur U-Bahn-Station. Dort stopfte er mehrere Banknoten in einen Fahrkartenautomaten, zog das Billett heraus und passierte mit seiner Hilfe ein Drehkreuz, das auf den Bahnsteig hinausführte. Dort bestieg er den nächsten Zug nach Süden. Der Druck in seinem Magen hatte sich noch verstärkt.

Er brauchte Ruhe und Zeit zum Nachdenken, doch die Gegenwart der anderen Fahrgäste machte ihn nervös. Als der Zug den zentralen U-Bahnhof erreichte, war er soweit, in jedem zweiten Menschen auf dem Gelände einen potentiellen CIA-Agenten zu vermuten.

Hastig verließ er den Zug und sprang in den nächsten. Er gehörte zur sogenannten «blauen Linie» und fuhr ebenfalls südwärts. An der Station L'Enfant Plaza stieg er aus, fuhr mit der Rolltreppe nach oben und ging zu Fuß zum nahe gelegenen Nationalen Luft- und Raumfahrtmuseum. Auf der Straße wimmelte es von Touristen. Er tauchte in der Menge unter. Als er am IMAX-Filmtheater vorbeikam, löste er spontan eine Eintrittskarte und nahm in der hintersten Reihe Platz.

Der Film hatte gerade begonnen, als es in seiner Aktentasche piepste.

Eine Nachricht von Sherry. Die erste seit Stunden.

Konnte mich nicht früher melden. Das Risiko war zu groß. Irgend jemand hier glaubt, daß Sie in den Dateien Informationen gefunden haben, die die gegenwärtige Operation gefährden könnten. Der Konferenzraum wurde von Agenten durchsucht, die ich noch nie gesehen habe. Wir wurden ausgesperrt. Bin mir nicht ganz sicher, um welche Operation es geht, nehme aber schwer an, daß sie mit QNFLT66 zusammenhängt. Kann mit dem Boß erst wieder sprechen, wenn er aus dem W. H. zurückkommt. Er weiß bisher noch gar nichts. Interne Gegenoperation. Muß auch auf mich selbst aufpassen. Warnung: Die Leute, die hinter Ihnen her sind, sind keine normalen Agenten der Firma! Kommen Sie ja nicht hierher. Habe keine Ahnung, wem man hier noch trauen kann. Melde mich wieder, sobald sich eine Chance bietet. Entschuldigen Sie den melodramatischen Ton, aber die Sache ist verdammt ernst. Ich sende das hier alles aus der Damentoilette...

Rusty sicherte die Botschaft auf seinem Computer. Nach kurzem Nachdenken formulierte er seine Antwort.

Verstanden. Sie haben meine Wohnung durchwühlt und eine Diskette gesucht. Hab mit ihnen telefoniert. Ich weiß nicht, hinter welchen Informationen sie her sind. Danke für Ihre Hilfe.

Die Diskette. Was, um alles in der Welt, konnte da schon drauf sein? Er hatte lediglich ganz normale Meldungen kopiert, die er sich erst zu Hause genauer ansehen wollte. Jetzt mußte er die Daten vorzeitig inspizieren – und erst einmal ein entsprechendes Gerät finden.

Er brauchte einen Computer und etwas Zeit. Der PDA in seiner Aktentasche besaß kein Diskettenlaufwerk.

Rusty verließ das Kino und fuhr mit dem Taxi zur George-Washington-Universität. Die Computer im zentralen Katalogsaal der Universitätsbibliothek waren eigentlich dazu da, die Auffindung von gesuchten Büchern zu erleichtern. Einige von ihnen verfügten jedoch auch über Diskettenlaufwerke. Rusty suchte sich das abgelegenste Gerät, zog die Diskette aus seiner Tasche, steckte sie in den Schlitz und befahl dem Computer, die Dateien auf der Diskette eine nach der anderen zu lesen.

Das Programm, das er in den Konferenzraumcomputern installiert hatte, war denkbar einfach: Alle Angaben, die der Computer löschen sollte, wurden zunächst in eine spezielle komprimierte Datei kopiert. Und genau diese Auffangdatei hatte er vor dem Verlassen des Büros aktiviert und auf die Diskette übertragen.

Es handelte sich also um viele Seiten mit Daten, die eigentlich gelöscht worden waren, und diese Seiten sah sich Rusty nun näher an.

Die ersten Informationen betrafen hauptsächlich die Computerkommunikation der vergangenen Nacht. Es ging im wesentlichen um den Landeplatz für Flug 66 in der Sahara. Für Rusty war das alles nichts Neues; schließlich hatte er einige dieser Informationen selbst eingegeben.

Dann folgte die Kopie eines Flugplans von Island nach Mauretanien. Daß jemand im Konferenzraum den Flugplan eingelesen hatte, war Rusty entgangen.

Plötzlich erschien die Meldung aus Kairo auf dem Bildschirm.

Ach ja, dachte Rusty, das ist eine Kopie.

Er las die Meldung noch einmal durch. Irgend etwas stimmte nicht. Der Wortlaut war ein anderer. Rusty ging zur nächsten Seite über und fand eine zweite Version des Textes – und auf der übernächsten eine dritte. Dann ging ihm ein Licht auf: Es handelte sich um die Reste einer Datei, auf der der Text entworfen worden war.

Demnach hat der oder die Unbekannte diese «Meldung aus Kairo» im gleichen Raum aufgesetzt, in dem er gearbeitet hatte! Eine Frechheit!

Sein Verdacht hatte sich also bestätigt: Die Warnung vor einem

Terroranschlag auf Flug 66 stammte aus Langley selbst. Die Diskette war der Beweis – der rauchende Colt sozusagen.

Aber warum? Ist es nur eine simple Vermutung, daß die Terroristen etwas im Schilde führen? Oder basiert die Meldung vielleicht tatsächlich auf handfesten nachrichtendienstlichen Erkenntnissen aus Kairo?

Rusty setzte seine Inspektion fort. Eine positive Mitteilung über die nach Afrika in Marsch gesetzte Luftwaffeneinheit lief über die Mattscheibe, gefolgt von einer Analyse über die politische Stabilität der nordafrikanischen Staaten, einem Wetterbericht für Island und...

Rusty erschrak und starrte auf den Bildschirm. Eine Nachricht, die nur bruchstückhaft aufgezeichnet worden war – und allem Anschein nach auf arabisch! Die lesbaren Zahlen bezogen sich offenbar auf Uhrzeiten und Daten, doch gab es auch eine lange Ziffernfolge, die Rusty sich nicht erklären konnte.

Mit einer Ausnahme.

Wie eine Insel ragte im Meer der vom Computer erzeugten arabischen Schriftzeichen eine Buchstaben-Zahlen-Kombination auf, die Rusty erst vor kurzem auf seinem PDA gesehen hatte: QNFLT66.

Er rief sich die Geographie Nordafrikas ins Gedächtnis und überlegte, welche islamischen Staaten die Boeing 747 auf dem Weg zu ihrem neuen Bestimmungsort überfliegen und welchen sie nahe kommen würde. Falls es sich um eine Nachricht an eine der betroffenen Regierungen handeln sollte, war der Gebrauch des Arabischen verständlich.

Aber wer hat letzte Nacht einen Text auf arabisch geschrieben? fragte sich Rusty.

Er nahm sich noch einmal die Zeitangaben vor. Sie bezogen sich samt und sonders auf eine Spanne zwischen 2220 und 2235 Zulu, ein Kürzel für Universal Coordinated Time. Und in der allerletzten Zeile fand sich eine Angabe, die nur ein Pilot oder ein Fluglotse verstehen konnte: 3A/3966. Rusty ging davon aus, daß es sich um den vierstelligen Code handelte, den Flug 66 über Modus 3A seines Radartransponders senden sollte. Die kleine Black Box, die inzwischen bei fast allen modernen Flugzeugen installiert war, vergrößerte das Radarecho der betreffenden Maschine auf den Bildschirmen der Luftverkehrsüberwachung und übermittelte die Flughöhe und die Kennung. Aber solche Informationen waren nur nützlich für jemanden, der über die entsprechenden Empfangsgeräte verfügte, zum Beispiel für einen Kampfpiloten.

Das Fünfzehn-Minuten-Fenster und Flug 66... Was ist das? Vielleicht die Ankunftszeit in Mauretanien?

Rusty ließ die letzten Informationen durchlaufen. Es handelte sich wieder um den üblichen Routinekram, nichts, das auch nur entfernt geheimhaltungswürdig gewesen wäre. Also kam nur dieser seltsame, fragmentarische arabische Text in Frage, der sich mit Flug 66 befaßte.

Rusty ließ sich die ersten beiden der insgesamt drei arabischen Textseiten ausdrucken und steckte die Abzüge in seine Aktentasche. Dann nahm er seine Diskette wieder an sich und ging.

Auf dem Weg zum Ausgang fiel ihm ein, daß ihm vielleicht der Blick auf eine Weltkarte weiterhelfen könnte. Er drehte auf der Stelle um, ging zurück in den Lesesaal und nahm einen Atlas zur Hand.

Die Karte zeigte die Nordwestküste Afrikas und, weit oben im Norden, Island. Er vergegenwärtigte sich den wahrscheinlichen Kurs der Boeing, schrieb eine kurze Anfrage an Sherry auf seinen Taschencomputer, schickte sie ab und hoffte, daß Roths Assistentin sich gerade in einer Situation befand, in der ihr eine Beantwortung möglich war.

Wie lautete die genaue Abflugzeit für FLT66? Und wann soll die Maschine eintreffen?

Die Antwort kam nach fünf Minuten.

Abflug 1711Z. Ankunft 2356Z.

Rusty beugte sich über den Tisch und kritzelte mit großem Eifer ein paar Rechnungen auf ein Stück Papier. Wenn 2220 Zulu tatsächlich die Ankunftszeit von Flug 66 sein sollte, dann hätte die Maschine Keflavik um 1530 Zulu verlassen müssen. Dies entsprach 10.30 Uhr Washingtoner Zeit.

Die früheste vorgesehene Abflugzeit, von der Rusty gehört hatte, war jedoch 12 Uhr mittags Washingtoner Zeit, also 1700 Zulu!

Er setzte sich auf. Das ergab doch alles keinen Sinn! Bei einem Abflug um 1711Z war die ursprünglich vorgesehene Ankunftszeit 2220Z natürlich nicht mehr zu halten. Wo würde sich die Maschine zu diesem Zeitpunkt befinden?

Er beugte sich neuerlich über seine Zettel und berechnete, ausgehend von der normalen Reisegeschwindigkeit einer 747-400, die voraussichtliche Position der Maschine um 2220Z. Sie lag ungefähr zweihundert Meilen nordnordwestlich der afrikanischen Küste über dem Atlantik.

An Hand der Längen- und Breitengrade auf der Karte notierte er die vermutlichen Koordinaten: einunddreißig Grad, dreißig Minuten nördliche Breite und dreizehn Grad, null Minuten westliche Länge. Die Eingabe in einen Navigationscomputer lautete folglich: N3130W013.

«Mein Gott!» rief Rusty aus, zog den Computerauszug aus der Aktentasche und fuhr hastig mit dem Zeigefinger über das Papier, bis er die in den arabischen Schriftzeichen versteckte Ziffernfolge fand: «313324» und «0132410».

Der Flugplan der Quantum ist doch auf der Diskette!

Rusty rannte in den Katalogsaal zurück, ohne auf die immer neugierigeren Blicke der Bibliothekarin zu achten. Er brauchte einige Minuten, bis er den Flugplan gefunden und sich eingelesen hatte. Der Plan enthielt die Koordinatenangaben verschiedener Positionen auf der vorgesehenen Flugroute der Boeing 747. Fünf Navigationspunkte vor dem Zielort fand Rusty dann, was er suchte: «N3133.24 W01324.10».

Er spürte, daß sich sein Herzschlag beschleunigte. Eine CIA-Quelle hatte irgend jemandem in arabischer Sprache übermittelt, welche Position Flug 66 zu einem bestimmten Zeitpunkt einige hundert Meilen vor der afrikanischen Küste einnehmen würde.

Warum? Sollte vielleicht die Luftverteidigung eines Anliegerstaats informiert werden, um zu verhindern, daß der außerplanmäßige Flug Fehlreaktionen auslöste?

Solche Informationen wurden normalerweise auf anderen Ebenen übertragen, zum Beispiel per Fernschreiben von einer Luftraumüberwachung zur anderen. Zu eben diesem Zweck hatte man sich auf ein internationales System der Flugfreigaben geeinigt.

Rusty wandte sich noch einmal dem Flugplan zu. Navigationspunkte, von denen aus man in den Luftraum eines anderen Landes einflog, waren stets als solche gekennzeichnet.

Er konnte nichts dergleichen finden. Der besagte Punkt war nach allem, was er feststellen konnte, völlig willkürlich gewählt worden. Warum? Wen interessiert dieser Punkt da draußen über dem Meer?

Rusty beendete seine Computersitzung und steckte Diskette und Ausdruck wieder ein. Er konnte jetzt spekulieren und Sherry über den PDA mit einer Flut von Mutmaßungen überschütten. Aber er wollte sein Glück nicht überstrapazieren. Durchaus möglich, daß ihr jemand über die Schulter sah. Und es war auch nicht auszuschließen, daß sie ihn zum Narren hielt.

Bei dem Gedanken, daß Sherry möglicherweise auf der Seite seiner Gegner stand, lief ihm ein eiskalter Schauer über den Rücken.

Er schüttelte den Kopf, um den bösen Verdacht zu vertreiben. Schließlich war es Sherry gewesen, die ihn gerade noch rechtzeitig zum Verlassen seiner Wohnung aufgefordert hatte. Und ohne sie war er ohnehin verloren.

Er nahm seine Aktentasche auf, verließ die Bibliothek und entfernte sich, tief in Gedanken verloren. Der Chevy war zu Fuß erreichbar, und es dämmerte ihm erst nach einiger Verzögerung, daß er automatisch den Weg dorthin eingeschlagen hatte: ostwärts Richtung Weißes Haus und dann nordwärts auf der 19. Straße.

Was wird da gespielt? fragte er sich. Sie sind in Panik geraten, weil ich diese arabische Nachricht besitze. Alles andere auf der Diskette ist unverdächtig. An dieser Nachricht ist also entweder etwas faul – oder sie rechnen damit, daß ich sie falsch interpretiere. Ich weiß, daß die angebliche Meldung aus Kairo in Langley geschrieben wurde. Und ich weiß, daß irgend jemand auf arabisch durchgegeben hat, wann man Flug 66 an einer bestimmten Position über dem Atlantik erwarten kann. Was ich nicht kenne, sind die Gründe.

Er memorierte den Wortlaut der Warnung aus Kairo, die sich zweifellos auf die Akbah bezogen hatte: «Es ist möglich, daß eine schiitische Terrororganisation versuchen wird, sich ein bewaffnetes Kampfflugzeug zu verschaffen, das für einen Flug nach Ostmauretanien geeignet ist.»

Rusty wurde kalt ums Herz.

War es möglich, daß die Akbah innerhalb der CIA einen Helfer hatte?

An Bord von Flug 66 · (1845Z)

Ungefähr achthundert Meilen südlich von Island über dem Atlantik stand Reverend Garson Wilson im Heck der Boeing, beobachtete seine Mitpassagiere und kam zu einer weitreichenden Erkenntnis: Ich muß sterben!

Zwanzig Minuten zuvor – draußen war es dunkel, und viele der

Passagiere schliefen – hatte er das tatenlose Herumsitzen endgültig nicht mehr ausgehalten. Eigentlich hatte er sich in einem der Waschräume ein wenig frischmachen wollen, doch als er eintrat, schlug ihm von den überlasteten Toiletten ein so bestialischer Gestank entgegen, daß er unwillkürlich den Atem anhalten mußte und sich so schnell wie möglich wieder entfernte.

Er war dann ziellos durch die Kabine geschlendert und hatte die gelegentlich auf ihn gerichteten Blicke mit einem Nicken erwidert – vor allem, wenn er den Eindruck hatte, daß man ihn erkannte und ihm einen gewissen Respekt entgegenbrachte. Der eine oder andere Fluggast hatte mit ihm sprechen wollen, doch er hatte sie alle auf «später vielleicht» vertröstet.

Seine Schuldgefühle wuchsen stetig. Er war schließlich Geistlicher. Von ihm wurde erwartet, daß er selbstlos handelte und anderen Menschen bis zum letzten Atemzug geistlichen Trost zusprach. Doch was hatte er bisher getan? Eine junge Mutter in den Tod getrieben. Alle Menschen an Bord wußten, daß er sie zum Davonlaufen ermuntert hatte.

Und er selbst wußte nur allzugut, daß er zu feige gewesen war, ihr nachzulaufen.

Alles, was Garson Wilson im Moment empfinden konnte, war Furcht – eine nagende, kalte Furcht, die sich wie ein gieriger Parasit durch sein Gemüt fraß und den Gedanken, anderen eine Hilfe sein zu wollen, lächerlich erscheinen ließ. Er hatte Angst vor dem Virus, Angst, seine Würde zu verlieren – und Angst vor dem Sterben.

Die Unordnung, die inzwischen im Passagierraum herrschte, deprimierte ihn zusätzlich. Die Flugbegleiterinnen hatten zwar immer wieder Abfall eingesammelt, doch kaum hatten die Passagiere begonnen, es sich, so gut es eben ging, zum Schlafen bequem zu machen, kam das Personal mit dem Aufräumen nicht mehr nach. Überall lagen zerknülltes Papier, Servietten und Pappbecher auf dem Boden, hier und dort auch Decken. Wilson empfand das Chaos als ebenso beunruhigend wie deprimierend.

«Haltung, Sir!» hatte ihm Roger, sein Sekretär, vor Lisas Tod eingetrichtert. «Denken Sie an Ihr Image! Sie brauchen es, um Gottes Wort zu verbreiten. Es hilft Ihnen, das Vertrauen der Menschen zu gewinnen. Sie müssen Ihr Temperament zügeln – und Ihre Angst.»

«Angst?» hatte er Roger, kaum noch um Diskretion bemüht, angefaucht. «Was fällt Ihnen ein, junger Mann, mir Angst zu unterstellen?»

Roger hatte nur geseufzt und ihm in die Augen gesehen. «Um ehrlich zu sein, Sir – wenn Sie keine Angst hätten, wären Sie ein Idiot, und das kann ich mir einfach nicht vorstellen. Es macht ja auch gar nichts, wenn Sie mir gegenüber zugeben, daß auch Sie ein normaler Sterblicher sind. Ich bin schließlich Ihr Assistent. Ihren Schäflein gegenüber sollten Sie Ihre Emotionen allerdings ein wenig im Zaum halten. Mehr wollte ich gar nicht sagen.»

Garson Wilson hatte sich verächtlich geräuspert und eine beleidigte Miene aufgesetzt.

Doch Roger hatte das wenig beeindruckt. «Bei meinem Dienstantritt, Sir, haben Sie mir gesagt, es gehöre zu meinen Hauptaufgaben, Ihnen auch und gerade in Streßsituationen dabei zu helfen, Ihr Image zu wahren.»

Ich kämpfe ja die ganze Zeit darum, mein «Image» zu wahren, dachte Wilson. Ich tue ja, was ich kann.

Aber er stand auf verlorenem Posten. Der Mensch Garson Wilson war nur noch ein von Panik ergriffener Schauspieler in der Rolle des berühmten amerikanischen Predigers gleichen Namens. Seine Angst drohte ihn zu überwältigen.

Er machte sich auf den Weg in den vorderen Teil der Maschine. Vorsichtig stakste er über die in den Gang hineinragenden Beine schlafender oder dösender Passagiere.

Das Rundfunkinterview hatte alles geändert.

Roger war es mit allerlei elektronischen Tricks immer wieder gelungen, Gespräche über das Satellitentelefon durchzustellen. Unter den Anrufern hatte sich auch ein Rundfunkmoderator aus Kalifornien befunden, der um ein Live-Interview mit Wilson bat.

Der Interviewer hatte Wilson kurz vorgestellt und atemlos die ungeheure Leistung des Senders hervorgehoben, dem es gelungen war, einen so bedeutenden Mann in einer lebensgefährlichen Krise erreichen und interviewen zu können.

«Wie geht es Ihnen, Reverend?» hatte der Moderator gefragt.

«Nun, ich denke, wir sind alle ein wenig müde. Das lange Warten auf Island hat uns doch mitgenommen. Doch jetzt haben die Behörden einen sicheren Aufenthaltsort für uns gefunden und uns endlich wieder starten lassen. Der Herr hält Seine Hand über uns.»

«Ihre Predigten, Reverend, haben Sie in der ganzen Welt bekannt gemacht. Sie geben den Menschen Hoffnung und propagieren die Erlösung durch den Glauben. Ich nehme an, daß Sie auch vielen Sterbenden Trost zugesprochen haben, stimmt's?»

«Ja, das ist richtig. Es ist niemals leicht, von einer Welt in die andere überzutreten. Die Menschen bedürfen der Hilfe, um es begreifen zu können.»

«Ich weiß. Aber nun sind Sie selbst betroffen. Wie werden Sie damit fertig?»

Wilson antwortete erst nach einer kurzen Pause.

«Ich weiß nicht genau, ob ich Ihre Frage richtig verstanden habe, Bill...» Er war sich ziemlich sicher, daß der Interviewer Bill hieß. Der Name und der Standort des Senders waren ihm schon wieder entfallen.

«Was ich meine, Reverend, ist Folgendes: Sie und all die anderen Menschen da oben in diesem Flugzeug haben ja nicht mehr als noch, sagen wir mal, dreißig Stunden zu leben. Die Welt hat Sie ausgestoßen. Wir hier unten sind natürlich alle ganz entsetzt, aber es ist nun einmal Tatsache, daß man Sie – buchstäblich – in die Wüste schickt. Man schickt Sie in die größte Wüste der Welt und läßt Sie dort sterben. Ich für mein Teil möchte Ihnen eine Gelegenheit geben, sich öffentlich dazu zu äußern, doch ich denke, daß es unsere Zuhörer auch interessiert zu erfahren, was ein Mann wie Sie angesichts des bevorstehenden Todes denkt und wie er sich in einer solchen Situation verhält.»

Das war der Augenblick, in dem Wilson die reine Panik überfallen hatte. Wie kam dieser Moderator zu einer so aberwitzig falschen Information?

Sein Gesprächspartner im südlichen Kalifornien zog sich eine Mappe mit Zeitungsausschnitten über den Tisch und schlug sie stirnrunzelnd auf. Die letzte Agenturmeldung, die er vor der Sendung überflogen hatte, fehlte, aber er war sicher, daß sie besagte, die Obduktion des verstorbenen Fluggasts habe einen positiven Virusnachweis ergeben. Er nickte seinem Produzenten zu und versuchte erneut, Wilson zu einer Antwort zu bewegen.

«Reverend?»

Wilson seufzte hörbar. Die Frage hatte ihn erschüttert, doch er durfte sich nichts anmerken lassen.

«Es tut mir leid, Bill», begann er in zuversichtlichem Ton, «aber ich fürchte, Sie bekommen nicht die richtigen Informationen. Es schwirren da draußen Gerüchte herum, denen zufolge wir uns in großer Gefahr befinden, das stimmt, aber die Crew hier hat uns mehrfach versichert, daß es sich um einen Fehlalarm handelt.»

«Es tut mir furchtbar leid, Reverend, wenn ich jetzt als Überbringer schlechter Nachrichten auftrete – aber ich muß Ihnen sagen, daß die Agenturen gerade melden, die Obduktion sei beendet, und Ihre Maschine hält nach wie vor Kurs auf Afrika.»

Eine Obduktion hatte die Existenz des Virus bestätigt? Das hatten die Herren im Cockpit bisher nicht erwähnt.

Wieder ertönte die Stimme des Moderators in seinem Ohr.

«Reverend? Ist an Bord schon jemand erkrankt?»

«Nein!» rief Wilson, selbst überrascht von der Schärfe seiner Erwiderung. Er zwang sich zur Ruhe und fuhr fort: «Nein, Bill, hier ist niemand krank, und solange dies nicht der Fall ist, halte ich es definitiv für verfrüht, uns abzuschreiben.»

«Nun gut, Sir, dann lassen Sie mich die Frage anders stellen: Angenommen, jemand wird krank und hat tatsächlich dieses Virus. Wie verhalten Sie sich dann?»

«Verhalten ...? Sie meinen, wenn dieses Virus an Bord ist?»

«Ja. Und wenn es sich bestätigt, daß es absolut tödlich ist.»

Wilson hatte das Gefühl, die Welt um ihn herum beginne sich zu drehen.

«Was soll das heißen, Bill – ‹absolut tödlich›? Das ist doch bloß eine aggressive Grippe ...»

«Tja ... hmm ... Das mag Ihnen ja Ihre Fluggesellschaft erzählt haben, Reverend, aber dem Rest der Welt sagt man, daß es sich um ein grauenhaftes Killervirus handelt. So eine Art Weltuntergangsseuche. Es gibt Spekulationen, daß arabische Terroristen die Hand im Spiel haben.»

«Ich ... äh», hatte Wilson gestottert, «ich ... wir sollten uns, denke ich, von solchen Gerüchten nicht verrückt machen lassen. Und wenn der Herr, aus welchen Gründen auch immer, beschlossen hat, daß unsere Stunde gekommen ist, so wird uns nichts anderes übrigbleiben, als uns Seinem Willen zu fügen.»

Irgendwie hatte er es geschafft, das Interview hinter sich zu bringen. Er hatte sich bemüht, ruhig und besonnen zu klingen, hatte die Passagiere als gefaßt und fromm beschrieben und behauptet, daß sie viel und gerne beteten. Auch die Frage, ob er Gottesdienste abhalte, hatte er bejaht – natürlich, für alle, die es wünschten. Immerhin sei er Pfarrer. Natürlich wolle er predigen ...

Aber während des gesamten Gesprächs hallten die Worte des Moderators in seinem Kopf nach: «Das mag Ihnen ja Ihre Fluggesellschaft erzählt haben ... absolut tödlich ... ein grauenhaftes Killervirus ... arabische Terroristen ...»

Mit zitternder Hand hatte Wilson den Hörer aufgelegt und zunächst wie vom Blitz getroffen auf seinem Sitz verharrt. Dann hatte er es nicht mehr ausgehalten und war aufgesprungen. Zuerst wollte er ins Cockpit stürmen und den Captain zur Rede stellen, aber er hatte rasch eingesehen, daß das auch nichts bringen würde. Der Captain saß schließlich in derselben Falle.

Es gab kein Entkommen. Außer sich vor Angst und Entsetzen wanderte der Gottesmann in der Kabine umher.

In der ersten Klasse lag ein kleines Mädchen von vielleicht sieben oder acht Jahren auf dem Sitz, den Wilson zuvor eingenommen hatte. Die Lehne war zurückgeklappt. Die Wolldecke war auf den Boden gerutscht. An den eng um den Oberkörper geschlungenen Armen konnte Wilson erkennen, daß das Kind fror.

Er mußte an Melissa denken, seine eigene Tochter. An die Rebellin Melissa, die er kaum kannte. An Melissa, die ohne Vater aufgewachsen war, denn dieser war unentwegt auf Reisen gewesen, um Seelen zu retten und ein Imperium aufzubauen. Wie alt war sie jetzt? Sechsundzwanzig? Er empfand es als beschämend, daß er erst nachrechnen mußte. Welche Hoffnung, welche Erwartung hatte in ihren Augen gestanden – damals, als sie acht Jahre alt gewesen war! Aber er, ihr Vater, hatte nie Zeit für sie gehabt. Ihre Jugendjahre waren ihm einfach entgangen.

Und jetzt war es zu spät, um die Fehler der Vergangenheit wiedergutzumachen.

Das kleine Mädchen vor ihm erinnerte ihn an Melissa.

Wilson kniete vor dem schlafenden Kind nieder und deckte es vorsichtig zu. Seine Augen waren feucht.

Die Erkenntnis traf ihn wie ein Schlag: Auch dieses Kind wird sterben.

20

Washington, D. C. · 23. Dezember · 15.00 Uhr (2000Z)

Rusty Sanders war bereits auf halbem Weg zurück zum Dupont Circle, als ihm die Obduktion einfiel. Inzwischen mußte ein vorläufiger Bericht jenes Expertenteams vorliegen, an dessen Entsendung nach Island er beteiligt gewesen war.

Alles, was geschah, drehte sich um eine einzige Frage, doch außer ihm selbst schien sich kein Mensch für deren Beantwortung zu interessieren. Die Frage lautete: War Professor Helms an einem Killervirus gestorben oder nicht?

Im Schutz einer Toreinfahrt blieb er stehen und fragte über seinen Taschencomputer bei Sherry an. Ihre Antwort kam postwendend:

Habe nichts gehört. Man hat mich von der Operation ausgeschlossen.

Rusty blieb nichts anderes übrig, als sich in Island direkt zu erkundigen. Aber wie? Er versuchte, sich daran zu erinnern, welche Übermittlungsmethoden vereinbart worden waren. Das Obduktionsteam war an einer streng isolierten Stelle irgendwo auf dem Flugfeld von Keflavik tätig. Eine normale Telefonverbindung dorthin gab es sicher nicht, doch der Chefpathologe würde zumindest eine Art Handy besitzen.

Und der Stützpunktkommandant würde die Anschlußnummer kennen.

Rusty blieb unvermittelt stehen. Er befand sich wieder in der Nähe des Münzfernsprechers, von dem aus er zuvor bei sich zu Hause angerufen hatte. Die Typen am anderen Ende der Leitung kannten die Lage des Apparats inzwischen bestimmt genau; es war daher sicher besser, die Gegend zu meiden.

Er entschied sich für einen Umweg, der ihn zunächst ein paar Straßenzüge weiter nach Norden führte. Dann wandte er sich nach Osten, um schließlich in einem weiten Bogen wieder die südlich gelegene Parkgarage zu erreichen und seinen Wagen zu holen. Alle Menschen, die ihn auch nur eines Blickes würdigten, erregten sein Mißtrauen. Die Personalabteilung in Langley verfügte über Fotos von ihm. Jeder Schnüffler, der auf ihn angesetzt war, würde ihn sofort erkennen.

Einen Häuserblock nördlich der Tiefgarage fiel ihm ein junger Mann mit rotblonden Haaren auf. Er saß auf einer Bank und las Zeitung, erhob sich jedoch unmittelbar, nachdem Rusty an ihm vorübergegangen war. Links von ihm, auf der anderen Straßenseite, stand ein hochgewachsener Schwarzer in einem Geschäftsanzug und beobachtete den Verkehr, doch Rusty war es, als habe er jemandem hinter ihm – vielleicht dem Burschen mit der Zeitung – ein Handzeichen gegeben. Rusty sah sich um. Der junge Mann folgte ihm. Er trug einen Mantel, unter dem sich alles mögliche verbergen ließ.

Rusty ging schneller. Er wollte wissen, ob sich die Schritte hinter ihm ebenfalls beschleunigten.

Ja, der Mann ging schneller.

Eine Kreuzung lag vor ihm. Um die Tiefgarage zu erreichen, mußte Rusty rechts abbiegen. Hinter dem Eingang befand sich ein Lift, der ihn – hoffentlich allein – nach unten bringen würde.

Der Augenblick der Wahrheit kam nach dem Abbiegen. Wenn der Kerl hinter mir ebenfalls abbiegt, weiß ich Bescheid, dachte Rusty.

Er bog um die Ecke und entdeckte eine Nische in der Fassade des Hauses neben ihm. Kurz entschlossen duckte er sich hinein.

Seine Befürchtung bewahrheitete sich: Der junge Mann mit der Zeitung schlug den gleichen Weg ein. Rusty hörte seine Schritte.

Der Mann ging wenige Zentimeter an ihm vorüber und warf keinen Blick zurück. Er passierte den Eingang zur Tiefgarage und verschwand in einem Laden.

Der Mann ist offensichtlich gut ausgebildet, dachte Rusty. Und sicherlich nur einer von vielen. Er geht vorbei, ein anderer bleibt mir auf den Fersen. Die Tricks der Personenbeschattung hatte ihm vor Jahren ein Freund aus dem FBI erklärt.

Rusty musterte die Straßenseite gegenüber. An mehreren Bushaltestellen standen Wartende, doch für ihn schien sich niemand zu interessieren.

Er beobachtete aufmerksam die Ecke, um die er gerade gekommen war.

Auch dort wartete niemand.

Doch es fuhren viele Autos vorbei, und Dutzende von Fenstern befanden sich in seinem Blickfeld.

Ein vierköpfiges Verfolgerteam verschmilzt so mit der Menge, daß ich beim besten Willen nichts bemerken kann, dachte Rusty, nur um sich gleich danach selbst zur Ordnung zu rufen. Das ist doch Blödsinn! Reiner Verfolgungswahn! Sie waren in meiner Wohnung, ja, aber es gibt keinen Anlaß zu der Vermutung, daß sie auch hier sind!

Rusty schlüpfte aus der Nische und setzte seinen Weg zum Garageneingang fort. Die Lobby war leer, ebenso wie der Fahrstuhl. Er stieg ein, drückte auf den Knopf für das dritte Tiefgeschoß und wartete.

Die Fahrstuhltüren schlossen sich nicht.

Rusty hörte, wie sich die Tür zur Lobby öffnete. In einem polierten Messingschild, das auf der Innenseite der Fahrstuhlkabine angebracht war, spiegelte sich der Eingang des Gebäudes, so daß Rusty alle Eintretenden sehen konnte. Er drückte noch einmal auf den Knopf. Die Gestalt, die sich näherte, kam ihm bekannt vor. Plötzlich ging ihm ein Licht auf.

Es war der Mann mit der Zeitung. Das rotblonde Haar war in der spiegelblanken Messingoberfläche gut erkennbar.

Rusty drückte erneut auf den Knopf, kräftiger diesmal. Die Schritte kamen näher. Im gleichen Augenblick öffnete sich die Eingangstür ein weiteres Mal, und ein zweiter Mann betrat das Gebäude. Zwei andere Männer standen vor der Tür auf dem Bürgersteig.

Es gab nur zwei Wege hinaus: die Eingangstür und den Fahrstuhl.

Rusty spannte schon die Muskeln an, um davonzurennen, als sich die Fahrstuhltüren endlich schlossen.

Damit hatte der Rotblonde nicht gerechnet. Er stürzte auf den Fahrstuhl zu. Rusty sah, daß er die Hand noch zwischen die Türen stecken wollte, sich im letzten Augenblick aber, in der Hoffnung, die Türen dadurch noch einmal öffnen zu können, entschied, den Knopf mit dem Pfeil nach unten zu drücken. Rusty seinerseits drückte auf den Knopf, der mit den Worten TÜR SCHLIESSEN versehen war, und richtete ein Stoßgebet zum Himmel. Die Türen blieben zu, und qualvoll langsam setzte sich der Fahrstuhl in Bewegung.

Jetzt hocke ich in der Falle, dachte er. Großartig, Sanders, wie du das wieder angestellt hast...

Vor seinem geistigen Auge sah er die Verfolger schon die Treppe hinunterstürmen. Mindestens einer von ihnen würde ihn unten bereits erwarten. Wahrscheinlich gab es kein Entkommen – es sei denn, es gelang ihm, den Burschen zu überraschen und ihn über den Haufen zu rennen.

Er duckte sich in der hinteren Ecke und sammelte seine Kräfte. Die Türen hatten sich kaum zur Hälfte geöffnet, da schoß er auch schon, die Aktentasche schützend vor sich gehalten, hinaus und stürmte, so schnell er konnte, auf seinen Wagen zu. Er war darauf gefaßt, jeden Augenblick Schritte – oder Schlimmeres – hinter sich zu hören.

Ein paar Meter vor seinem Chevy duckte er sich zwischen zwei parkenden Wagen und drehte sich um.

Nichts rührte sich in der Tiefgarage.

Niemand verfolgte ihn. Es waren keine Schritte zu hören, keine Stimmen, nichts.

Fast zwei Minuten verharrte Rusty in seiner geduckten Haltung. Dann hörte er, wie die Fahrstuhltüren sich wieder öffneten. Der rotblonde Mann mit der Zeitung in der Hand erschien, sah sich kurz um und kam auf Rusty zu. Der Abstand betrug nur noch knapp über zwanzig Meter.

Rusty duckte sich tiefer. Noch konnte ihn der Mann nicht sehen, doch nach nur wenigen Schritten mußte er Rusty entdecken.

Er vermutete, daß sich unter der Zeitung eine Pistole verbarg. Sherry hatte gesagt, daß diese Leute keine normalen CIA-Agenten waren. Vielleicht wollten sie ihn gar nicht festnehmen.

Hinter einem BMW, keine vier Meter von Rustys Schlupfwinkel entfernt, blieb der Mann plötzlich stehen, kramte etwas aus seiner Hosentasche, ging zur Fahrertür, öffnete sie und stieg ein. Rusty beobachtete mit wachsender Verblüffung, wie er den Wagen anließ und davonfuhr, als hätte er nie etwas anderes im Sinn gehabt.

Rusty Sanders blieb noch ein paar Minuten an Ort und Stelle hocken, atmete schwer und hörte sein Herz schlagen. Er kam sich vor wie ein Idiot.

Schließlich stand er auf und ging auf seinen Chevy zu. Es waren nur ein paar Schritte. Er schloß die Heckklappe auf und legte die Aktentasche hinein, nahm jedoch, bevor er die Klappe wieder schloß, den PDA-Computer heraus. Er war auf dem Weg zur Fahrertür, als er plötzlich eine Hand auf seiner Schulter spürte.

Er stieß einen Schrei aus, zuckte unwillkürlich zurück und fuhr herum. Wer hatte ihn entdeckt?

Es war Sherry Ellis.

«Sherry? Sie?»

«Du meine Güte! Sieht meine Frisur wirklich so entsetzlich aus?»

«Was zum Teufel...»

«...habe ich hier zu suchen, nicht wahr? Lassen Sie die Dame einsteigen und nehmen Sie sie mit. Sie werden's schon noch erfahren. Ich stehe ungern hier unten als lebende Zielscheibe herum.»

Rusty hielt sich den Brustkorb. Sein Herz raste wie nach dem Aerobic-Training.

Sie verließen die Garage und schlugen den Weg nach Silver Springs ein. Sherry berichtete, wie sie ihn gefunden hatte.

«Ich mußte Sie vor den anderen finden», sagte sie. «Ihr Autotelefon hat ja Ihre jeweilige Position in alle vier Himmelsrichtungen gefunkt.»

«Mein Autotelefon? Wie kommen Sie denn darauf?»

«Ich rief Ihr Autotelefon an, nachdem ich eine Ihrer PDA-Nachrichten erhalten hatte», erklärte Sherry. «Sie haben nicht abgenommen, aber wenn das Telefon selbst reagiert, ist es ziemlich leicht, den Standort des Wagens festzustellen. Mir war dann sofort klar, daß man Sie bald finden würde.»

«Reagiert?»

«Kommen Sie schon, spielen Sie nicht den Naiven! Sie sind doch selbst Elektronik-Freak. Wenn dieser Apparat über Funk angewählt wird, sendet er zurück: ‹Ich bin da, aber der Kerl, dem ich gehöre, geht nicht ran.›»

Rusty schüttelte den Kopf. «Herr im Himmel, was bin ich nur für ein Idiot! Ich hab das einfach vergessen. Man kann mich jederzeit lokalisieren, wenn das Telefon angestellt ist.»

Mit zwei Griffen stellte er das Telefon und den Sender seines PDA-Computers ab.

«Ich hab mich also rechtzeitig vor den anderen mit den Technikern der Telefongesellschaft in Verbindung gesetzt», fuhr Sherry fort. «Sie haben gute Arbeit geleistet. Sie haben so viele Funkstationen in D.C., daß sie die Position des Wagens auf zwei Häuserblocks genau bestimmen konnten. Ihre Autonummer kannte ich ja. Der Rest war dann ein Kinderspiel, zumal ich davon ausgehen konnte, daß Sie Ihr Fahrzeug so tief wie möglich vergraben würden, was ja auch der Fall war. Und da bin ich nun – auf der Flucht wie Sie.»

«Was sind das für Kerle, die hinter uns her sind, Sherry? Wo sind wir da um Gottes willen bloß reingeraten?»

Sherry war auf einmal todernst.

«Im Zusammenhang mit Flug 66 läuft eine Gegenoperation, Rusty. Ich kann es nicht beweisen, bin mir aber ganz sicher. Sie läuft außerhalb der üblichen Dienstwege und Kontrollmechanismen. Die Drahtzieher hinterlassen keine Spuren. Wir können uns also wenden, an wen wir wollen – man wird überall sagen, wir beide sähen Gespenster.»

«Aber diese getürkte Meldung aus Kairo war nicht gerade ein Geniestreich.»

«Die haben nicht mit Ihnen gerechnet, Rusty! Sie haben sich nicht an das normale Verfahren gehalten. Sie sind ein Einzelgänger, mit dessen Neugier und Cleverneß niemand gerechnet hat.»

«Sie haben noch einen weiteren Fehler gemacht», erwiderte Rusty und erzählte ihr von der arabisch verfaßten Nachricht, die er auf der Diskette gefunden hatte. «Ich glaube, ich weiß, was sie vorhaben, aber ich habe keine Ahnung, welche Gründe dahinterstecken.»

«Da haben Sie also herumgeschnüffelt! Tolle Leistung. Bringt Ihnen wahrscheinlich zehn Jahre Knast in Leavenworth. Aber alle Achtung für Ihre Spürnase. Mir wird dadurch manches klarer.»

«Was?»

«Ich wurde verhört. Man hat mich freundlich, aber ganz gezielt gefragt, ob ich oder irgend jemand anders aus unserem Team eine Diskette aus dem Konferenzsaal mitgenommen hat. Ich empfand das als eine ungeheure Beleidigung. Hätte den Kerlen beinahe ins Gesicht gespuckt.»

«Wer hat da seine Pfoten im Spiel?»

«Mark, denke ich. Aber es gibt wohl noch Hintermänner. Sie haben versucht, Direktor Roth zu umgehen. Ich wollte mit ihm reden, aber er steckt noch immer im Weißen Haus und ruft nicht zurück. Wahrscheinlich sind sie mißtrauisch geworden, weil ich so oft mit dem PDA unterm Rock raus bin, um Ihnen Liebesbriefchen zu schreiben. Jedenfalls wurde mir zum Schluß der Boden unter den Füßen zu heiß, und ich hielt es für das beste, persönlich mit Ihnen zu reden. Wir müssen einen Plan ausarbeiten.»

«Wo lang?»

«Was?» Sherry war nicht ganz bei der Sache. An der Auffahrt zum Beltway hatte Rusty unvermittelt angehalten.

«Wo soll ich langfahren?»

«Verdammt, das weiß ich doch nicht! Von Langley weg, nehm ich an. Go east, young man!»

Rusty nickte zustimmend und fuhr wieder an. Ein paar Kilometer lang fiel kein Wort zwischen ihnen.

Dann sagte Rusty: «Also, was tun wir? Mein Job ist wahrscheinlich keinen Pfifferling mehr wert. Aber ich möchte Sie nicht mit reinziehen.»

Sherry sah ihn an, lächelte und tätschelte sein Knie. «Ich stecke längst mit drin. Und, wie gesagt, ich halte das für eine Gegenoperation. Wenn sie schiefgeht, steckt man uns vielleicht 'nen Orden an die Brust, weil wir sie aufgedeckt haben. Wir dürfen uns nur vorher nicht erwischen lassen.»

«Und wie sollen wir die Sache auffliegen lassen?»

Sherry warf den Kopf auf. «Soll das etwa heißen, daß ich Ihnen bis hierher gefolgt bin, und Sie haben nicht einmal einen Plan?»

Rusty schüttelte den Kopf und zog eine Grimasse. «Die Schlüsselfigur ist Roth. Wir müssen zu ihm. Er kann dem Spuk ein Ende bereiten, oder?»

«Welchem Spuk denn? Wir wissen ja nicht einmal, was diese Witzbolde im Schilde führen.»

«Wissen Sie, was ich glaube, Sherry? Sie wollen der Akbah dabei helfen, dieses Flugzeug mit Mann und Maus abzuschießen!»

«Und warum? Aus welchem Grund sollte hier jemand an einem solchen Wahnsinn interessiert sein?»

«Weil man der Akbah auf diese Weise das Genick brechen will. Wenn man ihr eine so selbstgerechte und dumme Schandtat in die Schuhe schieben kann, wird sich vielleicht sogar die schlaffe UNO endlich bemüßigt sehen, Libyen und dem Iran wirtschaftliche Daumenschrauben anzulegen, weil sie ihre schützende Hand über die Akbah halten.»

«Libyen ist unwichtig. Ein impotenter Zwergstaat.»

«Nun ja, meinetwegen. Aber der Iran ...»

«Gut», sagte Sherry. «Das sehe ich ein. Aber halten Sie die Akbah wirklich für so blöde, daß sie die Konsequenzen einer solchen Tat nicht voraussieht?»

Rusty seufzte. «Darüber habe ich in den vergangenen Stunden auch schon eine Menge nachgedacht. Ich mußte mir noch einmal vergegenwärtigen, wie fanatisch und wahnsinnig der Haß der Schiiten auf den Westen inzwischen ist. Ich kann mir vorstellen, daß sie in ihrer verzerrten Wahrnehmung ihre Verurteilung durch den Westen für ein religiöses Ziel halten, für eine Art kollektives Märtyrertum. Den wahnsinnigen Elementen innerhalb des iranischen Klerus traue ich das jedenfalls zu – und die führen die Akbah ja an der kurzen Leine.»

«Und wir helfen ihnen beim Kollektivselbstmord, indem wir unsere eigenen Landsleute ans Messer liefern?»

«Die wir ...» Rusty beugte sich vor und hob den Zeigefinger. «Die wir – vergessen Sie das nicht! – inzwischen längst für so gut wie tot erklärt haben. Ich sage Ihnen eines, Sherry: Irgendwer in der Firma wittert hier seine große Chance. Da wird diesen ohnehin zum Tode verurteilten Menschen an Bord von Flug 66 der Gnadenstoß versetzt und ein langes, qualvolles Leiden erspart – und mit derselben Operation der Anfang vom Ende einer der gefährlichsten Terrorgruppen der Welt eingeläutet. Die wahren Verbindungen werden natürlich nie bekannt. Doch wenn unter dem Strich die Zerschlagung der Akbah dabei herauskommt, war die Opferung von Flug 66 nicht umsonst!»

Sherry schauderte und starrte Rusty an. «Das ist ja grauenhaft! Aber... aber ich glaube, ich verstehe, was Sie meinen.»

«Die Sache hat einen einzigen Haken», fuhr Rusty fort, «und zwar einen sehr großen ...»

«Und der wäre?»

«Es gibt trotz der Erkrankung des Professors noch keinen sicheren Beweis dafür, daß sich dieses Virus tatsächlich an Bord befindet. Es läßt sich also noch immer nicht ganz von der Hand weisen, daß unsere Gegenoperateure zwei Tage vor Weihnachten eine Flugzeugladung vollkommen gesunder Menschen vom Himmel holen. Solange ich die Obduktionsergebnisse nicht kenne ...»

«Dann müssen wir also wissen, was bei der Obduktion herausgekommen ist», stimmte Sherry ihm zu.

Rusty rief sich das Gespräch mit Jonathan Roth ins Gedächtnis zurück. Beweisen würde die Obduktion noch gar nichts – aber sie würde immerhin gewisse Aufschlüsse geben.

«Ich brauche ein Telefon», sagte er. «Aber mit den Funktelefonen sollten wir jetzt kein Risiko mehr eingehen.»

Sherry nickte.

«Ich ... ich kann mir einfach nicht vorstellen», fuhr Sanders fort, «was sie sonst im Schilde führen könnten. Besonders nicht nach dieser Nachricht auf arabisch.»

«Haben Sie sie übersetzen lassen?» fragte Sherry.

Er schüttelte den Kopf.

«Vielleicht interpretieren Sie sie nicht richtig.»

Rusty nickte. «Möglich. Aber es war ja wohl nicht der Wohltätigkeitsverein der CIA, der heute morgen meine Wohnung gefilzt hat.»

Sherry schwieg eine Zeitlang und dachte nach. Dann nickte sie.

«Okay, Rusty, wir brauchen also Beweise für das, was da offensichtlich vorgeht. Vielleicht können wir Roth noch rechtzeitig überzeugen. Kann ja sein, daß Ihre Diskette schon den Beweis enthält.» Sie hielt kurz inne. «Aber das bedeutet natürlich auch, daß diese Diskette eine tickende Zeitbombe ist. Wer immer dahintersteckt – er wird sicherlich nicht wollen, daß sie Roth oder einer anderen Person mit echten Machtbefugnissen in die Hände fällt. Man wird Sie – und vielleicht auch mich – verdächtigen, sie ihm geben zu wollen, und folglich alles tun, um Sie – oder uns – daran zu hindern. Jeder, der eine solche Gegenoperation durchführen will, ist dazu bereit, aufkommende Probleme notfalls mit der Knarre, einer Bombe oder irgendwas Vergleichbarem zu lösen. Der Einbruch bei Ihnen war gerade mal der Auftakt.»

«Um Himmels willen, Sherry, das sind doch unsere eigenen Leute! Halten Sie es wirklich für möglich, daß sie uns umbringen wollen?»

Es dauerte fast eine Minute, bis Sherry seine Frage beantwortete.

«Erinnern Sie sich an meine Worte von heute morgen, Rusty? In diesem Gewerbe lernt man keinen Menschen richtig kennen...»

«Ich hielt das immer für das Geschwätz von Thriller-Autoren...»

«Ist es manchmal auch. Aber manchmal eben auch nicht. Erinnern Sie sich an die Iran-Contra-Affäre?»

«Wer tut das nicht?»

«Die meisten haben sie längst vergessen», erwiderte Sherry. «Und kaum jemand ahnt die wahren Ausmaße der Geschichte. Was Ollie North getrieben hat, war schließlich auch eine Gegenoperation. Und er saß nicht in Langley, sondern – verdammt noch mal! – im Weißen Haus!»

«Und konspirierte, während Reagan schlief.»

«Genau.» Sherry nickte. «Daß Sie einen CIA-Ausweis in der Tasche haben, heißt noch lange nicht, daß Sie unverzichtbar wären. Denken Sie dran, daß Sie nicht zu den guten alten Boys der Firma gehören, und ich auch nicht, wie wir heute morgen bei Ihren sexistischen Bemerkungen zu meiner Innenausstattung festgestellt haben.»

«Innen...?»

«Ihr Jungs seid Außenborder – wir Mädchen... Mein Gott, muß ich Ihnen das noch detaillierter erklären?»

«Ich habe aber nichts Sexistisches gesagt! Kein Wort!»

«Sie haben unverblümt meine Oberweite taxiert, meine Beine begafft und sich sehr lebhafte Gedanken über die übrige Ausstattung gemacht, die das weibliche Modell gemeinhin kennzeichnet. Zum Schluß haben Sie den Umstand, daß Sie auf mich scharf sind, mit irgendeiner jovialen Bemerkung zu überspielen versucht.»

Sanders schüttelte ungläubig den Kopf. «Wenn wir nicht um unser Leben liefen, würde ich vorschlagen, wir suchen uns ein Motel.»

«Und ich hätte wahrscheinlich nichts dagegen, es sei denn, es wäre verkabelt. Aber jetzt zur Sache. Was tun, Kamerad?»

«Der Direktor liegt noch immer im Koma, oder?» fragte Rusty.

«Intensivstation im Bethesda, ja. Den können Sie vergessen.»

«Und was ist mit Roth selbst?»

«Sagte ich doch schon: Der verkriecht sich noch immer im Lageraum des Weißen Hauses.»

«In meiner Jugend hat man mir immer gesagt, das Weiße Haus gehöre uns, dem Volk.»

Sherry drapierte ihren linken Arm über die Lehne seines Sitzes und sah ihn mit zusammengekniffenen Augen an. «Was soll das heißen?»

«Anstatt das Weiße Haus in fünfundzwanzig Kilometer Abstand zu umkreisen, sollten wir vielleicht einfach hinfahren, Roth aufsuchen und ihm sagen, daß die Insassen seiner Anstalt den Aufstand proben. Dann muß er sich was einfallen lassen.»

«Wir kommen da nie rein. Man kann da nicht einfach reinmarschieren. Der Secret Service kann sehr unangenehm werden, wenn man so etwas versucht.»

Rusty nickte. «Da haben Sie natürlich recht. Aber ich glaube, ich weiß doch einen Weg.»

Sherry hatte den rechten Ellbogen auf den Fensterabsatz gelegt und blickte hinaus, das Kinn auf die Hand gestützt.

«Aber dann flott», sagte sie. «Wenn Flug 66 bei den Koordinaten, die Sie herausgefunden haben, tatsächlich in einen Hinterhalt gerät, dann bleiben uns nur noch knapp zwei Stunden.»

«Eine Frage muß ich Ihnen noch stellen, Sherry.»

«Yeah?»

«Sind Sie absolut sicher, daß Jon Roth nicht selber dahintersteckt?»

Sie sah Rusty an und lächelte.

«Absolut.»

Anfangs hatte sich das Gerücht nur langsam verbreitet, doch dann pflanzte es sich mit der Geschwindigkeit eines Buschfeuers fort. Inzwischen gab es kaum noch einen Passagier, der nicht Bescheid wußte. Die einen flüsterten aufgeregt miteinander, andere weinten.

Ein Fluggast in der Touristenklasse hatte ein kleines Kurzwellenradio an die Fensterscheibe gehalten und eine Nachrichtensendung gehört. Die Obduktion der Leiche von Professor Helms, so hieß es, habe die Existenz des Virus bestätigt. Damit bestehe für die Menschen an Bord von Flug 66 keine Hoffnung mehr.

Sie flogen in die Sahara, um dort zu sterben.

In ihrem Schock hatten einige Passagiere nach einem Ventil für ihre Wut und ihre Frustration gesucht. Wenig später stand eine Delegation vor der Cockpittür und wollte wissen, warum Flugkapitän James Holland sie belogen habe.

«Hören Sie, ich weiß nicht, woher Sie Ihre Informationen haben. Wir hier oben stehen jedenfalls über unsere Fluggesellschaft mit dem Weißen Haus in Verbindung, und ich habe dafür gesorgt, daß man uns immer sofort Bescheid sagt. Ich habe sofort angerufen und nachgefragt, als dieses Gerücht aufkam. Die Obduktionsergebnisse sind noch unvollständig, wurde mir gesagt. Ich habe Ihnen nichts vorenthalten.»

«Wie können wir Ihnen noch trauen, verdammt noch mal?» sagte ein untersetzter Herr in den Fünfzigern empört. «Die Welt da draußen sagt, daß wir im Sterben liegen.»

«Und – stimmt das?» gab Holland scharf zurück.

«Was?»

«Nun – liegen wir im Sterben? Ist jemand an Bord krank?»

«Das ist offenbar nur noch eine Frage der Zeit», erwiderte der Mann.

Holland sah annähernd zwanzig Gesichter vor sich. Die zornigen Mienen konnten die Angst kaum vertuschen.

Mit einer Ansage über den Bordlautsprecher versuchte er, dem unterschwelligen Gefühl, verraten und verkauft zu sein, das durch die allgemeine Hilflosigkeit noch verstärkt wurde, entgegenzuwirken.

Washington, D. C. · 16.10 Uhr (2110Z)

Rusty Sanders legte den Hörer auf und kehrte zu seinem Chevy zurück. Der Wagen, in dem Sherry auf ihn wartete, stand auf dem Parkplatz eines Schnellimbißrestaurants südlich des Kapitols. Er hatte fast zwanzig Minuten gebraucht, ehe er den Leiter des Obduktionsteams aus Fort Detrick erreichte.

«Schließlich bekam ich ihn dann doch noch an die Strippe», berichtete er Sherry. «Die Berichte in den Medien sind falsch. Irgendein PR-Typ in Keflavik war so dämlich, in Gegenwart eines Reporters laut zu denken. Offiziell, so sagte er, gebe es überhaupt noch keine Stellungnahme. Außerdem hat er die strikte Order, sich jeder öffentlichen Äußerung zu enthalten. Sie waren gerade dabei, die Ergebnisse ihrer ersten Tests zu überprüfen.»

«Und?»

Rusty schüttelte den Kopf. «Es gibt deutliche Belege für eine Koronarthrombose. Symptome einer aktiven Virusinfektion konnten dagegen bisher nicht festgestellt werden.»

«Tatsächlich?»

«Ja. Aber denken Sie an Roths Worte. Unsere Pathologen können zwar mit Sicherheit ausschließen, daß Helms an einem Virus starb, aber es gibt bisher keinen Beweis dafür, daß er nicht infiziert war. Er kann also durchaus Überträger gewesen sein.»

«Aber man hat doch keine Symptome feststellen können, oder?»

Rusty seufzte. «Das ist die Crux an der Geschichte! Selbst wenn er diesem Virus ausgesetzt war, selbst wenn er das Virus bereits in seinem Blut hatte, so muß das noch lange nicht heißen, daß er automatisch alle Menschen in diesem Flugzeug angesteckt hat. Das wäre nur möglich, wenn dieses Virus sich rapide vermehrt hätte und durch die Lungen wieder freigesetzt worden wäre. Ich habe heute morgen ja noch einmal mit der Stewardeß gesprochen, die ihn in Frankfurt in Empfang nahm und an seinen Platz führte. Sie sagte mir, Helms habe stark gehustet. Aber das paßt nun wieder gar nicht zu den Obduktionsergebnissen. In seiner Lunge befand sich keine Flüssigkeit. Es gibt für diesen Husten keine Erklärung. Mit anderen Worten: Helms kann ohne weiteres an einem einfachen Herzinfarkt gestorben sein. Vielleicht saß er auf dem Weg zum Flughafen neben einem starken Raucher? An keiner der Stellen, die bekanntermaßen für Virusinfektionen anfällig sind, konnte bei der Obduktion eine Entzündung festgestellt werden, nirgends!»

«Das würde also die Theorie stützen, daß Helms gar nicht infiziert war, obwohl der sichere Nachweis noch fehlt. Stimmt's?»

Rusty nickte, fuhr an und sah auf die Uhr.

«Wir müssen jetzt Roth erwischen, unbedingt. In einer knappen Stunde wird die Maschine die kritischen Koordinaten erreichen.»

21

An Bord der Gulfstream · Samstag, 23. Dezember · 10.10 Uhr Ortszeit (2110Z)

Juri Steblinko verglich noch einmal die Koordinaten des Trägheitsnavigationssystems der Gulfstream mit den Daten des Globalen Satellitenortungssystems GPS. Alles lief nach Plan. Der Luftraum, in dem sich das Zielobjekt aufhielt, befand sich direkt vor ihm. Sein Flugweg war vom Flight Management Computer so programmiert, daß die Gulfstream über eine weite, versetzte Rechtskurve in Schußposition hinter das Passagierflugzeug kam. Jetzt begann der Computer seine Instruktionen mit einer stillen Flut digitaler Befehle an den gehorsamen Autopiloten auszuführen. Juri war ein paar Minuten zuvor fast auf Gegenkurs gegangen, um zu sehen, ob sein Flugzeug Kondensstreifen hinterließ. Die plötzliche Kondensierung stark verdichteten Wasserdampfs in großer Höhe führte oft zur Bildung dicker Streifen in der Stratosphäre, die sich manchmal erst nach einer halben Stunde auflösten. An diesem Abend war der Kondensstreifen der Gulfstream jedoch kaum sichtbar. Wie eine schwebende Spinne webte die Maschine ein hauchdünnes, unsichtbares Netz aus transparenten Eiskristallen in den Nachthimmel und wartete auf ihr argloses Opfer.

Die Gulfstream reduzierte ihren Schub und trat in einer Höhe von über dreiundvierzigtausend Fuß in eine Warteposition ein.

Juri hatte die Positionsangaben der Boeing 747 über die Satellitenfunkverbindung der Luftverkehrskontrolle verfolgt und angespannt auf die letzte gewartet. Als die Meldung schließlich eintraf, war er erleichtert: Die 747-400 würde Punkt 2223Z unter ihm vorbeiziehen.

Juri sah auf die Uhr. Es war 2144Z.

Über dem westlichen Horizont hing der Vollmond und tauchte

das Cockpit in weiches Licht, das mit dem gedämpften Glimmen der elektronischen Anzeigen auf den Flüssigkristalldisplays vor ihm in Wettstreit trat. Viele tausend Meter unter ihm lag eine geschlossene Wolkendecke über dem Atlantik, doch die Luft darüber war kristallklar. Da Positions- und Antikollisionslichter der Gulfstream ausgeschaltet waren, glitt der Busineßjet wie ein Geist durch ein endloses Sternenfeld. Die Chance, von einem Crewmitglied der Boeing entdeckt zu werden, war gleich Null.

Flug 66 würde demgegenüber deutlich erkennbar sein. Das Mondlicht würde sich auf dem Rumpf und den Tragflächen der 747 wunderschön spiegeln.

Bei einem solchen Ziel gibt es keine Ausreden für einen Fehlschuß, ermahnte sich Juri.

Er drehte den Satellitenempfänger leiser. Weitere Positionsangaben der 747 erübrigten sich, denn die Reststrecke nach Mauretanien war bedeutungslos. Die Quantum-Maschine würde nie dort ankommen.

Juri verspürte unvermittelt Hunger. Da der Autopilot die Gulfstream IV ordnungsgemäß auf dem vorprogrammierten Kurs hielt, konnte er das Cockpit ruhig für ein paar Minuten verlassen. Er erhob sich und hoffte, daß Nikolai Sacharow daheim in der Ukraine schon die Zeit gefunden hatte, die Bordküche zu verproviantieren.

Und ob der hatte! Die Vorratsschränke, die Juri nacheinander öffnete, bargen geradezu sensationelle Schätze, darunter jahrzehntealte kubanische Zigarren, Lebensmittel und Spirituosen jeglicher Art, edle Weine und den arabischen Lieblingskaffee des Prinzen. Juri brühte sich eine Kanne auf, gab frische Sahne aus dem Kühlschrank hinzu, fand eine Schachtel Gebäck und begab sich wieder zurück ins Cockpit. Dort ließ er sich auf dem Pilotensitz nieder, schlürfte langsam und genußvoll den Kaffee und kaute zwischendurch geistesabwesend ein paar Biskuits aus der Schachtel. Da er in den nächsten vierzig Minuten nicht viel mehr tun konnte als warten, ließ er seinen Gedanken freien Lauf, und schon bald kreisten sie um Anja. Sie war schließlich der Hauptgrund dafür, daß er sich gegenwärtig im Cockpit eines gestohlenen Jets aufhielt.

Die Vorstellung, Anja an einem fernen Strand endlos zu lieben, war idyllisch. Er war fest entschlossen, ein solches Heim für sie und sich zu finden, und wenn es nur eine Hütte am tropischen Strand einer weltvergessenen Pazifikinsel wäre. Anja liebte die Sonne, und sie stand ihr gut. Der Schimmer einer leichten Bräunung ließ ihren perfekt proportionierten Körper noch verführerischer und sinnlicher erscheinen.

Das Ungeheuerliche der geplanten Tat hatte er in den zurückliegenden monotonen Flugstunden bewußt verdrängt, doch es ließ sich nicht verhindern, daß sich vor seinem geistigen Auge immer wieder Bilder einer brennenden Boeing 747 einstellten und die professionelle Denkbarriere durchbrachen. Auch jetzt machte ihm diese Vorstellung zu schaffen.

Es war noch gar nicht so lange her, da hätten ihn ausschließlich die technischen Aspekte eines Auftrags interessiert, und er hätte seine Pflicht ohne jede emotionale Beteiligung getan – der Zweck, ein guter Offizier sein zu wollen, hätte alle Mittel gerechtfertigt. Doch inzwischen hatten sich die Voraussetzungen geändert. Blindes Zweckdenken gab es nach dem Ende der Sowjetunion nicht mehr; auch wurde nicht mehr jede Einzelaktion nur um ihrer selbst willen gutgeheißen, so grausam und ungeheuerlich sie auch sein mochte. Juri war sich bewußt, daß er das, was er zu tun im Begriff stand, nicht für ein Land, eine Partei oder irgendein anderes hehres Ziel tat, sondern allein für sich und Anja, also aus reiner Selbstsucht.

Anja ist wahrlich Grund genug, dachte er. Doch die düstere Wahrheit ließ sich durch die angenehmen Reminiszenzen an Anja nur kurz verdrängen. In Zukunft wollte er solche Aufträge nicht mehr übernehmen. Das ist meine letzte derartige Mission, schwor er sich.

Schon wieder dieses grauenhafte Bild: Eine in Flammen stehende Boeing 747 taumelt in einer langen, qualvollen Spirale ins Meer und reißt zweihundertfünfzig Menschen mit sich in den Tod. So hatte damals der Flug 007 der Korean Airlines geendet – doch diesmal würde es seine Untat sein, seine Verantwortung! Sicher, diese Menschen waren ohnehin nicht mehr zu retten – doch Juri konnte sich ihre furchtbare Angst und Verwirrung in den letzten schlimmen Sekunden vor dem Ende vorstellen, und sie taten ihm leid.

Er zwang sich dazu, wieder an Anja zu denken, sah sie in einem unerhört knappen Bikini vor dem Häuschen am Strand, das bald ihr Zuhause sein würde. Ein komfortables Leben weitab von den ständigen Sorgen und Mängeln in der ehemaligen Sowjetunion – das war der Lohn für seinen letzten großen Einsatz.

Es ist ein Gnadenakt! redete er sich zum hundertsten Mal ein. Du mußt an Anja denken. Nicht nur an ihren Körper, sondern an die Frau, die du liebst. An Anja, die immer zu dir gestanden hat, auch in ganz, ganz schlechten Zeiten. Anja verdiente das Beste.

An Bord von Flug 66

Die Nachricht, daß unten im Passagierraum ein Krankheitsfall aufgetreten war, erwischte James Holland völlig unvorbereitet. Das Mädchen, eine unbegleitet fliegende Minderjährige, hatte in der ersten Klasse geschlafen und war dann plötzlich mit Übelkeit, Schüttelfrost und hohem Fieber aufgewacht. Barb Rollins, Dr. Turnherr und zwei Passagiere hatten sich sofort um die Kleine gekümmert und den Captain alarmiert. Das Fieber betrug 39,7 Grad. Holland kam herunter. Nachdem er gesehen hatte, wie das Kind in Decken gewickelt und von mehreren Menschen umsorgt wurde, kehrte er wieder ins Cockpit zurück und schickte Dick Robb in den Pilotenruheraum. Bevor sie die afrikanische Küste überflogen, sollte er sich noch ein wenig erholen.

Über das, was soeben vorgefallen war, verloren sie kein Wort.

Es ging also offenbar los.

Im Weißen Haus, Washington, D. C.

Dr. Rusty Sanders hatte darauf gesetzt, daß der persönliche Arzt des Präsidenten – ein alter Freund aus Studententagen – am Samstag nicht nur erreichbar, sondern auch bereit sein würde, auf dem schnellsten Wege von seiner Wohnung in Georgetown zur bekanntesten Adresse der Nation zu fahren und ihn, Sanders, ins Weiße Haus einzuschleusen. Vor allem spekulierte er darauf, daß der Hinweis auf eine dringende CIA-Angelegenheit seine Wirkung nicht verfehlen würde.

Er hatte sich nicht getäuscht.

Dr. Irwin Seward wartete bereits auf ihn, als Rusty vor dem Osteingang des Weißen Hauses eintraf. Sherry Ellis hatte ihn ein paar Straßenzüge vorher abgesetzt. Sie wollte in einer bestimmten Telefonzelle auf seinen Anruf oder seine Rückkehr warten – je nachdem. Rusty hatte auf der Trennung bestanden. Sherry arbeitete für Roth und sollte an dem, was er zu tun hatte, nicht unmittelbar beteiligt sein.

Rusty wußte, daß der Arzt auf Treu und Glauben handelte, als er sich beim Secret Service für ihn verbürgte.

«Ich weiß das wirklich zu schätzen, Irwin», sagte er, als sie einem höheren Wachbeamten in den Hauptflügel des Gebäudes Independence Avenue 800 folgten. «Die Einzelheiten kann ich dir leider erst später erzählen.»

«Zieh mich bloß nicht irgendwo rein», erwiderte Seward. «Sobald wir dich unten beim Lageraum abgeliefert haben, bin ich auf und davon.»

Rusty grinste. «Ein Golfturnier?»

Irwin Seward lächelte und schüttelte den Kopf. «Nein, ein viel schöneres Freizeitvergnügen. Segeln. Ich kenne da eine sehr nette Dame, die in einem phantastischen Bikini auf mich wartet. Und ich kann's gar nicht abwarten, ihr beim Ausziehen zu helfen.»

«Irwin! Du bist verheiratet, und es ist Dezember!»

Seward grinste. «So ist es. Die besagte Dame ist meine Frau, und die Kabine des Bootes ist beheizt.»

Vor der Tür zum Nervenzentrum im Keller verabschiedeten sie sich. Rusty trat ein – nur um festzustellen, daß Jonathan Roth über sein Kommen bereits informiert war und auf ihn wartete.

«Dr. Sanders...» Er begrüßte Rusty mit einem Kopfnicken, gab ihm aber nicht die Hand. «Gehen wir am besten ins Konferenzzimmer und schließen die Türen hinter uns, Doktor. Ich darf davon ausgehen, daß es sich um eine sehr dringende Angelegenheit handelt? Der Dienstweg führt normalerweise über Langley.»

Rusty ignorierte den Tadel.

«Der Präsident kommt in einer halben Stunde zurück. Wir haben also wenig Zeit.»

«Da haben Sie recht, Sir», erwiderte Rusty.

Sie setzten sich an den Konferenztisch, und Rusty schob Jonathan Roth die Diskette zu.

«Ich habe sie aus Langley mitgehen lassen, weil ich fürchtete, die Information könne sonst zerstört werden. Ich kann mich zwar täuschen, aber ich glaube, daß innerhalb der Firma eine hochbrisante Gegenoperation läuft.»

Roth hob die Brauen. «Lassen Sie hören, Doktor! Können Sie diese Behauptung belegen? Was haben Sie vorzuweisen?»

Rusty wiederholte seinen Verdacht im Zusammenhang mit der Warnung aus Kairo, die Roth bereits bekannt war. Außerdem erläuterte er dem Stellvertretenden CIA-Direktor die Computerfalle, die er in dem als Kommandoposten fungierenden Konferenzraum in Langley zum Schutz gegen Datenvernichtungen eingerichtet hatte.

«Ich muß gestehen, daß ich mich auch über die schnelle Reaktion unserer Kairoer Filiale wunderte», sagte Roth und trommelte mit den Fingern auf die Tischplatte. «Sollte es sich tatsächlich, wie Sie vermuten, um eine Meldung handeln, die von unseren eigenen Leuten in Langley fabriziert wurde, wäre das schon verständlicher. Und sie wäre dann natürlich von Grund auf falsch. Aber es läßt sich auch nicht ausschließen, daß irgendwer eine echte Meldung empfangen und sie dann auf unorthodoxe Weise bei uns eingespeist hat.»

Rusty nickte. Es freute ihn, daß Roth seiner Argumentation folgte.

«Ja, Sir, das habe ich auch bereits in Erwägung gezogen. Egal, woher die Meldung kommt – inhaltlich kann sie allemal korrekt sein. Die Akbah kann tatsächlich vorhaben, die Boeing abzuschießen – und, um ehrlich zu sein, ich bin überzeugt, daß sie es vorhat.»

Roth sah ihn an. «Und warum? Welche Beweise haben Sie? Wir haben keinerlei ergänzende Indizien, die den Inhalt der Meldung bestätigen können.»

Rusty deutete auf die Diskette. «Sie finden sie auf dieser Diskette, Sir. Eine arabische Botschaft an einen unbekannten Empfänger in Langley, die einen bestimmten Koordinatenpunkt über dem Atlantik aus dem Flugplan der Boeing sowie die voraussichtliche Überflugzeit erwähnt. Die Maschine wird bereits in einer knappen Stunde dort sein. Wenn meine Vermutung stimmt, wartet da draußen jemand, der das Flugzeug abschießen will.»

«Eine gewagte Theorie, Doktor! Und wenn Sie sich irren – was dann?»

Rusty zuckte mit den Schultern. «Dann blamieren wir uns eben ein bißchen, weil wir den Flugkapitän grundlos zu einer Kursänderung aufgefordert oder meinetwegen auch Kampfflugzeuge hingeschickt haben – falls zufällig welche in der Nähe sein sollten. Ich glaube allerdings nicht, daß das noch rechtzeitig zu schaffen ist.»

«Sie schlagen also vor, die Boeing zu einer Kursänderung aufzufordern, damit sie den kritischen Punkt nicht erreicht?» fragte Roth. «Was soll den potentiellen Angreifer daran hindern, den Kurs der Maschine über Radar zu verfolgen und sie dann trotzdem zu attakkieren?»

«Nichts, Sir – abgesehen von der Entfernung und der Zeit. Doch je länger wir warten, desto knapper wird es.»

Roth starrte auf die Tischplatte, die wieder von seinen rastlos trommelnden Fingern bearbeitet wurde.

«Sir», ergänzte Rusty, «die Renegaten in der Firma haben bereits einen Schlag gegen mich geführt. Sie sind hinter dieser Diskette her.» Er berichtete von der Durchsuchung seiner Wohnung und den telefonischen Drohungen. Roth nahm einen Block zur Hand und machte sich Notizen.

«Fazit, Direktor?» sagte Rusty. «Also: Ich glaube, daß die Renegaten der Akbah direkte Hilfe leisten. Ich glaube, daß sie sich über alle Vorschriften hinwegsetzen, um die Akbah zu einer Aktion zu veranlassen, die ihr möglicherweise den Rest geben wird. Ein von der CIA aktiv geförderter Massenmord! Ich bin sicher, daß sich dafür nie eine Direktive des Präsidenten finden lassen wird.»

Roth biß sich auf die Lippen und atmete hörbar aus.

«Was die Obduktion betrifft, Doktor, waren wir uns doch wohl einig. Ein negativer Befund bedeutet noch nicht, daß es kein Virus gibt. Daß der Professor mit dem Virus in Kontakt war, ist nachgewiesen. Auch darüber waren wir uns einig.»

Rusty nickte. «Ja, Sir, das waren wir. Aber das vorläufige Obduktionsergebnis bestätigt mich in meiner Annahme, daß die Menschen an Bord des Flugzeugs noch nicht verloren sind. Unabhängig von den Angaben der Stewardeß über den körperlichen Zustand des Professors bei Beginn des Fluges kann er ohne weiteres an einem normalen Herzinfarkt gestorben sein. Und selbst wenn er von dem Virus befallen war, muß er nicht unbedingt ansteckend gewesen sein. Wir wissen es einfach noch nicht.»

Roth wirkte betroffen. Er nahm die Diskette auf und klopfte mit ihr auf den Tisch. «Da drauf befindet sich also diese arabische Nachricht mit den Koordinaten, der Zeit und dem Transpondercode? Haben Sie noch weitere Kopien gezogen?»

Rusty schüttelte den Kopf.

«Nun gut. Ich stimme Ihnen zu, daß wir jetzt sehr schnell handeln müssen. Ich werde mich darum kümmern und sofort Kontakt zu der Maschine aufnehmen.» Er erhob sich. «Sie haben hervorragende Arbeit geleistet. Doch solange wir nicht wissen, wer da bei uns aus dem Ruder gelaufen ist, lassen Sie sich besser eine Zeitlang hier in der Gegend nicht blicken. Tauchen Sie ab – nein, nicht in ein ‹sicheres Haus›. Sie kennen die Adressen sowieso nicht, sie fallen nicht in Ihr Ressort. Suchen Sie sich irgendeinen Schlupfwinkel, ein Hotel zum Beispiel. Und dann rufen Sie diese Nummer hier an.» Er beugte sich über den Tisch, kritzelte eine Telefonnummer auf einen Zettel und reichte ihn Sanders. «Mit dieser Nummer kommen Sie direkt hier ins

Lagezentrum. Fragen Sie nach mir und sprechen Sie ausschließlich mit mir persönlich – zumindest so lange, bis wir herausgefunden haben, wer hinter dieser Sache steckt. Keine Nachrichten an andere Personen! Ist das klar?»

«Yes, Sir», versicherte ihm Rusty.

Roth begleitete ihn zur Tür und noch ein kleines Stück in den Gang hinaus. Dann bat er einen Assistenten, Rusty zum östlichen Eingang zurückzubringen.

Rusty Sanders fand Sherry am vereinbarten Treffpunkt vor. Sie wartete im Chevy. Obwohl sie ihr Gesicht hinter einer Ausgabe der «Washington Post» verbarg, beobachtete sie ihn schon, seit er zwei Häuserblocks weiter in ihr Blickfeld getreten war. Rusty glitt auf den Fahrersitz und steuerte den Wagen auf die Straße. Ein paar Ecken weiter scherte er wieder aus dem Verkehrsstrom aus und brachte das Fahrzeug abrupt zum Stehen.

Sherry sah ihn mit hochgezogenen Brauen an.

«Rusty, was ist denn?»

«Mein Gott, Sherry! Oh, mein Gott!»

«Was ist denn los? So sagen Sie's mir doch!»

Rusty starrte mit weitaufgerissenen Augen gen Osten. Sherry bestand auf einer Antwort.

«Doktor Sanders, hal-lo! Sind Sie noch da?»

Endlich nickte er, holte tief Luft und deutete in Richtung des Weißen Hauses. Dann sah er Sherry mit Entsetzen in den Augen an.

«Sherry, Jonathan Roth erwähnte vorhin den Transpondercode für Flug Sixty-six.»

«Na und?»

«Am Ende hat er alles noch einmal zusammengefaßt. Wörtlich sagte er: ‹Da drauf befindet sich also diese arabische Botschaft mit den Koordinaten, der Zeit und dem Transpondercode?› Ich habe ihm das bestätigt.»

«Und?»

«Er hatte die Diskette doch noch gar nicht geprüft, Sherry! Den Ausdruck der Meldung habe ich ihm nie gegeben – und ich weiß mit absoluter Sicherheit, daß ich nie ein Wort über Transpondercodes auf der arabischen Meldung verloren habe.»

«Ich kann Ihnen immer noch nicht folgen, Rusty.»

Er sah sie mit weit aufgerissenen Augen an.

«Die einzigen Menschen außer mir, die wissen können, daß sich auf der Diskette der Transpondercode befindet, sind jene, die diese

Meldung an die Akbah übermittelt haben, Sherry! Ohne Insiderwissen hätte Jonathan Roth diese Worte nie aussprechen können.»

Sherry zuckte erschrocken zusammen und stieß dabei an die Wagentür. Auf ihrer Miene spiegelte sich Ungläubigkeit: «Was? Ich dachte, dieses Thema wäre längst erledigt! Sie haben doch Roths Dateien gecheckt. Da war doch nichts!»

«Das war aber, bevor ich die arabische Botschaft fand, die von einem der Computer im Konferenzraum stammt. Meiner These widerspricht das nicht, im Gegenteil. Wenn Roth Einzelheiten der arabischen Botschaft kennt, die ich nicht erwähnt habe, dann bedeutet das zwangsläufig, daß er an der Geschichte beteiligt ist.»

Sherry wirkte wie vor den Kopf geschlagen. Den Mund leicht geöffnet, sah sie Rusty prüfend in die Augen. Dann befeuchtete sie ihre Lippen mit der Zunge und fand die Sprache wieder.

«Oh, mein Gott! Ich hätte nie gedacht...» Ihre Stimme verlor sich.

«Er sagte, er wolle sofort Kontakt zum Flugzeug aufnehmen und den Captain zu einer Kursänderung veranlassen.»

Sie drehte sich ruckartig zu ihm um. «Wenn Jon Roth tatsächlich dahintersteckt, Rusty, wird er das nicht tun. Er wird den Captain nicht warnen, sondern alles so ablaufen lassen, wie offenbar geplant. Ich kenne ihn. Wenn er sich einmal etwas in den Kopf gesetzt hat, dann bleibt er auch dabei. Er stoppt keine Aktion, die er selbst eingeleitet hat.»

Rusty nickte. «Ich wies noch einmal darauf hin, daß der negative Obduktionsbefund durchaus noch die Möglichkeit offen läßt, daß die Passagiere von Flug 66 gar nicht infiziert sind. Es hat ihn offenbar nicht sonderlich beeindruckt.»

«Wir müssen die Quantum-Maschine selber warnen.»

«Genau!» Rusty startete den Wagen und schoß davon. Die schwarze Limousine, die hinter einigen anderen Wagen die Verfolgung aufnahm, sah er nicht.

«Wie schaffen wir das?» fragte Sherry. «Können wir das Flugzeug direkt anwählen, so wie Sie das heute morgen getan haben? Haben Sie die Nummern?»

«Vielleicht.»

«Wo fahren wir hin? Das geht doch nicht von jeder beliebigen Zelle aus, oder? Möglicherweise sind sie schon hinter uns her.»

Es blieben ihnen nur noch knapp dreißig Minuten. Als das Washingtoner Hyatt-Hotel vor ihnen auftauchte, bog Rusty kurz entschlossen von der Straße ab und hielt vor dem Haupteingang. Sie stiegen eilig aus, warfen dem Portier die Wagenschlüssel zu, stürmten durch die Drehtür in die Lobby und liefen zum Fahrstuhl.

«Wir melden uns gleich an!» rief er dem Mann am Empfang zu.

Unbemerkt von Rusty und Sherry kletterten unterdessen zwei unauffällige Männer aus einer schwarzen Limousine, die auf der anderen Straßenseite angehalten hatte. Im Laufschritt überquerten sie die belebte Chaussee und rannten auf den Eingang des Hotels zu. Der aufmerksame Portier beobachtete sie.

Interessant! dachte er. Die zwei haben offenbar Anhang...

Vor den Konferenzsälen im zweiten Stock befanden sich Telefonkonsolen mit zahlreichen Apparaten, doch waren sie von allen Seiten einsehbar.

«Kommen Sie», sagte Sherry. «Es gibt da einen alten Trick.» Sie waren allein im Aufzug. Sherry drückte nacheinander die Knöpfe für mehrere hochgelegene Stockwerke und schlüpfte jedesmal, wenn der Fahrstuhl anhielt und die Türen sich öffneten, hinaus, um das Terrain zu erkunden.

Schließlich hatte sie gefunden, was sie suchte. Sie kehrte zum Aufzug zurück und sagte zu Rusty: «Kommen Sie! Aber bleiben Sie hinter mir. Ich gehe voran.»

Rusty folgte ihr um die Ecke und sah, wie sie auf einen kleinen Handwagen des Reinigungspersonals zuging, der vor zwei offenstehenden Türen in der Mitte des Ganges stand.

Sherry warf einen Blick ins rechte Zimmer, spähte kurz ins linke, gab Rusty mit einem Wink zu verstehen, er solle sich ins linke begeben, und sprach das Zimmermädchen im gegenüberliegenden Raum an.

«Sind Sie mit unserem Zimmer fertig? Vierzehndreiundvierzig?»

«Yes, Ma'am!»

«Vielen Dank!» Mit ein paar Schritten war Sherry im Raum auf der linken Seite, zog die Tür hinter sich zu und verriegelte sie.

Auf dem Boden standen Koffer und andere Reiseutensilien.

«Was machen wir, wenn die Leute zurückkommen?»

«Das lassen Sie nur meine Sorge sein», sagte Sherry.

Rusty ging zum Telefon, wählte die Nummer der Quantum Airlines in Dallas und verlangte den Stellvertretenden Einsatzleiter zu sprechen.

«Ihr Name, bitte?»

«Dr. Sanders, Langley. CIA. Es handelt sich um einen Notfall.»

Es dauerte eine Weile, bis sich die gleiche Stimme noch einmal meldete.

«Man hat uns vor Ihrem Anruf gewarnt, Mr. Sanders. Wir wissen, daß Sie nicht in Langley sind, und haben die Polizei von Ihrem Versuch unterrichtet. Bitte unterlassen Sie weitere Anrufe dieser Art.»

Die Verbindung wurde unterbrochen.

Sherry war nahe an Rusty herangerückt, und der hatte den Telefonhörer etwas angewinkelt, so daß sie mithören konnte. Jetzt nahm sie ihm den Hörer aus der Hand, drückte auf den Wiederholungsknopf und meldete sich unter einem fiktiven Namen.

«Uns ist keine Person dieses Namens bekannt», lautete die Antwort. «Bei welcher Organisation arbeiten Sie?»

«FAA – Bundesluftfahrtbehörde. Sie kennen uns, wir stehen in jedem Telefonbuch. Ich rufe aus der Zentrale an...»

«Sehr gut. Die Nummer der Zentrale liegt uns vor. Geben Sie uns Ihre Durchwahl, und wir rufen Sie sofort zurück. Sie werden verstehen, daß wir Ihre Angaben verifizieren müssen.»

Ohne ein weiteres Wort legte Sherry auf. «Das ist hoffnungslos», sagte sie. «Jon hat uns konsequent blockiert. Läßt sich mit der Satellitennummer was machen?»

«Ich habe sie gerade gefunden!» Rusty hatte aufgeregt seine Hemdtasche durchwühlt. «Ich kritzle mir das immer irgendwo auf – eine ebenso alte wie schlechte Gewohnheit. Aber manchmal hilft's doch.»

Er führte seine Telefonkarte ein und wählte die Nummer. Es klickte und piepste mehrfach; dann lief eine Bandansage ab: «Das von Ihnen angewählte Schiff oder Flugzeug empfängt gegenwärtig leider keine Anrufe. Bitte versuchen Sie es zu einem späteren Zeitpunkt noch einmal.»

Die Zeit lief aus. Sie hatten keine Chancen mehr. Alle offiziellen Kommunikationswege waren mit Sicherheit blockiert.

Rusty setzte sich auf die Bettkante und stützte den Kopf in die Hände.

«Es gibt noch eine Möglichkeit, Sherry, bestimmt!» rief er. «Ich komme momentan bloß nicht darauf!»

Sherry lief unruhig im Zimmer auf und ab. «Denken Sie nach! Welche anderen Möglichkeiten gibt es, um mit einer fliegenden Boeing 747 Kontakt aufzunehmen? Gibt es in einem solchen Flugzeug noch andere Kommunikationsmittel? Funk? Radio? Egal, was. Gibt es irgendeinen Weg, der Fluggesellschaft klarzumachen, daß sie den Captain anrufen und ihm eine Kursänderung befehlen muß?»

Rusty seufzte. «Roth hat uns inzwischen völlig isoliert. Kein Mensch hört auf uns – es sei denn, wir weisen uns als CIA-Mitarbeiter aus, doch wenn wir das tun, verwandeln wir uns automatisch in Abtrünnige, denen man keinen Glauben schenken darf. Mit etwas mehr Zeit ließe sich das Problem überwinden. Aber die Zeit haben wir nicht. Die Maschine fliegt in eine Falle, Sherry.»

Er erhob sich. Seine Augen flackerten. Verzweifelt hämmerte er die Faust in seine offene Hand.

«Roth hilft diesen Terroristenschweinen bei der Ermordung von zweihundertfünfzig Menschen! Wahrscheinlich bildet er sich sogar ein, die Tat sei gerechtfertigt. Offenbar sind die Leute an Bord des Flugzeugs für ihn schon gestorben. Und ich, ausgerechnet ich bin derjenige gewesen, der ihm den Floh von dem qualvollen Massentod durch eine Virusinfektion ins Ohr gesetzt hat! Und dabei gibt es dieses Virus wahrscheinlich gar nicht!»

«Schon gut, beruhigen Sie sich!» erwiderte Sherry im Befehlston. «Denken Sie lieber nach! Können wir vielleicht irgendein privates Funktelefon an Bord erreichen?»

Rusty wollte schon verneinend den Kopf schütteln, hielt jedoch unvermittelt inne und richtete sich auf.

«Iridium!»

«Was?»

«Iridium. Das neue satellitengestützte Funksystem. Angenommen, es gibt ein solches Gerät an Bord: Es kann sogar im passiven Zustand Botschaften empfangen.»

«Prächtig. Aber wer an Bord hat so einen Apparat? Und wer kennt die Anschlußnummer? Wird sich überhaupt jemand melden und antworten?»

Rusty schüttelte den Kopf. «Das weiß ich auch nicht. Aber ich glaube nicht, daß Roth auch die Iridium-Gesellschaft gegen uns aufgehetzt hat.»

«Wieso nicht?»

«Es gibt sie erst seit ganz kurzer Zeit.»

Sherry griff bereits nach dem Telefonbuch, doch Rusty bremste sie mit erhobener Hand und nahm den Hörer ab.

«Das erübrigt sich. Ich kenne die Firmenzentrale.»

«Los, los, Rusty! Uns bleiben noch neunzehn Minuten.»

Kaum hatte James Holland den Entriegelungsknopf gedrückt, stand Rachael Sherwood in der Cockpittür.

«Darf ich reinkommen?» Ihre Stimme hatte ein beruhigendes Timbre und war ihm sehr willkommen.

«Ich bitte Sie darum! Es ist ziemlich einsam hier oben.»

«Wo ist Ihr Kopilot?» fragte sie und setzte sich auf den mittleren Notsitz. Am Rand seines Blickfelds konnte Holland ihre gutgeformten Beine sehen. In der Luft hing der Hauch eines Parfüms, das er an ihr noch nicht wahrgenommen hatte. Er kannte den Duft, der ihn an Blumen, Schönheit und Weiblichkeit erinnerte.

«Wir schlafen in Schichten», erklärte Holland. «Er ruht sich aus.» Soweit sein Sitz es ihm gestattete, drehte er sich zu Rachael um und lächelte sie an. «Ich kann Sie kaum sehen, wenn Sie hinter mir sitzen. Warum nehmen Sie nicht auf dem Kopilotensitz Platz?»

Sie nickte und folgte seinem Vorschlag.

«Wie geht es dem kranken Mädchen da unten, Rachael?»

Sie seufzte. «Wenn dieses Virus nicht wäre ... Ich würde das für einen typischen Fieberanfall halten, wie ihn Kinder immer mal wieder bekommen. Wahrscheinlich hat die Kleine sich zu sehr aufgeregt und ein bißchen verkühlt. Ich meine, abgesehen von diesem Kind sind ja alle Passagiere wohlauf. Die Kleine saß auch ganz woanders als das Infarktopfer. Aber, Sie wissen ja ...»

Rachael hielt mitten im Satz inne und blickte durch die Windschutzscheibe nach vorn.

«Aber ...» hakte Holland nach.

Sie sah ihn an. Auf ihren Lippen lag ein dünnes Lächeln. «Na ja – unter den gegenwärtigen Umständen ist der Fall natürlich ziemlich bedenklich.»

«Wie stehen Sie das alles durch?» fragte Holland.

Sie lächelte breiter und wandte kurz den Blick ab, doch als sie antwortete, trafen sich ihre Augen.

«Diese Frage wollte ich Ihnen stellen, deshalb bin ich hier. Mir geht es ausgezeichnet. Lee steht wie ein Turm in der Schlacht, genau wie Sie. Er hält mich aufrecht.»

James Holland verspürte einen merkwürdigen Stich, der der Eifersucht sehr nahekam.

Aber sie hatte ja auch gesagt «ein Turm in der Schlacht, genau wie Sie». Es war ein kleiner Trost.

«Und Ihnen, James, wie geht es Ihnen?»

Er wollte lachen, aber es mißglückte ihm. «Das kommt mir vor wie die Frage: ‹Abgesehen davon, Mrs. Lincoln – wie fanden Sie das Stück?›»

Sie sah ihm tief in die Augen. In ihrem Blick lag eine solche Intimität, daß er sich verlegen abwandte. «Mir geht es vermutlich so, wie man es unter diesen Umständen von mir erwarten kann.»

Rachael nagte sekundenlang an ihrer Unterlippe, bevor sie wieder das Wort ergriff. «Ich habe das Gefühl, daß es hier an Bord keinen Menschen gibt, mit dem der Flugkapitän richtig reden kann. Schon gar nicht mit dem Kopiloten. Daß Sie auch Mensch sind, können Sie hier niemandem zeigen, stimmt's?»

Er lächelte und sah sie wieder an. «Sie glauben wohl, ich breche hier oben in aller Stille zusammen, Rachael?»

Sie schüttelte den Kopf. «Nein, bestimmt nicht. Aber Sie sind ja nicht so ein abgebrühter Typ, der nur darauf bedacht ist, dauernd den Macho herauszukehren. In Ihrer Uniform steckt jemand anders, das sehe ich.»

Er hob den Kopf. «So?»

Sie nickte bekräftigend. «Ich bilde es mir jedenfalls ein. Ich kann menschliche Charaktere recht gut beurteilen, James, und ich bin auch eine gute Zuhörerin, die auch nicht gleich zum nächsten Megaphon greift, wenn sie wieder unten ist.»

Holland mußte lachen.

«Nun ja», sagte er. «Meine Ex-Frau würde Ihnen jetzt sagen: ‹Richtig reden können Sie mit dem ja gar nicht.›»

«Ihre Ex-Frau befindet sich aber nicht an Bord, oder?»

Holland sah sie verwundert an. Die Frage brachte ihn aus dem Gleichgewicht.

«Nein», sagte er in neutralem Ton.

Rachael verscheuchte einen Schwarm von Ängsten und Vorbehalten, die ihr bei der Erwähnung seiner ehemaligen Frau durch den Kopf gegeistert waren. Zu oft in der Vergangenheit hatte sie sich nicht aus ihrer Nußschale herausgewagt und die vorsichtige, diplomatische, stets korrekte Dame gespielt, der es nicht im Traum einfallen würde, direkt auf jemanden zuzugehen oder übertriebene Vertraulichkeit an den Tag zu legen.

Ich kenne diesen Mann doch gar nicht, dachte sie, nur um sich gleich zu korrigieren. Falsch. Ich kannte ihn nicht...

Aber kam es darauf überhaupt an?

«Wie dem auch sei, James – ich bin jedenfalls an Bord. Und ich … ich mag Sie. Nennen Sie's – meinetwegen – aufgeklärtes Eigeninteresse …»

James Holland fühlte sich in seinem Innersten berührt. Wieder begegnete er ihrem durchdringenden Blick, und diesmal erkannte er, daß sie es ernst meinte – und fest entschlossen war. Sein erster Impuls war Abwehr. Er wollte niemanden heranlassen an sein ureigenes Ich, wollte sich zurückziehen, um nichts enthüllen zu müssen.

Doch warum? Die Frage ließ ihn nicht mehr los, und er fand keine plausible Antwort darauf. Er lächelte Rachael an, entspannte ein wenig, fühlte sich ihr seelenverwandt wie keiner anderen Frau zuvor in seinem Leben. Oder? Zumindest war es schon sehr, sehr lange her.

Er holte tief Luft und atmete langsam wieder aus.

«Es gibt keine … Sensationen aus meinem Innenleben, Rachael. Ich meine – aber das betrifft uns ja beide –, ich mache mir natürlich Sorgen …»

«Wir haben höllische Angst, seien wir ehrlich», erwiderte sie. Seine großen Hände und die sich abzeichnenden Adern auf seinen Unterarmen fielen ihr auf.

«Ja, in gewisser Weise schon», gab Holland zu. «Ich weiß bloß nicht, was ich glauben soll. Erst sagt mir Dallas, es handle sich höchstwahrscheinlich um eine maßlose Überreaktion und dieses Virus sei in Wirklichkeit gar nicht so schlimm – und dann heißt es wieder, die ganze Welt habe Angst vor uns, und ich muß miterleben, wie einer meiner Fluggäste erschossen wird …» Seine Stimme versagte, von der Erinnerung überwältigt.

«Sie haben getan, was Sie konnten, James. Ich weiß, wie es war.»

«Wirklich?» fragte er mit einer gewissen Bitterkeit. «Ich hätte ihr nachlaufen, sie irgendwie festhalten können. Mein Gott, Rachael, eine junge Mutter! Sie haben sie fast halbiert!»

«Ihr Tod beweist, daß man jederzeit auch Sie erschossen hätte, James. Falls es eines solchen Beweises noch bedurfte. Sie haben in Ihrer Ansage ja alles gesagt. Die Kerle da draußen waren bedingungslos auf die Einhaltung der Sicherheitszone programmiert. Man hat ihre Gehirne ausgeschaltet.»

Er schüttelte den Kopf und sagte kein Wort.

«Wir brauchen jetzt eine starke Führung, James. Es würde uns nicht viel nützen, wenn Sie jetzt mausetot in Keflavik auf dem Beton lägen.»

Holland wollte lächeln, aber es kam nur ein verunglücktes Grinsen dabei heraus. «Ich bin kein verdammter Anführer, Rachael. Ich bin ein simpler Pilot, der gerne fliegt. Das ist alles. Ich wollte immer nur fliegen, sonst nichts.»

«War Ihr Vater auch schon Pilot?» fragte Rachael und spürte sofort, daß sie einen wunden Punkt berührt hatte.

Er schüttelte langsam den Kopf. Seine Miene verriet, daß ihm die Antwort nicht angenehm war.

«Wie kommen Sie denn darauf?» fragte er zurück.

«Weiß ich nicht. Rein gefühlsmäßig, glaube ich. Väter und Söhne, berufliche Traditionen und so.»

«Waren Sie schon mal in Greeley, Colorado?» fragte Holland.

«Nein. In Denver ja. Aber eine Studienfreundin von mir stammt aus Greeley. Es liegt nördlich von Denver, stimmt's?»

«Ja, ungefähr achtzig Kilometer.»

«Sind Sie da aufgewachsen?»

Er nickte. «Ja, gewissermaßen.»

Sie überhörte die Einschränkung, und ihre Miene hellte sich auf. «Vielleicht kennt meine Freundin Ihre Familie. Die Stadt ist doch nicht sehr groß.»

«Ich hoffe nicht, daß sie sie kennt, Rachael. Ich hoffe es wirklich nicht. Denn wenn sie sich an meine Familie erinnert, dann bestimmt nicht im guten. Mein Vater war dort bekannt wie ein bunter Hund. Als öffentliches Ärgernis, sozusagen. Er war ein kleiner Gernegroß, der sich immer nur in Szene setzen wollte. Lächerliche Geschäfte, Kandidaturen für öffentliche Ämter – alles nur aus Lust an der Selbstdarstellung. Ich habe meine Jugend hindurch nichts anderes im Sinn gehabt, als mich von ihm zu distanzieren.»

«Hieß er auch James?»

Holland rümpfte verächtlich die Nase. «Big Jim! So nannte er sich selbst. Big Jim Holland. Der Knallknopf kandidierte sogar unter diesem Namen. Aus diesem Grund kann ich es nicht ausstehen, wenn man mich Jim nennt.»

«Womit verdiente er seinen Lebensunterhalt?»

«Er war so etwas wie ein legaler Schwindler, Rachael, falls es so etwas gibt. Er konnte verkaufen, und zwar alles. Er war imstande, einem Sträfling zusätzliche Knastjahre anzudrehen, verkaufte Eskimos Kühlschränke und dem Teufel Schwefel. Das einzige Problem bestand darin, daß er sich überhaupt nicht darum kümmerte, ob das, was er verkaufte, auch was taugte und funktionierte. Ständig mußte ich miterleben, wie meine Mutter wütende Kunden und Geschäftspartner, Gläubiger, Gerichtsvollzieher und Finanzbeamte beruhigte. Mein Vater kaufte alles auf Kredit – und bekam offenbar auch dauernd welchen. Es gibt noch heute Gebäude in Greeley, die seinen Namen tragen, denn sobald er irgend etwas gekauft oder gebaut hatte, klatschte er seinen Namen dran – meist in Stein oder Beton. Selbst wenn das Haus den Besitzer wechselte, wurde man ihn nicht los.»

«Und Sie wollten deshalb anonym bleiben?» fragte Rachael.

Er schüttelte angewidert den Kopf. «Ich wollte unsichtbar sein!» Er hob seine rechte Hand, zögerte, suchte nach den richtigen Worten. Sein Blick war unstet geworden und auf die Kontrollanzeigen vor ihm abgeschweift, kehrte dann aber zu ihr zurück.

«Für ihn war ich unsichtbar – es sei denn, er brauchte vorübergehend den kleinen Sohn von Big Jim zu irgendwelchen Propagandazwecken. Ansonsten war ich ihm egal.»

«Das tut mir sehr leid für Sie.»

«Ich war nie ein besonders geselliger Mensch, sondern eher ein Einzelgänger. Das war eben meine Reaktion darauf.»

«Ich habe Sie unten bei den Passagieren beobachtet, James. Sie kommen bei den Leuten besser an, als Sie denken.»

«Das ist bloß der professionelle James Holland.» Er deutete auf die Windschutzscheibe; sein Blick folgte der Geste. «Mein wahres Ego träumte sich dauernd zurück ins frühe neunzehnte Jahrhundert und sah sich als Einsiedler irgendwo im Gebirge. Dahinter stand, glaube ich, der Wunsch, dieser permanenten öffentlichen Mißbilligung zu entgehen, dieser Peinlichkeit, der Sohn von Big Jim zu sein. Ich habe die Öffentlichkeit immer gescheut und gehöre zu jenen Flugkapitänen, die nie eine Bordfunkansage machen würden, es sei denn, sie wäre absolut unvermeidlich.»

Ein paar Sekunden lang herrschte Stille. Dann hob Rachael den Kopf, sah Holland an und räusperte sich.

«Lebt Ihr Vater noch?»

Holland schüttelte den Kopf. «Nein. Er starb vor fünfzehn Jahren. Ich war nicht einmal auf seiner Beerdigung.» Er erwiderte ihren Blick. «Es tut mir leid. Ich weiß nicht, warum ich Ihnen das alles erzähle. Es ist müßig, über vergossene Milch zu reden.»

Sie wischte seinen Einwand mit einer Handbewegung beiseite. «Wie sind Sie zum Fliegen gekommen?»

«Zufall. Und Liebe auf den ersten Flug, wie ich immer sage.»

Er erzählte ihr, wie er bei einem Schulwettbewerb einen Freiflug gewonnen und sich erfolgreich um die Aufnahme in die Air Force Academy beworben hatte. Später war seine Liebe zum Fliegen mit einer langen Liste von Orden und Auszeichnungen belohnt worden. Er erzählte ihr, wie er als Jahrgangsbester die Pilotenschule absolviert hatte, und erwähnte auch seine 63 Einsätze in F-4-Phantom-Jägern über Vietnam.

Und schließlich erzählte er ihr auch von Sandra, seiner einstigen Frau.

«Meine Schuld», sagte er und meinte damit die Scheidung. «Ich bin wirklich ein Einzelgänger. Ich komme nicht gut mit anderen Leuten aus. Sie haben in den vergangenen Minuten mehr von mir erfahren als Sandra in zehn Jahren Ehe. Es tut mir wirklich leid, daß ich soviel von mir rede ...»

«Ich hoffte, daß Sie es tun würden.»

«Nun, Sie haben schon recht, Rachael. Sie sind eine gute Zuhörerin. Ich habe das Gefühl, als würden wir uns schon sehr lange kennen.»

Sie lächelte. «Stimmt ja auch. Wir haben uns zu Beginn dieser Krise kennengelernt, erinnern Sie sich? Und überlegen Sie mal, was seither alles geschehen ist.»

James nickte und blickte ihr tief in die Augen. Sie hatte ihn wortlos dazu eingeladen. Dann fiel sein Blick auf ihre Hände. Sie trug keinen Ring.

Er räusperte sich. Eine kleine Entscheidung war gefallen, aber noch fürchtete er ihre Konsequenzen.

«Jetzt würde ich gerne Sie etwas fragen, Rachael», sagte er.

«Okay. Was?»

«Ich würde gerne etwas mehr über einen faszinierenden weiblichen Fluggast erfahren, den ich Rachael Sherwood genannt habe.»

22

Washington, D. C. · Samstag, 23. Dezember · 17.04 Uhr (2204Z)

Sherry Ellis ging rastlos im Zimmer auf und ab, während sich Rusty Sanders über das Telefon beugte. Die Zeit lief aus, und sie wußten es.

Noch sechzehn Minuten!

«Was soll diese Verzögerung?» fragte Sherry.

Rusty legte die linke Hand über die Sprechmuschel. «Der Cheftechniker für das Iridium-System sieht gerade in seinem Computer nach. Normalerweise überprüfen sie die geographischen Daten nicht, aber er meint, es ließe sich machen.»

Rusty hatte die Zentrale der Iridium-Company angerufen und sich mit einem Vorstandsmitglied verbinden lassen. Er sei Mitarbeiter der CIA, hatte er gesagt, und es handele sich um einen nationalen Notfall; er müsse daher auf die üblichen Verifizierungsverfahren verzichten. Abgesehen davon sei die Information, um die es ihm jetzt ginge, gar nicht so furchtbar privat oder sensibel.

«Um was geht es?» hatte der Manager gefragt.

«Um die Anschlußnummer aller Ihrer Teilnehmer, die in den vergangenen sieben Stunden von den folgenden Orten aus telefoniert haben oder von dort angerufen worden sind: Island bis 1711Z und danach von einem beliebigen Punkt auf einer Strecke zwischen Island und der afrikanischen Westküste, ausgehend von einer Fluggeschwindigkeit von achthundert Kilometern in der Stunde.»

«Du meine Güte, Dr. Sanders, das ist ganz schön viel verlangt. Aber warten Sie – hängt das vielleicht mit diesem Jumbo und dem Killervirus zusammen?»

«So ist es, Sir. Und ich rufe im Auftrag des Krisenstabs im Weißen Haus an.»

Es dauerte lange, bis der Mann sich wieder meldete, doch dann sagte er kurz und bündig: «Okay. Bleiben Sie am Apparat.»

Man hatte ihn erst mit der technischen Abteilung verbunden und danach mit der Einsatzleitung. Jetzt meldete sich wieder der Mann vom Vorstand.

«Hören Sie, Dr. Sanders? Also, wir haben elf Kunden, die im besagten Zeitraum von Island aus telefoniert haben. Allerdings kommen neun von ihnen nicht in Frage, weil sie ihre Gespräche erst nach der von Ihnen genannten Abflugzeit führten. Da wir es mit einem Flugzeug zu tun haben, nehme ich an, daß die beiden übrigen die Anschlüsse sind, die Sie suchen.»

«Ausgezeichnet. Ich habe einen Kugelschreiber.»

Der Mann gab ihm die Nummern durch und fügte hinzu, wie die Anschlüsse von einem normalen Telefon aus erreichbar und ihre Funkrufempfänger zu aktivieren waren.

«Ich muß Ihnen aber gleich sagen, daß diese Apparate nicht für den Gebrauch in Flugzeugen geeignet sind. Wenn jemand die Antenne irgendwo in Fensternähe plaziert hat, klappt es vielleicht. Die Wahrscheinlichkeit, daß es nicht funktioniert, ist aber größer.»

«Verstanden. Die Namen der Teilnehmer kennen Sie nicht zufällig, oder?» fragte Rusty.

Wieder zögerte der Mann.

«Doch. Unter den gegebenen Umständen, doch. Der eine Apparat ist unter dem Namen eines gewissen Carl Wilhoit registriert, einem Mitarbeiter von NBC-News in New York. Der andere gehört – ich kann den Vornamen nicht lesen – einem gewissen Lancaster aus Manassas, Virginia.»

«Sehr gut. Tausend Dank.»

Rusty legte auf und wählte die erste Nummer. Prompt meldete sich eine Männerstimme.

«Wilhoit?»

«Äh... Carl Wilhoit, ja?»

«Genau. Bist du das, Bill? Hast du meine Ankunftszeit nicht bekommen?»

«Mr. Wilhoit, hier spricht Dr. Rusty Sanders von der CIA. Befinden Sie sich an Bord von Quantum-Flug Sixty-six?»

«An Bord? Gott bewahre! Ich berichte darüber. Wir befinden uns in einem Privatjet und sind auf dem Rückflug nach New York. Woher kennen Sie meine Nummer?»

«Entschuldigen Sie die Störung», sagte Rusty, unterbrach die Verbindung und wählte die zweite Nummer. Achtmal ertönte das Freizeichen, dann wurde eine Tonbandansage eingespielt: «Das Iridium-Welttelefon, das Sie angewählt haben, reagiert leider nicht auf unser weltweites Signal. Die Person, mit der Sie sprechen wollen, wird eine Nachricht erhalten. Bitte nennen Sie uns Ihren Namen und Ihre Telefonnummer einschließlich der Landes- und der Ortsnetzkennzahl, damit der Teilnehmer Sie zurückrufen kann. Sprechen Sie bitte nach dem Pfeifton.»

Rusty brach die Verbindung ab und drückte sofort auf die Wiederholungstaste. Sherry war stehengeblieben und tappte mit dem Fuß auf den Boden.

«Vierzehn Minuten, Rusty! Wir haben nur noch vierzehn Minuten!»

Er nickte. «Ich weiß, ich weiß.»

Wieder ertönte das Freizeichen – viermal, fünfmal, sechsmal, dann zum siebtenmal. Rusty war auf die Ansage vorbereitet und hatte sich eine Botschaft zurechtgelegt. Doch diesmal meldete sich eine andere weibliche Stimme.

«Hallo?»

«Hallo? Ist das – äh – keine automatische Ansage?»

«Nein. Wer spricht, bitte?»

«Spreche ich mit ...» Er sah auf seinem Notizblock nach. «Spreche ich mit Ms. Lancaster?»

Die Stimme am anderen Ende der Leitung klang verblüfft.

«Nein. Wollen Sie vielleicht mit Lee Lancaster sprechen?»

Der Botschafter! Das ist der Anschluß des Botschafters!

«Ja, bitte. Und wer sind Sie?»

Im Cockpit von Quantum-Flug 66 hatte eine Art Warnton, den er noch nie gehört hatte, Flugkapitän James Holland irritiert. Er konnte sich keinen Reim darauf machen. Als der Ton aufhörte, hatten Hollands erfahrene Augen bereits fast alle Instrumente überprüft.

Rachael kannte das Geräusch, aber sie schrieb es angesichts der vielen Skalen, Anzeigen und Instrumente dem Flugzeug zu.

Erst als es nach einer Pause von neuem ertönte, merkte sie, daß das Geräusch aus ihrer Handtasche kam.

Rachael nahm das Iridiumtelefon heraus und drückte auf die ON-Taste.

«Rachael Sherwood», sagte sie nach Rustys anfänglichem Gestammel. «Ich bin die Assistentin des Botschafters. Wer ist am Apparat, bitte?»

«Dr. Rusty Sanders von der CIA in Washington. Bitte hören Sie mir genau zu, Ms. Sherwood. Es handelt sich um einen extremen Notfall. Können Sie mit Ihrem Telefon zum Cockpit gehen und mir so schnell wie möglich den Captain geben? Sollte unterdessen die Verbindung abreißen, lassen Sie ihn den Apparat ans Fenster halten, bis ich mich wieder melde.»

«Sie haben Glück. Ich befinde mich bereits im Cockpit. Hier ist der Captain.»

Rachael reichte das Telefon James Holland, der es vorsichtig in seine große Hand nahm.

«James Holland.»

«Sie sind der verantwortliche Flugzeugführer von Quantum-Flug Sixty-six?»

«Jawohl. Und wer sind Sie?»

«Mein Name ist Dr. Rusty Sanders, Mitarbeiter der CIA. Sie müssen mir jetzt genau zuhören, Captain. Ich habe Ihnen etwas mitzuteilen, das auf den ersten Blick sehr seltsam klingen mag. Doch wenn Sie auf meine Informationen nicht sofort reagieren, so könnte dies fatale Konsequenzen haben.»

«Unsere Lage ist schon fatal genug, Doktor.»

«Bitte hören Sie mir zu, Captain. Sie wissen doch, daß die Leiche von Professor Helms auf Island obduziert worden ist?»

«Ja. Nach allem, was die Medien sagen, sind die Ergebnisse positiv.»

«Eben nicht, Captain. Ich habe mit dem Pathologen gesprochen, der die Obduktion geleitet hat. Allem Anschein nach starb der Professor an einem Herzinfarkt. Es gibt bislang keinerlei schlüssigen Beweis für eine aktive Virusinfektion. Mir ist bekannt, daß Helms bereits in Frankfurt Anzeichen einer fiebrigen Erkrankung aufwies, doch das müssen die Vorboten des Infarkts gewesen sein.»

«Tatsächlich?»

«Yes, Sir. Daß er möglicherweise Träger des Virus war, ist damit natürlich noch nicht ganz ausgeschlossen, doch spricht alles dafür, daß dieses Virus ihn nicht umgebracht hat. Persönlich bin ich überzeugt, Captain, daß die meisten Leute an Bord Ihrer Maschine gute Chancen haben, von diesem Virus verschont zu bleiben. Die ganze Affäre war möglicherweise ein Fehlalarm. Und selbst wenn der Professor infiziert war, so heißt dies noch nicht, daß er deshalb automatisch das ganze Flugzeug angesteckt haben muß.»

«Ich muß Ihnen leider mitteilen, Doktor, daß wir inzwischen einen zweiten Krankheitsfall an Bord haben. Ein kleines Mädchen. Es hat hohes Fieber und grippeartige Symptome.»

Rusty rechnete schnell nach und nickte. «Für das deutsche Virus ist das zu früh, Captain. Dessen Inkubationszeit dauert länger. Bisher kann daran noch niemand erkrankt sein.»

«Gut. Aber was wollten Sie mir erzählen? Was ist so ‹seltsam›, daß Sie fürchten, ich könnte es Ihnen nicht abnehmen?»

«Sie müssen sofort Ihren Kurs ändern, Captain. Weniger als dreizehn Flugminuten vor Ihnen lauert Ihnen ein Kampfflugzeug auf. Sie und Ihre Maschine sollen abgeschossen werden. Der Angriff geht aller Wahrscheinlichkeit nach aufs Konto einer schlagkräftigen, vom Iran unterstützten Terrororganisation namens Akbah. Der Flugzeugtyp ist mir nicht bekannt, doch ich weiß, daß die Gruppe die Koordinaten Ihres nächsten Waypoints kennt. Wir ... wir haben eine arabische Nachricht abgefangen. Schalten Sie außerdem sofort Ihren Transponder aus. Die Kerle haben auch den Code.»

James Holland drehte sich um. Seine Miene verriet, daß er aufs höchste beunruhigt war. Er deckte mit der linken Hand die Sprechmuschel ab und sagte zu Rachael: «Wären Sie so lieb, den Kopiloten zu holen, Rachael? Er ist im Ruheraum, gleich rechts hinter der Cockpittür. Ich brauche ihn jetzt.»

Sie nickte und verschwand.

Holland gab die Sprechmuschel wieder frei und stellte mit einem Griff nach unten vorsorglich den Transponder ab.

«Ich kann mir schlecht vorstellen, was diese Leute sich davon versprechen. Die Welt hat uns doch ohnehin schon für tot erklärt.»

«Lee Lancaster ist bei Ihnen an Bord, stimmt's?»

«Der Botschafter? Ja, das ist richtig.»

«Botschafter Lancaster steht schon seit Jahren auf den Todeslisten sämtlicher Terrororganisationen im Nahen Osten. Denen ist völlig gleich, wen sie nebenbei noch alles umbringen. Und Sie, Captain, fliegen Lancaster momentan gewissermaßen in den Hinterhof der Terroristen. Er ist die Zielscheibe, aber aus bestimmten anderen Gründen, die ich Ihnen aus Zeitgründen jetzt nicht näher erläutern kann, auch Sie.»

Holland schwieg einige Sekunden lang. Dann fragte er: «Ich soll also den Kurs ändern und den nächsten Waypoint umfliegen, den Zielflughafen aber beibehalten?»

Rusty fiel plötzlich ein, daß er in seiner Fixierung auf den bevorstehenden Angriff gar nicht über den neuen Zielflughafen nachgedacht hatte. Wenn die Akbah die 747 nicht in der Luft erwischte, dann eben bei der Landung oder auf dem Boden. Quantum 66 würde den Flug nach Ostmauretanien nie überleben. Für Sekundenbruchteile sah Sanders Roths Plan kristallklar vor sich. Und ein Jumbo war ein kaum zu verfehlendes Ziel.

Wo können sie sonst noch hin?

Rusty hatte die Augen geschlossen, rieb sich die Stirn und versuchte, sich ein Kartenbild von der afrikanischen Atlantikküste und dem angrenzenden Ozean vorzustellen. Im Südatlantik gab es ein paar Inseln, von denen jedoch nicht zu erwarten war, daß sie dem berüchtigten Flug 66 ihre Landebahnen überlassen würden.

«Sie dürfen nicht nach Mauretanien fliegen, Captain. Wenn die Burschen Sie über dem Atlantik nicht erwischen, dann erwischen sie Sie über der Wüste.»

Hollands Stimme klang plötzlich mißtrauisch. «Was schlagen Sie vor, Sanders? Wollen Sie wirklich, daß ich die Direktiven meiner Fluggesellschaft und des Weißen Hauses sowie die Einrichtung einer umfangreichen Luftbrücke mit Versorgungsgütern für uns ignoriere und einfach ... ins Blaue fliege? Ich kenne Sie doch überhaupt nicht! Für mich können sogar Sie ein Terrorist sein.»

«Aber ich sage Ihnen doch nicht, wo Sie hinfliegen sollen, Captain, oder? Ich sage Ihnen bloß, daß Sie ein toter Mann sind, wenn Sie den Punkt erreichen, wo man Ihnen auflauert.»

Eine lange Pause entstand. Rusty sah auf seine Armbanduhr. Es blieben keine zehn Minuten mehr.

«Ändern Sie wenigstens den Kurs, Captain. Schnell! Haben Sie genug Treibstoff, um, sagen wir, die Kanarischen Inseln zu erreichen?»

Schweigen.

«Warum sollte ich Ihnen glauben, Sanders?» fragte Holland schließlich zurück. «Sind Sie der Direktor der CIA oder wer? Warum kommen diese Instruktionen nicht von höchster Stelle?»

«Nennen Sie mich Rusty, bitte.»

«Die Frage bleibt die gleiche», erwiderte Holland scharf und schaltete die Verbindung zwischen Flight Management Computer und Autopilot aus und legte die 747 in eine leichte Rechtskurve.

«Okay, Captain, ich will ehrlich mit Ihnen sein. Ich bin ein Analytiker, der früher mal bei der FAA war. Ich war von Beginn dieser Affäre an mit Ihrem Problem befaßt und habe dann entdeckt, daß innerhalb der CIA eine Gegenoperation läuft. Mir fiel eine auf arabisch verfaßte Meldung in die Hand, in der Langley Ihre Koordinaten an jemanden übermittelte, der sich im Luftraum vor Ihnen aufhält und nun Ihre voraussichtliche Ankunftszeit und Ihren Transpondercode kennt. Bitte, Captain, ändern Sie zumindest Ihren Kurs!»

«Tu ich gerade. Nur als Vorsorge für den Fall, daß Sie vielleicht doch nicht verrückt sind. Erzählen Sie weiter.»

«Gut.» Rusty holte tief Luft. «An der Spitze der Gegenoperation steht der Stellvertretende CIA-Direktor Jon Roth – der Direktor selbst liegt im Koma. Roth ist seit langer Zeit ein Feind dieser Terroristengruppen.»

«Wer ist das nicht?» erwiderte Holland.

«Sein Ruf baut darauf auf, daß er sie bisher alle zerschlagen konnte, und jetzt rechnet er offenbar damit, auch der Akbah das Genick brechen zu können. Er läßt Sie und Ihre Passagiere von diesen Leuten umbringen und spekuliert darauf, daß sie dadurch weltweit verurteilt werden.»

Es dauerte eine Weile, bis Holland den ersten Schreck überwunden hatte und sich wieder meldete.

«Warum sollte die Akbah das tun? Die Leute wissen doch selbst, daß sie sich damit unmöglich machen?»

Schon wieder diese Frage! dachte Rusty.

«Weil sie, was Lancaster betrifft, nicht mehr rational denken, Captain. Sie wollen ihn töten, um jeden Preis. Roth serviert ihnen den Botschafter auf dem Silbertablett ... Wo sind Sie, Captain ...?»

«Beruhigen Sie sich, Doktor, ich habe den Kurs bereits geändert. Der Himmel vor uns ist klar. Wie soll dieser Angreifer aussehen?»

«Ich habe keine Ahnung. Aber es handelt sich offensichtlich um ein Flugobjekt, das mit Bordkanonen, Raketen oder sogar beidem ausgestattet ist. Sie, Captain, verfügen über kein Radarwarngerät, und die bösen Buben werden sich bei Ihnen nicht anmelden. Es kann also sein, daß Sie sie nicht rechtzeitig entdecken. Sie müssen den Kurs radikal ändern!»

In diesem Augenblick betrat Dick Robb das Cockpit. Rachael Sherwood folgte ihm. Holland bemerkte sogleich seinen besorgten Gesichtsausdruck und bat ihn mit einer Handbewegung, auf dem Kopilotensitz Platz zu nehmen. «Wenn es diese Leute tatsächlich gibt», sagte er zu Sanders, «dann weiß ich, was sie vorhaben. Ich war früher Kampfpilot bei der Air Force.»

«Sehr gut!» erwiderte Rusty.

«Warten Sie einen Moment!» sagte Holland.

Wieder herrschte Schweigen. Im linken Pilotensitz der Boeing 747 überdachte James Holland das Problem. Dann begann er, langsam den Kopf zu schütteln. Sein Mißtrauen verstärkte sich. Das gab doch alles keinen Sinn!

Er hielt die Sprechmuschel des Telefons gegen seinen Oberschenkel, wandte sich Dick Robb zu und gab ihm eine kurze Zusammenfassung dessen, was er von Sanders erfahren hatte. Robbs Augen erweckten den Eindruck, als wollten sie aus ihren Höhlen springen, und sein Mund stand vor Ungläubigkeit weit offen.

«Woher sollen wir denn wissen ...» begann er.

«Genau!» lautete die Antwort vom linken Sitz.

James Holland atmete tief durch und nahm den Hörer wieder auf. «Sanders? Wir können Ihre Angaben nicht verifizieren. Sie sind für uns kaum mehr als eine anonyme Stimme am anderen Ende der Leitung. Ich bin nicht bereit, den Kurs dieses Flugzeugs mit unbekanntem Ziel zu ändern, nur weil mir da jemand inoffiziell eine Verschwörungstheorie andreht. Was ist denn, wenn wir tatsächlich infiziert sind? Auf dem vorgesehenen Landeplatz gibt es die entsprechenden Einrichtungen. Man ist auf uns vorbereitet, und wir können endlich dieses Flugzeug hier verlassen. Unsere Toiletten laufen über, und unsere Lebensmittelvorräte gehen zur Neige. Davon abgesehen, reicht unser Treibstoff auch nicht mehr für eine Weltumrundung.»

Rusty versuchte das Zittern zu unterdrücken, das seinen ganzen Körper erfaßt hatte. Seine einzige Chance bestand darin, diesen Mann zu überzeugen. «Captain, Sie müssen noch mindestens vierundzwanzig Stunden überstehen. Wenn bis dahin nicht alle Menschen an Bord krank darniederliegen, gibt es dieses Virus nicht! Verstehen Sie, was ich damit sagen will? Sie brauchen Zeit, um zu beweisen, daß Sie nicht infiziert sind!»

Er bekam keine Antwort.

«Captain?»

Die folgenden Worte aus der Boeing waren leise, aber unmißverständlich. Holland hatte sich entschieden. Er drückte den Knopf, der Computer und Autopiloten wieder miteinander verband. Das Flugzeug legte sich leicht nach links und ging wieder auf den alten Kurs.

«Ich glaube Ihnen nicht, Sanders – oder wer immer Sie sonst sein mögen. Schon mal was von Meaconing gehört? Einschleichen auf die gegnerische Funkfrequenz? Lauter alte Tricks, mit denen uns schon der Vietcong übers Ohr hauen wollte. Um uns in die Falle zu locken, haben sie sich auf unseren Funkfrequenzen gemeldet und sich für unsere eigenen Leute ausgegeben. Ich glaube, Sie haben so was Ähnliches vor.»

«Wie bitte?» fragte Rusty verblüfft.

«Ich beende diese Farce jetzt», sagte Holland.

«Nein! Captain, notieren Sie sich wenigstens meine Telefonnummer oder legen Sie nicht auf, ich bitte Sie!»

«Vergessen Sie's, Charlie. Clever gedacht, aber es hat eben nicht geklappt. Sagen Sie das Ihrem Arbeitgeber. Sie sind eben an den falschen GI geraten.»

Mit einem Knopfdruck beendete Holland das Gespräch.

Juri Steblinko hatte während seiner Dienstzeit als Kampfpilot bei der sowjetischen Luftwaffe gelernt, wie gefährlich es sein kann, das Radar zu früh auf das Ziel aufzuschalten. Der feindliche Pilot würde durch sein Warnradar über Kopfhörer ein akustisches Signal erhalten. Selbst bei einer Vorwarnzeit von nur wenigen Sekunden war es möglich, daß der Gegner sich aus dem Staub machen oder sogar seinerseits den ersten Schuß abgeben konnte.

Ein normales Verkehrsflugzeug wie die Boeing 747 verfügte über diese Fähigkeiten jedoch nicht – genausowenig wie ein normaler Geschäftsjet vom Typ Gulfstream IV.

Die Gulfstream des saudischen Prinzen besaß dagegen ein kompliziertes Angriffsradar- und Identifikationssystem, das Juri, der natürlich genau wußte, daß die Crew eines normalen Linienflugzeugs nicht gewarnt wurde, bereits vor fünf Minuten auf die Quantum-Maschine eingestellt hatte.

Trotzdem stimmte etwas nicht. Da war zunächst der Transponder der 747 ausgefallen. Das «Q 66» – der Code für die Quantum-Maschine – und das «F 370» für Flugfläche 370 (entsprechend siebenunddreißigtausend Fuß Flughöhe) waren plötzlich vom schimmernden Bildschirm verschwunden gewesen. Fasziniert hatte Juri beobachtet, wie die 747 unvermittelt ihren Kurs geändert und nach rechts abgedreht war. Er hatte sich bereits entschlossen, seine Warteposition zu verlassen und die Verfolgung aufzunehmen, als das riesige Flugzeug genauso unvermittelt wieder auf seinen ursprünglichen Kurs einschwenkte.

Der Transponder blieb allerdings abgestellt.

Was hat das zu bedeuten? fragte sich Juri.

Die 747 befand sich nun zwar zehn Meilen außerhalb der ehemaligen Flugbahn, hielt aber direkt auf die vorprogrammierte Position zu. Juri vergewisserte sich noch einmal, daß alle Lichter der Gulfstream ausgeschaltet waren. Also gut, sagte er sich. Wenn er direkt unter mir ist, gehe ich runter und hänge mich in zirka fünf Meilen Abstand an ihn dran. Das dürfte die beste Schußposition sein.

In Gedanken ging er noch einmal das ungewöhnliche Manöver durch. Zunächst wollte er den Raketenträger auf der linken Unterseite der Gulfstream ausfahren, die beiden Raketen scharf machen und die Sprengköpfe auf das linke innere Triebwerk der 747 ausrichten. Die beiden Raketen waren mit je einem Neun-Pfund-Gefechtskopf versehen und sollten eigentlich ausreichen. Der Gefechtskopf würde voraussichtlich das ganze Triebwerk samt Verkleidung und Aufhängung herausreißen und mit ein bißchen Glück die Tragfläche abbrechen lassen. Gelang dies nicht, so wollte Juri mit der zweiten Rakete auch das rechte innere Triebwerk ins Visier nehmen.

Er justierte die Lautstärke und horchte auf den leisen Brummton, der ihm anzeigte, daß die beiden Infrarot-Zielsuchköpfe in den Raketen auf die Wärmequelle vor ihm aufgeschaltet waren.

Zwei Raketen hatten damals ausgereicht, um das Flugzeug der Korean Airlines abzuschießen, doch verfügten sie jeweils über Fünfundzwanzig-Pfund-Gefechtsköpfe. Zwei Neun-Pfund-Sprengköpfe reichten aus, wenn die Schüsse gut plaziert waren.

Juri dankte dem Himmel dafür, daß der Scheich auf den neuesten russischen Infrarot-Missiles bestanden hatte. Andere wären zu klein gewesen, um eine Boeing 747 abzuschießen, es sei denn, es wäre gelungen, das Flugdeck zu treffen und die Piloten zu töten.

Das Radarecho bewegte sich langsam, aber sicher auf die Mitte des Bildschirms zu. Juri konnte die 747 jetzt sehen. Die Blinklichter durchpulsten die Nacht, das Mondlicht spiegelte sich auf den silbernen Tragflächen, und die Positionslichter auf Flügelspitzen und Schwanz markierten den Weg der Maschine durch die Nacht. Juris linke Hand umfaßte das Steuerhorn, die rechte die Gashebel, und beide Daumen waren bereit, die Disconnect-Knöpfe für Autopilot und automatischen Gashebel zu drücken.

Die entgegenkommende 747 zog nun sechstausend Fuß unterhalb der Gulfstream vorbei. Im Cockpit war kein Licht zu sehen. Jetzt hatte der Jumbo seine richtige Position erreicht.

Und es war Zeit.

Juri drückte die Knöpfe und legte den Busineßjet in eine enge Rechtskurve. Gleichzeitig nahm er die Nase herunter und schob die

Gashebel vor. Die 747 flog mit einer Geschwindigkeit von 0,8 Mach, also achtzigprozentiger Schallgeschwindigkeit. Juri konnte bis auf 0,87 Mach beschleunigen, innerhalb von zwei Minuten hinter dem Jumbo sein und so eine optimale Angriffsposition für die Raketen finden. Die Flughöhe von ursprünglich dreiundvierzigtausend Fuß verringerte sich rasch. Juri hörte und spürte die Beschleunigung und erinnerte sich an die vielen Trainingsflüge, die er in seiner Laufbahn schon geflogen war.

Das hier war keine große Herausforderung.

Im Cockpit der Quantum 66 hatte James Holland die meisten Lichter gelöscht, um den Himmel vor sich besser beobachten zu können. Er ging davon aus, daß ein Angreifer ohne Beleuchtung fliegen und daher nur schwer erkennbar sein würde. Obwohl er auf die lächerliche Warnung über Rachaels Funktelefon nicht viel gab, war eine gewisse Vorsicht ratsam.

«Ich kann nichts sehen da draußen», sagte er.

Auch Dick Robb starrte mit weit aufgerissenen Augen hinaus. Rachael saß auf dem Notsitz hinter Holland und hielt das Iridiumtelefon in der Hand.

Es klingelte erneut. Sie rechnete schon damit, daß Holland ihr bedeuten würde, nicht auf den Anruf zu reagieren, doch der Flugkapitän entschied sich nach kurzem Zögern anders. Er streckte die Hand aus, und Rachael reichte ihm das Gerät.

Er erkannte die Stimme sofort.

«Okay, Mr. Sanders», sagte er. «Wo ist denn nun dieser angebliche Angreifer? Wir haben Ihre magischen Koordinaten soeben überflogen.»

Dick Robb beugte sich vor und schaltete das Wetterradar ein. Über den Schirm flackerten in Geraden und Spiralen ungewöhnliche Störlinien, die Holland sofort aufmerksam werden ließen. Er runzelte die Stirn.

«Was soll denn der Salat?» fragte Robb.

Mit leicht geöffneten Lippen starrte Holland auf den Radarschirm. Dann fuhr seine linke Hand an den Steuerknüppel und schaltete den Autopiloten aus. Unmittelbar darauf steuerte er den Jumbo in eine scharfe Linkskurve, und seine Augen suchten den Himmel auf der linken Seite des Flugzeugs ab.

«Dick! Schalten Sie sofort alle Positions- und Antikollisionslichter aus!»

Dick Robb zögerte, tat dann aber, wie ihm geheißen. Seine Miene verriet höchste Beunruhigung.

«Was ist los?» fragte er.

Holland antwortete nicht. Der Blick aus dem Seitenfenster fesselte seine gesamte Aufmerksamkeit. Die riesige Boeing war inzwischen um fünfundvierzig Grad von ihrer bisherigen Flugbahn abgewichen und lag in einer Schräglage von vierzig Grad. Auch als Holland mit Verzögerung Robbs Frage beantwortete, blieb sein Blick unverwandt nach draußen gerichtet.

«Bei Digitalradars kommt so etwas nur selten vor, es sei denn, irgend jemand in der Nähe knallt dir seinen eigenen Radarstrahl drauf.»

«Sie meinen, jemand mit Wetterradar?» fragte Robb.

Holland schüttelte den Kopf. «Nein, dafür ist es zu stark. Das ist ein Angriffsradar.»

Er nahm das Iridiumtelefon in die Rechte, während seine Linke nach wie vor den Steuerknüppel umfaßte, um das Flugzeug stabil in der Kurve zu halten.

«Sanders? Bleiben Sie bitte am Apparat!»

«Können Sie etwas sehen, Captain?»

«Warten Sie eine Minute, Doktor.»

Holland spürte, wie sich sein Magen zusammenzog. Er gab Rachael das Telefon zurück und schaltete das Warnlämpchen ein, mit dem die Passagiere gebeten wurden, die Sicherheitsgurte anzulegen. Dann griff er zum Mikrofon und meldete sich über den Bordlautsprecher.

«Hier spricht der Captain. Bitte begeben Sie sich sofort auf Ihre Plätze und schnallen Sie sich an. Das gilt auch für das Flugbegleitpersonal.»

Tausende von Gedanken stürmten auf ihn ein: Erinnerungen an taktische Verfahrensweisen und Manöver, Kampfsimulationen, wirkliche Kampfeinsätze in Vietnam. Mit anderen Experten hatte er Methoden entwickelt, die es großen Transportmaschinen unter bestimmten Voraussetzungen ermöglichten, angreifenden Kampfflugzeugen zu entkommen. An zivile Jumbo-Jets in großen Flughöhen hatten sie dabei allerdings nicht gedacht.

Für jeden, der uns da draußen ins Visier nimmt, sind wir eine riesige, unbewegliche Zielscheibe. Es ist fast unmöglich, uns zu verfehlen!

Juri brachte die Gulfstream auf Höchstgeschwindigkeit und stabilisierte sie auf siebenunddreißigtausend Fuß. Die 747 befand sich nun, wie geplant, etwa fünf Meilen vor ihm. Bei seinem letzten Blick auf den Schirm des Angriffsradars war ihm eine leichte Kursänderung der Boeing aufgefallen. Mit Verspätung erkannte er jetzt, daß sein Zielobjekt eine scharfe Linkskurve flog.

Und in diesem Augenblick gingen die Positions- und Antikollisionslichter der Quantum 66 aus.

Er weiß Bescheid! Er hat es irgendwie spitzgekriegt! Juri versuchte sich die Situation im Cockpit der Boeing vorzustellen. Na gut, mein Freund, dann biegst du eben ab. Das hilft dir auch nichts. Mit einem solchen Elefanten entkommst du mir nie...

Er riß die Gashebel zurück und drückte den Knopf, mit dem die Raketenschiene auf der linken Seite ausgefahren wurde. Er hörte den kleinen hydraulischen Motor anspringen und spürte die Störung des Luftstroms sowie eine leichte Gierung nach links. Er schaltete die auf die Windschutzscheibe projizierte Visiereinrichtung und Angriffsinformation ein und wartete ein paar Sekunden, bis sich seine Augen an die in seinem Blickfeld erscheinenden Linien und Zahlen gewöhnt hatten. Das Angriffsradar war bereits aufgeschaltet. Juri steuerte die Maschine nach links, um dem Jumbo auf der Spur zu bleiben, und versuchte, die Zieleinrichtung auf dem Head up Display in die Nähe des Triebwerks 2 auf der Innenseite der linken Tragfläche zu bringen. Da die 747 ihre Richtungsänderung fortsetzte, vergrößerte sich der Winkel zusehends. Das Brummen der Gefechtsköpfe, die auf die starke Hitzequelle vorausreagierten, wurde immer intensiver.

Juri runzelte die Stirn. Er mußte jetzt innerhalb weniger Sekunden feuern oder abwarten, bis die Boeing ihre Kurve abbrach, und sich erneut hinter sie manövrieren.

Es war eine Spontanentscheidung, doch schon unmittelbar danach wußte Juri, daß er einen Fehler gemacht hatte. Er spürte, wie sein Finger zuckte, dann hörte er das Klicken des Auslösers. Mit Triebwerk 2 im Suchkopf löste sich die Rakete von ihrer Schiene. Der donnernde Lärm, den sie dabei verursachte, ließ die Gulfstream vibrieren. Jetzt kann eigentlich nichts mehr schiefgehen, dachte Juri. Sie ist auf das Infrarotbild des linken inneren Triebwerks fixiert. Nichts kann sie mehr zurückholen...

Aber der Jumbo drehte sich zu schnell. Die linke Tragfläche verdeckte die Düse von Triebwerk 2. Gleichzeitig rückte das nun überhöhte Außentriebwerk des rechten Flügels in Sichtweite, dessen Düse ebenfalls Infrarotstrahlung abgab.

Juri hielt die Luft an und wartete.

Das winzige Silikongehirn des Raketenlenksystems hatte bisher nur die vom Piloten eingegebene Infrarotstrahlungsquelle wahrgenommen, sich elektronisch darauf eingestellt und seine gesamte Existenz darauf fixiert, diesen einen Punkt anzusteuern und zu explodieren.

Doch dann war der Punkt auf einmal undeutlich geworden, und an seiner Stelle hatte sich ein anderer erhoben, der ebenfalls starkes, pulsierendes Infrarotlicht abgab und den ersten bei weitem überstrahlte.

Oder war es doch derselbe? Die verwirrende Information wurde im Mikrosekundentempo abgecheckt. Die Computerchips rangen um eine Entscheidung: Sollte die Rakete auf die erste, schwächer werdende Lichtquelle fixiert bleiben oder lieber die zweite, wesentlich hellere für die richtige halten und dementsprechend ansteuern?

Nein, es gab keine Konkurrenz zwischen den beiden. Der Befehl lautete, Kurs auf die hellste Strahlungsquelle zu nehmen. Augenblicklich wurden die Leitschaufeln am Schwanz der Rakete ein winziges Stück mehr aufgestellt, was zur Folge hatte, daß sich die korkenzieherartig gewundene Flugbahn des Geschosses leicht veränderte. Das angestrebte Ziel wurde mit jeder Millisekunde größer.

James Holland drückte die Nase der Boeing herunter, worauf die Maschine innerhalb kürzester Zeit um mehrere hundert Fuß sank. Seine Erfahrung sagte ihm, worauf es ankam: Seine Manöver mußten unberechenbar sein, und er durfte nicht geradeaus fliegen.

Der winzige Steuercomputer der Rakete hatte sich vergewissert, daß wieder alles in Ordnung war: Annäherungsrate, Flugbahn, Geschwindigkeit, Zielverfolgung – alles stimmte. Nun fehlte nur noch der unmittelbare Kontakt mit dem Objekt. Die Infrarotstrahlung im Auge des Verfolgers wurde immer intensiver. Dann endlich kam das erwartete Signal, und die Rakete verhielt sich genauso, wie man es ihr einprogrammiert hatte: Sie explodierte.

Ein sich von links her mit rasender Geschwindigkeit näherndes Flugobjekt übertönte auf einmal Hollands Stimme, schoß feuersprühend und mit Donnergetöse über die 747 hinweg und explodierte auf der rechten Seite der Maschine. Ein greller Blitz, ein Knall und ein wuchtiger Stoß erschütterten das Flugzeug.

«Waa...» Robbs unartikulierter Aufschrei erfüllte das Cockpit. Sein Kopf fuhr herum und suchte die Stelle, an der die Explosion stattgefunden hatte. Auch Rachael stieß einen leisen Schrei aus. Als James Holland die Tragweite des Geschehens erfaßte, verdoppelte sich in Sekundenbruchteilen seine Herzschlagfrequenz.

Mein Gott, wir sind getroffen!

Simultan starrten die beiden Piloten auf die Anzeigen vor ihnen. Alle Daten für Triebwerk 4 waren abrupt auf Null zurückgegangen.

Der Kampfflieger in James Holland erwachte. Jumbo-Jet oder nicht – Flug 66 war ein Angriffsziel geworden, und diesen Zustand galt es so schnell wie möglich zu beenden.

Holland riß die Gashebel zurück und erhöhte die Schräglage der Maschine auf fast neunzig Grad. Dann rammte er seinen Fuß auf das linke Ruder. Die Nase war jetzt steil nach unten gerichtet und hielt auf die annähernd dreißigtausend Fuß tiefer gelegene Wolkendecke zu. Gleichzeitig schoß seine rechte Hand vor und zog den Hebel für die Luftbremsklappen an. Ächzend und rüttelnd unter der gestörten Luftströmung ging die schwere Boeing in den Sturzflug über.

«Haben wir ein Feuer da draußen, Dick?» Durch den Anprall war die 747 nach rechts geschoben worden.

«Kein Feuer!» Robb schaltete die Tragflächen-Vorderkantenbeleuchtung an und blickte nach rechts. «Das Triebwerk ist weg! Die Aufhängung an Nr. 4 ist leer!»

Die Steuerung! Funktioniert die Steuerung noch? dachte Holland und warf einen Blick auf die Hydraulikanzeige. System 4 war tot, alles andere aber schien in Ordnung zu sein. Die Steuerung reagierte wie gewohnt.

Der Angreifer befand sich irgendwo links von der Maschine. Es stand außer Zweifel, daß er es noch einmal versuchen würde, sobald er sich wieder in Schußposition befand.

Und genau dies wollte James Holland verhindern.

Den ersten Treffer überstehen wir vielleicht, aber keinen zweiten, dachte er.

Es gab keine Möglichkeit, den Schaden genau zu beurteilen, den die Explosion auf der rechten Seite hinterlassen hatte. Die Gefahr eines Tragflächenbruchs war absolut real. Hollands einzige Hoffnung bestand darin, auf den Angreifer zuzufliegen und zu versuchen, weiter herunterzukommen. Die Triebwerke mußten soweit wie möglich abgekühlt werden, um die Infrarotstrahlung zu verringern.

Du mußt SOS funken! Mach ihn glauben, daß wir abstürzen!

«Dick, gehen Sie auf die Notfrequenz auf Radio 1! Sagen Sie, daß wir getroffen sind und abstürzen. Daß die rechte Tragfläche schwer beschädigt ist und wir das Flugzeug nicht mehr unter Kontrolle haben. Die sollen uns schon für tot halten. Ich tue das gleiche auf dem HF-Band.»

«Was zum Teufel war das?» fragte Dick Robb. Seine Stimme war eine Oktave höher als normal.

«Eine Luft-Luft-Rakete.»

Robb stellte die Frequenz 121.5 ein und schrie ins Mikrofon:

«MAYDAY! MAYDAY! MAYDAY! HIER QUANTUM-FLUG 66. WIR SIND VON EINER RAKETE GETROFFEN WORDEN. DIE RECHTE TRAGFLÄCHE IST SCHWER BESCHÄDIGT. DAS FLUGZEUG IST AUSSER KONTROLLE. WIR STÜRZEN AB!»

Dann fügte er noch die geographischen Koordinaten hinzu.

Holland gab die gleichen Meldungen über das HF-Band durch, drehte sich zu Rachael um und griff nach dem Intercom, das vor ihren Knien verstaut war.

«Wählen Sie die Dreizehn, Rachael, und geben Sie da unten Bescheid, daß auf der Stelle sämtliche Kabinenlichter ausgeschaltet werden müssen. Befehl vom Captain!»

Während Rachael nickte und Holland den Hörer abnahm, stellte Robb die Tragflächenvorderkanten-Beleuchtung wieder aus. Der Flugkapitän konzentrierte sich wieder auf die Instrumente. Die Sinkrate war ebenso furchterregend wie gefährlich. Wenn der Flügel tatsächlich beschädigt war, konnte ihm diese Gewalttour den Rest geben.

Aber dieses Risiko mußte Holland eingehen.

Juri Steblinko hatte beobachtet, wie die Rakete auf ihr Ziel losschoß, konnte jedoch keinen Feuerball sehen. Ein Blitz war aufgezuckt, ja, aber er war weit schwächer gewesen als erwartet.

Komisch, dachte er. Ich habe die linke Tragfläche doch die ganze Zeit über im Auge gehabt...

Er hatte die linke Tragfläche anvisiert, doch dann war es dem Piloten mit seiner engen Kurve gelungen, dem Geschoß auszuweichen. Juri konnte nicht umhin, der fliegerischen Leistung des Jumbo-Piloten Anerkennung zu zollen.

Dann erklang plötzlich über die Notfrequenz eine nahezu hysterische Stimme, rief «Mayday! Mayday!» und berichtete über eine Beschädigung der rechten Tragfläche.

Die 747 war dann aus der Linkskehre in den Sinkflug übergegangen, womit bei einem so großen Flugzeug, das soeben ein Triebwerk und möglicherweise auch einen Teil des linken Flügels verloren hatte, durchaus gerechnet werden konnte. Doch der Pilot hatte gesagt, die rechte Tragfläche sei beschädigt... War es möglich, daß er, Juri, einen Feuerball auf der anderen Seite des Jumbos übersehen hatte? Und wieso drehte die Maschine noch immer nach links?

Irgend etwas stimmte da nicht, doch für eine längere Ursachenforschung blieb Juri nicht die Zeit. Inzwischen war er der 747 zu nahe, um die Verfolgung fortsetzen zu können. Er brachte die Gulfstream in eine Position mehrere tausend Fuß oberhalb der abtauchenden Boeing und schwenkte dann scharf nach links, um ihr zu folgen. Er betätigte die Luftbremse, zog die Gashebel auf Leerlauf und überlegte, ob ein zweiter Schuß erforderlich war. Wenn sich die 747 tatsächlich bereits in der Todesspirale befand, erübrigte sich ein zweiter Versuch. Er würde lediglich hinuntergehen und den Aufprall verifizieren müssen.

Doch wenn die Maschine nicht tödlich getroffen war?

Juri richtete die Nase noch steiler nach unten und hörte, wie das Pfeifen des Luftstroms auf beiden Seiten des Cockpits lauter und lauter wurde.

Im Cockpit der Quantum-Boeing sank die Höhenmesseranzeige um dreißigtausend Fuß. Rüttelnd und scheppernd donnerte das große Flugzeug abwärts. Die Geschwindigkeit näherte sich dem erlaubten Maximum. Unten in der fast völlig abgedunkelten Kabine klammerten sich Passagiere und Besatzungsmitglieder an ihre Armstützen. Die Mägen revoltierten gegen die ungewohnten Drehungen, und die Köpfe begehrten verzweifelt gegen den Gedanken auf, daß sie in Kürze abstürzen würden. Die Explosion der Rakete hatte sich als Spektakel aus Lärm, Licht und Bewegung unauslöschlich ihrem Bewußtsein eingeprägt.

Ein Servierwagen hatte sich selbständig gemacht und war auf Tür drei auf der linken Seite zugepoltert, wo es zwei Stewardessen in letzter Sekunde gelang, aus dem Weg zu springen. Der Explosion und dem Sturzflug war je ein aus tiefsten Kehlen kommender kollektiver Angstschrei gefolgt.

Holland hielt die Schräglage konstant bei nahezu siebzig Grad. Um die Geschwindigkeit unter Kontrolle zu halten, zog er mit aller Kraft am Steuerhorn. Die Steuerung verhielt sich absolut normal. Es sah so aus, als wäre das äußere rechte Triebwerk mit chirurgischer Präzision abgetrennt worden, ohne die Tragfläche zu beschädigen.

In einer Flughöhe von nur mehr achtundzwanzigtausend Fuß änderte Holland die Schräglage, so schnell es ging, von der linken auf die rechte Seite und begann eine Spirale mit möglichst engem Radius zu fliegen. Er wußte, daß sein Verfolger – wer immer es sein mochte – inzwischen alles daransetzen würde, um sich erneut in eine Schußposition zu manövrieren. Ihm, Holland, blieb nichts anderes übrig, als aufs Ganze zu gehen.

«Was soll das?» Robb schrie ihn beinahe an.

«Die Wolken! Ich versuche, die Wolkendecke zu erreichen. Wir müssen möglichst tief runter. Vielleicht kann der Kerl nicht nach unten schießen, und wir können ihn abhängen.»

«Glauben Sie... Glauben Sie, daß er die Notrufe gehört hat?» fragte Robb. «Ob er uns abnimmt, daß wir tödlich getroffen sind?» Ein flehender Unterton lag in seiner Stimme.

Holland schüttelte den Kopf. Das konnte niemand wissen.

Juri fluchte auf russisch. Die 747 war nicht mehr dort, wo er sie eigentlich erwartet hätte. Er überprüfte sein Angriffsradar und stellte zu seinem Erstaunen fest, daß die Boeing inzwischen nach rechts drehte.

Er hat die Richtung gewechselt!

Wie war das möglich mit einer Maschine, die sich nicht mehr kontrollieren ließ?

Juri dachte nach. Es war denkbar, daß der Pilot bei seinen Bemühungen, die Maschine wieder unter Kontrolle zu bekommen, die Richtung der Spirale geändert hatte. Andererseits konnte die Kursänderung auch bedeuten, daß er sein Flugzeug sehr wohl noch beherrschte und sich jetzt aus dem Staub machen wollte.

Ja, das war wohl des Rätsels Lösung!

Ich muß ihm noch einen Schuß verpassen!

«James, wir fliegen zu schnell! Wir wissen nicht, wie es da draußen aussieht!» Die Angst schwang in Robbs Worten mit. Er sah, wie die

Geschwindigkeitsanzeige die rote Linie überschritt, und hörte, wie das charakteristische Klicken einsetzte, eine akustische Warnung, die auf die Überschreitung hinwies.

Holland verringerte die Schräglage ein wenig, zog die Nase hoch und wechselte erneut die Richtung.

«Bitte Flughöhe in Tausend-Fuß-Abständen, Dick!»

«Roger. Einundzwanzigtausend ... Zwanzig ... He, das sind mehr als sechstausend Fuß Sinkrate pro Minute!»

«Der schießt noch mal. Kurz bevor wir die Wolken erreichen, wird er eine zweite Rakete abfeuern, und wenn er eine F-15 oder eine MIG-29 fliegt, dann erwischt er uns auch von oben!»

Holland führte eine Art Selbstgespräch. Erneut änderte er die Richtung der Spirale, diesmal wieder nach rechts, und rechnete jeden Augenblick mit einer Explosion. Er wußte, was ihnen bevorstand. Ein greller Lichtschein, eine furchtbare Erschütterung, dann ein rapider Druckverlust, wenn die explodierenden Metallteile des Gefechtskopfs schrapnellartig die Außenverkleidung der Maschine durchlöcherten. Die Steuerung würde ausfallen, und wenn tatsächlich eine Tragfläche abbrach, würde die Maschine ins Trudeln geraten und schneller und schneller in die Tiefe stürzen – bis zum Aufschlag. Und er, der Pilot, würde nichts mehr daran ändern können.

Er versuchte die Horrorgedanken abzuschütteln. Solange noch etwas getan werden kann, gebe ich jedenfalls nicht auf, verdammt noch mal! Wir haben noch eine Chance. Aber wir müssen drum kämpfen!

Rachael merkte, daß sie das Iridiumtelefon an ihre Brust preßte. Jetzt hob sie es ans Ohr, als erwarte sie Hilfe von dem Menschen am anderen Ende der Leitung.

Die Verbindung war abgerissen.

Aus welchen Gründen will man uns töten? Sie wollte tausend Fragen stellen, aber ihre Stimme versagte, und dort, wo ihr Magen gewesen war, gähnte kalte Leere. Sie nahm das Telefon vom Ohr und hielt es in der zitternden rechten Hand. Ihre Linke umklammerte die Lehne des Pilotensitzes.

Die einzige Hoffnung, die ihnen noch blieb, hieß James Holland.

Juris Zeigefinger streichelte wieder den Abzug. Für kurze Zeit hatte sich die Chance zu einem zweiten Schuß geboten. Die zweite Rakete war auf das kreisende, rasch an Höhe verlierende Objekt tief unter der Maschine fixiert. Da die Gulfstream nicht über die komplizierten

Zielaufschaltungen moderner Kampfflugzeuge verfügte, mußte Juri, bevor er erneut in Schußposition kam, die 747 unterfliegen und die Nase wieder auf das Objekt richten. Die Gulfstream hatte gegen den rasanten Sturzflug protestiert. Für Überschallflüge war sie nicht konstruiert; die Folgen waren nicht absehbar. Doch Juri mußte noch einmal in Schußposition kommen.

Dann hatte er plötzlich wieder einen Schatten auf dem Radargerät.

Er konnte den Sturzflug nur noch wenige Sekunden lang fortsetzen. Die Boeing hatte inzwischen die Vierzehntausend-Fuß-Marke unterschritten und würde in Kürze die Wolken erreichen.

Auf einmal wurde das Infrarotsignal des Jumbos schwächer. Juri wußte, was das bedeutete: jetzt oder nie. Alles geschah im Laufe weniger Sekunden. Der Jumbo verschwand in den Wolken, die Infrarotstrahlung seiner Triebwerke tauchte in den schwebenden Wassertröpfchen der Wolkenformation unter.

Jetzt!

Sein Gehirn gab den Befehl an den Zeigefinger weiter – und nahm ihn sofort wieder zurück. Der Finger gehorchte, und die Rakete blieb auf ihrer Schiene.

Zu spät!

Ungefähr neuntausendfünfhundert Kilometer vom Schauplatz der Ereignisse entfernt, in Washington, D. C., saß Dr. Rusty Sanders, von kaltem Schweiß bedeckt, auf der Kante eines Hotelbetts und starrte auf den Telefonhörer. Die Verbindung war abgebrochen, wahrscheinlich infolge der wilden Drehbewegungen der ins Trudeln geratenen Quantum-Boeing.

Sherry Ellis saß neben ihm. Sie war nah an ihn herangerückt; nur noch der Hörer trennte ihre Köpfe voneinander. Sie war ebenso schockiert wie er.

Rusty wandte sich ihr zu. «Haben ... haben Sie das gehört?»

Sie atmete hörbar aus. «Ich ... mir war so, als hätte da jemand geschrien: ‹Wir sind getroffen!› Und daß sie abstürzten. Und vorher habe ich einen Knall gehört.»

Rusty nickte langsam. Er schluckte und starrte wieder auf den Hörer.

«Mein Gott, Sherry, sie haben ihn erwischt! Der arme Teufel wollte mir nicht glauben. Er hat dann irgendwo draußen am Himmel was gesehen und war dabei, seine Meinung zu ändern – aber es war schon zu spät.» Rusty hatte das Gefühl, innerlich abgestorben zu sein.

In diesem Augenblick raste die führerlose Boeing auf die dunklen Wasser des Atlantiks zu. Das grauenvolle Bild, das sich vor seinem geistigen Auge geformt hatte, ließ ihn nicht mehr los – genauso wie damals, als er unter Tausenden von entsetzten Beobachtern in Cape Canaveral die Explosion der Challenger-Raumfähre miterlebt und gesehen hatte, wie deren Einzelteile, darunter auch die Kapsel mit den Astronauten an Bord, in den Ozean stürzten. Aus der Entfernung hatte es fast langsam ausgesehen. Damals in Florida war ihm bewußt gewesen, daß sich in der außer Kontrolle geratenen Kapsel Menschen befanden, die während des langen Absturzes den eigenen Tod unmittelbar vor Augen hatten. Und nun passierte das gleiche wieder – nur daß es diesmal zweihundertsechsundfünfzig Fluggäste und Besatzungsmitglieder waren, die mit ihrem bevorstehenden Ende konfrontiert waren.

Es geschieht in diesen Sekunden! dachte er.

Das Entsetzen, das diese grauenvolle Erkenntnis hervorrief, wurde durch Sherrys Stimme unterbrochen.

«Versuchen Sie es noch einmal, für alle Fälle.»

Sie sagte es mit leiser, besonnener Stimme, und Rusty sah sie ungläubig an.

«Das ist mein Ernst», fügte sie mit mehr Nachdruck hinzu. «Für alle Fälle.»

Endlich nickte er und drückte auf die Gabel, um das Amtszeichen für einen neuen Versuch zu bekommen, von dem er genau wußte, daß er vergeblich sein würde. Die Ungeheuerlichkeit der Geschehnisse, deren Zeuge er gewesen war, drohte ihn zu überwältigen. Seine Hände zitterten.

Juri nahm den Finger vom Auslöser. Nun, da die Boeing zur Gänze in den Wolken verschwunden war, lohnte es sich nicht mehr, die Rakete abzuschießen. Es wäre vergebens gewesen. Er hatte die Geschwindigkeit konstant knapp unter Mach 1 gehalten. Jetzt nahm er die Gulfstream etwas zurück und verringerte die Sinkrate.

Ich gehe runter und suche ihn! beschloß er. Entweder, er würde den Absturz bestätigen können – oder aber nach einem fliehenden Jumbo-Jet Ausschau halten müssen.

Er hatte noch drei Raketen übrig. Sollte sich Flug 66 wider Erwarten doch noch in der Luft halten, dann bestimmt nicht mehr lange.

Kaum hatte die Wolkenschicht die Quantum-Maschine verschluckt, korrigierte James Holland erneut die Flugrichtung und reduzierte die Schräglage der Boeing.

«Was jetzt, James?» fragte Robb mit einer Stimme, deren Tonlage nach wie vor weit von der Normalität entfernt war.

«Er wird nicht ohne weiteres glauben, daß wir entscheidend getroffen sind, und uns daher verfolgen. Wir müssen weit genug runter, um in den Oberflächenechos zu verschwinden, und uns gewissermaßen tot stellen. Wir halten uns dicht über dem Wasser, bis wir sicher sind, daß er nicht hinter uns her ist. Das ist praktisch unsere einzige Chance.»

«Sechstausend», verkündete Robb. «Bei dreitausend müssen Sie die Sinkrate reduzieren.»

Holland nickte. «Wir machen's bei zwotausend.»

Robb nickte zögernd. Sie donnerten in einem beschädigten Flugzeug aufs Meer zu. Wenn das Timing nicht stimmte, konnte die Maschine beim Abfangen auseinanderbrechen oder auf der Wasseroberfläche aufprallen. «Gut. Wir sind bei zweitausend!» sagte Robb. «Ziehen Sie sie hoch, James. Hochziehen!»

Holland begann das Steuerhorn zurückzuziehen, doch das verhielt sich widerspenstig. Es rumpelte und krachte, und das Flugzeug bebte in seinen Fugen, als Holland den Zug verstärkte. Hätte er jetzt losgelassen, wäre der Aufprall auf dem Wasser nicht mehr zu verhindern gewesen.

Jenseits der Windschutzscheibe war alles zappenduster. Holland mußte sich beim Abfangen der Maschine allein auf die Instrumente verlassen. Fing er das Flugzeug zu früh ab, bestand die Gefahr, daß eine weitere Triebwerkdüse von einer Rakete getroffen wurde. Holland war klar, daß der Angreifer hinter ihnen her war und ihnen den Fangschuß verpassen wollte. Sie mußten bis auf zweihundert Fuß herunter, ja womöglich sogar noch näher an die Wellen heran.

Der Radarhöhenmesser unterschritt die Eintausend-Fuß-Marke. Die Sinkrate verlangsamte sich, doch weil die Maschine so schüttelte, waren die Instrumentenanzeigen kaum zu lesen.

«Fünfhundert Fuß!» schrie Robb. «Abfangen, James!»

Ein letztes Mal zog James Holland am Steuerhorn, diesmal mit aller Kraft. Das Schütteln verstärkte sich etwas. Der Radarhöhenmesser zeigte dreihundert Fuß an.

Juri Steblinko kurvte nach rechts und setzte den Sinkflug fort. Nachdem das Ziel vorübergehend immer wieder auf dem Schirm zu sehen gewesen war, war es inzwischen gänzlich verschwunden. Er suchte links, er suchte rechts, flog schließlich einen vollständigen Kreis, doch das Radar verzeichnete nur gelegentliche Reflexionen der Wellen unter ihm. Dann durchstieß die Gulfstream in dreitausend Fuß die Untergrenze der Wolkendecke, doch da der Jumbo sämtliche Lichter gelöscht hatte, bestand keine Chance mehr, ihn mit bloßen Augen über der pechschwarzen See wiederzufinden.

Vor allem dann nicht, wenn er abgestürzt war.

Plötzlich schimmerten auf der Steuerbordseite in einiger Entfernung Lichter auf. Juri hielt sofort darauf zu. Auf dem Radarschirm war nichts zu sehen, doch die Lichter wurden rasch deutlicher. Beim Näherkommen erkannte Juri, daß sie sich kaum bewegten und sehr weit unten waren.

Es handelte sich um ein Schiff.

Er nahm wieder Kurs auf die ursprünglichen Koordinaten. Seine Suche über das Radar setzte er fort, doch blieb sie ergebnislos.

Vielleicht war ich doch schon erfolgreich, dachte er. Vielleicht kam es zu einer verdeckten Explosion. Möglicherweise ist die Rakete auch erst innerhalb des Triebwerks detoniert.

Sekundenlang flackerte im Westen ein Ziel auf. Juri änderte sofort den Kurs und justierte das Radar. Zunächst gab es keine Reaktion, dann ein schwaches Signal noch etwas weiter im Westen als zuvor.

Juri schob den Gashebel vor und nahm die Verfolgung auf. In Gedanken überschlug er, ob die 747 die ungefähr zwanzig Meilen entfernte Position schon erreicht haben könnte.

Die Antwort lautete ja.

Doch dann verschwand das Ziel wieder, und der Schirm blieb bis auf diverse Oberflächengeräusche leer.

Er flog noch zwei Kreise und stieg dabei wieder bis auf zwölftausend Fuß.

Meine Arbeit ist getan, dachte er.

Erschöpft lehnte sich Juri Steblinko zurück und überließ sich seinen Gedanken. Er mußte seinen nächsten Zug planen. Tatsache war, daß er landen und verschwinden mußte, bis er das vereinbarte Treffen erreichen konnte. Wo es stattfinden würde, hatte er bereits festgelegt.

Irgendwann würden die Vereinigten Staaten offiziell entdecken, was geschehen war, und eine konzentrierte Fahndung in die Wege leiten. Eine Gulfstream IV würde zunächst noch niemand suchen, doch es war nur eine Frage der Zeit, bis man dahinterkam.

Seine eigene Beteiligung war wesentlich schwerer nachzuweisen – es sei denn, er machte einen großen Fehler.

Juri setzte den Schub auf Steigflug, um auf die normale Reiseflughöhe zurückzukehren. Er versuchte sich auf seinen nächsten Schritt zu konzentrieren. Seine Treibstoffreserven gingen zur Neige. Er befand sich in der Nähe verschiedener Inselgruppen, die alle über geeignete Flughäfen verfügten. Sich einen davon auszusuchen, ohne Vorankündigung dort zu landen und das Flugzeug einfach stehenzulassen, wäre ziemlich unproblematisch. Allerdings konnte es beim Verlassen einer Insel Schwierigkeiten geben, die anderswo nicht auftraten. Im Futter seiner Aktentasche befand sich seine alte, zuverlässige Kollektion falscher Reisepässe. Er konnte als Kanadier auftreten, sich dank seines dunklen Teints aber auch als Jordanier oder Pakistani ausgeben. Die Pässe waren gute alte KGB-Wertarbeit und kurz vor dem Zusammenbruch der Sowjetunion noch einmal auf den neusten Stand gebracht worden.

Unvermittelt mußte er an die ungeheuren Menschenmassen in Kairo denken. Für einen betuchten Jordanier gab es tausend Wege aus Kairo und Ägypten hinaus, und legte man die normale Arbeitsgeschwindigkeit der ägyptischen Luftfahrtbehörden zugrunde, so würde mindestens eine Woche vergehen, bis sie herausbekamen, daß es sich bei der herrenlosen Gulfstream auf einem ihrer Flughäfen um eben jene Maschine handelte, die ein wütender Prinz aus Saudi-Arabien weltweit suchte.

Dann – und nur dann – würde auch die leere Raketenschiene gefunden werden. Er selbst wäre unterdessen längst über alle Berge.

Juri berechnete die Entfernung. Ägypten lag Tausende von Meilen weit im Osten und war mit seinen gegenwärtigen Spritreserven nicht mehr zu erreichen. Er zog sich eine Karte heran und betrachtete die Kreise, die er vor einigen Stunden zur Markierung möglicher Ausweichflughäfen eingezeichnet hatte. Im Westen lagen die Kanarischen Inseln. Sie befanden sich in Reichweite. Auf dem zentralen Flughafen von Las Palmas würde ein teurer Businеßjet im Transatlantikverkehr kaum auffallen; er wäre dort nur einer unter vielen. Den Treibstoff könnte er dort in bar bezahlen. Er müßte dann nur noch einen Plan für den Weiterflug nach Osten ausfüllen und wäre nach einer halben Stunde schon wieder unterwegs.

Juri gab dem Navigationscomputer die Koordinaten von Las Palmas ein. In seinem Kopf wetteiferten Bilder von Anja und einer von der Natur sehr verschwenderisch ausgestatteten jungen Frau miteinander, die er vor vielen Jahren in Ägypten gekannt hatte.

Am Ende gewann Anja, wie immer. Er wußte, daß es auch in Zukunft so bleiben würde. Mit dem jordanischen Paß und einer erklecklichen Summe Bargeld in der Tasche würde er sich in Kairo wie ein Geist in Luft auflösen – um sich erst später am vereinbarten Treffpunkt wieder zu materialisieren, diesmal in Begleitung Anjas und mit einer siebenstelligen Summe auf einem Schweizer Bankkonto.

Juris Gedanken kehrten kurzfristig zu der Boeing 747 zurück. Da es keinerlei Hinweise auf ein Flugzeug gab, welches das Gebiet verlassen hatte, blieb nur ein einziger plausibler Schluß: Die Attacke war geglückt. Er mußte ein ausreichend großes Stück aus der Tragfläche herausgeschossen, die nachfolgende Explosion aber übersehen haben.

Die Mission war erfolgreich beendet.

Lediglich ein kleiner nagender Zweifel blieb: Wieso hatte die 747 noch mehrfach den Kurs gewechselt?

23

Im Lageraum des Weißen Hauses · Samstag, 23. Dezember · 17.50 Uhr (2250Z)

Die Nachricht vom SOS-Ruf von Flug 66 traf fast gleichzeitig aus verschiedenen Richtungen im Lageraum ein. Das Signal war von anderen Flugzeugen, einem Nachrichtensatelliten und Kurzwellen-Radiostationen rund um den Atlantik aufgefangen worden.

Außerdem war der Kontakt mit Flug 66 abgebrochen, was als Indiz dafür gewertet werden mußte, daß die Maschine tatsächlich abgestürzt war.

Jonathan Roth war aus dem benachbarten Konferenzsaal herbeibeordert worden.

«Das nächste Radar befindet sich auf den Kanarischen Inseln, und das ist zu weit weg», erklärte ihm ein Mitarbeiter. «Ungefähr zweihundert Meilen weiter westlich hält sich einer unserer Flugzeugträger auf, die *Eisenhower*. Von dort aus wird bereits eine Such- und Rettungsaktion gestartet. Der Notsignalortungssatellit überfliegt das fragliche Gebiet in zirka dreißig Minuten, doch gibt es bisher keine Hinweise auf einen entsprechenden Notruf.»

«Welche Schlüsse kann man daraus ziehen?» fragte Roth.

Der Mitarbeiter zögerte. «Nun ja... Es könnte bedeuten, daß es ein Volltreffer war, bei dem selbst der Notsender keine Chance hatte. Möglich ist auch, daß der Bursche, der die Maschine abschoß, den Schwanz traf und damit den Notsender zerstörte.»

Roth nickte. Seine Züge hatten sich verdüstert. Er wandte sich an die junge Frau an der Vermittlung.

«Geben Sie mir den Präsidenten, bitte.»

Sie nickte, und dann war der Gewünschte am Apparat.

Mit Grabesstimme faßte Roth kurz die vorliegenden Geheimdienstberichte über eine vom Iran unterstützte terroristische Bedrohung zusammen und teilte dem Präsidenten mit, daß Flug 66 offenbar von einer Rakete getroffen worden und wahrscheinlich abgestürzt sei.

Nachdem der Präsident die Hiobsbotschaft zur Kenntnis genommen hatte, fuhr Roth fort: «Ich weiß, es fällt nicht in mein Ressort, Herr Präsident, doch möchte ich folgendes zu bedenken geben: Die ganze Welt ist Zeuge dieses Anschlags. Sollten sich unsere Hinweise auf eine iranische Beteiligung verdichten – wenn also zum Beispiel wirklich diese Akbah dahintersteckt –, dann würde ich Ihnen und Ihren Beratern sehr empfehlen, eine landesweite Fernsehansprache in Erwägung zu ziehen, in der Sie diese Tat und ihre Urheber verurteilen. Wenn die Empörung groß genug ist, könnte es uns vielleicht endlich gelingen, die anderen Geheimdienste zur Mitarbeit zu bewegen und dieses Ungeziefer auszurotten.»

An Bord von Flug 66

Einen Augenblick lang hatte James Holland geglaubt, sie seien alle bereits tot. In den letzten Sekunden des Sturzflugs schien der Höhenmesser nicht mehr der Meinung zu sein, daß die 747 ohne Wasserberührung abgefangen werden könnte. Doch dann war die Flugkurve plötzlich abgeflacht, und die Höhenangabe hatte sich bei achtzig Fuß stabilisiert. Holland stieg zurück auf hundert Fuß und hielt die Maschine zehn qualvolle Minuten dort. Robb behielt unterdessen den Radarschirm im Auge und suchte nach Anzeichen, die darauf hätten schließen lassen, daß der Verfolger sie neuerlich im Angriffsradar hatte.

Doch der Schirm blieb, vom Wellengeplätscher abgesehen, klar.

«Was ist mit den Instrumenten?» hatte Robb gefragt. «Irgendwelche Probleme?»

Holland schüttelte den Kopf. «Nur der asymmetrische Schub wegen des fehlenden rechten Triebwerks. Ich muß links ganz schön Ruder reintrimmen.»

Schließlich wagte es Holland, wieder auf dreihundert Fuß zu steigen, und überließ Dick Robb die Boeing. Er selbst griff zum Mikrofon des Bordlautsprechers:

«Meine Damen und Herren, hier spricht Flugkapitän Holland.

Was wir soeben durchgemacht haben, läßt sich nicht anders erklären als ... nun, indem ich es Ihnen sage. Also: Die Explosion, die Sie alle gehört haben, war die einer Luft-Luft-Rakete. Man hat auf uns geschossen. Wer es war, weiß ich nicht. Die Attacke war aber nur insofern erfolgreich, als es dem Angreifer gelang, das äußere Triebwerk der rechten Tragfläche abzuschießen. Mit den übrigen drei Triebwerken können wir problemlos weiterfliegen. Wir haben auch noch genug Treibstoff an Bord. Was wir nicht haben, ist eine Erklärung für diesen Angriff im internationalen Luftraum. Außerdem fehlt uns momentan ein Zielflughafen, denn ich kann jetzt kein Risiko mehr eingehen. Der Angreifer wird wahrscheinlich damit rechnen, daß wir jene Landepiste in der Wüste anfliegen, die uns von unserer Regierung angewiesen wurde. Da wir aber jede weitere Begegnung mit diesem Kampfflugzeug vermeiden müssen, fliegen wir gegenwärtig auf einem anderen, unvorhersehbaren Kurs. Bitte bewahren Sie Ruhe, beten Sie, wenn Sie wollen, aber nehmen Sie zur Kenntnis, daß diese Maschine noch immer sicher und flugtauglich ist. Ich werde Sie auf dem laufenden halten. Bitte ersparen Sie dem Flugbegleitpersonal weitere Nachfragen. Die Crew weiß auch nicht mehr als das, was ich Ihnen gerade mitgeteilt habe.»

Holland legte das Mikrofon zurück und wandte sich wieder ihrem Hauptproblem zu: Sie befanden sich noch immer in der Luft – und wußten nicht, wohin die Reise ging.

Unter ihm, im Passagierraum, war es still. Ehefrauen und Ehemänner, Liebespaare und wildfremde Menschen klammerten sich im Schock aneinander. Die Stewardessen schwärmten unterdessen aus – Barb Rollins hatte darauf bestanden – und beruhigten Passagiere, denen die Nerven zu versagen drohten.

«Der Treibstoffverbrauch ist sehr hoch, James!» warnte Robb.

Holland, der sich in die Karte vertieft hatte, um einen Zielflughafen zu finden, blickte auf. In niedrigen Höhen schluckten die Triebwerke eines Jets wesentlich mehr Sprit. Sie konnten jedoch nicht höher fliegen, weil sie sich dann sofort wieder der Gefahr ausgesetzt hätten, entdeckt zu werden. Holland prüfte noch einmal die Treibstoffanzeige. Die Verbrauchsrate war normal, doch die Tankanzeigen sprachen eine andere Sprache. Auf einer Skala näherte sich die Nadel rapide dem Nullpunkt.

«Wir haben ein Treibstoffleck im Reservetank drei, Dick! Ich werd jetzt soviel Stoff wie möglich umpumpen. Berechnen Sie, wie sich der Verlust auf unsere Reichweite auswirkt.»

Robb vergrub sich für ein paar Sekunden selber in den entsprechenden Tabellen. Dann hob er den Kopf und sah Holland an. «Wenn wir so dicht an der Oberfläche bleiben, schaffen wir's nicht einmal bis zu dieser Piste in Mauretanien.»

Holland schüttelte den Kopf. «Da können wir sowieso nicht hin. Dieser CIA-Doktor hatte recht. Dort warten die Kerle auf uns.»

«Wohin dann, James? Wir fliegen mit drei Triebwerken, und wir verlieren Treibstoff. Wir werden verfolgt, und wenn Sie eine falsche Handbewegung machen, klatschen wir ins Wasser. Wäre es nicht besser, auf allen Frequenzen um Hilfe zu rufen?»

Wiederum schüttelte Holland den Kopf. «Und wenn dieser Kampfpilot hinter uns zuhört? Kann auch sein, daß sie uns mit einer ganzen Staffel zur Strecke bringen wollen. Momentan denken sie, daß wir längst im Wasser liegen, und diesen Glauben wollen wir ihnen nicht nehmen. Sorgen Sie dafür, daß absolut alle Funkgeräte abgestellt bleiben, und senden Sie auch selber nichts.» Er wandte seine Aufmerksamkeit wieder dem Höhenmesser zu.

Robb nickte und kaute auf seiner Unterlippe. «Ja, doch, ich sehe das ein.» Sekundenlang wirkte er völlig geistesabwesend, dann fuhr er unvermittelt kerzengerade in die Höhe. «Herrgott, die Satellitentelefone der Passagiere an den Rückenlehnen. Die können ja jederzeit benutzt werden. Auch jetzt!»

Hollands Kopf fuhr herum. «Sie haben recht. Über eine Satellitentransmission könnte man uns orten. Stellen Sie sie ab. Die Sicherungen sind gleich hinter Ihnen, Dick.»

Robb fand die Unterbrecher und zog sie heraus. Dann wandte er sich wieder Holland zu, der gedankenversunken aus dem Fenster zu seiner Linken blickte. Robb warf einen Blick auf Rachael Sherwood im Notsitz hinter dem Captain. Ihre Augen waren auf Holland gerichtet, der sich in diesem Moment wieder umdrehte.

Resignation und Wut lagen in seiner Stimme, als er das Wort ergriff. «Wir müssen uns über eines im klaren sein. Wir sind völlig allein. Wir haben keinen Kontakt mehr zur Außenwelt, weil wir das Risiko nicht eingehen können. Nicht einmal die Satellitentelefone können wir benutzen. Wir haben außerdem keinen Menschen, dem wir vertrauen können, es sei denn, wir bekommen diesen Vogel irgendwo wieder sicher auf die Erde – und selbst dann ist es vielleicht noch zweifelhaft.»

Rachael schwenkte ihre Hand, aber nur Robb nahm die Geste wahr.

«Zumindest einen Freund haben wir noch da draußen, James! Vielleicht kann uns dieser CIA-Mann helfen. Das Iridium-Handy funktioniert immer noch, und es ist nicht auf dieses Flugzeug eingetragen.» Sie hielt das Gerät in der erhobenen Hand.

Holland drehte sich um. Nach kurzem Zögern nickte er, griff danach und drückte auf die ON-Taste.

Im Washington Hyatt

Ein unauffälliger Mann im dunklen Geschäftsanzug stand vor dem Aufzugsschacht des Washington Hyatt, musterte mit stiller Konzentration die Gesichter der Menschen, die nach der jüngsten Öffnung der Türen dem Lift entstiegen, und stieß einen unhörbaren Fluch aus. Er hatte sich das Archivfoto genau eingeprägt, doch auch diesmal war niemand dabei, auf den die Merkmale zutrafen.

Die Fahrstuhltür schloß sich wieder. Der Mann wandte sich mit geübter Unbeteiligtheit ab und zog sich schattenhaft in eine Ecke zurück. Dort nahm er die Hand vor den Mund, als denke er angestrengt nach, verbarg aber hinter dieser Bewegung auch ein winziges Mikrofon in seiner Handfläche, das ihn mit seinem ebenso frustrierten Partner einige Stockwerke weiter oben verband. Trotz jahrelanger Felderfahrung und der kaltblütigen Entschlossenheit, die ihnen gegebene Order auszuführen, waren die beiden Männer am Ende ihres Lateins. Die Verfolgung wurde zur Überwachung – und dafür reichten zwei Mann nicht aus. Andererseits konnte der Job nur von ihnen beiden ausgeführt werden. Sie trugen weder Dienstmarken, noch war ihr Tun offiziell abgesegnet. Eine Operation war gefährdet, und ihr Auftrag bestand darin, den Risikofaktor aus dem Weg zu räumen.

In der dreizehnten Etage blieb ein zweiter Mann im dunklen Anzug in der Nähe einer Treppe stehen. Seine Gefühle entsprachen denen seines Kollegen. Der Chevy Blazer der einen Zielperson war inzwischen entdeckt und verwanzt worden, doch die beiden Zielpersonen selbst – ein untergeordneter Sachbearbeiter der Firma namens Sanders und seine unbekannte Begleiterin – waren vom Labyrinth der Zimmer und Korridore buchstäblich aufgesaugt worden, eine Tatsache, die die beiden Herren im dunklen Anzug mit stiller Wut erfüllte. Von Bürohengsten erwartete man einfach kein so professionelles Verhalten.

«Ich sehe mir noch das vierzehnte an», ergänzte der Mann. Es war das einzige Stockwerk, das er noch nicht überprüft hatte. Wahrscheinlich war hinter den verschlossenen Zimmertüren nichts zu finden, aber es blieb ihnen nichts anderes übrig. Und ihre Befehle waren klar.

In Zimmer 1443 herrschte tiefste Traurigkeit. Rusty Sanders saß noch immer auf der Bettkante und wählte unablässig die Nummer des Satellitentelefons, von dem er annahm, daß es sich bereits auf dem Weg zum Grunde des Atlantiks befand.

Sherry Ellis hatte ein paar Minuten lang neben ihm gesessen, ihn in die Arme genommen und den Kopf an seine Schulter gelegt. Er wußte nicht mehr, wann sie ihn wieder losgelassen hatte, um den Fernsehapparat einzuschalten. Als CNN dann den SOS-Ruf sendete, durchzuckte es sie wie ein Messerstich, obwohl sie die Worte ja schon zuvor über das Iridiumtelefon gehört hatten. Daß sie jetzt über einen internationalen Sender kamen, ließ sie bestürzend real werden.

Flug 66 war abgestürzt. Kein Mensch konnte einen solchen Aufprall überleben. Zweihundertfünfundfünfzig Menschen waren tot.

Daß auch sie selbst inzwischen gejagt wurden, kam den beiden gar nicht in den Sinn.

Auflegen – abnehmen – neu wählen ... Es war für Rusty längst zur Routine geworden. Wie oft er es versucht hatte, wußte er nicht mehr. Und als am anderen Ende plötzlich eine Reaktion zu vernehmen war, hätte er aus lauter Gewohnheit um ein Haar wieder auf die Gabel gedrückt.

Das Freizeichen war verstummt. An seiner Stelle meldete sich eine Männerstimme.

«Spreche ich mit Dr. Sanders?»

«Ja», erwiderte er, vollkommen verblüfft. Vielleicht hatte er sich verwählt ... aber woher kannte dann der Angerufene seinen Namen? Oder hatten die bösen Buben jetzt doch die Leitung angezapft?

«Hier ist James Holland, Doktor. Wir brauchen Ihre Hilfe.»

Rusty schwindelte der Kopf. Er stand auf, ohne sich dessen bewußt zu sein.

«James Holland? Sie leben?»

Nach einer kurzen Pause meldete sich der Flugkapitän wieder.

«Wir leben, Doktor, jawohl. Aber wir haben ein sehr ernstes Problem.»

«Was denn? Worum geht es? Reden Sie!»

«Sie hatten recht, Doktor. Man hat uns aufgelauert und auf uns geschossen. Eines meiner Triebwerke wurde weggeblasen, Nummer vier. Davon abgesehen sind wir unversehrt geblieben. Wir fliegen jetzt extrem niedrig, und ich glaube, wir haben den Schweinehund fürs erste abgeschüttelt. Aber ...»

«Wie kann ich Ihnen helfen, Captain? Sagen Sie's mir!»

Er hörte Holland leise schnauben. «Nun, Sie wollten ja, daß ich den Kurs ändere und davonfliege. Genau das tue ich jetzt. Aber wo zum Teufel soll ich hin? Haben Sie einen Vorschlag? Beim gegenwärtigen Treibstoffverbrauch bleiben uns nur noch knapp zwei Stunden.»

Rusty rang um Fassung. Reiß dich zusammen, sagte er sich. An deinem Schock kannst du später noch leiden. Jetzt ist das fehl am Platze ...

«Wo immer Sie hinfliegen, Captain – man wird Sie überall sofort wieder loswerden wollen. Denken Sie daran, daß die Medien weltweit verkünden, die Obduktion habe die Existenz dieses Virus bestätigt. Selbst unsere Regierung verhält sich so, als glaube sie daran. Es besteht sogar die Möglichkeit, daß man Kampfpiloten losgeschickt hat, die den Befehl haben, Sie vor einer möglichen Landung abzuschießen.»

Sanders klingt genauso hektisch wie Robb, dachte Holland. «Was soll ich also tun? Hier gibt es ein paar Inseln, die Kanarischen Inseln zum Beispiel. Aber dort wird man uns auch nicht gerade willkommen heißen.»

«Wir müssen Ihnen auf irgendeine Weise Zeit verschaffen, Captain. Mindestens vierundzwanzig Stunden. Ich habe hier keine Karten zur Verfügung. Sie sagten, es sei nicht weit zu den Kanarischen Inseln?»

Holland seufzte. Das Gespräch ging ihm allmählich auf die Nerven. «Hätten Sie sich das nicht schon vor Ihrem ersten Anruf überlegen können?»

«Dazu hatte ich keine Zeit!» erwiderte Rusty irritiert. «Ich habe Himmel und Hölle in Bewegung setzen müssen, um Sie überhaupt zu erreichen, Captain», fuhr er fort und erklärte Holland mit knappen Worten, daß sie sich in ein fremdes Hotelzimmer eingeschlichen hätten und wahrscheinlich verfolgt würden.

Holland nickte. «Okay, okay. Ich entschuldige mich. Ich weiß Ihre Hilfe durchaus zu schätzen, Dr. Sanders. Um ehrlich zu sein, Sie sind, so wie es aussieht, unsere letzte Reserve. Ich weiß nur nicht, ob Sie uns überhaupt helfen können.»

Kalte Furcht ergriff Sanders. Bislang war er mehr oder weniger eine Nebenfigur gewesen, die eine dringliche Warnung übermitteln wollte. Inzwischen trug er jedoch die volle Verantwortung für eine Lösung des Problems, das darin bestand, einen sicheren Landeplatz für eine beschädigte Boeing 747 zu finden, deren Insassen vielleicht mit einem tödlichen Virus infiziert waren – einem Virus, das unter Umständen eine weltweite Epidemie hervorrufen konnte.

Rusty Sanders hielt den Telefonhörer ans Ohr gepreßt, schloß die Augen und versuchte nachzudenken.

Er hatte es mit einem Krankheitserreger der Risikostufe BL-4 zu tun. Das Flugzeug mußte möglicherweise als biologische Gefahrenzone erster Ordnung angesehen werden. Das Virus konnte seinen menschlichen Wirt innerhalb von vier Tagen nach der Ansteckung töten. Gab es für ihn, Sanders, überhaupt eine Rechtfertigung, irgendein Bevölkerungszentrum auf dieser Erde einer solchen Gefährdung auszusetzen? Er rief sich noch einmal die bisherigen Ergebnisse der auf Island vorgenommenen Obduktion ins Gedächtnis zurück. Ja, es war ebensogut möglich, daß ihn sein Instinkt nicht getrogen hatte und daß kein Mensch an Bord infiziert war. Es gab bisher nicht den geringsten Beweis für eine vollzogene Ansteckung.

Was auch immer geschehen mochte – er mußte helfen.

Holland hatte wieder die Steuerung des Flugzeugs übernommen. Dick Robb hatte mittlerweile die Karte für hohe Flughöhen über die Mittelkonsole gebreitet und studierte sie zusammen mit Rachael.

James Holland bat Sanders, einen Augenblick zu warten, und wandte sich an Robb. «Und Sie, Dick? Haben Sie einen Vorschlag? Die Zeit wird langsam knapp. Wir brauchen jetzt bald festen Boden unter den Füßen.»

Robb hob den Kopf. «Am nächsten liegen, wie Sie schon sagten, die Kanarischen Inseln. Dort gibt es eins, zwei ... drei – nein, offenbar vier verschiedene Flughäfen auf vier Inseln. Der größte ist Las Palmas.»

Holland schüttelte den Kopf. «Dick, fliegen Sie jetzt wieder. Bleiben Sie auf zweihundertfünfzig Fuß, zweihundertsiebzig Grad.»

Robb nickte und übernahm die Steuerung, während Holland das Telefon ans Ohr hielt und sich auf die Karte konzentrierte.

«Das haben wir schon in Island durchexerziert, Doktor. Wir sind dort gelandet und wurden festgesetzt. Damit müssen wir jetzt überall rechnen. Aber wenn man genau darüber nachdenkt, dann ist das doch genau in unserem Interesse, oder? Wir parken da vierundzwanzig Stunden lang, und wenn bis dahin niemand krank wird, ist der Spuk vorbei. Oder sehe ich das falsch?»

In Washington entstand eine vielsagende Pause. Sherry hatte etwas über die legendäre Hartnäckigkeit der Akbah gesagt, und daran mußte Rusty in diesem Augenblick denken. Damit, daß die Terroristen sang- und klanglos aufgeben und nach Hause fliegen würden, war genausowenig zu rechnen wie mit einer plötzlichen Meinungsänderung von Direktor Roth. Wenn sie erfuhren, daß die 747 irgendwo gelandet war, würden sie lediglich ihre Taktik ändern. Das Ziel bliebe nach wie vor das gleiche.

Aber warum? Selbst von einer kaltblütigen Terrororganisation konnte nicht erwartet werden, daß sie sich mit einer solchen Untat den Zorn der ganzen Welt zuzog. Lag ihnen wirklich soviel an der Ermordung Lancasters? Oder gab es noch eine andere, noch viel schlimmere Absicht? Rusty schüttelte frustriert den Kopf. Es gab eine logische Antwort auf alle diese Fragen, aber sie fiel ihm partout nicht ein. Und doch kannte er die arabische Mentalität gut genug, um zu wissen, daß die Akbah selbst dann, wenn alle Fernsehkameras der Welt auf das Geschehen gerichtet waren, jede Chance, den Botschafter auszuschalten, wahrnehmen würde. Flug 66 wäre in diesem Fall nichts weiter als ein Mittel zum Zweck.

Sanders berichtete Holland von seinen apokalyptischen Gedanken, doch der Flugkapitän war skeptisch.

«Wenn Sie recht haben, dann bleiben uns nicht viele Optionen offen, nicht wahr, Sanders?»

«Das ist leider richtig», gab Rusty zurück.

«Moment!»

James Holland nahm das Telefon vom Ohr und wandte sich an Dick Robb und Rachael Sherwood. Rachael war für ihn schon fast zum Crewmitglied geworden. Sie hatte nicht viel gesagt, aber er spürte ihre Wärme hinter sich, spürte ihre mentale Unterstützung und das Vertrauen, das sie ihm entgegenbrachte.

Holland berichtete ihnen, was Sanders gesagt hatte, und verwies auf eine der Kanarischen Inseln auf der Landkarte.

«Diese hier, Dick. Ich geb dem Computer gleich die Koordinaten ein. Behalten Sie die bisherige Flughöhe bei – richten Sie sich nach dem Radarhöhenmesser – und steuern Sie diese Insel hier an.»

Robb bedachte Holland mit einem nachdenklichen Blick. «Glauben Sie, dort können wir sicher landen?»

Holland hob abrupt den Kopf. «Nein. Ich nehme an, daß Sanders' Befürchtungen berechtigt sind. Aber wir haben kaum eine andere Chance. Wir werden dort, wenn irgend möglich, auftanken und gleich wieder starten. Wenn das nicht möglich ist – na ja...» Holland sprach den Satz nicht zu Ende. Er nahm das Iridiumtelefon wieder ans Ohr und berichtete Sanders, wofür er sich entschieden hatte.

«Können Sie für uns herausfinden, ob die dort Treibstoff haben, Doktor? Vielleicht können sie uns auch verproviantieren und die Toiletten reinigen. Wenn sie nicht wissen, wer wir sind, können wir ihnen vielleicht ein Schnippchen schlagen. Wir können ja so tun, als seien wir ein umgeleiteter Charterflug. Wir werden in ungefähr achtzig Minuten dort sein.»

Sanders am anderen Ende der Leitung nickte. «Ich versuche es! Lassen Sie Ihr Telefon irgendwo in Fensternähe. Ich melde mich, sobald ich neue Informationen habe.»

«Erzählen Sie ihnen, daß Sie von der Quantum-Zentrale aus anrufen. Irgend etwas. Es ist hier zur Zeit dunkel, weshalb das kleine Manko mit dem fehlenden Triebwerk vielleicht gar nicht besonders auffallen wird. Und erkundigen Sie sich, ob sie Tankwagen oder festinstallierte Pumpen auf dem Flugfeld haben, die über Pipelines versorgt werden.»

«Okay.» Rusty hatte einen kleinen Notizblock herausgezogen und schrieb nun eifrig mit. «Wieviel Treibstoff?»

«Voll. Zweihundertvierzigtausend Pfund Jet A oder was sie eben sonst an Düsentreibstoff haben. Und da wir jetzt nicht in die Wüste fliegen und daher auch die Transportmaschinen mit den Versorgungsgütern nicht treffen werden, brauche ich Mahlzeiten für – sagen wir – dreihundert Personen. Egal, was.» Nach einer kleinen Pause korrigierte er sich. «Augenblick – wir müssen ja eine Chartermaschine mimen, der ein Triebwerk abhanden gekommen ist. Mahlzeiten passen nicht dazu. Toilettenservice und Auffüllung der Trinkwassertanks schon eher.»

«Ich verstehe», sagte Sanders. «Aber selbst wenn das alles klappt wie geplant und Sie wieder starten können – wir müssen dann immer noch einen endgültigen Bestimmungsort für Sie finden.»

Wir? dachte Holland. Lasse ich da schon wieder jemand anders die Entscheidungen treffen? Er verwarf den Gedanken. Nein. Sanders ist mein einziger Verbündeter da draußen. «Wir» ist schon richtig. Ich brauche seine Hilfe.

Holland atmete hörbar aus. «Wie lautete Ihr Vorname doch wieder?»

«Rusty.»

«Okay, Rusty. Ich bin James, nicht ‹Captain Holland›, okay?»

«Okay.»

«Ich denke, wir müssen irgendwohin fliegen, wo niemand mit uns rechnet. An einen Ort, den Terroristen sich nicht anzugreifen trauen – nach Rio de Janeiro zum Beispiel oder nach Kapstadt in Südafrika. Vorausgesetzt, wir können so lange in der Luft bleiben. Können Sie mir bei der Suche nach einem Zielflughafen helfen, wenn es uns gelingt, die Kanarischen Inseln wieder zu verlassen?»

«Kann ich, James.»

«Ich weiß es zu schätzen. Und vielen Dank auch für Ihre Hilfe vorhin. Ich... Es tut mir sehr leid, daß ich anfangs nicht auf Sie gehört habe.»

«Ich kann Sie verstehen, glauben Sie mir.»

«Wäre besser gewesen, ich hätt's getan.»

In Washington legte Rusty den Hörer auf. Im gleichen Augenblick hörten er und Sherry, wie ein Schlüssel ins Schloß der Zimmertür gesteckt und umgedreht wurde.

24

*Im Lageraum des Weißen Hauses, Washington, D. C. ·
Samstag, 23. Dezember · 18.00 Uhr (2300Z)*

Als Jon Roth die schockierende Eilmeldung aus Langley vorgelegt wurde, lehnte er sich, die Halbbrille hoch auf den Kopf geschoben, in seinem gutgepolsterten Lederdrehstuhl zurück und nickte dem Überbringer, einem Boten des Weißen Hauses, gelangweilt zu. Die Geste war sorgfältig einstudiert.

Der Bote, schmerzlich vertraut mit den blasierten Mienen in Panik geratender Führungskräfte, machte, daß er fortkam. Ihm war klar, daß sich der Stellvertretende Direktor der CIA sofort über die Meldung beugen und die Botschaft noch einmal genau studieren würde, während sich sein Gehirn bereits fieberhaft mit den möglichen Folgen und Komplikationen beschäftigte.

Alle kommerziellen Satellitentelefongespräche von Flug 66 waren überwacht worden – nicht in Langley, sondern in der neuen elektronischen Zentrale der Firma auf der Südseite des Beltway. Der Notruf war um 2226Z eingegangen. Sie stürzten ab, hatte einer der Piloten gesagt. Die 747 mußte demnach etwa drei Minuten später auf dem Wasser aufgeschlagen sein, und damit waren alle kommerziellen Telefonverbindungen zerstört.

Die Nachricht aus Langley aber besagte, daß noch vierzehn Minuten nach dem Notruf zwei Satellitengespräche aus der Maschine geführt worden waren! Beide Telefonate waren einige Minuten später gleichzeitig mitten im Gespräch abgebrochen worden.

Vielleicht, dachte Roth, haben sie die Maschine ja noch vierzehn Minuten in der Luft halten können, ehe sie schließlich doch abgestürzt sind.

Die Erklärung war plausibel. Auf den Radarschirmen der *USS Eisenhower*, die sich dem fraglichen Seegebiet näherte, war die Maschine nicht mehr aufgetaucht – und eine Boeing 747 war kein Tarnkappenbomber. Jede 747, die sich von dem angenommenen Absturzort entfernte, hätte wahrgenommen werden müssen.

Aber vierzehn Minuten?

Es gab nur zwei Möglichkeiten, entschied Roth. Die wahrscheinlichere war, daß der Absturz mit Verzögerung stattgefunden hatte.

Die zweite Möglichkeit gab indessen zu erheblicher Sorge Anlaß und erforderte sofortige Gegenmaßnahmen: Es war denkbar, daß die Piloten den Absturz nur vorgetäuscht hatten – und zwar mit voller Absicht, denn im Normalfall hätte der Flugkapitän einer unbewaffneten Linienmaschine um militärische Unterstützung gegen den Angreifer gebeten.

Roth atmete hörbar aus. Es ging um alles oder nichts. Der CIA-Direktor lag noch immer bewußtlos auf der Intensivstation, und die Chancen, daß er sich je wieder erholen würde, waren minimal. Der Präsident hatte bislang noch keinen Nachfolger nominiert. Roth war klar, daß er die erste, die logische Wahl war, doch wenn er in der gegenwärtigen Krise dem Präsidenten keinen klaren Kurs vorgab, würde dessen Stab hellhörig werden und ihm abraten. Er, Roth, mußte in diesem Fall damit rechnen, daß ihn sein wankelmütiger Dienstherr im Oval Office umgehend fallenlassen würde.

Befand sich Flug 66 wider Erwarten noch in der Luft, so bedrohte er nicht nur die Menschheit in ihrer Gesamtheit, sondern auch Roths sorgfältig ausgefeilten Plan, den geballten Zorn der Welt auf die Akbah zu lenken. Und – ein amerikanisches Flugzeug droht die ganze Welt zu verseuchen! Diese Gefahr kann der Präsident nicht ignorieren!

Er erhob sich. Der öffentliche Auftritt des Präsidenten mußte verschoben werden.

Die Absage der Pressekonferenz war kein Problem.

Viel schwerer würde es sein, den Präsidenten davon zu überzeugen, daß er die eigene Luftwaffe gegen ein amerikanisches Zivilflugzeug einsetzen mußte.

Grand Hyatt, Washington, D. C.

Harold und Janie Hollingsworth aus Chinook, Montana, hatten den Nachmittag in der National Gallery of Art verbracht und kehrten in aufgekratzter Stimmung in ihr Hotel zurück. Es war ihr dritter Urlaubstag. Janie, eine auffallende Brünette Ende Dreißig mit einer Vorliebe für Superminiröcke, arbeitete als Lokalreporterin und schrieb neuerdings vielversprechende Krimis. Für den Abend hatten sie einen Tisch in einem Restaurant in Georgetown bestellt – doch vorher wollte Janie mit Hilfe einiger neuer, höchst skandalöser Dessous ihren Ehemann verführen.

Sie lächelte stillvergnügt vor sich hin und war glücklich, weil sie und Harold im Bett so gut miteinander harmonierten. Im Aufzug hatte Harold ihren kleinen, wohlgerundeten Po getätschelt, und sie hatte hinter sich gefaßt und sich revanchiert. Jetzt fummelte Harold angespitzt und erwartungsfroh mit dem Schlüssel im Schloß zu Zimmer Nummer 1443 herum. Endlich klappte es. Die Tür schwang auf. Janie schoß an ihrem Mann vorbei ins Zimmer und hatte schon die ersten beiden Knöpfe ihrer Bluse geöffnet... Doch dann blieb sie abrupt stehen.

«Wer sind denn Sie, zum Teufel?» hörte Harold sie fragen.

Er trat an ihre Seite und mußte zu seiner Verblüffung feststellen, daß sich zwei Fremde in ihrem Zimmer aufhielten, ein Mann und eine Frau. Der Mann stand neben dem Bett und hielt den Telefonhörer in der Hand, während die Frau unruhig auf und ab ging.

Beide sahen aus, als hätte man sie in flagranti erwischt.

Rusty Sanders legte den Hörer auf und hob abwehrend die linke Hand. Mit der Rechten kramte er den Ausweis aus der Gesäßtasche.

Harold Hollingsworth verstand die Geste falsch und rechnete mit einem Revolver. Instinktiv packte er Janie an den Schultern und zog sie zurück zur offenstehenden Tür.

«Halt!» Der Befehl kam von der Frau und klang so autoritär, daß Harold zögerte. Im selben Augenblick fand Rusty Sanders seinen Ausweis. Er schlug ihn auf und hielt ihn dem Paar entgegen.

«Bitte schließen Sie die Tür», befahl er.

Harold betrachtete aufmerksam den Ausweis.

«Central Intelligence Agency», erklärte Rusty. «Ich bin Dr. Rusty Sanders, und dies ist meine Kollegin, Agentin Sherry Ellis.»

Agentin Ellis? dachte Sherry amüsiert, bemühte sich jedoch, sich nichts anmerken zu lassen.

Rusty konnte sich nicht erinnern, sich jemals als aktiver Geheimdienstagent vorgestellt zu haben. Es klang eigenartig theatralisch.

«Okay ...» sagte Harold vorsichtig, während Janie sich seinem Griff entwand.

Rusty deutete auf den Nachttisch. «Sie haben sicher schon gehört, daß die Polizei bei Gefahr im Verzug Fahrzeuge beschlagnahmen kann? Nun, wir haben sozusagen Ihr Zimmer beschlagnahmt, um Ihr Telefon benutzen zu können. Bei dem Einsatz, den wir zur Zeit durchführen, ist ein ... äh ... erhebliches Problem aufgetaucht. Wir brauchten unbedingt einen ruhigen, unverdächtigen Ort.» Rusty wurde ungeduldig. «Hören Sie», sagte er schroff, «ich habe einfach nicht die Zeit, Ihnen das alles ausführlich zu erklären», sagte er autoritär. «Sie beide nehmen einfach Platz, und meine Kollegin erzählt Ihnen kurz, worum es geht. Ich muß jetzt weiterarbeiten. Wenn alles gutgeht, sind Sie uns in einer halben Stunde wieder los. Sherry, bitte.»

Sherry nickte, und Harold und Janie Hollingsworth tauschten einen Blick. Ihre Leidenschaft war rasch verflogen und der Neugier gewichen. Daß Washington eine seltsame Stadt war, hatten sie schon gehört, aber daß tatsächlich die CIA ihr Zimmer requiriert hatte und von dort aus «Einsätze» ausführte, ließ sich daheim weidlich ausschlachten – nicht nur in Erzählungen, sondern auch als Stoff für Janies künftige Romane!

Harold nahm seine Frau am Arm. Gemeinsam ließen sie sich auf der Bettkante nieder.

An Bord von Flug 66

James Holland rief Barb Rollins zu einer Besprechung ins Cockpit und bat auch Botschafter Lancaster um sein Erscheinen. Rachael begleitete ihren Chef. Als schließlich alle in dem engen Raum versammelt waren, drehte sich Holland in seinem Pilotensitz zu ihnen um.

«Man hat auf uns geschossen», erklärte er. «Wir werden gejagt.» Er berichtete von Dr. Sanders und von der aufgedeckten Gegenoperation innerhalb der CIA und erklärte, daß Triebwerk Nummer vier durch eine Luft-Luft-Rakete verlorengegangen war. Inzwischen seien sie in eine sichere Zone abgetaucht, wo ihnen zumindest vorübergehend keine Gefahr drohe.

«Wir wußten, daß die Passagiere zu Tode erschrocken sein mußten, aber für eine Durchsage blieb einfach keine Zeit. Wir hatten hier alle Hände voll zu tun.»

Er beschrieb die Nachteile, die der Verlust des Triebwerkes mit sich brachte, und betonte, daß sie den Flug in niedriger Höhe würden fortsetzen müssen, um der Radarüberwachung zu entgehen.

Und dann kam er zum ärgsten Punkt von allen. «Dieser Sanders sagte mir, daß wir vermutlich nicht mit diesem Virus infiziert sind. Diese Contras in der CIA haben aber die ganze Welt, einschließlich des Präsidenten, davon überzeugt, daß wir so gut wie tot sind. Sie haben die Ergebnisse der Obduktion von Professor... äh...»

«Helms», half Barb aus.

«... der Leiche von Professor Helms falsch dargestellt. Sanders sagte, es gäbe keinerlei Beweis für eine Virusinfektion, doch die Medien verbreiten genau das Gegenteil. Die Fehlinformation, meint Sanders, wurde möglicherweise von der CIA bewußt lanciert. Der langen Rede kurzer Sinn: Kein Mensch will uns in seiner Nähe haben, und die ganze Welt hält uns für gefährlicher als Typhus, Pest und Cholera zusammen. Unser eigenes Heimatland hat uns abgeschrieben. Wir können nicht einmal mehr mit unserer Fluggesellschaft Kontakt aufnehmen, denn mit jedem Anruf beweisen wir, daß wir noch immer in der Luft sind, und bringen so die Terroristen wieder auf unsere Spur.»

Holland sah der Reihe nach allen Anwesenden ins Gesicht. «Wir stellen uns tot», fuhr er dann fort. «Um Zeit zu gewinnen, haben wir versucht, den Fluchtversuch als Absturz zu tarnen. Wir brauchen ungefähr vierundzwanzig Stunden, in denen wir ohne Kontakt zum Rest der Welt am Leben bleiben müssen. Wenn nach Ablauf dieser Frist niemand ernstlich erkrankt ist, sieht die Sache schon etwas anders aus. Aber bis dahin müssen wir damit rechnen, daß die CIA und irgendeine Gruppe von fanatischen Terroristen aus dem Nahen Osten alles daransetzen werden, uns umzubringen.»

Barb Rollins sah zu Boden und schüttelte den Kopf, als wollte sie damit die Horrorvision abschütteln, die sich vor ihrem geistigen Auge auftat. Dann richtete sie den Blick wieder auf James Holland.

«Wenn ich Sie richtig verstanden habe, James, gibt es nur einen einzigen Menschen auf der Welt, der weiß, daß wir noch am Leben sind. Und das ist ein Kerl von der CIA, der irgendwo in Washington in einem Hotelzimmer sitzt und mit uns telefoniert hat?»

Holland nickte. «Ich weiß, es klingt verrückt, aber es ist nun einmal die Realität, Barb...»

Sie lächelte nicht. «Sind Sie sicher?»

Holland deutete zum rechten Fenster. «Da draußen an der Tragfläche befindet sich an der Stelle, wo unser Triebwerk Nummer vier hingehört, eine leere Aufhängung. Eine Rakete hat das Triebwerk abgeschossen. Wir alle haben es gehört, und ich muß das als Tatsache akzeptieren. Wir haben keinen verbotenen Luftraum überflogen, sondern befanden uns zur Zeit der Attacke über internationalen Gewässern. Das mag irrwitzig erscheinen, aber Sanders hat immerhin eine Erklärung dafür.»

Lee Lancaster seufzte und meldete sich zu Wort. «Lassen Sie mich eines dazu sagen, James: Was normalen Beobachtern von außen auf nationaler oder internationaler Entscheidungsebene idiotisch oder exzentrisch vorkommen mag, hat seinen Ursprung in logischen Denkprozessen ganz normaler Menschen, die allerdings Gefangene ihrer hohen Machtpositionen sind. Schluß A führt zu Schluß B – und so weiter. Die Gedankenkette in sich ist ganz logisch, doch das Endergebnis kann unlogisch und mitunter sogar kriminell sein.» Er sah Holland in die Augen. «Was mich am meisten beunruhigt, haben Sie schon angesprochen, James. Man sieht in uns zur Zeit eine tödliche Bedrohung für die gesamte Menschheit. Wir selbst glauben nicht daran. Die Beweislage spricht ebenfalls dagegen, zumindest im Moment noch. Doch da unten auf der Erde, da draußen, wo diejenigen sitzen, die mit ihren langsamen Gehirnen rasche Entscheidungen treffen, hält man das denkbar schlimmste Szenario offenkundig für Schluß A.»

James Holland betrachtete Lancasters Gesicht aufmerksam. Die Haut des Botschafters war vollkommen schwarz, so dunkel, daß seine Züge mit den im Schatten liegenden Winkeln des Cockpits zu verschmelzen schienen. Die menschliche Wärme, die aus seinen Augen strahlte, vermittelte Zuversicht und Gelassenheit. Auf einmal begriff Holland, warum dieser Mann in jenem Hurrikan mörderischer Emotionen, der unablässig über dem Nahen Osten tobte, als ruhender Pol galt.

«Botschafter –», setzte er an.

«Meine Mutter hat mich Lee getauft, James, nicht ‹Botschafter›.»

«Tut mir leid, Lee, Sie glauben also, daß dieser Sanders die Wahrheit sagt?»

Lee Lancaster legte den Kopf ein wenig schief. «Ich glaube, James, Sie kennen die Antwort auf Ihre Frage bereits. Der Beweis dafür ist das fehlende Triebwerk. In der Maschine, von der diese Rakete abgeschossen wurde, sitzt sicher kein CIA-Mann, aber daß die Firma dahintersteckt, halte ich für möglich, ja sogar für wahrscheinlich. Denken Sie dran, alles geht von Schluß A aus. Und ...» Sekundenlang sah er zu Boden.

«Und was?» drängte Holland.

Lancaster blickte in die Runde und blickte jedem Anwesenden in die Augen – außer Dick Robb, dessen Blicke unverwandt auf den Radarhöhenmesser gerichtet waren.

«... und wenn verschiedene Elemente in unserer Regierung – einschließlich dieser Contras – herausfinden, daß wir noch am Leben sind, so ändert das zunächst gar nichts an Schluß A. Allerdings sind nun einige harte Entscheidungen erforderlich, die auf diesem Schluß basieren.»

«Welche, zum Beispiel?» fragte Barb.

«Zum Beispiel: Besteht womöglich die Gefahr, daß wir, wenn wir unsere Flucht fortsetzen, ein dichtbesiedeltes Bevölkerungszentrum bedrohen und gegebenenfalls infizieren? Wenn ja, so stünde das Leben von Tausenden, vielleicht sogar Millionen von Menschenleben auf dem Spiel. Einer solchen Katastrophe muß vorgebeugt werden – wenn nicht durch Vernunft, dann eben durch Gewalt.»

«Was wollen Sie damit sagen, Lee?» fragte Holland leise.

Der Botschafter sah ihn an. «Wenn wir in die Sahara fliegen, nach Mauretanien, so wird unser Verfolger sein Werk beenden. Das ist eine logische Schlußfolgerung. Fliegen wir irgendwo anders hin, könnte sich die Regierung der Vereinigten Staaten genötigt sehen, uns von sich aus umzubringen, um zu verhindern, daß wir Millionen unschuldiger Bürger eines fremden Landes anstecken und töten. Was ich damit sagen will, James, ist, daß Ihr Plan, solange wie möglich von der Bildfläche zu verschwinden, sofern er sich realisieren läßt, der einzig richtige ist. Es ist durchaus möglich, daß das Militär der USA innerhalb der nächsten Stunden den Befehl erhält, uns aufzuspüren und zu vernichten.»

«Unsere eigene Luftwaffe ...» Hollands Worte verloren sich im Schock.

Lancaster nickte. «Unsere eigene Luftwaffe, jawohl. Und unsere eigene Marine. Denken Sie an Schluß A: Wir sind eine biologische Zeitbombe von historischen Ausmaßen, die Pestratten des Jet-Zeitalters – und noch viel gefährlicher ...»

«Und wenn wir einfach auf den Kanaren landen und uns weigern, weiterzufliegen?»

Lancaster lächelte. «Das könnte die beste Lösung sein, James, aber das ist vermutlich leichter gesagt als getan. Landen können Sie bestimmt. Ich habe keine Ahnung, wie hysterisch die Reaktion darauf ausfallen wird, doch je länger Sie dort stehenbleiben, desto rascher verlieren Sie die Kontrolle über die Situation. Dies muß Ihnen klar sein, und in Kenntnis dessen müssen Sie als Flugkapitän Ihre Entscheidung treffen.»

Holland senkte den Kopf. «Ich glaube, ich habe nicht ganz verstanden, was Sie meinen.»

«Sie haben die Wahl zwischen zwei Extremen: Ist es sicherer, gleich nach dem Auftanken weiterzufliegen und neuerlich zu versuchen, dem Rest der Welt aus dem Weg zu gehen – oder ist es klüger, als ungebetener Gast auf einem fremden Flugplatz herumzustehen und sich damit in ein Netz aus Überwachungsmaßnahmen zu begeben, aus dem es kein Entrinnen mehr gibt? Ich kann Ihnen bei dieser Entscheidung nicht helfen, denn ich weiß selber nicht, welche der beiden Möglichkeiten die bessere ist. Ich muß Ihnen allerdings gestehen, daß ich mich vor der zweiten Option fürchte – und zwar selbst dann, wenn es den Medien gelingen sollte, unseren Fall weltweit ins Rampenlicht zu rücken. In der Konfusion einer Massenpanik lassen sich angebliche ‹Fehler› leichter inszenieren – selbst bei Live-Übertragungen.»

«Zum Beispiel?»

«Ein Feuer, eine Explosion, durchdrehende Wachmannschaften mit dem Finger am Abzug wie auf Island ... Andererseits könnte das alles immer noch sicherer sein als ein Weiterflug mit drei Triebwerken.»

Holland schüttelte den Kopf. «Das ist eine zähe, alte Boeing, Lee. Ein ausgefallenes Triebwerk reicht nicht aus, um eine Maschine wie diese hier ernsthaft zu gefährden.»

«Unter diesen Voraussetzungen», sagte Lancaster, «haben Sie die richtige Antwort wohl schon gefunden.»

Grand Hyatt, Washington, D. C.

Die Hollingsworths saßen auf dem Bett und sahen wortlos zu, während Sherry am Zweitanschluß im Badezimmer mithörte: Rusty Sanders verhandelte mit den zuständigen Behörden über eine Lande- und Auftankgenehmigung auf den Kanarischen Inseln. Der Restbetrag auf seiner Telefonkarte schmolz rasch dahin.

«Es wäre uns am liebsten, wenn Sie uns eine Rechnung schicken könnten», erklärte Rusty seinem Verhandlungspartner.

Der Mann am anderen Ende der Leitung zögerte. «Tut mir leid», sagte er nach einer Pause, «aber wir ... äh ... wir müßten das erst überprüfen. Eine Kreditkarte würden wir akzeptieren.»

Vielleicht hat Holland eine Kreditkarte der Fluggesellschaft dabei, dachte er. Aber erst mal muß der Treibstoff im Tank sein ...

«Geht in Ordnung, Señor», sagte er. «Der Captain wird per Kreditkarte zahlen, sobald die Maschine aufgetankt ist. Einverstanden?»

«Um welche Fluggesellschaft handelte es sich doch wieder?»

Vor seinem geistigen Auge sah Rusty das Logo von Quantum: ein großes, stilisiertes Q, das durch ein rot-weiß-blaues Sternenfeld flog. Es ähnelte dem berühmten Emblem einer anderen Fluglinie, die deshalb angeblich sogar gerichtliche Schritte gegen Quantum erwog.

United! fiel ihm ein. Natürlich!

Er gab den Namen durch.

«Ah, *sí*. United.»

«Es handelt sich um eine neue Tochtergesellschaft von United», log Rusty, in der Hoffnung, daß es auf diese Angaben ohnehin nicht ankommen würde. «Das Flugzeug ist geleast.» Immerhin war es durchaus möglich, daß United unter bestimmten Umständen eine Quantum-Maschine leaste.

Vierzig Minuten später legten Sherry und Rusty die Hörer auf und verglichen ihre Notizen. Treibstoff und Wasser würden bereitstehen, ein Toilettenservice dagegen nicht. Der einzige Toilettenwagen, der über die Kapazität für eine 747 verfügte, war defekt.

Das muß noch warten, dachte Rusty, und vielleicht ist es ganz gut so. Sollten die Passagiere wider Erwarten doch infiziert sein, würden biologisch kontaminierte Fäkalien auf einem Flugplatz abgeladen, dessen Personal keine Ahnung von deren Gefährlichkeit hätte ...

Er wählte die Nummer von Lee Lancasters Iridiumtelefon und gab seine Informationen an James Holland weiter.

«Sie müssen sich als United-Flug ausgeben, Captain», sagte Rusty. «Ich hab ihnen erzählt, Sie gehörten einer neuen United-Tochter.»

«United!?» Holland klang ein wenig schockiert. United war der schärfste Konkurrent von Quantum.

«Etwas Besseres fiel mir nicht ein», gab Rusty zu. «Die Logos ähneln sich. Und wo wir grade dabei sind: Sie sollten die Lichter ausschalten, damit das Logo auf dem Heck nicht angestrahlt wird.»

«Ist längst geschehen.»

Fünfzig Meilen vor der Insel, die sie anfliegen wollten, übernahm Holland wieder das Steuer und ging auf eine Flughöhe von weniger als zweihundert Fuß herunter. Auf den Inseln gab es zwar einen Stützpunkt der spanischen Luftwaffe, doch war es unwahrscheinlich, daß wegen eines einzigen nächtlichen Radarechos, das ohne plausiblen Grund auf den Schirmen auftauchte und wieder verschwand, gleich die Abfangjäger hochgeschickt wurden.

Als die Lichter der Stadt vor ihnen auftauchten, bog Holland nach Osten ab, umflog den Nordrand der Insel, bis er sich auf einer Geraden mit der in Ost-West-Richtung verlaufenden Rollbahn befand. Dann drehte er und flog sie, die Küste vor Augen, im Direktflug an.

Er wußte, daß er ein Risiko einging. Er hatte es Rachael Sherwood und Lee Lancaster genau erklärt: Sie flogen ohne Lichter und ohne Radar. Was den genauen Verlauf der Felsküste betraf, waren sie auf intelligente Vermutungen angewiesen.

Als er es nicht mehr aushielt, zog Holland die 747 auf fünfhundert Fuß hoch und nickte Dick Robb zu, der auf den Sendeknopf drückte.

Die Funkfrequenz des Towers von Teneriffa hatte er schon zuvor eingegeben.

«Teneriffa Tower, hier United Charter zwölf-elf im Anflug auf Rollbahn zwei-sieben.»

Zögernd meldete sich eine verwirrte Stimme mit starkem spanischem Akzent.

«Ah, United Charter, wo sind Sie, bitte?»

Holland schaltete mit einem Schlag alle Lande- und Roll-Lichter der 747 ein. Er wußte, daß sich der Fluglotse bisher vergeblich bemüht hatte, die von Osten her anfliegende Maschine mit seinem Feldstecher zu erspähen. Das plötzliche Lichtfeuerwerk würde ihn schier blenden, ihn aber auch vorübergehend so sehr verwirren, daß er vorerst gar nicht auf den Gedanken kam, weitere Fragen nach dem Woher und Wohin der so unvermittelt anfliegenden Maschine zu stellen.

Die übliche Ankündigung des Fluges durch die Anflugkontrolle und die Freigabe durch die Flugsicherung Atlantik fehlten, denn weder der einen noch der anderen Stelle lag ein Flugplan für einen Jumbo mit Zielort Teneriffa vor.

«Ah…, United Charter, klar zur Landung.»

«Roger. Klar zur Landung.»

Klappen und Fahrwerk funktionierten zu Hollands großer Erleichterung normal. Während Robb die einzelnen Punkte der Notfall-Checkliste durchging, nahm Holland die Leistungshebel zurück und etablierte den Riesenvogel auf einer Sinkrate von siebenhundert Fuß pro Minute für die letzten fünfhundert Fuß bis zur Rollbahn. Obwohl er mit dem linken Ruder gegenhalten mußte, um das am rechten Flügel fehlende Triebwerk auszuschalten, gelang ihm eine der sanftesten Landungen seiner Karriere.

Einhundertvierzig Meilen weiter südöstlich, auf dem Flughafen von Las Palmas, manövrierte in diesem Augenblick ein Servicemann die Zapfpistole in die Tanköffnung des windschnittigen Busineßjets. Die moderne Gulfstream gehörte einem reichen Araber.

Der Servicemann haßte reiche Araber. In der Hoffnung, etwas mehr Geld für sich und seine Familie verdienen zu können, hatte er sich ein Jahr lang bei einer saudischen Gesellschaft verdingt – und es schon bald wieder bereut. Kein Mensch sprach Spanisch, und die reichen Araber, deren Flugzeuge er zu warten hatte, behandelten ihn ausnahmslos wie den letzten Dreck.

Am liebsten hätte er den Turbanträger von oben bis unten mit Kerosin abgespritzt – aber er wußte genau, daß man ihn danach sofort entlassen würde, und es war nicht einfach, auf den Kanarischen Inseln einen Job zu finden.

Er machte einen Inspektionsgang um das Flugzeug herum, behielt den Piloten aber im Auge. Mehrere lange Abdeckbleche auf der Unterseite der Gulfstream erregten seine Aufmerksamkeit. Er kniete nieder und betrachtete sie aus der Nähe. Obwohl er schon viele Maschinen dieses Typs gesehen hatte, waren sie ihm nie aufgefallen. Komisch, dachte er. Am hinteren Ende eines der Bleche begann ein schwarzer Rußstreifen, der fast wie die Abgasspur eines Düsentriebwerks aussah. Der Streifen würde entfernt werden müssen, denn Ruß war säurehaltig und konnte langfristig Korrosionsschäden hervorrufen. Aber diesen stinkreichen Arabern ist das ohnehin egal, dachte er. Solche Lappalien kümmern sie nicht. Man braucht sich diesen eingebildeten Gockel nur anzusehen… Wenn sein Flugzeug verrostet, kauft er sich halt ein neues!

Er tat so, als stimme etwas mit den Erdungskabeln nicht, die den Rumpf der Maschine mit dem Servicetruck verbanden, überprüfte sie und nutzte die Gelegenheit dazu, durch die offenstehende Tür einen Blick ins Innere des Flugzeugs zu werfen. Bestimmt war zumindest eine schöne Frau an Bord. In Riad war er einmal beinahe verhaftet worden, weil er sich eine saudische Frau zu genau angesehen hatte. Die Männer dort konnten so etwas nicht ausstehen. Doch in seinem eigenen Land war es ihnen unmöglich, seine Blicke zu kontrollieren, und es bereitete ihm stets eine diebische Freude, zwischenlandende Araber mit lüsternen Blicken auf ihre Begleiterinnen zu ärgern.

Doch die Kabine der Gulfstream war leer, und auch von einem Kopiloten war weit und breit nichts zu sehen.

Das war nun wirklich sehr merkwürdig.

Er hörte ein leises, kratzendes Geräusch hinter sich, fuhr erschrocken zusammen und drehte sich um. Der arabische Pilot stand kaum einen Meter hinter ihm. Dem Servicemann war, als habe der Fremde seine Gedanken gelesen. Irgend etwas an diesem Mann und seinem Privatjet wirkte bedrohlich, ohne daß man genau hätte sagen können, worin die Bedrohung bestand.

Flughafen Teneriffa, Kanarische Inseln

Als James Holland die Parkbremse betätigte und mit den Leistungshebeln die Triebwerke abschaltete, liefen bereits die Hilfsaggregate und versorgten die Air Condition und die elektrischen Systeme der Maschine mit Strom. Das Geräusch der langsam zur Ruhe kommenden Triebwerke vibrierte noch durch das Cockpit, als sich von links her vorsichtig ein Truck mit einer passenden Gangway der linken Hecktür näherte. Über den Bordlautsprecher hatte Holland den Passagieren und der Crew klargemacht, daß niemand seinen Platz verlassen und niemand an Bord kommen dürfe.

«Und außerdem muß ich darauf bestehen, daß Sie alle ohne Ausnahme Ihre Fensterblenden herunterziehen und unter keinen Umständen öffnen. Niemand da draußen darf wissen, daß sich Passagiere an Bord befinden, denn wir wollen nicht, daß sie erfahren, wer wir sind. Man hält uns für eine leere 747 auf dem Weg zu einem Charterflug. Unsere Sicherheit ist davon abhängig, daß Sie alle meine Anordnungen buchstabengetreu erfüllen.»

Wie Barb ihm danach versicherte, hatte sich keinerlei Widerspruch gerührt. Alle hatten viel zuviel Angst.

Tür 5L sollte nur einen Spaltbreit geöffnet werden, um gegebenenfalls mit dem Flughafenpersonal verhandeln zu können. Für diese Aufgabe war Barb ausersehen. Der Zoll, so sollte sie behaupten, habe der Maschine die Freigabe verweigert, weshalb sie niemanden herein- oder hinauslassen könnten.

«Wenn sie entdecken, wer wir wirklich sind, James, werden sie fuchsteufelswild», hatte Dick Robb gesagt. «Sie werden sich einbilden, daß wir die ganze Insel verseucht haben.»

Holland hatte genickt. «Das läßt sich nicht ändern. Wenn wir Glück haben, sind wir schon wieder in der Luft, bevor sie irgendwas rausfinden.»

Robb nickte zögernd. «Hoffen wir's. Aber wohin geht's danach?»

«Ich glaube, ich weiß es inzwischen. Sprechen wir in ein paar Minuten darüber.»

Eine Klingel läutete. Offenbar wollte jemand von der Bodencrew in der Nähe des Bugs mit ihnen sprechen.

Holland suchte den entsprechenden Kanal und drückte auf den Knopf.

«Cockpit.»

Eine aufgeregte Stimme mit starkem spanischem Akzent drang an sein Ohr. «*Capitán! Capitán!* Sie haben kein Triebwerk auf *número* vier! Ein Triebwerk fehlt! *Capitán, comprende*?»

Holland schüttelte den Kopf. «Ja, *comprende*. Wir wissen es. Zerbrechen Sie sich nicht den Kopf darüber. Tanken Sie die Maschine auf, aber nicht den Reservetank drei.»

«Aber, *Capitán* ... Sie können doch nicht fliegen ohne das Triebwerk dort, *sí*?»

«Schon okay, Señor! Wir überführen die Maschine zur Reparatur.»

Sekundenlang herrschte unten verwirrtes Schweigen. «Hieß es nicht, der Flug ist ein Charter, nein? Ist es eine Überführung?»

«Wir bereiten einen Charter vor», erwiderte Holland. «Wir überführen die leere Maschine, weil ein Triebwerk abgefallen ist.»

Erneutes Schweigen.

Holland versuchte es noch einmal. «Señor? Haben Sie verstanden, daß kein Kraftstoff in Reservetank drei darf?»

«*Sí, Capitán*. Wir werden ihn nicht auftanken. Sie haben also keine Passagiere an Bord?»

«Keine Passagiere», gab Holland zurück.

Der Mann schien über die Auskunft nachzudenken. Da er den

Finger nicht vom Transmitterknopf genommen hatte, war zu hören, wie er sich in schnellem Spanisch mit jemandem unterhielt. Dann wandte er sich wieder an Holland.

«Wohin fliegen Sie zur Reparatur?»

«Nach Madrid», blaffte Holland. «Iberia kümmert sich drum. Okay?»

«Okay, *sí*», sagte der Mann, der den Namen der nationalen spanischen Fluggesellschaft natürlich kannte.

Fünf Minuten später begann die Kraftstoffanzeige zu steigen.

In einem kleinen Büro gegenüber dem erleuchteten Parkplatz der 747 saß Francisco Lizarza, Chef der lokalen Wartungscrew der Iberia, hinter einem arg ramponierten Schreibtisch und trommelte mit den Fingern auf die Holzplatte. Was veranlaßte eine kompetente Flugzeugbesatzung dazu, eine Maschine, der ein Triebwerk fehlte, noch überführen zu wollen? Eine Maschine obendrein, aus der lose Kabel heraushingen, die Rauchspuren aufwies, Löcher in der Tragfläche und ein tropfendes Leck im Tank hatte! Das mindeste wäre eine notdürftige Sicherung der beschädigten Teile.

Er starrte durch die schmutzige Fensterscheibe auf die 747-400 und vergaß vorübergehend seinen Ärger über einen defekten Iberia-Jet, ohne den er um diese späte Stunde längst zu Hause gewesen wäre.

Iberia in Madrid würde die Reparatur übernehmen, hatte der Kapitän des beschädigten Flugzeugs dem Wartungskoordinator auf dem Flugfeld mitgeteilt. Aber noch immer tropfte Benzin aus dem Reservetank Nummer drei. Die Unterseite der Tragfläche war dort regelrecht perforiert – wahrscheinlich infolge der Belastungen, die mit dem Verlust des Triebwerks einhergegangen waren.

Kurz entschlossen griff Lizarza nach dem Telefon und wählte die vertraute Nummer der Flugzeugwerkstatt in Madrid, ließ sich den zuständigen Mann der Nachtschicht geben und erläuterte ihm das Problem.

«Soll ich nicht wenigstens die herabhängenden Kabel sichern lassen, bevor die Maschine nach Madrid überführt wird?» fragte er.

«Von welchem Flugzeug reden Sie, Francisco?» fragte der Kollege zurück. «Bei uns liegt keine Anmeldung vor.»

Das Gespräch wurde beendet, und Lizarza war verwirrter denn je. Warum sollte der Capitán der Boeing lügen? Er griff nach dem World Aviation Guide, um die Nummer von United Maintenance in den

USA nachzuschlagen, und er erwog, auch Quantum Airlines anzurufen, um zu erfahren, was denen recht wäre.

Doch dann kam ihm etwas seltsam bekannt vor...

Madre de Dios!

Sein Blick schweifte durch das kleine Büro und blieb auf einem kleinen Farbfernseher hängen, der auf einer Werkbank stand. Ein Freund von der Funkwerkstätte hatte eine Satellitenantenne angeschlossen, so daß das Gerät mehrere Kanäle empfangen konnte, darunter auch den amerikanischen Nachrichtensender CNN. Dieses Programm hatte Lizerza Stunden zuvor gesehen.

Er sprang auf, stellte den Apparat an und wartete ungeduldig, bis das Gerät warmgelaufen war.

Draußen, direkt vor seinem Fenster, befand sich das Logo der Quantum-United 747. Die Heckbeleuchtung war ausgeschaltet, doch die Flutlichter strahlten das Firmenlogo an und auch die Registriernummer der Boeing ließ sich problemlos lesen: N47475QA.

Auf dem Fernsehschirm erschien das Gesicht des CNN-Moderators in Atlanta, der eine Reihe von Schlagzeilen von sich gab. Es ging schon wieder um die herzzerreißende Geschichte der amerikanischen Linienmaschine, deren Passagiere und Besatzungsmitglieder von einem der übelsten Krankheitserreger aller Zeiten infiziert waren. Inzwischen hatte man das Virus identifiziert. Es stand fest, daß alle Menschen an Bord mit an Sicherheit grenzender Wahrscheinlichkeit zum Tode verurteilt waren, und kein einziges Land in der Welt hatte den Mut, die Leute aufzunehmen, nicht einmal ihr eigenes Heimatland.

In einem bevölkerungsreichen Gebiet freigesetzt, konnte ein solches Virus Millionen Todesopfer fordern. Lizarza erinnerte sich wieder, wie leid ihm diese armen Menschen getan hatten... Und dann war die Nachricht gekommen, die Maschine sei abgestürzt, ja möglicherweise sogar abgeschossen worden.

Über der Schulter des Moderators erschien in einem kleinen Fenster das Bild der 747. Es zeigte die Maschine in den frühen Morgenstunden auf Island. Auf dem Ruder befand sich das Quantum-Emblem. Dann hatte der Kameramann mit dem Zoom die Registriernummer eingefangen: N47475QA!

Schockiert trat Lizarza vom Bildschirm zurück.

Jetzt war ihm alles klar: Die Boeing 747 hatte den Angriff überstanden und war ohne Genehmigung auf Teneriffa, auf *seinem* Flugplatz gelandet! Die Menschen lebten noch!

Aber ... Leben sie tatsächlich noch? Das ist doch die Todesmaschine, dachte er, eine fliegende Menschheitsgeißel und Seuchenbrutstätte, wie es in den Medien hieß, eine Gefahr für alles und jeden!

Lizerza mußte an seine Frau denken, an seine Kinder, die nur ein paar Kilometer vom Flughafen entfernt lebten. Er dachte an seine Nachbarn, seine Freunde und Bekannten, an Tausende von Menschen, die ganze Einwohnerschaft der Insel.

Er wußte nicht mehr ein noch aus. In seiner Bestürzung ging er zum Schreibtisch und griff nach dem Telefon. Mit zitternder Hand wählte er die Nummer der Polizei, die in Rotdruck unter einer Glasabdeckung stand. Er wußte nicht, wen er sonst hätte anrufen sollen.

Dick Robb und James Holland hatten wechselweise das Cockpit verlassen, um ein wenig auszuspannen und sich Bewegung zu verschaffen. Die Treibstofftanks füllten sich allmählich. Plötzlich erscholl Robbs Stimme über den Bordlautsprecher: «Der Captain bitte sofort ins Cockpit!»

Holland sah Rachael an, mit der er im Oberdeck saß.

«Was gibt's denn nun schon wieder?» sagte er und seufzte.

«Darf ich ... darf ich mit Ihnen raufkommen?»

Ein schattenhaftes Lächeln huschte über sein Gesicht. «Ich würde mich verlassen fühlen, wenn Sie nicht mitkämen.»

Gemeinsam stiegen sie die Stufen zum Cockpit hinauf.

Dick Robb wandte bei ihrem Eintritt rasch den Kopf.

«Sie wissen, wer wir sind, James! Sie tanken uns nicht mehr auf. Wir haben noch nicht einmal die halbe Ladung. Vor unserem Bug parken mehrere Autos, während die Laster von uns abgerückt sind. Eine beinahe hysterische Stimme hat mich gefragt, ob wir Quantum Sixty-six wären.»

«Was haben Sie geantwortet?» fragte Holland.

Robb zuckte die Achseln. «Ich sagte, ich hätte ihre Frage nicht verstanden.»

Zwei Fahrzeuge mit rotierenden Rotlichtern auf dem Dach kamen angerast und hielten mit kreischenden Bremsen etwa dreißig Meter vor der Nase des Jets. Mehrere Sicherheitskräfte mit Waffen im Anschlag sprangen heraus und gruppierten sich um die ebenfalls aussteigenden Zivilbeamten. Eine Minute später meldete sich eine etwas gemäßigtere Stimme über das Intercom.

Holland schaltete den Lautsprecher über ihren Köpfen ein, so daß Rachael mithören konnte.

«Captain?»

«Ja», gab Holland zurück.

Der Mann nannte seinen Namen und gab sich als der Direktor des Flughafens zu erkennen. Er sprach Englisch mit einem leichten spanischen Akzent. «Sie hatten keine Einreiseerlaubnis für unser Land! Sie haben eine gefährliche Krankheit an Bord. Sie dürfen keine Tür öffnen, verstehen Sie mich?»

«Ich verstehe Sie», sagte Holland. «Wenn Sie unsere Maschine fertig auftanken, sind wir gleich wieder weg.»

«Ich habe meine Regierung um Anweisungen gebeten, Captain. Es steht nicht in meiner Kompetenz, Ihre Maschine freizugeben. Wir warten auf Anweisungen. Die Leiter unserer Zoll- und Einwanderungsbehörden sind bereits unterwegs, und ich muß Ihnen sagen, daß auch diese Herren über Ihre Handlungsweise sehr empört sind.»

«Unser Flugzeug ist beschädigt, und wir haben Treibstoff verloren. Mir blieb keine andere Wahl. Als Kapitän dieser Maschine mache ich von meinem Notfallrecht Gebrauch. Unter den vorliegenden Bedingungen war ich zur Landung berechtigt.»

«Sie gefährden sämtliche Einwohner dieser Insel, Captain! Ich kann die Entscheidung über das, was jetzt zu tun ist, nicht alleine treffen.»

«Die Entscheidung wurde bereits getroffen. Wir wollen so schnell wie möglich wieder verschwinden, und das dürfte Ihren Wünschen doch nur entgegenkommen. Bitte sorgen Sie dafür, daß die Betankung fortgesetzt wird.»

Holland mußte an die Worte Lee Lancasters denken. Wenn Regierungen und Militärs sich einmischten, hatte er bald keine Kontrolle mehr über die Situation.

«Meine Regierung ist mit Sicherheit über diese Krankheit informiert, Captain. Meine Regierung wird sich mit Ihrer Regierung in Verbindung setzen. Wer weiß, was dabei rauskommt? Ich bin nur ein kleiner Flughafendirektor. Alles, was ich tun kann, ist, Madrid anzurufen, und das habe ich bereits getan.»

«Sie werden uns also nicht weiter auftanken?»

«Nein, Captain, dazu bin ich nicht befugt.»

James Holland starrte durch die Windschutzscheibe und stellte sich das Gesicht des Mannes vor, der zwölf Meter unter ihnen auf dem Flugfeld stand. Wenn er, Holland, jetzt nicht rasch handelte, dann saßen sie wieder alle fest. Doch er hatte sich für diesen Fall bereits einen Plan ausgedacht – einen bizarren Rollentausch, der ihm in seiner Verwegenheit beinahe komisch vorgekommen war.

Nun aber schien er der einzige Ausweg zu sein.

Holland überdachte die Idee noch einmal. Jeder Linienpilot wußte über Flugzeugentführungen Bescheid. Man las darüber, studierte konkrete Fälle und entwickelte in Zusammenarbeit mit den Fluggesellschaften und der Bundesluftfahrtbehörde Verhaltensstrategien für den Ernstfall. Die Ausbildung der Linienpiloten in den Staaten war nach Hollands Meinung im Grunde das ideale Training für potentielle Flugzeugentführer: Man lernte, wie man eine solche Tat plant, wie man sie durchführt, wie man sie überlebt.

James Holland wäre nicht im Traum darauf gekommen, den Hijakker zu spielen – er, der lieber einsteckte als austeilte und sich stets bemüht hatte, so unauffällig wie möglich zu bleiben.

«Ich traue Ihnen nicht», hatte die alte Dame unten in der Kabine zu ihm gesagt. «Ich traue Ihnen nicht, weil Sie nicht selbständig denken!»

Die Frau hat recht gehabt, gestand er sich jetzt ein, aber inzwischen hatten sich die Vorzeichen verändert. Er hatte sich verändert.

Und er hatte es satt, immer nur einzustecken.

«Dick, schalten Sie sämtliche Außenlampen an, einschließlich der Landelichter», befahl er.

Dick Robb sah ihn verwirrt an und zögerte.

«Jetzt sofort bitte!»

«Okay, okay. Darf ich fragen, warum?»

«Warten Sie's ab», sagte Holland, rückte seine Kopfhörer zurecht und stellte das Intercom ein.

«Señor Ignacio, sind Sie noch da?»

«Jawohl, Captain.»

«Hören Sie mir jetzt bitte genau zu: Wie Sie bereits herausgefunden haben, sind wir kein United-Flug, sondern Quantum Sixty-six, und Sie haben recht, wir haben uns alle infiziert. Wenn dieses Virus hier auf Teneriffa freigesetzt wird, wäre die gesamte Bevölkerung der Insel in vier Tagen tot. Wir selbst werden innerhalb der nächsten vierundzwanzig Stunden erkranken und binnen zwei Tagen sterben. Verstehen Sie mich soweit?»

Unten herrschte zunächst Schweigen, dann hörte man, wie der Transmitterknopf gedrückt wurde. Als der Flughafendirektor sich wieder meldete, klang seine Stimme plötzlich sehr vorsichtig.

«*Sí,* Señor, ich verstehe das alles. Es ist eine große Tragödie. Es tut mir so leid für ...»

«Danke für die Blumen, Ignacio. Aber auf Ihr Mitgefühl können wir verzichten. Tatsache ist, daß wir eine hochbrisante Gefahr für Sie darstellen. Das sehen Sie doch auch so, oder?»

«Ja, Captain, da stimme ich Ihnen zu.»

«Und Sie wollen doch weder Ihr Personal hier auf dem Flughafen noch die Bevölkerung dieser Insel in Lebensgefahr bringen, stimmt's?»

«Das stimmt, Captain.»

«Schön, dann hören Sie mir jetzt gut zu: Ich habe an jeder der insgesamt zehn Türen dieses Flugzeugs ein Crewmitglied postiert. Jede Tür verfügt über eine Notrutsche. Ein Wort von mir genügt, und sämtliche Türen werden umgehend geöffnet. Die Rutschen werden aufgeblasen, und zweihundertdreiundvierzig hochinfektiöse Passagiere purzeln auf Ihren Flugplatz. Mit jedem Ausatmen wird das tödliche Virus freigesetzt und durch die feuchte Luft verbreitet. Sie haben gar nicht genug Feuerwaffen, um uns schnell genug zu töten, doch selbst wenn es Ihnen gelänge, würde der erste da draußen auf dem Flugfeld Infizierte die gesamte Insel anstecken. Halten Sie das bitte nicht für einen Bluff. Ich frage Sie: Haben Sie genau verstanden, was ich tun werde, wenn meine Forderungen nicht erfüllt werden?»

«Gewiß, Captain, aber das wäre doch blanker Mord! Warum wollen Sie noch mehr Leute umbringen? Warum ...»

«Halten Sie den Mund und hören Sie zu! Es geht nicht ums Warum. Alles, was Sie wissen müssen, ist folgendes: Entweder Sie sorgen dafür, daß die Betankung sofort weitergeht und erst aufhört, wenn alle Tanks mit Ausnahme von Reservetank drei randvoll sind, oder aber Teneriffa ist in vier Tagen ein menschenleerer Felsen im Meer. Wir werden alle zusammen ins Gras beißen, kapiert?»

«Captain, Captain ... bitte! Sie müssen doch verstehen ...»

Holland schnitt ihm das Wort ab.

«Ich muß gar nichts verstehen. Ich bestimme, was hier geschieht, und ich mache Ihnen ein Angebot: Ihr Leben und das jedes anderen Menschen auf dieser Insel gegen einmal Auftanken und einen vollen Wassertank. Außerdem verlange ich, daß alle meine Befehle buchstabengetreu befolgt werden. Wenn Sie gehorchen, fliegen wir ganz einfach wieder ab – wenn nicht, müssen Sie sterben. Und sorgen Sie dafür, daß diese verdammten Fahrzeuge, die uns gegenwärtig blokkieren, auf der Stelle abgezogen werden. Wenn ich die Triebwerke anstelle und auf die Startbahn rollen will, werden mir keinerlei Hindernisse in den Weg gelegt, verstanden?»

«Solche Entscheidungen zu treffen, steht außerhalb meiner Verantwortung...»

«Dann werden Sie mit Ihrer Untätigkeit eben die Verantwortung für die Entvölkerung von Teneriffa tragen. Ein bißchen mehr Rückgrat, Mann! Meine Forderungen sind doch ganz einfach zu erfüllen. Meine Crew wartet nur auf mein Wort. Also? Die Treibstoffanzeige rührt sich noch nicht. Ich gebe Ihnen genau dreißig Sekunden, um mit dem Auftanken fortzufahren.»

Die Sprechverbindung wurde nicht unterbrochen, doch Holland vernahm nur hektische spanische Wortwechsel. Dann meldete sich Ignacio wieder.

«Wir tun, was Sie verlangen, Captain, aber wir müssen den Schlauch erst wieder anbringen und...»

Verzögerungstaktik. Holland war darauf vorbereitet.

Sie würde ihnen nichts nutzen.

«Okay, Tür eins links, eins rechts, Tür zwei links, zwei rechts: Alles bereit zum Öffnen, Rutschen aufblasen und Evakuieren der Passagiere», sagte er.

«Nein, nein, nein!» schrie Ignacio gellend. «Wir gehorchen ja schon, Captain, wir bringen den Schlauch wieder an!»

«An die Crew von Quantum Sixty-six: Wenn Sie innerhalb von dreißig Sekunden nichts von mir hören, öffnen Sie die Türen und blasen die Notrutschen auf. Desgleichen, wenn Sie Schüsse hören sollten.»

Ignacio, überzeugt davon, daß an jeder Tür bereits eine Hand auf dem Öffnungshebel lag, kreischte nun geradezu ins Mikrofon: «Wir tanken Sie auf, Captain! Wir tun alles, was Sie sagen!»

Holland ließ mit voller Absicht fünfzehn Sekunden verstreichen, bevor er sich wieder meldete. Als er den Transmitterknopf drückte, hatte die Treibstoffanzeige gerade wieder zu steigen begonnen.

«Okay, Ignacio, ich sehe, daß Sie uns wieder betanken», sagte er. «Aber verstehen Sie mich richtig: Wird auch nur ein einziger Schuß auf dieses Flugzeug abgegeben, namentlich auf dieses Cockpit, so werden wir alle die Maschine verlassen. Jeder Versuch, uns zu behindern, wird dasselbe zur Folge haben.»

«Yes, Sir! Niemand wird Sie behindern!»

«Lassen Sie jetzt die Autos verschwinden, die vor meinem Flugzeug stehen!»

«Yes, Sir!»

Holland spürte eine sanfte Hand auf seiner rechten Schulter und drehte sich um. Rachael Sherwood lächelte ihn an.

«Sie hätten zur Bühne gehen sollen!» sagte sie. «Sie haben sogar mich überzeugt. Ich habe mich gefragt, wann Sie Ihre Crew instruiert haben.»

«Hab ich doch gar nicht», sagte Holland und warf einen Blick auf Robb, der wie vom Donner gerührt dasaß.

Holland seufzte. «Die Tankwagen stehen rechts von uns. Sobald die Tanks bis auf fünftausend Pfund gefüllt sind, schalte ich die Triebwerke eins und zwei ein. Sie werden in Panik geraten, aber das sollen sie auch.»

Robb schüttelte den Kopf und wollte gar nicht mehr damit aufhören. «Auf eines können Sie Gift nehmen, James!» stöhnte er. «Ich werde niemals – ich betone: niemals! – mit Ihnen pokern!»

Man hörte im Cockpit, wie unten Motoren angelassen wurden, und Sekunden später entfernten sich die Fahrzeuge, die die 747 blockiert hatten. Es fehlten noch sechzigtausend Pfund, bis die Tanks voll waren. Holland wußte, daß es zu einem Kopf-an-Kopf-Rennen zwischen den Treibstoffpumpen und dem sich schließenden Netz der Bürokratie kommen würde. Waren die Tanks gefüllt, bevor die unvermeidlichen Anweisungen aus Madrid eintrafen und seinen Bluff entlarvten, konnten sie es schaffen.

25

Flughafen Las Palmas, Kanarische Inseln · Sonntag, 24. Dezember · 0.10 Uhr (0010Z)

Die Gulfstream war gerade aufgetankt, als wie aus dem Nichts ein Personenwagen auftauchte. Zwei Männer stiegen aus und begannen, auf den Servicemann einzureden. Die drei standen ein paar Meter neben dem Tankwagen und unterhielten sich dermaßen schnell und lebhaft, daß Juri Steblinko kein Wort verstehen konnte. Als sich der Servicemann plötzlich umdrehte und auf die Gulfstream deutete, spannten sich Juris Muskeln unwillkürlich an. Er hatte den Mann schon dabei erwischt, wie er versuchte, das Flugzeuginnere zu inspizieren.

Doch dann sprangen die beiden Männer in ihr Auto und fuhren ebenso schnell, wie sie gekommen waren, wieder davon. Juri hatte keine Erklärung für ihr Verhalten.

Der Servicemann kritzelte Zahlen auf eine handgeschriebene Rechnung und reichte sie dem Piloten, den er für einen Saudi hielt. Juri zahlte bar mit amerikanischen Dollars und legte zweihundert Dollar Trinkgeld hinzu.

Der Servicemann zählte nach, steckte das Trinkgeld mit einem knappen Dankeschön in die Tasche und wandte sich zum Gehen, doch Juri packte ihn an der Schulter und fragte:

«Señor! Qué es la problema con sus amigos?»

Der Mann sah aus, als hätte man ihn auf frischer Tat ertappt.

«Qué?»

«Sus amigos, en el automóvil. Qué dicenos ellos a usted?»

Verwirrt schüttelte der Mann den Kopf.

«Do you speak English?» fragte Juri.

Jetzt nickte der Spanier. *«A little, yes.»*

«Schön, versuchen wir's damit. Ihre Freunde wirkten sehr aufgeregt. Worüber?»

«Meine... Freunde?»

«*Amigos,* in dem Auto.»

«Ah, *sí!*» Die Miene des Mannes hellte sich ein wenig auf. «Auf Teneriffa ist etwas... etwas Merkwürdiges passiert. Meine Freunde wollten mir das erzählen.»

Juri hob den Kopf. «Was ist auf Teneriffa passiert?»

«Ein großes Flugzeug ist dort gelandet, mit lauter Kranken an Bord. Sie hatten keine Landegenehmigung und wollen Treibstoff. Es ist eine siete... äh, eine Sieben-vier-sieben. *Comprende?»*

«Sí», gab Juri zurück, «ich weiß, was eine 747 ist.»

«Eine 747 hat vier Triebwerke. Aber die Maschine da auf Teneriffa hat nur drei. Eines ist abgefallen.»

Die Worte trafen Juri wie ein Blitz aus heiterem Himmel. Flug 66 war auf Teneriffa gelandet! Die Rakete hatte lediglich ein Triebwerk abgeschossen.

Der Servicemann redete noch immer. «Der Pilot verlangt, daß seine Maschine aufgetankt wird. Er bedroht den Flughafendirektor.»

«Bedroht ihn?»

«Sí. Wenn sie keinen Treibstoff kriegen, wollen sie die kranken Passagiere herauslassen und alle Menschen auf Teneriffa anstecken.»

Juri packte den Mann bei den Schultern. «Ist das Flugzeug noch dort?»

Der Mann sah ihn erschreckt an. «Ich... ich verstehe nicht, Señor.»

«Der Jumbo. Steht er noch auf dem Flugplatz in Teneriffa?»

Der Servicemann hob langsam die Hände, die Flächen nach außen gekehrt. «Das weiß ich nicht.»

«Haben Sie ein Funkgerät? Können Sie sich mit Ihrem Vorgesetzten in Verbindung setzen – mit Ihrem *jefe?»*

«Sí.»

«Tun Sie das!» Juri schob dem Mann zwei Hundertdollarscheine in die Hände. «Rufen Sie ihn an und bitten Sie ihn herauszufinden, ob diese 747 Teneriffa schon wieder verlassen hat. *Sí?»*

Der Spanier lächelte. *«Sí, Señor!»*

Es drängte Juri, in sein Flugzeug zu springen, die Triebwerke anzuwerfen und umgehend zu starten. Teneriffa war nicht weit. Der Name der Insel war ihm seit 1986 bekannt. In jenem Jahr hatte sich auf dem dortigen Flughafen ein entsetzliches Unglück ereignet: Zwei Jumbo-Jets waren auf der Landebahn miteinander kollidiert. In einer knappen halben Stunde konnte er dort sein, auch wenn er sich erst noch überlegen mußte, wie er dann weiter vorgehen sollte.

Er mußte diese Maschine zerstören. Seine – und Anjas – Zukunft hing davon ab.

Der Servicemann holte ein großes Walkie-Talkie aus der Fahrerkabine seines Trucks und sprach rasch auf seinen Vorgesetzten ein. Nach einer längeren Pause kam die Antwort. Der Spanier lauschte und wandte sich dann wieder an Juri.

«Er sagt, das Flugzeug ist noch dort, aber startbereit. Die Triebwerke laufen schon. Er hat es gerade im Radio gehört.»

«Muchísimas gracias, Señor!» sagte Juri, machte auf dem Absatz kehrt und rannte auf die offene Tür der Gulfstream zu.

Der Servicemann kratzte sich verdutzt am Kopf. Das Englisch dieses Arabers klang fast amerikanisch. Warum regt ihn diese Nachricht so auf? fragte er sich. Und wozu diese plötzliche Eile?

Im Lageraum des Weißen Hauses, Washington, D. C. · 19.10 Uhr (0010Z)

Der Präsident der Vereinigten Staaten lehnte mit verschränkten Armen an der Kommunikationskonsole und versuchte sich mit der überraschenden Wendung der Ereignisse vertraut zu machen: Ein amerikanisches Zivilflugzeug, das angeblich von Terroristen über dem Atlantik abgeschossen worden war, stand mit nur noch drei Triebwerken auf einem Flughafen auf den Kanarischen Inseln. Daß die in den USA registrierte Maschine, die weltweit als biologische Zeitbombe galt, auf spanischem Boden gelandet war, hatte ein diplomatisches Erdbeben mit Epizentrum in Madrid ausgelöst, dessen Schockwellen sich in alle Richtungen fortpflanzten. Neben einem Dreisternegeneral der Air Force und dem Stellvertretenden CIA-Direktor Jonathan Roth waren mehrere hochrangige Beamte aus dem Außenministerium in den Lageraum beordert worden.

«Mr. President», begann Roth, «in diesem Moment verläßt eine C-17 das Flugfeld in Mauretanien und nimmt Kurs auf Teneriffa. An Bord befinden sich Mitglieder des medizinischen Hilfsteams mit ABC-Schutzkleidung. Wie uns General Lawson hier genauer darlegen kann, ist einer der C-17-Piloten im Zivilleben Linienpilot und berechtigt, die 747 zu fliegen. Er kann also, sollte es zum Ärgsten kommen, den verdammten Vogel selber in die Wüste fliegen...»

Der Präsident unterbrach ihn mit erhobener Hand. «Wollen Sie damit sagen, daß sich der Captain von Flug 66 weigert weiterzufliegen?»

Roth schüttelte den Kopf. «Das wissen wir nicht, Sir. Die Crew hat die Satellitenverbindungen abgebrochen und spricht ausschließlich mit der Flughafenleitung. Sie verlangt Treibstoff und droht damit, die infizierten Passagiere freizusetzen, wenn man ihn ihr verweigert. Die spanische Regierung ist schlichtweg entsetzt.»

«Ist einer von euch klugen Köpfen auf die Idee gekommen, daß der Captain den Treibstoff vielleicht braucht, um damit in die Wüste zu fliegen?» fragte der Präsident.

«Wir wissen nicht, was er vorhat, Sir», fuhr Roth fort, «doch ist es nicht auszuschließen, daß er nach Westen fliegen will, in die Staaten. Das Problem dabei ist, daß wir die Frage, wo wir einen sicheren Platz für ihn finden, schon des langen und breiten erörtert haben, und die einzige Antwort darauf war Mauretanien oder ein vergleichbarer Platz in der Sahara. Fliegt er anderswohin, bedroht er die Bevölkerung. Sie erinnern sich, ich habe Ihnen die Einzelheiten dazu bereits geschildert.»

«Ich entsinne mich genau», sagte der Präsident. «Doch woran ich mich nicht erinnere, sind die Ergebnisse der Autopsie, die an dem Professor vorgenommen wurde.»

Roth wirkte erschrocken. «Ich... Es tut mir leid, Sir, ich dachte, Sie hätten die Notiz erhalten, die ich Ihnen hinaufschicken ließ.»

«Erzählen Sie mir einfach, was drin stand, Jon.»

Roth nickte. «Nach einem unbestätigten Gerücht aus Keflavik soll die Obduktion den Nachweis erbracht haben, daß der Professor infiziert war. Aber das Gerücht stammt nicht von unseren Leuten. Deren Ergebnisse sind nämlich nicht so eindeutig. Während sich einerseits nicht beweisen läßt, daß der Herzinfarkt mit dem Virus in Verbindung stand, fehlt andererseits auch der sichere Beweis dafür, daß der Professor nicht infiziert war. Wir können bisher also nicht schlüssig sagen, ob er die Menschen an Bord anstecken konnte oder nicht.»

«Und was bedeutet das für uns?»

Roth schürzte die Lippen und sah dem Präsidenten ins Gesicht. «Daß wir immer noch damit rechnen müssen, daß in der Boeing ein BL-4-Pathogen sein Unwesen treibt. Helms war dem Virus definitiv ausgesetzt, das steht außer Frage. Selbst wenn er noch nicht akut erkrankt war, kann er bereits alle Flugzeuginsassen angesteckt haben. Ignorieren wir diese Annahme, so spielen wir mit dem Feuer und riskieren eine weltweite Epidemie von historischen Ausmaßen. Anders formuliert: Wir müßten mindestens drei weitere Tage Zeit gewinnen, und wir bräuchten elektronenmikroskopische Aufnahmen von den Proben aus Bayern und Island.»

Mehrere Sekunden verstrichen, in denen der Präsident Roths Miene aufmerksam betrachtete. «Was also schlagen Sie genau vor, Jon?»

«Nun ja, wir haben die Spanier natürlich gebeten, den Captain nicht starten zu lassen...»

«Natürlich. Aber angenommen, er startet doch, und zwar mit irgendeinem unbekannten Ziel! Welche Optionen sieht die CIA dann? Ich habe Ihnen in dieser Angelegenheit die führende Beraterrolle zugewiesen, weil Ihre Behörde über große Erfahrung mit den internationalen Aspekten dieser Virusaffäre verfügt. Wie ich höre, läßt unser Army Research Center in Fort Detrick Ihnen den Vorrang, weil man dort bisher keine Ahnung hat, um was für ein Zeug es sich handeln könnte.»

Jon Roth warf einen Blick auf den Air-Force-General, mit dem er die Optionen bereits durchdiskutiert hatte. Erst dann sah er wieder den Präsidenten an.

«Wenn der Captain von Flug 66 jede Kooperation verweigern und nicht nach Mauretanien fliegen sollte, Sir, sehe ich keine andere Möglichkeit mehr als Gewalt.»

«Soll das heißen, wir sollen ihm mit dem Abschuß drohen, wenn er nicht gehorcht? Und das nach diesem verdammten Terroranschlag, dessen Einzelheiten CNN zur Zeit in die Welt hinausposaunt? Wollen Sie mir wirklich sagen, wir müßten unseren eigenen Landsleuten mit denselben Methoden drohen und das, obwohl wir nicht einmal sicher sein können, daß sie tatsächlich mit diesem Virus infiziert sind?»

Roth nickte, dann schüttelte er langsam den Kopf. «Nicht nur drohen, Herr Präsident. Angesichts der sehr realen biologischen Gefahr, die von diesen Menschen ausgeht, und je nachdem, welches Flugziel sie ansteuern, werden wir es möglicherweise nicht bei der Drohung bewenden lassen können.»

Grand Hyatt, Washington, D. C. · 19.12 Uhr (0012Z)

Nachdem er die Bestätigung erhalten hatte, daß Flug 66 auf Teneriffa gelandet war, entschloß sich Rusty Sanders zu einem im Grunde sehr riskanten Anruf: Er wählte die Nummer eines alten Freundes bei der DIA, der Defense Intelligence Agency. Das Gespräch war kurz, da es über ungesicherte Leitungen lief, und der Kollege war alles andere als begeistert, als er erfuhr, daß er mit einem CIA-Mann sprach, der angeblich von Gegnern in der eigenen Organisation verfolgt war. Trotzdem schrieb er sich die Nummer von Sherrys Handy auf und versprach, die Entwicklung aus der Sicht der DIA im Auge zu behalten.

Rusty verschwieg sorgfältig jeden Hinweis auf seine fortgesetzten Kontakte mit dem Captain von Flug 66.

«Ich würde nicht einmal das für dich tun, Rusty», sagte der DIA-Mann, «wäre ich nicht davon überzeugt, daß deine Besorgnis berechtigt ist. Ich weiß schließlich, daß du seit gestern abend über diesem Problem brütest.»

«Ich kann dir gar nicht sagen, wie dankbar ich dir bin, Stan.»

«Nun ja, nur ein unmittelbar Beteiligter konnte wissen, daß ihr uns gestern abend um eine Nasenlänge voraus wart. Um so faszinierender ist es jetzt, darüber nachzudenken, weshalb Jon Roth so finster entschlossen war, uns eins auszuwischen.»

«Eine Behörde will die andere ausstechen. Das kennt man doch.»

«Ich lasse von mir hören.»

Es war an der Zeit, sich wieder mit dem Captain von Flug 66 in Verbindung zu setzen, doch Rusty war klar, daß er die Hollingsworths und ihr Zimmer nicht länger beanspruchen konnte. Das Pärchen hatte ohnehin schon zuviel mitbekommen.

Sherry und er bedankten sich bei den beiden und schlüpften in den Flur hinaus. Auf der rechten Seite stand der Reinigungswagen der Putzfrau. Sie wandten sich nach links und eilten auf die Feuertreppe am Ende des Gangs zu.

Instinktiv legte Sherry einen Finger an die Lippen und schlich noch einmal zurück zu dem kleinen rechteckigen Fenster, von dem aus der Gang zu überblicken war. Kein Mensch war zu sehen.

«Und nun?» fragte sie.

«Ist Ihr Handy betriebsbereit?»

Sie nickte. «Wo gehen wir hin? Die Maschine steht noch immer auf

Teneriffa, oder? Wartet der Pilot auf weitere Informationen von uns?»

Rusty schüttelte den Kopf und warf ebenfalls einen Blick in den Gang.

«Nein. Holland hatte noch nicht entschieden, wo er hinfliegen will. Er wußte nicht einmal, ob er überhaupt weiterfliegen wollte. Ich muß ihn fragen, was er vorhat, für den Fall, daß wir ihm helfen können. Wir sind die einzigen Menschen weit und breit, mit denen er in den nächsten zwanzig Stunden gefahrlos sprechen kann.»

Sherry schwieg und ließ den Gang nicht aus den Augen. Ein Mann in einem dunklen Anzug war ihr aufgefallen. Er kam aus dem Aufzug, entfernte sich in der Richtung, aus der Rusty und Sherry gekommen waren, ging an dem Karren der Putzfrau vorbei, klopfte vor dem jenseitigen Ende des Flurs an eine Tür und wartete. Dann sah er sich vorsichtig nach allen Richtungen um, zog einen Schlüssel aus der Tasche und schloß die Tür auf. Eine Sekunde später war er in dem Zimmer verschwunden.

Rusty hatte Sherrys wachsende Nervosität gespürt.

«Glauben Sie, der ist hinter uns her?» fragte er.

Sie nickte, ohne den Blick vom Fenster in den Gang zu wenden.

«Ich auch. Ich hab ein ungutes Gefühl, Sherry, ein sehr ungutes Gefühl, daß Roth dieses kleine Problem dadurch lösen will, daß er uns ein für allemal ausschaltet. Oder klinge ich wie ein durchgeknallter Paranoiker?»

Sherry Ellis sah ihn sekundenlang mit völlig ausdrucksloser Miene an, dann legte sie den Kopf schief. «Wir haben den Verdacht, daß Jon Roth der Akbah unter die Arme gegriffen und ihr mitgeteilt hat, wo sie Flug 66 aufs Korn nehmen kann. Außerdem wissen wir inzwischen, daß irgendwer tatsächlich auf die Maschine geschossen und ein Triebwerk zerstört hat. Wir wissen zwar nicht, wer das war, aber sie haben Roth gewarnt. Wenn er tatsächlich seine Hände im Spiel hat, dann sind Sie – und ich wahrscheinlich mit Ihnen – ein unberechenbarer Faktor für ihn. Nach den offiziellen Spielregeln bringt die Firma zwar niemanden mehr um – aber wenn Jon tatsächlich getan hat, was wir glauben, dann hält er sich an keine Spielregeln mehr.»

«Das heißt?» fragte Rusty nach.

«Das heißt nein, Sie leiden nicht unter Verfolgungswahn. Alles ist möglich. Denken Sie an die Kerle in Ihrer Wohnung.»

Sie wandten sich der Treppe zu und gingen hinunter, ohne noch einen weiteren Blick durch das kleine Fenster zu werfen. Hätten sie es getan, so hätten sie gesehen, wie der Mann im dunklen Anzug wieder aus dem Zimmer, das er betreten hatte, herauskam und zum Servicekarren der Putzfrau ging. Sie hielt sich gerade im benachbarten Zimmer auf, und der Mann klopfte an die offenstehende Tür, um sich bemerkbar zu machen. Wenn sich jemand in diesem Stockwerk versteckte, dann mußte sie es wissen.

«Es muß auch einen Warenaufzug geben», sagte Sherry zu Rusty, und sie fanden ihn auch, nur wenige Schritte entfernt vom Treppenhaus, das sie im fünften Stock verließen.

Sie war außerdem davon überzeugt, daß der Aufzug in einem der Serviceräume im Keller endete, und auch damit hatte sie recht. Sie stiegen aus, schlichen durch den Aufenthaltsraum für die Angestellten und eine Hintertreppe zur Rückseite des Restaurants hinauf, ohne daß sie jemand aufgehalten hätte.

«Die Küche hat sicher einen Hintereingang für die Lieferanten», flüsterte Sherry. «Da kommen wir auf die Straße hinaus.»

Die Aufgabe, die gesamte Hotellobby sowie sechs verschiedene Ausgänge im Auge zu behalten, hatte ihren Preis gefordert von dem Leiter des zweiköpfigen Säuberungstrupps, der das Problem Rusty Sanders ein für allemal aus der Welt schaffen sollte. Einmal mehr betrat er die Betriebsräume des Hotels, um die hinteren Ausgänge zu überprüfen, und murmelte dabei etwas in das in seiner Handfläche verborgene Mikrofon. Er wollte sich gerade umdrehen und den Rückzug antreten, als der gesuchte Sanders höchstpersönlich mit einer Frau im Schlepptau durch die Küche und direkt an ihm vorbei auf den rückwärtigen Ausgang zuging.

Ihm blieb keine Zeit, seinen Partner zu Hilfe zu rufen.

Das Küchenpersonal war größtenteils anderweitig beschäftigt. Sanders und die Frau befanden sich mutterseelenallein in einem abgelegenen Flur auf der Rückseite des Hotels – im Grunde eine ideale Situation.

Er trat vor. «Entschuldigen Sie! Einen Moment bitte, Sir, Madam!»

Rusty hörte die Stimme, entschied sich jedoch, sie zu ignorieren. Erst nach dem zweiten Ruf blieb er stehen und drehte sich um. Ein Mann von ungefähr Mitte Vierzig kam mit einem breiten Lächeln auf ihn zu. Auch Sherry war stehengeblieben und kehrte nun zu ihm zurück.

Das Lächeln des Mannes war entwaffnend. Rusty nahm an, er gehöre zum Wachpersonal des Hotels.

«Ja, bitte?» fragte er.

«Dürfte ich Sie um Ihre Ausweise bitten?» sagte der Mann, doch als Rusty seine Brieftasche herauszog, griff er in seine Jacke und förderte einen Revolver mit Schalldämpfer zutage.

«Rusty! Achtung!» schrie Sherry, doch es war bereits zu spät. Als Rusty aufblickte, war der Lauf der Waffe auf seine Brust gerichtet. Sherry erstarrte vor Schreck. Sie rechnete jeden Augenblick mit dem unvermeidlichen leisen Schuß.

Aber der blieb aus. Statt dessen lächelte der Mann erneut und sagte, ohne seine Waffe von Rusty abzuwenden: «Dr. Sanders, wir haben auf Sie gewartet.»

«Was heißt hier ‹wir›?» fragte Rusty. «Tun Sie das Ding da weg!»

Der Mann schüttelte den Kopf. «Die Suche nach Ihnen war ganz schön frustrierend für uns. Sie hätten sich eigentlich melden sollen.»

Das sind Roths Leute! schloß Rusty. Schließlich war es Roth gewesen, der ihm gesagt hatte, er solle sich in irgendein Hotel begeben und von da aus melden.

«Wozu dann die Knarre, wenn Sie von der Firma kommen?»

Der Mann hob die zweite Hand an den Mund und gab seinem Partner die Anweisung, mit dem Wagen vor der Hintertür vorzufahren. Dann sah er Sherry an, hielt den Revolver jedoch nach wie vor auf Rusty gerichtet.

«Sie werden's schon noch erfahren. Wer ist das hier?»

Rusty schwieg. Sherry trat einen Schritt vor.

«Ich bin Jon Roths persönliche Assisentin. Und wer zum Teufel sind Sie?»

Der Mann zögerte. Es war nur eine vorübergehende Unsicherheit, die ihn für einige Sekunden an seiner Mission zweifeln ließ. Da hatte jemand mit autoritätsgewohnter Stimme Roths Namen genannt. Und daß Roth eine persönliche Assistentin hatte, wußte er – nur, was hatte sie ausgerechnet hier zu suchen? Sollte dieser Sanders vielleicht doch nicht der Richtige sein...

All diese Fragen schossen dem Mann durch den Kopf, und Sherry sah, wie sich der Griff seiner Finger um die Waffe veränderte und der Lauf des Revolvers sich um vier, fünf Zentimeter senkte. Sie verzog das Gesicht zu einem breiten, neugierigen Lächeln und hob die Arme über den Kopf, um den Blick ihres Gegenübers abzulenken. Gleichzeitig spannten sich ihre in jahrelangem hartem Training gestählten Muskeln und bereiteten eine Attacke vor, die den Pistolenhelden vor ihr blitzartig entmannen würde.

Sie trat ihn mit aller ihr zu Gebote stehenden Kraft in die Hoden.

Ein grauenhafter Schmerz, schlimmer als alles Vergleichbare, das er je in seinem Leben verspürt hatte, fuhr durch seinen Körper und ließ seine Bauchmuskeln verkrampfen. Sein Oberkörper krümmte sich vor, die Augen traten aus ihren Höhlen, und er nahm nicht einmal seinen eigenen Schmerzensschrei wahr. Im gleichen Augenblick schlug Sherry ihm die Waffe aus der erschlafften Hand.

«Nimm sie!» befahl sie, und Rusty überwand seinen Schock, hob den Revolver auf und richtete ihn auf den Mann, der indes jedes Interesse an einer Fortsetzung des Kampfes verloren hatte. Sherry griff in seine Jackentasche, zog den Sender heraus, durchsuchte ihn nach weiteren Waffen und wandte sich dann an einen Küchenhelfer, der, durch den Lärm aufgeschreckt, zum Schauplatz des Geschehens geeilt war.

«Rufen Sie die Polizei!» schrie sie ihm zu. «Der Kerl hat noch einen Komplizen, der in ein paar Sekunden vor der Hintertür stehen wird. Er ist ebenfalls bewaffnet. Schließen Sie ihn aus!»

Sherry nahm Rusty die Waffe ab und drückte sie dem zu Tode erschrockenen Küchenhelfer in die Hand. «Halten Sie ihn in Schach! Das ist ein Mörder.»

Dann ergriff sie Rustys Hand und zerrte ihn durch die Küche, in der es immer enger wurde, weil von allen Seiten das Personal zusammenströmte. In der Doppeltür stießen sie einen Kellner um, der im selben Moment eintreten wollte. Gemeinsam rannten sie zum Haupteingang. Ein Taxi stand davor. Sherry riß die Tür auf und sprang hinein. Rusty stolperte hinter ihr her.

«Fahren Sie los!» befahl sie.

«Wohin?» fragte der Fahrer.

«Irgendwohin! Nach Westen, Richtung Richmond. Aber schnell!»

Der Fahrer, ein schon älterer Mann, zog sein Taxi aus der Parkbucht und trat, kaum daß er sich in den Verkehr eingefädelt hatte, aufs Gaspedal.

Rusty, noch immer außer Atem, sah seine Gefährtin an. «Sie haben diesen Burschen vermutlich fürs Leben gezeichnet, ist Ihnen das klar?»

«Ich glaube, Ihnen ist nicht ganz klar, was dieser Mann mit uns vorhatte, Doktor, oder?»

«Er wollte uns irgendwohin bringen...»

«Richtig. Entweder zum Reden oder zum Sterben. Durchaus möglich, daß er sogar die Order hatte, uns um die Ecke zu bringen.

Zwei Köpfe, zwei Schüsse. Keiner ins Herz. Typisches Gesprächsthema der Kerle, die die Drecksarbeit machen – wenn auch meist nur Angeberei, um andere einzuschüchtern. Aber wenn man mir das falsche Ende einer Knarre vor die Nase hält, hört der Spaß auf.»

«Ist das wirklich Ihr Ernst, Sherry?»

Sie nickte. «Vielleicht wußten die Kerle schon genau, wie und wo sie unsere Leichen entsorgen wollten. Wir beide, Mister, hätten still und leise unsere irdische Existenz beendet. Die Firma hätte voller Fürsorge alle möglichen und unmöglichen Untersuchungen angestellt, um nach außen hin eine reine Weste zu behalten. Intern macht sie ohnehin, was sie will.»

Rusty konnte sie bloß anstarren.

Sherry schüttelte den Kopf. «Wir sitzen ganz tief in der Tinte, Rusty. Solange wir Jon Roth nicht auffliegen lassen können, bleiben wir im Fadenkreuz – selbst dann, wenn dieser Typ vielleicht wirklich nur mit uns reden wollte.»

Der Taxifahrer nahm seinen Auftrag ernst; er machte ihm offenbar Spaß. Als er mit halsbrecherischer Geschwindigkeit um eine zweite Kurve fegte, beugte Rusty sich vor.

«So schnell brauchen Sie nun auch wieder nicht zu fahren! Wir haben keine Lust, von der Polizei gestoppt zu werden.»

Der Mann nickte und lächelte in sich hinein. Die Kunden wollten eine schnelle Fahrt, also bekamen sie eine.

In Sherrys Handtasche zirpte es. Sie holte ihr Handy heraus und reichte es Rusty.

«Ich wette, das ist für Sie.»

Rustys Freund von der DIA meldete sich. Da gebe es was Neues, das ihm große Sorgen mache, meinte er. Die Air Force und die Navy seien aufgefordert, ein bestimmtes Objekt aufzuspüren und zu zerstören. Die Befürchtung, daß es dabei um Flug 66 ging, sei keineswegs von der Hand zu weisen.

«Aufzuspüren und zu vernichten? Wie kommst du denn darauf? Die Maschine steht auf dem Flughafen von Teneriffa. Das hat CNN gemeldet.»

«Da stand sie, Rusty. Sie ist vor etwa zwanzig Minuten abgeflogen, ohne jede Spur. Sie haben einen Flugplan für Island abgeliefert, aber kein Mensch nimmt ihnen das ab. Man rechnet damit, daß sie auf Westkurs gehen, vielleicht wollen sie in die Staaten.»

«Um Himmels willen!» entfuhr es Rusty. «Wer hat den Befehl gegeben, die Maschine abzuschießen?»

«Das Weiße Haus, Rusty. Ich bin selbstverständlich nicht befugt, dir diese Information zu geben – aber irgendwer da drüben hat den Verstand verloren! Stell dir mal vor, was das alles nach sich ziehen wird! Ich muß jetzt Schluß machen. Sieh zu, was du von dir aus noch tun kannst!»

Rusty bedankte sich, drückte auf den OFF-Knopf und gab die Informationen an seine Begleiterin weiter. Sherry massierte ihre rechte Hand, die sie sich bei der Entwaffnung des Angreifers leicht blessiert hatte und die sie noch immer ein wenig schmerzte.

«Versuchen Sie, den Piloten anzurufen», sagte sie. «Wir sind zur Zeit ein bewegliches Ziel – und offenbar hatten sie bisher keine Ahnung, daß ich es bin, die mit Ihnen unterwegs ist. Mein Telefon wird also wahrscheinlich noch nicht abgehört.»

An Bord von Flug 66

Ehe die letzten Liter Treibstoff in die Tanks flossen, waren sich James Holland und Dick Robb über die Modalitäten ihres Abflugs einig geworden. Sie hatten sorgfältig nachgerechnet, ob ihr nur noch mit drei funktionsfähigen Triebwerken versehenes Flugzeug bei nahezu voller Belastung überhaupt noch starten konnte. Es würde knapp werden, war aber zu schaffen.

Nachdem er die Triebwerke angelassen hatte, ließ Holland die Maschine auf die Startbahn rollen. Niemand stellte sich ihm in den Weg. Er wendete sofort, stellte der Symmetrie wegen nur die Triebwerke zwei und drei auf Startschub und schaltete Triebwerk eins erst zu, als die Maschine bereits eine Geschwindigkeit von achtzig Knoten erreicht hatte. Langsam, aber kontinuierlich beschleunigte die große Boeing und hob kurz vor dem Ende der Startbahn ab. Die roten Lichter an deren Ende verschwanden unter dem Bug.

In tausend Fuß Höhe brachte Holland die Maschine in die Waagerechte und schlug in Übereinstimmung mit dem Flugplan einen nördlichen Kurs ein. Der Transponder blieb abgestellt, und niemand sprach ein Wort. Fünfzig Meilen nördlich von Teneriffa ging Holland wieder auf hundertfünfzig Fuß hinunter und änderte die Richtung mit einem weiten Bogen nach Westen. Es war Teil ihres Plans: Sie wollten so tun, als flögen sie nach Island zurück, wollten in Wirklichkeit aber nach Westen abdrehen.

Vor dem Start hatte Rachael Sherwood sich über seine Schulter gebeugt und ihn gefragt: «Wo fliegen wir hin? Haben Sie sich entschieden?»

«Wenn in den nächsten zehn Stunden niemand an Bord krank wird, fliege ich uns entweder nach Barbados oder auf die Jungferninseln.»

Rachael erschrak. «In die Karibik? Warum?»

«Das ist nahe genug bei Miami – für die Medien! Innerhalb weniger Stunden sind wir dort von Dutzenden von Fernsehkameras umringt. Unter solch globaler Überwachung traut sich keiner, sich an uns zu vergreifen. Und sobald dann deutlich wird, daß niemand an Bord erkrankt ist, ist der ganze Spuk bald vorüber.»

«Können wir nicht gleich in die Staaten fliegen?»

Holland nickte. «Daran habe ich auch gedacht. Einfach plötzlich irgendwo auftauchen und landen – in Miami, Charleston oder gleich in Washington, D. C. Aber da müßten wir erst mal am Küstenradar vorbei. Kann sein, daß das schiefgeht – und wenn dann einer in Panik gerät, schießen sie uns womöglich ab. Wenn man möglichst knapp über der Meeresoberfläche fliegt, sind Barbados und die Jungferninseln gerade richtig. Wir gehen vierhundert Meilen vorher runter, dann bleiben wir ungesehen. Es dürfte nicht schwieriger sein als auf Teneriffa.»

Das Iridiumtelefon lag links neben Holland am Fenster. Als es klingelte, überließ der Flugkapitän das Steuer Dick Robb und drückte auf den Empfangsknopf.

«Captain Holland? James? Hier ist Rusty ...»

Die Leitung war stark gestört, aber Holland erkannte Rustys Stimme.

«Hier spricht James Holland. Ich verstehe Sie nur sehr schlecht.»

Statt einer Antwort rauschte und knisterte es in der Leitung. Dann kamen zwei verständliche Wörter: «... sind Sie?»

«Wo wir sind?»

«Ja.»

Auf einmal war die Verbindung deutlich. Holland teilte Sanders die Position des Flugzeugs mit und erklärte ihm, was sie vorhatten.

«Das geht nicht, James! Air Force und Navy haben eine riesige Suchaktion gestartet, und es gibt Hinweise darauf, daß man Sie abschießen will! Und wenn Sie der Küste der Vereinigten Staaten auch nur nahe kommen, müssen Sie tatsächlich mit dem Schlimmsten rechnen!»

James sah Rachael an. Ihr Blick verriet große Besorgnis. Er hatte jetzt nicht die Zeit, ihr zu erklären, was Sanders gesagt hatte. Im Kopfhörer erklang wieder ein Störgeräusch – ein unterbrochener Piepton, der so laut war, daß ihn auch die anderen Personen im Cockpit hören konnten.

«O mein Gott!» sagte Rachael. «Das ist die Batterie. Sie ist gleich leer.»

«Rusty?» Holland nahm das Gespräch wieder auf. «Sind Sie sich Ihrer Sache sicher? Sind Sie sicher, daß man uns das Militär auf den Hals gehetzt hat?»

«Sie gelten als beispiellose biologische Zeitbombe, die die ganze Menschheit bedroht. Bei einigen Entscheidungsträgern hier ist die Sicherung durchgebrannt. Können Sie sich nicht ein anderes Ziel aussuchen? Irgendeinen Ort am Arsch der Welt, wo Sie noch zwanzig Stunden lang ungestört parken können. Wenn in der Zeit niemand krank wird, haben wir's geschafft.»

«Aber wohin soll ich denn bloß, zum Teufel? Ich habe nur drei Triebwerke und eine entsprechend beschränkte Reichweite. Die Maschine fängt an zu stinken, und unsere Verpflegung geht zur Neige. Das einzige, was wir noch in ausreichender Menge zur Verfügung haben, ist Wasser.»

Der Warnton wurde immer penetranter.

«Welche Reichweite haben Sie denn, James?»

«Gut viertausend Meilen, schätze ich, das sind etwas mehr als zehn Flugstunden. Warten Sie einen Augenblick. Wir sehen mal auf der Karte nach.»

Er legte das Telefon auf seinen Schoß, entfaltete mit Rachaels Hilfe die Flugkarte und breitete sie über der Mittelkonsole aus. Ein Viertausend-Meilen-Radius umfaßte neben Island, Kanada, den Vereinigten Staaten und Südamerika große Teile Afrikas und Europas.

«Es muß abgelegen sein, ganz einsam und abgelegen. Wir brauchen einen Ort ohne amerikanisches Militär.»

Ein winziger, isolierter Punkt im Südatlantik fiel ihm auf. Er bezeichnete eine Insel, die als Gipfel eines unterseeischen Gebirgszugs aus dem Meer ragte. James Holland überschlug die Entfernung und gab dem Flight Management Computer die Koordinaten ein. Die Entfernung zwischen ihrer gegenwärtigen Position und der Insel betrug ungefähr dreitausendvierhundert Meilen.

Sie war also erreichbar.

Und kein Mensch käme auf die Idee, daß sie ausgerechnet dorthin fliegen würden.

«Dick, ich gebe diese Koordinaten ein. Wir nehmen Kurs darauf.»
Dick Robb nickte.
James Holland nahm das Telefon wieder ans Ohr.
«Rusty? Ich ändere den Kurs. Wir fliegen südwärts nach Ascension Island. Ich muß wissen, was für Versorgungseinrichtungen es dort gibt...»
Im Hörer blieb es still.
Holland wandte sich an Rachael: «Haben Sie eine Ersatzbatterie?»
Sie schüttelte bereits den Kopf, als er seine Frage noch gar nicht beendet hatte. «Nur im Gepäck. Aber da kommt man während des Fluges wohl nicht ran, oder?»
Holland verneinte entmutigt und gab ihr das Telefon zurück.
«Sanders war unser letzter Freund.» Er erzählte den beiden, was er erfahren hatte: daß die amerikanischen Streitkräfte Order hatten, sie aufzuspüren und – möglicherweise – abzuschießen. Ein kalter Schauer lief ihnen über den Rücken.
«Glauben Sie wirklich, daß sie dazu imstande wären, James?» fragte Dick Robb mit weit aufgerissenen Augen. «Daß unsere eigene Regierung versucht, uns alle umzubringen?»
James Holland rümpfte verächtlich die Nase und sah hinaus in die Nacht. Als sich ihre Blicke ein paar Sekunden später wieder trafen, nickte er.
«Mindestens zwanzig Stunden lang haben wir jetzt keine Freunde mehr, Dick. Wir sind die Maus – und nur der liebe Gott weiß, wie viele Katzen da draußen hinter uns her sind.»

26

Washington, D. C. · Samstag, 23. Dezember · 19.45 Uhr (0045Z)

Hinter den Taxifenstern zeichnete sich schemenhaft die Brücke ab, über die die Vierzehnte Straße den Potomac kreuzt. Rusty Sanders ließ Sherrys Funktelefon auf den Schoß sinken und seufzte.

«Ich kann es nicht fassen! Die Batterie ist leer! Gerade, als er mir sagen wollte, wo er hinfliegt, gibt diese verdammte Batterie ihren Geist auf!»

«Aber er ist wieder unterwegs und in Sicherheit», erinnerte Sherry ihn. «Das ist vorerst das Allerwichtigste.»

Rusty nickte. Das Bild der beschädigten Boeing 747 ließ ihn nicht mehr los. Mit hoher Geschwindigkeit erreichten sie das Westufer. Rechts vor ihnen war das Pentagon erkennbar, doch der Fahrer blieb auf Südwestkurs, Richtung Richmond.

Sherry Ellis suchte und fand Rustys Hand, und Sanders blickte auf.

«Rusty, wir haben jetzt keinen Einfluß mehr auf den Lauf der Dinge. Sie haben getan, was Sie konnten. Wir sollten uns jetzt einmal darüber Gedanken machen, wie wir unsere eigene Haut retten.»

Rusty schüttelte den Kopf. «Ich bringe diesen Film einfach nicht aus meinem Kopf: Da fliegt dieser arme Teufel mutterseelenallein durch die Nacht, ohne jeden Kontakt zur Außenwelt, ohne Hilfe und im Visier seiner eigenen Landsleute. Können Sie sich das vorstellen, Sherry? Ahnen Sie, was dieser Mann zur Zeit da draußen durchmacht?»

Sherry nickte bedächtig.

«Etwa zweihundertfünfzig Menschen sind von ihm abhängig», fuhr Rusty fort und hob die Hände in einer Geste der Hilflosigkeit,

«Menschen, denen man vor ein paar Stunden gesagt hat, sie seien infiziert und hätten kaum eine Überlebenschance. Inzwischen sieht es eher so aus, als bedrohe sie eine Verkettung unglücklicher Umstände. Was geschieht, wenn die Akbah sie findet?» Er drehte sich zu ihr um.

Rusty seufzte erneut und blickte zum Fenster hinaus. «Und ich habe das furchtbare Gefühl, daß die Akbah noch nicht aufgegeben hat.»

«Wo fahren wir eigentlich hin?»

Rusty starrte sie mit leerem Blick an.

«Wie bitte?»

«Wir sitzen hier in einem Taxi und rasen nach Westen. Wohin? Was haben wir vor?»

Er schüttelte den Kopf.

«Ich ... ich habe uns beide ganz vergessen. Mein Kopf war gerade da draußen irgendwo über dem Atlantik ...»

Sherry nickte. «Schon gut, aber unsere Körper sind hier, und ich hab den meinen eigentlich ganz gerne.»

«Ich kann mir vorstellen, daß sie dieses Taxi ausfindig machen können», begann er. «Und ich fürchte, wir müssen davon ausgehen, daß Roth Order gegeben hat, uns beide zu eliminieren – obwohl er von Ihrer Beteiligung wahrscheinlich gar nichts weiß.»

«Wenn der Kerl in der Küche noch reden kann, weiß Roth Bescheid.»

«Sherry, Sie waren im Außendienst, nicht wahr? In Kairo?»

Sie nickte. «Ja. Hab mal kurz in verdeckte Operationen reingeschnuppert.»

«Dann kennen Sie sich in diesen Dingen also aus. Ich bin da nicht so bewandert.»

«Ich soll was vorschlagen?»

Er nickte.

«Okay. Drehen wir um und fahren zum Flughafen. Je mehr Menschen um uns herum sind, desto besser. Kann sein, daß nach diesem Taxi inzwischen gefahndet wird. Haben Sie Bargeld dabei? Bitte sagen Sie jetzt: ‹Ja, ein paar hundert Dollar›!»

«Stimmt sogar», erwiderte Rusty verblüfft, «so um die dreihundert. Warum?»

«Shuttle-Tickets nach New York. Dort läßt es sich leichter untertauchen.»

«Wie?»

«Unter falschem Namen in einem Hotel einmieten, die Tür verrammeln und dort überlegen, wie's weitergehen soll.»

Rusty blickte ihr intensiv in die Augen. Seine Miene und die Art und Weise, wie er plötzlich auf seinem Sitz zur Seite rückte, als sehe er in ihr zum erstenmal die Partnerin und Gefährtin, erweckten in Sherry ein merkwürdiges Gefühl der Verbundenheit, das jeden witzigen Kommentar mit einem Schlag überflüssig und belanglos erscheinen ließ.

Sie befanden sich in tödlicher Gefahr.

Aber sie teilten die Gefahr.

Ohne den Blick von ihr abzuwenden, nannte Rusty dem Fahrer das neue Ziel.

Sherry spürte, daß sie errötete.

Nordwestlich von Las Palmas, Kanarische Inseln

Die Gulfstream IV donnerte in den Nachthimmel über dem Flughafen von Las Palmas. Juri Steblinko holte alles aus der Maschine heraus, um nach Teneriffa zu kommen, ehe das Radarsignal der 747 im Norden verschwand.

Es war zu spät. Dort, wo sich Flug 66 hätte befinden müssen, war sein Radarschirm leer.

Die Flugbereichskontrolle hatte bestätigt, daß der Flugplan der Boeing nach Island ausgestellt war, doch Juri wußte, daß sein Opfer kein Idiot war. Der Captain von Flug 66 würde sich denken können, daß ihm der unbekannte Angreifer irgendwo in der näheren Umgebung auflauerte. Er würde sich nicht an den angegebenen Flugplan halten, sondern einen Kurs fliegen, der um mindestens neunzig Grad von dem geraden Nordkurs zurück nach Reykjavik abwich.

«Die Sieben-vier-sieben ist vor achtzehn Minuten abgeflogen», bestätigte der Tower in Teneriffa. Nach Juris Berechnung mußte der Vorsprung der Boeing bei einer durchschnittlichen Steiggeschwindigkeit zwischen zweihundertfünfzig und dreihundert Knoten fünfundsiebzig bis hundert Meilen betragen. Das Angriffsradar bestrich in Flugrichtung einen Zweihundert-Meilen-Radius, und doch gab es keinerlei Echos. Juris Besorgnis wuchs.

Als er eine Reisehöhe von fünfzehntausend Fuß erreicht hatte, brachte er die Gulfstream in die Horizontale, adjustierte den Gashebel und blieb auf Nordkurs. Die Frage, welchen Kurs die Boeing eingeschlagen haben konnte, quälte ihn, und er suchte verzweifelt nach einer plausiblen Antwort.

Wenn die 747 nach Süden flog und er weiter nach Norden, dann entfernten sich die beiden Flugzeuge mit einer kombinierten Geschwindigkeit von tausend Meilen in der Stunde voneinander! Die 747 befand sich irgendwo dort draußen und war in Reichweite, soviel war klar, aber er hatte nicht die Zeit, den gesamten Luftraum über den Kanarischen Inseln abzusuchen. Wenn er sich für die falsche Richtung entschied, war die Boeing bald außer Reichweite und die Chance auf den Fangschuß dahin. Es gab ohnehin nur noch eine realistische Chance: Juri mußte sich ins Denken des Flugkapitäns der 747 hineinversetzen und dessen logische Schlüsse nachvollziehen. Gelang ihm dies, so würde er auch dessen Flugziel ermitteln können.

Nach Osten, Richtung Sahara, fliegt er bestimmt nicht, weil er damit rechnen muß, daß ich dort auf ihn warte. Er käme nicht unentdeckt am Küstenradar vorbei und muß einkalkulieren, daß die Stationen gemeinsame Sache mit mir machen.

Nein, der Osten kam nicht in Frage.

Wie wär's mit dem Norden? Ich hatte ihn eigentlich schon abgehakt. Habe ich irgend etwas vergessen?

Auch diesmal lautete die Antwort nein.

Damit blieben noch der Westen und der Süden. Juri legte die Gulfstream in eine Westkurve und überlegte, welche der beiden Himmelsrichtungen die wahrscheinlichere war.

Der Radarschirm zeigte noch immer keine Objekte. Juri stellte den Radius auf dreihundert Meilen ein und dann wieder auf einhundertfünfzig. Der Schirm blieb leer.

Wenn er westwärts fliegt, kehrt er in die Staaten zurück. Im Süden gibt es nur ein paar kleine Inseln, die südamerikanische Ostküste und natürlich noch weitere Teile Afrikas.

Die 747 war frisch aufgetankt, hatte ihn die Abflugkontrolle wissen lassen. Doch der Jumbo verfügte nur noch über drei intakte Triebwerke, und das bedeutete mehr Strömungswiderstand und geringere Reichweite. Wahrscheinlich schaffte er maximal viertausend Meilen. Das reichte bis nach Recife in Brasilien, vielleicht sogar bis Rio de Janeiro.

Im Neunzig-Meilen-Radius flackerte plötzlich ein Objekt auf, hielt sich zwei Antennenbewegungen lang auf dem Radarschirm und verschwand wieder, offenbar in südlicher Richtung. Da es nicht wiederauftauchte, hielt Juri es für unbedeutend.

Er hatte in den vergangenen Stunden sämtliche kommerziellen Rundfunksender abgehört, die er empfangen konnte. In den jüngsten Meldungen hieß es, daß Passagiere und Besatzungsmitglieder der Quantum-Maschine tatsächlich mit jenem in Deutschland freigesetzten tödlichen Virus infiziert waren. Zuvor hatten die Sender vorübergehend gemeldet, daß das Flugzeug ins Meer gestürzt sei; danach wurde von dem Aufenthalt auf Teneriffa und der Erpressung der dortigen Behörden berichtet. Jetzt stimmte ein Kommentator der Voice of America in die weltweite Sorge ein, daß Flug 66 nicht mehr kontrollierbar war und daß die Crew sich gegen den stillen Tod in der Wüste sträubte.

Juri konnte nicht umhin, eine gewisse Sympathie für den amerikanischen Piloten der Boeing zu empfinden. Sie waren immerhin Kollegen; obwohl er ihn jagte und fest entschlossen war, seine Maschine abzuschießen, konnte er sich in den Mann hineinversetzen.

Vor allem aber glaubte er, sein Denken zu verstehen. Ein Pilot, der mit solcher Meisterschaft einem Angreifer auszuweichen verstand, mußte militärisches Training hinter sich haben, höchstwahrscheinlich als Kampfpilot. Er würde wissen, daß man nach wie vor hinter ihm her war, und daher etwas völlig Unerwartetes tun.

Er würde nach Hause fliegen, nach Westen.

Juri gab dem Flight Management Computer die Koordinaten mehrerer Waypoints im Westen ein und führte die Änderungen durch. Er würde auf zweiundzwanzigtausend Fuß steigen – eine Flughöhe, die Linienmaschinen nur selten benutzten – und dann nach Westen rasen. Wenn er sechzig Knoten schneller war als Flug 66, würde er die Boeing innerhalb von zwei Stunden einholen. Das wäre dann über eintausend Meilen weit draußen über dem Atlantik, doch mit den ihm verbliebenen drei Raketen würde er sein Werk vollenden können.

Im Lageraum des Weißen Hauses · Samstag, 23. Dezember · 20.00 Uhr (0100Z)

Gegen 20 Uhr erreichte eine Telefonkonferenz, die einige Stunden zuvor im Seuchenzentrum in Atlanta, Georgia, begonnen hatte und sich über Washington und Bonn bis in die ehemalige Sowjetunion erstreckt hatte, mit dem Eintreffen eines Obersten der U.S. Army im Weißen Haus ihren dramatischen Höhepunkt.

Colonel Jerrett Webster, zweithöchster Offizier am Militärinstitut zur Erforschung von Infektionskrankheiten in Fort Detrick, unterdrückte das Flattern in seiner Magengrube, als ihn ein Kader von Präsidentenberatern in die kleine Beratungsecke des Lageraums führte. Auch Jon Roth gesellte sich zu den Anwesenden. Webster, der sich in der ungewohnten Umgebung alles andere als wohl fühlte, öffnete seine abgestoßene Lederaktentasche und zog mehrere Bögen Papier mit elektronenmikroskopischen Aufnahmen heraus, die ihm über eine sichere militärische Fax-Leitung aus Deutschland übermittelt worden waren. Der Präsident, so wurde ihm mitgeteilt, würde in wenigen Minuten ebenfalls zur Runde stoßen.

«Gentlemen», begann der Colonel, «obwohl wir uns nach wie vor nicht ganz einig sind, herrscht unter den mit dem vorliegenden Problem befaßten Epidemiologen doch die Meinung vor, daß wir es mit einem sogenannten ‹Serum-Transfer-Virus› zu tun haben. Was das heißt? Ja, es handelt sich um einen BL-4-Erreger, aber er kann nicht durch Tröpfcheninfektion über die Luft verbreitet werden.»

Der außenpolitische Berater des Präsidenten beugte sich vor und betrachtete zwei der Bilder aus der Nähe. «Und das ist er?»

Colonel Webster nickte. «Das sind Fotos von dem Virus, der bei der Untersuchung der beiden Laboropfer in Deutschland isoliert wurde. Für sich betrachtet, haben sie lediglich eine gewisse Ähnlichkeit mit einer bekannten Klasse viraler Krankheitserreger, von denen wir wissen, daß sie sehr ansteckend sind, und gegen die es weder Impfschutz noch Therapie gibt. Allerdings wird dieser Typ nur durch Körperflüssigkeit übertragen, und zwar am wirksamsten dann, wenn infiziertes Blut auf eine Wunde oder in die Schleimhäute eines anderen Menschen gerät. Es gibt keinen Grund zu der Annahme, daß ein Opfer diese Partikeln in einer für eine Infektion ausreichenden Quantität durch die Atemluft ausscheidet.»

«Sagen Sie das bitte so, daß wir alle es verstehen können, Colonel», bat Roth.

Webster sah ihn an und nickte. «Einfach ausgedrückt, bedeutet es, daß Professor Helms aller Wahrscheinlichkeit nach keinen Menschen in diesem Flugzeug anstecken konnte, der nicht unmittelbaren Körperkontakt zu ihm hatte – und selbst dann wäre eine Infektion ohne Bluttransfer sehr unwahrscheinlich.»

«Verschiedene Personen haben versucht, ihn mit Mund-zu-Mund-Beatmung zu retten», wandte der außenpolitische Berater ein. «Würde das ausreichen?»

Webster nickte bedächtig. «Vielleicht. Wahrscheinlich ist es nicht. Ich würde auf jeden Fall dafür plädieren, alle Leute an Bord vier Tage lang in Quarantäne zu stecken. Dabei sollten aber diejenigen, die Helms angefaßt haben, unbedingt von den anderen getrennt werden, denn die, die ihn nicht berührt haben, stellen praktisch keinerlei Risiko dar.»

«Wie können Sie sich da so sicher sein?» fragte Roth, sichtlich verblüfft.

Webster schüttelte den Kopf. «Absolute Sicherheit gibt es noch nicht, Sir. Aber das Obduktionsteam in Reykjavik hat inzwischen die Lungen von Professor Helms untersucht und festgestellt, daß das Virus im Gewebe der Alveolen nicht nachweisbar ist. Folglich kann der Mann auch keine Viren ausgeatmet haben.»

Webster blickte sich um und betrachtete die Gesichter der Anwesenden. Sie alle sahen ihn erwartungsvoll an.

«Wenn ich richtig informiert bin», fuhr er fort, «haben unsere Streitkräfte den Befehl erhalten, das Flugzeug abzuschießen. Um es klar und deutlich zu sagen: Aus medizinischer Sicht ist diese Entscheidung nicht gerechtfertigt. Ich bin hier, um Ihnen – und dem Präsidenten – zu empfehlen, diesen Befehl umgehend zurückzunehmen. Wo immer diese armen Menschen schließlich landen werden – wir müssen sie lediglich die erforderliche Anzahl von Tagen isolieren. Alles andere ist durchaus beherrschbar.»

Innerhalb von Minuten, nachdem der Präsident diese Informationen erhalten hatte, wurde das Pentagon angewiesen, die Flug 66 betreffenden Einsatzrichtlinien unverzüglich zurückzunehmen.

«Weiß der Captain Bescheid?» fragte der Präsident, als er wieder in den Lageraum kam.

All die hochbezahlten, von ihm selbst ernannten Köpfe um ihn herum drehten sich langsam von links nach rechts oder in der umgekehrten Richtung. Der Blick eines engen Mitarbeiters des Präsidenten fiel auf Jonathan Roth, der sich zuvor bei jeder sich bietenden Gelegenheit beredt zu Wort gemeldet hatte. Diesmal blieb er seltsamerweise still. Der Stellvertretende CIA-Direktor wirkte schockiert. Schließlich brach ein Luftwaffengeneral das betretene Schweigen.

«Man hat es versucht, Sir, denke ich, doch nach dem Abflug aus Teneriffa hat die Maschine den Funkkontakt abgebrochen, und niemand kam mehr zu ihr durch, nicht einmal die eigene Fluggesellschaft.»

Der Präsident sah Jon Roth an, der angelegentlich die Telefonkonsole studierte.

«Besteht die Chance, daß der Flieger vielleicht etwas hört, auch wenn er darauf nicht reagiert?»

Roth räusperte sich. In seinem Kopf rangen Hunderte von widersprüchlichen Gedanken um seine Aufmerksamkeit. Er war auf alle Eventualfälle vorbereitet – aber nicht auf diesen! Er war sich so sicher gewesen ...

«Jon?» drängte der Präsident.

Jonathan Roth blickte auf und bemühte sich um ein Lächeln.

«Ich ... äh ... ja, ich glaube, wir können ihn erreichen. Wir müssen nur dafür sorgen, daß die Information über alle Rundfunksender verbreitet wird. Irgend jemand an Bord wird schon mithören. Die ‹Voice of America› sollte auf jeden Fall informiert werden. Außerdem können wir es auf der Notfrequenz für Flugzeuge senden, der hört er vielleicht noch zu.»

«Also gut, dann tun wir's!» befahl der Präsident. «Sorgen Sie dafür, daß die armen Schweine irgendwo sicher landen können, bevor es neue Komplikationen gibt.» Er wandte sich an den Luftwaffengeneral. «Bill! Sie und Admiral Tomasson setzen alle Hebel in Bewegung, diese Maschine zu finden, und sorgen für eine sichere Eskorte zurück auf die Kanarischen Inseln oder sonstwohin. Im übrigen wünsche ich sofort unterrichtet zu werden, wenn es Hinweise darauf gibt, wer auf das Flugzeug geschossen hat. Und noch etwas, General: Sorgen Sie dafür, daß alle Unterlagen über den Einsatzplan verschwinden und daß es keine undichten Stellen gibt.»

Der General nickte. «Yes, Sir!»

Als der Präsident ging, hatte sich Jonathan Roth bereits in den hinteren Teil des Lageraums zurückgezogen. Er mußte dringend eine hochbrisante Meldung durchgeben.

Er erwischte einen Mitarbeiter des Weißen Hauses am Ärmel.

«Ich brauche eine sichere Leitung nach Langley. Gibt es eine im Konferenzsaal?»

«Ja, Sir», erwiderte der Mann. «Ganz hinten auf dem Tisch.»

Roth eilte in den benachbarten Raum, nahm den Hörer ab und tippte die entsprechende Nummer in Langley ein. Kurz darauf meldete sich Mark Hastings. Eine Lampe verriet, daß der Text verschlüsselt wurde. Dann schaltete sich eine abhörsichere Leitung ein.

Mit leiser Stimme und dabei ständig die Tür im Auge behaltend, erklärte Roth, was geschehen war.

«Funken Sie unserem Mann über Satellit, daß er die Sache abbläst. Er soll jetzt verschwinden und sich dann zur vereinbarten Zeit am vereinbarten Ort blicken lassen. Beeilen Sie sich und lassen Sie sich den Empfang der Meldung bestätigen. Er hat seinen Auftrag erfüllt.»

Die Akbah hatte die 747 angegriffen. Daß es ihr nicht gelungen war, sie auch abzuschießen, war unwichtig. Die angebliche Attacke genügte, um die Terrororganisation von aller Welt verurteilen zu lassen.

«Und was ist mit unserer hiesigen Säuberungsaktion?» fragte Mark. «Sanders ist mit Sherry unterwegs, wie ich Ihnen schon sagte. Sie haben einen unserer Männer in der Stadt übel zugerichtet und sind dann verduftet. Wir suchen sie.»

Roth massierte sich die Stirn. Wie konnte diese Affäre in so kurzer Zeit derartig aus dem Ruder laufen? Es war doch die optimale Gelegenheit gewesen – und war es nach wie vor, sofern es ihnen gelang, die Story aufrechtzuerhalten.

«Okay, die Operation läuft weiter. Schnappt euch die beiden.»

«Sie verfügen über keinerlei konkrete Beweise, Sir. Die Diskette haben Sie, und hier ist wieder alles keimfrei. Vielleicht sollten wir sie besser ausschalten.»

Roth schüttelte den Kopf; es war eine Geste der Frustration, die niemand sah. Er hätte nie einen Analytiker von außen in den inneren Kreis aufnehmen sollen. Ein absoluter Außenseiter! Läuft mit einer Story herum, die, wenn sie ihm irgend jemand abnimmt, seine Karriere beenden kann. Und noch dazu mit Sherry, die er immer für loyal gehalten hatte.

«Tun Sie, was Sie für richtig halten. Jedenfalls dürfen die zwei mit dem, was sie sich einbilden, herausgefunden zu haben, nicht mehr frei herumlaufen. Denken Sie an das alte Sprichwort, Mark: Stopfe das Loch, bevor es leckt!»

Dreihundertzwanzig Meilen westlich der Kanarischen Inseln

Juri Steblinko sah auf die Uhr und erkannte, daß er die falsche Entscheidung getroffen hatte.

Flug 66 war nicht nach Westen geflogen.

Er überprüfte seine Berechnungen. Als er sich dafür entschieden hatte, nach Westen zu fliegen, hätte die Boeing einen Vorsprung von annähernd sechzig Meilen gehabt. Er war jetzt seit fünfundvierzig Minuten hinter ihr her. Da er entsprechend schneller flog, müßte der Vorsprung inzwischen auf weniger als zehn Meilen zusammengeschmolzen sein.

Aber auf dem Radarschirm war nichts zu sehen. Die 747, soviel stand fest, konnte es sich nicht leisten, längere Strecken im Tiefflug zurückzulegen, weil Turbojets in niedrigen Höhen wesentlich mehr Kraftstoff verbrannten als weiter oben. Nur in einer Flughöhe von dreißigtausend Fuß und darüber konnte die Boeing den ganzen Ozean überqueren.

Das Radar der Gulfstream hätte Flug 66 selbst dann erfassen müssen, wenn er bis zu dreißig Grad in nördlicher oder südlicher Richtung vom Westkurs abgewichen wäre.

Ein letztes Mal spielte Juri die Frequenzskala durch. Es war umsonst. Er stellte den Flight Computer ab und brachte die Gulfstream auf Südostkurs. Dann nahm er einen Stift zur Hand, um den Abfangwinkel auszurechnen.

Wenn Flug 66 nach Süden unterwegs war, betrug die Entfernung mittlerweile mehr als vierhundertfünfzig Meilen. Nähme er direkten Kurs auf ihre jetzige Position, so würde der Abstand noch größer werden. Er mußte daher die Position ansteuern, die der Jumbo in fünf Stunden erreichen würde, also in jener Zeit, die die Gulfstream für die Aufholjagd benötigen würde. Aber wo flog die Boeing hin?

Juri nahm die Karte zur Hand und zog eine Linie nach Süden. Bei striktem Südkurs würde Flug 66 zunächst dicht an den Kapverdischen Inseln vor der senegalesischen Küste vorbeifliegen. Anzunehmen war allerdings, daß der Pilot, um nicht von der Radarüberwachung erfaßt zu werden, einen deutlich westlicheren Kurs steuern würde.

Er radierte die Linie aus und zog eine neue. Sie verlief dreihundert Meilen weiter westlich.

Was kommt denn da unten noch?

Bis hin zu den zu Brasilien gehörenden Peter-und-Paul-Inseln, zwei über die Wasseroberfläche ragenden Gipfeln der Mittelatlantischen Schwelle, führte die Strecke tausend Meilen über den offenen Ozean. Doch auf diesen Inseln gab es keine Landebahn.

Und sonst?

Ja, im Südosten gab es noch ein Fleckchen Land in der Wasserwüste! Juri erinnerte sich sogar an den Namen. Es war eine weltabgeschiedene britische Kolonie, die zwar nur dünn besiedelt war, aber über einen großen Flughafen verfügte. Die Rollbahn führte zwischen zwei Bergen hindurch, war aber lang genug, um im Bedarfsfall dem amerikanischen Space Shuttle als alternativer Landeplatz zu dienen.

Ascension!

Das muß das Ziel sein. Danach würden die Kraftstoffreserven der Boeing 747 bedenklich knapp werden.

Juri berechnete die erforderliche Geschwindigkeit und den Kurs. Er notierte ein paar Waypoints und gab sie dem Flight Management Computer ein. Schließlich überprüfte er seine Ergebnisse noch einmal sorgfältig und stellte den Autopiloten ein.

Die Würfel waren gefallen. In etwas mehr als vier Stunden würde er entweder die Boeing im Zielradar haben – oder der Himmel wäre leer und er wäre selbst gezwungen, auf Ascension zu landen und dort aufzutanken, wobei zu hoffen blieb, daß man auf der Insel noch nichts von dem gestohlenen Busineßjet gehört hatte.

Es war seine letzte Chance. Hatte er sich geirrt, und Flug 66 war wider Erwarten doch nach Osten oder Norden unterwegs, so war seine Mission ohnehin zu Ende.

Juri rief sich noch einmal den Wortlaut der Botschaft ins Gedächtnis zurück, die er während des Flugs nach Westen über Satelliten seinem Kunden hatte zukommen lassen:

«Zielobjekt hat die Kanarischen Inseln mit Westkurs verlassen. Habe die Verfolgung aufgenommen.»

Eine Antwort hatte er darauf nicht erhalten – und auch nicht damit gerechnet. Jetzt mußte er natürlich die Korrektur durchgeben.

Er überprüfte den Autopiloten, kletterte aus dem Pilotensitz und fiel noch einmal über die Bordküche her. Der Gedanke, die Boeing könne möglicherweise doch ein anderes Ziel anfliegen und ihm endgültig entkommen sein, ließ ihn nicht los.

Juri brühte sich eine weitere Kanne Kaffee auf, tippte die Meldung über die Kurskorrektur ein und drückte auf die Sendetaste. Dann begab er sich mit Kaffeekanne und Brotkorb wieder ins Cockpit, wobei ihm jedoch entging, daß sich sein Hemd in der Abdeckung der Funkkonsole verfing.

Der angenehme Ton quietschenden Leders erfüllte seine Ohren, als er sich wieder auf dem Pilotensessel niederließ. Er übertönte das kurze Signal, mit dem das Satellitenfunkgerät eine eingehende Meldung ankündigte, und das leise Geräusch der Empfängerabdeckung, die in diesem Augenblick zufiel und dabei den Stromschalter abstellte.

Juri lehnte sich zurück, schlürfte den Kaffee des Prinzen und legte sich eine Marschroute für die nächsten vier Stunden zurecht. Zunächst wollte er den kleinen Wecker in seiner Armbanduhr stellen und sich eine Stunde Schlaf gönnen.

Über das in der Gulfstream installierte starke Worldband Radio waren ständig verschiedene Kurzwellensender zu empfangen. Doch Juri hatte stundenlang Nachrichtensendungen abgehört und war ihrer jetzt müde.

Vielleicht war er auf die Informationen der Medien angewiesen. Er dachte ein paar Minuten nach und schüttelte dann den Kopf. Er wußte alles, was er wissen mußte. Im Falle entscheidender Änderungen konnte ihn sein Klient über Satelliten erreichen.

Nein, es bestand wirklich kein Grund, unentwegt die Nachrichten der kommerziellen Rundfunksender zu hören. Auch die normalen Luftverkehrsfrequenzen über dem Atlantik brauchte er nicht ständig zu verfolgen. Schließlich war die Gulfstream, in der er saß, ein fliegendes Gespenst.

Mit einer raschen Handbewegung stellte er den kommerziellen Worldband-Empfänger ab.

27

Washington National Airport · Samstag, 23. Dezember · 20.20 Uhr (0120Z)

Rusty Sanders saß die Angst im Nacken. Ein Meer von Gesichtern wogte durch die Gänge des Washingtoner Flughafens – harmlos, wie es schien, doch er konnte nicht ausschließen, daß eines von ihnen einem CIA-Agenten gehörte, der den Auftrag hatte, ihn zu töten.

Als das Taxi sie in schneller Fahrt durch den abendlichen Verkehr zum Flugplatz brachte, hatte Sherry ihm einige wichtige Instruktionen gegeben.

«Jons Dunkelmänner treten immer mindestens zu zweit auf, und jeder von ihnen führt eine mit einem Schalldämpfer versehene Pistole mit sich. Sie haben den Befehl, beide zu finden – Dr. Rusty Sanders und die Frau, die mit ihm in diesem Hotel gesichtet wurde. Und sie werden versuchen, uns in einen unauffälligen, am Straßenrand wartenden Wagen zu zerren.»

«Wohin werden Sie uns bringen?» hatte er gefragt, obwohl er die Antwort schon ahnte.

«In eine Einbahnstraße, Rusty. Erinnern Sie sich an meine Worte?»

Er nickte und hoffte, daß Sherry nichts von dem dicken Kloß bemerkte, der ihm in der Kehle saß.

«Die Haupteingänge werden möglicherweise überwacht», warnte seine Begleiterin. «Wir werden den Flughafen also über das erste Tiefgeschoß betreten, dort, wo die Taxis halten. Gleich um die Ecke befindet sich eine Rolltreppe, die zu einem rückwärtigen Gang hinaufführt.»

Rusty sollte zur Flughafen-Buchhandlung gehen, sich dort zwischen den Regalen unsichtbar machen und warten, bis Sherry sich wieder blicken ließ.

«Und was passiert, wenn man Sie erwischt?»

Sie lächelte. «Wenn es wieder ein leicht verwundbares Mannsbild ist, erwäge ich die gleiche Strategie wie vorhin...» Sie verzog das Gesicht zu einer Grimasse. «Obwohl mir mein Zeh immer noch weh tut.»

«Das glaube ich gerne», erwiderte Rusty. «Meine Weichteile tun mir allein schon beim Gedanken daran weh. Sie haben den Burschen sicher kastriert.»

«Er oder wir – so einfach war das.»

Sekunden, nachdem sie die Hauptebene erreicht hatten, setzte Sherry sich ab und ging auf einen Ticketschalter zu, während Rusty versuchte, in der Menge unterzutauchen. Kurz darauf fiel ihm auf der linken Seite eine kleine Bar auf, in der ein Fernsehapparat lief. Da die meisten Passagiere bereits auf dem Weg zu den Abendmaschinen waren, verloren sich nur wenige Gäste in der Bar. Rusty erkannte, daß eine CNN-Sondersendung angekündigt wurde, und einen Augenblick später erschien auf dem Bildschirm auch schon das Logo der Quantum Airlines. Unwillkürlich blieb Rusty stehen, scherte aus dem Strom der Reisenden aus und betrat die Bar. Der Fernsehton war leise gestellt, aber noch zu verstehen: «Wie CNN soeben erfuhr, sind Experten der Seuchenkontrollbehörde inzwischen zu dem Schluß gekommen, daß Passagiere und Besatzung des Quantum-Flugs 66 wahrscheinlich nicht mit jenem Schreckensvirus infiziert sind, dem ein amerikanischer Professor an Bord der Maschine zum Opfer gefallen ist.»

Rusty war so schockiert, daß er sich an der Wand festhalten mußte. Der Bericht rekapitulierte kurz die bisherige Odyssee der Boeing und endete mit dem Hinweis auf weitere Informationen in einer Stunde.

Das Logo der CIA erschien hinter der Schulter des Moderators auf der Mattscheibe. Rusty registrierte es erst mit Verspätung, doch als der Name des im Krankenhaus liegenden CIA-Chefs fiel, war er sofort ganz Ohr: «... der seit 1995 das Amt des Direktors innehatte, lag nach einer schweren Gehirnblutung seit zwei Monaten im Koma. Für die Regierung, die mit Rücksicht auf die Familie bislang auf die Ernennung eines geschäftsführenden Direktors verzichtet hatte, war sein Tod am heutigen Nachmittag keine Überraschung. Wie aus gewöhnlich gut unterrichteter Quelle im Weißen Haus verlautete, kann kein Zweifel daran bestehen, daß der Präsident den Stellvertretenden CIA-Direktor Jonathan Roth zum Nachfolger des Verstorbenen berufen wird. Mit der offiziellen Ernennung Roths durch das Weiße Haus wird für Anfang nächster Woche gerechnet.»

Fieberhaft überdachte Rusty die neue Lage. Holland hatte alle Kontakte abgebrochen. Konnte er irgendwie erfahren, daß keine Ansteckungsgefahr mehr bestand? Oder war die Nachrichtensendung selbst Teil eines weltweiten Komplotts mit dem Ziel, Holland zu einer Positionsmeldung zu bewegen?

Doch wer konnte schon darauf spekulieren, daß Holland regelmäßig Radio hörte? Der arme Kerl flog um sein Leben.

Aber vielleicht, dachte Rusty, vielleicht hört er ja doch zu. Und wenn nicht er, dann vielleicht jemand anders an Bord ... Doch selbst dann wird Holland, nach allem, was er durchgemacht hat, einem solchen Bericht keinen Glauben schenken. Zu viel ist in den letzten Stunden geschehen. Er wird in jedem Fall einen Landeplatz finden und versuchen, die kritischen vierundzwanzig Stunden zu überstehen.

Die Zahl der draußen in der Passage vorbeigehenden Menschen hatte sich abrupt verringert. Rusty drehte sich um und musterte die Gesichter der wenigen, die noch kamen, obwohl er wußte, daß er dadurch auch selbst leichter zu erkennen war.

Und wir? Stehen wir jetzt immer noch auf der Abschußliste?

Roth stand kurz vor seiner Ernennung zum Direktor. Würde er seine Mordbefehle jetzt zurückziehen oder nicht – und sich darauf verlassen, daß es ihm gelingen würde, die Morde zu vertuschen?

Auf dem Weg zur Buchhandlung bemühte sich Rusty verzweifelt, die Panik niederzukämpfen, die in ihm aufkeimte. Dann betrat er das Geschäft, durchquerte es langsam, zog wahllos aus einem der hinteren Regale ein Buch und tat so, als lese er, während er in Wirklichkeit die Kunden genau im Auge behielt.

Was immer er tat oder nicht tat – er war ein leichtes Ziel für jeden, der ihm etwas anhaben wollte.

Rusty erinnerte sich an den Moment, in dem er Roth die Diskette überlassen hatte. Den Ausdruck besaß er immer noch – aber der konnte natürlich gefälscht sein, jedenfalls würde die Gegenseite das behaupten. Nein, er verfügte über keinen hieb- und stichfesten Beweis für ein Fehlverhalten Roths. Und weder die Männer in seiner Wohnung noch der Typ im Hyatt hatten Erkennungsmarken getragen, die sie zweifelsfrei als Befehlsempfänger von Jon Roth ausgewiesen hätten.

Also, was habe ich gegen ihn in der Hand? fragte sich Rusty. Die Antwort war ebenso schmerzlich wie klar: Nichts. Der Verdacht, den er und Sherry gegen Jon Roth hegten, war alles. Roth konnte den Unschuldigen spielen und würde ungeschoren davonkommen. Roth hatte sogar schon den Präsidenten dort, wo er ihn haben wollte – jedenfalls sah es so aus, wenngleich Rusty sich in Erinnerung rief, daß die formelle Ernennung zum CIA-Chef noch ausstand. Aber warum sollte er uns dann noch umbringen wollen? Wieso dieses Risiko eingehen? Warum läßt er uns nicht einfach unsere unglaubliche Geschichte erzählen, brandmarkt uns dann als Idioten und lacht sich eines?

Rusty spürte, daß er unwillkürlich den Kopf ein wenig schüttelte. Es bestand kein Anlaß mehr, ihn und Sherry zu töten – nur Sherry schien nach wie vor davon überzeugt zu sein, und die Pistole, in deren Mündung sie vor noch nicht einmal einer Stunde geblickt hatten, war höchst real gewesen. Nein, es gab keine Gewißheit. Die Lage war völlig unsicher.

Plötzlich kam ihm ein Gedanke, der sofort seine gesamte Aufmerksamkeit auf sich zog. Ihm war ein Computerprogramm eingefallen, das er vor einem Jahr geschrieben hatte, ein unorthodoxes, kaum erkennbares Programm, das als letzter Schutz gegen unbeabsichtigte Datenlöschungen gedacht war. Unter einem aberwitzigen Dateinamen mußte es sowohl die ursprüngliche «Kairo-Meldung» als auch die Botschaft auf arabisch von seinem eigenen Computer auf den Hauptcomputer der CIA übertragen haben.

Ich habe doch noch Beweise! dachte er.

Er hatte die Menschen, die die Buchhandlung betraten, vorübergehend außer acht gelassen. Rusty richtete den Blick auf die Ladentheke und musterte die Kunden.

Es waren insgesamt nur vier. Ein Mann, der zu alt war, um gefährlich zu sein, lehnte an einem Regal rechts von Rusty und studierte mühsam das Angebot. Ein junges Mädchen in einem aufreizenden, hautengen Kleid schmökerte in einem Buch, und ein Geschäftsmann in den Dreißigern beschwerte sich offenbar bei einem Verkäufer darüber, daß ein bestimmtes Buch nicht vorrätig war. Das Buchangebot im Regal zu seiner Linken wurde schließlich von einer silberhaarigen, bebrillten Dame im maßgeschneiderten Kostüm einer eingehenden Prüfung unterzogen. Die leicht untersetzte Dame erinnerte Rusty enorm an eine mißmutige Bibliothekarin, der er einmal begegnet war.

Es blieb also der ärgerliche junge Herr an der Ladentheke. Ob der Streit mit dem Verkäufer zur Tarnung diente?

In diesem Moment blickte der Mann, der ungefähr so alt war wie der Agent, den Sherry im Hotel so übel zugerichtet hatte, unvermittelt auf und sah Rusty an. Ihre Blicke trafen sich. Ein kalter Schauder fuhr Rusty das Rückgrat empor. Doch dann wandte sich der junge Mann auch schon wieder ab und raunzte den Geschäftsführer an, der inzwischen seinem Verkäufer zu Hilfe gekommen war.

Rusty hatte kein Geräusch gemacht. Es gab keinen Grund für den Mann, sich plötzlich nach ihm umzudrehen, es sei denn...

Der unzufriedene Kunde drehte sich um und verließ den Laden. Rusty sah ihm nach, wie er in Richtung Nordausgang verschwand.

Suchte er jetzt seinen Kumpel?

Rusty schloß vorübergehend die Augen, um seine Angst zu vertreiben. Als er sie wieder öffnete, war der junge Mann nicht zurückgekehrt, und auch sonst war niemand in die Buchhandlung gestürmt.

Ein Gefühl der Erleichterung überkam ihn – und wurde jäh durch einen stechenden Schmerz in seiner Seite unterbrochen.

Erschrocken fuhr Rusty zusammen und versuchte die Ursache des Schmerzes, was immer es sein mochte, abzustreifen.

Da war ein fremder Arm in seiner Nähe, und als der sich zurückzog, streifte ein scharfer, spitzer Gegenstand Rustys Finger. Er drehte sich um und sah sich zu seiner grenzenlosen Verblüffung der Frau gegenüber, die ihn zuvor an jene Bibliothekarin erinnert hatte. In der Hand hielt sie eine leere Injektionsspritze, die sie in diesem Augenblick in ihre Handtasche gleiten ließ. Die Frau wich Rustys Blick nicht aus. Ehe er reagieren konnte, packte sie ihn am linken Ellbogen.

«Was... was zum Teufel?» stammelte er.

Ein muskulöser Arm dirigierte ihn Richtung Ladentür. Dann hörte er dicht an seinem Ohr eine Stimme, die außer ihm niemand wahrnehmen konnte.

«Hören Sie mir jetzt gut zu, Dr. Sanders! Drehen Sie sich nicht um und leisten Sie keinen Widerstand», raunte sie. Die Stimme war tief und guttural, aber eindeutig eine Frauenstimme.

«Ich...»

«Halten Sie den Mund und hören Sie zu! Ihnen wurden soeben achtzig Kubikzentimeter eines hochwirksamen Nervengiftes injiziert. In fünfundzwanzig Minuten wird Ihr Nervensystem zusammenbrechen, und Sie werden sterben. Wenn Sie um Hilfe rufen und in einer Viertelstunde die Ambulanz da ist, wird man lediglich feststellen, daß Sie zwar bei Bewußtsein sind, aber aus irgendwelchen Gründen gelähmt und sprechunfähig. Die Chemikalie wird die autonomen Funktionen Ihres Körpers blockieren, darunter auch Ihren Herzschlag. Bei der Einlieferung ins Krankenhaus sind Sie längst tot, egal, wohin man Sie bringt oder was man Ihnen verabreicht.»

Rusty versuchte, sich umzudrehen. Der Griff der Frau um seinen Arm verstärkte sich bis zur Schmerzschwelle.

«Sehen Sie mich nicht mehr an!» befahl sie.

«Was ...» Rusty schluckte hart. Seine Kehle war knochentrocken. Die Namen verschiedener Nervengifte gingen ihm durch den Kopf. Sie unterschieden sich stark voneinander. Man brauchte Stunden, um das richtige Gegengift zu finden.

«Was wollen Sie?»

Wieder raunte die Stimme ihm etwas ins Ohr. Sie klang ruhig, stetig, sehr beherrscht und sehr bedrohlich.

«Sie werden mir jetzt unverzüglich folgen. Am Haupteingang wartet ein weiterer Agent. Wir werden Ihnen dort ein Gegengift spritzen. Sollten Sie sich jedoch, wenn ich die Wagentür öffne, nicht unmittelbar hinter mir befinden, fahren wir sofort los – mit dem Gegengift. Sie werden auf dem Bürgersteig sterben, mit geöffneten Augen, ein hilfloses Bild des Jammers. Haben Sie mich verstanden?»

Er nickte. «Wenn ich nicht brav mitkomme, bin ich tot.»

«So ist es», bestätigte die Frau.

«Und wenn ich brav mitkomme, bin ich es auch. Sie werden mich auf jeden Fall umbringen, oder?» Rusty wunderte sich, wie er diese Worte, die seine schlimmsten Befürchtungen ausdrückten, über die Lippen gebracht hatte. Er zitterte innerlich und stellte sich den Vormarsch des Nervengifts in seinem Körper bildlich vor. War das alles überhaupt real? Man gab ihm nicht einmal die Chance zu einem Kampf!

Die Einstichstelle an seiner Seite tat immer noch weh. Daß sie ihm irgend etwas gespritzt hatte, stand außer Zweifel.

«Wir sind nicht gekommen, um Sie zu töten. Wir wollen bloß mit Ihnen reden.»

Mit einem Kopfnicken deutete die Frau auf die Ladentür, und Rusty setzte sich in Bewegung. Es kostete ihn große Anstrengung, seine schlotternden Beine unter Kontrolle zu halten. Das war schlimmer, als von einer Pistole bedroht zu werden – es war eine chemische Vergewaltigung!

Die Frau hatte seinen Ellbogen losgelassen und ging voraus. Es schien sie überhaupt nicht zu interessieren, ob er ihr folgte oder nicht.

Aber er hatte keine Wahl.

Die Frau wandte sich, nachdem sie die Buchhandlung verlassen hatte, nach links und ging recht schnell, so daß Rusty Mühe hatte, ihr zu folgen. Ihm war, als wären seine Zehenspitzen bereits gefühllos. Er fragte sich, welche Muskelgruppe wohl die nächste sein mochte und ob er es überhaupt noch bis zum Wagen schaffen würde. Wo, in Gottes Namen, ist Sherry? dachte er. Haben sie sie etwa auch schon geschnappt?

Seine Fängerin hatte den Haupteingang erreicht, und Rusty stolperte hinterdrein. Sie hatte sich nicht ein einziges Mal nach ihm umgesehen, so sicher war sie, daß er ihr folgte. Alles andere wäre aus seiner Sicht auch Selbstmord gewesen.

Sherry Ellis hatte die beiden Einfachfahrkarten nach New York in ihre Handtasche gesteckt und begab sich nun im Eilschritt zur Buchhandlung. Als sie Rusty auf den Haupteingang und die nächtliche Flughafenzufahrt zugehen sah, blieb sie abrupt stehen. Irgend etwas an seinem Verhalten irritierte sie und hielt sie davon ab, ihn auf sich aufmerksam zu machen.

Sie beobachtete ihn und die Menschen in der Umgebung. Niemand schien Interesse an ihm zu haben. Auch neben ihm ging niemand, der ihn mit einer versteckten Pistole hätte bedrohen können.

Wo zum Teufel gehst du bloß hin, Sanders? fragte sie sich.

Rusty hatte gerade das Außenportal durchschritten, als Sherry in eine Art Trab verfiel und die Verfolgung aufnahm. Mehrere Menschen sahen sich nach ihr um. In Gedanken überschlug sie, wie lange sie brauchen würde, um ihn zu erreichen.

Ein Gepäckkarren mit mehreren Anhängern kreuzte ihren Weg. Sherry mußte stehenbleiben, bis er vorbei war. Rusty hatte inzwischen schon fast die Straße erreicht. Er ging ungewöhnlich schnell. Einige Fahrzeuge warteten auf der Zufahrt. Sherry fiel eine schwarze Limousine in der zweiten Spur auf. Eine rundliche, silberhaarige Frau hatte gerade die rechte Hintertür geöffnet und drehte sich plötzlich nach Sanders um. Sherry rannte jetzt und holte Rusty ein, kurz bevor dieser die erste Fahrspur betrat. Am Ärmel riß sie ihn herum. Daß die silberhaarige Dame die Szene beobachtete, war ihr bewußt.

«Was tun Sie hier, Sanders, verdammt noch mal?» fragte Sherry.

Er hatte die Nerven verloren. Sie sah es seinem Gesicht an, das Angst und Entsetzen verriet.

«Rusty? Was ist los?»

Er entzog sich ihrem Griff. «Verschwinde, Sherry! Sie haben mich erwischt.»

«Wer? Wer hat Sie erwischt?»

«Die Frau bei dem Wagen da drüben. Sie hat mir ein Nervengift injiziert. Im Wagen gibt es ein Gegengift, ohne das ich in zwanzig Minuten mausetot bin. Ich muß ihr folgen.»

Rusty straffte sich und sah Sherry an. Er atmete schwer, und sie sah, daß seine Augen feucht schimmerten.

«Laß mich gehen, Sherry! Lauf weg! Verschwinde von hier!»

Die scharfe Stimme der silberhaarigen Agentin war trotz des Verkehrslärms unüberhörbar. «Ihre letzte Chance, Sanders!»

Doch Sherry gab seinen Ärmel nicht frei – im Gegenteil. Sie riß ihn mit Gewalt herum, so daß er fast das Gleichgewicht verlor und wieder das hell erleuchtete Flughafengebäude vor sich sah.

«Mir nach!» schrie sie ihm über die Schulter hinweg zu. «Los, rennen Sie! Schnell!»

Mit einer Kraft, die ihn überraschte, zog sie ihn mit sich. Rusty folgte ihr zunächst widerstrebend, ließ sich dann aber von ihr mitreißen. Sie rannten an den Ticketschaltern vorbei und bogen in einen Seitengang ab. Auf der rechten Seite befand sich die Rolltreppe, über die sie den Terminal betreten hatten. Sherry zog Rusty durch die offenstehende Tür des Büros einer Fluggesellschaft und präsentierte der verdutzten Sekretärin im Vorübergehen ihre Dienstmarke.

«Haben Sie ein Büro, das ich für ein paar Minuten benutzen kann?»

Der Frau hatte es die Sprache verschlagen.

«CIA. Ich habe jetzt keine Zeit für nähere Erklärungen.»

Die Sekretärin nickte. «Sie können dies hier benutzen. Ich gehe solange raus.»

«Sagen Sie niemandem, daß wir hier drin sind, verstanden?»

Die Frau nickte eingeschüchtert. Sie verließ das Büro und schloß die Tür hinter sich.

Sherry wirbelte Rusty herum und sah ihn an. Er war ihr in tumbem Gehorsam gefolgt und wirkte, als habe er schon mit seinem Leben abgeschlossen.

«Rusty, hören Sie mir zu! Sie werden nicht sterben!»

«Ich weiß nicht, was für ein Gift das war, Sherry, aber sie hat gesagt ...»

«Es gibt kein Gift! Hat sie eine Spritze benützt?»

Er nickte.

«Ein plötzlicher Stich in die Seite oder in den Hintern?»

«In die Seite, ja.»

Sherry nickte. «Das dachte ich mir.» Sie packte Rusty an der Schulter und schüttelte ihn.

«Das ist ein alter Trick, Rusty. Bei Amateuren funktioniert er auch meistens. Das war Wasser, nichts als Wasser! Schlimmstenfalls Glucose. Davon stirbt man nicht.»

Rusty starrte sie mit weit aufgerissenen Augen an. Er glaubte noch nicht an die Gnadenfrist.

«Ein T... Trick?» stotterte er. «Woher wissen Sie das so genau?»

«Mir wurde das auch beigebracht. Da braucht man einen nicht vor aller Augen mit vorgehaltener Pistole abzuführen. Du folgst wie ein geprügelter Hund – oder du stirbst. Die Nadel überzeugt dich sofort. Ein teuflischer Trick.»

Er nickte. Ein gutes Zeichen, dachte Sherry.

«Und ich bin natürlich darauf reingefallen! Dieser Stich tat weh. Ich glaubte schon, die beginnende Wirkung zu spüren.»

«Sie sind doch Arzt! Dann müßten Sie eigentlich wissen, was man unter psychosomatischen Symptomen versteht, oder?»

«Doch, doch ...»

«Okay, aber jetzt geht's wieder?»

«Ich denke schon. Es war ein furchtbarer Schock ...»

«Ich weiß es aus eigener Erfahrung. Ein anderes Agentenpärchen hat mir mal den gleichen Bären aufgebunden, und ich hab ihnen auch geglaubt. Es war ein stupider Initiationsritus zur Aufnahme in die Bruderschaft der CIA-Spione.»

«Haben Sie ihn bestanden?»

«Nein. Frauen waren nicht zugelassen. Sie wollten mir nur weismachen, ich wäre es.» Sie umfaßte sein Kinn mit der Hand und prüfte aus kurzer Entfernung erst das eine und dann das andere Auge. «Wieder okay?»

«Yeah», sagte er. «Wieder okay. Ich werde nicht sterben.»

Sherry lächelte. «Jedenfalls nicht an dieser Injektion.» Sie lockerte ihren Griff und ließ ihren Blick über das Schwarze Brett der Büroangestellten und andere Einrichtungsgegenstände des Hinterzimmers schweifen. Dann wandte sie sich wieder an Rusty: «Aber wenn wir hier nicht bald verschwinden, bringen sie uns mit einfacheren Methoden zur Strecke. Ich wette, daß die Oma da draußen inzwischen längst Verstärkung angefordert hat. Machen wir uns nichts vor, Rusty, wir stecken übel in der Tinte. Ich weiß nicht, ob sie uns sofort umlegen wollen oder erst mal lebendig fangen. Fest steht nur, daß Jon ungestraft einen Massenmord begehen kann, wenn man uns ausschaltet.»

Rusty erzählte ihr von den CNN-Nachrichten, die er zufällig gesehen hatte. Sherry zeigte sich von den Neuigkeiten wenig überrascht.

«Daß Roth Direktor wird, dachte ich mir schon», sagte sie. «Mit dem Gesundheitszeugnis für Flug 66 hätte ich allerdings nicht so schnell gerechnet. Könnte ein Trick sein, damit Holland sich wieder zu erkennen gibt.»

«Ja, das war auch mein erster Gedanke. Doch wie dem auch sei – ich bin sicher, daß Holland die Meldung noch nicht kennt.» Rusty starrte auf den Fußboden und seufzte. Er brachte das Bild der Quantum-Boeing einfach nicht aus seinem Kopf. «Sie sind immer noch hochgradig gefährdet. Fliegen da irgendwo herum... Ein Triebwerk fehlt ihnen, und noch immer gibt es da jemanden, der sie abschießen will...»

Er verstummte. Sherry Ellis stand mit dem Rücken zum Schreibtisch und starrte auf die Tür.

«Wir müssen Roth auffliegen lassen», fuhr Rusty schließlich fort. «Wenn ich nicht irgend etwas übersehen habe, war er es, der diesen Abschußversuch in Szene gesetzt hat.»

«Sie übersehen gar nichts, Rusty!» bestätigte Sherry ihn. «Ihre Theorie stimmt todsicher!» Sie sah ihn an und verzog das Gesicht. «Tut mir leid. Das war ein falsches Wort.»

Rusty nahm einen neuen Anlauf. «Die Frau da draußen, also die mit der Nadel, sagte, man wolle lediglich mit mir sprechen. Ich bin sicher, sie spricht für Roth. Könnte es sein, daß sie recht hat?»

Sherry fixierte wieder die Tür. «Möglich, ja. Aber sind Sie bereit, darauf Ihr Leben zu setzen? Und meines?»

«Wir stellen eine furchtbare Bedrohung für ihn dar, nicht wahr?»

«Schön wär's», sagte Sherry. «Aber Sie haben Jon ja persönlich den einzigen konkreten Beweis überlassen, den wir in Händen hatten – die Diskette.»

Rusty lächelte. «Falsch!»

Sherry sah ihn fragend an. «Falsch? Was soll das heißen? Wissen Sie etwas, was ich nicht weiß?»

Er erzählte ihr von dem versteckten Sicherungsprogramm.

Sherry trat einen Schritt vor und ergriff seinen Arm.

«Wirklich? Die Daten sind noch da? Sind Sie sicher?»

«Absolute Sicherheit habe ich erst, wenn ich im Computer nachsehen kann, und ich muß wohl davon ausgehen, daß unsere Zugangscodes zur Zeit gesperrt sind. Aber sie haben ja keinerlei Veranlassung, so etwas zu vermuten und danach zu suchen. Es befindet sich unter den persönlichen Dateien, aber nicht unter meinem normalen Zugangscode. Ich hatte aus Sicherheitsgründen einen neuen eingeführt.»

«Also besteht eine gute Chance, daß die Daten noch vorhanden sind?»

Er nickte.

«Okay.» Sie wandte sich ab und rieb sich das Kinn. «Es gibt da einen Mann, Rusty, den Roth noch nicht in der Tasche hat. Jon versucht zwar immer wieder, ihn zu manipulieren, aber dieser Mann läßt sich von niemandem zum Narren halten und paßt ein bißchen auf die Firma auf.»

«Wer ist das? Doch nicht etwa der Präsident?»

Sherry räusperte sich abschätzig. «Soll das ein Witz sein? Dieser Schwächling? Der ist doch Wachs in Roths Händen! Nein, ich meine Senator Moon, Jake Moon aus Arkansas. Er ist Vorsitzender des Geheimdienstausschusses im Senat.»

«Moon ist eine lebende Legende. Sie kennen ihn? Gut genug, um ihn anzurufen?»

Sherry nickte. «Ich glaube, ich weiß sogar, wie ich an seine Privatnummer herankomme.»

Rusty zögerte und versuchte, sich auf das Datum zu konzentrieren. «Moment! Der Senat tagt noch, das übliche Hickhack vor Weihnachten. Sie wollen alle rechtzeitig vor dem Fest fertig werden, doch die treue Opposition läßt nicht locker.»

«Und das heißt?» fragte Sherry.

«Das heißt, daß Moon wahrscheinlich noch im Senat ist. Oder in seinem Büro.

Im Gang vor der Tür wurden plötzlich Stimmen laut. Rusty erkannte auf Anhieb die Stimme der Agentin. Er legte einen Finger auf die Lippen, packte Sherry am Ellbogen und wirbelte sie durch die Hintertür des Büros. Einen Augenblick später flog die Vordertür krachend auf.

Sie befanden sich in einem Versorgungsgang im ersten Stock des

Terminals. Rechts von ihnen führte eine Treppe nach unten. Jeweils zwei Stufen auf einmal nehmend, rannten sie hinunter und erreichten einen verdreckten Flur zwischen den Betriebsbüros der Fluggesellschaften. Sherry setzte sich an die Spitze, riß eine Tür auf und stürmte an zwei verdutzten Piloten vorbei, die gerade dabei waren, ihre Unterlagen für den nächsten Flug zusammenzustellen. Die Tür, die hinaus auf die Rampe führte, war mit einem Ziffernschloß gesichert, das jedoch gerade von einem Agenten geöffnet worden war. Sherry streckte ihm ihre Dienstmarke entgegen und verschaffte sich mit den Ellbogen Durchgang. Der Mann war so verblüfft, daß er zwar einen überraschten Schrei ausstieß, die beiden aber anstandslos passieren ließ. Sherry und Rusty gelangten in eine Halle, in der Gepäckzüge zusammengestellt wurden. Die Motoren der kleinen Zugmaschinen liefen bereits. Sherry sprang kurz entschlossen auf die erstbeste auf und verwies Rusty auf den Sitz neben sich. Dann knipste sie die Scheinwerfer an und legte den Gang ein, worauf sich der Zug mit sechs Anhängern in Bewegung setzte und die Halle verließ. Zurück blieben mehrere erschrockene Gepäckträger, die hinter dem entführten Zug herschrien oder ihm sogar hinterherliefen.

«Wo fahren wir hin?» rief Rusty.

«Zur Delta-Rampe! Das ist der schnellste Weg hinaus!»

Sherry drückte das Gaspedal durch und kümmerte sich nicht um das Gepolter, das herabfallende Gepäckstücke verursachten. Auch die Flüche hinter ihr ließen sie kalt.

«Wieso kennen Sie sich hier so verdammt gut aus?» schrie Rusty.

«Hatte in meiner Collegezeit 'nen Ferienjob bei TWA, drei Jahre hintereinander. Auf der Rampe. Da lernt man so einen Platz in- und auswendig kennen!»

Durch die höhergelegenen Fenster des Terminals entdeckten zwei Agenten der Firma den entwendeten Gepäckzug, der sich mit hoher Geschwindigkeit entfernte. Im gleichen Augenblick stürmten unten zwei ihrer Kollegen in die Halle. Die Agenten oben sahen ihre Kameraden zögern und dann auf das erste freie Fahrzeug zurennen, das ihnen ins Auge fiel. Es war eine auf ein Lkw-Fahrgestell montierte bewegliche Fluggasttreppe. Die beiden sprangen hinein, der Motor heulte auf, und die Verfolgung begann.

Eine Boeing 757 mit gleißenden Rollichtern ragte vor den beiden Fliehenden auf. Sherry versuchte, die kürzeste Strecke zwischen der Ostgrenze des Geländes und der in Nord-Süd-Richtung verlaufenden Rollbahn zu finden. Als Rusty sich umsah, merkte er, daß die rollende Gangway hinter ihnen her war. Zwar blendeten ihn die Scheinwerfer, doch konnte er das Fahrzeug dank der hellen Vorfeldbeleuchtung gut erkennen. Sherry raste zwischen dem rechten Hauptfahrwerk der 757 und einem Tankwagen hindurch, dessen Schlauch an die rechte Tragfläche des Flugzeugs angeschlossen war, wobei sie die Erdungskabel des Tankwagens einfach überfuhr. Der Mann, der die Betankung durchführte, sprang entsetzt von seiner Leiter, als der unentwegt Koffer und Pakete verlierende Gepäckzug an ihm vorbeirauschte. Der CIA-Agent in der fahrenden Gangway, der schon einiges an Boden gutgemacht hatte, merkte in letzter Sekunde, daß sein Fahrzeug zu hoch war, um unter der Tragfläche der 757 hindurchzukommen. Er bremste scharf, scherte nach rechts aus und kurvte um die Maschine und den Tankwagen herum, wodurch sich der Abstand auf die Fliehenden wieder etwas vergrößerte. Sekunden später hatte er jedoch wieder freie Fahrt und setzte die Aufholjagd fort. Rusty konnte sehen, daß der Mann auf dem Beifahrersitz einen Gegenstand aus dem Fenster hielt, bei dem es sich um eine Pistole handeln mußte.

Sherry hielt sich dicht an der Flugfeldbegrenzung und verschwand hinter einer Schleppcrew, die gerade eine MD-80 vom Gate fortschob. Wie vom Donner gerührt, sah der Fahrer des Schleppers ihnen nach, und Rusty hörte die aufgeregten und wütenden Stimmen der Bodencrew.

Die fahrende Gangway war noch nicht hinter der Kurve aufgetaucht, doch das war nur eine Frage von Sekunden. Kurz vor ihnen lag die Shuttle-Abflugrampe der Delta Airways. Mit einer scharfen Rechtskurve versuchte Sherry, einem anderen Gepäckzug auszuweichen, dessen Fahrer sie nicht gesehen hatte. Rusty verlor den Halt und wurde auf ihren Schoß geschleudert. Der Fahrer des anderen Gepäckzugs erblickte sie, bremste jäh ab und versuchte mit einem raschen Schlenker, einen Zusammenstoß zu vermeiden, wobei seine vier Anhänger umkippten und ihre Last in alle Richtungen verstreuten.

Unterdessen war die Irrfahrt des Gepäckzugs auch dem Tower aufgefallen, der allen Flugzeugen am Boden sofort die Order gab, bis auf weiteres an ihrer jeweiligen Position zu verharren. Dies hatte zur Folge, daß zwei weitere Schleppteams und eine rollende 727 sofort abbremsten und stehenblieben.

Beim Blick zurück sah Rusty, wie der Laster mit der Gangway die MD-80 umrundete. Der Fahrer hatte das Gaspedal durchgedrückt, um das Letzte aus dem instabilen Vehikel herauszuholen. Die rollende Gangway schwankte bereits bedrohlich hin und her.

Rusty hörte das schrille Aufschlagen einer Kugel auf Metall und das Pfeifen eines Querschlägers, der an ihren Ohren vorbeiflog.

«Die schießen auf uns!» schrie er Sherry zu.

«Kopf runter!» brüllte sie zurück und riß das Steuerrad nach links, um auf diese Weise Feuerschutz durch die Gepäckkarren zu bekommen.

Wieder flog eine Kugel an ihren Köpfen vorbei, und diesmal traf sie eine der Skalen auf dem kleinen Armaturenbrett der Zugmaschine. Rusty erkannte, daß die Kugel zwischen ihnen beiden hindurch geflogen war.

Eine Delta 727 hatte, der Order des Towers gehorchend, kurz vor ihrem Terminal angehalten. Als sie den dreistrahligen Jet erkannte, steuerte Sherry nach rechts. Die Gepäckanhänger folgten ihr und bildeten eine Barriere zwischen ihnen und dem Lkw, der inzwischen keine fünfzig Meter mehr von ihnen entfernt war.

«Festhalten!» rief Sherry.

«Tu ich doch längst!» schrie Rusty zurück.

Mehrere Kugeln trafen die Gepäckanhänger. In der Nähe des Flugzeugs mußte die Schießerei aufhören. Wer mit einer verirrten Kugel ein Linienflugzeug in Brand setzte, kam nicht ungeschoren davon, selbst wenn er CIA-Agent war.

Sherry hielt auf einen Punkt unter dem Leitwerk der 727, rechts unter dem Hecksporn, zu. Der Kugelhagel hatte aufgehört, doch der Lärm des Lkw-Motors hinter ihnen übertönte inzwischen sogar das Heulen der Zugmaschine.

Nun war die 727 unmittelbar vor ihnen. Sherry hielt Kurs, bis das hintere Ende des Leitwerks über ihren Köpfen blinkte. Dann riß sie das Steuerrad mit solcher Gewalt nach links, daß die Zugmaschine um ein Haar umgefallen wäre.

Wie Sherry beabsichtigt hatte, gerieten die Gepäckkarren hinter ihr ins Schwanken und Schleudern und warfen wieder einen Schwung Koffer ab. Als Sherry die Geschwindigkeit wieder erhöhte und sich zwischen dem rechten Hauptfahrwerk und der rechten Tragflächenspitze hindurchmanövrierte, kippte der letzte Anhänger auf die Seite. Die Klappen des Flugzeugs waren aufgestellt. Während die Karren noch hindurchpaßten, mußte der Fahrer des Lkw erneut einen Umweg machen; auf diese Weise gewannen sie wertvolle Sekunden.

Als die Gepäckwagen den Blick auf die Verfolger freigaben, drehte

Rusty sich noch einmal um. Da der Fahrer sich ganz auf seine Beute konzentriert hatte, krachte in diesem Moment die hohe Gangway mit voller Wucht in den rechten Flügel der 727 und entzündete augenblicklich die noch vorhandenen Kraftstoffreserven. Eine Explosion erschütterte das Flugzeug, und binnen Sekundenbruchteilen standen sowohl die Tragfläche als auch der Lkw in Flammen. Die Gangway war abgerissen worden. Das Fahrzeug schlingerte und kam zum Stehen. Die beiden Insassen ließen sich aus den Türen fallen; auf dem Rücken des einen züngelten Flammen. Ein Feuerball hüllte die beschädigte Tragfläche der 727 ein. Auf der linken Seite wurden die Türen geöffnet und Notrutschen heruntergelassen. Kurz darauf sprangen die ersten Passagiere heraus. Im Tower gab der diensthabende Bodencontroller Crash-Alarm und griff nach dem Telefon, um fünf Löschzüge zum Schauplatz des Geschehens zu beordern.

Sherry setzte ihre rasende Fahrt unbeirrt fort. Vor der Gepäckumladezone stieg sie auf die Bremse, sprang ab, rannte, gefolgt von Rusty, zum laufenden Förderband, sprang auf und zog ihren Begleiter mit sich. Sekunden später trug das Band sie durch die Schleuse auf das Gepäckkarussell.

Das Heulen der Sirenen und die brennende Boeing 727 draußen auf der Rampe fesselten die Aufmerksamkeit der Menschen, die in der Gepäckausgabe warteten. Sherry und Rusty sprangen vom Förderband, ignorierten die verwunderten Blicke der Umstehenden und rannten zum Hauptausgang. Vor der Taxianfahrt hatte sich eine kleine Schlange gebildet. Sherry stürmte an ihr vorbei, riß die Tür des nächsten Taxis auf und schubste Rusty hinein.

Einem Mann, der ihr entrüstet entgegentreten wollte, rief sie zu: «Regierung der Vereinigten Staaten! Ein Notfall!» Sie wußte, daß diese Worte den Mann vorübergehend verunsichern würden.

«Los, los, fahren Sie!» rief sie dem Taxifahrer zu und hielt ihm ihre CIA-Dienstmarke unter die Nase.

Der Fahrer nickte, fuhr los, beschleunigte, erreichte die Hauptstraße und rollte wenig später bereits auf die Potomacbrücke zu. Hinter ihnen, über dem brennenden, von Rettungsfahrzeugen mit rotierenden Lichtern umringten Flugzeug stieg eine schwarze Rauchwolke auf.

Sherry nahm ihr Funktelefon aus der Handtasche und ließ sich von der Auskunft die Nummer des Büros von Senator Moon geben.

«Wo soll er hinfahren?» fragte Rusty.

«Zum Hart Building!» antwortete Sherry.

Am L'Enfant Square ließ sie ihr Telefon zuschnappen und wandte sich an Rusty.

«Der Senator ist gerade im Plenarsaal, wird jetzt aber zurückgeholt. Sie haben ja gehört, was ich zu seiner Assistentin gesagt habe. Wir gehen sofort in sein Büro.»

Sie schwiegen, bis das Taxi zehn Minuten später auf der Südseite des Hart Buildings hielt. Rusty zahlte hastig und folgte Sherry ins Gebäude. Als sie an der Wache vorbeikamen, hielt niemand sie auf. Mit dem Lift fuhren sie in die erste Etage hinauf.

An der Ecke vor dem letzten Korridor packte Rusty Sherry unvermittelt an der Schulter und hielt sie zurück.

Beunruhigt sah Sherry sich um.

«Was ist denn?»

Rusty schüttelte den Kopf. «Ich weiß es nicht. Bloß so ein Gefühl. Inzwischen muß doch fast der gesamte Apparat hinter uns her sein.»

«Hier sind wir aber sicher», widersprach Sherry. «Die Wache hätte uns sofort kassiert, wenn sie Bescheid gewußt hätte.»

«Und wenn Moons Assistentin Roth informiert hat?» fragte Rusty.

«Warum sollte sie das?»

Nach kurzem Nachdenken nickte Rusty. «Okay, okay. Aber warten Sie einen Augenblick.» Er spähte vorsichtig um die Ecke. Die Büroräume des Senators befanden sich ungefähr in der Mitte des Korridors auf der linken Seite. Die Tür stand offen. Es herrschte ein hektisches Kommen und Gehen, doch handelte es sich offenbar durchwegs um Assistenten und Büroangestellten. Personen, die auf jemanden zu warten schienen, konnte Rusty nicht ausmachen.

Er nickte Sherry zu, woraufhin sie beide den Gang betraten und auf das Büro des Senators zugingen.

Rustys Magen verkrampfte sich. Konnte der Senator, nachdem er bei Sherrys Anruf noch im Plenarsaal gewesen war, überhaupt schon zurücksein? Wahrscheinlich nicht; es waren seither ja erst knapp fünfzehn Minuten vergangen. Daß man sie in sein Büro bestellt hatte, war keineswegs unlogisch – und doch wurde Rusty das nagende Gefühl nicht los, daß irgend etwas nicht stimmte.

Durch die offenstehende Bürotür, die keine zwanzig Meter mehr entfernt war, konnte Rusty sehen, daß im Vorzimmer mehrere Personen standen. Eine von ihnen beugte sich kurz vor, spähte den Gang entlang, entdeckte die beiden und zog sich wieder in das Büro zurück. Rusty, der spürte, daß im Zimmer plötzlich Bewegung herrschte, hielt Sherry erneut an. Ein zweiter Mann verließ den Raum, sah die beiden unverwandt an und blieb stehen, als er merkte, daß sie sich nicht voranbewegten.

Nach einem Moment der Unentschlossenheit fragte der Mann: «Doktor Sanders, wenn ich mich nicht irre?»

Ob es die Stimme war oder die unerwartete Nennung seines Namens, hätte Rusty nicht erklären können, aber er hatte nicht mehr den geringsten Zweifel daran, daß sie in eine Falle getappt waren, die in diesen Sekunden zuschnappte.

Er packte Sherry am Arm und riß sie herum. Sie liefen auf dem gleichen Weg, auf dem sie gekommen waren, davon, bekamen aber noch mit, daß mehrere Männer aus dem Vorzimmer des Senators stürmten und die Verfolgung aufnahmen.

Rusty kannte das Hart Building gut. Gleich vor ihnen befand sich eine Treppe, die in den Bahntunnel führte. Von dort aus verkehrte ein Pendelzug zum Kapitol. Daß CIA-Agenten in einem Tunnel voller Senatoren eine Schießerei anzettelten, war auszuschließen.

Die Schritte der Verfolger hinter sich, rannten sie die Treppe hinunter auf den Bahnsteig und am Aufsichtsbeamten vorbei, sprangen in einen abfahrbereiten Zug und nahmen auf den hintersten Sitzen Platz.

Als sich der Zug in Bewegung setzte, erschienen drei Männer auf dem Bahnsteig. Der eine sprach aufgeregt in ein Funkgerät, ein zweiter redete auf den Aufsichtsbeamten ein. Rusty blickte nach vorn. Es befanden sich mindestens drei Senatoren an Bord und außerdem noch der Handelsminister. Nein, den Zug würde niemand anhalten, doch Rusty war sicher, daß am anderen Ende ein Empfangskomitee auf sie wartete.

«Was machen wir jetzt?» flüsterte Sherry ihm zu.

«Halten Sie Ihre Marke bereit. Wir müssen schnell sprechen. Da drüben ist die Polizei des Kapitols zuständig.»

Rusty riskierte einen letzten Blick zurück. Zwei Aufsichtsbeamte stritten sich mit einem der Agenten. Ein zweiter Agent versuchte, seinen Kollegen, der sich offenbar furchtbar aufregte, zurückzuhalten. Rusty bekam noch mit, wie der aufgebrachte Agent dem Beamten einen Schubs versetzte. Sekunden später blitzten Pistolen auf und richteten sich auf die drei CIA-Angestellten. Der Zug durchfuhr eine Kurve, so daß Rusty die Szene, von der er hoffte, daß sie noch möglichst lange andauerte, nicht mehr verfolgen konnte.

Der Zug fuhr in die Station unter dem Kapitol ein und kam zum

Stehen. Auch hier befanden sich Aufsichtsbeamte auf dem Bahnsteig, doch als Rusty Sherry zum Lift dirigierte, schien sich niemand für die beiden zu interessieren. Kaum ging jedoch die Fahrstuhltür zu, da stürmten zwei Polizisten um die Ecke, bremsten vor dem Fahrstuhl jäh ab, und einer von ihnen hechtete auf die Tür zu, um noch die Hand dazwischenzubekommen. Doch es war zu spät; die Tür ging zu.

Der Aufzug fuhr aufwärts. In der Kabine befanden sich mehrere Leute, die sich alle fragten, was hier gespielt wurde.

In den oberen Etagen, dachte Rusty, laufen jetzt die Funkgeräte heiß. Aber die Sicherheitsbeamten hier haben nur eine unvollständige Beschreibung von uns. Und es sind insgesamt drei Frauen in der Kabine...

«Wir trennen uns!» flüsterte er Sherry ins Ohr. «Folgen Sie mir separat in die Garderobe!»

Als die Tür aufging, erwartete sie ein Spalier von sechs Polizisten. Sie inspizierten aufmerksam die Aussteigenden, griffen aber nicht ein. Rusty verließ den Aufzug im Gefolge eines anderen Mannes, Sherry folgte mit Verzögerung. Sie hatte eine andere Frau angesprochen und unterhielt sich jetzt mit ihr, so daß es so aussah, als gehörten sie zusammen.

Rusty kannte sich aus. Der Weg zur Garderobe führte durch den bewachten Teil des Senatsgebäudes. Er präsentierte dem wachhabenden Polizisten seinen Ausweis und fragte ihn, ob Senator Moon bereit sei.

«Wozu?» fragte der Mann.

«Ich bin hier, um ihn zu einem Briefing zu begleiten. Ist er noch im Plenarsaal?»

Rusty sah, daß Sherry den Raum betrat, ließ sich aber nichts anmerken. Der Polizist kratzte sich am Kopf; an der Echtheit des Ausweises gab es nichts zu deuteln.

«Wenn Sie bitte hier warten würden, Doktor... Ich seh mal nach.»

Der Polizist wandte sich ab und ging auf die Garderobe zu. Rusty winkte Sherry zu sich. Gemeinsam gingen sie hinter dem Mann her, der erst zwischen den Kleiderhaken merkte, daß ihm jemand folgte. Er drehte sich um. Als er sah, daß es Rusty war, wurde er sichtlich böse. Im gleichen Augenblick entdeckte Sherry ein paar Meter weiter vorne den Senator.

«Bleiben Sie stehen! Auf der Stelle!» befahl der Polizist. Sherrys Gegenwart verwirrte ihn.

«Wer sind Sie, Madam?» fragte er.

Sie ignorierte ihn, versuchte, an ihm vorbeizuschlüpfen, und rief: «Senator Moon?» Von verschiedenen Seiten sah man Köpfe in die Garderobe spähen.

Der Polizist hielt Sherry am Arm fest und versperrte Rusty den Weg.

Im Gang, durch den sie gekommen waren, wurden Schritte laut, die rasch näherkamen. Dann erklangen auch Stimmen. «Haltet sie fest!» rief jemand.

«AUF DEN BODEN, ALLE! ICH BIN BEWAFFNET!» rief der Mann und zog eine Pistole aus dem Mantel. Rusty konnte den Schalldämpfer vor der Mündung erkennen. Seine Gedanken begannen zu kreiseln, während sich die Bilder um ihn herum plötzlich nur noch im Zeitlupentempo bewegten.

Der Mann mit der Pistole ging in die Knie, nahm die Haltung eines Schützen ein und richtete seine Pistole auf Rustys Kopf. Der Hammer klickte, ein unmißverständliches Geräusch. An ein Abtauchen war nicht mehr zu denken. Die furchtbare Erkenntnis überkam ihn, daß er nichts mehr tun konnte, um seine Erschießung zu verhindern. Doch im gleichen Augenblick rauschte eine hochgewachsene Gestalt an ihm vorbei und stellte sich zwischen ihn und den Pistolero.

«Halt!» kommandierte der große Mann. Seine Stimme war ein tiefer Bariton.

Der Pistolenheld entspannte sofort den Verschluß seiner Waffe und erhob sich.

«Schon gut, Martin», sagte der große Mann zu ihm. «Von jetzt an kümmere ich mich um die Angelegenheit.»

Rusty hörte ein ergebenes «Yes, Sir!» und nahm wahr, wie Sherry die Luft anhielt.

Hinter ihnen ertönte die unverwechselbare Stimme von Senator Moon:

«Was zum Teufel geht hier vor?»

Während der Senator sich zu ihnen gesellte, wollte Rusty seinen Augen nicht trauen. Der Mann, der ihm das Leben gerettet hatte, war Jonathan Roth!

Und Roth sah ihn an.

«Na, Doktor? Was machen denn unsere hübschen Verschwörungstheorien, he?»

Wieder fuhr Senator Moons Stimme dazwischen. «Sherry Ellis!

Was machen denn Sie hier?» Er wandte sich an Roth. «Sind das die beiden Leute, von denen Sie sprachen, Jon?»

«Ja, Senator.»

Auch Rusty sprach nun den Senator an.

«Sir, ich habe Beweise...»

Moon brachte ihn mit erhobener Hand zum Schweigen. «Besprechen Sie das mit Ihrem Chef hier. In dreißig Minuten erwarte ich dann Sie, Sherry und Direktor Roth in meinem Büro.»

Senator Moon drehte sich um und verschwand in Richtung Plenarsaal. Jon Roths Hand senkte sich sanft auf Rustys Schulter. Rusty drehte sich um und sah, daß der Direktor abwechselnd ihn und Sherry ansah.

«Sie haben das vollkommen falsch verstanden», sagte Roth, «Sie beide.»

«Ich glaube nicht, Direktor», erwiderte Rusty.

«Schein und Wirklichkeit sind oft nicht dasselbe. Sie haben bestimmte Anhaltspunkte fehlinterpretiert, Rusty. Sie haben voreilige Schlüsse gezogen und sich offenbar eingebildet, daß wir Sie ausschalten wollten. Wir müssen miteinander reden, und zwar sofort. Infolge Ihres Amoklaufs liegen zwei Menschen im Krankenhaus, ein Flugzeug steht in Flammen, und der Vorsitzende unseres Kontrollausschusses regt sich furchtbar auf, weil plötzlich die absurde Behauptung im Raum steht, der Stellvertretende CIA-Direktor versuche Terroristen anzuwerben, um diesen Jumbo abschießen zu lassen.»

Roth traf Anstalten, sie auf den Flur zurückzuführen.

Rusty wich nicht von der Stelle.

«Was gibt es denn noch, Doktor?» fragte Roth seufzend.

«Ich habe Ihnen Beweise über eine interne Gegenaktion vorgelegt. Sie sagten, sie wollten sich darum kümmern.»

«Ja, das haben Sie. Und ich habe prompt reagiert. Sie haben sich ja nicht mehr gemeldet, nicht wahr, Sanders? Ich bat Sie, die Sache weiterzuverfolgen und mich über den Fortschritt Ihrer Bemühungen auf dem laufenden zu halten. Ich hatte leider nie die Gelegenheit, Ihnen mitzuteilen, daß das, was Sie herausgefunden hatten, nicht das war, was es zu sein schien. Sie haben eine Verschwörung aufgedeckt, soviel ist richtig, aber es war keine CIA-interne Verschwörung, und sie stammte auch nicht von mir. Okay?»

Rusty warf einen Seitenblick auf Sherry, ehe er sich wieder an Roth wandte.

«Können wir jetzt gehen?» fragte Roth. In seiner Stimme schwang die bekannte Ungehaltenheit mit und ersetzte die gespielte Freundlichkeit, derer er sich vor dem Senator bedient hatte.

«Wohin?» fragte Sherry.

Roth seufzte wieder. «Ins Büro des Senators natürlich.»

28

Nördlich von Ascension über dem Atlantik · Sonntag, 24. Dezember · 6.15 Uhr (0715Z)

«Da!»

Juri Steblinkos Zeigefinger tippte auf den Glasschirm des Angriffsradars, das auf einen Hundertfünfzig-Meilen-Radius eingestellt war. Ein helles, gleichmäßig leuchtendes Zielecho war eine Minute zuvor auf den Schirm gekrochen. Das Objekt befand sich genau in Flugrichtung vor der Gulfstream. Er hatte sieben Schwenks der Antenne abgewartet, um zu sehen, ob es wieder verschwand, doch es blieb da – exakt an Ort und Stelle, wo er es erwartet hatte.

Er sah auf seine Uhr. Weniger als hundert Meilen nördlich der Insel würde er wieder in Schußposition sein.

An Bord von Flug 66

Es war Zeit.

Im Cockpit drehte James Holland an einem kleinen, vertikal angebrachten Plastikrädchen und veranlaßte damit den Autopiloten, allmählich die Flughöhe zu verringern. Hundertfünfzig Meilen vor ihnen – und auf dem Radarschirm schon erkennbar – lag die Insel Ascension. Fünfzig Meilen vor der Landung wollte er auf fünfhundert Fuß herunter sein.

Dick Robb kletterte wieder in den rechten Sitz. Er hatte tiefe Ringe unter den Augen. Sein Hemdkragen stand offen. Die vorschriftsmäßige Krawatte mit dem Quantum-Signet hatte er längst abgelegt.

Auch Rachael Sherwood war, nachdem sie sich ein paar Stunden

Schlaf gegönnt hatte, wieder ins Cockpit zurückgekehrt, wo sie zu ihrer Erleichterung nur James Holland vorgefunden hatte. Sie hatte keinen Anlaß, den Kopiloten nicht zu mögen, fühlte sich in seiner Gegenwart jedoch fehl am Platz.

Dreißig Minuten lang hatte Rachael schweigend neben Holland auf dem Beobachterplatz gesessen. Endlich hatte er sich zu ihr umgedreht, sie angelächelt – und nach ihrer Hand gegriffen. Eine Welle aus Wärme und Verlangen spülte über sie hinweg und erschreckte sie, doch sie hatte sein Lächeln ebenso erwidert wie den Händedruck. Trotz der prekären Situation, in der sie sich befanden, fühlte sie sich in seiner Gegenwart sicher und geborgen.

Und als es an der Zeit war, den Kopiloten zu wecken, hatte sie ein gewisses Bedauern empfunden.

«Wie sieht's mit dem Treibstoff aus?» fragte Robb, als er es sich auf seinem Sitz bequem machte.

«Ungefähr wie berechnet», antwortete Holland. «Wir haben noch an die dreiundzwanzigtausend.» Er bedachte ihn mit einem langen, kritischen Blick. «Wie geht's, Dick? Haben Sie ein bißchen Ruhe gefunden?»

Robb nickte und rieb sich die Augen. «Ein bißchen, ja. Aber nach der Landung und wenn ich dieses Theater hier hinter mir habe, brauche ich noch ein bißchen mehr.»

Holland nickte. «Ich auch», sagte er. «Wir alle.»

Es entstand eine Pause. Robb lächelte Rachael freundlich zu, und sie lächelte zurück. Dann wandte er sich wieder an den Captain.

«James, ich hab dahinten etwas nachgedacht. Vielleicht sollten wir mal wieder in die Kurzwellensender reinhören. Nur für den Fall, daß sich was geändert hat. Oder daß man uns auf Ascension einen heißen Empfang bereitet.»

«Und wennschon», sagte Holland. «Wir haben nicht genug Sprit, um noch einen anderen Flughafen zu erreichen.»

Robb nickte und dachte nach. «Wahrscheinlich haben Sie recht», sagte er schließlich.

Holland sah ihn an. «Tatsache ist, daß ich es vorhin selbst mal probiert habe, Dick. Ein Passagier hat einen kleinen Kurzwellenempfänger dabei. Aber ich bekam keinen Sender rein. Die Signalstärke ist hier unten südlich des Äquators zu schwach. Außerdem produzieren wir im Cockpit lauter elektronische Störungen. Außer Rauschen und Pfeifen war nichts zu hören.»

Direkt in Flugrichtung, ungefähr sechzig Meilen nördlich der Insel, zeigte das Radargerät etwas anderes an. Robb deutete mit dem Finger darauf.

«Sieht nach starker Wolkenbildung aus, da draußen. Ich sehe Rot in der Mitte.»

«Isoliertes Gewitter», nickte Holland. «Bißchen ungewöhnlich, kurz vor der Morgendämmerung. Wahrscheinlich der Rest von was Größerem gestern abend.»

«Wollen Sie es umfliegen?»

Holland nickte. «Aber erst, wenn wir näher dran sind.»

Auf dem tintenschwarzen Himmel jenseits der Windschutzscheibe lag ein mondloses Sternenfeld. Erst in einer halben Stunde würden die Strahlen der Morgensonne den Horizont färben. Bis dahin flog nur Schwärze an ihnen vorbei. Holland reduzierte die Cockpit- und die Instrumentenbeleuchtung, um bessere Nachtsicht zu bekommen. Ein undeutlicher Lichtschimmer am Horizont verriet die Lage von Ascension. Die kleine Gewitterzelle war jetzt noch zwanzig Meilen vor ihnen. Holland änderte den Kurs leicht nach rechts. Das Gewitter zog nach Osten ab, so daß sie es in ungefähr zehn Meilen Entfernung umfliegen würden. Gelegentlich zuckten in dem Wolkengebirge Blitze auf. Der konstante rote Fleck auf dem Radarschirm verriet, daß es sich um ein sehr kompaktes kleines Unwetter handelte. Überall sonst war das Bild klar, und die Landmasse von Ascension breitete sich allmählich immer mehr über den Schirm aus.

«Wir müssen es weiträumiger umfliegen», sagte Holland. Er änderte den Kurs auf fünfundvierzig Grad rechts.

Während Holland in die Nacht hinausstarrte, beobachtete Dick Robb den Radarschirm und kniff unvermittelt die Augen zusammen: Verwirrende Linien waren plötzlich auf dem Schirm erschienen und ebenso schnell wieder verschwunden.

Ein kalter Schauer lief ihm über den Rücken. Er hatte diese Linien schon einmal gesehen – vor vielen Stunden, als sie auf die afrikanische Küste zugeflogen waren.

«Verdammt, James ...» begann er.

Holland sah ihn an und folgte seinem Blick auf den Radarschirm. Doch der zeigte nur noch die bekannten Schattenbilder der Insel und des Unwetters.

«Was war denn, Dick?» Holland spürte Robbs Beunruhigung. «Haben Sie etwas gesehen?»

Robb antwortete nicht sofort, sondern starrte unverwandt auf den Radarschirm. Dann schüttelte er den Kopf.

«Nur ein paar Linien auf dem Schirm. Ähnliche, wie wir sie schon mal hatten. Aber es gibt kein Kampfflugzeug, das uns über dreitausend Meilen offene See folgen könnte.»

Juri Steblinko stellte das Zielradar auf fünfzig Meilen und überprüfte die Projektion auf dem Head-up Display. Die 747 war jetzt direkt vor ihm. Der Abstand betrug nur noch zehn Meilen und wurde ständig kleiner. Allerdings war sie der Insel schon viel näher, als Juri ursprünglich beabsichtigt hatte.

Egal. Die Boeing würde trotzdem noch ins tiefe Wasser stürzen.

Die Quantum-Maschine flog ohne Beleuchtung, ohne Positions- und Antikollisionslichter, weshalb sie vor dem dunklen Sternenfeld nicht zu sehen war. Doch auf Juris Angriffsradar war sie zu erkennen wie ein Ziel, das man mit Leuchtfarbe angestrichen hatte.

Seit einiger Zeit befand sich der Jumbo im Sinkflug. Nach Juris Schätzung betrug seine augenblickliche Flughöhe ungefähr fünftausend Fuß. Der Captain hatte offenbar gelernt, wie man Radarkontrollen unterflog.

Juri schmunzelte und schüttelte den Kopf. Auf diese Weise ist er mir also das letztemal entwischt!

Er steuerte die Gulfstream leicht nach rechts. Sein Plan war einfach: Er wollte eine Rakete auf die Infrarotstrahlung des rechten inneren Triebwerks ansetzen und dieses dann von der Tragfläche sprengen. Für den Captain der 747 bedeutete dies eines der schlimmsten Steuerungsprobleme überhaupt: den Ausfall von zwei Triebwerken auf derselben Seite.

Mit ein bißchen Glück, dachte Juri, reißt die Detonation diesmal auch gleich den Flügel ab. Und wenn nicht, so hatte er für alle Fälle zwei weitere Raketen an Bord.

Mit einem Tastendruck fuhr Juri die linke Raketenschiene aus. Der Luftwiderstand war sofort am Verhalten der Gulfstream spürbar. Sobald sich die Maschine stabilisiert hatte, führte er den Zielpunkt auf das gesuchte Objekt, bewegte ihn nach rechts und begann mit der Suche nach der genauen Position der Infrarotstrahlung aus dem noch vorhandenen rechten Triebwerk.

Die Annäherungsgeschwindigkeit der Gulfstream an die Boeing betrug mehr als hundert Knoten. Juri ging davon aus, daß er dem Jumbo inzwischen nahe genug war. Er zog den Gashebel zurück und reduzierte die Geschwindigkeit, bis sie genau mit der der Boeing übereinstimmte.

Triebwerk drei – innen rechts – strahlte nun hell auf dem Angriffsradar. Juri drückte auf die entsprechende Taste und fixierte damit den Gefechtskopf auf sein Ziel. Ihre Flughöhe betrug inzwischen nur noch fünfzehnhundert Fuß, und die Boeing raste noch immer mit einer Geschwindigkeit von mehr als zweihundertfünfzig Knoten durch die Nacht.

Juri beschloß zu warten, bis der Jumbo seine endgültige Höhe erreicht hatte, egal wie tief er noch hinunterging. Eine Explosion knapp über dem Wasser gab dem Piloten keinen Manövrierraum. Machte er eine einzige falsche Bewegung, bestand eine gute Chance, daß die Boeing selbst dann, wenn sie noch flugfähig sein sollte, die Wasseroberfläche berührte und damit erledigt war.

Erwartungsgemäß stabilisierte sich Flug 66 auf einer Höhe von fünfhundert Fuß.

Juri sah auf den Navigationsschirm. Sie befanden sich jetzt zweiundfünfzig Meilen nördlich von Ascension.

Das war nahe genug! Der Zeitpunkt war gekommen.

Juri brachte die Gulfstream zwei Meilen hinter die 747, überprüfte das Zielradar der Rakete. Der Infrarotsender heulte und zitterte aufgeregt in seinem Ohr. Juri streichelte den Auslöser und ging noch einmal alle Einzelheiten durch.

Der Captain der 747 ist ein hervorragender Pilot, dachte er. Wirklich Pech für ihn, daß er so kurz vor der Landung auf Ascension noch abgefangen wird. Mir wär's lieber gewesen, ich hätte ihn schon vor ein paar Stunden vom Himmel geholt. Dann hätten sich diese armen Kerle nicht noch einmal falsche Hoffnungen machen können.

Einmal mehr rief er sich ins Gedächtnis, daß für die Menschen an Bord ohnehin keine Hoffnung mehr bestand. Ob das Wrack der Maschine bei den Kanarischen Inseln oder vor Ascension in den Wellen des Atlantiks versank, spielte im Endeffekt keine Rolle. Diese Menschen sind sowieso alle zum Tode verurteilt. Vielleicht sind einige von ihnen ohnehin schon erkrankt oder sogar gestorben.

Juri drückte auf den Auslöser.

Unmittelbar darauf war das Cockpit erfüllt vom Gebrüll des zündenden Raketenmotors, der das Geschoß von seinem Schlitten katapultierte. Nur für Bruchteile einer Sekunde sah Juri die glühende Raketendüse auf ihrer korkenzieherartig geschraubten Bahn vor sich. Dann war das Ziel erreicht und eine fast schmerzhafte Explosion loderte dort auf, wo zuvor die Boeing 747 gewesen war.

Eine furchtbare Detonation auf der rechten Seite erschütterte die Quantum-Maschine. Der schrille, kreischende Aufprall war nervenzerreißend, und der leuchtend orangerote, phosphoreszierende Feuerschein der Explosion erhellte grell den Nachthimmel rechts von Cockpit und Passagierraum. Im selben Augenblick wurde das Flugzeug in seinen Grundfesten erschüttert. Triebwerk drei explodierte und wurde aus seiner Aufhängung gerissen, und Trümmer der zerberstenden Turbine krachten gegen Tragfläche und Rumpf, als flöge die Maschine durch einen in der Luft treibenden Schrotthaufen.

«Was zum Teufel...» Robb und Holland schrien fast gleichzeitig auf.

Unten, in der Kabine, übertönte der Angstschrei der aus dem Schlaf gerissenen Passagiere sogar das Donnern der Explosion. Don Moses schlug das Herz bis zum Hals. Seine Hände verkrampften sich um die Armstützen seines Sitzes. Dies ist das Ende, dachte er. Wir stürzen ab.

Er sah aus dem Fenster rechts neben ihm. Unter ihnen verschwand, feuer- und funkensprühend, das abgesprengte dritte Triebwerk in der Schwärze. Wir fliegen ja noch, schoß es Moses durch den Kopf.

Im Cockpit griff James Holland zum Steuerknüppel und schaltete gleichzeitig den Autopiloten ab. Seine Augen fixierten die Instrumente. Dick Robb starrte nach rechts. Das grelle Licht blendete ihn so stark, daß er vorübergehend nichts mehr sehen konnte.

«Nummer drei ist weg!» sagte Holland.

Robb konzentrierte sich wieder auf die Instrumente, wurde jedoch von einem gleißend hellen Punkt in seinem Blickfeld behindert.

«Explodiert», stellte Holland fest. «Wie kann so etwas passieren, verdammt noch mal?»

Robbs Sicht war noch immer beeinträchtigt, sein geistiges Auge dagegen nicht. Er mußte an die Linien denken, die er kurz zuvor auf dem Radarschirm gesehen hatte.

«Noch eine Rakete, James. Der Angreifer ist wieder da. Er jagt uns.»

«Das kann doch nicht dasselbe Schwein sein!»

«Geschwindigkeit!» rief Robb.

Holland nickte. Er hatte den Schub der beiden Triebwerke am linken Flügel bereits erhöht und drückte hart auf das Ruder, um zu verhindern, daß aus dem Schiebemoment ein Rollmoment wurde und die Maschine nach rechts abschmierte.

«Wie weit ist es noch?» fragte er.

«Fünfundvierzig Meilen», antwortete Robb.

«Scheißkerl!» Holland blickte nach links und rollte die Maschine in die gleiche Richtung, verlagerte den Schwerpunkt auf die noch funktionierenden Triebwerke. Gleichzeitig zog er den Bug hoch und sorgte dafür, daß das Flugzeug wieder stieg.

«Was machen Sie da, James?»

«Egal, wer das da hinter uns ist – auf jeden Fall wartet er jetzt ab und sieht sich an, was mit uns geschieht. Wir müssen ihn verwirren. Wenn wir geradeaus weiterfliegen, verpaßt er uns gleich den Fangschuß.»

Die 747 flog eine ansteigende Fünfundvierzig-Grad-Kurve und hatte bereits wieder eine Höhe von achthundert Fuß erreicht. Holland bemühte sich, im rückwärtigen Luftraum etwas zu sehen. Der Angreifer würde ihnen folgen können, aber...

Holland drehte sich nach rechts um. «Fahrwerk raus, Klappen eins!»

Robb wirkte im ersten Moment schockiert, doch seine Hände folgten bereits der Aufforderung.

«Fahrgestell raus, Klappen eins», wiederholte er und starrte auf die Anzeigen, um festzustellen, ob in der Bewegung der vorderen und hinteren Klappen beider Flügel eine Asymmetrie auftrat.

«Bisher kommen sie alle gut raus», sagte er.

Holland zog die Gashebel in den Leerlauf und versuchte, die Maschine in der Waagerechten zu halten. Dann senkte er die Nase und ließ die Boeing 747 wieder auf einhundert Fuß fallen. Als er die gewünschte Flughöhe erreicht hatte, gab er wieder Schub und führte die Maschine in eine leichte Rechtskurve, in der er sie so lange beließ, bis sie auf Südwestkurs lag und sich damit wieder der Insel näherte.

Qualvoll langsam verstrich die Zeit. Er rechnete jeden Augenblick mit einer weiteren Explosion.

«Wenn ich...» Er sprach zögernd und mit Unterbrechungen, weil er sich voll auf das Fliegen konzentrieren mußte. «Wenn ich ihn weiter... verwirren kann, schaffen wir's... vielleicht.»

«James, wir fliegen auf hundert Fuß! Sobald Sie eine Tragflächenspitze ins Wasser tauchen, sind wir tot!»

«Passen Sie auf mich auf wie ein Schießhund, Dick! Achten Sie auf den Radarhöhenmesser. Wir schaffen es!»

Um eine Kollision mit Wrackteilen zu vermeiden, zog Juri unmittelbar nach der Explosion des Triebwerks seine Maschine hoch, flog eine Rechtskurve, die ihn eine halbe Meile nach Westen versetzte, ging dann wieder auf den alten Kurs und spähte hinaus, um irgendwo links unter sich den Jumbo ausfindig zu machen.

Das Radarecho war noch da und verstärkte sich sogar – und drehte sich plötzlich nach links!

Noch ein Manöver, he...? dachte Juri. Nur bleibt dir diesmal kein Ausweg...

Juri legte die Gulfstream in eine Linkskurve. Ob der Pilot der Boeing einen vollen Kreis fliegen oder sich in einer bestimmten Richtung davonmachen würde? Die Explosion hatte wider Erwarten weder den Flügel abgerissen noch die Steuerung beschädigt.

Auf tausend Fuß und Ostkurs stabilisierte Juri die Gulfstream und konzentrierte sich auf den Radarschirm. Das Echo wurde schwächer und drohte zu verschwinden.

Aha! Wir probieren's mal wieder auf Wellenhöhe, wie?

Er ging ebenfalls in den Sinkflug über und flog eine leichte Linkskurve, um das Radargerät auf den Punkt zu bringen, an dem das Echo des Jumbos verschwunden war.

Auch auf dreihundert Fuß war auf dem Radarschirm nur Wellensalat zu sehen. Weiter im Norden flackerte kurz ein Ziel auf, doch Juri hielt das für unmöglich. Dann erschien auch auf der rechten Seite noch kurz ein Ziel, aber es verschwand genauso schnell, wie es gekommen war.

Er sah auf den Infrarotschirm, doch auch weiter vorne war nichts auszumachen.

Vielleicht liegt er längst im Wasser? dachte Juri, gestand sich aber sofort ein, daß dieselbe Annahme ihn schon einmal teuer zu stehen gekommen war.

Nein, nein, der ist noch immer irgendwo da draußen unterwegs. Und sein Treibstoff reicht nur bis Ascension.

Der Schirm war noch immer leer. Juri flog eine Linkskurve, um den Ozean in dieser Richtung abzusuchen. Nichts. Er kurvte wieder nach rechts. In dem Bereich, auf den sich seine Suche konzentrierte, war nichts zu sehen. Nur Wellen.

Wirklich sehr clever! Aber beim Anflug auf Ascension erwische ich dich auf jeden Fall!

Er zog die Maschine hoch und nahm Kurs auf die Insel. Die Landebahn verlief in Ost-West-Richtung. Er wollte südlich des Direktanflugskurses auf die Boeing warten. Sie konnte ihm nicht mehr entgehen.

Er hatte noch zwei Raketen.

An Bord von Flug 66

Schmerzen und panische Angst rissen Gary Strauss im Crew-Ruheraum im Heck des Flugzeugs aus dem Schlaf. Die Wucht der Explosion machte sich im hinteren Teil der Maschine mit einem heftigen Ruck nach rechts besonders stark bemerkbar.

Stefanie erwachte im gleichen Augenblick und ergriff seinen Arm. Die weiche Wärme ihrer Gegenwart hatte ihn eingelullt, und irgendwann hatte eine Stewardeß das Licht ausgeschaltet. Nun hielten die beiden in pechschwarzer Dunkelheit Händchen und harrten angstvoll der kommenden Ereignisse.

«Stefanie?»

«Ja, ich bin da. Was war das?»

Er schüttelte den Kopf, bis ihm einfiel, daß sie ihn in der Dunkelheit gar nicht sehen konnte. «Keine Ahnung!»

«Kannst du ein Stück rüberrücken?»

«Warum?»

«Weil ich will, daß du mich in den Arm nimmst. Ich habe furchtbare Angst.»

Er schluckte. Wieder bebte und rüttelte der Jumbo. Im selben Augenblick schlüpfte Stefanie zu ihm ins Bett und schmiegte sich an ihn.

In der ersten Klasse sah auch Lee Lancaster den orangefarbenen Explosionsblitz und ahnte, was geschehen war. Er blickte nach rechts. Die Gesichter Garson Wilsons und seines Sekretärs waren aschfahl. Das alte Paar, auf das Rachael ihn zuvor aufmerksam gemacht hatte, starrte ihn mit weit aufgerissenen Augen an. Er lächelte den beiden zu, und sie bemühten sich, das Lächeln zu erwidern. Im gleichen Moment rollte das Flugzeug heftig auf die rechte Seite – und begann offenbar zu steigen!

Vor Tür 2L fror Barb Rollins ihr vorschriftsmäßiges Lächeln ein, verkrampfte die Finger im Polster ihres Notsitzes und hoffte, daß es niemandem auffiel. Eigentlich hätte sie inzwischen gegenüber allen

Gefahren abgestumpft sein müssen, aber dem war nicht so. Sie hatte noch nie solche Angst gehabt. Im ersten Moment wollte sie James Holland anrufen, besann sich aber rasch eines Besseren. Was immer geschehen sein mochte – der Pilot hatte in diesen Sekunden alle Hände voll zu tun. Sie konnte warten. Warten und beten.

Vor der Windschutzscheibe war nichts zu sehen als die schwarze Nacht. Holland bemühte sich, die 747 auf der extrem niedrigen Flughöhe von hundert Fuß über der Wasseroberfläche zu halten, und wußte genau, daß ein winziger Fehler genügte, um sie alle umzubringen. Der Jet bockte und rüttelte. Holland und Robb gingen von beträchtlichen Metallschäden unter der rechten Tragfläche aus, doch noch folgte die Boeing allen Steuerbefehlen und verfügte über zwei hydraulische Systeme.

Holland wußte, daß dem unbekannten Mörder noch Zeit genug blieb, die Boeing wiederzufinden. Doch wenn es ihm gelang, diese niedrige Flughöhe beizubehalten, bestand noch immer die Möglichkeit, daß er dem Angriffsradar des Kampfflugzeugs entging. Es war ein Hasardspiel, aber auch seine einzige Chance.

Er korrigierte die Richtung, bis er wieder auf der Kursmarke war. Die Entfernungsanzeige klickte zurück auf zweiundvierzig Meilen. Holland gab den verbliebenen beiden Triebwerken soviel Schub wie möglich und hielt die Nase der Boeing unten. Die Geschwindigkeit stieg auf zweihundertachtzig.

«Wollen Sie das Fahrwerk draußen lassen?» fragte Robb.

Holland nickte. «Es ist draußen und arretiert. Damit spielen wir jetzt nicht mehr herum.»

«Roger», bestätigte Robb.

Von dem Angreifer war nirgendwo etwas zu sehen, aber doch war ihnen beiden klar, daß er sich noch in der Nähe aufhielt. Vielleicht waren es auch mehrere. Doch warum? Warum wurden sie angegriffen? Da gab es etwas, über das nachzudenken ihnen die Zeit fehlte. Wie ein Gespenst war der Gegner aus der schwarzen Nacht aufgetaucht.

«Sollen wir Mayday funken?» fragte Robb.

Holland schüttelte den Kopf. «Nein, das bringt nichts. Kann sein, daß dann alle auf Ascension stationierten Jäger aufsteigen und sich der Meute anschließen.»

«Wer ist das bloß?» fragte Rachael mit belegter Stimme und trockenem Hals. Sie hatte sich die ganze Zeit über an der Mittelkonsole festgeklammert und mit großen Augen die Flugmanöver verfolgt.

James Holland schüttelte den Kopf. «Ich kann mir eigentlich kaum vorstellen, daß es derselbe Bursche ist wie bei der ersten Attacke. Doch wenn es derselbe ist, muß es eine Art Dämon sein, der uns auch jetzt nicht in Ruhe lassen wird. Wir haben keine Ahnung, um was für eine Maschine es sich handelt. Normale Kampfflugzeuge können keine dreitausend Meilen fliegen, ohne unterwegs aufzutanken.»

«Fünfundzwanzig Meilen, James. Wir sind bald da.»

Dick Robb behielt die Entfernungsanzeige im Auge. Die Meilenzahlen klickten allmählich zurück. Mit viereinhalb Meilen in der Minute raste die Boeing auf Ascension zu.

«Vor der Rollbahn müssen wir etwas steigen», fuhr Robb fort und sah auf die Karte. «Der Aufsetzpunkt liegt hundert Fuß über dem Wasser.»

Holland nickte. «Okay, drei Meilen vorher hüpfen wir rauf.»

Er blickte auf die Umrisse der Landebahn, die Dick Robb auf den Monitor des Flight Management Computers geholt hatte. Sie verlief ungefähr im Vierzig-Grad-Winkel zur gegenwärtigen Flugrichtung.

«Machen Sie mir eine Markierung auf einen Punkt drei Meilen westlich der Landebahn. Da gehen wir dann hoch.»

Robbs Finger tippten rasch eine Tastenkombination ein. Sofort erschien ein rautenförmiges Symbol auf dem festgelegten Punkt.

«Noch acht Meilen», sagte Robb.

«Sagen Sie den Passagieren Bescheid, Dick.»

Die Gulfstream flog in einer Höhe von tausend Fuß und acht Meilen Entfernung am Flughafen von Ascension vorbei. Sein Funkecho bereitete den amerikanischen Vertragsfluglotsen auf der Insel einiges Kopfzerbrechen. Sie beobachteten schon eine ganze Zeitlang eine seltsame Folge von Echos aus wechselnden Höhen, die allesamt ohne Transponder, ohne Freigabe und ohne Funkkontakt eingingen.

«Wenn das damals im Falkland-Krieg geschehen wäre, hätte ich es für einen argentinischen Angriff gehalten», sagte einer der Controller zu seinem Vorgesetzten.

Der Leuchtpunkt auf dem Radarschirm, der sich in südwestlicher Richtung entfernt hatte, schien nun mit Nordkurs zurückzukehren. Doch nach zwei Meilen wechselte er erneut den Kurs, bewegte sich südwärts, beschleunigte und machte dann eine langsame Kehre, an deren Ende er wieder nach Norden unterwegs war.

Der erste Morgenschimmer erhellte den östlichen Horizont und deutete den bevorstehenden Sonnenaufgang an, doch im Westen, der Richtung, aus der die Radarechos kamen, herrschte noch immer tiefschwarze Nacht. Die Fluglotsen im Tower starrten angestrengt durch ihre Feldstecher, aber es war nichts zu erkennen.

«Wohl 'n Ufo, was meinen Sie?» fragte der eine.

Juri hatte auf seiner Schleife gerade die zweite Nordkurve zurückgelegt, als das Echo von Flug 66 auf seinem Angriffsradar wieder aufflackerte. Wie er erwartet hatte, befand sich die 747 im direkten Anflug auf die Landebahn.

«Jetzt hab ich dich!» sagte Juri laut.

Im Geiste legte er sich den geeigneten Kurs zurecht: vorbeifliegen und dann schnell umdrehen. Der Jumbo näherte sich rasch der Flachwasserzone und der Insel selbst.

Juri näherte sich der 747 bis auf eine Viertelmeile. Dann änderte er den Kurs und flog eine Sechzig-Grad-Kurve nach rechts. Im allerersten Morgenlicht konnte er die massige Gestalt des großen Flugzeugs nur schwach erkennen. Er brachte die Gulfstream direkt hinter die Boeing, ging auf hundert Fuß runter und führte den Zielpunkt auf das innere Triebwerk an der linken Tragfläche.

Verdammt! Die Schiene!

Er hatte vergessen, sie auszufahren. Juri drückte die entsprechende Taste.

Nichts rührte sich.

Er drückte die Taste noch einmal. Dann ein drittes Mal.

Oh, nein!

Hinter seinem eigenen sowie dem leeren Kopilotensitz befanden sich mehrere Reihen mit Sicherungen. Verzweifelt versuchte er sich daran zu erinnern, welcher der Schalter für den Ein- und Ausfahrmechanismus der Raketen zusätzlich eingebaut worden war.

Hinterm Kopilotensitz, dachte er, ungefähr in der achten Reihe.

Aber in einer Höhe von nur einhundert Fuß über der Wasseroberfläche danach greifen zu wollen, wäre Selbstmord gewesen. Juri gab Gas und stieg auf tausend Fuß, obwohl er wußte, daß er damit wieder auf den Radarschirmen des Towers erscheinen würde. Er stellte den Autopiloten und die Beleuchtung für die Sicherungen ein. Dann beugte er sich nach rechts, um den richtigen Schalter zu finden.

Es gelang ihm nicht. Er reckte sich, um die Beschriftung auf der Rückseite des Kopilotensitzes zu lesen, doch ließ sie sich aus seiner Position nicht entziffern.

Juri überprüfte die Entfernung. Noch neun Meilen. Jetzt oder nie. Noch einmal beugte er sich nach rechts, bis er fast waagerecht über der Mittelkonsole lag. Der Autopilot steuerte die Gulfstream unterdessen stur nach Südosten.

Endlich, in einer fast unzugänglichen Nische, fand er das Wort RACK, das die Raketenhalterung bezeichnete.

Da!

Der Sicherungsknopf war tatsächlich herausgesprungen! Juri streckte den Arm aus, und es gelang ihm unter Aufbietung aller Kräfte, ihn zu erreichen und herunterzudrücken. Das beim Einrasten entstehende Geräusch war wie eine Erlösung.

Juri setzte sich auf. Die Sicherung sprang wieder heraus.

«Njet!»

Es waren jetzt nur noch fünf Meilen bis zum Beginn der Landebahn. Die Quantum-Boeing war noch zwei Meilen näher dran und flog in geringerer Höhe. Er würde es nicht mehr schaffen.

Wieder beugte er sich über die Mittelkonsole. Ein jäher Schmerz fuhr ihm durch den Rücken bis in die Fingerspitzen. Diesmal hielt er den Schalter niedergedrückt, während seine linke Hand die Taste betätigte, die den Ausfuhrmechanismus in Gang setzte. Daß er funktionierte, konnte Juri hören: Von unten her drang das Geräusch der ausfahrenden Raketenschienen an sein Ohr.

Er richtete sich so schnell wie möglich auf und zog seinen Sicherheitsgurt wieder fest. Die 747 war inzwischen um einige hundert Fuß gestiegen, befand sich aber immer noch ziemlich weit unter ihm und weniger als eine Viertelmeile voraus. Die Chance, noch vor der Landung der Boeing in Schußposition zu kommen, war ein für allemal vertan.

Mit wachsender Enttäuschung erkannte er, daß auch das Element der Anonymität dahin war. Wenn die Boeing tatsächlich problemlos landete, würde er selber dort bei seiner Landung verhaftet werden. Er hatte nicht genug Treibstoff, um einen anderen Flugplatz anzusteuern. Er würde irgendwo auf See niedergehen müssen und dabei umkommen. Vorübergehend mußte er an Anja denken, doch es gelang ihm, den Gedanken rasch wieder zu vertreiben.

Doch, es gibt noch eine Chance! Seine Augen weiteten sich vor Erregung. Die Chance war nicht sehr groß, aber immerhin ... Wenn er die 747 auf der Rollbahn zerstörte und die Gulfstream danach vor der Küste ins Meer setzte – vielleicht würde es ihm gelingen, ans Ufer zu schwimmen und den Behörden in diesem winzigen Außenposten der Zivilisation irgendeinen Bären aufzubinden. Die Chance war wirklich sehr klein, aber es blieb ihm nichts anderes übrig.

Juri flog eine scharfe Rechtskurve. Mit einer Drehung um dreihundertsechzig Grad wollte er sich an den Schwanz der ausrollenden 747 hängen. Wenn er Glück hatte, würde die Boeing ihr Hilfsaggregat einschalten und damit der auf Hitzequellen geeichten Rakete ein neues Ziel bieten. Sie würde sich selbst darauf programmieren, der Boeing direkt in die Heckdüse zu fliegen, und das würde nicht einmal eine 747 überleben.

Der Jumbo hat ja auch im Schwanz noch einen Treibstofftank, dachte er.

James Holland verlangte die letzte Klappenstellung, die er sich mit nur zwei intakten Triebwerken noch zu benutzen traute. Für die letzte halbe Meile brachte er die 747 auf eine gleichmäßige Sinkrate von siebenhundert Fuß pro Minute. Vor ihm schienen keinerlei Aktivitäten im Gang zu sein. Man sah weder Blinklichter noch rote Leuchtraketen vom Tower, wo immer der sich befinden mochte. Auf Ascension war offenbar noch nichts von ihrer Ankunft bekannt.

Die Landebahnbeleuchtung war gleichmäßig, die Bahn selbst im allerersten Morgenlicht gerade ahnbar.

«Jesus!» schrie Robb. «Wir haben ungleiche Klappen!»

Holland drehte das Steuerhorn bereits scharf nach links.

«Welche ... Wo?»

«Die linken Klappen sind weiter draußen als die rechten und lassen sich nicht mehr verändern. Links haben wir zehn Grad, rechts sieben.»

«Ja, ich spüre es! Sie versucht, nach rechts zu rollen, und ich kann sie fast nicht mehr halten! Versuchen Sie's mit dem Notsystem! Ich kann sie nicht mehr halten!»

Mit dem Fuß drückte Holland das linke Ruderpedal durch und gab mit der Hand etwas mehr Schub auf den beiden linken Triebwerken. Mit asymmetrischer Klappenstellung und einseitigem Schub torkelte die 747 die letzte Viertelmeile vor der Landebahn durch die Luft und drohte, jeden Augenblick nach rechts abzukippen.

Robb hatte inzwischen den Notklappenhebel bedient. Die Klappen stellten sich auf, und die 747 reagierte: Die unbeschädigten linken Landeklappen gingen auf sieben Grad zurück und ließen sich danach wieder auf Tragflächenniveau stellen.

«Gut so! Lassen Sie sie so!» kommandierte Holland, und Robb ließ den Hebel los.

Die ersten Meter der Landebahn fegten unter dem Cockpit hindurch.

«Fünfzig Fuß, vierzig, dreißig...» rief Robb, den Blick auf den Radarhöhenmesser fixiert. Holland nahm die Schubhebel zurück und brachte das Flugzeug mit Hilfe des Ruders in die Waagerechte. Ehe er die Spoiler aktivierte und auf die Bremse stieg, ließ er die Maschine auf der harten Betonfläche aufsetzen. Rechts von der Landebahn erkannte er die Umrisse eines hohen Bergrückens. Auf der linken Seite sah es nicht viel anders aus, doch gab es offenbar einen Rollweg, der am anderen Ende der Piste nach links und in einer Schleife wieder auf sie zurück führte. Holland reduzierte die Geschwindigkeit auf zwanzig Knoten und steuerte die Maschine an der Abzweigung links abbiegen.

«Dem Himmel sei Dank!» sagte Robb.

«Amen», ergänzte Holland. «Auf dem Boden hat unser Gegner kaum noch ein Ziel. Die Triebwerke kühlen rasch ab, und dann gibt es kein Infrarotziel mehr. Nach-der-Landung-Checklist, bitte!»

Dick Robb erledigte die nach jeder Landung erforderlichen Routinemaßnahmen und knipste Schalter an oder ab, je nachdem, was die Vorschriften von ihm verlangten. Automatisch stellte er so auch das Hilfsaggregat an, worauf ganz hinten im Schwanz der Maschine ein Elektromotor das kleine Düsentriebwerk anwarf, das am Boden für Strom sorgte und die Luft für die Klimaanlage verdichtete. Als er eine bestimmte Drehzahl erreicht hatte, wurde per Steuercomputer die Treibstoffzufuhr geöffnet. Die Zündkerzen zündeten und setzten den Treibstoff in Brand, worauf das Hilfsaggregat rapide beschleunigte und durch die Heckdüse über sechshundert Grad heiße Gase ausstieß.

Juri vollendete seine Kurve und beschleunigte, bevor er sich wieder auf das Infrarotbild der vor ihm ausrollenden Boeing aufschaltete. Plötzlich stieg aus der Heckmitte eine Hitzefackel auf, genau wie Juri es erwartet hatte.

Er startet das Hilfsaggregat!

Nachdem er die Gulfstream in einen gleichmäßig abfallenden Sinkflug versetzt hatte, schaltete er die Zieleinrichtung auf die Auspuffdüse des Hilfsaggregats auf. Die Maschine überflog die Rollbahnbegrenzung, und Juri zog die Gashebel zurück. Seine Geschwindigkeit betrug jetzt weniger als zweihundert Knoten.

Plötzlich scherte die helle Infrarotfahne nach rechts aus und wurde dann rasch schwächer. Damit hatte Juri nicht gerechnet. Sein Finger tastete nach dem Auslöser. Die 747 verließ die Rollbahn. Wenn er die Rakete nicht rechtzeitig abschoß, würden das Ziel und die heißen Abgase der Triebwerke auf der linken Seite verdeckt sein.

Er drückte ab. Die Rakete schoß aus ihrer Schiene, als die Gulfstream das Ende der Rollbahn überflog. Juri sah noch, wie die 747 schnell nach links abbog. Er sah die Abgasfahne der Rakete auf die Rollbahn zujagen – und unterschätzte die Höhe des steilen Bergrükkens zu seiner Rechten.

Er zog die Maschine steil hoch, rasierte fast den Gipfel des Berges und flog eine Linkskurve, um das Geschehen auf dem Boden zu beobachten.

Dort gab es eine gewaltige Explosion, als die Rakete ins Heck der Boeing 747 eindrang. Flammen loderten auf und Wrackteile flogen in alle Richtungen. Im Feuerschein sah Juri, wie der Schwanz der Boeing sich verdrehte, vom Rumpf abbrach und auf den Beton krachte.

Aber die 747 setzte ihre Fahrt fort!

«Herrgott, was ist denn das?» schrie Robb.

Die Explosion hatte das gesamte Flugzeug erschüttert und die drei Menschen im Cockpit mit furchtbarer Gewalt hin und her geschüttelt.

Holland reagierte sofort. Er überprüfte die Instrumente und rief Robb zu: «Rufen Sie hinten an, Dick! Wir müssen wissen, ob wir ein Feuer an Bord haben!»

Dick Robb griff nach dem Intercom. Barb Rollins und mehrere andere Flugbegleiterinnen antworteten fast gleichzeitig auf seinen Ruf.

«Wie sieht es dahinten aus?» fragte Robb.

«Da war eine furchtbare Explosion! In der Rückseite der Kabine ist ein Loch. Kann sein, daß der Ruheraum der Crew was abbekommen hat, ich weiß es nicht. Von hier aus sehe ich nur herausgefetzte Wrackteile. Eine der hinteren Türen ist aufgesprungen – oder ganz weg. Sollen wir die Notrutschen ausfahren?»

«Hier noch nicht!» mischte sich Holland ein. «Sagen Sie ihr das, Dick. Das ist keine gute Stelle. Solange kein Rauch in der Kabine ist, versuche ich noch, bis zur Rampe zu kommen.»

«Noch nicht!» sagte Dick Robb. «Haben wir Rauch in der Kabine?»

«Nein», antwortete Barb, «aber im hinteren Teil flackert etwas, vielleicht bloß ein Schein, der durch die Seitenfenster dringt. Ich weiß es nicht. Aber Rauch? Nein.»

«Halten Sie sich bereit, Barb! Wir rufen durch. Aber melden Sie sich sofort, wenn Sie Rauch wahrnehmen!»

«Okay.» Ihre Stimme klang angstvoll, aber stabil.

Holland gab Gas, um schneller auf die Rollbahn zurückzukommen.

«Haben wir noch Hydraulikdruck, Dick?»

Robb prüfte die Anzeigen. «Eins und zwei sind noch da. Die vom Hilfsaggregat ist auf Null. Ich glaube, daß ... daß man uns am Heck getroffen hat. Oder das Hilfsaggregat ist explodiert.»

«Ich hab das Gefühl, wir stehen gleich auf der Nase», sagte Holland halb im Selbstgespräch. «Wir sind furchtbar kopflastig.»

Juri konnte es nicht fassen, daß die 747 noch immer über die Piste rollte. Trotz seiner Mission hatte sich sein Respekt vor der Stabilität der 747 mit jedem mißlungenen Versuch, sie zu zerstören, verzehnfacht. Er konnte nicht umhin, sie und den unermüdlichen Flugkapitän zu bewundern.

Was für ein großartiges Flugzeug!

Dort, wo das Heck explodiert und abgefallen war, brannte ein Feuer, doch der Rest des Flugzeugs funktionierte noch.

Eine letzte Chance habe ich noch!

Juri zog die Maschine hoch und machte, um wieder auf die Piste zu kommen, einen sogenannten Immelmann, eine abrupte Kursänderung um hundertachtzig Grad. Normalerweise waren Geschäftsflugzeuge für akrobatische Manöver dieser Art nicht geeignet.

Er hatte jetzt blitzschnell eine Entscheidung zu treffen. Um vor der Einmündung der Wendeschleife in die Rollbahn zu landen, reichte der Platz nicht mehr, und für eine neue Attacke von hinten fehlte die Zeit. Die 747 versuchte die Kreuzung vor ihm zu erreichen.

Aber landen konnte er. Die Gulfstream konnte an der Boeing vorbeirollen, wenden und ihr dann von hinten die letzte Rakete aufbrennen.

Wie er selbst danach davonkommen würde, war jetzt nebensächlich. Seine in jahrelangem Agentendasein geschulten Jagdinstinkte verdrängten alle anderen Gedanken. Er hatte das Ziel im Fadenkreuz – und nur darauf kam es an.

Er ließ das Fahrwerk ausfahren, stellte die Landeklappen auf und drosselte die Geschwindigkeit. Die 747 rollte mit zirka fünfzehn Knoten wieder auf die Landebahn zu.

Ich sollte in dem Augenblick, wo sein Bugrad auf die Bahn rollt, an ihm vorbeiflitzen, dachte Juri. Wird allerdings verdammt knapp...

Er machte die letzte Rakete scharf. Für die Checklist war jetzt keine Zeit mehr. Fahrwerk und Klappen waren ausgefahren. Im Gleitflug legte die Gulfstream die letzten Meter zurück. Ursprünglich hatte Juri ohne Beleuchtung landen wollen. In letzter Sekunde besann er sich eines Besseren und schaltete die Lichter ein.

Im Cockpit von Flug 66 hatte James Holland beschlossen, zur Landebahn zurückzurollen und von dort aus so schnell wie möglich eine breite offene Stellfläche auf der Südseite anzusteuern. Erst dort wollte er die Evakuierung des Flugzeugs anordnen. Die Landebahn lag jetzt unmittelbar vor ihm. Die 747 rollte inzwischen sehr merkwürdig; Holland hatte das Gefühl, als steuerte er nur noch eine halbe Boeing.

In diesem Moment drang am Anfang der Rollbahn das blendend helle Licht von Halogen-Landescheinwerfern durch die Nacht.

«Da landet wer, James!» rief Robb.

Holland stieg auf die Bremse und zog die Gashebel zurück. Doch es dauerte nur Sekunden. Er nahm den Fuß von der Bremse und schob die Gashebel wieder vor.

«Was machen Sie da, James?» rief Robb entsetzt.

«Das ist der Schweinehund! Er will die Rollbahn. Aber die kriegt er nicht, darauf kann er Gift nehmen!»

Die 747 setzte ihre Fahrt mit auf zehn Knoten reduzierter Geschwindigkeit fort. Holland schaltete sämtliche Landelampen der Boeing an.

Juri sah die Scheinwerfer von Flug 66 aufflammen, erkannte, daß der Jumbo noch immer auf die Landebahn zurollte, und war sofort im Bild.

Die Gulfstream durchflog die letzten Höhenmeter. Juri zögerte die Landung heraus und verlängerte den Gleitflug, um so schnell wie möglich an der kritischen Einmündung der Wendeschleife in die Rollbahn vorbeizukommen.

Vor ihm überfuhr das Bugrad des Jumbos bereits die Pistenabgrenzung. Der Pilot der 747 beschleunigte und versuchte, der Gulfstream den Weg abzuschneiden. Juri ließ die Maschine aufsetzen und steuerte mit Hilfe der Ruder nach links. Bis zur Boeing waren es keine zweihundert Meter mehr, und seine Geschwindigkeit betrug noch immer zweihundertfünfundzwanzig Stundenkilometer.

Er zog die Gulfstream weiter nach links. Die verfügbare Fläche zwischen der schwanzlosen Boeing und der Pistenbegrenzung wurde immer schmaler. Der Bug des Jumbos hatte inzwischen die Mitte der Landebahn erreicht und schob sich weiter vor.

Juri hatte die Geschwindigkeit des Großraumflugzeugs unterschätzt. Er wagte nicht zu bremsen, wußte aber, daß er auf der anderen Seite um so härter würde bremsen müssen – falls er überhaupt noch an der Boeing vorbeikam. Seine Geschwindigkeit belief sich noch immer auf mehr als zweihundert Stundenkilometer.

Der von gleißendem Scheinwerferlicht erleuchtete Bug der 747 rückte von rechts auf ihn zu. Juri nutzte den letzten Spielraum auf der linken Seite. Dann war alles nur noch Licht und Bewegung, und er rechnete schon mit dem Aufprall des rechten Flügels der Gulfstream auf das Bugfahrwerk der 747, hörte es krachen, sah sich und seine Maschine von der Piste kreiseln...

Doch im selben Augenblick war er auch schon vorbei.

Er stieg auf die Bremsen. Das Herz schlug ihm bis zum Hals. James Holland hatte die Zähne so fest zusammengebissen, daß es ihn nicht gewundert hätte, wenn einer von ihnen abgebrochen wäre. Er betete darum, die Tragfläche des von links heranbrausenden Angreifers unter sich gegen die Boeing krachen zu hören, erkannte jedoch noch im selben Augenblick, daß es zu keiner Kollision gekommen war. Er mußte auf die Bremsen steigen und das Steuerhorn nach rechts reißen, um zu verhindern, daß die Maschine über die linke Pistenbegrenzung hinausschoß.

Ein Busineßjet!

Oder war es vielleicht doch nicht der Angreifer? Holland, um Fassung bemüht, lenkte die 747 in die Mitte der Landepiste und fuhr mit zunehmender Geschwindigkeit dem langsamer werdenden Geschäftsflugzeug hinterher.

Dick Robb deutete über den Blendschutz.

«Um Gottes willen, James! Der hat eine Raketenschiene an seinem Vogel! Auf der rechten Seite!»

«Eine Gulfstream? Das ist unmöglich!»

«Aber es stimmt!»

«Rufen Sie den Tower, Dick! Ob sie wissen, wer das ist.»

«Die wissen ja noch nicht einmal, wer wir sind!»

«Schon richtig, aber fragen Sie trotzdem nach.»

Robb hatte die Towerfrequenz schon vor Stunden vorgewählt, ohne damit zu rechnen, daß er sie je benutzen würde.

«Ascension Tower. Hier ist die Seven four seven. Haben Sie ein Rufzeichen des anderen Flugzeugs auf der Rollbahn?»

Die Antwort ließ nicht auf sich warten.

«Herr im Himmel, Mann!» rief eine schrille Stimme. «Das ist der Schuft, der Ihnen gerade den Schwanz abgeschossen hat! Wir haben keine Ahnung, wer das ist. Sie haben ein Feuer an Bord, falls Sie das noch nicht wissen.»

«Danke!» erwiderte Robb.

In einiger Entfernung vor ihnen bremste die Gulfstream scharf ab. Links von ihnen kam die Abzweigung in Sicht, die zu den Parkplätzen führte. Dort wollte er hin, aber die Gulfstream...

«Hat der noch eine Rakete auf der Schiene, Dick?»

«Ich... ich glaube, ja. Ich vermute es jedenfalls.»

Mit der rechten Hand schob Holland die restlichen beiden Gashebel fast bis zum Anschlag vor. Entsetzt starrte Dick Robb ihn an.

«Was haben Sie vor, James?»

«Ich will ihm den Spaß verderben!» erwiderte Holland.

«James... wir müssen evakuieren! James?» Robb blickte durch die Windschutzscheibe nach vorne. Die Gulfstream hatte die Schleife zur Hälfte passiert. Ihre Entfernung zur Boeing betrug noch ungefähr sechshundert Meter, während das von einer kleinen Klippe begrenzte Ende der Rollbahn noch etwas mehr als dreihundert Meter entfernt lag.

Der Geschwindigkeitsanzeiger vor Holland überstieg die Achtundzwanzig-Knoten-Marke. Der Flugkapitän mußte hart nach links gegensteuern, um zu verhindern, daß die Maschine infolge des asymmetrischen Schubs nach rechts ausscherte. Dennoch beschleunigte das Flugzeug rasch. Seine Scheinwerfer erfaßten jetzt wieder den Busineßjet, der inzwischen an der hinteren Zufahrt zu den Parkplätzen vorbeigerollt war. Weitere Ausfahrten oder Taxiways gab es nicht. Die Gulfstream saß in der Falle.

Juri tastete mit dem Finger bereits wieder nach dem Abzug. Er hatte die Gulfstream auf der Rollbahn um einhundertachtzig Grad gedreht. Die Infrarotstrahlung auf der Vorderseite der verbliebenen Triebwerke sollte stark genug sein, um die letzte Rakete anzulocken.

Vielleicht gelingt es mir, in der entstehenden Verwirrung zu entkommen, dachte er.

Die grellen Lichter verwirrten ihn. Er hatte damit gerechnet, daß die Boeing noch ein gutes Stück hinter ihm war, mußte jedoch, nachdem er die Gulfstream gedreht hatte, erkennen, daß sie auf ihn zugerollt kam, als wolle sie gleich abheben.

Sekundenbruchteile danach durchschaute er Hollands Strategie und erschrak bis auf die Knochen. Die letzte Rollbahnausfahrt war nicht mehr erreichbar. Auf Gegenkurs über die Boeing 747 hinweg starten konnte er nicht mehr, und auch an ein Ausweichen war nicht mehr zu denken.

Sein Opfer, die Zielscheibe, die er gar nicht verfehlen konnte, donnerte auf sechzehn riesigen Reifen mit hoher Geschwindigkeit auf ihn zu und beschleunigte sogar noch.

In einer einzigen, fließenden Bewegung zielte Juri, schaltete das Angriffsradar auf und drückte ab.

Aber es geschah nichts.

Verwirrt blickte er nach rechts. Stimmte wieder etwas mit den Sicherungen nicht? Nein, die Schiene war ausgefahren. Die andere Rakete hatte ja funktioniert.

Noch einmal drückte er den Abzug durch, und wieder rührte sich nichts.

Der Kampfpilot in ihm erwachte. Ran an die Bordgeschütze! raunte er ihm zu, aber in der Maschine des Prinzen gab es keine Bordgeschütze.

Ein drittes Mal drückte er ab, auch diesmal ohne Erfolg. Dann fiel es ihm plötzlich wie Schuppen von den Augen: die Schaltlogik! Der Luft-Boden-Schalter war aktiviert! Er war mit der Abschußvorrichtung der Rakete verbunden. Wer vom Boden aus feuern wollte, mußte dem Flugzeug vorgaukeln, daß es sich in der Luft befand!

Juri entschärfte die Rakete. Es hatte keinen Sinn mehr.

James Holland hatte die Boeing auf achtzig Knoten beschleunigt und nahm das Gas zurück. Wenn sein Plan aufging und dabei das Fahrwerk beschädigt wurde, war der Bremsweg auf der anderen Seite verdammt kurz. Die windschnittige Gulfstream war im Scheinwerferlicht gefangen wie ein Hirsch im Lichtkegel eines Autos. Holland konnte sehen, daß der Pilot zu beschleunigen versuchte, und wußte, daß sein Gegner jetzt nur noch eine Chance hatte: Er mußte nach links oder rechts ausweichen.

Seine linke Hand umklammerte den Steuerhebel für das Bugrad und wartete auf ein Zeichen, das die Richtung angab.
«Los, du Schuft!» murmelte er. «Entscheide dich!»

Juri hatte die Gashebel bis zum Anschlag vorgeschoben, aber die Gulfstream war kein Sportwagen. Es schien eine Ewigkeit zu dauern, bis die Triebwerke reagierten. Als sie ihn endlich vorwärts katapultierten, hatte die riesige Boeing ihn schon fast erreicht. Juri riß den Bugradhebel nach links, nur um im gleichen Augenblick feststellen zu müssen, daß die Boeing die gleiche Richtung einzuschlagen begann.
Er riß den Hebel nach rechts und wollte in einer Fünfundvierzig-Grad-Kurve die Rollbahn verlassen. Die Boeing vor ihm zog nach wie vor nach links, und Juri betete zum Himmel, daß der Pilot zu langsam reagierte, um auch die neue Richtungsänderung nachzuvollziehen.

«Jetzt hab ich dich!» murmelte Holland und zog den Bugradhebel nach links.
«James!» brüllte Robb. Zwei Stockwerke unter ihnen heulten die Triebwerke des Businessjets auf, und im nächsten Moment röhrte die Boeing über die Gulfstream hinweg und erwischte sie am T-Leitwerk.

Durch die Kollision der Bugunterseite der Boeing mit dem Leitwerk wurde die Gulfstream nach rechts gedreht. Anstatt auf die seitliche Rollbahnbegrenzung bewegte sie sich jetzt geradewegs auf das auf sie zu donnernde Hauptfahrwerk zu. Juri versuchte noch einmal, das Steuer herumzureißen, spürte auch noch, wie die Gulfstream Anstalten traf, seinem Befehl Folge zu leisten, aber es war längst zu spät. Der tonnenschwere Riesenvogel überrollte ihn, riß der Gulfstream die linke Tragfläche und auf der rechten Seite einen Teil des Rumpfs ab. Die Gondel des zweiten Triebwerks der Boeing gab dem Jet des Prinzen den Rest.
Unter dem gräßlichen Geräusch berstenden Metalls spürte Juri noch, wie er herumgeschleudert wurde. Die Wände der Maschine gaben nach, und dann erfüllte auf einmal nur noch das Bild seiner geduldigen Geliebten seine Gedanken.
«Anja!»

Holland unternahm sofort alles, was in seiner Macht stand, um die gigantische Flugmaschine zum Stehen zu bringen. Er stieg auf die Bremspedale und schaltete die Schubumkehr des einzigen noch intakten Triebwerks ein. Das Ende der Rollbahn näherte sich rasch, doch die Bremsen reagierten. Die Kollision mit der Gulfstream hatte die ganze Maschine erschüttert, und irgendwo weiter unten war es zu einer Explosion gekommen. Doch zunächst kam es einzig und allein darauf an, das Flugzeug anzuhalten.

Langsam, qualvoll langsam, verringerte sich die Geschwindigkeit, und doch kamen die roten Begrenzungslichter der Rollbahn immer näher. Was war nur mit den Bremsen los? Sie schienen plötzlich zu versagen. Obwohl die Geschwindigkeit inzwischen keine fünf Knoten mehr betrug, rollte und rollte die Boeing schier unaufhaltsam auf die Klippe zu.

Holland trat die Bremspedale bis zum Anschlag durch. Dem Notbremssystem fehlte offenbar der Druck. Noch einmal, und heftiger noch als zuvor, zog Holland den Schubumkehrhebel von Triebwerk eins. Die Maschine rüttelte, bebte und drehte sich dann unwillkürlich, als der Verdichter wiederholt ruckartig ausfiel.

Im Zeitlupentempo verschwanden die Begrenzungslichter der Rollbahn unter der Nase der Boeing. Das Bugrad kroch auf die Klippe zu, um wenige Meter davor langsam und zögerlich auszurollen.

Holland schob den Schubumkehrhebel zurück. Die 747 stand.

Einen Augenblick später meldete sich Barb über das Intercom.

«Das Heck brennt! Die Flammen greifen schon auf die Kabine über. Wir sind mit irgendwas zusammengestoßen.»

«Beginnen Sie mit der Evakuierung, Barb, und zwar nur durch die vorderen vier Türen auf der rechten Seite.»

«Roger!» antwortete sie. Kurz darauf war ihre Stimme über den Bordlautsprecher zu hören. Holland verlangte die Checklist für eine Notevakuierung, und Robb trug sie Punkt für Punkt vor.

Die Towerbesatzung, die das Duell zwischen der 747 und der Gulfstream beobachtet hatte, kam sich vor wie das Publikum in einem absurden, schlichtweg unbegreiflichen Schauspiel. Natürlich hatte man das Quantum-Logo sofort erkannt und wußte inzwischen auch, daß die Maschine, sobald sie irgendwo auftauchte, sofort beschlagnahmt werden sollte; so jedenfalls wünschten es die Streitkräfte der Vereinigten Staaten von Amerika.

Allerdings verdankte man diese Informationen nicht offiziellen Kanälen, sondern dem Fernsehsender CNN.

Einer der Fluglotsen im Tower hatte zu Beginn des Spektakels über Satellitentelefon eine Verbindung erhalten. Jetzt legte er den Hörer auf und rief mit schriller, aufgeregter Stimme:

«Sie sagen, wir können mit Ihnen reden und Ihnen helfen, sollen Sie aber nicht anfassen – und wenn, dann nur mit Handschuhen! Sie schicken uns Transportmaschinen der Air Force mit entsprechender Ausrüstung. London wurde schon informiert. Die Feuerwehr ist alarmiert.»

Auf der rechten Seite des Flugzeugs waren die Notrutschen heruntergelassen worden, und die ersten Passagiere erreichten bereits die Rollbahn. Einen halben Kilometer weiter östlich standen die Überreste der Gulfstream in Flammen. Die ersten Löschfahrzeuge brausten heran. Auf Anweisung des Towers konzentrierten sich die Feuerwehrleute zunächst ausschließlich auf die Boeing und ignorierten die Gulfstream.

«Seien Sie vorsichtig! Auf der rechten Seite der Maschine sind überall Menschen auf der Rollbahn!»

James Holland hatte darauf geachtet, daß Rachael gleich hinter Botschafter Lancaster die Rutsche betrat. Dann überprüfte er, wer sich noch an Bord befand. Ein Crewmitglied nach dem anderen verließ auf sein Geheiß die Maschine, darunter auch Robb, dem er den Auftrag gab, unten auf dem Rollfeld für Ordnung zu sorgen.

Er hörte, daß die Feuerwehrleute bereits Löschschaum aufs brennende Heck der Boeing spritzten. Der Rauch in der Passagierkabine wurde immer dichter. Holland ging so weit nach hinten, wie er konnte, und versuchte, zum Crew-Erholungsraum hinaufzusteigen, doch als er die Treppe betreten wollte, wälzte sich ihm eine dicke Qualmwolke entgegen, so daß an ein Weitergehen nicht mehr zu denken war. Hinter der kleinen Passage loderte bereits offenes Feuer; er spürte es an der zunehmenden Hitze.

Wenn da oben noch jemand ist, kommt jegliche Hilfe zu spät, dachte er.

James Holland verließ sein Flugzeug über die nächstliegende Notrutsche. Unten angekommen, rappelte er sich auf und sah sich um. Der Anblick der zerrissenen und zerfetzten Metallteile dort, wo einmal der Schwanz der Maschine gewesen war, erfüllte ihn mit Entsetzen. Sämtliche Fahrwerke, einschließlich des Hauptfahrwerks unter dem

Rumpf, waren beschädigt. Überall hingen zerborstene Leitungen, Teile der Verkleidung und gerissene Kabel herunter. Von der Frontpartie der Gulfstream war ein großes Stück abgerissen und mitgeschleift worden, darunter das Cockpit. Es war zersplittert und teilweise zermalmt worden.

Holland widerstand einem inneren Impuls, der ihm befahl, sich um den Piloten zu kümmern. Der Mann hatte nicht die geringste Chance gehabt, diesem Inferno zu entkommen. Holland glaubte, sich den entsetzlichen Anblick ersparen zu können. Der Angreifer, wer immer es gewesen sein mochte, hatte für seine Tat mit dem Leben bezahlt.

Einige Fluggäste hatten sich bei derEvakuierung verletzt. Drei von ihnen wurden bereits zum Rand der Rollbahn getragen. Sie hatten sich Bein- oder Fußverletzungen zugezogen. Am schlimmsten hatte es einen Mann erwischt; sein Anzug war zerrissen und blutverschmiert.

Holland kniete neben dem Passagier nieder und untersuchte ihn. Er war bewußtlos, atmete aber normal. Er hatte Fleischwunden auf der Brust und eine Platzwunde an der Stirn, doch wirkten seine Verletzungen nicht lebensgefährlich. Holland wunderte sich, daß ihm nichts an diesem Mann bekannt vorkam, doch er beruhigte sich gleich wieder. Man konnte sich unmöglich zweihundertfünfzig Gesichter einprägen. Es handelte sich sicher um einen der vielen Passagiere aus der Touristenklasse.

Eine Frau ging an ihm vorüber. Holland drehte sich um und rief seine Chefstewardeß beim Namen.

«Barb!»

«James!» Er breitete die Arme aus, und sie fiel ihm um den Hals.

«Alles in Ordnung?»

Sie sah zu ihm auf, lächelte und nickte.

«Die Leute dahinten im Heck, Barb ... Sie sagten doch, Sie hätten im Crew-Erholungsraum jemanden einquartiert ...» Seine Stimme verlor sich.

Barb Rollins deutete auf eine junge Frau, die am Rand der hin und her wogenden Menge neben einem jungen Mann auf dem Boden saß.

«Die beiden sind wohlauf! Sie kamen noch gerade rechtzeitig vor dieser Explosion herausgestolpert.»

«Gott sei Dank!» murmelte Holland. Sein Blick fiel auf Rachael, die ein paar Meter abseits stand.

Dick Robb kam auf ihn zu, unmittelbar gefolgt vom Kommandanten der Flughafenfeuerwehr. Holland sah den Mann an und fragte sich, wieso er ihnen so nahe kam.

Wußte man hier noch nicht, wer sie waren?

«Das war ja eine unglaubliche Szene, Captain!» sagte der Mann. «Sagenhaft!»

Holland zuckte mit den Schultern. «Wir ... wir haben getan, was wir tun mußten. Dieser Schuft hat uns während der Landung angegriffen ...» Er drehte sich nach dem brennenden Wrack der Gulfstream um. Die Reichweite dieses Flugzeugtyps fiel ihm ein.

Uns hat kein Kampfflugzeug verfolgt, dachte er. Es war von Anfang an dieser bewaffnete Busineßjet ...

Er wandte sich wieder dem Feuerwehrkommandanten zu und wischte sich mit dem Handrücken über die Stirn. «Ich glaube, daß es sich um dieselbe Maschine handelt, die uns gestern abend bei den Kanarischen Inseln attackiert hat.»

War es wirklich bei den Kanarischen Inseln gewesen? Oder vor der afrikanischen Küste? Die Einzelheiten verschwammen in seiner Erinnerung.

«Captain?» fragte der Feuerwehrkommandant.

«Ja?»

«Wir haben drei Personen mit schwereren Verletzungen.» Er deutete auf die Passagiere, die am Rand der Rollbahn behandelt wurden. «Wer immer sich jedoch in dieser Maschine befand» – er zeigte auf die Gulfstream –, «hatte natürlich keine Chance.»

Holland nickte.

«Ein Krankenwagen ist bereits unterwegs», fuhr der Mann fort. «Wir sind hier zwar nicht viel mehr als ein abgelegener Außenposten, aber wir kriegen das schon hin. Der britische Kommandant ist auch schon unterwegs. Er möchte mit Ihnen sprechen und ...»

Mit erhobener Hand unterbrach Holland den Redefluß und sah den Feuerwehrmann ernst an. «Ich finde es sehr tapfer von Ihnen und Ihren Leuten, daß Sie uns so helfen», sagte er. «Aber es wäre vielleicht doch besser, wenn man uns – zumindest in den nächsten zwölf Stunden – noch nicht mit anderen Leuten in Kontakt bringen würde.»

Der Feuerwehrkommandant lächelte und schüttelte konsterniert den Kopf. «Warum denn das, Captain?»

«Ja, wissen Sie denn nicht, wer wir sind? Haben Sie denn keine Nachrichten gehört?»

«Doch, natürlich!» erwiderte der Mann. «Die ganze Welt hat mit Ihnen mitgelitten und Ihnen die Daumen gedrückt.»

«Wie dem auch sei – bis auf weiteres gelten wir als potentielle Bedrohung. Wir könnten noch immer Träger dieses gefährlichen Virus sein, das da in Deutschland freigesetzt wurde.»

«In der Nacht kam eine neue Nachricht durch, Captain», sagte der Feuerwehrkommandant. «Demnach kann das Virus, dem Sie möglicherweise ausgesetzt waren, gar nicht durch die Luft übertragen werden. Wissen Sie das noch nicht?»

Holland verneinte. «Wir konnten die Funkgeräte nicht benutzen, es war zu riskant. Und kommerzielle Rundfunksender bekamen wir auf diesem Kurs nicht rein.»

«Ach so. Na, jedenfalls ist, so wie ich die Meldungen verstanden habe, die Ansteckungsgefahr für Ihre Passagiere minimal. Gefährdet sind allenfalls diejenigen, die unmittelbaren Körperkontakt mit dem Verstorbenen hatten. Im übrigen erfuhr ich gerade, daß die Luftwaffe Ihres Landes mit den entsprechenden medizinischen Hilfsmitteln schon unterwegs ist.»

James Hollands Blick fiel auf die Überreste der fast fabrikneuen Boeing 747-400 und das qualmende Wrack der Gulfstream. Die Geschehnisse der vergangenen Nacht kamen ihm vor wie ein böser Traum.

«Captain?»

Eine ältere Dame mit einer Wolldecke über den Schultern hatte sich aus der Menge der Passagiere gelöst und kam auf Holland zu. Er erkannte sie sofort. Ihre Worte und ihr tadelnder Blick waren ihm in den zurückliegenden dreißig Stunden immer wieder durch den Kopf gegangen.

«Hallo, Ma'am. Alles in Ordnung?»

Sie blieb stehen und sah ihn ein paar Sekunden lang kritisch an. Dann lächelte sie und nickte.

«Nun, wir haben es geschafft», fügte Holland hinzu, dem ihr Schweigen peinlich war.

Unvermittelt streckte die Frau die Hand aus, und Holland schlug ein. Trotz ihres Alters war der Griff bemerkenswert fest.

«Können Sie sich noch an meine Worte erinnern, Captain?» fragte sie.

Er nickte und bedeckte ihre rechte Hand nun auch mit seiner Linken.

«Sie trauten mir nicht, weil Sie dachten, ich sei zu selbständigem Denken unfähig.»

Die Frau nickte. «Ich habe mich in Ihnen getäuscht.»

Hollands Blick schweifte ab und verharrte sekundenlang auf dem grauen Beton der Rollbahn. Dann holte er tief Luft und sah der alten Dame in die Augen.

«Nein, Ma'am, das haben Sie nicht. Zum damaligen Zeitpunkt hatten Sie recht, absolut recht.»

Epilog

Rohoboth Beach, Delaware · Sonntag, 31. Dezember

Rusty Sanders gab Sherry Ellis einen kleinen Stapel Zeitungsausschnitte zurück und schüttelte verwundert den Kopf. Auf allen prangte das Foto der demolierten Boeing 747 auf der Landebahn des Flughafens von Ascension.

«Wenn er nicht verantwortlich war, Sherry, wär's eigentlich schade. Er hat jedenfalls erreicht, was er wollte. Die gesamte zivilisierte Welt hat der Akbah den Krieg erklärt. Sogar der Iran hat seine Hilfe angeboten. Was immer im einzelnen geschehen ist – die Akbah ist erledigt. Die Saudis bilden die Vorhut. Der Prinz, dessen Jet bei der Aktion zu Bruch ging, war so wütend, daß er am liebsten den Heiligen Krieg ausgerufen hätte!»

Sherry starrte geistesabwesend zum Fenster hinaus.

«Also, was meinst du?» drängte er sie. «Schuldig oder nicht schuldig?»

Sie sah ihn über ihre Schulter hinweg an. «Wer? Wir oder Roth?»

«Roth natürlich. Was soll das heißen – ‹wir›?»

Sherry lächelte und sah wieder zum Fenster hinaus.

«Ich weiß es nicht, Rusty, ehrlich. Beides ist möglich. Jons Handlungen sind unergründlich.»

«Ich dachte, das gilt nur für den lieben Gott. Gottes Wege sind unergründlich.»

Sie nickte. «Was unsere kritische Lage betrifft, so saßen wir beide wohl in ein und demselben Boot.» Sie drehte sich um und sah Rusty an. «Nach Jons erstaunlichem Auftritt im Büro von Senator Moon war ich so verwirrt, daß ich schon fast glaubte, wir hätten uns das alles nur eingebildet.»

«Mir ging's genauso. Nichts schien ihn aus der Ruhe zu bringen. Alle Beweismittel gegen ihn waren spurlos verschwunden, und er hatte für alle unsere Argumente eine plausible Erklärung. Doch wenn die Gegenaktion nicht von ihm ausging – von wem dann? Irgend jemand hat der Akbah Beihilfe zum Selbstmord geleistet. Und irgend jemand wollte uns beide umbringen.»

«Vielleicht», schränkte Sherry ein.

«Vielleicht? Die haben da draußen auf dem Flughafen scharf auf uns geschossen. Sogar ein Flugzeug haben sie bei der Jagd auf uns demoliert.»

Sherry hob den Zeigefinger und antwortete mit tiefer, verstellter Stimme: «‹Aber Dr. Sanders›, sagte Jon Roth, ‹die Leute wollten doch nur die Reifen des Gepäckzugs treffen, den Sie gestohlen hatten. Hätten sie Sie töten wollen, so hätten sie es auch getan. Sie wollten Sie festnehmen, das war alles.›»

Rusty schüttelte den Kopf. «Ich weiß, was ich erlebt habe», sagte er ruhig.

Sherry sah ihn einige Augenblicke lang wortlos an. «Bist du dir da auch ganz sicher?» fragte sie dann. «Ich muß ehrlich sagen, daß ich Roth nicht hundertprozentig der Lüge überführen kann. Und was die internationalen Geheimdienstkreise betrifft: Da wird man mit Sicherheit sagen, daß der Meisterspion Jonathan Roth es mal wieder allen gezeigt hat – egal, ob es nun stimmt oder nicht.»

«Ich frage mich inzwischen, ob wir beide uns richtig verhalten haben», sagte Rusty zweifelnd.

«Hatten wir eine andere Wahl?» fragte Sherry schnell zurück.

«Ich weiß nicht...»

Sie streckte die Hand aus, berührte sein Kinn und drehte seinen Kopf zu sich hin, bis ihre Blicke einander trafen.

«Du denkst doch an die Vereinbarung mit Jon, Rusty, oder? ‹Halten Sie den Mund und vergessen Sie die eingebildeten Vorwürfe. Dann können Sie Ihre Jobs behalten. Die Alternative: Sie gehen mit Ihrer unbewiesenen Story an die Öffentlichkeit, verursachen einen Heidenwirbel und tragen die Konsequenzen.› Man hätte uns innerhalb von achtundvierzig Stunden für verrückt erklärt, Rusty. Wir hätten unsere Jobs verloren, und Jon hätte den betroffenen Parteien auf dem National Airport empfohlen, ihre Schadensersatzforderungen gleich an uns persönlich zu schicken.»

«Ich weiß, ich weiß.»

Sie zog ihre Hand zurück. «Okay. Denk daran, was wir einander versprochen haben. Wir können ihn von innen besser überwachen als von außen. Was geschehen ist, ist geschehen.»

«Ja, da hast du wohl recht. Auf jeden Fall sind die Passagiere von Flug 66 nach drei Tagen Quarantäne wieder zu Hause. Niemand ist krank geworden, alle Welt hat sich bei ihnen entschuldigt, jeder Fluggast durfte erster Klasse an einen Ort seiner Wahl fliegen. Außer den Versicherern der Boeing und dem zermalmten Araber in diesem Busineßjet gab es keine weiteren Opfer, sieht man einmal von der Akbah ab.»

«Du vergißt Professor Helms und die junge Mutter, die sie in Island erschossen haben», wandte Sherry ein.

Rusty verzog das Gesicht und nickte. «Ja, du hast recht, Sherry. Es tut mir leid. Aber es ist nun einmal Tatsache, daß Roth, wie es der Zufall will, als kluger und besonnener Berater erscheint, der in einer schweren Krise dem Präsidenten mit Rat und Tat zur Seite stand. Kein Mensch erkennt in ihm den machiavellistischen Lügner, der um ein Haar ein Massaker verursacht hätte. Roth hat Gottvater gespielt, eiskalt das Leben von über zweihundertfünfzig Menschen aufs Spiel gesetzt und der Akbah in die Hände gespielt. Mit seiner verdeckten Operation hat er mehr Gesetze gebrochen, als ich zählen kann. Er hat den Präsidenten wahrscheinlich ein gutes dutzendmal belogen, hat einen Senator belogen, sämtliche Beteiligten manipuliert, meine Wohnung verwüsten lassen, mich zum Nervenbündel gemacht und...»

«...und genießt seither das volle Vertrauen von Regierung und Senat!» ergänzte Sherry. «Seine Bestätigung als CIA-Chef ist eine reine Formsache – und nicht einmal wir können hundertprozentig sicher sein, daß unsere Vorwürfe berechtigt sind.»

Rusty nickte. «Richtig. Und die beiden einzigen Menschen, die ihn wahrscheinlich durchschauen, bleiben direkt unter seiner Kontrolle.» Er klopfte sich an die Brust. «Nämlich wir.»

Sherry lächelte und hob das Kinn. «Wer im Urwald lebt, muß stets mit Giftschlangen rechnen. Wir arbeiten für die CIA – noch immer. Es gibt Schlimmeres.»

Rusty erhob sich.

«Irgendwann», sagte er, «wird tatsächlich einmal ein Passagierflugzeug von so einem Horrorvirus heimgesucht werden. Und wenn's ernst wird, verlieren wir innerhalb von Stunden die Kontrolle über den Fall.»

Er entriegelte die gläserne Schiebetür und öffnete sie einen Spaltbreit. Das Donnern der Brandung erfüllte den luxuriös eingerichteten Raum, von dem aus sich eine weite Aussicht auf den Strand bot. Voll und groß war der Mond über dem Atlantischen Ozean aufgestiegen und erhellte die ungewöhnlich milde Winternacht. Unter ihnen, auf dem Bürgersteig, schlenderte ein Liebespaar vorbei. In der Umgebung waren Silvesterfeiern im Gang, doch bei aller Geselligkeit und trotz der Neujahrsraketen, die hie und da in den Himmel stiegen, spürten die wenigen Touristen, die die Jahreswende hier draußen verbrachten, die Einsamkeit der Nachsaison.

Und Washington, D. C., lag in sicherer Entfernung – mehr als hundertfünfzig Kilometer weit im Westen.

«Rusty, ich bin froh, daß du mich angerufen hast. Ich hoffte insgeheim darauf.»

Rusty drehte sich um und sah, daß Sherry neben ihm stand. Ihr Haar funkelte im Mondlicht, und er gestand sich ein, daß sie ihn auf dem falschen Fuß erwischt hatte.

«Ich war unsicher ... Ich wußte nicht, ob du ...»

«Stimmt nicht, du wußtest genau, was du wolltest!» widersprach sie und warf den Kopf auf.

«Nun ja, sicher, was mich betrifft, wußte ich schon ... Aber ich meinte dich, und ob du ...»

«Das hast du auch gewußt!» Sie legte ihren Zeigefinger auf seine Lippen und brachte ihn damit zum Verstummen. «Wie lange können wir hier bleiben?»

«Ich ... ich habe für drei Tage gebucht.»

«Nur für dieses eine Zimmer?» Sie warf einen Blick über ihre Schulter und spielte die Überraschte. «Aber ... aber da ist ja nur ein einziges Bett. Wo willst du denn schlafen?»

«Ich ... äh ... ich dachte ...» stammelte Rusty verwirrt.

«Du dachtest, ach ja!» Sherry grinste breit und begann sein Hemd aufzuknöpfen.

Rusty erwiderte ihr Lächeln.

«Du hast dich nicht getäuscht, Rusty», fuhr sie fort. «Die Dame ist bereit. Komm, nimm mich mit in dein Bett!»

Washington, D. C., Weißes Haus, Oval Office · 16. Januar

Nur ungern hatte der Stabschef des Weißen Hauses Jonathan Roth noch einen Termin eingeräumt, und als er es schließlich tat, dann deshalb, weil Roth ihm glaubhaft versicherte, daß der Präsident den Abschlußbericht der Untersuchungskommission zum schnellstmöglichen Zeitpunkt zu sehen wünsche. Der Terminkalender des Präsidenten war unglaublich dicht.

Exakt zum vereinbarten Zeitpunkt, um 10 Uhr vormittags, erschien Roth in Begleitung eines Brigadegenerals der Armee, dem Kommandanten der Seuchenzentrale in Fort Detrick. Der Präsident, dem sofort auffiel, daß die beiden Männer sehr ernste Mienen zur Schau trugen, bat sie, auf dem Sofa gegenüber seinem Schreibtisch Platz zu nehmen.

Roth hielt einen dicken Aktenordner in der Hand. Er übergab ihn jedoch nicht dem Präsidenten, sondern räusperte sich und wies auf den General, der, sichtlich nervös, neben ihm saß, und sagte: «Wie Sie wissen, hatten wir – hatte ich – für eine längere Quarantäne der Passagiere und der Crew jenes Flugzeugs auf Ascension plädiert.»

«Ich weiß, ich weiß, Jon», bestätigte der Präsident. «Die Verantwortung dafür, daß sie schon nach drei Tagen nach Hause durften, lag bei mir. Es war ja auch kein Mensch krank geworden. Worum geht es?»

«Die Menschen waren krank, Herr Präsident. Wir wußten es bloß nicht.»

«Erklären Sie mir das bitte genauer.»

Roth hatte bereits die Hand gehoben. «Um die genaue Natur eines gefährlichen Virus herauszufinden, bedarf es, wie Sie wissen, umfangreicher elektronenmikroskopischer Untersuchungen von Blut- und Gewebeproben durch Wissenschaftler in BL-4-Schutzanzügen und streng isolierten Laboratorien. Als die Boeing 747 auf Ascension landete, verfügten wir gerade über die allerersten Bilder jenes Erregers, dem die beiden Forscher in Bayern zum Opfer gefallen waren. Er heißt aus naheliegenden Gründen ‹Hauptmann-Virus›. Kurz darauf erhielten wir auch Bilder jenes Virus, mit dem Professor Helms' Blut verseucht war.» Roth wandte sich an den General, der den Faden aufnahm.

«Helms war definitiv infiziert, Sir, aber die Infektion hatte nichts mit seinem Herzinfarkt zu tun. Sein Blut war voller Viren, die fast detailgetreu mit dem ‹Hauptmann›-Virus übereinstimmten. Sie fluoreszierten sogar – das ist eine Methode, mit der wir überprüfen, ob zwei Viren, die miteinander verglichen werden, auch wirklich identisch sind. Als nächstes untersuchten wir Blutproben der Passagiere und Besatzungsmitglieder von Flug Sixty-six. Die endgültigen Ergebnisse liegen uns jetzt vor.»

«Sie machen's ein bißchen spannend, meine Herren. Kommen Sie zur Sache.» Der Präsident beugte sich vor und stützte die Ellbogen auf die Knie.

«Fakt ist, Sir», sagte Roth, «daß unsere ursprüngliche Annahme, das Virus könne nur durch flüssige Medien übertragen werden, falsch war. Die Menschen an Bord der Maschine waren ausnahmslos infiziert.»

Der Präsident richtete sich auf. Seine Bestürzung war unverkennbar.

«Augenblick! Es ist niemand erkrankt – weder damals noch in der Zeit, die seither vergangen ist. Inzwischen sind drei Wochen vergangen...»

«Und doch, Herr Präsident», sagte der General, «waren sie alle infiziert. Aber das Virus, das tödliche BL-4-Virus, das die beiden Männer in Bayern umgebracht hatte, war im Körper von Professor Helms mutiert. Irgend etwas, vielleicht nur ein einziges Protein, veränderte sich. Wir wissen nicht, was genau es war – Tatsache ist nur, daß das Virus, als es im Blut des Professors Amok zu laufen begann, plötzlich seine Fähigkeit einbüßte, Menschen krank zu machen und zu töten. Außerdem veränderte sich die Inkubationszeit. Helms hat alle Menschen an Bord dieser 747 angesteckt – aber eben mit dieser mutierten Form, bei der die Inkubationszeit einige Tage länger dauert. Wir nennen sie das ‹Helms-Bavaria-Virus›. Die Infektion brach also bei den meisten Passagieren erst richtig aus, als sie wieder zu Hause waren. Doch da es keine offenen Krankheitssymptome gibt, haben weder sie noch wir etwas davon gemerkt.»

«Und dieses... dieses ‹Helms-Bavaria› ist ungefährlich?» fragte der Präsident.

Der General schüttelte den Kopf. «Nein, davon können wir leider nicht ausgehen. Das Virus kann neuerlich mutieren und seine ursprüngliche Gefährlichkeit wiedererlangen. Hinzu kommt, daß es inzwischen völlig außer Kontrolle ist. Es ist freigesetzt und infiziert einen Menschen nach dem anderen, still, unauffällig, ohne äußere Anzeichen. Doch wenn es noch einmal mutiert...»

«... und das kann irgendwo passieren und irgendwann – und dann haben wir eine BL-4-Epidemie», ergänzte Roth.

Der Präsident lehnte sich abrupt zurück. «Mein Gott, dann steckte in diesem Flugzeug vielleicht doch so eine Weltuntergangsseuche, wie wir sie damals befürchteten!» Nach einer kurzen Denkpause wandte er sich wieder an Roth. «Okay. Wie lange dauert es, bis das Virus wieder verschwindet? Wird der Körper nach einer Weile immun?»

Roth blickte dem Präsidenten in die Augen. «Wenn wir die Leute einen Monat lang auf Ascension in Quarantäne gehalten hätten», sagte er, «wäre das Virus verschwunden gewesen. In Wirklichkeit kehrten sie jedoch bereits am Siebenundzwanzigsten in hochinfektiösem Zustand zu ihren Familien zurück und erreichten in den folgenden Tagen den Höhepunkt der Erkrankung. Wahrscheinlich hat jede Person mindestens ein Dutzend andere angesteckt – und damit eine Kettenreaktion ausgelöst. Der General sagte mir, daß die Bevölkerung unseres Landes im Laufe der Zeit gegen ‹Helms-Bavaria› immun werden könnte – nur heißt das noch lange nicht, daß sie damit auch vor einer neuerlichen Mutation sicher wäre.»

Der General nickte. «So ein Virus verhält sich wie ein raffinierter Außerirdischer in einer Science-fiction-Story: Wir wissen nicht, was es alles kann. Wir wissen nur, daß es da draußen irgendwo herumschwirrt und sich jeglicher Einflußnahme entzieht.»

«Kurz gesagt, Sir», resümierte Roth, «wir haben die Sache total vermasselt. Wir haben fälschlicherweise eine Tröpfeninfektion ausgeschlossen, sind von einer viel zu kurzen Inkubationszeit ausgegangen und haben dementsprechend die Betroffenen viel zu früh nach Hause geschickt.»

«Und ... und was bedeutet das unter dem Strich, Jon?» fragte der Präsident.

Roth blickte gedankenverloren auf seine Schuhspitzen. Nach ein paar Sekunden sah er auf und sagte zu dem obersten Entscheidungsträger der Nation: «Wir sollten schon jetzt ein paar knallharte Richtlinien für künftige Fälle dieser Art festlegen, Sir. Denn über eines müssen wir uns im klaren sein: Wenn dieses ‹Hauptmann-Virus› nicht zufällig mutiert wäre, stünden wir jetzt vor einer apokalyptischen Katastrophe, die vielleicht nur zehn Prozent aller Nordamerikaner überleben würden. Wäre diese Epidemie ausgebrochen, hätte niemand sie mehr stoppen können.»

Estes Park, Colorado · 14. Mai

Als kleines Mädchen hatte Rachael Sherwood immer von den Rocky Mountains geschwärmt – allerdings nur in ihrer Phantasie. Auf die Idee, sie könne eines Tages hier oben in den Bergen erwachen, war sie damals nie gekommen. Man lebte nicht in den Rocky Mountains, sondern besuchte sie lediglich auf kurzen Tagesausflügen.

Sie rührte ihren Kaffee um und mußte bei dem Gedanken an ihre damaligen Vorstellungen lächeln. Vor ihren Augen ragten schneebedeckte Granitgipfel in einen strahlend blauen Himmel. Das Joggen fiel ihr hier oben in über zweitausend Metern Höhe noch immer schwer, obwohl sich in letzter Zeit ihre Ausdauer merklich verbessert hatte und auch die Kopfschmerzen verschwunden waren, die ihr anfangs arg zugesetzt hatten.

Über dem Long's Peak im Süden türmte sich eine große Kumuluswolke und zog vorübergehend Rachaels Aufmerksamkeit auf sich. Im nächsten Jahr, das hatte sie sich fest vorgenommen, wollte sie den Gipfel besteigen.

Sie hatte noch einige Briefe zu schreiben. Von guten Freunden und Bekannten an der Ostküste verabschiedete sie sich lieber brieflich als telefonisch. Anrufe waren ihr zu direkt; sie wollte die räumliche und zeitliche Distanz spüren. Außerdem sah sie sich außerstande, die Naturschönheiten vor ihren Augen am Telefon angemessen zu schildern. Die Aussicht, die sich ihr vom verglasten Wohnzimmer aus bot, das neue Haus allgemein und der Beginn ihres neuen Lebensabschnitts erforderten eine sorgfältige Schilderung von eigener Hand, im Idealfall illustriert mit ein paar Schnappschüssen aus ihrer Kamera.

Eine Staubwolke auf der ungeteerten Straße verriet ihr, daß sich ein Wagen dem kleinen Städtchen Estes Park näherte. Er war noch ungefähr einen Kilometer entfernt. Die Devil's Gulch Road, in der ihr Haus lag, führte über einen Bergrücken in das Dorf Glenhaven. Den ganzen Vormittag über hatten Bussarde über der Kuppe gekreist, und Rachaels Neugier wuchs.

Erwartungsvoll richtete sie ihren Blick wieder auf die Stadt. Der Wagen war näher gekommen, und sie konnte ihn jetzt erkennen. Er kam pünktlich.

Die Aufregung und Hektik nach dem traumatischen Flug in der Vorweihnachtswoche sowie das Medieninteresse an Lee Lancaster hatten sie bis in den Januar hinein in Atem gehalten. Lee wurde allenthalben als einer der Helden im Drama um Flug 66 gefeiert. Sie war stolz darauf gewesen, seine Assistentin zu sein, und die feine, zurückhaltende Art, in der Lee auf die Lobeshymnen reagierte, hatte diesen ihren Stolz noch größer werden lassen.

Der eigentliche Held war jedoch der stille Mann auf dem linken Pilotensitz im Cockpit der Boeing 747, und der war nach dem glücklichen Ausgang des Dramas praktisch von der Bildfläche verschwunden. Siebenstellige Summen waren James Holland angeblich für die Buch- und Filmrechte seiner Geschichte geboten worden, und man hatte ihn zu Fernsehshows eingeladen und eine ganze Herde von hochkarätigen Medienvertretern mit Kameras und gespitzten Bleistiften auf seine Spur gesetzt. Aber der Captain von Flug 66 hatte sich konsequent den Nachstellungen der Öffentlichkeit entzogen und war schlichtweg untergetaucht.

Rachael hatte angenommen, daß er nach Dallas zurückgekehrt war. Doch dann, am kalten, regnerischen Abend des 5. Januar, hatte es unvermittelt an ihrer Wohnungstür in Georgetown geklingelt – und da stand er dann vor ihr, tropfnaß, verlegen und um die richtigen Worte ringend, aber fest entschlossen, sie zu fragen, ob sie mit ihm ausgehen wolle.

«Warum hast du nicht angerufen?» hatte sie, nicht unfreundlich, gefragt.

«Ich... äh... Offen gestanden, ich wußte nicht, was ich... hmm...»

«Was du sagen solltest?»

Er hatte genickt.

Sie lächelte. «Warum nicht: ‹Hallo, Rachael, willst du mit mir ausgehen?›»

«Hmm, ja, vielleicht...», hatte er erwidert. «Wäre, so gesehen, eigentlich ganz einfach gewesen...» Sein Lächeln verunglückte etwas.

«Okay», hatte sie geantwortet. «Hier stehe ich und höre.»

«Hallo, Rachael», erwiderte da James Holland. «Willst du meine Frau werden?»

Der Wagen fuhr vor, und Rachael ging zur Tür, um James zu begrüßen. Sie waren jetzt schon drei Monate verheiratet, doch die Flitterwochen dauerten an, Tag und Nacht. Die Innigkeit und Phantasie, mit der sie einander liebten, überraschten sie und ihn stets von neuem. Gemeinsam erlebten sie das neue Haus und die Berge, und wenn er gelegentlich in Schweigen verfiel, verband sie die Ewigkeit des gemeinsam überstandenen Flugs. James arbeitete hart an sich, und Rachael verstand ihn.

Er war gerne aus Dallas fortgezogen, sie dagegen aus Washington nur zögernd. Doch inzwischen wäre ihr jeder Vorschlag, Estes auch nur für die Dauer eines Tages zu verlassen, wie ein Affront vorgekommen. James erfüllte sich mit dem Umzug in die Berge einen lebenslangen Traum, und inzwischen teilte sie seine Begeisterung. Daran, daß er in Erfüllung seiner beruflichen Pflichten regelmäßig nach Dallas reisen mußte, hatte sie sich längst gewöhnt.

Sie hatte ihn dazu überreden können, eine Einladung der Bundesluftfahrtbehörde FAA und des Zivilpilotenverbandes anzunehmen. James hatte zunächst strikt abgelehnt, doch dann hatten sich die Veranstalter an Rachael gewandt und ihr erklärt, daß es um weit mehr ginge als darum, ihm einen Orden an die Brust zu heften. James Holland, so sagten sie, verkörpere das Ideal des guten, soliden, zuverlässigen Piloten, und das Land brauche positive Vorbilder wie ihn.

James war der Gedanke an die Ehrung ein Greuel, aber letztlich hatte er sich breitschlagen lassen. Am nächsten Morgen wollten sie in die Hauptstadt fliegen.

Rachael hatte den ganzen Tag über auf ihn gewartet. Als James nun das Haus betrat, löste sie den Gürtel ihres Morgenrocks. Darunter war sie nackt.

Ein breites Lächeln zeichnete sich auf seinen Zügen ab. Hastig schloß er die Tür hinter sich und nahm sie in die Arme.

Nationales Luft- und Raumfahrtmuseum, Washington, D. C. · 16. Mai

Die offiziellen Feierlichkeiten waren eindrucksvoll, konnten aber James Hollands Unbehagen darüber, daß er plötzlich im Scheinwerferlicht der Öffentlichkeit stand, nicht vertreiben. Erst im Verlauf des nachfolgenden Empfangs spürte Rachael, daß die Anspannung ihres Mannes ein wenig nachließ.

Zum erstenmal an jenem Tag ließ sie ihn allein, weil sie sich ein wenig frisch machen wollte. Kaum war sie fort, tauchte ein dunkelhaariger Mann mittlerer Größe neben James Holland auf.

Der Flugkapitän spürte die Gegenwart des Mannes, wandte sich ihm zu und schüttelte die Hand, die sich ihm entgegenstreckte.

«Erlauben Sie mir, Ihnen zu gratulieren, Captain», sagte der Mann. «Ihre fliegerische Leistung war schlichtweg hervorragend.»

«Vielen Dank. Und wer sind Sie, wenn ich fragen darf?»

«Ich bin Pilot wie Sie – und ein Bewunderer von Ihnen.»

Die Andeutung eines fremden Akzents lag in der Stimme des Mannes, dessen Gesicht James Holland irgendwie bekannt vorkam. Es rief Erinnerungen hervor, ließ sich aber nicht richtig einordnen.

Holland hob den Kopf und fragte: «Waren Sie etwa … an Bord meiner Maschine?»

Der Mann reagierte mit einem verhaltenen Lächeln, das James fast ein wenig traurig erschien. Der Blick war abgeschweift und verlor sich irgendwo in der Ferne. Die Antwort ließ eine Weile auf sich warten.

«An jenem Tag waren viele Leute bei Ihnen, auch wenn sie physisch nicht anwesend waren», sagte der Mann schließlich.

«Das ist sehr poetisch ausgedrückt», erwiderte James und dachte über den Satz des Unbekannten nach.

Ihre Blicke trafen sich. Die Miene des Mannes hellte sich auf. Mit einer hastigen Handbewegung wechselte er das Thema. «Mir lag daran, Sie persönlich kennenzulernen und Ihnen zu sagen, daß Sie all dies …» – er deutete auf den festlich geschmückten Saal –, «daß Sie sich all dies wahrhaftig verdient haben.»

James Holland lächelte. Er hatte den ganzen Tag lang solche und ähnliche Lobreden anhören müssen. Sie waren ihm peinlich, aber inzwischen reagierte er schon mit einer gewissen Routine.

«Das ist sehr nett von Ihnen, doch in Wirklichkeit war es Teamwork, die Leistung der gesamten Mannschaft. Ich stehe nur im Mittelpunkt, weil ich der Flugkapitän war.»

Der Angesprochene schüttelte langsam den Kopf und ließ sich erneut viel Zeit mit seiner Antwort.

«Nein, Captain», erwiderte er schließlich. «Im Endeffekt handelte es sich doch um ein unmögliches Duell zwischen zwei ungleichen Gegnern. Wenn sich die Beute hartnäckig weigert zu sterben, muß manchmal der übermütige Jäger dran glauben. Wie Sie die Todesspirale vortäuschten und dann plötzlich die Richtung änderten – das war schon brillant, genauso wie Ihr letzter Schachzug auf dem Flughafen von Ascension.»

James Holland betrachtete die Augen des Mannes. Sie verrieten Härte und Zuneigung – und einen Schimmer aufrichtiger Anerkennung. Er drückte ihm noch einmal freundschaftlich die Hand.

«Sie ... Sie müssen den Untersuchungsbericht sehr genau gelesen haben, Sir», sagte er.

Der Mann nickte und nahm seine Hand zurück.

«Genauer als Sie ahnen», sagte er und wandte sich ab, ehe James noch etwas erwidern konnte. Zu seiner Linken drängten sich bereits andere Menschen in der Hoffnung, die Aufmerksamkeit des Flugkapitäns zu erringen. James sah noch, wie sich der Mann ruhigen Schrittes entfernte und dem Ausgang zustrebte. Dann verlor er ihn aus den Augen und wandte sich den Wartenden zu.

Unter den zahlreichen strahlenden Gesichtern befand sich auch das des Verkehrsministers. James Holland begrüßte ihn mit einem Kopfnicken und den passenden Worten, hielt dann jedoch mitten im Satz inne und sah noch einmal zum Ausgang. Die vage Erinnerung an einen verletzten Passagier auf der Betonpiste des Flughafens von Ascension war ihm durch den Kopf geschossen.

Der Mann war noch da. Er stand in der Tür und drehte sich in diesem Augenblick ebenfalls um.

Nein, dachte Holland, er hat doch ausdrücklich gesagt, daß er nicht an Bord meiner Maschine war...

Unvermittelt lächelte der Mann und salutierte militärisch knapp. James reagierte unwillkürlich genauso. Er wußte nicht, was er von alldem halten sollte. Die Worte des Unbekannten kreisten unablässig in seinem Kopf.

Juri Steblinko stieß die große Eingangstür des Luft- und Raumfahrtmuseums auf und lief mit schnellen Schritten die Treppe hinunter. Sein Wagen parkte in der Independence Avenue; es war ein phantastischer, funkelnagelneuer Buick, der auf den Namen eines neuen Bürgers der Vereinigten Staaten von Amerika zugelassen war. Er hieß Juri Raskolnikow, war glücklicher Eigentümer eines komfortablen Landhauses in Virginia und Angestellter der Central Intelligence Agency in Langley.

Den neuen Nachnamen hatte er sich selbst ausgesucht – es war ein kleiner Scherz gewesen und eine Geste des Respekts vor dem großen Dostojewski.

Juri beschleunigte seine Schritte.

Es war vier Uhr.

Anja wartete schon auf ihn.